聖女の、妹

~尽くし系王子様と私のへんてこライフ~

登場人物紹介

早乙女 翠
（さおとめ みどり）

独り暮らしの女子大生。大学三年生の冬、突然部屋に現れたアルフォンスを居候させることに。言葉尻がきつく意地っ張りのため誤解を受けやすいが、繊細なところがある。

アルフォンス・セルヴィード・ルド・マリウス・ティガール

翠の目の前に現れた、自称『異世界の王子様』。恐ろしく整った容貌の持ち主。復活した魔王を倒すべく聖女を探し求め、たった一人で常世にやってきた。

常世（トコヨ）　現代の地球のこと。

コンラート・オズワルト
アルフォンスの直属の部下。非常に軽い性格のため、アルフォンスとは反りが合わない。
オーディン・バスチェ
アルフォンスとともに魔王討伐に旅立つ巨躯の騎士。義理に厚く忠節を重んじる。
フリック・クリック・リッツ
(フリクリ)
魔法塔出身の魔法使い。強力な魔法を扱う。非常識人ばかりの魔王討伐軍における最後の良心。
ロイ・コルレア
(ロザリア)
華麗なる女剣士。兄の敵をとるために性別を偽ってまで魔王討伐の旅に同行した。
新見 莉香
(にいみ りか)
おしゃれ魔人にしてかなり重度なゲーム・アニメオタク（腐女子)。翠のバイト仲間。

《用語解説》　現世(ウツシヨ)　アルフォンスの故郷。魔法が存在する異世界。

目 次

序章　桜降るころ

「それじゃあ、お先に失礼しまーす」

「お疲れさまですぅ」

後輩の声を背に受けながら、早乙女《さおとめ》翠《みどり》はバイト先の書店を出た。三月のすえとはいえ、まだコートが必要な時期。暖かい店内から外に出た翠は、肌を撫でる冷たい風に背筋を丸める。

大学三年目の春ともなると、私生活の方も慣れてくる。一人暮らしを始めたばかりのころは頻繁に帰っていた実家からも、足が遠ざかっていた。その代わり、社会人の兄が昼食の誘いを口実に、足しげくこちらまで出向いてくれる。

翠の家族は、父と母と兄の三人――けれど本当は、もう一人。数年前に還らぬ人となってしまった姉がいた。桜が好きだった姉を持つ翠にとって、桜は姉を彷彿とさせる弔いの花。

建ち並ぶ商店のショーウィンドウ一面を桜色に染める並木は、満開を迎えていた。歩きつつ桜見物をしている人もちらほらといる。

翠の視線もふとそちらに吸い寄せられる。歩調もわずかに緩んだ。

「綺麗だなぁ」

咲き誇る、見事な街路樹に向かって翠が呟く。通り過ぎざまに、自分に話しかけられたと思ったのか、男性が一瞬足を止めた。翠は気まずさを感じながらもひとつ会釈し、そのまま足を動かす。

せっかくこれほど美しく咲いているのだ。いもしない恋人は無理でも、友人と花見に行きたいなと思った。幸いにして、しんみりとした気持ちを吹き飛ばしてくれる友人ならそれなりにいる。

翠は携帯電話を取り出して、指を動かす。ひらりと舞った花びらが、携帯電話の画面に落ちた。

第一章　招かれざる訪問者

「この度の無作法な推参《すいさん》を、どうぞ温情をもってご寛恕《かんじょ》いただきたく、伏してお願い申し上げます。拝謁《はいえつ》を賜《たまわ》り、望外の喜びでございます。恐れ入りますが、貴女様におかれましては、まさしく聖女様であらせられましょうか」

しんしんと指先まで凍るような冬の日。

静寂に満ちていた夜の室内に、極限まで張り詰めたような、緊張に満ちた男の声がした。その声は朗々と狭い室内に響き渡り、浅い眠りをたゆたっていた翠の下《もと》までしっかりと届く。あまりにも真っ直ぐな声に導かれて瞼を開ければ、まだ辺りは真っ暗だった。

ベッドの中でぶるりと体を震わせる。ようやく正月を過ぎたばかりの部屋は寒々としている。翠はずり下がっていた掛け布団を肩までかけなおし、暖を求めてベッドに潜り込んだ。

「姉に用ですか。そこにいるので、お線香でもあげておいてください」

翠はベッドの中から手だけを出してそう言った。翠が指さす先には、姉の遺影と、心ばかりの仏具が置かれている簡素な仏壇。

寝ぼけた頭でも突然の声に反応できたのは〝聖女〟という聞き慣れた単語を耳にしたため。翠にとって〝聖女〟と言えば、六年前に亡くなった姉を指す言葉である。頑なに眠りを貪ろうとする頭の片隅で、一時期、毎日のように訪れていた姉の友人たちがやってきたのだろうと直感した。

――男は翠の行動に狼狽《うろた》えて息を詰める。翠があまりにも、男の想像しうる〝聖女〟とかけ離れた行動をとったからだ。そして、男にとって馴染みがないほど精密な〝絵姿〟を〝姉〟と呼んだことも、男を更に戸惑わせた。男は幾重にも考えを巡らせたが、途方に暮れて助言を求める。

「度重なる非礼をお詫び申し上げます。お許しを賜りますれば、御作法をご教示いただけますでしょうか？」

もうっ！　と翠は掛け布団を撥《は》ね除《の》けた。眠いのに、眠たいのに！

狭い部屋を大股で歩き、パチンと電気をつける。翠の荒々しい動作に目を見開いて呆然と佇んでいる男を見て、翠は大きく頷いた。男は翠にとってあまりにも見慣れぬ格好をしていたのだ。

「あぁ、外国の方だったんですね……線香は、まず正座で、蝋燭《ろうそく》に火をつけます。お線香に移して、ぶっ刺します。はい、手と手の皺と皺を合わせて……がっしょー！」

翠はテレビボードの隅にある仏壇に手を合わせ、一連の流れを披露した。そして、温まっていた体が冷える前に再びベッドに潜り込んだ。

男はしばらくの間、食い入るようにしてベッドに潜り込んだ翠を見つめていたが、やがて彼女に倣《なら》って仏壇の前に正座した。そして仏壇の上に用意された線香とやらを手に取ってみる。

ふっ、と先ほどよりも線香の香りが強くくゆった。その瞬間、翠は勢いよく起き上がる。

「え、誰。不法侵入者？　警察呼びますけど……」

明々《あかあか》と灯りがついた部屋の中、翠は掛け布団を手に呆然と呟いた。その目線の先には、足が長いせいか不格好な正座を組み、両手を合わせ、姉の遺影に向かって深くお辞儀をしている美しい男。くすみひとつない真っ白な肌、柔らかそうなブロンドの髪。そしてその衣装は、安物の照明の下ですら映画や舞台の衣装のように煌びやかに輝いていた。

彼を表現するのに相応《ふさわ》しい言葉があるとすれば〝美貌〟という仰々《ぎょうぎょう》しい文字に違いない。きっとベルサイユ宮殿の住人だと言われても信じるだろう。

一方こちらはごく一般的な1DKの狭い部屋。ベッドとこたつとテレビ——それと小さな仏壇を並べて置いただけでいっぱいいっぱい。気品にあふれた目の前の人物には、あまりにも似つかわしくない。

男はたおやかに仏壇へ祈りを捧げ終えると、優雅に立ち上がり、翠の方へ体を向けた。その瞬間、翠は叫ぶ。

「靴⁉　冗談きつい！　なんで人の家で土足⁉　すぐに脱いで！」

翠の悲鳴に、男はわずかに瞠目《どうもく》した。しばしの間見つめ合う格好になったが、先に視線を外したのは男の方だ。真剣な表情のまま自らの足元を見下ろすと、素直に靴紐をほどき始める。男がしゃがんだ拍子に、物々しく重厚なマントが安っぽいラグについた。そんな所作でさえ美しいのだから、翠は眩暈《めまい》がしそうだ。厚手のシルクで出来た真っ白な燕尾服には、金糸の刺繍が精密に描かれている。

残念ながら翠の広い交友関係をもってしても——こんな奇天烈《きてれつ》な美丈夫、見覚えが無い。

誰だよ、と翠は冷や汗を流しながら、時計の音を聞く。深夜二時。よしんば姉の知人だとしても、人を訪ねるには明らかに常識外れな時間と言えよう。しっかりと施錠《せじょう》したはずの我が家に、見知らぬ男が侵入している。それも、こんなあり得ない格好で、これほどまでに堂々とした姿で。物取りや人殺し目的であれば、家主と対峙している時に、これほど優雅で知性的な態度を取るだろうか？　翠は男の存在感に知らず知らず気圧《けお》されてしまい、虚勢《きょせい》を張るため強い言葉を放った。

「どちら様ですか？　なんの用で我が家へ？　今、何時だと？　見ての通りこんな小さくてぼろい家なもんで、金目のものなんかそこの線香立てる香炉ぐらいしかありませんよ。それもセールで三割引き。質屋に持って行ったところで二束三文で買い取られるのがオチじゃないですかね。それとも他に目的が？　強姦、恐喝、殺人目的なら今すぐヒャクトオバンしますけど」

流暢《りゅうちょう》に日本語を操る謎の男。正体も目的も不明の闖入者《ちんにゅうしゃ》を前に、この場の主導権を逃すまいと翠が言葉の矢を放つ。まるっきり手負いの獣も同然の様子だが、翠には自身の様子を顧《かえり》みるだけの余裕がない。

男は、翠の様子をただ真っ直ぐに見つめている。蝋燭の光に照らされる翡翠《ひすい》色の瞳は、恐ろしいほどに輝いていた。その悠然とした態度が更に翠を追い詰めた。引っ掴む勢いで枕元に置いてあった携帯電話を手にした翠は、震える指で迷わず一、一、〇を押す。今後の言動次第で通話ボタンを押してやる。まさにぎりぎりの淵で恐怖を堪《こら》えつつ、再び相手を睨み据えた翠の足元に――男は恭《うやうや》しく膝を折った。

俗にいう、跪《ひざまず》く、という姿勢である。

覆いかぶさるでも、逃げるでも、襲うでも、殴りかかるでも――なく。目の前の男のあんまりな行動に、翠は携帯電話を手から零《こぼ》した。ポスン、とわずかな音がたつ。

「御不興《ごふきょう》を買うのも当然な、数々の非礼をまずはお詫び申し上げます。大変失礼致しました」

「そ、そんなのいいから。いやよくないけど、とりあえず今はいいから――貴方、誰？　そんな宝塚のトップスターみたいな衣装着て夜這いとか、変態なの？　警察呼ばれたい？」

「御混乱はごもっともです。姫君、貴女様は、聖女様ではあらせられないのですね？」

「あら、あらせ？　って、姫？　姫って何、もしかして私？　似合わな過ぎて笑えるんですけど」

翠が返答する度に、男は顔を悲痛に歪めていく。見えない槍に刺されているかのような男の痛ましい声に、翠は息をついた。言い回しが面倒な上に、発言内容が突飛すぎて相手が言わんとしている事が分からない。

しかしどれほどこちらが強気に出ても、彼は一向に自らの姿勢を崩す気はないらしい。自分が折れたほうが早いと気付くだけの余裕が、翠にもようやく生まれた。

万が一の自分の逃走経路を頭の中に思い描きつつ、翠はベッドから立ち上がる。すぐ左手側にあるドアを一枚開ければ、玄関に辿り着く。よし、大丈夫だと翠は不審者と対峙することに決めた。

「……ねえ。聖女って、うちの姉の事でしょ？　早乙女聖《ひじり》」

「――サオトメヒジリ様、とおっしゃるのですね、彼《か》の方の御尊名は。至極恐縮ではございますが、浅学《せんがく》ゆえに存じ上げませんでした。申し訳ございません」

舞台役者のような大層な物言いで、真剣な表情を浮かべる男はひどく間抜けに見えた。毒気を抜かれてしまい、翠はくすりと笑う。

「ちょっと私も、貴方を存じ上げないんですけど」

「度重なる無礼をお詫び申し上げます。私はティガール王国第三王子アルフォンス・セルヴィード・ルド・マリウス・ティガールと申します」

「……王子」

「王子でございます」

真顔で頷かれ、どう反応すればいいのか。翠は頭を抱えた。

「はぁ、てぃがーるさん。どこぞの虎みたい」

「姫君におかれましては、御尊名を賜っておりませんでしたため失礼致しました。なんとお呼びすればよろしいでしょう」

「ちょっとさ、その仰々しい物言いやめてもらえないかな？　学がないもんで、なんて言ってるかぜんっぜん分かんないんですよね」

この世のものとは思えぬ眉目秀麗な役者に用意された舞台は、１ＤＫの小さな部屋。あまりにも不釣り合いすぎるだろう。なぜかこんな一市民に対して、大国の女王を相手にするかのように振舞う男にそう言えば、彼は目に見えて狼狽《ろうばい》した。これまで、何を言ってもこの男の表情を崩せなかった翠は、一人満足する。

「ですが」

「ですがもへちまもへったくれもない。一応、ここ私の部屋なんで。郷《ごう》に入っては郷に従え、翠様の前に立っては翠様に従って下さい」

「畏《かしこ》まり――」

「堅い」

「了解致し――」

「まだ堅い！」

「分かりました」

ひどく困惑した表情で返事をする男に、うんうんと首を縦に振った。

「それで。王子様がなんだって？　本気で言ってるなら警察を呼ぶし、罰ゲームか何かならいい加減悪ノリを止めて正直に話してくれない？　私明日も大学なんだけど」

王子と名乗った男は翠に危害を加える様子はない。とすれば、何か話したいことがあるのだろう。先ほどから何度も「申し訳ございません」の言葉で流され続けていた翠は、早く話を終えたかった。相変わらず明日は早いし、夜遅くまで煮詰めていたレポートのため疲れ切っている。

翠の言葉に表情を曇らせたままの王子は、縋《すが》るように強く翠を見つめる。

「……聖女様にお目通り願いたい。直接お話し致します」

「姉はいません。四年前に亡くなってますから」

翠の言葉に、王子は一瞬体をこわばらせたあと、落胆を隠そうともせずに唇を戦慄《わなな》かせた。絶望に顔を染め上げて、ラグを睨みつける。

「……そんな……そんなことが……」

「ちょっと、虎王子。どうしたのよ」

知人の訃報《ふほう》を受け取った――にしては、いささかおかしな反応だ。翠ははっきりと狼狽えた。これまで絶対に気品ある態度を崩さなかった王子が、まさか声を震わせて崩れ落ちるとは思ってもいなかったからだ。

王子は土気色になった顔を翠に向ける。絶望の色を隠しもしなかった。

「姫君、私は現世《うつしよ》から参りました」

「はぁ？　うつしよ？」

聞き慣れない言葉をとっさに聞き返した翠は、慌てて首を振る。これでは話が進まないままだ。

「ウツシヨからきた。それで？」

「百年前に聖女様のご助力により我が世界が救済された旨を、姫君はご存じでしょうか？」

「……もしかして、その聖女とやらがうちの姉だとか……言うわけ？」

「私は百年前に世界をお救い下さった聖女様の下に推参致しました」

「なんかその言い方じゃ、違う世界からきたみたいなんだけど。何それＳＦ？　すこしふしぎなの？」

「ご明察の通り、天高くを居住《いず》まいとなさる常世《とこよ》の姫君にとって、我ら人が生きる大地――現世は別世界だとお考えになられてけっこうかと存じます」

「はぁ……まぁ……じゃあ、そんで。ウツシヨの世界を救った聖女が姉だ――ってそちらさんは言ってるわけですか」

「姫君は、聖女様とお聞きになり、瞬時に姉君だとご推察なさいました」

「いやまぁ、そりゃ急に現代日本で〝聖女〟なんて言われても、うちの姉ぐらいしか思い浮かばないし……それと、ちょっと。話し言葉気をつけてよね、虎王子」

再び堅苦しいために聞き取りにくくなっていた言葉遣いを注意すると、虎王子は慇懃《いんぎん》に頭を下げた。よく知らないけど、そんな簡単に頭下げていいものなの、王子様って。翠は目の前の現実を受け止めきれずに大きなため息をつく。

翠が〝聖女〟を姉だと判断したのには理由がある。姉のあだ名が御大層にも〝聖女〟だったのだ。なにも、姉が聖人君子のようだったわけではない。早乙女聖、この名を反対から読めば、きっと誰でも気が付くだろう。姉は身の丈に合わない〝聖女〟というあだ名を冠する、普通の女性だった。

「別人だと思いますけど……姉は百年前にはもちろん生まれてもないし、優しい人だったけど……世界を救ったり出来る人じゃなかったんで」

「常世に参るため、聖女様のお持ち物を媒体に致しました。こちらに見覚えはございませんか？」

幾重もの布に包み懐に大事に納めていた物を、虎王子は慎重な手つきで取り出した。

「んー……見覚えがないかって言われてもなぁ。仮に姉のだったとしても一々全部の持ち物覚えてないし……」

もしこれが姉の失踪直後であれば覚えていたかもしれない。当時は行方不明になった姉の持ち物を家族全員で必死に思い出し、張り紙に記載して日夜町中で聞きまわっていたからだ。

しかしそんな生活も、四年前に終わりを告げる。

——行方不明から二年後、姉の白骨遺体が見つかったのだ。

見る影もなくなったその姿が姉なのだと、虫歯の治療の際にとっていた歯型が証明してくれた。

そして共に発見された衣服も姉の持ち物であったことが判明する。それは行方不明時に身に着けていたと推測されるスーツと靴で、姉の恋人である多野《たの》の証言により明らかとなった。遺族の手前言葉を濁していたが、あれは彼が姉にプレゼントした物だったのではと、当時高校生だった翠は思った。

「聖女様のお持ち物はすべて王城にて保管しておりましたが、ある時盗賊により奪い去られてしまったといいます。しかしこちらの品《しな》だけは聖女様が顕現《けんげん》後、身を寄せていた神殿の者に預けていたらしく、その後も大事に保管されていました。どうぞ、ご査《さ》収《しゅう》ください」

揺るぎない瞳に逆らえず、翠は彼が両手で恭しく差し出している塊を手に取った。そしてそっと布を開いていく。

「……これは、腕時計？」

「やはり姫君は、この物体が何かをご存じなのですね」

その言葉に、はっとする。

「かまをかけたの？」

「いいえ、それが聖女様の持ち物ということになんの偽りもございません。ですが、我らはその物体が何か、全く分からなかったのです」

腕時計を知らない？　そんな馬鹿みたいな発言を笑い飛ばせないのは、やはり王子の真摯な瞳のせいだった。

「姫君、貴女様は間違いなく、聖女様の妹君であらせられましょう」

ブレない視線に抑揚の少ない、けれど聞き取りやすい明朗な声。選挙の演説だってこれほど人の心を掴みはしないだろう。翠はこの男の冗談のような内容の、真剣な言葉をもう疑えなくなってきていた。

「言葉遣い」

「失礼致し」

「グーで殴るよ」

「すみませんでした」

腕時計を見る。見た目にはなんの変哲もない古びた時計だ。だが古びている以外になんの特徴もないことが、逆に翠の心に黒い染みを生んだ。姉のものだという不自然に古びた持ち物。それは否が応でも、行方不明の姉を捜すために奔走した過去の記憶を鮮明に呼び覚ました。

胸の息苦しさを堪えながらも翠は震える手で腕時計の文字盤に触れ——ぎくりとした。腕時計の文字盤、裏蓋、バンドの留め具、いたるところに見知ったブランドのロゴが刻まれていることに気が付いたのだ。姉が好きだったブランドのものに間違いなかった。

おそるおそる指先で表面をなぞってみる。腕時計の材質はおそらくステンレス。サビや衝撃にも強い素材のはずだ。しかし丁寧に磨かれてはいるが、全体に薄くサビが浮き、ガラスの風防にはヒビが入り針は止まっている。違和感は増した。丈夫な金属とガラスでできた腕時計が、たったの六年でこれほどくすんでしまうものなのだろうか。遺体とともに発見された服や靴の痛みようとは比べ物にもならない腕時計を見て、不自然な気持ちの悪さが募る。胸の奥でとぐろを巻く感情は、すぐにでも決壊しそうなほどに膨らんだ。

「——それで。もし仮に、そうだったとして？」

翠にとって姉の死は、四年も前に乗り越えたものだ。二年間にも及ぶ捜索期間は、家族に辛く重く伸《の》しかかった。生死だけでいいから——言葉にせずとも、誰もがそう思っていたころに、姉はあんな姿で家族の前に還ってきた。まるで神隠しのような事件に警察もお手上げ。早々に捜査は下火となり、今ではほぼ打ち切られている状況だ。翠も心に整理を付け、両親に分けてもらった姉のお骨に毎日線香をあげることで、彼女を供養しているつもりでいた。少しでもと、線香の香りというご飯を食べてもらっているつもりだった。

なのに、それなのに。

まるで、胸の中をぐちゃぐちゃにフォークでかきまわされているようだった。姉の死の真相を知っているかもしれない男を前に、上手く感情を抑えられない。

「つまり、何？　あんたは何を言いたいの？　うちの姉が行方不明の間、そっちで世界を救ってました」って？　そんでもって、また今困ってるから姉を頼りたいって、厚顔《こうがん》にもそう言ってんの？」

「姫君、どうか御冷静になられ――」

「冷静にだって？　もちろん、私はずっと冷静だよ。だって、つまるところあんたたちは、姉に世界を救ってもらったくせに、姉が今どうしてるかも把握できてないってことだよね？　普通さ、世界を救った大恩人ってさ、大事にされるもんなんじゃないの……？」

翠の時間はまだ、動けずにいる。心の整理を付けたつもりでも、前を向いているつもりでも――まだ、あの時で止まったまま。幼い十七歳の、途方に暮れた顔で、姉の面影を追い続けている。

「ねえ、なんでさ、世界を救った聖女様が、真っ白な、あんな、あんな姿になって、還って来なきゃいけなかったの⁉」

胸が燃えるようだった。これほどの怒りを感じたことは無い。翠は胸の中の焼け付く怒りを吐き出すように、目の前の男に怒鳴り散らした。

「それがさ、何！　姉に義理も通さなかったくせに――また、助けろだって？　姉が死んだって聞いた時、心配するのは自分の国のこと⁉　普通、なんか一言くらいあってもいいんじゃない⁉　このっ、恩知らず‼」

徐々に大きくなっていく声はすでに悲鳴じみている。目の前が真っ赤になるほどの怒りに震える。

「あんた、王子なんでしょ？　救ってもらった世界の、王子なんでしょ？　あんたたちさえ、ちゃんとお姉ちゃんを守ってくれてれば‼」

震える拳をきつく握りしめる。発見された姉の姿は、生前の幸せそうな様子からはかけ離れていた。警察から連絡を受けて駆け付けた恋人の多野は、姉の無残な姿を前に、人目も憚《はばか》らずに号泣した。

「私たちが、どんだけ、どんだけ捜したと思ってんのよ‼　お父さんは早期退職までして、ずっと町中歩き回ってビラ配って。お兄ちゃんも地元に帰ってきて、私たちを支えてくれた。多野さんも、お姉が還ってきたときのためにって――万が一、お姉がどういう状況になっていても、一生面倒を見てられるようにって！　それまで以上にがむしゃらに働いてお金貯めてくれて！　お姉が死んだって分かったあとも恋人の一人も作らない多野さんに、月命日の度にうちに現れる多野さんに、うちの親がもう娘を忘れてくれって、頭下げるのが、どんだけ辛かったか！　あんたに分かる⁉　あんたたちは、お姉を救える立場にいたんでしょ⁉　お姉の真心を、誠意を、あんたたちはどうして踏みにじったのよ！　知りたくなかった、知らなきゃよかった。そうしたら、ずっと犯人を憎んで暮らせてたのに！」

幸せな最期ではないと、分かっていた。

若い女の失踪などよくあることらしく、警察は中々腰を上げてくれなかった。捜査を開始したのは再三の要請のためではない。姉の周囲にトラブル性が皆無だったためだ。自主的な失踪でなければ、自ずと道は絞られていく。――姉を捜す間、その覚悟を決めていたはずだった。

それでも、真っ白な姿で還ってきた姉を見た時、どうしようもない悲しみを知った。痛かっただろうか、辛かっただろうか。お腹は、空いていなかっただろうか。こんなに細くなって、還ってきて。この姿じゃ、分からない。姉に何があったのか、何に耐えてきたのか。白い骨はそこに横たわっているだけで、何も教えてくれなかった。

どうして、もっともっと、姉のことが大好きだと、尊敬していたのだと、たまに作ってくれる卵焼きが好きだったのだと、多野さんと幸せになってくれと、伝えてあげられなかったのだろうか。

「滅びなさいよ……そんな世界」

翠は心の奥底の呪詛《じゅそ》を吐き出した。

まるでこの世の終わりを一人で背負ったかのような、世界の滅亡が確定したかのような、解けない呪いをかけられたかのような——姉の訃報を告げられた時よりもずっと深い絶望を映した彼の表情に、翠は全く気付きもせずに。

「出てって……出てってよ！　私の前から消え失せろ‼」

髪を振り乱して叫ぶ翠を見ても、男は動かなかった。そんなふてぶてしい態度に辛抱できず、翠は男の体を押して強引に玄関まで連れて行く。玄関のドアを乱暴に開けると、男を押した。いくら力いっぱい押そうとも、女の力などたかが知れている。にもかかわらず、男はふわりと部屋の外に押し出された。

翠はそんな男に一瞥《いちべつ》もくれることなく、大きな音を立ててドアを閉めた。

❖

虎次郎、行くあてはあるのだろうか。

夜中の二時に叩き起こされ、意味不明な発言を繰り返され、姉の死というデリケートな部分に、文字通り土足で踏み込まれた翠は――一人部屋の中で葛藤《かっとう》していた。

「さすがにあの見た目で百歳は……ない、うん。ない……」

一人になり冷静になってみると、彼にぶつけた怒りがどれほど筋違いだったかに気付いた。彼は百年前と言っていた。きっと当事者ではなかったはずだ。それなのに、翠の自分勝手な憶測と怒りを撥ね除けることなく聞き続けてくれた。

自責の念に駆られ、翠は玄関の戸をそっと開けた。しかし、そこにいると思っていた美貌の男の姿はない。安堵からか、失望からか、ため息がこぼれ出た。吐きだした息は一月の寒さを映し出すかのように、白く形作られ、翠の罪悪感を刺激する。

ポンチョとマフラーを小脇に抱え、外套を羽織り、奥から引っ張り出してきた予備のマフラーを自分の首に巻く。小さな鞄を手にした翠は１ＤＫの部屋を飛び出した。

大学付近の学生寮が多い地区に住んでいるが、この時間帯にはさすがに人っ子一人いない。頬が凍てつくような寒空の下、翠は金髪の男を捜す。翠と違い、彼はマント以外にはコートの一枚も着ていなかった。かじかんだ両手に息を当てながら、翠は走り続ける。

しばらくすると、寒さにより痛む耳が人の話し声を聞き取った。話の内容が分からずとも、あの奇天烈な衣装を見つけた翠は慌てて駆けつける。

「無礼者、そこをのけ」

「君ねぇ……これ以上こちらの質問に答えてもらえないようなら、公務執行妨害罪で連行しないといけなくなるけど、いいの？」

虎王子はあろうことか警察官に捕まっていた。この辺りは学生街ということもあってか、夜間の巡回は日常的にある。

状況のまずさに血の気が引いた。そこから先は必死だった。かつてない速度で数十メートルを詰め、無我夢中で虎王子と警察官の間に割り込んだ。

「申っし訳、ありません！」

全速力で走った翠は弾む息のまま、虎王子の頭を乱暴に押さえつけた。呆気にとられたのだろうか、警察官に対し頑《かたく》なな態度を貫いていた虎王子は、従順に翠に従い頭を下げる。

「ちょっと酒と悪ふざけが過ぎて、こんな衣装を着せたら痴話喧嘩しちゃいまして……！　……映画なんかの影響もあって少しおかしな日本語で話すんです！　ご迷惑おかけしてすみません！」

「そういうことなら、今回は大事《おおごと》にはしないけど……彼は？　学生さん？　身分証ある？」

若い警察官は、話が通じる相手に安心したような顔をした。虎王子に対して強気に出られなかったのは、彼の意味不明に悠然とした気迫が原因だろう。訝《いぶか》しさは残るが、大学生の悪酔いとして穏便に済まそうとしてくれているようだった。もちろん虎王子の身分証などあるはずもない。翠は代わりに自分の免許証を提示してこの場を収める。

「はい、今後気をつけます。大変ご迷惑をおかけしました。ほら！　あんたも謝んなさい！」

「……すまない」

「すみませんでした、でしょ！」

「すみませんでした」

乱暴に頭を下げさせると、若い警察官は微笑ましそうに笑ってくれた。痴話喧嘩、と言ったのが功を奏したのかもしれない。翠に「ほどほどにしてあげてね」と失礼な言葉を残して、自転車に跨《またが》り立ち去って行った。

警察官の背中を見送り、ほっと息をつく。隣で身を縮こまらせている男に文句を言ってやろうとして――絶句した。彼はコートどころか、靴さえ履いていなかったのだ。

そうだ、私が脱げって言ったんだ。翠は更に膨れ上がった罪悪感に歯を食いしばる。どんな理由があろうとも、裸足で家から追い出すなんて、人間のすることじゃない。

真冬の、それも真夜中のアスファルトの上、虎王子の足はところどころ傷を負っているように見えた。このまま歩いて帰らせるわけにはいかない。

「座って。足出して」

「姫君、何を」

「いいから！　座る！」

狼狽える男を引っ張り尻餅をつかせると、自分の首からマフラーを外す。鞄に入っていたハンカチも取り出して、王子の足の裏に片方ずつ巻き付けた。

「いけません。汚れます」

「ええいうるさい！　つけておきなさい！」

どうしても謝罪できなかった翠が強い言葉で撥ね除けた。困惑する王子に向かって、ポンチョとマフラーを粗雑に差し出す。男性の体型でも問題のなさそうな物を選んで持ってきていた。衣類と翠を交互に見る王子は、心底弱っているように見えた。

彼の語った奇想天外な話を、翠は信じずにはいられなかった。普通の大学生なら、警官にあんな態度は絶対に取らない。それにもしただの悪ふざけなら、こんな寒空の中一時間もうろつかずに、さっさと帰ってしまえばよかったのだ。けれど彼はそれをしなかった。きっと、できなかった。

「せめてマフラーはご自身に――」

「こんな冷えた体して！　そんなこと言わない！」

指先まで凍るように冷たい王子の言葉を遮った翠は、実力行使に出た。勝手にポンチョを巻き付ける。有無を言わせない厳しい口調に、彼はほとほと困り果てたように整っている眉毛を下げた。

「――先ほどは、大変失礼を致しました。きっと助けていただいたのですよね？　ありがとうございます。姫君に頭を下げさせてしまうなど……」

「翠」

「はい？」

「名前。姫じゃなくて、翠。虎の名前は？　さっき聞いたけど、ごめん忘れちゃった」

恥ずかしさを誤魔化すように、翠は時間をかけてポンチョの上からマフラーを巻いてやった。そんなに時間がかからないと分かっているだろうに、王子はそれには突っ込まないでいてくれた。

「トラ、という呼び名でけっこうでございます。いかようにも呼びやすいようにお呼びくださいませ」

「いいから。名前はちゃんと呼ぶ。教えて」

不貞腐れたような物言いにも腹を立てることなく、王子は身を屈めたままゆっくりと名乗る。

「アルフォンス・セルヴィード・ルド・マリウス・ティガール、でございます」

「あ、あるふぉんす、せるー……てぃがー?」

「アルフォンス・ティガールで構いません。間の名前は、祖父や教皇の名前ですので」

「あ、っそ。それぐらいなら覚えられそう。アルフォンス・ティガールね。アルフォンスがいい? ティガールがいい?」

「ティガールは我が国の名となりますので、アルフォンスと。そう呼んでいただけたら光栄です」

「アルフォンスね」

アルフォンス、アルフォンスと口の中で何度も確かめるように呟く翠を、一対のエメラルド色の瞳が見下ろしていた。

「な、何よ。あっ、そういえば! うちの国家権力に盾突いたりしないでよね」

「国家権力……騎士団のようなものでしょうか」

「そうなんじゃない? ほら、帰るよ。こっち」

うちに来なさい、と伝えるのが気恥ずかしい翠は、乱暴に吐き捨てて彼の手を取る。アルフォンスは逆らうことなく翠に追従した。

今ごろになって、先ほどの恐怖が翠を襲う。警察官に嘘をついたことなんて今まで一度だってない。善良な市民であれば当然だろう。

寒さも加わり、自分の手が僅《わず》かに震えていたことに、翠は気付いていなかった。早くこの場を立ち去ろうと、慌てていたせいもあるのかもしれない。しかし、翠に手を引かれているアルフォンスは、その震えに気付いていた。こちらに背を向け足を速める彼女の背中を、じっと見つめる。

「――恐怖に身を震わせてまで、姉の仇と罵った相手を助けたのか」

「ん？　なんか言った？」

小さな呟きは、翠の下まで届かなかった。アルフォンスは慈愛に満ちた瞳で翠を見つめると、その長い睫毛を伏せて首を横に振った。

「先ほどは本当に助かりました。ありがとうございます」

「ま、まぁ、いいけどさ……ほら行くよ」

再びの感謝の言葉は、催促したようで決まりが悪かった。翠は恥ずかしさから足早になる。暗い夜道を前後に手を繋いで歩く、おかしな二人を月が見守っていた。

❖

ポンチョ、マフラー、マント、とアルフォンスを温めていたものを玄関で翠がはぎ取る。アルフォンスのマントは、その見た目通りのずっしりとした重さだった。

玄関に面している台所を抜け、うがい手洗いをすませリビングに入ると、出がけにつけていた暖房がきいていた。暖まっている部屋を、アルフォンスが不思議そうに見渡す。

「女の一人暮らしの部屋をそんなじろじろ見ない」

「失礼致し」

「堅い！」

「申し訳ありませんでした。……翠様は、女性ですのにお一人で住んでおられるのですか？」

「そーよ。はいタオル。これで足ふいて」

「常世は現世とは生活の基盤すらも違うのですね……」

身軽になったアルフォンスをベッドに座らせると、半纏《はんてん》と掛け布団を羽織らせる。翠は彼の脱け殻を適当にハンガーにかけ、クローゼットにしまった。クローゼットから救急箱を取り出すと、翠はアルフォンスの前に座り、むんずと乱暴に足を掴んだ。

「女人が見るものでは――！」

先ほどのタオルで汚れをふき取った足は、泥が落ちて傷が目立つようになっていた。切り傷に加え、皮膚の中に小石まで入り込んでしまっている。

「っ――！」

「大丈夫です。大丈夫ですよ。差し支えなければ、道具をお借りできますか？」

翠の混乱に気付いたアルフォンスが、努めて優しい口調で言う。翠は素直に救急箱を渡した。しかし、救急箱を受け取ったアルフォンスが戸惑いを見せる。

「何よ」

「……心苦しいのですが、使い方をご教授願えますか？」

「言い方」

「使い方を教えていただきたい」

よろしいと頷くと、翠は道具をそれぞれ手に取り説明を始めた。翠の説明を受けながら、アルフォンスは透明なビニール袋やプラスチックの容器を珍しそうに眺める。こんなんで大丈夫か――という翠の不安をよそに、道具の使い方さえ分かると、彼はするすると処置を終えた。

「お待たせ致しました」

心なしか青ざめた顔で目をそらしていた翠は、ちらりとアルフォンスの足元に視線を向けた。傷口に入り込んでいた砂利を丁寧に取り除いて消毒液を吹きかけ、ガーゼと包帯を巻きつけた足は、見た目こそ大袈裟だが数日もすれば痕《あと》もなく治るだろう。

「よかった、ボタンも一人で留められないような王子様じゃなくて」

「従軍経験があるのです」

苦笑するアルフォンスの言いようでは、そういった王子もいるということだろう。翠は救急箱をしまい、台所で温かい飲み物を淹《い》れる。

翠がリビングに戻ると、こたつに潜り込ませていたアルフォンスは、彼女に怒られない程度に部屋を観察していた。

いつも翠が座っている場所に座らせたアルフォンスの背には、ベッドがある。翠はいつもだらしなく背もたれにしているのだが、彼はピシリと背筋を伸ばして座っていた。

もちろん、この場所に座ったまま、テレビだって見られる。テレビの横には、姉の遺影が飾られた小さな仏壇。その姉が見守っているというのに、ぐうたらな妹は脱いだ服もそのまま散らかしたまま。

「部屋を見るな」と制することを諦めた翠は、アルフォンスにコーヒーを差し出した。

「はい、コーヒー。インスタントだけど許してね」

「ありがたく頂戴致します」

恭しく両手でアルフォンスがマグカップを受け取る。部屋の様子や救急箱の中身と同じく、コーヒーの入ったマグカップの中を物珍しそうに眺めていたが、翠が一口含むのを見てから雛鳥《ひなどり》のように同じ動作を真似た。――その瞬間、げほげほと大きく彼が咳き込む。驚いた翠が慌てて背を擦《さす》る。

「ちょ、大丈夫⁉」

「すみません……あまりの苦さに、毒かと……」

「はぁ？　どくー？　そんなもの一女学生の私が持ってるわけないでしょ」

ぺしんと翠が頭をはたくと、アルフォンスが力なく笑う。この部屋で別れるまでの無表情さとは少し違う、人間味溢れる表情だ。

「翠様には恨まれても止むを得ぬ事情がございます」

「……あー、それは、うん。さっきは、私が悪かったわね。うん」

誰がどう聞いても、お世辞にも謝罪とは言えない言葉でさえ、アルフォンスは慌てた。

「翠様のおっしゃった事はご尤《もっと》もです。我々の尽力が足りなかった。力及ばなかったばかりにご遺族に辛い思いを強いてしまった……大変申し訳なく思っています」

「それなんだけど、あんたたちがお姉を殺したの？　だから遺体だけが帰ってきたの？」

翠の言葉に、アルフォンスは考えるように押し黙った。その間に翠はアルフォンスのコーヒーを片づけ、牛乳を温める。蜂蜜と砂糖、そしてほんの少しのブランデーを混ぜる。ホットミルクという子ども扱いに若干戸惑いの表情を浮かべたアルフォンスだが、翠の気遣いに礼を言い、力なく笑った。

「まず結論から申し上げますと、私は姉君に拝謁を賜ったことはございません。現世に生きる王族として、全く責任が無いとは言えませんが――聖女様を、弑《しい》し奉《たてまつ》ったのは私ではございません」

「しいしきんつぱ？」

「……害したのは、私ではございません」

「……殺してない、ってことね？」

「左様でございます」

アルフォンスの実直な言葉に、翠は全身の力が抜けるのを感じた。

「……そう、なら、よかった。それじゃあ、私的にあんたは別に敵じゃない。よかった。お姉を殺した人となんて、話もしたくない」

よかった、本当によかったと体が震えはじめる。怒って誤魔化してばかりいたが、本当はとても怖くて、歯痒くて、心細かったのだ。

翠の突然の弱気を見たアルフォンスが慌てる。その事に気付いた翠はハッと居住まいを正した。

「なら、あんたの話も聞いてあげられる。いいよ、なんか話したくて来たんでしょ。話せば？　あとちゃんと、言い訳もしてね。全部謝られると、全部あんたが悪く聞こえちゃう」

アルフォンスは目を瞑《つぶ》ると、こたつから体をずらし、深々と頭を下げた。「いいから入ってなさい」と翠は照れ隠しで彼を押し込む。百年前の人間を、違う世界に捜しに来るほど、彼は切羽詰まっているのだと察せられた。

「私は百年前に存在したと言われる聖女様に御目通り願うため、この地に魔法でやってまいりました。私の目的は、聖女様を捜すことでございます」

「それで当てが外れて困ってんのね。万が一お姉だとしても、お姉はもう死んじゃってるし。ここには聖女どころか、怒鳴り散らす鬼のような小娘しかいない」

そんなことは、と慌てて否定しようとするアルフォンスを翠は制した。

「はいはいおっけ、それはいいとして。じゃあその姉かもしれない聖女様について教えてよ」

なんか力になれるかもしれないし。そう続けた翠に、アルフォンスは頷く。

「――百年も昔に滅んだ国の事です。当時の出来事を見聞きした者はもう、すでに誰もおりません。記録も書物も、数多《あまた》の脚色が加えられた偽物が出回り、今ではもう何が真実なのかも定かではない。ですが、これなるは亡国の音――真実に途方もなく近い話だと思って聞いていただきたい」

語り始めたアルフォンスの邪魔をしないように、翠は頷いて話を促す。

アルフォンスは顎を引き、朗々とした声で暗唱し始めた。

この世に暗雲が立ち込める時　一筋の光が天より差し込んだ
その希望が視界を真っ白に染め上げた時　光の波の中より聖女が降臨する
「我は天より遣わされし者　勇気ある者たちよ　立ち上がりなさい　祝福を授けましょう」
聖女の言葉に誘《いざな》われ　六人の若者が立ち上がる
武の者・智の者・信の者・魔の者・義の者　そして　勇の者
聖女の導きのもと　彼らは凶悪な魔王を打ち払い　この世に永《とこしえ》の平和と安寧をもたらした――
「これが、後世まで残っている〝聖女伝説〟です。彼らはのちに勇者一行と呼ばれ、それぞれに爵位を賜り貴族となったのですが、今残っているのは勇者の末裔であるレーンクヴィスト辺境伯家と、神官として随行したヨルダン伯爵家の二家のみです」

「……はぁ？」

つまり？　と首を傾げながら言う翠に、アルフォンスはおほんと一つ咳払いをして言った。

「聖女降臨についての確かな証拠は存在せず、その人となりなどについても――」

「なんにーも、分かりませーん、ってことね⁉　お姉かどうか、なんて問題じゃないじゃん！　はなっから、聖女がいたかどうかすら、分かんないってことだよね⁉　もうお伽噺《とぎばなし》じゃん！」

そんな夢みたいな話をよすがに、こんなところまでたった一人で？　翠は絶句した。

「聖女降臨は、一度きりの奇跡でございます。いかに荒唐《こうとう》無稽《むけい》な話でも、我々はそれに縋るしかなかったのです」

「なんで！」

「現世では百年前に天の力を借り、ようやく打ち果たせた魔王が復活しております。民は怯え、人心は乱れております。民にとって聖女の存在は光。民に力を取り戻してもらうためにも、鼓舞が、奇跡の力が必要だった」

つまり必要だったのは、儀式だったのだ。人々を勇気づけるための。

「それっぽい美女じゃ駄目だったの？」

「心の内ではその存在に疑問を持ちながらも、魔王討伐の可能性を引き上げるため、卑しくも、一粒のお慈悲に縋ったのです」

「ぼんやりしてんね。よく信じてこんなとこまで来たもんだ」

「我が国教は女神信教であるため、多くの者が聖女の存在を信じております。聖女は、女神より遣われし天の御使い――信じる、信じないという存在ではないのです」

なるほど、神様とか、天使とか、そういう感覚なのかと翠は納得した。

「そんな全体的にぼんやりした内容なのに、腕時計は聖女のだって言い張るんだ？」

アルフォンスの語った物語や、今聞いた背景像から、翠の中で〝聖女〟は随分と抽象的なイメージだ。自分の姉どころか、実在した人物であるというイメージさえ全く湧かない。それなのに、姉の好きだったブランドの古びた腕時計だけはこうして手元にある。その差異がどうしても納得できなかった。

「実際に聖女様が残した数々の聖物が、亡国の宝庫に保管されていたことは確かなのです。先ほどお渡しした〝うでどけい〟については神殿が保管していたものですので信憑性には欠けますが、現世の技術ではかような細工を施せる技術者は、まず存在致しません。常世に住まう聖女様のものと見て、間違いないでしょう」

「もー！　たった百年前のことなんでしょ？　きちんと記録ぐらい残してなさいよねえ」

「……大変申し訳ございません」

掴めぬ実態に頭が痛み出す。翠はぐりぐりとこめかみを押す。

「聖物を残した聖女は確かに存在しておりました。ですが、真実常世から降臨したのかは定かではない」

「……つーまーりー？」

本日何度目になるか分からない催促にアルフォンスは答えた。

「つまり、聖女として聖物を残した存在は確かに実在した、ということです」

アルフォンスの言葉を何度も頭の中で反復させる。

「信仰的な意味合いでの聖女を騙《かた》った偽物がいた、ってこと？」

「偽物とは限りませんが――民の信じる祝福を授ける聖女と、語り継がれてきた歌に残されている聖女、そして聖物を残した聖女が必ずしも同一人物である必要はないのです」

「……つまり、あんたは宗教上の聖女を信仰してるし、こっちの世界から腕時計をウッシヨに持ち込んだ人物がいたことも信じてる。けど、その人が聖女かは分かんないし、物語の聖女降臨も本当にあったとは思ってない、ってことで、ファイナルアンサーね？」

「――はい」

アルフォンスは答えに窮《きゅう》していた。その様子から、翠が言いたいことを察したのだろう。翠は彼がなぜ、自分の不利になるような事柄まで話すのか理解できなかった。部屋を追い出す前は、どれほど聞いても答えなかったのに――誠意を見せようとしているのだろうかと、エメラルド色の瞳を覗き込む。まぁ容赦なんて、してやらないけど。

「ってことは、腕時計の持ち主はあんたたちの言うところの祝福を授ける聖女じゃない。ってちゃんと分かってるのね？」

「……その可能性も、あるというだけです。姉君が、ひいては貴女様が、聖女ではないという証拠にはなり得ません」

「往生際悪っ！」

「見苦しくとも、足掻かねばならぬのです。どうか翠様、聖女様の血筋であらせられるのならば、不甲斐ない我々に救いを――お慈悲をお与えください！」

涙交じりの悲痛な声に、翠の胸まで痛みだす。

「そうは言われても、私も助けてあげたいけどさ……私は本当に聖女じゃないわけだし……とりあえずはさ、いったんこれを報告しに帰ったら？」

翠の言葉に、眉間に深く皺を寄せたアルフォンスが神妙な面持ちで口を開いた。

「現世には、召喚魔法の一切が存在しないのです」

うっすらそんな気はしていたが、やっぱり魔法だったのか。翠は聞き慣れない言葉に顔を引《ひ》き攣《つ》らせながら続きを促す。

「へぇ、じゃああんたはどうやって来たの？」

「私は、送還魔法でこちらへまいりました。送還魔法とは〝もの〟を送り届ける魔法です。召喚魔法とは、逆に〝もの〟を引き寄せる魔法です」

「……なんか違うの？」

「魔力を動かす難易度的には、さほど変わらないでしょう。ですが、肝心の陣が無い」

「じん？」

「大がかりな魔法を行使する際に使う補助的な仕掛けです。召喚魔法の陣はある時を境に世界中から姿を消しました」

「何それ、どういうこと？」

「世界中の、召喚魔法の陣を記載していた書物すべてが、ある時忽然と姿を消したのだそうです。これについては各国が総力を挙げて大掛かりな調査を行ったようですが、全く手掛かりすら掴めませんでした。そして現世に、召喚魔法を使える魔法使いは誰一人としていなくなったのです」

理解が及ばない翠とは裏腹に、アルフォンスの表情は深刻だ。つまり、なんだかとてつもなくどうしようもないことなんだろうな、と勝手に納得しておく。

「じゃあその、ソーカンマホーってやつで帰ったら？」

その言葉に、アルフォンスはビクリと体を震わせ、居心地悪そうに視線を逸らして俯いた。訳が分からず首を傾げれば、アルフォンスはぽつりと零した。

「――今の私では世界を渡ることはできないのです」

「そうだよねぇ大掛かりって言ってたし……って、ん……？」

翠はアルフォンスを見た。アルフォンスはお行儀よく正座したまま、器用にこたつに潜り込む。

「じゃああんた、どうやって帰んの？」

召喚魔法はないと言っていた。つまり、向こうから呼んでもらうことはできないのだ。アルフォンスが自力で帰るしか方法はないのだろう。

その言葉に、アルフォンスはしおしおと肩を窄《すぼ》めていく。あ、こいつ！　翠は気付いてしまった。部屋を追い出してからこちら、アルフォンスの様子が変わった原因はここにあったのだ。

「無理よ！　私は魔法使えないし、そもそも聖女じゃないし！」

「帰る方法はあるのです！　その条件が整うまで、どうか、どうか御慈悲を！」

「無理！　無理よ！　私二十一歳なの！　まだ未婚なの！　部屋も狭いし！」

「二十一⁉　いえ、翠様、後生で、後生でございます！」

このあとの言葉、想像つくぞ。翠は両耳を塞いで、目をぎゅっと閉じた。アルフォンスが立ち上がり、直角にお辞儀しながらほとんど泣きそうな声で翠に縋る。

「どうぞ、どうぞ今しばらく、私をここに置いてもらえませんか！」

あーあ、そんなこったろうと、思ったよ。

第二章　何もできない王子様

「……その帰る方法って、どんなのなの」

つむじが見えるほど頭を下げるアルフォンスは、全身で誠意を表していた。王族の名に恥じない姿といっていいだろう。懇願しているその姿でさえ威風堂々と見えるのだから、出自とは恐ろしいものである。

「帰還条件を魔法により定めていたのです。少し説明が長くなりますが、お聞きいただけますか。……聖物を媒体にするにあたり、不安点もございました。それは、聖物によって選ばれた送還先で、この技術が悠然と闊歩しているかもしれないということです。その場合、聖物の持ち主として聖女様以外の、無関係の人間が選ばれてしまう可能性がございました。私は自力で帰還せねばなりません」

「じゃあ、この腕時計を媒体？　にした時点でどこかに飛ぶことは決定してたってことよね？」

「その通りです。しかし送還先が聖女様の下であるという確証は持てなかった。そのため、我々はその不安点を取り除くために厳しく条件付けをしたのです。ひとつ、聖物の持ち主がまさしく聖女

である場合に限り、術式が作動することとする。ふたつ、その際に送還される目標は聖女である。みっつ、意思疎通の便宜を図る事。よっつ、条件を揃えることにより自力での帰還を可能にすること」

「ちょっと待ってよ。聖女であることって……お姉が聖女だって言うんだったら、なんでここに来たのよ。ここにお姉はいないんだけど」

「それは定かではありませんが……条件として、姉君の遺産等も当てはまったのかもしれません。こちらに、姉君の遺されたものはございますか？」

「……遺すって、いうか……そこに姉のお骨がちょこっと入ってるけど……」

骨と聞いて、アルフォンスは若干頬を引き攣らせた。火葬の文化が無いのだろう。しかし、すぐに真顔になる。

「では、ご遺骨が目標地点と定められたのだと推測致します」

――遺骨を、聖女だと認めるって？

アルフォンスが言う仮説が正しいのなら――一体その見知らぬ土地で、姉はどれほどの徳を積んできたんだか。私と違い優しいあの姉ならありえなくもなさそうな話だと、翠が呆れて笑う。

「聖女様について我々が存じ上げていることは、世界の危機に降臨なさったこと、いくつかの聖物を残されていたこと、神殿に少しばかりの期間身を寄せられていたことのみでございます。その後の消息などは全く不明で、後世に生きる我々はお役目を終え次第、常世《とこよ》にお戻りになり、お幸せに過ごされているとばかり思っておりました」

翠はなんとなく、アルフォンスという男が分かってきた。彼の言うことが本当なら、彼は翠に詰《なじ》られる必要は何一つなかったのだ。それなのに彼は、翠の心の傷を慮《おもんぱか》って、何一つ反論することなく受け止めた。百年前に生きた聖女を悼《いた》む言葉はなくとも、目の前で嘆き悲しむ翠を労わる気持ちは持ち合わせていたのだろう。

なんだ、優しいじゃない。翠はわずかに頬を緩めた。

「ねぇそのトコヨって何？」

「神の生きる世界、天の理《ことわり》が支配する聖者の国でございます」

「なるほど。ここを天国みたいなもんだって、思ってるわけね」

それで、聖女の家系であれば——と、翠にさえ縋ったわけか。こちらが魔法を万能に感じているように、あちらも聖女を万能のように感じているのだろう。

「そんで。帰還の条件は？」

それまで淀みなくスラスラと質問に答えていたアルフォンスの言《げん》が止まった。不思議に思った翠が首を傾げると、アルフォンスは苦渋の決断をしたかのように声を絞り出す。

「……〝魔王を倒す手段を手にする事〟、です」

「……は？」

予想もしていなかったあまりにも途方も無い条件に、口をあんぐりと開けてしまった。そもそも、間接的にそれを求めにここまで来たんじゃないっけ？

「帰還の術式を自力で発動させるとなると、対価となる条件も莫大な物を要求されたのです」

「いや、まぁ、うん……けど打開策あっての仕様なんでしょ？」

「もちろんでございます」

大きく頷きながらも、アルフォンスの顔はどこか浮かない。翠は首を傾げて先を促した。

「言葉遊びのような条件でございました。〝魔王を倒す手段〟、それは私の身の内から起こす魔法で事足りるはずだったのです。なんの問題も……無いはずだったのです」

「どういうこと？」

「例えばですが――〝花を咲かせるために必要なものは何か〟と問われた場合、日光や水、土といったさまざまな要素が浮かぶでしょう。しかし、〝一滴の水〟と答えても、間違いではないのです」

「つまり？」

「つまり――一滴でも存在すれば、水があると言えるのです」

なるほど。魔王を倒すための明確な手段は分からなくても、魔王を倒すであろう魔法には違いないのか。口ぶりからすれば、アルフォンスも魔法が使えるのであろう。彼の例えを借りるならば、一滴でも魔法を発動すれば、彼は難なく家に帰れるはずだったのだ。いや王子だから城だろうか。

「じゃあ使えばいいじゃん。魔法」

「……使えないのです。魔法の、一切が」

話が見えてきた。翠は頭を抱える。

「常世に来てから……魔法の渦が掴めないのです。何度呪文を唱えても、一切の魔法が、発動しなかったのです」

常世だから魔法が使えないのか、何かしらアルフォンスに原因ができてしまったのか。すべて推測でしかないことをあれこれ考えても、今の段階で道は開けはしないだろう。解決策は、魔法を使えないアルフォンスにはきっとない。

翠は、アルフォンスをじっと見つめた。

あれほど毅然としていた王子様は見る影もない。今にも泣き出しそうな顔で、翠の沙汰を待っている。

「……あんた、何ができるのよ」

「棒、槍、剣、双剣、斧、弓は一通り習得しておりますので、身を張る仕事でしたら――！」

「ばっ！　かっ！　そんな危なっかしい仕事、現代日本にあるわけないでしょ！」

盛大に頭を抱えた。野放しにするのも恐ろしいレベルの不良物件である。そうか、王子様だもんなと翠は遠くを見つめた。足の治療は自分でできていたが、掃除すらできるか怪しいレベルだ。

「大変身勝手なお願いとは百も承知でございます。このアルフォンスの身であればいかようになさってくださってもかまいません」

「――あんた……そんな美少女面でそんなこと、初対面の人間に簡単に言っちゃだめだからね……」

呆れ果てた様子の翠をアルフォンスはおそるおそる見守っている。翠は、この美少女面した哀れな王子様のため、腹をくくった。

「料理、洗濯、掃除……覚える気ある？」

アルフォンスは首が千切れるのではないかと思うほど、強く首を上下に振った。

「私、あんたを王子様として扱わないからね」

これでも一応客人に対する敬意は払っているつもりでいた翠に対し、アルフォンスは絶句した。

しかし翠が冗談でもなんでもなく本気だと悟った彼は、ぎこちなく首を縦に振る。

「何よ！」

「いえ、なんでもございません」

アルフォンスは折り目正しく否定した。翠はふーっと腹の底から息を吐く。乗り掛かった舟だ。

――どのくらいの期間になるのか想像もつかない。こんな自分がどれほどの間、見ず知らずの人間と共にいられるのかすら分からない。翠が今明確に分かるのは通帳残高、ただそれだけだった。

「いい？　私が、あんたを、養ってあげるの。そのことを理解した上でなら、少しの間……許可してあげる」

アルフォンスは、枯野に花が一斉に咲いたかのように、沈んだ表情から一転笑顔になる。本当に物語の王子様のように翠の足元に跪き、恭しく手を取ると、自分の額に手の甲を押し付けた。

「寛大なご恩寵《おんちょう》を決して忘れません。翠様に生涯、我が忠誠と愛を尽くすことを誓います」

「なんじゃそりゃ。結婚式かいっ」

恥ずかしさに負けた翠が手を引き抜き、勢いよく離れた。その様子をアルフォンスはからかうわけでもなく、ただただ慈しむように見つめていた。


それから翠が大学に出かけるまで、慌ただしく過ごした。

着替えを購入するための採寸、トイレ・風呂・炊事場などの家電の使い方のレクチャー、暇つぶし兼家事仕込みのためのノートパソコンの簡単な使い方……そして。

「これは仏壇と言います。ぶつかったり、倒したり、絶対にしないように。お祈りは一日一回、お線香も高いから、一日一本。あとはこれね」

はいどうぞ。翠は、朝日の差し込む台所で用意したお盆をアルフォンスに手渡した。お盆の上には小さな茶碗と水の入った器が鎮座している。

「故人も食事を？」

「そう……たくさん食べてねって思いながら渡してね」

アルフォンスが仏壇と翠を交互に見つめた。翠の告げる作法は、アルフォンスの知る神前作法とは少し違うようだ。

「普段は私がするけど、そのうちアルフォンスもできるようになってね」

「承知しました」

基本的に家にいることになるアルフォンスにあらかた説明を終える。日本語が読めないという彼のために、先ほど教えたパソコンで家電の動かし方の動画をいくつか開いておく。

「今日は一日これを見てるだけでいいから。暇になったらゆっくりしてなさいよ。疲れてるだろうし……壊さなければ何触ってもいいから。ボタン類はむやみに押すの禁止ね。──はあ、なんかこれじゃあんたの母親みたい」

二十一にして母親って、と脱力する翠に、アルフォンスは瞠目する。

「どうしたの？」

「いえ」

「うじうじしない、男なんだから！　なんか思ったらちゃっちゃか言う！」

はいッ！　と急かせばアルフォンスは少しの沈黙のあと、静かに口を開いた。

「……母上に、そのようなことを言ってもらったことがなかったものですから」

あぁ幻滅した。馬鹿だ。大馬鹿野郎だ。アルフォンスがいなければ、翠はここで自己嫌悪に明け暮れていたことだろう。

前にニュースで見たことがある。某国の王室は前王妃が改革に乗り出すまで、子どもと触れ合える時間は朝の三十分とティータイムだけだったらしい。そんな生活をアルフォンスもまた当たり前のように過ごしていたとしたら——深い後悔が胸を突く。

「母上に、ってことは、他の人には言ってもらったことがあるの?」

「はい。上官には、よくしていただいてます」

「そう、よかった」

ほっと胸を撫で下ろす翠を見て、アルフォンスもほっとした顔をする。その仕草で、翠はアルフォンスが言葉を続けなかった理由を知る。

そうか、私の反応を慮って控えてくれていたのに、私がそれを吐露させるような真似をしてしまったんだな——

今まで培ってきた常識も、育ってきた環境も、全く違う別世界の住人なのだとしっかり認識しなければ、今後の同居生活は辛いものになるだろう。翠は猛省する。

「アルフォンス。さっきの前言撤回。言いたくないことは言わなくていいから。ごめんね」

「翠様が謝られることではありません」

「許してくれる?」

「もちろんです」

「じゃあ、私が帰ってくるまでに翠でも早乙女でもいいから、様なしで呼ぶ練習しといてね」

じゃあ行ってきまーす、夕方には帰るから！　と、照れ隠しのように捲《まく》し立てて出かけた翠を、アルフォンスはぽかんと見つめていた。

❖

その日の講義を終えた翠は、大慌てでアルフォンスの服を買いに出かけた。バイト先の書店に寄り、日本語が読み書きできないアルフォンスのためにひらがなドリルや、子ども向けの図鑑などを社割で購入する。

その後、スーパーに寄り夕飯の材料を買った財布は、随分とダイエットに成功したようだ。本当は布団も買ってやりたかったのだが、彼用の布団を買う軍資金はすでに無い。日本人の心の友、こたつで寝てもらうことにした。

「今月ピンチなのって、お兄ちゃんにSOSメールでも送ろうかな……」

財布にも翠にも、ピュルルと虚しい空風が吹く。しかし、カレーとアルフォンスを仕込む用の材料は買えた。翠はこれからの快適な生活を想像すると、渋々彼の残留を了承したというのに、楽しみでならなかった。


「ただいまー」

「おかえりなさいませ」

鍵を開け、玄関の扉を引いたところで、翠は一瞬動きを止めた。そうか、家に人がいるということとは声が返ってくるということなのか。頬が疼くのを必死に堪える。

　言いつけ通りパソコンを見つめていたアルフォンスは、翠が帰宅すると大慌てで駆け寄ってきた。何をするのかと見守れば、片手を背中に、もう片手を胸に当ててお辞儀をしている。

「え、何それ。メイドごっこ？」

「メイドはこうです」

　両手を揃えて臍《へそ》のあたりに添えると、ゆっくりと腰を曲げていく。その綺麗な所作に、翠は手を叩いて褒めてやる。

「すごいアルフォンス！　何それ特技？」

「お出迎えをしようと思いまして」

「へぇ誰の？」

「み、翠――さまの」

「惜しい！　どうしたの？　恥ずかしいの？　翠って呼んでいいのよ。ん？」

　買ってきたものを冷蔵庫に入れ、手を洗い終えた翠がアルフォンスの顔を覗き込む。ほんのりと頬を染め照れている姿がまたなんとも言えない。小さなころ好きだったオカメインコのピィちゃんに似ているのだと思い至る。そう思えば、このはた迷惑な同居人も可愛く見えてくるのだから不思議だ。

「ただいま、には、おかえり、でいいよ。お辞儀もいらないし、もっと言うならわざわざ出迎えもいらない」

「ですが」

「養ってやってるのを覚えてろって言ったのは、私に主人として尽くせってことじゃなくって——まぁ強いて言うならチャンネルの主導権は私にあるとか、私の好きなご飯を作れとか、レポートで疲れた時に肩を揉めとか……あとまぁ。いくらムラムラしても襲うなとか？」

「ありえません」

きっぱりと言い切った男の頭を買ってきたばかりの牛乳パックで殴る。

「色気ないって？　追い出すわよ」

「翠様！　そういうつもりでは」

「他にどういうつもりだってのよ。せっかく牛乳買ってきてやったのに！」

「赤子ではありません」

「口答えしおって！　コーヒーも飲めない赤ちゃん舌のくせに！」

「口答えするようにと、今朝おっしゃったのは翠様です」

「あーそーですね。様なしで呼ぶように練習しとけって出した宿題は？」

「家族でも、ましてや恋人でもない女性を呼び捨てにするなんて、はしたないことです。それに聖女様の縁者の方を呼び捨てになど、できるはずがありません」

その返答に翠は面白くなくなった。こっちはいいところを見つけて好きになってやろうとしてるのに——あぁ、そう？　聖女の縁者だものね。

「それもそうね！　私だって、好きな相手にさえ呼び捨てにしてもらえないのに、あんたに呼ばせてあげる義理もなかったわ！　これからも翠様とお呼び！」

はいこれ宿題！　と買ってきたひらがなドリルを意地悪く突きつける。しかし、翠の予想とは大きく違い、飛び上がらんばかりに喜ばれてしまった。

「はぁ……とりあえず、カレー作ろっか。カレー。初心者はカレーでしょ」

そろそろ支度をしないと夕食が抜きになってしまう。アルフォンスの態度に毒気を抜かれた翠はそう言うと彼を台所へ連れて行った。隣に立ちカレーの作り方を指導していると、アルフォンスが今日の出来事を、まるで母親に語るかのように楽しそうに話し始めた。

動画をすべて見たこと、大抵のことを理解できなかったこと、それでもなんとか覚えたこと、手始めに今朝飲んだマグカップを二つ洗ってみたこと、電気のつけ方を覚えたこと……途切れることなく溢れてくるアルフォンスの話を、翠はこそばゆい気持ちのまま聞いていた。

アルフォンスは野菜の皮を剥く手際にも、サイズを均等に切る手さばきにも、なんの問題もなかった。それどころか、翠よりもうんと上手い。横で監督として立っているだけ馬鹿らしく感じた。

これなら明日も明後日もおいしいご飯にありつけそうである。

「〝そうじき〟があれば魔王を討ち果たせるやもしれません」

「んな馬鹿な。人は吸えません。しかしねぇ、魔王を倒す手段って言われても……。爆弾とか、核兵器とか……？　無理よ。ずぇったい、無理」

「武器類に依存するつもりはありません。未知の力は、たとえ魔王を倒すことができたとしても、その後の現世に新しい災いの種を撒《ま》くことになるでしょう」

「うん、そうしよう。そうしましょう。もし仮に武器を手にした途端あんたが帰れたとしても、そのあと私が捕まるわ、普通に。……うーん、でも、それ以外ねぇ」

「物理的な物でなくともかまわないのです」

「例えば？」

「現世は摩訶《まか》不思議な物で溢れかえっておりました。また、知識も我が国よりも幅広く遍満《へんまん》しているようです」

「はぁー知識、知識かぁ……ネットなら色々あるだろうけど……さすがに魔王を倒す情報はなぁ」

「手助けになるような知恵でもよろしいのです」

「うーん……片っ端から魔王を倒す系の本でも読んでみるとか……？」

「常世にはそれほどまでに魔王が存在し、廃してきたのですか⁉」

驚愕に目を見開いたアルフォンスが包丁を握ったまま翠を振り返った。驚いて飛び退くと、同じく驚いたアルフォンスが謝罪する。うっかりうっかり、じゃない。心臓に悪い。

「いるわけないでしょ。人が好きに想像して書いてるの。そういう本とか、ゲームとかがあると思うんだけど……ちょっと私あんまり詳しくないから、そういうのに詳しい子に聞いてきてあげる。それまでは二時間サスペンスでも見て、魔王の倒し方のヒント探してて」

アルフォンスはあまり理解できていないものの、翠の言葉に行儀よく是《ぜ》と返事をする。

「あ、明日バイトだから帰り遅くなるね。カレーが残るだろうし、先に食べちゃってて。昼もね」

「バイトとは？」

「アルバイト。短期雇用の仕事？」

「学生なのに仕事を請け負っているのですか？」

「珍しいことじゃないよ。うちはそんなに裕福なほうじゃないし」

「……一瞬のうちに湯が出る管や、魔法でもないのに部屋中を明るく照らす仕掛けを持っておいでなのにですか……？」

「いや、そんなん当たり前についてるし」

友人の冗談に対するつっこみのように、バッサリと切ってしまって翠は口を噤《つぐ》んだ。アルフォンスは今朝、翠に説明されるものすべてを物珍しそうに見ていた。彼にとってはきっと〝当たり前〟ではないことなのだろう。自慢のような、よくない言い方をしてしまったことを翠は反省する――が意地っ張りな性格が災いして、口には出せない。

「まぁ～うちも色々あったし。なるべく両親に負担掛けないようにしたいから、自分のお小遣いぐらいは自分で稼ごうかなーって。もちろん、大した金額じゃないんだけどさ。でもまぁ、あんたの衣食住代くらいは賄えるから、この翠様におおいに感謝しなさい」

翠がふんぞり返ると、アルフォンスは野菜を切る手を止め、深々と頭を下げる。アルフォンスは王族の癖に頭を下げるのが趣味なのか。毎度毎度そんなにしっかり対応しなくていいのに、という気持ちを込めて、翠はアルフォンスの淡い黄色のつむじをくすぐった。

「ピィちゃんよしよーし」

「ピィちゃん？」

「昔飼ってたインコの名前。もっと黄色くて可愛いんだけど、あんたピィちゃんに似てる」

よーしよしよしと撫でれば、アルフォンスは苦笑したまま大人しくしている。

「その、バイトの日はそんなに遅いのでしょうか？」

「うーん、片付けとかもして帰る日もあるからまちまちかな。一番最後まで残ってたら九時ぐらいまでいるかも」

アルフォンスによれば現世には時計に相当するものが無く、教会が奏でる鐘の音で時間を把握していたのだという。しかし、翠が一度教えるとアルフォンスはすぐに時計の仕組みを理解した。その頭の回転のよさに、少しばかり腹が立つ。アルフォンスはなんでも器用にこなしすぎるのだ。

「く、九時とは……あまりにも遅くないですか?」

「大丈夫でしょ、歩いて帰れる距離だし」

「歩いて⁉ よもや女人をそんな時間まで働かせておいて、馬車での送迎もないというのですか⁉」

「よし、アルフォンス。今日はご飯を食べながらドラマを片っ端から見よう。トコヨのお勉強よ」

さっ、あとは炒めて煮るわよ! とフライパンを掲げて言う翠に、アルフォンスは渋々従った。

第三章　魔王を倒す手段

——にしても、魔王を倒す手段って……。

現代日本のどこを探せば転がっているというのか。翠は大きくため息をつくと、今日入荷した本をビニールで包装していく。

翠のバイト先は大学近くの小さな書店。客層は広くないため、基本的には主な購買者である大学生向けの本ばかりが置かれている。アルバイトも当然大学生ばかり。次から次にメンツが入れ替わるため、親密さはそれほどないが、ぎすぎすもしていない。翠は十分だと感じていた。

今年で四年目になる仕事は、考え事をしながらでも手が動く。袋に本を入れ、専用の機械に通す作業を黙々と進めている翠の背後から、明るい声が届いた。

「みどちゃんセンパーイ！　お疲れっす。どうしたんですかぁ？　キョドーフシンなんですけど」

最近の女子大生を具現化したような、おしゃれ魔人莉香《りか》だった。

「お疲れ。ちょっと魔王の倒し方を考えてた」

「魔王ー？　勇者にでもなっちゃったんですかぁ？」

「残念惜しい。聖女なんだな」

「さすがみどちゃんセンパイ！　かっちょいー！　惚れ直します！」

「はいどうもありがとう」

纏め上げた髪は今流行のピンクブラウン。アイシャドウを施し、マスカラでばっちり持ち上げた睫毛の下では、好奇心の強そうな瞳が輝いている。

店長に注意を受ける瀬戸際を見極めたおしゃれは、翠の目から見てもすごいの一言。しかし彼女の一番すごいところは、おしゃれ女子でありながらも自分がオタクであることを隠しもしないところだろう。制服代わりのエプロンには、彼女がお気に入りのキャラクターがプリントされたカンバッジ。胸ポケットにも、やはりキャラクターを模したボールペンがずらりと並ぶ。

言葉は間延びしているし、見た目はこのありさま。仕事にルーズそうに見える彼女だが、こう見えて仕事の手を抜くようなことはしない。莉香は指示を待つようなことはせず、翠の隣できびきびと包装を手伝い始める。

「けど聖女に魔王って、〝聖女降臨《せいじょこうりん》〟みたいですねぇ。センパイ興味ないから知らないかな、最近発売されたばっかのゲームなんですけどぉ」

　翠はぴくりと耳を動かした。アルフォンスに言った「そういうのに詳しい子」とは、何を隠そう莉香だったからだ。

「あ、珍し。興味ありますぅ？　待っててくださいね、先週入ってた〝ゲーム王〟の表紙に……あったあった。これですぅ」

　包装する予定の本の中からゲーム情報誌を抜き出すと、莉香は翠に表紙を見せた。そこにはゲームの情報雑誌だというのに、なぜかアニメのような絵が描かれていた。

「発売してまだそんな日が経ってないから、今週のでもたくさん特集組んでるはずなんでぇ」

「リカちゃんゲームアニメ系詳しいよね……」

「はい、もうバリバリっす。兄貴のせいで小学生からオタクっす。このゲーム、復活した魔王を倒すための旅っていう王道の設定が懐かしさを呼んで、珍しく古参ユーザーからも評価が高いんですよぉ」

　復活した魔王を倒すための旅……なんだか聞いたことあるような話だなぁと思いつつ、翠は表紙に描《えが》かれている男の子と女の子をじっと見る。アニメ調のその男の子の方は今朝、カレーをよそってくれた我が家の新ペットと、同じ配色をしていた。

「話も長すぎず短すぎずで上手くまとまってるらしくってぇ。私今やってる格ゲー極めたら次これやる予定なんですよねぇ」

「へぇ～」

「特に主人公のアルフォンスの声優に最近はまってて」

興奮した莉香が発した言葉に、翠は完全に動きを止めた。

「――なんて？」

「？　あ！　海野《うみの》、海野ナツキです！」

「いや、ごめん、ちがう。主人公の名前」

「なぁんだ。アルフォンスです。アルフォンス・ティガール。海野情報なら任せてくださいね！　デビュー当時からずっと追ってるんで！　興味あるならラジオとか着ボイスけっこう携帯電話に入れてあるんで聴きますぅ?? それとそれと、おすすめのドラマＣＤがあってこれの受け声が――」

「リカちゃん。そのゲーム、どこに売ってるの？」

莉香の肩を掴みながら凄んだ翠は、あとで休憩時間にでも兄にメールをしようと決意した。

❖

「アルフォンス・ティガール。性別男、年齢十六、身長百六十五センチメートル、ティガール国第三王子。第二王女と同じ妾腹《しょうふく》に生まれる。文武の才に恵まれていたことを正妃に疎《うと》まれ、幼少時より王城から遠く離れた僻地《へきち》にて隔離されて過ごす。魔法塔を最短の二年八ヶ月で卒業したのち、王命により従軍する。指揮官としての才を遺憾無く発揮し、その功績を認められ王城に復帰。白騎士団の副長を歴代最年少で務めた経歴を持つ」

帰るなり玄関先に突っ立ったまま小冊子を読み上げた翠に、アルフォンスは目を白黒させる。

「……翠様？　おかえりなさいませ。お風呂沸いてますよ」

「おのれは新妻か――ただいま」

うひぃ、あったかい……。暖められていた部屋に戻って来た翠は、手にしていた小冊子を折り曲げないように注意しつつ、冷えていた両手をこすりあわせる。

どうやらアルフォンスは翠を待つ間、カレーを温めておいてくれたらしい。ふんわりと辺りにスパイスの香りが漂い、胃の辺りが微《かす》かに空腹を訴えて音を立てた。

翠は靴を脱ぐために俯いた拍子に、抑えられなかった笑みを零す。帰ってきたら暖かい家や沸いているお風呂。そしてカレーのいい匂い。人が待ってくれてるって、やっぱりちょっといいかもしれない。

「それより、さっきの、あってんの？」

「はい。間違いありません」

家に上がった翠が、マフラーを解きながら神妙に問いかける。彼はあっさりと頷いた。

「そこまで申し上げてはいなかったものと記憶しているのですが――翠様の千里眼によるものでしょうか？」

そんなわけあるかい。翠は力なく呟いて、大きなため息を零した。

バイトから帰る道すがら、莉香に連れて行ってもらったゲーム店で、翠はゲームソフトを購入していた。

はやる気持ちを抑えきれずに路上で封を切った翠は「小学生みたいですよぅマジ笑える」と莉香に大笑いされた。えずくほど笑いながらも、莉香は懇切丁寧に翠に指導をしてくれた。これが説明書でこれがゲームのディスク。操作方法は説明書の四ページ目を見れば分かる……といった調子で。

説明書には他にも、登場人物の紹介イラストなどが描かれていた。そしてそこに、金髪碧眼の美貌の青年を見つけたのだ。

美貌の青年アルフォンスは、莉香の言った通りこのゲームの主人公だった。冷静沈着、孤高の王子様――アルフォンスの隣に書かれていた紹介文に、今度は翠が大笑いする番だ。先ほど翠が読み上げたアルフォンス情報は、この説明書に書かれていたものだ。

「っていうか、十六ってマジか」

自分より若いだろうとは思っていたが、五つも年下だとは正直思っていなかった。翠のためにカレーをせっせと用意する後ろ姿を、ぼんやりと見つめる。用意している皿は二つ。夕飯は食べていていいと言っておいたのに、食べずに待っていたのだろう。律儀なものである。

残念ながらイケメンに縁のなかった翠は、イケメンは何を着てもイケメンということを知らなかった。身をもって実証してくれたアルフォンスは、花柄のエプロンという、およそ十六歳の少年が全力で拒否しそうな代物を身に着けている。一人暮らしを始める翠のために母が用意したものだ。まさか母もこんな美少年がこのエプロンを身に着ける日が来るなんて、夢にも想像していないに違いない。

イケメンで、文武両道で、魔法も使えるなんて何者だ――王子様か。翠は一人で納得した。

「カレー食べながらでいいから、これ見てよ――いただきます」

こたつに座って翠が挨拶すると、アルフォンスも両手を合わせて頭を下げる。翠が手渡したゲームの説明書を、彼はしげしげと見つめた。

「……これは、なんとも綺麗な姿絵ですね」

「他人事じゃないってば。これの、ほらここ。アルフォンス・ティガールって書いてある」

「……私の名でしょうか」

行儀のいいアルフォンスは、カレーに手を付けないまま説明書を凝視している。冷めるのが嫌だった翠は、すでに食べ始めていた。

「そう。着てる服はこっちに来た時のとはちょっと違うんだけど」

「この姿絵の意匠は白騎士団副長の制服です。肩にラインが二本入っているので間違いありません。私がこちらに来た時の服は、王族としての責務を負っていたために、また違う意匠となります」

「服一つとってもなーんかややこしいのね。んで、次のページの――この子。カチュアって知ってる？」

説明書をめくり、次の登場人物を指す。物語のヒロインとなる少女だった。

「――カチュアは乳兄妹です。ハーベルディング男爵家の三女となります」

「そう。じゃあこの人は？　オーディン・バスチェ」

「我が国の王太子の近衛隊長の名です」

「この、コンラートってのは？」

「白騎士団に所属する部下です」

「――とりあえず、これやってみるしかなさそうね」

翠はカレーのスプーンを咥《くわ》えて唸った。次々と自分の知っている人物を当て嵌めていくアルフォンスの回答に、悪い予感のような、漠然とした不安を抱えたのだ。

「この薄い本のようなものは……なんなのでしょうか。聖書なのですか？　それとも、預言書？」

神妙な顔をしてポップなゲームの説明書を睨んでいるアルフォンスに、どうしてもこれが〝ゲーム〟だということを告げられずに、翠は曖昧《あいまい》に笑って誤魔化した。


「ただいまー！　じゃーん！　見て見てー！」

次の日、テレビに繋ぐためのゲーム機本体を兄から借りてきた翠は、ご機嫌で玄関のドアを開けた。前日のバイト中に送っていたメールに、兄は二つ返事で快諾してくれたのだ。

妹からの可愛いおねだりに、ゲーム機を持参するだけでなくお小遣いまで握らせてくれた兄が、翠は大好きだ。

「兄なんてちょーっと可愛く甘えたら、ホイホイって財布の紐緩めてくれるんだから……何その顔。アルフォンスも姉か妹か知らないけど、可愛い顔して擦り寄ってきた時は気をつけなさいよ」

「女性とは……かくも恐ろしい……」

顔を逸《そ》らして震えはじめたアルフォンスの怯えように、翠はにんまりと笑った。

兄は、本来ならばもっと妹を可愛がったであろう姉の分まで、翠を甘やかそうとしている。翠は年長者のそんな気遣いに満ちた愛情をきちんと理解し、可愛い妹のまま、甘えている。

「えー！　もう、これはどこの線⁉」

しかし可愛い妹にも予想だにしないこともあった。ゲーム機の配線に思った以上に手間取ってしまったのだ。

四苦八苦しながら二人で配線し終えるころには、すでにへとへとだった。

「ゲーム始めるまでがこんなに大変だなんて聞いてないよ……もうこの線は抜くの禁止！」

「承知しました……ですが、きっとすぐに、こちらの手順も覚えますので」

「こんなの覚えなくていいから、あんたは早く家事を覚えて私に楽させてちょうだい」

「はい――翠様」

なぜかしょんぼりと俯いたアルフォンスの背を、翠はぱんっと叩いた。小気味よい音がして、アルフォンスの背が伸びる。

「よっし！　やるよ！」

と気合いを入れたはいいものの、ソフトを入れる場所をまた二人で探す。ようやくセッティングが完了し、二人はこたつに移動した。

「いくわよ！　アルフォンス！」

「お供致します」

お前は桃太郎の犬か。いや、ピィちゃんだからキジだな、キジ。と心の中で突っ込みながら、翠はコントローラーのスタートボタンを押した。

――しかし、ゲームは起動されず……翠とアルフォンスは、ゲーム機の本体にある電源ボタンを再び探すことになった。

❖

「あっ……あ、あ――――……‼　し、死んじゃった……」

無残な悲鳴が部屋に響いたのは、ゲーム開始、たった十分後のことである。

ゲームの指示に従い、翠はコントローラーを動かしていた。だが、ゲームなどほとんど初めてする翠がスムーズに進行できるはずもない。あり得ないことに、チュートリアルで初戦敗北。

翠が操作していたキャラクターは、真っ白な軍服に金色の髪、そしてエメラルド色の目をした美少年——アルフォンスだ。ゲームのパッケージはイラストのため半信半疑だったが、ゲーム画面の中で動く3Dアルフォンスは、翠の隣に座るアルフォンスによく似ている。その声は、声の質はもちろん、抑揚の付け方から呼吸の仕方までよく似ていた。アルフォンスは3Dで動く自分そっくりのキャラクターに息さえできないほど驚き、画面を食い入るように見つめている。

そしてこれは、そんな最中に起こった——惨劇である。

「あれ……なんで？　こういうのって、最初は簡単なんじゃないの⁉」

冷や汗を流す翠の隣で、アルフォンスは絶句している。

テレビゲームの概念を持たない世界からやってきたアルフォンスにとって、画面の中の3Dアルフォンスは自身と全く無関係には見えないことだろう。姿形だけでなく、声も喋り方もよく似ている上に、名前まで同じなのだから。

画面上の分身を緊迫した様子でアルフォンスは見守っている。まるで本当に預言書を見つめるかのようだ。

「……え、えーっと……」

そんな彼に、モンスターに敗《やぶ》れ、倒れた状態の3Dアルフォンスを見せるのは……さすがに無情というものだろう。

3Dアルフォンスの頭上には光りながら数を減らしていく数字が表示されている。

「――ん？　何？　C……O……N……T I N……U E？　こんてにゅー？　続く？　ちょっと待って！　何そのカウントダウン！　怖い！　怖いんだけど！　どうしたらいいの！」

ゲームにおけるコンティニューの意味合いも知らない翠は、コントローラーを持ったままただだ震えるだけ。そのうちカウントダウンしていた数字が〇になり画面が真っ暗になっていく。

「あぁあぁ……あ？　あ、あーなんだ、なんだーっ。最初の画面からやり直せるのね……」

テレビの中には、ゲームをセットしたときに映し出されていたスタート画面が広がっている。また最初からやり直せるのだ、と翠は全身の力を抜いて安堵した。

「心の臓も止まるかと思いました……」

冗談ではなく本気で言ったアルフォンスだったが、翠は自分の下手さをからかわれたのだと思いムッとする。手汗でべたべたになったコントローラーを、翠は勢いよくアルフォンスに差し出した。

「何よ！　そういうこと言うなら次はあんたがやってよ！」

当惑しながらもアルフォンスはコントローラーを受け取る。先ほど翠が持っていた姿勢を真似て、彼がグリップを握る。

説明書を睨みつけながら、翠がアルフォンスに指示を出す。アルフォンスは十字キーを押してカーソルを動かそうとする――が、上手くいかずに翠を呼んだ。

「ん？　動かない？　押しが弱いのかな、もうちょいグイッと押して」

「はい」

アルフォンスは素直に言われたとおりにボタンを押すが、やはり画面の中の矢印は一向に動こうとしない。

「うーん？　壊れたか⁉」

本体とコントローラーの接続を確認する翠に、アルフォンスが神妙な声で言う。

「翠様、この預言書はもしや、聖女の系譜に連なる者しか動かせないのではないでしょうか」

んな馬鹿な。全国何十万人の人がすでにプレイしとるっちゅーねん。

アルフォンスは日本人はもれなく全員聖人と考えている節がある。特に、聖女の妹だと思い込んでいる翠には特別な力が宿っていると信じて疑っていない。アルフォンスにとって、常世の家電すべてが特別だからだ。

蛇口に驚き、トイレに慄《おのの》き、ドライヤーを魔法だと勘違いしとっさに攻撃しようとするアルフォンス。翠がアイスを分け与えた時など「これが天上の露……！」と感嘆に身を震わせていた。

翠はそれを見て、引いていた。六本、三百円ぽっちのアイス棒でそれほど喜ぶ十六歳かっこイケメンかっことじるがいるとは思っていなかったからだ。

こちらにしてみれば、アルフォンスの方が特別である。金髪で碧眼でイケメンで頭がよくて、なんとか騎士団の副長をしていたという魔法が使える王子様。極めつけはゲームの主人公になって出てくるし――と、そこで翠は一つの可能性に辿り着いた。

「あぁ、そうか――アルフォンスだから、扱えないいんだ」

自分の考えに翠は何度も手を打った。

アルフォンスはこのゲームの主人公――すなわち、このゲームに深く関係している。だからこそ、きっと干渉ができないのだろう。

「あんた、ほんとにウツシヨの人間なんだね……」

信じていないつもりではなかったが、こうもはっきりと目に見える形で突きつけられると重みが違った。翠のしみじみとした言い方にアルフォンスは戸惑いを見せる。

「お役に立てずに申し訳ありません」

「いいよ、役立たずなのは今に始まったことじゃないし。死んでもやりなおせるっぽいから、心臓には悪いけど許してよ」

「もちろんです」

アルフォンスの力強い返事は翠を鼓舞《こぶ》した。コントローラーを受け取り、再び臨戦態勢に入ると、翠はゲーム画面の中の一つの選択肢を選んだ。

Ｎｅｗ Ｇａｍｅ――新しい物語を始めますか？

第四章　盤上の軍師

ゲームはストーリーに沿って進んでいく。

３Ｄ画面から一転し、テレビに映し出された光景はアニメ調に変わっている。草原で木にもたれかかり昼寝をしているアルフォンス。淡い木漏れ日の中に吹く爽やかな風が、彼の金髪を揺らす。風に散った花びらが、ひらりひらりと踊り舞う。そんな美しい情景からタイトルコールは始まった。軽やかな音楽が鳴り始め、煌《きら》びやかに装飾が施されたロゴが、淡い光を放ちながら消えていく。

「や、やっとここまできた……」

エンディングを迎えたかのような感嘆が口をついた。すでに気分はクライマックス。しかし実際は、やっとこさチュートリアルを終え、オープニングが始まったばかりである。

「はぁ……疲れたね。今日はここまでにする？」

「出過ぎたことと承知しておりますが……一向に前進していないように見受けられ――」

「そんなことない！　もう二時間もしたじゃない！」

アルフォンスの言葉を認めたくない翠は、勢いよく彼の言葉を遮った。

ここに来るまで、すでに十度スタート画面を二人は見ている。つまり、九度チュートリアルで全滅した。ほんの少しのキャラクターの場所の移動、キャラクター同士の会話、そして初戦を終えただけで、まるで満身創痍。何しろ、躓《つまず》き続けた戦闘に勝つまで、その戦闘シーンに辿り着くまでの会話を延々と聞かされ続けたのだ。暗記するほど何度も聞かされた会話から解放され、翠は望むままにコントローラーを放った。アルフォンスが慌てて空中で受けとめる。

「ええい！　何よ！　こんなパズルみたいなゲーム、やってられっかー‼　せめて選択肢持って来い！　殴りますか？　蹴りますか？　逃げますか？　みたいな！」

ゲームを初めてプレイする翠は、当たり前だがゲーム情報に精通もしていなかった。それでも翠には漠然と、ＲＰＧゲームと言えばコマンド式のイメージがあった。もしくは実際に動かして戦う格闘ゲームのような、アクション系も想像がついた。

しかし、この〝聖女降臨〟の戦闘シーンはそのどちらとも違った。

戦闘に突入すると現れる、複数のマス目はまるで将棋《しょうぎ》盤のようだ。勝負方法は、ターンごとで攻守を交代しつつ、自軍で敵軍を倒していく――という将棋と野球が混ざったようなものだった。

翠はもちろんのことながら、将棋などからっきし駄目だった。盤上のキャラクターをうまく操れるわけもない。

自軍のターンで倒せなかった敵たちが、一斉に敵のターンで攻めてくる。いまだレベル一のか弱いアルフォンスに、敵たちは群がった。あの暗い画面に沈んでいくアルフォンスを、涙で見送ること九度——待望の勝利であった。

慌てたため、攻撃すらせずに行動キャンセルをしてしまったり、攻撃可能範囲外で行動を終了してしまったり、あと一撃で倒せる相手の前で誤って回復薬を使ってしまったり——翠はそれはもう、誰の目から見ても暗君《あんくん》だった。

「こんな戦い方しかできなくて、どうも悪うございましたっ！　頭のいいアルフォンス君は、さぞご立派な戦い方ができるんでしょうねえ！」

「翠様の一手一手により、様々な〝最悪な未来〟を拝見させていただきました。悪手を回避することは今後たやすくなるでしょう」

「……あんたサドっ気あるでしょ」

「はてさて」

しれっとした顔のアルフォンスに青筋を立てた翠は、こたつ布団を掴むとバサバサと振り始めた。部屋中に、翠の怒りと埃が舞う。

「だいたい私は！　文系なの！　こんな将棋とかチェスとか……理系っぽいこと得意なわけないじゃん！　だいたいこの、行動方法、分かりにくい！　移動すらわからん！」

コントローラーの十字キーを押すことさえ初めての翠は、画面を見ながら十字キーでマスを選択することにさえ戸惑う始末。

こたつ布団から舞った埃がラグに辿り着いたころ、こほこほと咳をしながらアルフォンスが提案する。

「翠様、そちらについてですが——僭越ながら私でもお役に立てるかもしれません」

「え？　嘘？　あんたが？」

よほど役立たずだと思っているのだろう。翠は驚いたことを隠しもせずに言う。

「先ほど翠様がおっしゃった通り、盤面上の戦闘であれば私の専売特許です」

「お、おお……？」

力強い言葉に頼もしさを感じれど、いまいち理解が追いつかない翠は首を傾げる。

「従軍経験があると、以前お伝えしたことがございましたね」

「うん」

「その際、腐っても王族である私は兵卒からの配属ではありませんでした。初めて戦場に出るその時でさえ、経験や年齢などにかかわらず、王族は騎士を指揮する義務と責任を負います。私は幾度かの戦にて、指揮官を務めました。加えてそのすべてにおいて、私は勝利を掴んでおります」

勝ってきた、と告げるアルフォンスの調子はいつもより沈んでいた。心配になった翠がそっと顔を覗き込めば、彼女を安心させるようにアルフォンスが僅かに笑みを作る。

「私には盤面の兵に指示を出すことは敵《かな》いませんが、翠様を導くことならばできます。共に戦ってはいただけないでしょうか」

「……私に進み方を教えてくれるってこと？」

「僭越でなければ」

「ないない。よっしじゃあそれで行こう！　絶対負けるんじゃないわよ！　進め、軍師アルフォンス！」

翠はことさら明るく振る舞った。思いもよらなかった彼の提案に喜ぶと同時に、戦争の話題から話を逸らしたかったのだ。正妃に疎まれていたり、戦争に行かされたり――翠とはあまりにもかけ離れた経歴を持つ彼から、この部屋にいる間だけでも辛い記憶を遠ざけてやりたかった。

翠が気合いを入れ直すように、ぐっと両手を強く握りしめる。

「大丈夫、大丈夫。これが魔王を倒す手段になるって。とりあえず、勝ち進もう！」

「はい」

お世話になります。そう言って頭を下げるアルフォンスの髪の毛を、「このピィちゃんめ！」と翠がぐしゃぐしゃ掻き回した。


「うーん……」

「いかがなさいましたか、翠様」

オープニングから一時間弱。ゲームはとどこおりなく進んでいる。道を間違えたり、話しかける人間の名前を忘れたりして焦ることもあるが、アルフォンスがもたらすさりげないアドバイスが活路を開いていた。

「これさ、本当にあんたと関係ありそう？」

「急にどうなさったのですか？」

眉を八の字に下げたアルフォンスが慌てたように翠を窺った。気分一つでゲームを止められたら困る、とその顔にはありありと書かれている。

「いやさ。なんか、あんたとは奇跡的に設定が似てるだけで、別人なんじゃないかなって……」

「なぜです？」

「あんた、自分ってもんを分かってる？　こんな凛々しいと思ってんの？」

心底不思議そうに尋ねたアルフォンスに、翠は呆れながらそう伝えた。

目の前には困惑顔の頼りなさ気なアルフォンス。一方、テレビの中には冷静沈着無表情を信条にしたかのような、孤高の王子。翠の中で違和感が生まれ始めても仕方がないと言える。

翠の知っているアルフォンスは、冷静だが無表情ではなく、冷めたものの考え方もしない。どちらかと言うと、食う寝るところに住むところすら持たない、情けない少年だった。

翠の尊大な言葉に、きょとんと首を傾げたアルフォンスは、次の瞬間薔薇が咲いたかのように優美に笑った。

「ありがとうございます。翠様」

「……何がよ」

なんだか居心地の悪い声を出され、翠は無意識に身構えてしまう。

「大層申し上げにくいのですが、これは確かに私のようでございます」

「えっなんで分かるのよ」

「これは、私が王城に呼び戻されてすぐに……およそ半年前に経験した出来事です」

「……うそん」

ゲームとアルフォンスの繋がりをはっきりと証明され、翠は息を呑む。本当に関係があるのか――翠はじっと3Dアルフォンスを見つめたあと、本物のアルフォンスを見やる。

「じゃあなんでこっちはそんなへにゃへにゃしてんのよ」

「あちらの私のほうがよろしいですか？」

アルフォンスは画面を指さしつつ翠に尋ねた。聞いた事柄と違う返答はアルフォンスには珍しく、翠は言葉に詰まった。そう切り返されるとは思っていなかったのだ。

――あちらの私の方がよろしいか。そう聞かれてしまえば、然《しか》りと言うのは難しい。

意地の張り合いを続けて人と喧嘩に発展することも珍しくない翠は、自分の口の悪さも、性格の悪さもしっかり自覚していた。そんな翠は、下手《したて》に出つつ上手いこと自分の舵を取ってくれるアルフォンスに満足している。

「……こっちでいい」

屈辱的な言葉を吐かされたかのように、翠はもごもごと伝えた。

「仰せのままに」

まるで「知っていた」と言わんばかりに穏やかに微笑むアルフォンスに、翠は鼻を鳴らす。

「しっかし、これが本当なら――あんた、正真正銘の王子様ってこと？　信じてなかったわけじゃないけど、ちょっと笑えるわー。王子様を顎で使う私って何様のつもりよねー」

「何をおっしゃいますやら。常世の姫君、かけがえのない一柱《ひとはしら》ではありませんか」

アルフォンスがあまりにも真面目な顔をして言うものだから、翠はぶっと吹きだしてしまった。

画面の中の無表情アルフォンスでは、こんな気の利いた返しもできなかっただろう。翠はコントローラーのスティックを倒して、彼を走らせる。

「王子様、かー……」

このゲームの中身が本当にアルフォンスのいた世界だとすると、翠が見て見ぬふりをし続けた、大きな問題に直面する。

アルフォンスが、ゲームの中の登場人物かもしれない――ということだ。

アルフォンスは別の世界から来た、と言っていた。それがこのゲームの世界のことなのか、もしくはこのゲームに似た他の世界のことなのか――聖女でもない翠には、皆目《かいもく》見当もつかない。

翠にとってはどちらでも構わなかった。ゲームも異世界も大差ない。けれどアルフォンスにとってはどうだろうか。彼の運命を大きく変えるだろうこの先の物語を、人の手が作り出したと知って、彼はどう思うだろう。

「この預言書はとても分かりやすいですね。全景を把握することができ、過去の出来事を振り返ることもでき、情勢の説明などもある」

たとえ千年生きた賢者でさえ成し得ないでしょう。そう言いながらアルフォンスは輝く両の瞳でテレビを見つめている。

――このことは、自分の心の中に伏せておこう。

彼がゲームのことを預言書と言うことに、翠は何も言及しないことに決める。

「なんか役に立ちそう？」

「今のところ、私が翠様の下に推参する日より遡って追体験しております」

「ふむ。じゃああんたがソーカンマホーの陣だっけ、それに乗ってからが問題だね」

「はい。あ、翠様！　〝せーぶぽいんと〟を発見しました！」

「よしどこだ！　案内しろぃ！」

「北東です！　そのまま一時の方向に走ってください」

「わからん。画面を指でさして」

「こちらでございます」

アルフォンスは不慣れな翠に呆れることなく、画面の横に座り指で合図する。

ようやく見つけたセーブポイントに安堵する。このセーブポイントが登場し始めてからというもの、翠たちの不安は格段に減少した。何しろ、もしまた全滅してしまっても、スタート画面からやり直さなくてもいいのだ。

これほど難航するとは思っていなかった翠は、すでに疲労困憊だ。せめてゲームに詳しい人――候補としては、兄やバイト仲間の莉香に助力を求めるべきだったのではないか、と気分が沈んだ。

しかし、第三者の力を借りようとすると、問題点もある。隣でゲームを見なければならないアルフォンスを、どう説明するのかということだ。弟や親戚は無理でも、彼氏や友人ならギリギリセーフかもしれない。しかし、生活感というものは隠せるものではないだろう。外国人で、居候――というかヒモ。莉香はともかく、兄には絶対に見せられない。

アルフォンスはどこからどう見ても外国人であり、忘れてはいけないのが絶世の美男子であるということだった。きっと誰をこの場に入れたとしても、触れられたくない、話せないことがごまんと出てくるだろう――誤魔化しようがない。どうあっても、二人でやるしかないのである。

「ちまちましか進めなくってごめん」

「いいえ。何度も繰り返し同じ場面を見ることで新しい発見もありますし、他人の機微《きび》などもこうして客観的に見ることができるため、私にも実りある時間です」

アルフォンスは一刻も早く、現世に帰りたいだろう。早くゲームを進めてやれないことが、翠はただただ申し訳なかった。

帰るための手掛かりになっていればいいのだが、なっていなければ骨折り損のくたびれもうけ。最終的に魔王を倒すまで、帰還条件に適《かな》っているかも分からない。一か八かの勝負にしては、クリアまでに想定される時間の長さがネックだった。

「……あと、見られたくないプライベートなシーンとかあったらごめん」

翠が居心地悪くそう言うのには訳があった。説明書の人物紹介でアルフォンスの次のページに書かれていた女の子——カチュア・ハーベルディングがゲーム内に登場し始めたのだ。

「私のためにしてくださっていることに、なんの異論がありましょうか」

「ごめんまじごめん」

そう、何を隠そう彼女はこのゲームのヒロイン……アルフォンスと恋仲になる予定の女の子だ。

カチュアが出てきてからというもの、実を言うと翠は気まずくてしょうがない。

カチュアの強烈な熱愛視線をことごとくスルーしつつ、要所要所はポイントを押さえた受け答えをして彼女をメロメロにしていくアルフォンス。天然たらしとは恐ろしいものである。同じこたつに潜っている彼の恋愛模様をまざまざと見せつけられている翠は、思春期に親と見ていたドラマにキスシーンが出てきた時の気持ちを思い出していた。

「アルフォンス、キスした記憶は⁉　ある時はすぐ言ってね⁉　こういうのってどこまで描かれるのよぉ……ねえ、序盤だし、十六だし、ベッドシーンはまだないよね、さすがに⁉」

もしそんな場面があればすぐに立ち去らなくてはならない。人の情事を覗く趣味は無い。長い片思いに悩まされ、男性と付き合っても長く続かない翠は、そういった事に対してあまり免疫がない。ましてや、自分より五つも年下であるアルフォンスの生々しい現場など、問題外だ。

「昨晩はお楽しみでしたね、とかコンラートに言われたらどうしよう」

「翠様、落ち着いて、落ち着いてください」

顔色を赤や青にして焦る翠とは対照的に、アルフォンスは通常通りだ。少し困った表情をしているのは、翠の暴走に驚いたのだろう。自分だけが取り乱していることを恥じて、涼やかな表情を崩さないアルフォンスの顔面に、翠がクッションを投げつけた。

❖

二人生活と、ゲームに慣れるだけの日々が幾日か過ぎた。寒さも本番を迎え始める。翠はコートをも突き抜けてきそうな冷気に耐えながら、大学に通った。

そのころになると、ようやくタイトルでもあり、アルフォンスにとっての岐路とも言える〝聖女降臨〟という単語が、ゲーム内でもちらほら出るようになってきた。

ストーリーが進むに連れ、増える単語やキャラクター。その一つ一つにてんてこ舞いになりながらも、翠はなんとか進めていった。操作するのに精一杯で、詳しい情勢や裏事情など、翠はほぼ理解できずにいた。国同士の戦争なども絡む歴史は、授業だけで十分だ。学生の身である翠は、後世で教科書になった時に覚える決意をした。そんなものを目にする機会があれば、の話だが。

物語が進むにつれて、アルフォンスとカチュアの関係も進展しているように見えた。アルフォンスの方は相変わらずスルー気味、健気なカチュアはそれでもめげずにアタックを繰り返す。

それらの気恥ずかしいシーンに加えて、このごろはアルフォンスの周囲を取り巻く不穏な人間関係が見え隠れするようになってきていた。とりわけこういう場面に出くわしてしまうと、申し訳なくて身が縮む。

『これで彼奴《きゃつめ》が失敗してくれればなんとでも理由をつけて断罪できよう。よいな。決して逃がさぬよう、ゆめゆめ目を離すでないぞえ』

『はっ、御意にございます。――ティガール国王妃エレオノーラ殿下』

「あー……えーと……」

翠はそれ以上続ける言葉を見つけられずに押し黙った。

テレビ画面の中で繰り広げられる光景は、いわゆる密会と呼ばれるもの。アルフォンスが盗み聞きをしているわけではなく、物語の進行的に挟まれた小話のようなものだった。

アルフォンスの国の正妃エレオノーラと、どこかの三下がアルフォンスを謀《たばか》る計画を立てている。声だけの登場人物には吹きだしの横にイラストがついていない。しかし、アルフォンスには何かしら推測できるところがあったらしい。その顔付きの冷たさに背筋が震え、翠はスッと視線を逸らした。触らぬ王子に祟りなしである。

そもそも、密会中に名前なんて呼ぶんじゃねえよ！　ゲームの演出？　演出なの⁉　と翠は心の中で涙目になる。気まずいにも、ほどがある。

イラストさえないそこら辺の下っ端と違い、正妃であるエレオノーラは白雪姫の継母のような意地悪そうな顔が画面に浮かんでいる。その表情に見合ったあまりにも不穏なアルフォンスへの言葉に、翠は沈黙する。アルフォンスはそんな翠に気付くと、いつものように美しい笑みを湛えた涼しい顔で「かねがねこのようなお方ですのでお気になさらず」と言った。

「元より、この任を命ぜられた時に覚悟はできております」

「……こういうこと、他にもあるの？」

「こういうこと、とは？」

「なんていうか――味方なのに足引っ張ってやろう……みたいな」

「足どころか、些少《さしょう》でも失敗をすれば嬉々として首を刎《は》ねにくる奴らで溢れかえっておりますよ。王城は」

どこか自虐的な笑みを浮かべたアルフォンスに翠は口を閉ざした。平和な場所から画面越しに見ているだけの自分が、何を言えるだろうと思ったのだ。

「こういう、人が本当は隠してる部分とかもさ、これからも出るだろうから……私、これからの概要をレポートに纏めてあげようか……？」

物語とは、表現とは残酷だ。人が普段笑顔や苦痛の裏に隠している本音まで、テレビ画面は映し出してしまう。それらすべてを白日の下に晒しているような、この瞬間がたまらなく嫌だった。

「翠様……私を慮ってくださっているのですね。お心遣いだけ受け取らせてください。ですが、ご心配には及びませんよ」

アルフォンスから、逆に労《いたわ》りに満ちた視線を向けられた翠は、自らの不甲斐なさに落ち込む。

確かに、日ごろストーリーを彼に解説させているくせに、よく理解もしていない自分では頼りなかっただろう。

それとも、心配に及ばないのは慣れているからなのだろうか。慣れるほど、こんな言葉や視線を向けられてきたのだろうか。いかに頭がよく、見目がよく、出来がいいと言っても、アルフォンスはまだたったの十六歳だ。十六歳のころの自分はといえば、突然家族に襲い掛かった不幸を前に、嘆くことしかできない子どもだった。更に翠には、痛みを分かち合える家族がいた。

なのに、アルフォンスはどうだろう。甘えられるような相手もおらず、周囲には敵ばかり――なんてあんまりすぎる。

哀れみに満ちた表情を隠すため、翠は俯いた。そんな翠に、アルフォンスがきっぱりと告げる。

「このような愚昧《ぐまい》な女狐風情、取るに足りません」

翠は座っているのに、ずっこけそうになった。

「あっそう」

「はい」

「最近、あんたけっこういい性格してるわね。って思うことがけっこうあるわ」

「お褒めに与《あずか》り光栄です」

にこりと微笑んだアルフォンスに、翠が鼻を鳴らした。

「あんたが気にしてないならそれでいいわ。えーっと、じゃあ先に進めようか」

ゲームは密会シーンを終え、再びアルフォンス視点に戻っている。翠はボタンを押して、メニュー画面を開いた。

ゲームでは、すでに五人の仲間を自軍に加えていた。

まだきっと物語の序盤だろうに、あまりにもトントン拍子に事が進みすぎている気がして、翠は不安になった。このことを莉香に相談したところ、最終的に十六人のキャラクターが仲間に入るのだと教えられた。さすがは頼れるヒーローもといゲームオタク・莉香である。

最近〝聖女降臨〟をプレイし始めた彼女によれば、仲間になる十六人の中から局面によってタイプの違うキャラクターを使い分けつつ、スタメンとベンチを決めていくのだという。すべては監督の采配次第というわけだ。

戦闘の導き手をアルフォンスが担い始めてから、翠がミスをする以外でキャラクターが死ぬことはほとんどなくなった。アルフォンスは翠と違い、当てずっぽうで戦術を立てないからだ。キャラクターの得手不得手を見極め、地形を読み、作戦を臨機応変に組み合わせながら、的確に指示を出す。

更に、金も惜しみなく使った。最前線で刃を受ける者には分厚い鎧を、馬上で槍を振るう者には鋭い武器を、後方で味方を支援する者には回復アイテムを買い与えた。さすが王子と言うべきか。彼は施すことに慣れていた。

おかげで魔王討伐軍はいつも赤貧だった。

けれど惜しんではいけない。惜しむべきではない。なぜなら、ゲームと違い、アルフォンスの世界で人が死んだ場合——蘇ることは無いからだ。

ゲームのストーリーはまだ〝聖女降臨〟に至っていない。今のところアルフォンスの記憶通り進んでいるという。加入したキャラクターたちは、当たり前だが全員アルフォンスと面識があった。

――まず王太子付き近衛騎士隊長のオーディン・バスチェ。

厳《いか》めしい表情に太い手足。顔に大きく走る傷も歴戦の将には相応しく、敵も味方もびびらせる彼の威厳に一役買っていた。甲冑姿でなければ、どこぞの山賊のような見た目の彼。しかし、実際は涙脆《もろ》く、正義感溢れる口髭がキュートな紳士的なおじさま。任務に忠実で、ストーリー中でも王族であるアルフォンスに献身的だった。

長柄の斧を使うオーディンは、移動距離こそ短いが、その破壊力たるや他のメンバーとは一線を画している。また頑丈な装甲は防御面にも非常に優れているため、攻撃耐性がないキャラクターの傍に頻繁に配置することになった。

――続いて、同じく騎士のコンラート・オズワルト。

アルフォンスと同じく白騎士団に所属している騎士である。彼は、中々のイケメンだ。常に笑顔でノリが軽く、飄々《ひょうひょう》としていて掴み所がない。女の尻を追いかけまわしているかと思えば、戦闘になった時の真摯な表情。「これがギャップ萌えですぅ！」と、莉香が握り拳を作って叫んでいた。とはいえ別に、推しメンではないらしい。乙女心の複雑さを、翠はここに見た。

槍を使う彼は馬に跨っており、機動力と攻撃力に長《た》け、防御力もそこそこ備えている。現在の自軍に物理攻撃に特化したタイプは三人。その中では、一番バランスが取れているキャラクターでもあった。ざっくばらんに言えば、突出して良いところもなければ悪いところもない。凡庸な、されど一番使いやすいキャラである。

アルフォンスは、彼をもっぱら単騎で独走させ、離れた場所にいる敵を仕留める戦法を取っている。目測を誤れば、敵陣に一人駆けするコンラートは一瞬で沈むことになるだろう。しかしそこは、我が軍師の腕の見せ所。上手い塩梅《あんばい》で敵を上手におびき寄せながら戦う彼の戦法名は、翠が名付けた。〝カメレオンの舌攻撃〟という。苦情は受け付けない。

――更に騎士が続く。ロイ・コルレア。

非常に整った顔立ちは中性的で、仲間に入った瞬間「本物の宝塚スター！」と、叫んでしまいたくなったほど抜群の華やかさを有している。翠の直感は正しく、彼女は男装の麗人であった。魔物に殺された兄の仇を取るために立ち上がった彼女は身の上を隠し、兄遺愛《いあい》の騎士服をまとって魔王討伐軍に志願した。見事討伐軍への参加が許可されたロイだが、時を置かずしてその身を偽っていたことがアルフォンスにばれることとなる。彼女の水浴びシーンにアルフォンスが出くわしてしまったのだ。しかし冷静沈着無表情3Dアルフォンスは、明らかに女性だと分かるロイの裸体を一瞥しただけで、そのまま踵《きびす》を返す。スルーしようとしたのだ。

アルフォンスに秘密をばらされては敵討ちができぬと、ロイは裸同然の格好でアルフォンスを組み敷き、脅しをかけた。アルフォンスは、女の命である髪を切り、野心のためなら自国の王子の殺害も厭《いと》わないその心意気を買って、彼女の正体を不問にしている……というのがゲームの中で明かされた二人の過去のいきさつだった。

事実確認を取ったところ、アルフォンスは非常に言い辛そうな顔をしながらも、しどろもどろに容疑を認めた。乙女の尊厳を踏みにじった現行犯に、翠は天誅を加えた。

それはともかく。幼いころから兄と切磋琢磨《せっさたくま》して鍛え上げたというロイの剣の腕は本物だ。彼女は、女性ならではの身軽さと素早さまでも武器にして、剣を振るった。翠はロイの必殺技を大層好んだ。華やかな剣舞にあわせ天から真紅の薔薇が舞い落ちる様は、本当に宝塚歌劇団のステージのようで格好いいからだ。翠は彼女を密かにロイお姉様と呼んでいる。

――次は、このゲームの主人公でもあり、自軍のリーダーを務めるアルフォンス。

アルフォンスは〝騎士〟と同じく、槍や斧、剣といった物理攻撃に優れる上、攻撃魔法、更には回復魔法さえ使えるオールマイティな〝王子〟という職業だった。

基本的に扱う武器は双剣で、これは一応王家代表として旅に出るアルフォンスに国王陛下がお情けとして下賜《かし》した国宝である。シア・グローディス。光と影という名を持つ。

〝王子〟という役職は、装備制限が多い他の職業と違い、大抵の武器を持つことができる。しかしこの双剣、非常に使い勝手がよく、しかも序盤にしては相当攻撃力が高い。他のキャラたちが斧で木こりをしているとすれば、アルフォンスだけチェーンソーで木をなぎ倒しているようなものだった。愛用しない手はない。

同じこたつに座るアルフォンスが「私魔法も使えますよ？　よ？」とこっそり自慢するが、翠はすべて黙殺した。魔法を使うには魔法書を買わねばならない。貧乏魔王討伐軍に、無駄遣いは厳禁。チェーンソーを捨て、斧を買う理由が今の翠には皆無だった。

――騎士の紹介を終え、魔法使いへと移る。攻撃魔法が得意なフリッツ・クリック・リッツ。

ギャグのような名前だが、れっきとした本名だという。名前での苦労があとを絶たなそうである。

フリッツ・クリック・リッツ略してフリクリは我が軍で唯一の魔法攻撃職だ。もう一度言おう。唯一だ。

遠距離からの魔法攻撃は、騎士にはできない戦闘方法だ。圧倒的な攻撃力を誇るが、打たれ弱さも随一。剣に強いが、剣に弱い。攻撃を回避するため、基本的にはオーディンの陰に隠れてせっせ

こ魔法を撃つ係となっている。

フリクリは純朴を絵に描いたかのような真面目な少年で、何事にも一生懸命なその姿に愛嬌がある。現在は魔法塔で魔法の修行に励んでいるらしく、魔法塔の先達たちもこぞって優秀だと褒めたたえる優等生。だが、そんなフリクリにも難点はある。それは、魔法塔卒業期間最短記録を誇るアルフォンスを、まるで神様のように崇めているところだった。とはいいつつ、何かにつけて「アルフォンス様、アルフォンス様」とついて回る姿は大層可愛らしい。

——そして最後に、カチュア・ハーベルディング。ちょいちょいアルフォンスといい仲な、乳兄妹だ。

「貴族のお嬢様も戦いに出たりするもんなの？」

「彼女は優秀な癒し手でもあります。癒し手は非常に貴重な存在ですし、何より本人の希望です。他に立候補者がいなかったため、彼女が従軍することになりました」

「なるほどねぇ」

涼しげな顔で告げたアルフォンスに、翠は顔をにやつかせる。アルフォンスがそんな彼女を不思議そうに見た。

「何か？」

「いやいや。好きな相手の役に立ちたいよなぁって思って」

「彼女とはそのような関係ではありません。生まれた時から共に育ち、兄妹のように——」

「うんうん。分かってるって。いい娘さんじゃん。楽な旅じゃないって分かってるのに。奥さんにするならこういう子がいいと思うな～」

「翠様っ」

「分かってるって、うんうん」

にやにやと緩んだ翠の表情に、珍しくアルフォンスは怒ったような顔をする。そして、ふいと拗《す》ねてそっぽを向いてしまった。

「ごめんごめん。ほら行こう」

コントローラーのスティックをかちゃかちゃ言わせて画面の中のアルフォンスを走り回らせているると、現実のアルフォンスも少し気が逸れたのか、ため息をつきながら苦笑した。

「翠様には敵う気が致しません」

「私もアルフォンスには負ける気がしないわー」

翠は笑いながらスティックを動かした。

❖

かくして、聖女降臨は成された。

――は？　と、テレビ画面を凝視してしまっても、致し方ないと思えるほど、呆気なかった。

「……アルフォンス」

「はい。ここに」

「聖女って、アルフォンスが使者になってトコヨまで迎えに行くんじゃなかったの？」

「おっしゃる通りです。この預言書の私もそのように奔走しておりました。覚えておられませんか？」

「覚えておりますけれども……じゃあなんで、突然パァーッて部屋が明るくなって、なんか女神みたいな聖女が降臨してんの」

　画面の中には、女神か天使かよく分からない、光に覆われた半透明の美女が空に浮かんでいる。皆一様に膝をつき、ありがたい祝福を賜っているところだった。

「魔力の流れを読み取った聖女様が自らおいでになったのかもしれません。魔法陣を読み解くことができないので推測になりますが……」

　それが、成就しなかったから――アルフォンスはこんな１ＤＫの狭い部屋にいるのである。

　肝心なところで現実と食い違っているゲームに、翠は気を揉んだ。

「……ごめんなさいね、現実には魔力の流れを読み取れる聖女がいなくって」

「私は翠様にお会いできたことを、女神に感謝しております」

「あらそうありがとう」

　アルフォンスの慰めに翠はぴらぴらと手を振った。とりあえず、ここで立ち止まっていても仕方がない。現実では、現世から姿を消しているアルフォンスが、ここで魔王を倒す手段を手に入れ、無事に帰還した……ということで話を進めていこう、と気持ちを切り替える。

「うーん。ここから先はアルフォンスの知らないことになっていきそうだから、ノートにでも纏めていった方がよくない？　覚えきれないでしょ」

「あ、私は――はい。覚えられません」

「あんたほんっとうに腹が立つ」

どうせ覚えられないのは私だよ！　と翠が力任せにクッションを投げつける。クッションキャッチも慣れたもので、アルフォンスは片手で軽々とそれを受け止めた。

「私が書いてたら預言書進まないし、アルフォンスが持って帰るようにとっておくんだから、あんたが書きなさい」

買い溜めしておいたシンプルな大学ノートとシャーペンを翠が渡すと、アルフォンスは恭しい手つきでそれを受け取った。彼はいまだに、常世の道具を——今回でいえば、シャーペンですら国宝だか神器だかと思っているらしい。

「そんな気に入ってるんなら、ウッシヨにそれも持って帰れば？」

と翠が伝えた時のアルフォンスときたら。文明の超越はよくないだのなんちゃらと必死に自分を律しながらも、おかしなことに視線はしっかりシャーペンに釘付けだった。

アルフォンスがノートを開いて文字を書く。

〝よげんしょより〟一番上に書かれた文字はひらがなだった。

「なんで日本語？」

「持ち帰ることを前提に書き留めるのなら、どんな人間が目にしても不都合がないようにしておくべきです」

「なるほどね。未来を知ってるノートがあったりしちゃ、そりゃまずいか」

「用心に越したことはありませんから」

淡々と告げるアルフォンスはすでに目線をテレビにセットしていた。翠はそれを確認すると、ストーリーを進めるためにボタンを押す。会話ばかりのため、ストーリーは順調に進んでいく。

「なるほどう？　結局、この〝召喚の間〟にいるあんたと、オーディン、コンラート、フリクリに聖女様が祝福を授けてくれて、任務完了？」

「そのようです。私が帰還した際に預言書の通り聖女様が現れるといいのですが……翠様は……ついてきてくださいませんもんね」

「何そのちょっと拗ねたような言い方。いーい？　アルフォンス。さっきの聖女様の美しいお顔を思い出しなさい。私に見える？　……ちょっと、少しぐらい考えなさいよ」

合いの手を入れるように首を横に振ったアルフォンスに、翠は鼻に皺を寄せる。

「ちなみに言えば、お姉ちゃんにも見えない。よって私たちは無関係！　はい、復唱して！　無関係！」

「ムカンケイ」

「何よあんたちょっと生意気ね。ピィちゃんのくせに！」

「わっ」

翠がアルフォンスの頭をわしゃわしゃと掻き乱しても、彼は文句の一つも言わない。

もう数日を共に暮らしているのだ。翠が、何もできないただの女であることを、アルフォンスは身をもって知っているだろう。それでも、翠に現世についてきてほしいのは、それほど真剣に国のことを考えているから。この責任感の強さは、王族という立場に付随する重責に比例するのかもしれない。

「画面をご覧ください。聖女様の祝福により、私に新しい特技が加わったようです」

ぼんやりと物思いにふけっていた翠に、彼がゲーム画面のテロップを見て言う。

「あ、そうなの？　ちょっと待って。えーと、特技は……このボタンのあとに……横を押して……」

「翠様、そこでそちらのボタンを二度押していただけますか？」

「操作してる私よりもコントローラーに詳しくなってるって、ちょっとどうなの！」

「はい、ありがとうございます。増えてますね。〝祈り〟という特技だそうです」

「ふんふん。えーと。読むよ？　使用者の体力が八パーセント以下の場合、全メンバーの体力を全回復する。一戦闘につき一回のみ使用できる……ん？　たぶんすごいよねこれ」

「使いどころは難しそうですが、これほど強力な切り札を授けて頂いたのです。全力でお応えしてみせます」

片手を背中に、もうひとつは胸の前にあて、アルフォンスはテレビ画面の聖女に向かって、深くお辞儀をした。翠も前に見たことのある執事アルフォンスだった。彼の世界の礼の形なのだろう。

ゲームのイラスト相手に何をしているんだと呆れる気持ちと、たかがイラストにさえ敬意を払いたくなるほど聖女というものが尊い存在なのだと見せつけられたようで、翠は居心地が悪かった。

自分だけ何もしないのもどうかと、翠もテレビに向かい、パンパンと二礼二拍手一礼をする。

その形式を見たアルフォンスが、驚きに目を見張った。

「何？」

「翠様、それを、どちらで」

「どこっていうか、実家で？　神棚に毎日するのが習慣だったし……」

あまりにも驚いているアルフォンスに居心地の悪さが募る。いつもの皮肉を言う余裕もなく素直にそう告げた翠に、アルフォンスは満足げに頷いた。

「やはり貴女はまさしく、聖女様の縁者であらせられる」

「は？　まだ言ってんの？　あの絵、どう見てもお姉と微塵《みじん》も被んないじゃん！　仏壇の遺影毎日見てるでしょ⁉」

アルフォンスは毎朝、翠と共に仏壇にご飯とお線香をあげている。すでに、手入れに関してはアルフォンスに一任するようになった。彼が手を入れるようになってからというもの、仏壇はいつも埃ひとつないほどに磨き上げられている。

そこに姉の遺した古い腕時計が、いまだ座る場所を決め兼ねているように居心地悪げに横たわっているのが、少しばかり不釣り合いだった。

「いいえ。今はっきりと確信致しました」

「なんでよ」

「その尊き儀礼は、現世にも存在致します」

「……え？」

「教会の頂点に君臨する教皇にのみ許される、女神様の御意志を受け取る際の儀礼です」

聞き慣れぬ言葉に聞き返すこともなく、翠は「なるほどー」と棒読みで応えた。すでにゲームのストーリーや用語でいっぱいいっぱいの頭に、これ以上詰め込む隙間がなかったからだ。

翠の気のない返事に気づいたアルフォンスが苦笑する。

「つまり、やはり翠様がすごいということです」

「あぁなるほどね。それなら理解できるわ」

よっし、続き行くわよー！　と翠が画面に視線を戻す。アルフォンスも、シャーペンをキュッと握りしめてそれに従った。

第五章　仕事の対価

その後三週間は、何事もなく進んだ。

翠はいつも通り大学に赴き、バイトに精を出し、家で待っているペットのために金を稼いで帰宅する。家に帰ればペット兼新妻改めヒモ王子が、日々家事の腕を磨いて待っている。外したマフラーを受け取り、コートまで脱がせようと、世話をやきたがる彼を制した回数はすでに数えていない。

アルフォンスは掃除や洗濯も一通りこなせるようになった。今ではなんと一人でスーパーや商店街に買い物だって行けるのだ。文字の読み書きにはまだ不便さを感じているようだが、日常生活を送る分には問題ないレベルと言えるだろう。

しばらくは貯金を切り崩すことになりそうだが、ペットを飼うと決めたのは自分だ。翠は時折こっそりと通帳を見てため息を漏らした。その音は決して、アルフォンスには聞かせられない。

なんでもできるアルフォンスだが、料理だけは違ったようだ。美味しく食べられるものが作れるようになるまでは、少し時間がかかった。

見たこともない料理を、なんとなく分かる文字で書かれたレシピを見て、見知らぬ調味料と食材で仕上げる苦労を翠は知らない。当然、アルフォンスが一人で手掛けた料理は失敗続きだった。なぜか肉じゃががすっぱかったり、親子丼が死ぬほど塩辛かったりしたが、翠は食べた。残さず食べた。「彼女が失敗した料理を残すな」と言った男友達の言葉を覚えていたからだ。

しかしそれが幾度も続けば、翠の胃も、アルフォンスの罪悪感も限界が来る。翠はアルフォンスに復習を提案した。その日作ったものを、翠先生の指導の下、次の日におさらいするのだ。最初は「翠様の手を煩《わずら》わせるなんて――」と遠慮しようとしていたアルフォンスも、二進《にっち》も三進《さっち》もいかない現状に焦れたのか、最終的に提案を受け入れた。

その次の日、早速二人で台所に立った。から揚げを作ろうとして鶏ミンチを買ってきたアルフォンスのためにレシピの変更を持ちかけ、酢を取るアルフォンスに酒を手渡し、油で揚げる代わりに湯に潜らせようとする彼を制したところで――鶏の揚げ団子ができ上がった。驚くほど美味しくできた揚げ団子を二人で頬張りながら、翠はアルフォンスに反省点を説いていく。

それを何度か経験すると、アルフォンスは見違えるほど料理が上手くなっていった。以降、翠先生は台所に立っていないどころか登場もしていない。完全に弟子の独り舞台だった。

今では和食も出汁からとる有能さ。多めにとった出汁を製氷皿に入れ、冷凍ストックまで作るという主夫っぷりだった。ちなみに出汁をとったあとの鰹節はおかかの佃煮《つくだに》に、昆布は煮物になって出てきた。翠先生は大人しく引退することにした。

更に主夫フォンスは、やりくりも上手くなっていった。毎日違う食べ物を和食中心で手掛けるため、翠の肌の調子はいいし、お通じも順調。持つべきものはやはり、妹煩悩の兄と、飲み込みの早い従順なペットである。多少金はかかるが、愛嬌もあるし素直だし、何より孤独が薄れる。いい拾い物をしたとまで思い始めていたころのこと――

充実した穏やかな日々に水を差すように、とある事件が起こった。

「これよりしばらく、預言書はお預けです」

ずーん。漫画なら、そんな文字を背負っていたことだろう。意気消沈し、大学から帰宅した翠を、アルフォンスがいつもの花柄エプロン姿で出迎える。

「おかえりなさいませ、翠様。どうなさったのですか？」

「敵です。敵が攻めてきました」

「敵襲ですか⁉　やはり常世の世界も……」

「そうです。トコヨにもいるのです。敵が」

いるのです。その言葉を推しはかろうとするように、ふらふらとリビングに上がる翠のあとをアルフォンスが追う。

「忘れてたんじゃあ‼　今日マイコに聞いて、そんなわけないって確認したら、本当に、明日までだったのよー……無理。絶対無理。終わんない。だって全然手をつけてない。やばい。やばいー」

「翠様？」

翠の絶望感を感じ取ったアルフォンスが、労るような視線を向けた。翠はアルフォンスの肩を掴み、すごんだ。

「出来るだけあんたを早く帰してやりたいけど、こっちも人生かかってんの。これ必修科目でさぁ……落とすとやばいの！　分かってくれるよね？」

アルフォンスは鷹揚《おうよう》に頷いた。

「もちろんでございます。私に手伝えることはないでしょうか？」

「あんたの仕事は？」

「給仕《きゅうじ》です」

「私のために美味しいご飯作ってください」

「かしこまりました」

頼んだぞ。とアルフォンスに言うと、徹夜を覚悟しつつ翠はノートパソコンを起動させた。


夕食はいつものようにアルフォンスと談笑しながら囲む余裕もなく、ディスプレイを睨みつけながら流し込んだ。そんな行儀の悪い翠を諌《いさ》めることなく、アルフォンスは甲斐甲斐しい新妻のようにテキパキと動いた。

手に持ったものしか口に運べなくなっていた翠のために、定期的に手に持たせる皿を変え、茶を注ぎ、料理を零せば拭ってくれた。至れり尽くせりな夕食が終わると再び鬼のような形相でレポートに取り掛かる翠の邪魔にならぬよう、アルフォンスは息を潜めて家事に精を出す。

数時間そうしてこたつで戦争を繰り広げていると、寝る余裕など微塵もないまま夜が明けていた。背伸びをするころにはカーテンの向こうが白けていて、チュンチュンと可愛らしい雀の鳴き声が聞こえる。

「まさかの一人朝チュン……」

遠い目をして窓を見つめた翠の背後から、静かな声が聞こえた。

「お疲れ様です」

「うわっアルフォンス！　あんた起きてたの？」

「主人が寝ていないのに、私が寝るわけにはいきません」

「主人って……あんたロールプレイングけっこうはまるのね。そんなの気にしないで寝なきゃダメでしょ。その綺麗な肌にくまでもできたらどうすんの」

アルフォンスの陶器のような肌を翠が撫でる。いつにない春の陽だまりのような柔らかい手付きに、彼がふふふと笑う。

「まるで男のようなことを言いなさる」

「あんたが私よりよっぽど女らしいからでしょ」

芍薬《しゃくやく》も百合の花も裸足で逃げ出しそうな男に向けて翠が呆れた視線を投げつける。しかし、アルフォンスは心底不思議そうな顔で断言する。

「誰がどう見ても、翠様は貴婦人です」

「あらそう。ありがとう。こんなボサボサ頭でどすっぴんで、レポートを前にしたら風呂にも入らない私にも、キフジンだなんて言っていただけて、とーっても嬉しいわ」

アルフォンスの言葉を、翠は嫌味としか受け取らなかった。ぼりぼりと頭を掻きながら、翠は大して興味なさそうにそう告げた。

外の様子を見ようと、翠がカーテンを開けた。窓には結露が冬を描き出している。

「早く春になんないかなぁ……」

「寒いですからね」

アルフォンスにマグカップを差し出されて、翠はそれを受け取った。中身は温かいコーヒーだ。実に気の利くペットである。

翠はカラカラと窓を開き、サンダルの結露を払ってベランダに出る。続くアルフォンスのため、翠は一人分しかないサンダルの片方を渡す。

「うううう、さむ、さむいっ！　雪でも降ってんじゃないの！」

冬の朝は二人を平等に冷たく迎えた。半纏を羽織っているとはいえ、外気は室内とは比べ物にならない。吐く間に白く染まる息が翠を彩る。アルフォンスは慌ててブランケットを持ち出すと、翠の肩にそっと掛けた。

一人一足ずつのスリッパで、唐傘のように一本足で立ちながら、二人はベランダから外を眺める。

「うう、ありがと……あれ、見て。アルフォンス」

三階にある翠の部屋からは、遠くまで眺望できる。翠は家々の隙間に見える場所を指さすと、カップにゆっくりと口を付けた。

「街路樹があるでしょ。今は枯れてるけど、全部桜なのよ。春になってほしいのは、そのせいね」

「――サクラ、ですか？」

「あぁそっか。知らないのか。桜って花の名前なの。春に咲くのよ」

「花が咲くことが待ち遠しいのですか……？」

「失礼ね。私だってそのぐらいの情緒はあるわよ」

「大変失礼を致しました」

「まぁ、なんだろ。桜は特別よね。日本人の。咲くのが待ち遠しいし、咲いたら嬉しいし、まぁお酒も飲めるし」

例えばそれが――姉を思い出させるだけだったとしても。

どうしても辛い思い出が先に立ってしまうが、彼女からたくさんの優しい愛も注がれていた。桜を見ながら、そんな記憶を思い出し、友人と一献《いっこん》傾ける春が翠は嫌いではない。こんな寒いだけの冬なんかよりは、よっぽど好きだった。

「花が咲いたら、酒を酌《く》み交わすのですか。常世の人々は、なんと風情がおありでしょう」

あぁ、確かに。それだけ聞くと、桃源郷の仙女が瓶子《へいし》を抱え、裾を靡《なび》かせながら談笑している姿を思い浮かべるのも無理はない。すでに街におり色々と見てきているだろうに、いまだ日本を夢の世界のように思っているアルフォンスのことが、翠には可愛く思えて仕方がなかった。

「あんたが春までいたら、一緒に花見する？」

「よろしいのですか？」

「もちろん。まっ、早く帰れるのに越したことはないんだけどね」

「速やかな帰還を切望しておりますが、常世の風雅の集いも興味深いですね」

「そ、じゃあ行こっか。美味しいご飯作って、ちょっといいお酒買ってさ～」

翠は一気に雪解けが待ち遠しくなった。雪が解けたら春になるなんて、それこそ雅《みやび》ではないか。

「さ、中入ろ。私シャワー浴びてくるわ。あんたもあとでちゃんとお風呂入んなさいよ。お湯入れていいから。いつも、どうせ私より先には～とか言って、きちんと入れてないんでしょ」

「お心遣い感謝致します」

アルフォンスははにかむように笑った。その笑顔を、翠は残業に疲れて帰ってきた夫のような気持ちで、見守っていた。

無事にレポートを提出し終えた翠は、バイトから上がると家路を急いだ。

アパートの下まで辿り着くと、部屋を見上げるのが日課になっている。そこでふと違和感に襲われた。いつも明るく電気がついている我が家が、今日は真っ暗でしんと静まり返っている。たった三週間ほどの習慣だというのに、もう人の温かさに慣れていたのかと思うと少し面白くない。

翠は訝しく思いながらも玄関扉を開ける。真っ暗闇の空間を、静寂が支配していた。常ならば家事の手を止め、慌てて駆け寄る足音も、笑みを浮かべたピィちゃんの姿もない。

いつもよりもゆっくりとブーツを脱ぐ。乾燥材を入れてもまだ、アルフォンスは「おかえりなさいませ」とおたま片手にやってこない。おかしい、と翠は感じた。

「――アルフォンス？」

呼びかけた声はひどく小さかった。自覚していないだけで随分と不安を感じているらしい。

――帰ってしまったのだろうか。翠に何も、一言すらも告げることなく。

ひくり、と胸が疼いた。暗闇の中に足を踏み入れる。電気をつけ、彼がいないのを確認するのが嫌だったのかもしれない。

「み、どりさま……？」

「アルフォンス！　いるの？」

そんな無意識の翠の抵抗も知らないアルフォンスの、か細い声が聞こえた。翠は慌てて壁のスイッチを押す。じんわりと広がる光の中、可愛いペットの姿を翠は捜した。

彼の暫定寝床となっているこたつから、ちょこんと出ている黄色い羽毛。――なんだ、帰ったんじゃなかったんだ。翠は自分でも信じられないほど安堵するのを感じた。

「おかえりなさいませ……今、お夕飯を」

「寝てたの？」

頼りなく響く声に、翠は慌ててアルフォンスに駆け寄る。肘をついて体を起こそうとするアルフォンスの顔を覗き込むと、雪のように白い彼の肌が真っ赤に染まっていた。

彼の額に手をやると、明らかに熱い。潤んだ瞳で、熱い吐息を零すアルフォンスの首筋に手を添える。リンパはパンパンに腫れていた。完全に熱を出しているのだろう。

「風邪ね」

「このぐらい、なんということはありません。今すぐに、夕餉《ゆうげ》のご用意を――」

無理やり体を起こそうとするアルフォンスの体を、コートさえ脱いでいない翠が押さえる。

何が今から、ご飯を作る――だ。そんなこと、病人の仕事じゃない。

「何してんのあんた！　……こたつ、電気もつけてないいじゃない！　もしかして、節約とか言ってお昼も暖房切ってるわけじゃないでしょうね⁉」

言葉のきつさとは裏腹に、翠は心配のあまり余裕をなくしていた。べろんと容赦なくこたつ布団をめくると、アルフォンスの体の冷たさに悲鳴を上げるように叫んだ。

部屋の暗さに囚われ考えが及ばなかったが、室内と室外の温度差がないほど、部屋は見事に冷え切っていた。否定も肯定もなく力なく笑うアルフォンスに、翠は強い憤りを覚える。もしかして彼は、翠が貯金を切り崩しているのを知っていたのでは――そんな後悔が翠を襲った。

きっと彼は、いつも翠が帰るころになると暖房をつけていたのだろう。そして今日は朝、風呂に入るように翠が言いつけた。たぶんろくに温まりもしなかったに違いない。手に取るように分かるアルフォンスの遠慮が、翠は歯がゆくて仕方がなかった。

翠にとっては、お節介の延長のような世間話も、彼にとっては命令に等しい。気を付けなければと思っていたはずなのに、翠はその感覚をサッパリ理解できていなかったのだ。

たくさんの贅沢はさせてやれない。渡せる金額も決まっている。だけどこんな風に、我慢させるつもりなんてなかった。アルフォンスが甘えられる環境を与えているつもりだった翠は、唇を噛み締める。

慣れない環境で、知り合いが一人もいない中で——ずっと気を張っていたに違いない。

見たことも触れたこともない、異世界の道具、設備の中、不慣れさを感じさせずに立ち回るのにどれほど神経を使っただろうか。トイレの使い方一つ、水の注ぎ方一つ違う中で。必死に生きていたに、違いないのに。

翠の機嫌を窺いながら、生活するための術を覚えて、帰るための手段を考えて、魔王を倒す手立てを探って——それほど懸命にもがいていた彼に、一番傍にいたはずの自分が気付けなかったことが、翠は心底情けなかった。

全く違う別世界の住人なのだとしっかり認識しなければ——そう思っていたはずだった。翠は結局、彼の優しさに甘えていたのだ。

「三週間も、よく頑張ってくれてたのに……ごめん。労って、やれてなくて」

いつもは言えない謝罪が、すんなりとこぼれた。その沈んだ表情に驚いたアルフォンスが、熱があるというのに翠を慰めようと口を開く。その気配に気付いた翠が、しおらしい自分を一旦心の中に蹴り入れた。

「はい！　立って！　とりあえず着替えるよ！　汗びっしょりじゃない！　着替えの下着どこだっけ。ちょっと待っててね。その間に服脱いでて！」

　翠が一気に捲し立てる。熱で正常な判断ができないのか、いつもなら絶対に恥じらうだろうアルフォンスは素直にこくりと頷いた。翠は脱衣所に走り、バスタオルやアルフォンスの着替えを乱暴に引っ張り出す。台所に向かいホットタオルを作ると、冷めないうちに大慌てでリビングに戻る。

　翠が戻ると、アルフォンスは服を上体に引っ掛けたまま座り込んでいた。体がだるいのか、服を脱ぐことさえままならないようだ。

「ほら、手伸ばして。ばんざーい」

　服を引っ張ってやろうとする翠に気付いたアルフォンスが、ハッとした顔で首を振る。

「一人で――」

「できないの！　アルフォンスは今、風邪引いてるから！　できなくて、いいの！」

　翠の迫力に一瞬だけ怯んだアルフォンスは、恐る恐る翠に身を委ねる。

「よし、いい子」

　力を抜いたアルフォンスにほっとしながら、翠は服を脱がせた。アルフォンスの体は、翠の想像する十六歳のひ弱な男の子のそれではなかった。固い筋肉で引き締まった肢体には、無数の傷が刻まれている。あぁ本当に、彼のことなんて何一つ知ろうとしていなかった、見ようとしていなかったのだ。

　翠は自分を殴りたい気持ちを抑え、アルフォンスの背中や脇をホットタオルで拭いていく。途中制止するかのように弱々しく添えられた手の熱さに、翠は再び腹が立った。

――ペットの体調管理一つできないなんて、こんなの飼い主失格だ。

「はい、これ着て。次これ。後ろ向いてるからパンツはいて。はいた？　じゃあこれに足通して。私の肩に手をついていいから。体にこのバスタオル巻いて。その上にシャツ着る。はい被って。パジャマ着て。このマフラー巻いて、首温めて。そしたら、はい。お布団に入る！」

着替え終えたアルフォンスを自らのベッドに放り投げようとする翠に、彼が本気の抵抗を見せた。

「み、みどりさま。なりません。淑女の寝台を明け渡すなど。それに、自ら誘うなど、はしたのうございます」

「ええい！　ぬぁにが、はしたのう、だ！　私のどこを見て淑女だって言うんだあんたは！　いいから入る！　ハウス！　ピィちゃんハウス！」

力任せに翠が押すと、アルフォンスは腰からベッドに崩れ落ちた。

「み、みどりさま」

潤んだ瞳で見上げるな。眉根を寄せるな。舌っ足らずな口調で呼ぶな。頬を赤らめるな。

まるで翠が無体を働いているようではないか。美少年を襲っている悪代官のような図に我慢できずに、翠はアルフォンスを乱暴にベッドの上に転がした。俯せになったが、知ったこっちゃない。

息苦しかったら自分で首ぐらい動かせるだろう。

「なりません。みどりさま、なりません」

「その私が襲ってるかのような台詞と表情止めてよね！　美少女コンテストにでも出る気なのあんた！」

翠の言葉に思うところがあったのか、アルフォンスはぐっと押し黙った。なんとかベッドに横になった彼の上に、翠が掛け布団をかける。

「仕事、仕事を」

「はいはい。ちょっと待ってね」

薬って何を飲ませればいいんだろう。効きすぎて体の毒になりはしないだろうかと、思案しながら翠は鞄を持つ。帰ってきたままの格好だったため、すぐに出かける準備は終わった。

「翠様……」

弱々しい声が聞こえ、翠は彼を見下ろした。

「せめて、枕だけでも……」

「何？　枕が嫌なの？」

ようやく馬鹿らしい主張を取り下げたアルフォンスに返事をする。おずおずと翠を見上げるアルフォンスの瞳は、まだ潤んでいる。

「翠様のにおいがして……」

「何それ。くさいってこと？」

「いえ、――……落ち着きます」

その幾分かの沈黙は、翠の額に青筋を浮かべさせるのに十分だった。それほど黙っていれば、嘘をついていると自ら告白するようなものである。

しかし、アルフォンスの表情がいつになく柔かいため、翠は握り拳を下ろした。

「落ち着く枕変えてどうすんの。いーい？　あんたは今からそこで寝るのが仕事。今日の御飯くらいなら私だって作れるけど、毎日のご飯はもうあんたの仕事なんだからね。早く体治して栄養バランス考えたご飯作ってくれないと、私また便秘になっちゃう」

「翠様……お言葉をお選びください」

「うるさい。早く寝なさい」

翠はぺしっとアルフォンスの額を叩いて、会話の終了を告げる。そのまま出て行こうとする翠を、アルフォンスはじっと見上げる。

「……翠様」

「何？」

「私を、追い出さないでください」

何言ってるの。こんな体調で追い出したら余計に風邪が酷《ひど》くなるだけじゃない。そう言おうとして、翠は口を噤んで彼の傍にしゃがむ。アルフォンスがあまりにも真剣な表情をしていたからだ。

彼は、本当に珍しく、今にも泣きだしそうな声で言った。

「すぐに、すぐに治しますから」

翠は、彼の抱える不安を――ようやく悟った。

彼は不慣れな常世に困憊していたのではない。知り合いが一人もいないから憔悴していたわけでもない――彼は、翠に役立たずだと切り捨てられることに、心の底から怯えていたのだ。

翠は言葉を探した。なんと伝えればいいのか、なんと説けば伝わるのか分からなかった。翠は十分、彼に優しくしているつもりだったからだ。追い出すつもりがあるのならば、服なんて買い揃えてやらない。彼は家事をただ一つ、自分の存在する意味だと思っている。その意味を奪われて、泣きそうになっているのだ――自分の世界に帰れないと言った時にも、泣かなかった彼が。

「――あんたの仕事は、給仕だけじゃない。私の話し相手もよ」

アルフォンスがこちらを向く。さらりと髪が顔にかかった。翠はできる限り、優しい声質を心掛ける。

「早く私が楽しめるように、さっさと治して。……そんで一緒に預言書を解こう。一緒に戦ってくれるんでしょ。私の軍師さん」

その言葉に、ようやくアルフォンスは笑みを浮かべた。力の抜けたへにゃりとした笑みだった。

翠は初めて、彼の素の笑顔を見た気がした。髪で顔が半分隠れているのが、とても勿体《もったい》なく感じるほど――綺麗な笑みだった。

❖

ドラッグストアで勧められた滋養強壮剤とスポーツ飲料をアルフォンスに飲ませる。旬の野菜をみじん切りにし、どろどろに煮込んだ雑炊を食べさせると、彼は身じろぎ一つせずにぐっすりと眠った。金色の髪が汗で綺麗な陶磁の肌に張り付く。アルフォンスが起きないよう、なるべくそっと翠はそれを払いのけた。

彼の安眠のために薄暗くしている室内で、翠はアルフォンスの隣に腰かけていた。伏せられた瞼に、長い睫毛。彼の寝顔を初めて見たことを、翠はその時知った。

アルフォンスは翠よりも早く起床し、彼女よりも遅く就寝した。夜間に目が覚めて動き出せば、アルフォンスも目をこすりながら、翠に気遣わし気な言葉をかけてきた。その事に、なんの違和感もなかった。

昏々《こんこん》と眠るアルフォンスは全く起きる気配を感じさせない。彼はいつ追い出されるのだろうかと怯えながら、翠に尽くしていたのだろうか。今まで、どれほど気を張り詰めていたのだろうか。どれほど気を遣っていたのだろうか。五つも年上のくせに考えの足りない自分をひどく嫌悪した。

アルフォンスにとっては天国に等しい場所に住む、年上の同居人。彼の常識ではありえないほど下品でガサツな女と、こんなに狭い部屋で密接な付き合いをするなんて、気疲れする環境に決まっている。

十六歳で、世界の命運を背負った気高き少年は、苦労をただ一つさえ翠に見せることはなかった。

彼の苦労も責任も、想像でしか補えない。そもそもこんな大役を、どうしてたかだか十六歳の少年に任せるのだろうか。要領がよく見えるのは、隠し事が上手いからだ。料理もまともに作れなかった、たった十六歳の男の子――追い出さないでと、涙を滲《にじ》ませ縋る、ただの少年。

アルフォンスの寝顔は、ひどくあどけない。だけど、彼の世界のすべてを背負って今ここにやってきているのだ。いなかった聖女の代わりに、魔王を倒す手段を持って帰るために。

翠は立ち上がると、仏壇の前に座った。アルフォンスが手入れしていても、翠は毎日欠かさず姉に手を合わせていた。いつものように姉に挨拶を済ませると、今まで手に取ることすらせず仕舞い込んでいた腕時計を手に取る。

いつからだろう。この生活がもう少し続けばいいと――望み始めたのは。

明確に自分の気持ちを理解して、翠は動揺した。指の腹で、腕時計の盤面を撫でる。

帰り道に暗い自室を見上げた時。静かな部屋を確認した時。彼がいないのかもしれないと思った時。翠はこの全てに、淋しさを感じていた。

アルフォンスは好き好んでこの生活を維持しているわけではない。それは翠とて同じはずだった。はずだったのに――

アルフォンスは大義を担って、ここにやってきているのだ。彼はいつか必ず、自らの世界へ帰る日が来る。魔王を倒す、手段を持って。

翠は携帯電話のボタンを押した。メール画面を開き、しばらく連絡を取っていなかった人に向け、文章を綴り始める。あの人にメールを送る時はいつも、緊張する。時間をかけ、翠は何度も何度も読み返し、ようやく送信ボタンを押した。ふぅ、というため息が部屋に溶ける。

彼のために力を尽くそう。彼のために居心地のいい場所をつくろう。甘えてもいいのだと、頭を撫で続けてあげよう――彼がいつか、羽ばたく日まで。

隣に眠っているアルフォンスと、掴んだままだった腕時計を見下ろし、苦笑した。

時計はちっとも針を進めない。姉の死を嘆くあの人を見たあの時から、止まってしまっていた翠のように。

けれども、翠の針は、いつの間にか動き出そうとしていた。

「……鳥籠は、いつだって開けてあげるから。それまでは安心して、羽を休めるんだよ」

――黄色い羽を持った、彼女の軍師によって。

次の日になると、アルフォンスは随分と調子を取り戻したようだった。医者にかからせるべきか夜通し考えていた翠は、ひとまずほっと息をつく。

「ご迷惑をおかけ致しました」

「そういうときは、心配してくれてありがとうっていうのよ。あんた、王子様だって言うのに、言葉遣いはいい先生に恵まれなかったのね」

またしても可愛くない翠の皮肉。優しくしようと決意したばかりだったのに、と固まる翠に、アルフォンスはなぜか嬉しそうに微笑むと「そのようです」と告げた。

第六章　欠かせないおしゃべり

仏壇の花の水を替え、前日上げていた白米と水を、アルフォンスが新しいものに取り替える。座布団を踏まないようににじり寄って正座をすると、翠は一つ深呼吸をする。後ろにアルフォンスが座った気配を感じながら、蝋燭に火を灯し、線香にそれを移す。煙を吐き出す線香を香炉に刺すと、慎重に手を合わせた。

「お姉ちゃんおはよう。今日は天気がいいです。私は元気です」

「お姉ちゃんおはよう。今日の朝は玉ねぎの味噌汁です。私は元気です」

「お姉ちゃんおはよう。今日は珍しく雪が降ってます。私は元気です」

「お姉ちゃんおはよう。今日の朝はかぼちゃの味噌汁です。美味しくないです。私は元気です」

「お姉ちゃんおはよう。今日のニュースの女子アナはちょっとお化粧が濃いです。私は元気です」

「お姉ちゃんおはよう。今日の朝はいつもより冷えます。私は元気です」

「お姉ちゃんおはよう。今日はアルフォンスが美味しくコーヒーを淹れられたよ。私は元気です」

「お姉ちゃんおはよう。今日の授業は嫌いな学科からです。私は元気です」

「お姉ちゃんおはよう。今日は〝かぼす〟のベストアルバムの発売日です。私は元気です」

「お姉ちゃんおはよう。今日のメコズキッチンも美味しそうでした。私は元気です」

「お姉ちゃんおはよう。今日はだるくて学校に行きたくないです。私は元気です」

「お姉ちゃんおはよう。今日はお姉の好きだった漫画のリメイク版の発売日です。私は元気です」


お姉ちゃん、お姉ちゃん、お姉ちゃん、お姉ちゃん。

私は今日も、元気です。

第七章　憧憬と忠義

『口惜《くちお》しや！　小賢《こざか》しい真似をしおって。あんなもの、幻影に決まっておる！　あそこにおった矮《わい》小《しょう》な魔術師が幻影を見せたのじゃ！　ええい、口惜しい。口惜しぃ！』

『ですがエレオノーラ殿下、これで彼奴《きゃつ》奴《め》を堂々と消すことができましょうぞ』

『なんじゃと⁉　詳しく妾《わらわ》に聞かせたもう』

『はっ――これよりは、魔王の住まう城へ向かう危殆《きたい》な旅路。いくらでも命を落とす可能性はありましょう』

『――ふ、ふは、ふははは！　おぉ、そうよのう。そうよのう。妾としたことが、ほんに抜けておったわ。妾の可愛い蝙蝠《こうもり》よ。委細任せるぞえ』

『御心のままに』

『ついでに彼奴奴が魔王を葬ってくれおったら、これ以上ない僥倖《ぎょうこう》なんじゃがのう。ふはははは、はははは！』

あーっははははは、と、趣味の悪い笑い声が狭い室内に木霊《こだま》した。

翠はテレビを指さして、アルフォンスを無表情で見つめている。アルフォンスは、身内の恥をさらしたかのように、頬を赤らめた。翠により支給された半纏を着たまま両手を合わせ、その隙間に顔を埋める。

最初の方こそエレオノーラが登場する度にアルフォンスの心情を慮っていた翠だが、最近では彼女の登場が待ち遠しくて仕方がなかった。最恐の魔王を倒せと命じた相手に、刺客を向けて殺す気でいるのだ。こんなギャグシーン、中々お目にかかれない。

「この人、王妃様なのよね？」

「お恥ずかしながら。我がティガール国の正妃でございます」

「あんた、魔王倒すついでに、自分とこの国もきちんと立て直したほうがいいわよ」

「ご忠告痛み入ります」

慇懃にお辞儀をするアルフォンスのつむじをわしゃわしゃと撫でまわしながら、翠は彼女の次の登場を待ちわびるのだった。

❖

暦が二月に入ったころ――冬の寒さは厳しさを増し、待つ家の暖かさが染みる。アルフォンスと翠は、下手くそながらも支え合えるようになっていた。
アルフォンスに優しくあれ――そう願う翠の彼への接し方は不器用なままだったが、アルフォンスは翠の変化を感じ取ったらしい。強迫観念のように、家事に対して固執していた彼だったが、なんとか折り合いをつけたようであった。家事ができなくても、役立たずでも、追い出したりしないのだと、心から通じていたらいいなと翠は思った。

魔王を倒す手段を得るための旅も滞りなく進み、預言書ノートも順調に埋まっていった。

相変わらず戦闘がさっぱりな翠のために、アルフォンスは軍師を続けている。百円均一で買ってきた指示棒がえらく気に入ったようで、マス目を指すときもご機嫌だ。

翠が毛嫌いするこの戦闘形式を、彼はいたく気に入っているようだ。全軍の状況や、越える道筋が分かりやすくて、とても重宝すると言う。事前にシミュレーションをさせてくれる預言書に、彼は日々感謝を募らせている様子だ。

『あ、カチュア殿、アルフォンス殿下。もう朝餉の準備ができていますよ』

『こ～んな時間まで、お嬢さんとどちらへ？　おっと、野暮を申しましたねえ』

『コンラート。無駄口を叩いている暇があるのなら、これも任せられるな』

フリクリ、コンラート、ロイが朝の散歩に出かけていたアルフォンスとカチュアに話しかける、なんてことのない日常の一コマ。

このころになると、あれほど無表情だった3Dアルフォンスにも、僅かではあるが人間らしい感情の起伏が表れるようになっていた。それは声色であったり、体の動きであったり、そして表情であったり。

綺麗な映像で描き出されるその様を見て、翠はほうと一人息をつく。

以前のアルフォンスなら軽く礼を言って、すぐに席についていただろう。しかし今では、起きていない仲間を起こしてきてくれなんて頼まれちゃったりするのだ。変わったのはアルフォンスだけではない。皆が、顔面を凍結させたアルフォンスを仲間として受け入れていた。翠はそんな彼らの変化が純粋に嬉しかった。

彼らはイベントシーンでアルフォンスと仲睦《なかむつ》まじく話すだけの仲ではない。アルフォンスが現世に戻った際に、一番近くで支え合い、信じ合う仲間なのだ。彼らがアルフォンスに親し気な顔を見せる度に、翠はとても安心する。

それに、現実のアルフォンスはここまで孤高の王子様ではない。その分もっとコミュニケーションも円滑にゆくだろう。隣でいつも穏やかな笑顔で微笑んでいる半纏姿のアルフォンスと、３Ｄアルフォンスの差について、翠は考えることを放棄していた。

翠よりもあとに〝聖女降臨〟をプレイし始めたバイト仲間の莉香は、すでに翠たちの進行具合を抜いていた。詳しく言うなら、彼女は徹夜でゲームに漬かり、早々とクリアしていたのだ。モチベーションをそのままに、二周目に突入しているとブイサインを掲げた莉香に、翠はポカンとしたものだ。二周目。翠の辞書には、もちろん存在しない単語であった。

〝聖女降臨〟にどはまりしている莉香は、翠とバイトのシフトが被る度に翠を捕まえたがった。

「アルが可愛いすぎて無理辛い死んじゃう」と、帰りを待ち伏せてまで語りたがる彼女の意志を尊重し、翠は会話に付き合うこともしばしばだった。

「なんで死ぬの？」と聞けば「天使だからに決まってんじゃないですか！」と後輩に怒られる始末。その可愛い天使がうちにいると知ったら、彼女はどう思うのだろうか。若干の申し訳なさを感じながら、「もし彼が現実にいたら会いたい？」と聞いた翠を、莉香はバッサリと切り捨てた。

「そんなわけないじゃないですかぁ。二次元は二次元だから尊いんですよぉ」

翠は真顔になった。意味が分からないにもほどがある。

「二次元は……分からないけど。私も最近、みんな仲良くなってきてて、よろしいよろしいって思ってるよ……アルフォンスも、最近は表情が増えてるし」

「ですよねえ！　なんか、信頼してる感じが徐々に増えてますよねぇ！　べたですけどぉ最初はみんなバラバラな方向を見てたのに、一致団結していく感じ！　そうだ、リュカって子出てきましたぁ？　そのキャラ私の嫁が声してて――」

「え⁉　結婚してたの⁉」

「はい、すでに挙式は四パターンほど済ませてますぅ」

「え……ちょ……、え……？」

本気で困惑する翠を置いてきぼりに、莉香はキラキラと瞳を輝かせる。

「リュカめっちゃ可愛くないですか？　私の理想の受けそのもので！　もう時間があったらついついケータイでアルリュカ検索しちゃうんですよねぇ。お気に入りの作家さんもはまってるみたいで、いい漫画があってですねぇ……あ！　はまったら教えてくださいねぇ！　けっこう似た感じの受け声やってるドラマCDがあってぇ――」

「ちょっとリカちゃん語が理解できない」

「それギャグですかぁ？　笑える！　みどちゃんセンパイはぁ、お気に入りのキャラとかいないんですかぁ？」

ようやくリスニングできた翠は、莉香の問いに「うーん」と唸った。自軍のキャラクターたちを順に思い浮かべ、一人のキャラクターに行きあたる。

「実は――」

思い切って言ったキャラクターの名前に、いつもは歯に衣着せぬ物言いをする莉香が、信じられないと言いたげな顔をして翠を見る。そんな彼女に翠は思い切って尋ねた。

「なんでこのゲーム、魔王を倒しに行くのに、みんなこんなになよっちいの？」

莉香は笑顔で「仕様ですぅ」と答えた。まるでそれが、世の常、当たり前のように。

翠には、意味が分からなかった。魔王だぞ？　魔王を倒しに行くんだぞ？　分かっているのか？魔王だぞ⁇　なぜ「ザ・イケメンコンテストに選ばれに来ました！」みたいな男たちばかりなのか。翠にはさっぱりだった。

そんな中で、彼の存在が際立っても致し方ないことだと思う。

太い腕に太い脚。最初は厳つい、恐いとしか思えなかった顔つきには凛々しさを。アルフォンスを心配したり、時に叱りつけたりする表情には年相応の色気を感じるようになった。

振り下ろす斧は空気を引き裂くほどに力強い。彼が軍の先頭に立っていると、翠はこれ以上ないほどの安堵を感じるのだ。彼がいるから大丈夫。軍は――アルフォンスはきっと死なない。

その安心感は、翠に依怙贔屓《えこひいき》させるには十分だった。決定打となったのは、あの場面だったに違いない。

ゲームを進めていくと、アルフォンスたちはとある神聖な森に辿り着いた。

かつて聖女から加護を授けられ世界を救った六人の英雄の一人、智の者ハルベルト・アドゥルエルムが生まれ育った村に、魔王を倒す手がかりを求めて。

その村の手前に位置する森は、霧が深く見通しが悪い。そんな場所で、彼らは二人の小さな兄妹と出会った。

兄はこの辺りでは見たことがないアルフォンスたちを警戒していたが、魔王討伐軍だと知るとほっとしたように、背に庇っていた妹を見た。彼らは迷子になっていたようで、討伐軍と一緒に、出身地でもある森の隣の村まで戻ることとなる。

兄は村までの道中、なぜ自分たちが森に入っていたのかを語ってくれた。二人を女手一つで育ててくれた母が、現在病に伏しているのだという。病床にいる母に美味しいご飯を食べてもらうため、罠をしかけにきた二人。いまだ十にも満たないだろう少年の献身的な愛に、討伐軍は涙を誘われた。

森を抜け、村に辿り着いた時——誰もが息を呑んだ。

そこには、かつて村があった名残しか残されていなかったからだ。

それは一日二日で成せる褪《あ》せ方ではなかった。目に見えるものすべてが朽ち、崩れ落ちていた。

茫然と見つめるだけだった少年は、長い放心状態から立ち直ると自らの家に向かって駆けた。

床から起き上がれなくなっていた母を呼ぶ少年の声は涙で掠《かす》れていた。しかし、少年の必死の呼びかけも、何もない空間にただ虚しく木霊するばかり。妹は、きょとんとした顔でそれを見ていた。幼すぎる妹は、この朽ち果てた場所と、自分の村が同じ場所だと認識できないようであった。

「この村はまさか、〝幻の村〟ですか」

そう言ったのは、討伐軍最後の良心——素朴で真面目な魔法使いフリッツ・クリック・リッツだった。彼曰く、この村は遥か昔から、森に棲む精霊の森番を務めていた村だったという。幼い兄妹は、森の精霊に気に入られ——長い長い時を、彷徨《さまよ》い歩いていたのではないかと。

そんなわけがないと叫ぶ少年に、フリッツは残酷な現実を告げた。

魔王を倒す手がかりを求め、生まれ育った村に戻って来たハルベルトは――自らの故郷でもあるこの村が、魔物の手にかかり滅ぼされていた事実を知ったと、彼の手記に綴られていたことを。精霊に好かれた彼ら兄妹は、きっとその身を守られたのだろうとも。

少年は咆哮し、脱力した。そして、討伐軍にとって予想だにしなかった真実を告げた。

彼ら兄妹の放浪している父の名が、ハルベルトだと――

自らの名を、シャルル・アドゥルエルム、妹の名を、エッラ・アドゥルエルムと伝えた幼い少年を、歓喜の悲鳴が襲った。最愛の母と故郷を失った少年の絶望を慮らない駄目な大人代表は、魔法塔の寵児フリッツ、魔法使いのマジェリーン、そして学者であるニコラスだった。

彼ら魔法塔の出身者たちは〝魔法の祖〟と呼ばれる稀代の魔法使いハルベルトを、女神と同じほどに崇拝している。三人は、孤児となった兄妹を保護するようにアルフォンスに懇願した。それだけならば涙を誘う展開だが、彼らは兄妹の身の安全を考慮したのではなく、二人の持つ魅惑的な将来に期待したのだ。あまりにも不純すぎる動機である。憧れの的である大魔法使いの直系の子孫に、魔法使いたちは制御しなければならない理性というものを失っていた。

アルフォンスは魔法使いらの懇願を受け入れた。

シャルルとエッラを討伐軍に迎えることはできないが、彼らを安全な場所まで送り届ける約束をした。そして、魔王を倒した暁には、必ず迎えに来ると――

討伐軍のメンバーからは「魔法使いとして起用すべき」や「魔王討伐を優先すべき」と、数々の不満の声が上がった。しかしアルフォンスは頑なに随行を許さなかった。アルフォンスに、二人の兄妹は従った。

百年越しに母に供養の花を手向けたシャルルとエッラは、生まれ育った村から旅立った。強引ともいえる判断で、アルフォンスは次の目的地を変更した。彼ら二人が、安心して過ごせる場所に。

道中も、アルフォンスは決して二人を戦いの場に出すことはなかった。辿り着いた先で信頼できそうな宿屋の主人たちを見つけると、くれぐれも頼むと心ばかりの礼を握らせる。幼い二人を安心させるように不器用な笑みを浮かべたアルフォンスは、自らのマントをシャルルに渡し、再び魔王討伐のため歩を進めるのだった。

翠が彼——王太子付き近衛隊長のオーディンに心を持っていかれたのは、ここからのシーンだ。

オーディンがこれまでにないほど神妙な顔つきで、アルフォンスを呼び止めた。

枯渇していく世界には一刻も早い救済が必要であった。そこにおいて、討伐軍の大半に反対されながらの子どもたちの保護。リーダーの決断とはいえ、大きな時間のロスには変わりない。

王子でありリーダーでもあるアルフォンスに諌言《かんげん》するのかと、翠および討伐軍全メンバーが固唾を呑んで見守っている中——オーディンは腰に帯びた剣を抜いた。

慌てすぎてボタンを押してしまったが、ゲームはムービー画像に入っていた。翠がボタンを押したところで、ムービー中は映像に影響は出ない。

オーディンはアルフォンスに真っ直ぐ向かうと、膝を折り、剣を両手で掲げた。

「我が剣は十七年前よりクリスティアン王太子殿下に捧げております。ですがこの命、アルフォンス殿下に受け取って頂きたい。取るに足らぬ命ではありますが、いかようにでもお使い召され」

真摯な声は、これがゲームだということを一瞬忘れさせる威力を孕《はら》んでいた。

予想外のオーディンの行動に、翠は感銘を受ける。アルフォンスの心の成長に伴う決断をオーディンが後押ししたことも大層嬉しかったが、彼の覚悟にも心が震えた。

一歩間違えれば二心《ふたごころ》ありと、今まで築いた信頼関係すら失う台詞。あちらに鞍を変え、こちらに鞍を変え、都合のいいように主人を変えようとしていると軽蔑されても不思議ではない。

現世において忠誠、名誉、矜持というものは何よりも価値を持つらしい。特に騎士が正式に誓いを立てた場合、それに殉じないことは死よりも恥ずべきことだという。

慣例では、剣と命は同じ主人に託す。オーディンの台詞を聞く限り、王太子に命までは預けていなかったらしいが——屁理屈に過ぎない。しかし、そんな詭弁《きべん》を述べてでも、オーディンはアルフォンスに伝えたかったのだ。アルフォンスに魂が震えたことを、己の覚悟を、真摯な思いを。

——これを、格好いいと言わずになんと言おう。

莉香に対し熱く語ったところ、彼女に胡乱《うろん》な目で見られた。「そこはアルフォンスに萌えるところなんですけどぉ」と無理難題まで投げかけられた。なんと言っても、あのあと3Dアルフォンスは頭を下げているオーディンの後頭部に刀身を当て、こう言ったのだから。

「オーディン、そなたの忠誠一時預かる。無事故郷に帰り、兄上に返さねばな」

翠はその対応に大層不満で、アルフォンスをぷりぷりと責めた。しかし彼は苦笑するばかりで、詳しいことは教えてくれないまま。

——だがその答えは、莉香が持っていた。

「この世界では忠誠を誓った主人が死ぬとそれに殉じなくちゃいけないんですよぉ。アルフォンスは危険な旅で命を落とす覚悟があったんですぅ。オーディンを盾にも、道連れにもする気がなかったってことですねぇ。まぁこれはクリア後の特典で明かされる裏設定なんですけどぉ。ねっ⁉

めっちゃ格好よくないですかぁ⁇　格好いいでしょ⁇　実は〝聖女降臨〟で商業アンソロジー企画があってぇうちの本屋にも入れてはどうかなぁとか店長に打診を――」

莉香の説明に納得したが、だからと言ってオーディンの格好よさが色褪せるわけではない。オーディンが不利な局面であろうとも、いついかなる時だって翠はオーディンをスタメンに配置した。

――そして、そんな翠の行動は、アルフォンスにはバレバレだったらしい。

「翠様はオーディンの使用頻度が高いですね」

戦闘の指揮はアルフォンスが執るものの、出場キャラクターは翠が決めるのが常だった。

さっき出してあげられなかったから今度はこのキャラを出したいだとか、このキャラとこのキャラを一緒に出場させると会話が面白いだとか、このキャラが今おすすめだからだとか、海を越えるならこの職業が必要でしょう！　だとか――基本的に戦闘に重きを置いていない選抜の仕方であったが、そんな手勢でさえ、アルフォンスは頓着《とんちゃく》しなかった。

難局を乗り切ることに楽しみを見出し始めているアルフォンスは、その状況さえも楽しむことのできる天才軍師。現代に生きていたら、立派なゲーマーに育っていたことだろう。

そんなアルフォンスが、特定のキャラクターへの扱いについて口を出してくるとは想像していなかった。翠は誤魔化すように笑って言った。

「そ、そんなこと、ないけど？」

「……こんなむさくるしい中年のおっさんがお好みですか？」

「ちょっと！　こんなに渋かっこういい人は中年のおっさんなんて言わないの！」

「子どもどころか、昨年孫も産まれているはずですよ」

「えっ⁉　結婚してるかなぁとは思ってたけど……そんな……まじか……」

え、まじか、まじなのか、と翠は混乱した。翠にとって、孫がいる年齢と言えば六十代程度。四十代になる前に孫が生まれることもままある現世の価値観とは、大きく違ったからだ。

ショックのままに狼狽える翠に、アルフォンスが微笑む。

「次、オーディンを使ったら、もうブロッコリーは食べてあげません」

彼の満面の笑みと告げられた内容に、翠はこたつ布団の上にコントローラーを落とした。

「ば、ばれて……」

アルフォンスの作った食事はどんな出来でさえ綺麗に平らげていた翠だったが、ブロッコリーにだけはことごとく惨敗していた。アルフォンスが家事に立ち上がったり、テレビに余所見《よそみ》をした隙に、こっそりと彼の皿へと移していたのだが――ばれていたらしい。

「翠様は大層素直な性格でいらっしゃいますから」

「ば、ばか正直だって言いたいの⁉」

「そのようなこと、私の口からはとてもとても」

しれっと答えるアルフォンスに、翠はぐぐぐと歯噛みする。

「年下のくせに！」

「はい、申し訳ございません」

ご機嫌直してくださいねとつむじを差し出されては、翠もそれ以上怒ることもできない。完全に手の平で転がしながらリードを引く目の前の男が、翠は憎たらしくてしょうがない。つむじをわしゃっと撫でまくる。

「私も、双剣《シア・グローディス》以外の武器で使っていただけたらこのように悋気《りんき》を起こさないで済むのですが」

「ちょっと、私よりも難しい日本語使わないでよ」

「また無理難題をおっしゃる。それでは貝のように口を噤む他ありません」

「私程度の言葉じゃ、あんたは話すことすらできないって⁉　あんた本当に、最近クソ生意気よ！　どこで習ってきたの！」

お褒めに与り光栄です、先生、と満面の笑みを向けられて、翠は気が遠くなる思いだった。

❖

「おかえりなさいませ。翠様。コートをお預かりします」

その日はなぜか、驚くほど機嫌のいいアルフォンスがにこにこにこ、と翠を出迎えた。

久しぶりに見る執事版アルフォンスは、前よりもぐっと磨きがかかっている。最近はおたまを持って駆け寄ってくる新妻バージョンが多かったからなぁと、翠が顔を引き攣らせているとコートを脱がされた。彼は恭しくコートを広げると、玄関の土間でサッと埃を払い、皺を伸ばしてハンガーにかける。靴を脱ぐのまで手伝おうとするアルフォンスから、翠は慌ててこたつに逃げ込んだ。

「どうしたのアルフォンス」

「何がでしょう」

「なんか……コンラートみたいよ？」

「あのような公害と一緒くたになさらないでください」

「あんた本当コンラートにだけは容赦ないよね」

ゲームの中の無表情アルフォンスは、コンラートに一層容赦がなかった。ゲームの中で女の尻ばかり追いかける不実な「カメレオンの舌」への辛辣な対応は、共感する部分も多かったため止めなかったのだが――公害と言われるレベルにまで至っているとは。翠は冷水を浴びせ続けられるコンラートに初めて同情した。

アルフォンスが差し出してきたコーヒーを受け取る。翠が帰る時間に合わせて淹れていたのだろう、湯気が立って香りも豊かだ。そっと口を付ける姿を穴が開きそうなほど見つめる彼に、翠は引き攣った笑みを浮かべた。

何か用なのかと首を傾げて窺えば、アルフォンスはゆっくりと肯定した。

「私は、いつも翠様の手助けをしたいと思っております」

にこにこにこ。その笑顔はとうてい自然な笑みとは言い難く、今朝何かしでかしてしまっただろうかと翠は記憶を探った。

起床時、朝食の光景を思い浮かべても特に変わったことはなかったはずだ。機嫌を損ねるようなこともした覚えはない。ということは、翠が出て行ってから帰ってくるまでに、何かがあったということだ。不在時のことなんか、皆目見当もつかない。

アルフォンスは機嫌が悪い時ほどよく笑う癖がある。３Ｄアルフォンスのような無表情は怖いので笑顔なだけまだましだと思うが……この笑顔もわりと本気で怖い。

「えーっと……アルフォンス？」

「はいっ」

サンタクロースを信じる幼い子どものような無邪気な顔に、翠はうっと体を引いた。

「……私何か怒らせるようなことした？」

「滅相もございません。アルフォンスは毎日幸せでございます」

「えーと。じゃあ……何か、用事か、な？」

早々に降参した翠にアルフォンスはなぜか咳払いをする。

「わたくし、腐っても王族でして――」

「うん」

「傅《かしず》かれることには慣れていても、このように給仕に精を出したことは、大地に生を受けて十六年、初めてのことにございます」

「あ。そっか。軍の時も下っ端時代すっ飛ばして指揮官になったんだもんね」

「はい。この一ヶ月ほど、不肖の身ながら精一杯努めさせていただいたのではないかと自負しております」

「うんそうね。とっても助かりました、お疲れ様。私もだいぶ楽させてもらったし……あ、分かった！」

閃いた翠は考え込むために捻っていた顔をアルフォンスに向けた。アルフォンスは、顔中いっぱいに喜色を浮かべて翠を見る。

「お小遣いの催促ね！」

「違います」

即答されて沈む。完璧な答えだと思っていたのにと悩む翠にアルフォンスが再び咳払いをする。

「翠様、今日が何日かご存じでしょうか？」

「今日？　何日だっけ……携帯携帯……えーと、十四日？」

「左様でございます」

「え？　なんかあったっけ？　スーパーの特売日とか？　まさかあんたと出会った一ヶ月記念とか言わないわよね？」

「それも捨てがたい記念日ではございますが、違います」

「なんかあったっけ……二月十四日……ん？　二月十四日？　もしかして、チョコほしいの？」

むしろこの男、バレンタインデーなんて知っていたのか――翠が呆気にとられていると、アルフォンスはほんのり頬を染める。

「本日は日頃感謝している者にチョコを贈る日だと〝てれび〟が申しておりました。私からは、些少ですが〝ふぉんだんしょこら〟を用意させていただきました。どうぞ今日の良き日にお受け取りください。あ、ちゃんと調整して節約致しますので、費用分はご心配なさらないでくださいね」

そのあまりに女子力の高い発言に、翠がドン引きしたのは言うまでもないだろう。

「翠様？」

翠は固まっていた。アルフォンスの女子力の高さについてドン引きしていたせいもあるが、純粋無垢なキラキラ輝く瞳に返す誠実さという名のチョコレートを用意していなかったからである。

翠はバレンタインデーを把握していた。なのに彼にチョコレートを用意していなかったのは「好きな人にあげる日」だからだ。まさか彼が、友チョコや感謝チョコをメインと勘違いしているなんて、翠は考えてもいなかった。

きっと、お菓子作りは初めてだったに違いない。なのに、最近達者になってきた日本語《ひらがな》を打ち、ネットでレシピを探して用意してくれたのだ。その純真な心遣いを、どうして「用意していない」と一刀両断できようか。

アルフォンスは、これまでのなんちゃって常世ライフで、一度も自らの献身についての見返りを要求したことがなかった。

彼が体調を崩してからは翠なりに気を遣って過ごしていたが、そういう部分を彼は敏感に感じ取ってしまう。その度に、むしろ彼に気遣いを受けるほどだ。それほど謙虚な男が今、チョコをくれと強請《ねだ》っている。王子に生まれ、何不自由なく暮らしてきただろう彼が、頬を染めて初めて強請ったもの――それは、感謝している気持ちそのもの。

「いじらしすぎて泣けてくる……童貞を優しく包み込む初カノか……」

こんな少女漫画のヒロインのような人間がいたなんて。翠はチョコレートのひとつも用意していなかった自分の非道さを恥じた。

「いかがなさいましたか？」

アルフォンスの可憐なお耳に入れるには少しばかり汚すぎる翠の言葉は、幸いにも届かずに済んだらしい。穢《けが》れなき眼《まなこ》でじっとこちらを見つめてくるアルフォンスに、翠は白旗を上げた。

「私、ちょっと用事思い出した！　出かけてくる！」

突然身を翻した翠に、アルフォンスは驚きながら声をかける。その声を背に聞きながら、翠は走った。スーパーへ。いくらなんでも、手作りフォンダンショコラに、コンビニのラッピングチョコを渡すわけにはいかない。取り出した携帯電話でレシピを調べ、簡単に作れる生チョコに狙いを絞り、板チョコやバターなど、必要な材料をレジカゴに詰め込んでいく。

鬼のような形相で台所に立て籠もった翠が、ココアパウダーまみれになりながら作り上げた不格好なチョコレート。人生はじめてのお菓子作りにしては、中々さまになっていると、できそこないのチョコレートを見ながら翠は満足した。

アルフォンスは、それはそれは喜んで受け取った。「ずっと大事にとっておく」と恐ろしいことを言いだしたアルフォンスのために、翠はホットミルクを入れる。そして、アルフォンスは生チョコレートを、翠はフォンダンショコラを、二人並んでじっくりと味わうのだった。

❖

寒さという名の絹を重ね着したような、とある夜のこと。翠は課題をするので預言書はそのあとだとアルフォンスに伝えた。彼は快く了承し、皿の泡を水で流す。台所を片付けているアルフォンスの背に、一人暮らしでは得られないくすぐったさを感じる。

翠がこたつでレポートを纏めていると、家事を終えたアルフォンスもエプロンを外して潜り込む。そんな姿が、完全に日常の一ページになっている一国の王子様も、どうかと思う。

こたつの中で、足と足がぶつかる。少し前に入っていた翠の方が温かく、アルフォンスの足は雪のように冷たかった。悲鳴を上げて逃げる翠に、アルフォンスが即座に謝る。

「いいよもう。くっつけて、早く温まんなさい」

鼻に皺を寄せながらしか優しくできない翠にも慣れた様子で、アルフォンスは目を細める。

「このレポートが終われば春休みだから、そしたら少しは預言書に専念できると思うよ」

「ほう、春休み」

「まぁすぐ終わっちゃうんだけどね～」

期間的には決して短くはないのだが、楽しい時はなんとやら。瞬く間に過ぎゆくだろう春休みを優雅に過ごすためにも、これを始末しておかねばなるまい。翠はレポートに精を出す。

キーボードをガシャガシャと叩く翠の横で、アルフォンスもノートを広げた。預言書を纏めておくのだろう。

しばらく、冷蔵庫とノートパソコンの作動音しか響かない空間の中で二人はそれぞれに励む。気分転換に翠がコーヒーでも淹れようとすると、察したアルフォンスが立ち上がる。コーヒー片手に戻ってきた彼は、「そう言えば」と翠に切り出した。

「翠様は姉君が聖女様であることを否定なさるのに、なぜ私が現れてすぐに姉君が聖女様であると推測なさったのですか？」

かねてからの疑問だったのだろう。翠は受け取ったコーヒーを啜《すす》る。

「アルフォンス、お姉の名前教えたっけ？」

「確か……サオトメヒジリ様と」

「そう。サオトメが名字なんだけど――漢字で書くと、こう」

アルフォンスが差し出してきた予言ノートに、翠はすらすらと〝早乙女〟と書いた。

「そんで、ヒジリはこう」

そのすぐ後ろに、〝聖〟をつけたす。

「はい、これで〝早乙女 聖〟。最後の二文字を逆にして辞書で引いてごらん。熟語になってるから、先に漢字辞典で読み方を、次に国語辞典で意味を引いたらいいよ」

小学生に教えるような翠の口調にも、アルフォンスは素直に頷いて二冊の辞典と睨めっこする。

「〝聖女〟――神聖な女性。多く宗教的な事柄に生涯をささげた女性をさす」

「あ、終わった？ うん、そう。お姉ちゃんの名前、後ろから読むと〝聖女〟なんだよね。なんかこれで小さいころからあだ名になってさ。お姉ちゃんの同級生はみんな〝聖女〟って呼んでるから、寝起きの頭にはなんの違和感もなかったっていうか」

実際、元同級生たちが姉の弔問に訪れた際、一様に「聖女が」「聖女に」と泣きながら思い出を語ってくれたおかげで、父の知り合いなどには「故人は何者なんだ？」と思われていたらしい。

「翠様にもあるのですか？ 漢字に意味が」

翠の話を聞いて笑っていたアルフォンスが、ふと思いつき辞書を捲ろうとする。アルフォンスはすでに読み方でも画数でも漢字を調べることができるため、翠の漢字の意味にもすぐに辿り着くだろう。翠はアルフォンスの澄んだ両の瞳を見ると、顔を真っ赤に染めて辞書を奪った。

「内緒！ 調べたらブロッコリーの刑！」

それはアルフォンスにとってさほど恐れるものではなかったが、彼は笑って翠裁判官に従った。

第八章　泣ける場所

「久しぶりだね、翠ちゃん。ごめんね待たせちゃったかな」

冬だというのに額から汗を流しながらやってきた男性に翠は笑いかける。着崩れたコートに、振り乱した髪。急いでくれたことが伝わる風貌に胸がときめく。

「いいえ、今来たばかりですから」

デートの待ち合わせの常套句《じょうとうく》。けれどこれは、デートじゃない。デートだと思いたがっていたのは、翠だけ。待っている間に携帯電話をいじるような子と思われたくないのも、彼にだけ。

こうして待ち合わせるのは、これで何度目になるだろうか。社会人の彼を待つのはいつも翠だったが、彼を待つ時間は嫌いではなかった。

クラシックなランプがほのかに照らし、シャンソンが流れる昔ながらの喫茶店。窓にはクリスマスの残りか、スノースプレーが雪の模様を描いている。まばらな客は、暖を求めて温かい飲み物をオーダーしていた。

もちろんコーヒーにだってこだわっている店のはずだ。それなのに、白いカップに口を付けながら思い出すのは、アルフォンスの淹れるインスタントコーヒー。お店の人に申し訳ないな――なんて思っている時に、チリリンとドアベルを鳴らして彼がやってきた。

席に着いた彼がコートを脱いでマフラーを外す。温度差で曇ったのか、メガネを一度外してスーツの袖で拭いた。こういう大雑把なところは、昔からずっと変わらない。

久しぶりに会う彼は、揺るぎない誠実さで翠に話しかける。

「店の外から見えた時びっくりしたよ。すっかり——……お姉さんになって」

少しの沈黙のあとに飲み込んだ彼の言葉を察し、翠は苦笑した。

きっと「すっかり聖に似てきたね」と、そう言いたかったに違いない。

彼——多野は聖の〝元恋人〟だ。妹の翠を心配して、こうして場を設けてくれる。

「ありがとうございます。多野さんはずっと変わりませんね」

「そんなことないよ、僕もいつの間にか三十三……すっかりおじさんだ。こうして女子大生とお茶させてもらってるなんて知られたら、残業押し付けてきた後輩に殺されちゃうな」

近付いて来た店員に素早く注文を済ませ、多野は翠に向き合う。

「そのマフラー、素敵ですね。贈り物ですか？」

「……はは、そうだよ。綺麗な色だろう？　クリスマスに恋人にもらったんだ」

彼は下手くそに笑う。翠を傷つけないように、翠に期待させないように、心配させないように
——多野の選ぶ未来の中に、翠という選択肢は六年前からずっと存在しないから。

姉から奪ってやりたいと思ったことなんて、一度だって……誓って、一度だってなかった。

ただ、当時十代だった翠には、彼は強烈過ぎた。いなくなった恋人を一心不乱に心配し、思いつく限りの場所を捜し、自分にこれ以上できることがないと見切りをつけてからは、今まで以上に仕事に打ち込む彼の姿が。そのすべては姉のため。姉の死が判明した以降は遺族である翠たちにも、常にフォローを忘れなかった。翠はずっと、それに甘え、支えられ続けていた。

簡単だった。夏の虫だってもう少し警戒心を持つだろう。

翠は吸い込まれるように、火の中に飛び込んだ。

姉の不在時に、姉の恋人を好きになること。姉が心配なのに、その恋人との時間を待ち遠しく感じてしまうこと。姉のことを一番考えたい時期によこしまな感情を抱く自分が、悔しくて、恥ずかしくて、自分こそいなくなってしまえばいいのにと何度も思った。

その罪悪感という重圧に耐えきれずに、何度も好きになるのを止めたいと願った。何度も嫌いになりたいと念じた。だけど、無理だった。

たとえこれが幼い憧れであって恋心ではなかったとしても、ずっと好きだったのだ。姉のことを好きな、彼が。

彼の元にコーヒーが運ばれたころ、翠は鞄の中から目的のものを取り出した。これを渡すために、二年ぶりに多野と会うことにしたのだ。

「これ、受け取ってください」

翠が抱く感情に多野が気付いてから、彼が翠からものを受け取ってくれることはなくなった。けれどもう、これで最後にするから。元恋人の妹という立場で、好き勝手甘えていた子どもの私は、もう最後にするから。貴方を支える勇気も、姉に面と向かって立ち向かう勇気もない私は、これでもう、最後にするから。

「翠ちゃん」

「チョコレートじゃないですよ」

制止のために呼ばれた名前に茶化して返す。多野に話す隙を与えずに翠は言葉を続けた。

「大丈夫です。開けてみてください」

困惑する多野に、両手で鞄から取り出したものを押し付けた。彼はそれを受け取ると、渋々といった表情でそっと包みを開いた。

「……これは」

「先日、実家で見つかったんです。見覚えがありますか？」

包みの中身に目を見張った多野は、素手で触れることすら出来ずにそれを穴が開くほどじっと見つめた。

「……おぼろげに、だけど。あぁ、そうだ。聖、が」

古ぼけた腕時計を見て、多野は涙ぐむ。一瞬にして赤くなった鼻と、強張った表情。全身に入った力で、涙を我慢していることが分かった。

姉の遺品を整理する際、早乙女家は一切の遺品を彼に渡さなかった。あれほど支え続けてきてくれた彼に、恩知らずな行為だったことだろう。しかし——彼が抱える「思い出」以外に、もうどうあっても、二度と戻ってこない姉に縛り付けるものを持ち続けていてほしくなかったのだ。

アルフォンスから腕時計を受けとった翠は、どうしたらいいかをずっと迷っていた。今更と、強く感じた。翠たちは四年も前に遺品と気持ちの整理を済ませたのだ。それなのに、またこんな風に彼女の足跡が見つかって、翠は途方に暮れた——その時、思い出したのが多野だった。いまだ姉に縛り付けられたままの彼に、時間を置いた今だからこそ、何かの力になるんじゃないかと。

そして——翠も、姉から、彼から……前に進めるのではないかと思ったのだ。

「姉の物、なんですね？」

勇気を出してよかった。彼の表情を見てそう思っていた翠に、多野は小さく首を振った。

「いや、違う。これは聖の物じゃない」

見覚えがありそうなことを言っていたのに否定する多野に、翠が首を傾げる。

「これは、翠ちゃんのだよ」

「……え？」

予想もしていない言葉。翠は目を見開いた。

「これは、聖が君に用意した、誕生日プレゼントだ。一緒に買いに行ったから、間違いない。こんな姿になってまで、翠ちゃんの元に戻ってきたんだね。あぁ、そうか——ようやく聖は、君に渡すことができたのか」

涙ぐむ多野の表情は、とても柔らかかった。茫然としている翠の手を取ると、彼は赤子に触るかのように優しく、腕に時計を巻き付ける。

「聖。君の未練は、少しでも消えただろうか」

その言葉に、翠の胸は息ができないほど苦しくなった。姉の想いにか、いまだ姉を想い続ける多野の恋情にか、自分の恋心にかは分からない。分からないけれど、翠は今すぐにあの小さくて狭いアパートに逃げ帰りたい気持ちに駆られる。翠は笑った。頼んだコーヒーが苦いせいだろう。早く、一番翠の舌に慣れたアルフォンスのコーヒーを飲みたいと思った。

「こんな姿だ。着けておくのは難しいだろうけど、どうか大切にしてやってくれないか」

「——はい、もちろんです」

今日一念発起して呼び出した彼の笑顔と腕時計を見比べて、翠は苦しく笑う。

「どうして今日、それを僕にくれようとしたんだい？」

多野の声には「あの時は一つも譲ってはくれなかったくせに」という非難の色は含まれていない。翠は安心した。どうあっても、この人に嫌われることだけは辛い。

「……前に進めるように、なるかと思って」

「僕が？　君が？」

「……二人とも」

お節介だっただろうか。段々と自信を無くしていく翠に、多野が破顔した。

「そうか、ありがとう……翠ちゃん。君もずっと十七歳のままじゃないんだね」

その言葉に、いつまでも彼の中で〝十七歳の聖の妹〟だったことを翠は再確認する。悲しいような、だけど少しだけほっとしたような気持ちになった。

腕に巻かれた腕時計を翠が見る。古びて錆びてしまった時計は、まるで翠の気持ちそのものだ。こんなにも汚くなるほど執着して、未練を残して、ずっと彼にしがみ付いていたのだ。その汚れ一つ一つに、彼との思い出を抱えながら。

溢れそうになる涙を堪える。腕時計を渡すことで、翠はまた逃げを打とうとしていたのかもしれない。彼のためなんて建前まで用意して。本当は、言う勇気がなかっただけのくせに――

翠はスッと息を吸い込んだ。時間をかけ、唇を震わせながら口を開く。

「多野さん、今までありがとうございました。甘えてばかりでしたが……貴方に会えて、よかった」

翠の突然の言葉に、多野の眼鏡の奥に見える細長い目が、驚きに見開かれた。

「ちゃんと朝ご飯食べてください。仕事は無理しすぎないでください。靴下は履くときに両方同じか確認してください。姉のこと忘れないでください。だけどもう、越えてください。本当に、ちゃんと。恋人を作ってください」

多野の嘘なんて、翠はとっくに見破れるようになっていた。彼はずっと気付かなかっただろう。彼にとって翠はいつまでも〝十七歳の聖の妹〟だったのだから。

それ以上の価値はなく、けれどそれほどに価値があった。翠はその価値をいいように、ずっと利用していた。優しくされて、甘やかされて、特別でいさせてもらうため。ずっとずっと、優しい彼に姉の面影をちらつかせて、傷つけ続けてきたのかもしれない。

姉を乗り越えろ、なんてどの口が言う。実質、そうさせてこなかったのは翠に違いないのだ。けれど、そんなことはもう終わりにする。

元恋人の妹に、恋人がいるのだと嘘をついてまで、いつまでも恋人を作らない多野——彼の時間もまた、自分と同じように止まってしまっているのだろう。そのネジを巻く人物には、自分ではありえないと、翠は四年もかけてようやく諦めることができたのだ。

翠のネジを、あの金髪の少年が巻いてくれたから。

「今まで本当に、お世話になりました。たくさんご迷惑をおかけして、すみません。兄よりもお兄ちゃんのように感じていました——だ、大好き、でした。本当に、ありがとうございました」

鞄から、あらかじめ用意していたポチ袋を取り出し、コーヒーの横に置いた。姉の元恋人、という繋がりさえ断ち切ろうとしているのに、コーヒー代をいつものように払ってもらうわけにはいかない。そのぐらいの分別は持っていた。翠は多野の表情を見ることもなく立ち上がる。言いたいことだけ言ってさっさと切り上げようとしたのは、これ以上彼の前にいる勇気がなかったからだ。

「翠ちゃん……僕は……いや」

彼の横を翠が通り過ぎようとした時、掠れた彼の声が聞こえた。

「俺も、君のことを。本当に、本当に妹のように。大切に思っていた。幸せに、なってくれ」

それだけで、それだけで十分だった。

「……はい」

涙は堪えた。翠はそのまま振り返らずに、チリリンとドアベルを鳴らして店をあとにした。

❖

半ば放心状態のまま帰路についた翠は、どのようにアルフォンスと話したのかさえろくに覚えていなかった。腕時計だけは慎重に仏壇に置いた覚えがあるが、気付けば風呂に浸かっていた。

ぴちゃん、ぴちゃん——と天井から結露が降る。お湯は随分と温《ぬる》くなってしまっていた。早く出なければ、アルフォンスが心配するだろう——分かっているのに、体はちっともいうことを聞かなかった。

今日は散々泣いて、泥のように眠ってしまおう。ずっとずっとそう思いつつ、涙の一つも零せないまま。

はっきりと多野への恋を自覚した十七から四年間。片思いにしては、長い期間ではないだろうか。

こんなにも長い間、ずっと抱えていた姉への罪悪感、コンプレックス、そして多野への慕情。曝《さら》け出すには酷く勇気が必要だったそのすべてを片付けてきたつもりなのに——さっぱり心が晴れないのは結局、腕時計が戻ってきてしまったからだろうか。

自分にとっての精一杯が空振りに終わったのみならず、吹っ切れると思っていた多野から姉への愛情に、笑い返すことができなかったことにも少なからず落ち込んだ。彼の優しさの理由は知っているはずだった。それなのに、変わらぬ姉への愛を見た瞬間に傷ついたと感じる、自らの甘えや弱さが——辛抱ならないほどに、腹が立って仕方なかった。

できたことは、恋の終わりを告げたことだけ。彼にしがみつくのを止める決意をしただけ。翠の心はすべてを吹っ切れたわけじゃない。でも、これ以上は無理だった。こんなに自分が弱いだなんて、翠は知らなかったし知りたくもなかった。

風呂上がりに髪を乾かすことさえ億劫で、一つに縛った髪にたっぷりと水を含ませたまま、翠は脱衣所を出た。肩に乗せたタオルに大きく染みが広がっていく。

「お風邪を召されますよ。早く髪を乾かされたほうが……」

その姿を見たアルフォンスが、心配そうな顔をして注意する。不機嫌な理由を話しもしない翠をあやす大人のような対応。自分の不甲斐なさを棚に上げ、年下の彼にそんな対応をされたことに、苛立ちが募る。アルフォンスの言動にも自分の気持ちの揺れ動きにも、一つ一つがえらく翠の癪《しゃく》に障《さわ》った。

「何？　髪上げてるから？　見えるうなじが気になる？　十六歳だもんね～お盛んなころだもんね。ねぇ、一発やらせてあげよーか？」

「女性がそのようなことを言ってはなりません」

彼は翠の挑発を苦笑一つで吹き飛ばすと、いつもより冷静に、けれどいつもより幾分も優しい声音で翠を諭した。その事がまた、翠に余裕をなくさせる。

「はいはい、はしたなくて悪うございました。王宮育ちのお坊ちゃまは、こんな下品なお話しないもんね。寝かしつけに絵本でも読んであげましょうか?」

余裕のあるアルフォンス。冷静なアルフォンス。まだたった十六歳のアルフォンス。多野を好きになったころの翠と、大して変わらない。

あのころ、これだけしっかりしていれば。これだけ確固たる信念があれば。姉を第一に考えることができただろう。罪悪感を抱くこともなく、多野を好きになることもなく。自分を恥じることもなく――なんで、こんなに違う。

「翠様、私でよろしければ力になります」

何かあったのか、なんてアルフォンスは尋ねなかった。何かがあったことなど、翠の態度を見ていれば分かるからだ。

「うるさい! ペットのくせにしゃしゃり出てこないで! あんたに、何ができんのよ!」

余裕綽々な態度にも、なぜ理由を聞いてくれないのかにも、心配をさせていることにも、素直になれない弱い自分にも。翠はすべてに腹が立ってしょうがない。

「……しばらくお一人になりたいでしょう。私は出ておきますので」

アルフォンスの言葉に驚いた翠が勢いよく振り返る。その拍子に、髪から水滴がラグにぽたりと落ちた。

翠の表情に、アルフォンスが目を見開く。しまった、と感じた時には遅かった。出て行ってほしくない、全面にそう書いていた翠の顔を、アルフォンスはしっかりと見たことだろう。

違う。出て行ってほしくないんじゃない――翠は必死に、心の中で彼に言い訳をした。そうじゃなくて、この世界に彼が出て行く場所がないことを知っているだけだ。またあの日のように寒空の下を彷徨ってしまうのではないかと、憐れんでしまっただけだ。

アルフォンスは翠に微かに笑みを向けると、そのまま廊下に出た。

バタン――音を立てて扉が閉まる。彼は、出て行ってしまった。翠の気持ちを察しながらも。

翠は床にへたり込み、絶望と膝を抱えた。なんてことない。アルフォンスなんていなくても、今まで一人でやってきた。翠は膝に額を当てて、震えを堪える。なんてことない、なんてことない、なんてことない。

なんてこと、

「翠様、どうぞ」

翠はハッとして顔を上げた。出て行ったと思っていたアルフォンスが、コーヒーを差し出している。出て行ったわけじゃ――呆れたわけじゃ、なかったんだ。翠は湧きあがった安堵に、ほっと息を吐いた。そして襲う猛烈な苛立ち。

違う、こんな。彼の一挙一動に涙が滲みそうになるなんて、そんなわけないのに。

翠を襲った安堵は、彼女に自らの弱さをことさらに突き付けた。自分一人では立てない弱さ。失恋に傷つく弱さ。そして、驚くほど自然に――彼を逃げ場にしていた弱さを。

翠はきっと本能で知っていたのだ。多野に別れを告げられるのは、アルフォンスがいる今だけだと。だから、腕時計にかこつけて、彼に会いに行ったのだ。アルフォンスがいなければ、そんな意気地も勇気も出なかっただろう。彼がいたからこそ、多野に向き合えたのだ。

胸の奥が焼けるようだった。勝手に、年下の男の子に縋っていた自分が不甲斐なく、そしていつの間にかそんな位置に立っている――いつか自分の世界へ帰る男に、責任転嫁と分かっていても腹が立って仕方がなかった。

「アルフォンス、来てよ」

「どうなさいました？」

腕を引く翠に驚きつつも従うアルフォンスは、こたつの上にマグカップを置いた。ベッドに座っていた翠の隣に、促されるままに大人しく座る。翠がアルフォンスの肩をトンと叩けば、驚くほど簡単に彼はベッドに倒れ込んだ。全身を密着させるように、翠はアルフォンスの体に覆い被さる。分厚い冬着に阻まれて、彼の心臓の音は聞こえない。

「みどりさ」

腹が立つ。腹が立つ。胸が焼け付いて仕方がない。多野は姉が好きなのだ。そしてこの子は、そう遠くないうちに――

「ねぇ、しようよ」

アルフォンスの真っ白い首筋に歯を立てるように吸い付きながら、吐息だけの掠れた声で翠が告げる。湿った肌にかかった吐息の冷たさにか、アルフォンスが身を固くさせた。徐々に赤みを帯びていく肌に満足しながら、翠は更に舌を這わす。少しだけしょっぱい。

「筆下ろししてあげる」

「〝ふでおろし〟？」

「童貞もらってやるって言ってんの」

ジーンズの上から、翠がそっと撫で上げる。アルフォンスのそこは、この状況に混乱しているのか、それとも翠では反応すらしないのか——堅いジーンズ生地の上から触っても、どこにあるのかすら、さっぱり分からなかった。

翠の言葉に絶句しつつも、次の言葉をなんとか探そうとするアルフォンス。童貞と言われたところで、混乱のひとつもしない。翠は呆気にとられて、逆に開き直ってしまった。

「なんだ、したことあるんだ」

「なぜ」

翠の言葉に、アルフォンスは否定も肯定もしなかった。彼のセーターをまくり、シャツをジーンズから引っ張り出す。腹筋に触れると、信じられないほど堅かった。あの風邪を引いた日の彼の裸を思い出す。

手のひらにしっとりと馴染む肌は、次第に湿り始めた。翠はその反応が嬉しくて彼の首に、耳に、髪の生え際に——匂いを嗅ぎながら口付けていく。同じボディソープを使っているはずなのに、アルフォンスはいい匂いがする。そこに若干の男の匂いを感じて舌で舐めとる。油のような、獣のような匂いが少年からほのかに立ち上っていた。

腹から胸に亘《わた》って弄《まさぐ》っていた手を下げた。見もせずに片手でジーンズのボタンを外すことなど、不器用で不慣れな翠にできるはずがない。代わりにジッパーを下ろして中に手を忍ばせようとすれば、隙間から翠の手にアルフォンスの熱気が伝わって来た。

「翠様っ」

「カチュアちゃんは恋人じゃないんでしょ？　ならいいじゃん。一回ぐらい」

　指先に下着が触れようとした瞬間、アルフォンスが急に体を起こした。突然バランスを崩し、転倒しそうになる翠を支える腕は頑丈で、彼の決意のように揺るがない。向かい合わせで座るように、翠はアルフォンスの膝に馬乗りになる。

「翠様、なりません」

「なんでよケチ！　減るもんじゃないんだし！」

「いいえ、とんでもなく減ります」

「何がよ」

　冗談で本気を隠し、強く睨みつける翠にアルフォンスは答えを返さなかった。

「私は翠様に生涯の忠誠と愛を誓いました」

　それが何。そうは思いつつ、その真摯な瞳に翠は一瞬怯む。何か重要なことを聞いた気がしたが、今の翠には気に留められるだけの余裕がなかった。けれど何か言い返さなければ、彼に言い負かされるととっさに判断する。

「じゃあそのご立派な忠誠心とやらで愛をちょうだいよ！」

「なりません」

「ペットなんでしょ！　言うこと聞きなさい！」

「さぁ、コーヒーを温めなおしてきますから。今しばらくお待ちください。翠様の好きな、蜂蜜もたっぷり入っているんですよ」

　真正面に座った翠に、アルフォンスは柔らかい笑みを向けると、じりじりと後退するようにして翠を床におろした。彼は先ほどこたつの上に置いたマグカップを手に台所に向かう。その背中に、翠はクッションを勢いよく投げつけた。中身が零れようが、掃除をするのはアルフォンスだ。知ったこっちゃない。

「いらないったら！　何よ、アルフォンスのっ、ばかっ！」

ありったけの勇気を振り絞って肌を合わせてくれと言っているのに。必死に色気をかき集めて誘惑してるのに。恥を忍んで、抱いてってお願いしてるのに！　翠は零れそうになる弱音を、唇を噛み締めることで懸命に堪えた。

こんな風にしか誘えないけど、可愛くないって分かってるけど、私なんかじゃそんな気になれないかもしれないけど。それでも、逃げるなんて。こんな色気も学もない面倒くさい大家、手を出す価値もないってか。

――女に恥をかかせるなんて、さいていだ。最低だ馬鹿王子。

濡れた髪のまま、ベッドに突っ伏す。

ガスコンロを止める音がして、ドアが開いた。いつもよりも随分と静かな足音が翠に近づく。コトリと、こたつの上にマグカップを置く音がした。

「翠様」

「アルフォンスなんてだいっきらい。はなしかけないで」

アルフォンスの顔を見るのも、見られるのも嫌だった。翠は組んだ腕の中に顔を隠し、アルフォンスを拒絶する。そんな行動に、アルフォンスはため息をつくと離れていった。先ほど襲った恐怖がまた翠を締め付ける。

翠を狂わせそうなほど身の内で荒れ狂っていた怒りはもうどこにもない。彼女を襲っているのは、アルフォンスに嫌われていないだろうかという恐怖だけ。そんな自分をずるいと思う余裕も、今の翠にはありはしなかった。

手を出すなと最初に言いつけたのは翠だ。振り回し、彼の尊厳を無視し、好き勝手やっているのも――また翠だ。彼はずっと我慢を重ねているはずだ。衣食住を質にして、やりたい放題の大家を今度こそ見限っただろう。

多野の次はアルフォンス。次から次に、誰かを利用しなければ生きていけない弱い自分に、翠は反吐《へど》が出そうだった。

こんな醜い自分を、誰が本気で好きになってくれるだろうか。

「翠様」

心底驚いて、翠はびくりと体を震わせた。今度こそ、戻ってこないと思っていたからだ。ギシリとベッドが軋む音がして、すぐ隣に座る気配がする。

翠の頭に柔らかい感触が当たる。それがタオル地で、アルフォンスが優しく髪の毛を拭いてくれているのだと気付くのに、しばらく時間がかかった。

だって、アルフォンスはあの誓いの時以外――絶対に、翠に触れることはなかったのだから。

「貴女は本当に放っておけないですね」

「――え?」

「貴女といるとね、私は元気になるんです」

「……うるさいってこと?」

「とても愛《あい》らしいということです」

「嘘つき」

翠はとっさに反論した。

「嘘ではありません」

「おべっかこぞう」

「おべっかでもございません。こんなに可愛らしい女性に、私は今まで一人として逢ったことがありません」

「はいはい」

「何があったのですか？　私では、力になれませんか？」

心に羽毛のようにそっと触れる、ずっとほしかった言葉。髪を乾かす手の柔らかさに、翠の意地は簡単に砕け散った。

「……ずっと、好きだった人に、ふられてきたの」

「……──それは、抱かなくて、本当によかった」

心底ほっとしたというような声色に、翠は勢いよく体を起こしてアルフォンスを睨みつける。

「何よ！　他の男にふられるような女じゃ、王子様の一晩の相手にさえならないって？」

「そうではありません」

「じゃあ何よ！　ばーかばーか！　アルフォンスのばー──か！」

子どものようだ。分かっている──アルフォンスの前だと自分を隠せない幼稚さが、翠は心底恥ずかしかった。

「馬鹿なのは、貴女をふったその男です。世界一の馬鹿でしょう」

ご希望なら、闇討ちしてきましょうか。

淡々としたアルフォンスの口調はどこまでも優しくて甘い。日ごろ穏やかな彼には似合わない凶悪な冗談に、翠は勢いを削がれてしまい、俯いた。

「……そんなことない。世界一格好いいよ」

しおれたような声で呟いた言葉はアルフォンスに聞こえていたらしい。アルフォンスは深呼吸をするかのように深い息を一つ吐き出すと、諭す口調でそっと囁いた。

「……今日はもう眠りましょう」

その声が傷つき、ささくれまくった心によく効いた。その声を離したくなくて、翠は目の前にある腰をがしりと掴む。

自分が一番悪いことを翠はよく分かっていた。けれど、優しい笑みひとつでかわして、温かい言葉で包み込んでしまう、アルフォンスも悪いのだ。

「アルフォンス、今日は一緒に寝よう?」

翠の暴論に匙《さじ》を投げそうな様子を見せたアルフォンスは、それでも王族として骨の髄までマナーが身についているのだろう。しっかりと匙を持ち直し、席に座りなおす。

「……お休みになるまで、お傍に侍《はべ》らせていただきます」

「だめ。電気消して入って」

「洗い物がまだ」

「明日手伝うから」

「お風呂の掃除も」

「明日入る前に洗っとくよ」

「……ベランダの家庭菜園に水やりを」

「こんな夜中にするか！」

「水道の水漏れの点検を」

「これ以上ごねるなら、追い出す！」

絶対に使いたくなかった言葉を使って引き留めることが、どれほどずるいか知っている。けれど翠は、そんな心底汚い切り札を使ってまでも、これ以上アルフォンスに拒絶されたくなかった。

「……承知致しました」

アルフォンスは、翠の狡《ずる》さを知りながら、翠に恥をかかせないためにのんでくれた。

その返事が翠とアルフォンスの立場を顕著に反映していた。ずるいことをした罰に違いない。彼の従順な返事がこれほど——なぜか、断られることよりも、ずっと、ずっと辛いだなんて。

電気を消すために一旦翠の傍を離れたアルフォンスが、大人しく戻る。両手を広げて待っていた翠に、彼は豆電球でも分かるほどの苦笑を浮かべる。アルフォンスは翠の両手を無視して、彼女の頭をそっと撫でると、しずしずとベッドに入る。

アルフォンスは翠が言わずとも、背を向けて眠った。その背中が気遣いのようにも、拒絶のようにも見えて、滲んだ涙が目尻からすっとこぼれた。

翠はアルフォンスの背中に抱きつく。額を背中に押し付けて、嗚咽を飲み込んだ。

ずっと流せなかった涙が次から次に溢れる。

——ねぇアルフォンス。あんた、もうすぐ帰っちゃうんだよ。

ゲームもそろそろ終盤。十六人中、十四人が集まったと報告したら、残り二人はクリア後の隠しキャラだと莉香に告げられた。彼が現世に帰るのは、そう遠い未来ではないだろう。

多野に言わなければならなかった別れを告げるのに、弱虫な翠は四年もかかった。

それを——今度はアルフォンスに、きちんと言えるのだろうか。電話もメールも届かない。偶然すれ違うことも、幸せに暮らしていると風の噂で聞くこともない、そんな場所に帰る人に——きちんとさようならと、言えるのだろうか。

もうすぐ帰る年下の男の子。そんな相手を拠《よ》り所にして多野に別れを告げた。その弱さのツケは、必ずいつかどこかで来るだろう。

アルフォンスが見ていないことをいいことに、翠はずっと泣き続けた。アルフォンスは何一つ言うことも、身じろぎすることもなく、ただじっと翠に一晩背を貸した。

第九章　語り継がれる英雄と花嫁

二人で初めて一緒のベッドで眠った朝。翠たちは掛け布団を分け合ったまま、顔を見合わせて、おはようと言った。融け合うほど近くで吐かれた言葉がほんの少し照れくさかったが、その後はまたそれまでと変わらない日常が帰ってきた。

自分勝手に迷惑をかけた翠は、随分とすっきりしていた。失恋を思い出にできる日は、きっと遠くないと思えるほど。

八つ当たりされたアルフォンスも、翠の気のせいでなければ禍根《かこん》を残しているようでもなく、いつも通りだった。

そう、いつも通り。

あれから、アルフォンスが翠に触れることを躊躇《ちゅうちょ》しなくなった――という点以外は。

「翠様、魔王との最終決戦にそなえ、そろそろ皆の能力の引き上げを図ってはどうでしょうか」

ゴォー――と、ドライヤーの温かい風が翠の髪を靡《なび》かせる。あの日以来、何が気に入ったのかは知らないが、アルフォンスが翠の髪を乾かすことが多くなっていた。翠は好きにさせていた。

しかし、永らく多野に片想いしていたこともあって、翠の恋愛経験値は低い。男性との親しい距離に不慣れな翠は、アルフォンスが男であると強く認識してしまってから、若干の戸惑いと照れを隠せない。

「どういうこと？」

コントローラーを動かしながら翠が尋ねる。何か他のことに集中していなければ、この照れ臭い空間に耐えられない。３Ｄアルフォンスは、いつも傷だらけになりながら皆を守る格好いいオーディンのために、大量に回復剤を買い込んでいるところだ。

「戦闘後の獲得経験値をずっと記録しておりました。この辺り一帯の戦闘は、今までのどの場所よりも経験値を取得する効率が良いようです。しばらくこの近辺で戦闘を繰り返し、個人個人のレベルを伸ばし、進行を有利にしていくべきかと思います」

「よく分かんないけど、それじゃストーリー進まなくなるけどいいの？　急いでるんでしょ？」

「戦にとって、前準備は必要不可欠な勝因です。また、怠《おこた》る事により敗因にもなりうる非常に意義深いものとなります」

ベッドに腰かけて、こたつに座る翠にドライヤーをかけていたアルフォンスが真剣な声で言う。振り返った瞬間目にした見慣れぬ騎士の顔に、翠はドキリとして視線を逸らす。

「だって兵は神速を貴《たっと》ぶっていうじゃん」

「素晴らしいお言葉です。翠様がお考えに？」

「違うって分かってて聞いてくるの止めてもらえませんかね？」

「ふふ、どなたかご高名な方に師事されていたのですか？」

「いいえ。むかーしむかしに生きていた偉大な先人のお言葉です」

「此度《こたび》の戦は城からの増援も、諸侯からの援軍も期待できません。戦力を高めるには、既存の兵の底上げをするしかありません」

「ふーん。なんかよく分かんないけど、ここら辺のモンスター倒していけばいいのね。アルフォンス、指示棒」

翠が首を倒して見上げる。ドライヤーのコードを巻き取っているアルフォンスが、その麗しい顔を微笑みに変えて頷いた。

何局かすると、アルフォンスの目論見通り、キャラクターのレベルが随分と上がった。スタメンを中心にベンチにいる控え選手も少しではあるが参戦させる。その際、いつもは翠の選択に口を出さないアルフォンスが、一人のキャラクターを推薦してきた。

「リュカ？　入ったっきり使ってない子だね」

　画面に映るのは黒髪釣り目の男の子。アルフォンスとさほど年齢は違わないだろう。

「リュカ・レーンクヴィスト子爵。父親は辺境伯です。武芸の才能があり、特に剣の腕前は勇者の再来と言われているほどの達人だったと記憶しております」

　なるほど、と頷いておく。分かったことは、強そうということだけだった。

　その様を見てとったのだろう。アルフォンスは静かに語る。

「ちなみに勇者は剣一振りで千の魔物を葬り、槌一振りで地面を割ったと言われているお方です」

「とにかくすごいわけね」

「はい。とにかくすごいわけです」

　ふーんとステータス情報を見れば、以前莉香が騒いでいた彼女の推しメンちゃんではないか。翠は鼻に皺を寄せて考える。

「なぁんかこの苗字、聞いたことがあるような……」

「はい、先の勇者の末裔で、彼は直系の来孫《らいそん》に当たるはずです」

「らいそん？」

「玄孫《げんそん》の子……曾孫《そうそん》の孫となります」

　途方もないほど遠い関係に仰《の》け反《ぞ》ってしまった。名称があるだけでもびっくりだ。

「詳しいけど知り合い？」

「私も彼も社交の場にはあまり寄り付きませんし、彼は従軍せず世継ぎとして辺境の地で剣を振っているため顔を合わせる機会はありませんでした。ですが、その血筋も才能も大変名高く、現在は

王都に居を構えている私でも聞き及んでおります。そのため、個人的にも興味深い青年であること
は間違いありません」

「つーまーりー？」

「知り合いではないですが、知り合いたいなと思っている相手です」

最初っからそのぐらい分かりやすく言ってくれればいいのに、とばかりに翠が睨みつければ、アルフォンスは苦笑でそれを流した。

「ふーん……ねえ、このヒジリってミドルネーム？」

ステータス画面には、リュカ・ヒジリ・レーンクヴィストと表示されている。

「はい。ヒジリはレーンクヴィストでは頻繁に使用されています」

「なんで？　ヒジリってこれだけだいぶ響き違うし、そっちでは珍しい名前じゃないの？」

「……王族としてそれなりの人名は把握しておりますが、申し訳ないのですが由来までは存じません。ご推察の通りヒジリという名前は大変珍しく、レーンクヴィスト以外で使用されたという話は今まで聞いたことがありません」

「いやいや、こっちこそ。友達でもない人間の名前の由来なんて知らないよね。悪かったごめん。ミドルネームってそもそもどんな意味でつけられるの？」

「基本的には洗礼名となります。我が国は女神を唯一神とし、子は産まれると百日を待って洗礼を受けます。その際に、教会が用意した洗礼名をつけることが一般的です。ですがこれはほとんどが貴族の習慣で、一般の民草にまで広く浸透しているかと問われると――」

「うん、それで洗礼名の他には？」

「他に、私のように父や祖父の名前、母の旧姓などをつける場合も――」

言っていてアルフォンスも気付いたのか、ふと口を噤んだ。

「……それは姓に限るの？」

翠の質問に、緩く首を振る。

「いえ、お察しの通り、基準は曖昧です。ですがレーンクヴィスト家は多くヒジリというミドルネームを使用していることから、彼《か》の家にとって特別な名前であるのは、まず間違いないでしょう」

翠はアルフォンスの今までの聖女にまつわる言葉を思い出す。聖女の物を辿り、聖女の下に来た。その場にいた翠が腕時計の存在を知っていた。二礼二拍手一礼をする翠は、聖女の血縁に違いない。どれもこれも、こじつけのような、日本に住む人間なら誰にでも当て嵌まりそうな理由だった。

しかし、多野はあの腕時計は翠のものだと言った。姉が翠の誕生日プレゼントに購入したのだと。更には、「ヒジリ」なんて名前、適当に作ったにしてはさすがに響きが珍しいのではないだろうか。

レーンクヴィスト家がその名を大切にしてきた経緯は想像することしかできない――けれど、もし。もし、アルフォンスの言ったように姉があちらに行ったことがあったとしたなら……そしても
し、その名を特別に、大切に感じてくれているのなら――

「勇者って、あんたがいう聖女に祝福を受けたっていう勇者だよね」

「はい」

「その勇者、子孫がいるってことは結婚してるんでしょ？　どんな人と結婚したの？　やっぱり詳しいことは分かんない？」

リュカは黒髪黒目だ。ゲームの序盤に降臨したあの聖女のイラストよりも、よほど姉に似ている

風に見えてきてしまう。

「いいえ。多少であれば存じております」

はっきりと告げたアルフォンスに、翠は驚いて彼を見つめた。

「我ら現世の者は、この常世のように便利な道具や、不朽の本や記録を持ちません。情報は常に制限され、歴史は常に強者に上書きされていきます。そんな現世にも、決して変わらぬものがあります」

尊敬が織り混ざった彼の澄んだ眼差しは、自分の今まで生きてきた世界と比べることができたからこその輝きを持っていた。それは進むべき道を見つけた若者の、強さにも見えた。

「変わらないもの？」

「吟遊詩人の歌でございます」

聞き慣れなかったが、聞き慣れてしまった言葉に、翠が首を傾げる。

「吟遊詩人って……ヴァレンティーンみたいな？」

吟遊詩人であるヴァレンティーンは、ゲーム中盤で仲間に入ったキャラクターだ。自由と空と歌を愛し、常に歌っている変わり者。ただ、見紛うことなきイケメンだ。

「はい……春鳥のヴァレンティーン。彼はその秀逸な歌の才能と、危険な場所へも恐れずに物語を紡ぎに行く勇気から、吟遊詩人にとって最高の誉れである〝鳥〟という冠を持っております。概《おおむ》ね、ヴァレンティーンを吟遊詩人の鑑と見ていいでしょう。性格以外は」

あぁ、アルフォンス、彼苦手そうだもんなぁ。苦々しい口調から察した翠は生温かい視線を向ける。そんな彼女に気付いたアルフォンスは、取り繕うように言う。

「彼の才能は本物です。そして、磨いてきた技術も本物です。吟遊詩人は自由を愛しますが、嘘を好みません。自由と嘘。似ているようで非なるこの言葉の通り、ヴァレンティーンは自由に歌いますが、嘘は歌いません。幾星霜《いくせいそう》もの間、吟遊詩人たちによって語り継がれる歌。それこそが、吟遊詩人の誇りと信念そのものだからです。百年間歌い継がれたこの歴史は、ほんのわずかな真実とみてよいでしょう」

出会ったばかりのころに教えてくれた〝聖女伝説〟の歌も、彼らの語り継いできた一つなのだと、アルフォンスは語った。

今の翠にとっては、たった百年前のこと。しかし彼らにとっては遠い昔のことなのだろう。悠久の時の流れに、翠は感じ入る。

「子どもから老人まで、誰もが好む歌があります。英雄たちが、討伐に向かうとき。魔王を討ち果たすとき。そして勇者が花嫁を娶《めと》るとき。三部構成でできているこの曲は〝英雄譚《えいゆうたん》〟と言います」

三部構成と言いながら、そこに怯むような色はない。諳《そら》んじる自信があるのだろう。翠は真っ直ぐにアルフォンスを見ながらお願いした。

「歌って、アルフォンス」

「おおせのままに」

アルフォンスは立ち上がると、スッと顎を引いてその美声を響かせた。

旅立つときは、鳥が教えてくれた　青い空は　今はなく　漆黒の闇に包まれる
我らの求めに応えたのは　六人の英雄たち　舞い降りた聖女　白い光が　祈りの証

指さす先に　光が見える　闇の中を突き進む　一筋の淡い光
幾夜も越えた　試練の時　今こそすべてが　終わる時　強大な闇は　深く英雄たちを傷つけた
何度倒れても　起き上がる　守る者たちのため　待っている者のため
白い光　どこまでも広がる闇を　切り裂いた　風に乗り　遥かに響くその声は　春の訪れ
永い永い　冬を越えた　青い空が　傷を負い倒れた英雄たちを優しく癒す
苦しみも　痛みも　耐えられぬと感じた寒さも　すべては今　終わりを告げた
人々は　歌い踊り酔いどれた　世界が歓喜の　咆哮を上げる

乾杯だ　白い夢に身を包む女に　世界中が杯を掲げる　約束だ　帰ってきたら　愛をくれると
貴女のために　世界を救った　歌おう　笑おう　祈ろう
世界で一番の笑顔に　ポレアと共に　愛を捧げよう
そうして　勇者は死んだ　そして　そこに　一人の女を愛する男が　生まれた

アルフォンスは歌い終わると、照れたように笑った。1DKのこんな狭いステージには、勿体ないほどの美しさであった。

「お耳汚しを失礼致しました。このあと、もしヴァレンティーン殿が歌われたら、恥ずかしいな」

「アルフォンス、あんたやっぱすごいやつだったわ。さすが私のピィちゃん」

「面はゆいです」

〝鳥〟を含めた褒め言葉の意味が伝わったのか、照れ笑いは深まり、少し俯くようにしてアルフォンスは赤らんだ顔を隠した。あれほど可愛くない褒め方でさえこれほど喜んでもらえることに、翠もなんだか恥ずかしくなって顔を逸らす。

しばしの沈黙が流れたあと、先に立ち直ったアルフォンスが話の続きを始めた。

「この歌から分かるように、勇者は旅立つ前から結婚を約束していた女性と結ばれたようです。歌にあるポレアとは、野に咲く素朴な花です。詳しくは帰って調べてみなければ分かりませんが、勇者が娶った花嫁は、勇者の幼馴染みの女性だという解釈が一般的です。万が一、姉君が聖女様であれば、国賓級《こくひん》の扱いを受けているはずです。吟遊詩人がポレアの花に例えることは、決してないでしょう」

聞きたいような、聞きたくなかったような結末に、翠は「そっか」と頷いた。

「かつての勇者も、私のように聖女様のご尊名を知る機会があったのかもしれません。その名を子孫に語り継がせたとしても不思議ではないほどに、聖女の存在は尊いのでございます」

アルフォンスの慰めるような言葉に、どっちともつかない気持ちのまま笑う。

「お姉と関係があるのかはさ、ちょっと分かんないけどさ。彼にヒジリって名前が入ってることだけは、確かなんだよね……私の代わりにさ、たくさん話してきてよ、アルフォンス。リュカと」

アルフォンスは力強く頷いた。それだけで、何も解決していないのに、ひどく安心できる。

「よっし、じゃあ私の軍師様の言うとおり、とりあえずリュカをスタメン入りさせよう」

「はい。彼は即戦力になると思われます」

「いくわよー！」

翠はコントローラーのスティックを倒し、モンスターに3Dアルフォンスを突っ込ませる――が、
リュカは中々厄介な少年だった。

戦闘中には各キャラクターたちのキャラクターボイスが挿入される。メインストーリーに密接にかかわらないキャラクターたちの個性やキャラクター同士の交流が、この場で見えたりすることもあるのだ。そして――今までは見えなかったリュカの性格も見えてきた。

『俺に命令するなんて、あんた何様？』

『――だから、言っただろ。助けなんて要らないって』

『俺一人で十分だ』

『あんたらも大変だな。いつまでも王子様《ぼっちゃん》を守んなきゃいけないんだから』

戦闘中、ことあるごとにアルフォンスをこき下ろし、仲間を蔑《ないがし》ろにするリュカに、翠は今にもコントローラーを粉砕しそうだった。

「かっわいくない‼　あんたこんなんと旅して、胃潰瘍《かいよう》にならないでしょうね⁉」

「どうどう。少年期、誰しもああいったことに憧れる時期があるものです」

「それにしたって度が過ぎる！　こんなかわいくない生意気な奴がお姉の関係者なわけがない！

イケメンは何してもいいいんですぅなんて、リカちゃんしか言わないいんだからね‼」

「あの減らない口は、翠様にはそっくりですけどね」

「アルフォンス！　あんた、漬物にするわよ‼」

夜のしじまに翠の怒声が木霊した。

❖

「わ、なんかお金いっぱい稼いでる」

「翠様がたくさんの魔物を討伐してくださったおかげですね」

ゲーム画面に表示された所持金を見て、翠はテンションを上げた。ここ数日アルフォンスに指示されるままにレベル上げに勤《いそ》しんでいたため、その副産物だろう。喜んで武器屋に向かう翠を、アルフォンスがじっとりとした目で見つめる。

「……何かな」

「何を購入されるご予定で？」

翠は言葉に詰まった。すでにスタメンがこの辺りの敵を倒すために必要な武器は、アルフォンスが揃えてくれているからだ。これから先の買い物は、言わば贅沢品である。

「オーディンに格好いい斧を……」

「……私にも買ってください」

「アルフォンスは宝刀あるでしょ」

「いつもこればかりではないですか！　魔法なんて一度も撃たないまま、適性がマイナスになっておりますよ！」

「やだ脳筋ー！　似合わなーい！」

ゲラゲラと笑う翠に、アルフォンスは珍しく強気だ。

「双剣《シア・グローディス》も序盤こそその威力を誇っておりましたが、もうずいぶんと前に時代遅れなガラクタとなっております！」

「あんた、自分とこの国宝になんて罰当たりな……」

「新しい武器、私もほしいです！」

「何を小学生みたいなこと言ってんのよ。いいじゃん、すごいじゃん双剣《シア・グローディス》。格好いい名前ついてんじゃん、ぷっ」

「み、翠様がそのようにおっしゃるから、持ち辛くなっているのではないですかっ！　私、魔法のほうが得意だったんです！　魔法塔の神童ですよ！　最短記録保持者ですよ！」

「魔法魔法うっさい！　スタメンにはフリクリとマジェリーンもいるし、ベンチにはなんか陰気くさいのもいるでしょ！　魔法書はただでさえ高いんだから、あんたはその剣使ってなさい！」

「翠様、私の事を無料《ただ》でこき使える便利な男ぐらいにしか見ていないでしょう？」

「現実でも九割そう思ってる」

「こんなに貴女に尽くしているのに！　私、魔法も凄いのですよ！　子どものころ暴走させて離宮一つ吹っ飛ばしたぐらい！」

「あんた国民の血税でできた建築物ぶっ壊しといて何自慢してんのよ！　帰ったらすぐ国民に償いなさいよ！」

「しょ、承知しました……」

珍しく口論でアルフォンスに勝利することのできた翠は、当初の予定通り、意気揚々とオーディンのために〝雷撃の斧〟を購入した。

第十章　理由

大学は今日から春休み。通学路にも沈丁花《じんちょうげ》や木蓮《もくれん》がポツポツと蕾を開き始め、やってくる春を感じさせた。そろそろ厚手のコートが薄手のものへ、マフラーがストールに変わっていくことだろう。心も体も浮き立つような春が、翠は待ち遠しかった。

早く桜が咲かないかなぁと、大学沿いに並ぶ街路樹を見上げる。枯れ葉が一、二枚くっついただけの寒々しい枝には、まだ約束の色は咲かない。

「早乙女ー。〝かぼす〟のベスト買ったんだって？　貸してよ」

大学から帰ろうとしていた翠の背に、涼しげな声がかかる。翠は顔を顰《しか》めて振り返った。

「じゃああんたは何貸してくれんの。ただじゃ嫌よ」

そっけなく言う翠に、声をかけた男は肩に掛けていたトートバッグから一枚のＣＤを取り出した。

「これなーんだ」

「……こないだ出たばっかの〝サノスケ〟のアルバム」

「好きでしょ」

にっこりと微笑む彼の腹を探りきれずに、翠はいつもこの笑顔に負ける。面と向かって勝てる気がしないからだ。

彼は大きく纏めるならば幼馴染みというカテゴリーに属する、久世《くぜ》という男だった。

翠とは高校が別れて疎遠となっていたのだが、大学で再会した。子どものころも、特別仲がいいと感じたことは無い。大学に入り、地元から少しばかり離れた場所で同郷の者に会って、懐かしさから遊んだり、友人を交えてグループで遊びはするが、その程度。

しかし、翠は彼の秘密を知っていた。そして彼もまた、翠の秘密を知っていた。

「いいけど……今から？」

「うん」

「え、うち来んの？」

「そう」

そうってあんた……翠は、涼しげな顔を崩しもしない、飄々とした男を見上げる。

「今、無理。部屋汚いし」

女友達がいる時に家に招いたことが何度かあるため、彼を家に招くことに抵抗はない。また、彼を一人で家に招く危機感も、翠は全く持ち合わせていない。しかし、この男に現状の家を見せる危機感ならば、たんまりと持ち合わせていた。

「あっはっはっはっは！　早乙女が！　部屋！　片付いてないって！　っ……前行ったとき、洗濯物どころか下着までそこら中に散らかってても気にもしてなかったくせに……！」

ひーこらと腹を抱えて笑い始めたこの男。笑いの沸点が低く、更に言えば声がうるさい。自らの過去の愚行は棚に上げ、翠は鼻に皺を寄せた。

「ちょっと静かにしてよっ！　もう分かった！　取ってくるから、どっかそこら辺で待ってて！」

「いやいや、一緒に行くって。何遠慮してんの。最近付き合い悪いよ、奥さん」

遠慮じゃなーい！　そう叫ぶ翠を引きずって、久世は彼女のアパートへと足を進めた。

「いーい？　絶対ここにいてよ！　まじで、ほんっとうに上がってこないでね！」

「さっきから何、面白すぎるんだけど。なになに？　男でも来てるの？　お兄さんが見てあげようか？」

「んなわけないでしょバカ！　いい？　ここにいないと貸さないからね！」

結局アパートまで連れてきてしまった久世に、翠は小さな声で叫んだ。しかしその声は思いのほか目立ってしまっていたらしい。

翠は少し離れた場所から、男性がこちらを見ていることに気付いて慌てて口を噤んだ。しまった、うるさすぎただろうか。にやにやと笑う久世に蹴りを入れると、アパートの階段を一段飛ばしで駆け上がる。

「ただいまー」

「おかえりなさいませ。今日は寒かったでしょう？」

それどころじゃさーなかったんだよおー！　うちのピィちゃんはなんて素直でいい子なんだと、翠は泣き付きたくなるのをぐっと抑えた。

「うん、ぼちぼち……でもそろそろマフラーはいらないかも。外、だいぶあったか――」

「えっ、まじで連れ込んでる。あの早乙女が」

翠は靴を脱ぎながら固まった。後ろを振り返り、額に青筋を浮かべて怒鳴る。

「久世‼　あんたあ！　下で待ってろって言ったでしょ！」

「あっはっはっは！　待ってろと、言われて待てる、僕じゃない。字余り。しかもおかえりって、同棲してんの？　外国人と？　あの早乙女が？」

素直に言うことを聞くとは思っていなかったが、甘かった。翠は久世を部屋に蹴り入れると、大急ぎでドアを閉める。これ以上誰かにばれては堪らない。

「久世！　こんの、童貞眼鏡野郎が！」

「早乙女って英語しゃべれたっけ？　ねえ君いくつ？」

「数えで十七となります」

「アルフォンス！　あんたも素直に答えなくていい！」

長身の久世は、土間に立っていてもアルフォンスを見下ろすような目線だ。その面白がっているような態度にも、突然の訪問者にも、動揺せずにアルフォンスは対応する。

「てことは十六⁉　ちょ、犯罪だって！　去年まで中学生だよ？　眼鏡のおっさんの次は高校生？」

やるねぇと無邪気にはしゃぐ男に翠はピクリと動きを止めた。

――こいつに知られた、私の秘密。

大学に入学してすぐのころ、甘ったれの翠の一人暮らしを心配した多野は何かと様子を見に来ていた。その折りに一度彼を久世に見られているのだ。そして一瞬で、翠の気持ちは久世にばれた。

多野との関係も説明したが、久世はお得意の右から左で聞き流した。

それから久世は、多野を何かと目の敵にした。

「いい加減にしなさいよっ、あっちょっ、勝手に上がるな！　コラッ、冷蔵庫を開けるな！」

買ってきたものを入れたり、ご飯は無いかと漁ったり。仲間内では珍しくない日常だが、今日はいつもと違い、翠は完全に嫌がっている。こんなに失礼千万なやつだっただろうかと翠の機嫌は急降下していく。

「あんたねぇ……人が笑い話で済ませてるうちに」

「ねぇねぇ早乙女。あれ作ってないの？　卵焼き」

久世の言葉に、翠の怒りは一瞬のうちに氷解した。

不意に勢いを削がれ動かなくなった翠を見て、今まで静観していたアルフォンスが動く。

「翠様、こちらは国家権力に与《くみ》する方でしょうか？」

「え？　違うけど……あ」

前に翠が国家権力に盾つくな、と言ったことに忠実に従っていたのだろう。ミリタリー風のジャケットを着ている年若い久世が、あの時の警察官と被って見えても不思議はなかった。

翠の否定を確認すると、アルフォンスは一度翠を安心させるように微笑む。次の瞬間、すっと表情を無くして、冷蔵庫の中を物色している久世に近づいていく。

アルフォンスを怖いと、翠は初めて思った。

これまでどれだけ傍若無人なことをしても怒らなかったアルフォンスが今、怒っている。それも猛烈に。

「待──って待って待って！　アルフォンス！　いいから、待って！」

大慌てでアルフォンスの腕を引く。アルフォンスは呆気にとられ、翠を見つめる。呑気にもまだ冷蔵庫の中を見ていた久世が、翠の大声を聞いて振り返った。その手には、ラップに包まれた卵焼きが載っていた。

「悪いけど、プリンが食べたくなったの。大至急。スーパーで買ってきて。あの上に焼き目がついてるやつね。コンビニじゃ駄目よ、高いから」

翠はアルフォンスにコンビニよりも遠くにあるスーパーを指定した。追い出されようとしているのは久世ではなく自分なのだと気付いたアルフォンスが、衝撃に瞳を揺らす。

「……翠様」

「ぶはっ、ちょっサマって、まじで？　あっはっはっはっは‼　早乙女ってば、さっきからどんだけ笑わせてくれるの……そういうプレイ？」

「久世。まじで黙れ。名前で呼ぶぞ」

今まで何を言っても黙らなかった男がピタリと口を噤む。この好機を逃すまいと、翠は鞄から財布を取り出してアルフォンスに押し付けた。

「好きなのも買ってきていいから。あれ、トロッとなるチョコレート。好きだったでしょ？」

「ぷっ。子どものお遣いみたい」

ぼそりと呟いた久世を睨み上げると、彼は大慌てで口元に手をやり再び黙った。

「ごめんねアルフォンス。どうしても食べたいの。買ってきてくれる？」

翠の言葉に、アルフォンスは笑っていた。目を細め、口角を上げ。だが、それだけだ。怒っているのだとは分かっていても、翠にはどうしようもなかった。

「あーあ。見てみなよ、あの後ろ姿。捨てられた子犬みたいだよ」

「それをあんたが言うか。あんたが」

アルフォンスが出て行った部屋の窓から、久世がその姿を見下ろして笑っている。

「さすがに君に外国人って、似合わないねー」

「本当に違うってば。訳あって預かってるだけ。思春期の子に恥ずかしい思いさせないでよ」

「恥ずかしい思いさせてるのは僕じゃないと思うけど……ま、翠にその気がなくっても、あっちはその気っぽいけどねぇ」

そりゃ、大家ですから。とは言えない。アルフォンスが翠を気にかけるのは、ほんのちょっとの好意と家主への気遣いからだ。軽口に応えず台所へ向かう翠に、久世の悲鳴が聞こえる。

「ぎゃっ‼　しょっぱい‼　ちょ、味ちがうんだけど‼」

「私が作ったんじゃないからね」

勝手に食べた泥棒にいい気味だと翠は鼻で笑う。私のアルフォンスの卵焼きを食った罰だ。

「何、高校生に料理まで作らせてるわけ⁉　見損なったよこのズボラ代表干物女！　何させてるのいい大人がっ」

「ほんっとうにね、それは私も思ってる！　けどそれ以上調子に乗ったらアスカって大学でも呼ぶから‼」

魔法の言葉を翠が叫ぶと、久世はピタリと口を噤んだ。

久世の名前は、飛鳥《あすか》という。素敵な名を久世が嫌うのは単純に、女みたいな名前だから。久世はこの名を呼ばれたくないため、人目があるところでは翠を早乙女と呼んだ。

翠は名前に関することは、出来るだけ誠実に当たりたい。あだ名で苦労してきた姉を見て育ったからだ。そして翠の友人として姉と接していた久世こと飛鳥は――いつしか。

「お線香、あげにきたんでしょ。そこにいるから、挨拶してきなさいよ。その間に卵焼き、作ってあげるから」

砂糖たっぷりの甘い甘い卵焼きは、姉の得意料理だった。

九つ上の姉は翠にとってはもう一人の母のような存在。遠足や運動会の時は、翠の大好物の卵焼きを必ず弁当に添えていた。

久世は翠の弁当の卵焼きを頻繁に欲しがった。お弁当の王者、から揚げとの交換も辞さなかった。理由は単純明快——九つも年の離れた翠の姉に、恋をしていたからだった。

久世と姉の間にどんなやり取りがあったのか翠は今でも知らない。けれど、姉は久世のことをずっと「飛鳥君」と呼んだ。久世は嫌がりながらも、姉にだけ、その名を許していた。それがきっと、彼らのすべて。

チーン——仏具を叩く音が台所まで届く。

久世は強引なところもあるが、基本的には空気を読む男だ。人付き合いも心得ている彼が、あんな風に人の嫌がることを無理強いする場面を、翠は見た事がなかった。あんな強硬手段に出たのには、それなりの理由があったのだ。線香をあげたい……だとか。

そう言えば今日は姉の葬式を上げた日だったな、と翠は思い出した。葬式は姉が発見された翌々日。命日は姉の誕生日——家族と多野で話し合って、そう決めた。

久世が多野を嫌いな理由は、姉の恋人だったからだ。姉を象るすべてを、多野が作っていたからだ。久世は、姉の心に、卵焼きが好きな妹の幼馴染みとしか残っていないのだから。

翠はそれを、幼いころに憧れたお姉さんの恋人だったからだと思っていた。まさか、まさか久世が――これほど長い間、姉のことを想っているなどと、誰が想像しただろうか。

「食べ終わったら帰んなさいよ。アルフォンスには私から謝っといてあげるから」

長いこと手を合わせていた久世の横に、翠が卵焼きを置きつつ言う。

「んー翠が謝ったりしたら、余計機嫌悪くさせるだけだと思うんだけど」

「んなわけないでしょ。あんたみたいな捻くれとは違うのよ」

何を言ってるんだと鼻で笑う翠に、久世は心底同情したような顔をした。

「もういい加減、やめなさいよ。届かない人、想ってるなんて」

「んー君に言われてもねぇ」

流そうとしている久世に、その通りだと苦笑しながら翠は告げた。

「私は、ちゃんと言ってきたよ」

その言葉に、久世が目を見開く。

「ちゃんと、ありがとうって」

自己満足のような告白劇に付き合わされて、一方的に思いをぶつけられた多野は堪らなかっただろう。それでも翠は、自分が前に進むための踏み台にした。ずっとずっと、好きだった人を。

「あんたの気持ち、分からなくない。けど、さすがに、長いでしょ」

彼が姉と接した時間よりも、姉がいなくなってからの時間の方がきっと長いだろう。憧れの片思いを、彼はどこかで断ち切らねばならない。

「お節介」

「ばーか。卵焼きはこれっきりだから。好きな人作って、その人に作ってもらって」

更にお節介な言葉を吐いた翠に、久世は背を向けた。

「……うるさいよね。昔から、本当。まじで、あー……」

なんで、こんな。好きなんだろうね。

最後の言葉と、頬を伝っているように見えた涙には、気付かないふりをしてあげた。


「帰ったのですか。あの無礼者は」

コンコンと普段はしないノックをしたアルフォンスを翠が出迎える。笑みを張り付けたままの彼に、翠は素直に謝罪した。

「さっきはごめんねアルフォンス」

「……何がでしょう」

「あいつもね、ちょっと捻くれてるだけで悪い奴じゃないっていうか……態度は悪いし本当失礼なことばっかアルフォンスに言ってたけど……許してあげて。ごめん」

アルフォンスは笑みを浮かべる。手に持ったエコバッグとのそぐわなさが、翠に恐怖を走らせる。

「なぜ、貴女が謝るのです」

「なぜっていうか……知り合いのしたことだし、あいつ帰らせちゃったから謝れないし……」

「──あの男が先日言っていたふられた男ですか？」

「いや、それはない」

アルフォンスの目を見てきっぱりと言った翠に、アルフォンスは鷹揚に頷く。

「でしょうね。それでは、あの男が言っていた〝眼鏡のおっさん〟がそうですか？」

なんで、そこまでついてくる。これまでであれば絶対に触れてこなかった領域に簡単に踏み込まれ、対処のしようが無く翠は黙り込む。アルフォンスは最近、翠に容赦がない。今までどれだけ容赦してもらっていたのか分かるほどの差異に、翠はついていけずに負けてしまう。

「オーディンといい、その方といい……貴女はよほど年上に憧れるらしい」

「個人的な好みにまで口を出される筋合いはないと思うんですけど……」

「残念なことに、口を出してしまいたくなる性分なのです」

「何よっほら、プリン食べよう。チョコ……買ってきてないじゃない！ なんでよ！」

わざとらしく話題を変えた翠のために、アルフォンスはため息をついて、貼り付けていた不自然な笑みを引っ込めた。

「口実のために無駄遣いはしません。ですが詫びと思うならプリンを一口頂戴したいです」

「はい、どうぞ。どうぞ」

平に平にご容赦を。翠はスプーンで掬《すく》ったプリンをすぐさまアルフォンスに捧げた。

「まぁ、一途なんだよねー。私みたいにさ、スッパリふられることがもうできないから、いつまでも引きずってんのかも」

「……あの者は翠様に懸想《けそう》しているのではないのですか？」

「化粧？」

「翠様に好意を寄せているのでは、と申し上げました」

「私？ ないない。あいつが好きだったのは、うちのお姉」

まだ想ってるなんてさすがに知らなかったけど。そう翠が笑う。アルフォンスは仏壇に供えられている真新しいお菓子を見たあと、真面目な顔をして続きを促した。

「お姉の通夜を知らせて、すぐに久世一家が来たんだよね。あいつ、部活帰りのくせにわざわざ学ランに着替えてさ。大学で一緒になっても、お参りどころか、話題にだって上らなかったのに……思えば、話題に上らない時点で忘れられてないいんじゃんね。気付いてあげられなかった私がバカかぁ」

大学から近い翠の部屋には、友人がよく集まっていた。久世は頻繁に訪れていたわけではないが、この時期にやってきても違和感がない程度には部屋に招いていた。線香を上げれば気付かれるからと、これまではひっそりと手を合わせていたのだろうか。友人や翠に隠れて。

なのに、最近はアルフォンスがいるために翠が友人の誘いを断り続けていた。姉に手を合わせられないかもと心配した久世は、大して興味のないアーティストのアルバムまで買って、強硬手段に出たのかもしれない。

力ない翠の言葉に、アルフォンスが寄り添う。子どものように撫でられる頭に苦笑する。

「しっかし、あんな無理やりに線香上げに来るか？　一言、手を合わせたいって言えばいいじゃん。そしたら断ったりしないのに」

「男には、言えないことに対する理由があるのです」

今までの反感はどこへやったのか、しみじみとした声で久世を擁護したアルフォンスに翠は驚く。

「理由って？」

「死してなおも忘れられぬほど恋い慕った相手ならば、守れぬ自分の不甲斐なさを見つめるのは、死よりも苦く悲しいことでしょう」

守れぬ自分の不甲斐なさ、って。そんなウツシヨじゃないんだから、と笑いそうになった翠はアルフォンスの瞳の真剣さに口を閉ざす。

「供養の言葉も、愛の嘆きも――零すには、あまりにも惨めさが身に染みる。更には、その妹君が友であればなおの事……男の沽券《こけん》、というものです」

「ふーん……」

笑い飛ばそうとしたが、姉には聖女容疑がかかっているのだった。もしあちらへ行っていたとしても、剣も魔法も使えない久世では、歯が立たなかっただろう。アルフォンスの告げた久世の気持ちが正解かは、本人に尋ねなかった翠には分からない。分かるとすれば――

「アルフォンスにも、何かあるってこと？」

これほど詳細に、久世の気持ちを代弁できたアルフォンスのことだった。

「はい。私にもございます。とても大事なことを、言えぬ理由が」

「ふうん。――いつか、言えるようになるといいね」

「その時は聞いてくださいますか？」

完全に他人事として受け答えしていた翠は、ぱちぱちと瞬きを繰り返した。

「何？　私にだったの？　……なんか壊した？」

「いいえ、誓ってございません」

「あっそ。じゃあいいよ、言えるようになったら聞いてあげる」

「ありがとうございます」

はにかんだように笑ったアルフォンスの笑顔は、本物の笑顔だった。それに安心した翠もまた、同じように笑う。

「やつを斬らずに済みましたね。あれを放置して帰還するのはさすがに不安でした」

「切るって……そんな野菜みたいに。あんたでもそんな冗談言うのね」

「あのように失礼な輩《やから》に、翠様が傾倒されることはないと理解はしているのですが、貴女は弱っている人間に弱い。ことさら、助けを求められたら振り払えない……違いますか？」

「……それを知って利用してきたのは誰よ」

呆れたように翠が胡乱な目を向ける。アルフォンスは自慢するかのように胸を張った。

「もちろん、貴女を手に入れるためならば、利用できるものはなんでも利用させていただきます」

「貴女の部屋を、の間違いでしょ」

はいはい、と聞き流す翠に苦笑を向けたアルフォンスの瞳は、様々な色に揺れていた。

❖

日々暖かくなる陽気は、翠の身と頭を軽くさせた。文字通り頭が軽いことに気が付いたのは、家を出てから。バイトへ行くというのに、シュシュを忘れた翠は、仕方なく帰路についている。髪をまとめていないと仕事にならないのだ。

「ただいまー」

先ほど出たばかりの翠がすぐに帰ってきたことに、アルフォンスはこたつの中で飛び跳ねるほど驚いた。慌ててノートパソコンの蓋をバタンと閉める。そんな彼を翠はぽけっと見つめたのち――

半眼で睨みつけた。

「……何見てたの」

思春期の男の子が、保護者からパソコンを守る理由などそう多くない。

「内緒ごとが増えるなら、健やかな青少年のために、次回は抜き打ちチェックするわよ」

「げに恐ろしきは翠様……」

画面を見せろと、最終通告だけは出さないでやったのに、迫力に負けたアルフォンスはおずおずと蓋を開く。肌色の画像を覚悟して画面を覗いた翠は、きょとんと首を傾げる。

「……戸籍？　税金？」

「常世の成り立ちに興味を持ちまして……」

アルフォンスにしては大層珍しいことに、言葉を濁す。翠はその事に気付かず「ふーん」と気のない返事をした。

「そんなの堂々と調べればいいのに。あっ！　また電気代とか気にしてんじゃないでしょうね」

強く睨みつける翠に、アルフォンスは力なく笑う。

「まぁ、調べようと思ってもうちにはそんな難しい本とかないもんねえ。そういうの知りたいなら、久世とか詳しいから呼んであげ――」

「必要ありません」

にこりと微笑むアルフォンスの強い拒絶に、翠は「ですよね」と頬を引きつらせる。

「じゃあ図書館でも行ってみる？　ウツシヨにあるかな？　本を無料で貸し出してるとこ」

アルフォンスは驚きに目を見開いた。現世では本は大変貴重で、城や教会などにいくつか保管されている程度である。それも誰もが読めるわけではなく、本自体にくくりつけられた鎖が、持ち出しを不可能にしている。

「行ってみたいです」

キラキラと輝く瞳は、緑色。翠は、柔らかく微笑む。

「よし、じゃあバイト終わったら行ってみるか。外出る準備してて」

「承知しました」

うきうき、と嬉しそうなピィちゃんの頭を、翠はわしゃわしゃと撫でまわした。


——しかし、無事に髪をくくり、バイトに励んできた翠はこのことを後悔することになる。


「ねえ、まだなの……」

「あと少し、これだけですので」

「それ三十分前も言ってたじゃん……もー私はすることないよー暇ー」

「今しばらく、今しばらくお待ちくだささい」

十冊という貸し出し制限の中、どの本を借りるか目移りし、すべての棚を嬉しそうに歩き回るアルフォンスに——その後、翠は図書館の閉館まで付き合うこととなったのだから。

第十一章　翠

――悲劇はあまりにも無情に、翠の手の届かないところで始まっていた。


物語が終盤に入っていることを、否が応でも認識させる魔王城。

ゲームの師である莉香に、翠は進捗を伝えた。いよいよ魔王城に乗り込むと聞いた莉香は「城入ると長いんで、バイト休みの日がいいですよぉ」というありがたい宣託を授けてくれた。翠はカレンダーとにらめっこして決戦の日を決めた。

魔王城へは、〝最果ての町〟という場所から旅立つ。その名の持つ意味の通り、人が住める最も辺境の地。ここから先は、魔物が巣食い荒涼とした砂地が大地を蝕《むしば》む、魔の王が住まう場所となる。

町で武器を揃え、回復剤を買い込み、アルフォンスのお許しが出るまでレベルを上げる。

出陣の準備を整えたあと、〝最果ての町〟の人間すべてに話しかけて回った。と言っても、元々他の街に比べ、町人の数は少なかった。皆、この町を離れて行ったそうだ。あと一歩踏み入れば、魔王の影響のせいで魔物が活発化し、我が物顔で横行する荒野。仕方のないことかもしれない。

最後まで残っていたのは、頑としてこの町を離れなかった年寄りばかり。口々に、故郷への愛と誇りを討伐軍に伝えた。

『どうか、この世界をお救いください』

人々の希望という名の祈りを背負い、討伐軍は出陣した。

魔王城は深い谷に囲まれていた。聳《そび》え立つ魔王城と陸地を繋げる橋は、一本だけ。底も見えないほどの千尋の谷の上に架かっているにしては、少しばかり心許《こころもと》ないロープと丸太でできた橋だった。

そんな橋の手前で、一行は魔物に襲われた。いつものようにアルフォンスの的確な指示のもと、矢継ぎ早に敵を倒していく。新調した武器と底上げしたレベルのおかげで戦闘はサクサク進み、魔物の最後の遠吠えと共に迎えた勝利にアルフォンスと翠は手を合わせて喜んだ。

戦闘終了後、イベントが発生する。大事な場面などでは、こうして映像が流れることもあった。見せ場の演出として使われる映像は力を入れて作られており、その迫力は二人を幾度も感動させた。映像が流れている間、コントローラーのボタンは無力化する。翠たちは精密に作られた映像を、ワクワクしながら眺める。

討伐軍一行が吊り橋を渡り終えようとしている時、耳をつんざくような咆哮が聞こえた。慌てて全員が対岸に渡る。守備の要でもあるオーディンが、最後尾に素早く回った。

咆哮とともに現れた魔物は、三つの頭に一つの胴体を有するケルベロス。

『冥府《めいふ》の番犬か。――――仁のためここを通りたい』

対峙したケルベロスは、前足で地面を擦り助走を付ける。六つもある耳は、どれも話を聞く気はないらしい。オーディンが、皆を守るように吊り橋に立ち塞がった。強そうな敵だなぁと、初っ端に訪れた強敵に翠は冷や汗を流す。しかし、翠よりもよほど厳しい顔でアルフォンスはじっと画面を見つめていた。

「――まずい」

「？　え？」

今までにないほど緊迫した声に、翠は体の動きを止める。

「このままではまずい。翠様、何か介入を」

「イベント映像だし、戦闘になるのは避けられないと思うけど……」

「戦闘になれば僥倖。ですがオーディンはきっと最も犠牲の少ない方法を――」

選ぶ、というアルフォンスの言葉は続けられなかった。

テレビ画面から、こたつにいるアルフォンスと同じ声が聞こえる。

『オーディン！　ならぬ！　下がれ！』

『殿下。貴方は希望の光です。その光をもってこの世をあまねく照らし、人々に安寧をお与えくださると、お約束ください』

『ならぬ！　退け！　形勢を立て直す！』

『ロイ、コンラート。殿下を頼んだぞ』

『御意に』

『御武運を！』

『ならぬ！　ならぬ！　放せ、今は撤退だ！　オーディン！　言うことを――』

『アルフォンス殿下』

オーディンの優しくも厳しい、いつもと変わらぬ声音がスピーカーから響く。翠は頬に鳥肌が浮かぶのを止めることができなかった。この先は、翠にだって分かる。

アルフォンスが立ち上がり、声を荒らげた。

「ならぬ！　戻れ！」

『我が身の最たる幸運は、貴方にお仕えできたことでした。どうぞ、お強くあられよ』

オーディンが、翠の依怙贔屓で購入した雷撃の斧を振るった。

けたたましい雷撃が轟《とどろ》く。吊り橋は大きく揺れ、木の板が音を立てて崩れてゆく。吊り橋の中腹にいたケルベロスは、崩れゆく板を飛びうつり必死に足場を確保しようとするが、すでに遅い。空中でも容赦なくオーディンの二手目が飛ぶ。ケルベロスは成す術無く谷へ落ちていく。分厚い鎧を身に纏った、オーディンと共に。

「オーディン！」

『オーディン！』

全く同じ声、全く同じ発音の——悲痛な叫びが重なった。

二人とも、言葉一つ発せなかった。静寂で満たされた室内は、息一つするのも苦しいほど。テレビ画面は、通常の会話シーンになっている。イベント映像はあれで終わったのだ。しかし翠は、中々ボタンを押せずにいた。

このゲームは、戦闘でキャラクターが負けても瀕死《ひんし》状態になるだけで、死亡するわけではない。瀕死状態のキャラクターは、特別なイベントでしか手に入らないような貴重なアイテムか、街にある施設でお金を払って復活させてもらう。つまり、戦闘で討ち合いに負けたとしても、彼らは消えてしまうわけではないのだ。けれどこれは、きっとその限りではないだろう。

これが、物語なら、アニメなら、ドラマなら、映画なら。

これほどまで、衝撃は喰らわなかっただろう。物語だもんね、そんなこともあるだろう。けど、一番育てたのになあ。きっと、大切なキャラクターたちをそんな言葉で見送ったはずだ。

だけど、このキャラクターたちは皆、アルフォンスの仲間なのだ。今、翠の隣にいるアルフォンスが信頼する――現世に実在する、仲間たちなのだ。

彼は歯軋りしそうなほど強く歯を食いしばり、画面を睨みつけていた。

震えている。その震えの先を辿れば、強く握られた拳が見えた。真っ白な手に、対照的なほど真っ赤な線が流れる。ポタリとこたつ布団に血が滴り落ちた。

アルフォンスはそっと目を閉じた。あまりにも悲痛な面持ちだった。翠は何一つ声をかけられずに、そんなアルフォンスを見守る。彼が負った喪失感は、画面の外にいる翠には計り知れない。

そして彼は一人で仲間の死を乗り越えると、静かに目を開いた。震えはいつの間にか収まっていた。

「翠様、続きを」

その潔い声に、翠は一瞬耳を疑った。

「戦場に出れば、全員無事での帰還など、よほど稀なこと。元より、命を散らす覚悟で皆出陣しております」

その意味は分かる、分かるが。たった今片腕を失ったばかりのアルフォンスに言わせる言葉ではなかった。翠は己の不甲斐なさに、言葉を詰まらせる。

「大丈夫です、翠様。さぁ、続きを」

その目は冷淡でも無感情でもなかった。

ただ、十六歳という幼さには似合わない、覚悟を秘めた熱い眼差しだった。

❖

『貴女様は、大事な、癒し手――失くす、わけには……』

フリクリがカチュアを庇って倒れた。

『――兄様、そちらにいらっしゃるのですね……あぁ……ロザリアも、今そちらへ……』

次に、ロイが。

『オーディン様……ご下命を、果たす、ことができず――殿下……どうか、太平の世を……』

そして、コンラートが。

仲間たちが、次々と散っていった。

翠は耐え切れなくなり、斜め前に座るアルフォンスの目を両手で塞ぐ。

「翠様？」

その声は平淡で、動揺を一切覗かせない。それがまた、辛くて歯がゆい。翠の小さな両手ではきっと、彼の傷ついた心までは覆えない。

「もう、見ないで。ごめん。ごめん」

翠は、どうしても許せなかった。アルフォンスにとってこれがどれほどの苦痛であるか――娯楽として、常世で生み出されたゲーム内容に、翠は抑えきれぬ怒りを抱く。

それに、もしこのゲームが本当に預言書なのだとしたら――彼は現世に戻ったあと、悲壮な別れが待つと知りながら、魔王を倒すための辛い日々を共に歩まねばならないことになる。肩を支え合い、心を通わせ合った友たちとここで別れることを、知りながら――そしてそれは、直接的に戦力の損失にも繋がるだろう。アルフォンスは戦力の大半を、魔王城前半で失ってしまったのだ。

「翠様のせいではございません。これが未来だというのなら、私たちはこれを受け入れ、乗り越えなければなりません」

アルフォンスが翠の手にそっと触れる。その手は、信じられないほど冷たかった。翠の目から、堪えていた涙が零れる。

どれだけ冷静を装っていても、覚悟したと言っていても――彼は、十六歳のただの少年なのだ。仲間たちの死は、どれほど辛いだろうか。どれほど不安だろうか。なのに彼は、王族としての在り方のため涙を流すことさえできない。歯を食いしばって、前を向くことしか。

「どんな未来であれ受け止める。この預言書が始まった時に、そう覚悟しました――続きを」

翠が乱暴に涙を拭う。アルフォンスが泣いていないのに、これ以上自分が泣くわけにはいかない。

握りしめていたコントローラーは、アルフォンスの手よりもずっと、温かかった。

ストーリーは、散った四人の忠臣を振り切るように、駆け足で進んだ。

どんな未来でも受け入れる――そう言ったアルフォンスの決意をあざ笑うかのような、激戦に次ぐ激戦。戦力的に苦境に立たされているというのに、敵の猛攻は止まない。

多くの仲間たちが瀕死状態のまま、戦場にも出られずにベンチを温める。魔王城には、倒れた仲間を復活させるための施設はない。二人は戦場に出場できる人数ギリギリのところで、戦いを凌《しの》いでいた。

翠はぴたりとアルフォンスに寄り添っている。触れ合った場所から、少しでも彼を癒せるよう。彼を奮《ふる》い立たせられるよう。

先を見据え、被害を最小限に抑えようとしたオーディン。大事な人を庇って逝ってしまったフリクリ。最後まで自分の信念を貫き通し、兄に恥じない生き方をしたロイ。いつもおちゃらけていたくせに、その熱い忠誠心を死に際にアルフォンスに示したコンラート――誰もが、アルフォンスにとって――そして、翠にとって。かけがえのない仲間たちであった。

すでに、ゲームを始めてから数時間が経っている。日付はとうの昔に変わっていた。それでも、翠からもアルフォンスからも、もうここまでにしようという一言は出なかった。

やがて魔王の玉座に通じるという長い廊下が開かれた。3Dアルフォンスの足を、慎重に進める。

「翠様！　〝せーぶ〟！　〝せーぶぽいんと〟を発見致しました！」

「はい！　全力で、セ――――ッブ！」

聖女様よりも女神様よりもよほど頼りになる、セーブポイント様に飛び込んだ。

画面の中には、奇妙な蛇が絡み合う様が彫られた、趣味の悪い大きな扉が鎮座している。この向こうに、現世を混乱に陥れ、人々を恐怖の底に叩き落としているという魔王がいるのだろう。けれど、百年前に一度、魔王は人間である勇者に倒されている。それを思い出せば、倒せない相手ではないはずだ。３Ｄアルフォンスは聖女の祝福まで授かっているのだから。

「――……行くよ」

「はい」

ごくりと呑み込んだ生唾の音が、狭い部屋にいやに響いた。

❖

主戦力だった四人がいなくなり、劣勢が続く。

アルフォンスはすぐに次の策をとったが、それは彼の用意できた万全の策ではない。持ち得る戦力をすべて活用しても魔王は手強く、打ち倒すことができない。アルフォンスにしては珍しく――いや、初めて。何度もタイトル画面と魔王城を行き来した。

アルフォンスに焦りが見え始める。「大丈夫、何度でもやり直せるから」という台詞は、常世にいる今だけだ。それは翠よりもずっと、アルフォンスが分かっていた。彼は帰ってから、一瞬の隙も見せられない、この過酷な敵と実際に対峙しなければならない。ノートに乱雑な文字が書き記されていく。隙間という隙間に文字を記し、勝機を探す。

翠は初めて、アルフォンスがどれほどの強敵と対峙しなければならないのかを理解した。彼の周りにいた、彼を支えてくれていた人たちの力強さも。

そして、ぴったりと寄り添っているこの温もりが――翠の与り知らぬところで、永久に失われてしまう可能性を知る。

――いい娘さんじゃん。楽な旅じゃないって分かってるのに。

以前、カチュアの決意を自分がどう評したか。翠は決して思い出したくなかった。

翠は、魔王を歪《いびつ》の象徴だと勝手に思い込んでいたが、実際は人だった。いいや、人と呼んでいいのかは分からない。悪に染まった彼は、悪の王であったからだ。

言葉を解す彼と対峙することは、翠に罪悪感を起こさせる。そんな翠と違い、微塵も戸惑いを感じさせない鋭い手を、アルフォンスは次々と放った。しかし決め手に欠ける。圧倒的に――抜けた穴が大きすぎたのだ。

主力として育て上げていた四人の代わりに入ったキャラクターたちは、さほど育っていなかった。四人でいつも使っていた連携技も使えないし、持たせている武器も劣る。

彼らに帰ってきてほしいと――またあの明るい笑顔で、声で、アルフォンスを安心させてほしいと。アルフォンスに引けを取らないその強さで、戦場を駆けまわってほしいと。何度そう思ったかしれない。けれど、叶わぬことだと知っていた。アルフォンスに、翠に安らぎを与えていた彼らは――もういないのだから。

それでも、負けるわけにはいかないのだ。彼らの背負っているものは大きすぎた。

何度目かになる、魔王の前口上が始まる。

『余の前祝は気に入ってもらえ――』

たか？　まで翠は言わせてやらなかった。ボタンを押して魔王の言葉をぶっちぎる。

魔王の声優が今後テレビで登場した場合、問答無用でチャンネルを変えてしまいそうなほど、翠はこの声すら嫌いになっていた。

「翠様、手厳しい」

「どうせこのあと、犬と刺し違えたなんてオーディンたちを馬鹿にして、リュカを百年前の勇者と見間違えて、アルフォンスをお坊ちゃんだって侮るのよ。聞いてらんないわ」

ボタンを連打して戦闘シーンまで運ぶ。魔王のグラフィックは大層美しい男の姿だったが、翠は全く嬉しくなかった。それに、美しい男なら負けていない。うちにも自慢のアルフォンスがいる。

ただこのクソ魔王のせいで、声優同様、翠はロン毛の男が大っ嫌いになった。

早送りされた魔王は不貞腐れるでもなく、決まった台詞を口にした。

『では、始めようではないか。世界の行方を決める、最後の戦いを――』

❖

「勝……った……」

カーテンの向こうは白んでいて、ゆるやかな光を部屋に運ぶ。

計十二回目の、世界の行方を決める最後の戦いの末、翠たちはようやく魔王を討ち取った。魔王が崩れ落ちる映像を見ながら、翠が息を零す。

「はい、我々の、勝利です」

アルフォンスはもはや白目を剥きそうだ。世界の命運をかけた戦いに勝ったというのに、このありさま。けれど二人は、目を合わせると心の底から微笑み合った。

慣れない夜更かしに、かすむ視界。長時間酷使した頭はすでに機能しているかどうかも怪しくなっていた。

何度も繰り返し挑み過ぎたせいか、最初の緊張感もなくなり、ただコントローラーを動かし続けていた。十二回もすれば、あれほど恐れていた魔王もただのイラストと音声の産物だ。

アルフォンスが眠気覚ましにコーヒーを翠に注ぐ。珍しいことに、自分の分も。

「猛毒かもよ」

「今は毒でも縋りたい。魔王も強敵ですが、この睡魔も手ごわい」

翠と違い、常に一手先、十手先を読みながら戦っていたアルフォンスは、眉間を揉みほぐす。

「ちょっと寝て明日またする？」

「いえ、奴の行動を覚えているうちに書き記してしまいたいのです」

アルフォンスは手元のノートにペンを走らせながら、翠に指示を出していた。これを延々、十二回。ようやく魔王に打ち勝ち、睡魔に寄り添える。

「オーディンたち、見守っててくれたのかな……」

アルフォンスから受け取ったコーヒーに口を付けながら、ぽつりと翠が零す。しまった、と瞬時に体を強張らせた翠に、アルフォンスがふわりと笑った。

「ええ。必ず。我々の健闘を誇りに思い、無念を晴らしたことでしょう」

翠はぐっと眉間に皺を寄せると、コーヒーを飲んだ。苦くて、甘い。翠は惰性で飲んでいただけの、それほど好きでもなかったコーヒーがいつの間にか好きになっていた。

「フリクリのことは、帰ったらちゃんと塔のおじいちゃんたちに伝えてあげて」

「ええ」

「オーディンは、ご家族の事も気にしてあげて」

「はい」

「コンラートは、片思いの人がいたって言ってたよね……その人に、ちょっと盛って話してあげて」

「ふふ、はい」

「ロイは、お兄さんのお墓の隣に、必ず」

「必ずや」

彼らの最期を思い出す度に翠は胸が痛かった。けれど、彼らの犠牲は無駄にはならなかった。だって、魔王を倒したのだから。これからきっと世界は明るく羽ばたき始めるだろう――そう思っていたのに。

『余は朽ちぬ！　百年の眠りの間に溜めた余の力、甘く見るでない――！』

滅ぼしたはずの魔王が、萎《しな》びた声を上げるのと同時に、イベント映像が流れ始める。穏やかな気持ちでボタンを押した翠は、コントローラーを握ったまま固まった。

『そんな……ことが……』

画面の中のアルフォンスが、唖然とした面持ちで呟いた。

ボロボロの討伐軍の前で、魔王は身を縮めたかと思うと大きく躍動した。衝撃波とともに放たれたフラッシュから暗転――その姿を画面に映した魔王は、おぞましい姿に変化していた。

肩や背を突き破り、コウモリのソレのような醜悪な羽が広がる。裂けた額からは、太く長い角が現れた。紫色に染まった手の先に見える爪はありえないほど長く、鋭く尖っていて、たやすく人を傷つけることができそうに見えた。先ほどまでの美しい見目を剥いだ下から現れた本性は、不気味で、おぞましい。

そして、翠はただただ、底の無いゲーム作成者の悪意に愕然《がくぜん》としていた。

しかし、アルフォンスは瞬時に冷静さを取り戻した。十二回における死闘が彼を強くしたのだろうか。歪な魔王を見た彼は、不快そうに眉根を寄せるだけだった。

「翠様、今の時間は」

「……五時四十六分」

「魔王討伐までにかかった時間は……およそ六時間ですか……」

「ソウデスネ」

「今から〝せーぶぽいんと〟は望めませんよね……」

「ソウデスネ」

「アイテム類もほぼ空……」

「ソウデスネ」

「お昼のてれび番組のようですね」

「ソウデスネ」

「寝ますか」

「ソウデー――いや、頑張るって言ったのあんたじゃん⁉　っていうか、衝撃薄くない⁉」

「かつて、魔王と十二回も死闘を繰り広げた英雄がいたでしょうか。いいえ、絶対にいなかったと断言できます。このように愚かしい……いえ、非常識なこの変態というものを前にして、私は正気を保つことが困難なのかもしれません」

「変態！　確かに！　変態だけどさぁ！　嘘でしょ！　絶対嘘でしょ！　あんた現実を受け入れたくないいんでしょう⁉」

「翠様、共に寝ませんか。今日はずっと撫でていて差し上げますよ」

「何その私が犬か猫みたいな懐柔《かいじゅう》の仕方は！　ここまで来たんだから、次行くよ！　次！」

「魔王でも睡魔でもなく、やはり翠様が一番恐ろしい……」

「あんたひっぱたくわよ」

異形の王へと姿を変えた変態魔王に向かって、アルフォンスは思いっきり舌打ちをした。今まで見たことのないほどお行儀の悪い行動に、翠が目をパチクリさせていると、拗ねたような目で彼女を見つめる。

「倒したら、ご褒美ください。キスがいいです」

「キスで世界が救えるんなら何度でもしてやらぁ」

「そのお言葉、決してお忘れの無いよう」

軽口でやる気を奮い立たせたアルフォンスは、コーヒーを一口で飲み干し、画面を睨んだ。

戦いは、先ほどの戦闘の続きから始まった。

まずは傷つき倒れた仲間たちの回復。持っているアイテムもほとんどを使い切ってしまった軍はジリ貧だ。

相手の攻撃に耐えながら、回復を繰り返す。もちろんのこと、魔王への攻撃はほとんど加えられていない。このままでは、競り負ける。緊迫が翠とアルフォンスを襲っていた。

「どうすれば……何か、何か手立てがあるはず――」

追い詰められたアルフォンスが、珍しく弱音を漏らす。そう、アルフォンスの言う通り何か策があるはずなのだ。これほどの鬼畜仕様ではあるが、クリアしている人間も多くいる。代表するならば、常世代表ゲーマー莉香はすでにこの苦境を乗り切っている。翠たちが二人がかりで六時間かかっている戦闘を、莉香がどれほどサクサクと進んだかなど知りたくもないし、考えたくもない。


ついにアルフォンスの手が止まった。

ただでさえ満身創痍だというのに、魔王は全体攻撃まで仕掛けてくるのだ。彼はノートをシャーペンで何度も叩きながら、目を瞑って考えていた。これに負ければ、もう一度魔王を倒すところから始めなければならない。アルフォンスにプレッシャーが大きく伸しかかる。

そんなアルフォンスを見た翠が、突然立ち上がる。

アルフォンスは驚いた様子で、翠を見上げた。翠はアルフォンスの腕を取り、こたつから引っ張り出した。

「みどりさまっ⁉」

突然のことにアルフォンスは声を裏返らせる。翠はアルフォンスを従え、仏壇の前に座す。

「はい、正座！　火をつけます。お線香に火を移します。ブッ刺します。はい、手と手の皺と皺を合わせてー！　がっしょー！」

やり慣れた動作は、どれほど眠くても間違えない。

「お姉ちゃん、お姉ちゃんが聖女様だというのなら、どうぞどうぞ、みんなをお救い下さい。アルフォンスを、助けてください。お姉ちゃんが本当に、遥か遠いどうだっていい世界のために、祈りを捧げてみんなを救ったっていう聖女様なら。生意気ばかりで可愛くない妹の、お願いをどうか……どうか」

姉は無念を抱いてここに眠っている。その姉に願い事など、どれほど浅ましい行いかよく分かっているつもりだ。

けれど、今――皆を救えるのはきっと姉しかいない。

「お姉ちゃん、明日のご飯は炊き込みご飯にします。毎日お仏壇も綺麗に拭きます。お花もできるだけ頻繁にとりかえます。お姉ちゃん、お姉ちゃんになんにもしてやれなかった私だけど、どうかみんなを助けてください」

翠は心の底から懸命に祈った。

見知らぬ大地を救った聖女だという姉と違い、皆の指揮を執りながら剣と魔法で戦うアルフォンスと違い――翠にできるのは、祈ることだけだ。

十一回敗北した魔王に、一度っきりの真剣勝負で勝たなくてはならないアルフォンス。現世へ戻り、十三回目の勝負をするためにも――アルフォンスは今、勝たなくてはならないのだ。

翠は、これからを支えられない。身を挺して彼を守ることも、信念を貫くことも、忠誠心を捧げることも、彼の覚悟を宿した目に、一時の休息を与えることもできない。そして皆のように、彼のために力を尽くしたいのだということを、伝えることもできない。

――男には、言えないことに対する理由があるのです。

なんだ、理由があるのは、男だけじゃないんじゃん。

「お姉ちゃん、どうか、どうか……」

私の大事なアルフォンスを、どうか……どうか。


翠は暫《しばら》くして顔を上げた。同じように手を合わせていただろうアルフォンスは、仏壇ではなく翠を向いていた。その顔は、見たことが無いほど柔らかく微笑んでいる。

「な、何よ」

「貴女は本当に愛らしい」

「はぁ？」

何もできず、最後は姉に頼み込んだ翠を揶揄《やゆ》しているのかと、翠は腹を立てそうになったが――きっと違うのだろう。アルフォンスは、優しい笑みのまま翠をしっとりと見つめている。

「貴女が姉君に何かお願いをされているところを、初めて見ました」

「それは……だって……」

言葉が続かずに口を噤む。

「貴女はいつも、嬉しかった事や悲しかった事を語り掛けるばかりだった。天で懐深く見守る姉君にさえ、何一つ強請りはしなかった。その貴女が、初めて――私のために無心した」

本当に、貴女は私を手玉に取るのがお上手だ。アルフォンスが、掠れた声で呟く。

「なんかよく分かんないけど……やる気、出たの？」

「ええ、正念場です。頑張って格好いいところを見せて、翠様を惚れさせなければ」

「先に世界を救え」

「もちろんです。さぁ、戻りましょう」

テレビ画面のキャラクターたちの体力ゲージは真っ赤だった。すでに瀕死一歩手前。次に広範囲攻撃を食らえば、一瞬のうちに燃え尽きてしまうだろう。

「どうにかなるの？」

「絶望的と言っていいでしょう」

翠はうっと詰まった。アルフォンスが真剣な目つきで画面のマス目をじっと見つめる。

「しかし、やらねば現世に明日《あす》は無い。もはやこの手しかありません。翠様、私を最前線へ。それ以外の者は現状維持。〝覇王の衝撃〟からぎりぎり逃れられる位置にいるはずです」

「あんただけ魔王と戦うってこと⁉」

「魔王の攻撃を故意に受けるだけです。一度私を瀕死間近にし、〝祈り〟で再興を許ります」

それは一か八かの賭けである。万一、攻撃に耐え切れずアルフォンスが死んでしまえば全滅は必《ひっ》定《じょう》。耐えられたとしても、体力が余分に残り過ぎれば、聖女に与えられた〝祈り〟は使えない。

「……大丈夫なの」

「ええ、耐えてみせます。どうか貴女の軍師を信じてください」

アルフォンスの声に決意を感じる。翠は祈るような気持ちで、言われたとおりに駒を動かした。

『この虫ケラどもが！　塵芥《ちりあくた》にしてくれるわ！』

来た！　〝覇王の衝撃〟！　とコントローラーを持った翠までもが身構える。翠の緊張が伝わったのか、アルフォンスが安心させるように翠の肩を抱く。

魔王が攻撃する映像が流れ、広範囲に衝撃波が広がる。アルフォンスは、耐えられるか耐えられないかという崖っぷちの体力しか確保していなかった。ダメージの数値はランダム。運も勝負を分かつ。減り過ぎても駄目、減らな過ぎて、体力が八パーセント以下にならない場合も駄目。そんな我儘なお願いをどうか聞き届けてほしい。翠は目をきつく瞑って再び祈った。

「――翠様、再起を図ります。ご準備を」

アルフォンスの声に促されるようにゆっくり目を開いていくと、3Dアルフォンスが膝を突きつつも持ち堪《こた》えていた。体力は、八パーセントを切っている。翠は歓喜の声を上げた。アルフォンスも微笑を湛《たた》えている。

「反撃しましょう」

「おう！」

意気揚々と翠がボタンを押した。そして、絶句する。

ルールは攻守交代制。つまり、次は翠たちのターンのはずだ――はずだったのに。

『おのれ、虫ケラどもが……調子に乗りおって……！　それほどまでに吹き飛びたいのなら、もう一撃見舞ってくれる！』

こんな展開は、誰も想像も、期待もしていない。

アルフォンスもこれは予想していなかったのだろう。一瞬にして顔に苦渋が広がっている。

「もう……打つ手はないのか……」

呟くように吐き出された声が、嘘偽りないアルフォンスの本心だと感じた――そんな時。

『控えおろ――う！』

絶望が支配していた空間に、野太い地響きのような、けれども頼もしい声が届く。

『聖女様のご加護にて、黄泉《よみ》の淵より只今帰還致した。全くの遅参お詫びのしようもございません。手土産を持って参りました故、平にご容赦願いたい!!』

「オ、オ、オーディン!!」

もう二度と会い見《まみ》えることはないと思っていた人の登場に、翠はガバリと立ち上がる。

死んでしまったと思っていた。もう生きていないと思っていた。

皆のために、一人犠牲になり、あの暗い谷底に落ちてしまったのだと……そう思っていた。

「……生きて、いたのか」

体を震わせながら、アルフォンスがポツリと呟いた。拳は色が無くなるほど強い力で握りしめられ、瞳は赤く潤んでいた。

その声が、その震えが、何よりも如実にアルフォンスの気持ちを表現していた。

『まーったく、俺がいなきゃほんっとうに駄目なんだからなぁー』

『貴様がちんたらしていたから遅くなったのだろう。すまない、アルフォンス』

『お二人とも今はそのような場合では……カチュア殿、貴女が御無事で、本当によかった』

オーディンが「土産」と称した声たちは、一陣の風のように颯爽と登場し、皆の心に春をばら撒く。春鳥と誉れ高い吟遊詩人が、なんの指示も受けていないのに歌い出す。

「コンラート！　ロイ！　フリクリ――!!」

翠は喜びのあまり、コントローラーを床に投げ捨ててアルフォンスに抱きついた。アルフォンスはそれを容易に片手で受け止める。

「……皆、無事であったか……」

『……皆、無事であったか……』

スピーカーから聞こえてくる声と、現実のアルフォンスの声が重なる。

翠はアルフォンスにぎゅうぎゅうと強く抱きついた。小刻みに震える翠の背を、彼は何度も何度も撫でる。

転がったままのコントローラーがボタンを押しているのか、映像が自動で流れていく。翠はアルフォンスに抱きついたままで、茫然と画面に見入った。

四人の突然の登場に沸いていた自軍のキャラクターたちは、更に信じられないものを目にする。空が明るく晴れていき、雲の隙間から幾重もの光が降り注ぐ。帰ってきた四人は、まるで知っていたかのように天に向かって首《こうべ》を垂れ膝を折る。

その光が視界を覆い尽くした時、天から神々しい声が聞こえてきた。

『世界のためにその身を捧げた、誇り高き英雄たちよ——その祈りに報い、今一度、祝福を授けましょう……貴方たちが、無事に愛しい者たちの下《もと》へと、帰れますように——……』

聖女は世界中を包み込むような優しい笑みで送り出す。聖女が光に溶け、パラパラと奇跡の粉を撒き散らしていく。その粉が大地に降り注いだ時、全員の体力ゲージは全回復していた。

翠は感極まりすぎて身の震えが抑えられない。口許を震える両手でおおった。全員無事だった。聖女様が助けてくれた。皆を連れてきてくれた。

これはきっと奇跡だ。だって、きっと、これは——

「翠様、姉君の恩義に縋るようですが……今が好機です。さぁ、あと少し。頑張りましょう」

背中を撫でる優しい手が、翠の濡れた頬を拭った。翠は真っ赤になった鼻を見せたくなくて、そっぽをむいて頷く。

お姉ちゃん。お姉ちゃんお姉ちゃん。

こんな、意地っ張りで可愛くない、貴女に感謝の一つも伝えられなかった妹のお願いを聞いてくれて――本当に、本当に、ありがとう。

「――っさぁ！　今度の今度の今度こそ、反撃よ！　目に物見せてくれるわ！　ちんくしゃ魔王め！」

鼻を啜り、涙を拭う。もう二度と、負けるとは思えなかった。姉の期待に応えるのが、可愛い妹というものである。

「魔王相手にちんくしゃと言えたのは、どこの世界を探してもきっと翠様だけでしょうね」

褒めているのか、馬鹿にしているのか――だけど心底優しい顔で、アルフォンスが笑んだ。

いかに変態魔王と言えども、主戦力四人が復帰し、聖女が降り立ち、全回復した今、アルフォンスの頭脳をもってすれば倒せない相手ではなかった。

アルフォンスは一手一手を慎重に進め、確実に相手の体力を削っていく。

そして、最後の一手。アルフォンスは翠のために、見せ場をオーディンに譲った。

『雷《いかずち》の鉄槌！』

斧とも槌ともいえる大きな武器をオーディンが打ち込んだ。翠が黄色い悲鳴を上げるほど格好いい彼の必殺技映像が流れる。魔王の地が割れるような雄叫びにより、暗雲が晴らされる。悪の根源を叩き折り、現世の平和を取り戻した。受け継がれてきたあの歌のように。

「倒した……今度こそ、今度こそ倒したよアルフォンス‼」

ねっと彼を振り返った翠の表情が、一瞬で固まる。

アルフォンスは、ほのかに発光していた。その光は徐々に強まり、蛍のような幻想的な光となって、部屋中に飛び出している。

あぁ——鳥籠の鍵を開ける時が来たようだ。

翠は瞬時に悟った。ずっと心に留め、いつだって覚悟していたことだ。喜びこそすれ悲嘆に暮れるわけにはいかない。

今度は、アルフォンスの——無事の帰還だ。

「……これは」

困惑した声がアルフォンスから聞こえる。二人は、なんとなく分かっていながら、見ないふりをしていた現実をとっさに受け止めなければならない。

翠が預言書ノートをアルフォンスに押し付ける。隣にあったシャーペンも、餞別《せんべつ》代わりとノートに挿《さ》した。アルフォンスは戸惑いながらもしっかりと胸に抱く。

そんな彼に、出来るだけ不自然にならないように、翠は笑みを浮かべた。

「ピィちゃん、あっちでも頑張るんだよ。ご飯美味しかった。暖かい部屋も実は嬉しかった」

「みどり、さま……」

「みんなによろしくね。オーディンに私から愛してるって伝えておいて……奥様と仲良くねって。

コンラートにも優しくね。ロイはこれからも手助けしてあげて。リュカ君ともたくさん話をしてね。

――あと、カチュアちゃんによろしく」

「……翠様」

「いっぱい意地の悪いこととか、生意気なこと言ってごめん。あんた王子様だって言ってたけど、威張ったりしなくて、そういうところ好きだったよ。ううん、全部けっこう好きだったかな。だから、絶対死んじゃだめだからね。頑張って、世界を救うんだよ。あのちんくしゃを踏み潰せること、こっちで祈ってるからね」

「翠様！」

アルフォンスが手を伸ばす。その手はもう、翠に触れることすらできない。淡く発光していた彼の体が、透けていっているからだ。

あぁ本当に、別世界の人なんだ。こんな時にもう一度そんなことを思うなんて、往生際の悪い自分に、翠は笑った。

「アルフォンス、翠ってね――あんたの目の色のことだよ」

恥ずかしくて調べてほしくなかった、名前の意味。翡翠という二つの色を持つ宝石の、緑色を示す漢字。その色はアルフォンスの瞳の色によく似ていた。

翠の告白に目を見開いたアルフォンスは、消えそうな体で必死に叫ぶ。

「翠様！　待っていてください、必ず、必ず倒して……！」

声がどんどん小さくなる。透明になっていった体は溶け、光の粒がキラキラと天井に吸い込まれるように舞っていく――そして、アルフォンスは完全に翠の前から消えてしまった。

約二ヶ月間。毎日顔を合わせて、くだらないことを言い合っていた相手が、一瞬のうちに消えた。翠はその現実を受け入れるために、今までアルフォンスがいた場所にそっと手を置いた。彼が座っていた場所は、冬のひんやりとした室内の中でもいまだ温かい。

この温もりが、飲み干したコーヒーのカップが、アルフォンスがいた場所だけ捲れ上がっているこたつ布団が、毎日立っていた台所に残る彼の気配が、埃ひとつない仏壇が。アルフォンスがここにいたということを証明している。

「待ってろって、何をよ。全く」

翠は呆れて笑った。待っていてやるつもりはない。開け放った鳥籠に、鳥が帰ってくる必要はない。ただ自由に、ただ——無事に。広い空を飛び続けてくれていればいいと、そう思っている。


翠がコントローラーを握る。画面の中では、魔王を討ち果たした討伐軍の面々が、各々に歓声を上げ世界の平和を喜んでいる。

ボロボロになって崩れ落ちるアルフォンスを、とっさに駆け寄ったカチュアが抱き留める。二人は顔が触れ合いそうなほど近くで微笑み合った。

翠はカチュアにはなれなかった。好きな人を傍で守るなんて、夢のまた夢のお話。

そんなアルフォンスとカチュアを、フリクリが眉根を下げ、けれども満足そうに微笑んで見守っていた。そんなフリクリの肩をコンラートが抱き、ロイがたしなめ、マジェリーンが詰め寄る。しっちゃかめっちゃかになり、ワイワイと騒ぐ討伐軍の光景を、ヴァレンティーンがすぐさま歌にしていた。

こうしてきっと、彼が今度は紡ぐのだろう。

百年も二百年も先まで残るような素晴らしい歌を――

綺麗な花が宙を舞う。そのまま画面は上昇し、空を映し出した。ヴァレンティーンの歌声に沿って、あとの登場人物が文字で語られた。


――オーディンは帰国後、王太子の近衛隊長を辞任したいと申し出た。魔王討伐の功労者である彼の突然の宣言に国中がどよめき、なんとかして引きとめようとしたが、王太子は彼の意思を尊重し、捧げられていた剣を返却した。

そして、オーディンは第三王子、アルフォンスの近衛隊長として生涯尽くすこととなる。

――コンラートは功績により爵位を与えられた。自由気ままな庶民階級のほうがよかったと嘯《うそぶ》いていたが、噂ではその爵位を手に、長年懸想していた貴族の令嬢に求婚しているらしい。甘いマスクに、救世の英雄という立派な肩書まで持つコンラートでも、追い掛け回さなければ落ちてくれない女性がいることに世の男性たちは皆勇気づけられた。

――ロイは無事に兄の仇《あだ》を討ち果たした。兄の敵討ちだけを目的に生きていた彼女は、身分を偽って騎士に扮していたことの罰《ばつ》を求めたが、救世の前には些事だとアルフォンスに切り捨てられた。ロイはその美しい様相と勇ましい経歴、非常に涙を誘う過去から世界中に女性ファンを作ることとなる。

――一目ぼれしたロイを追いかけ、討伐軍に加わった流浪の魔法使いマジェリーン。彼女はロイが女性だと知ると、混乱により山を一つ吹き飛ばしてしまった。国の、ひいては世界の平和のためにとマジェリーンを引き取ることになったロイことロザリアは、自暴自棄になる暇すらなかった。次から次にマジェリーンが引き起こす面倒事の尻拭いに、奔走したためである。

――魔法塔の代表として討伐軍に加わっていたフリクリは、合流したシャルルとエッラの後見人となる。フリクリも赤子のころに塔で拾われた経験を持つためだ。フリクリにとって塔は家、数多の師たちは父であった。

フリクリはのちに「魔法塔にこの人あり」と呼ばれるようになるが、しばらくは頑固なシャルルと奔放なエッラに振り回される日々を送った。

――シャルルとエッラはフリクリの養子となり、その才をいかんなく発揮した。塔という閉鎖空間では変人ばかりが育つため、非常に気難しい父ばかりであったが、二人は屈折した愛情の下すくすくと育ち、ハルベルトの子として恥じない大魔法使いとなった。

――リュカは討伐後王都には立ち寄らずに、そのまま辺境の領地に戻った。彼は勇者の子孫として、そして今代の英雄として世界中に名を響かせた。

その端整な顔立ちと高貴な生まれから、各国の美姫からの縁談が殺到した。しかし、アルフォンスの友として、かつての勇者が守った誇り高い辺境の番人として、リュカはこの地で剣を振るい続けた。

――そして、アルフォンスとカチュアは国に帰り、正式に夫婦となった。

支え支えられ、魔王という困難に打ち勝ってきた二人は、誰から見てもお似合いであったという。

帰還したアルフォンスは、それまでの国政への無関心ぶりが嘘のように国の不正をただし、膿《うみ》を出し切った。そんな彼を王にと望む声は大きく、王太子は自ら王位継承権をアルフォンスに譲った。

アルフォンスはその知性と武芸、そして実直な性格から英雄王として国を広く逞しく育て上げた。カチュアはそんなアルフォンスを献身的に支え、誰からも敬愛される王妃へと成長していくこととなる。

――春鳥の名を冠するヴァレンティーンは再び野に下った。自由を愛し、世界を横行闊歩していた吟遊詩人はあるべき姿に戻り、花と話し鳥と歌った。そして彼の紡ぐ歌に新しい曲目を一つ加える。〝新・英雄譚〟――勇気ある英雄たちの生き様を歌ったものである。

こうして、世界は英雄たちによって救われた。
物語はここでおしまい。

第十二章　泡沫の夢

聖女である彼女は――ただ親族の死を悼む、なんの変哲もない〝人〟だった。

聖女降臨という大業を任されたアルフォンスに期待されていたのは、失敗であった。

聖女なんていやしない。誰も言葉にしなくとも同じ気持ちを抱えていた。魔王復活にかこつけ、アルフォンスを王城から追い出すための儀式。それを知りながら、彼は魔法陣に乗り込んだ。

優秀に生まれたばかりに疎まれる第三王子というこの身を、アルフォンスはただただ疎んでいたからだ。奉迎《ほうげい》できれば僥倖、成功せずとも障りはない。危機を切り抜ける自信が彼にはあった。

そうして挑むようにして乗り込んだ魔法陣は――誰もが予期しなかった光を伴い発動した。


思いもよらない術の成功に呆ける間もなかった。アルフォンスはそれから、何度心臓をひっくり返らせても足りないほど、驚愕し続けたのだから。

出会ったのは十四、五の少女にも、百年も生きた魔女のようにも見える、魅惑的な女性。彼女は常世の聖人とはとうてい思えぬ荒々しい怒りの嵐で、アルフォンスを追い詰めた。

聖女の逆鱗《げきりん》に触れる――それは女神信教を長い間信仰してきたアルフォンスにとって、王城を追い出されることとは比較にならないほど、恐れるものであった。

聖女など信じてもいなかったのは自分たちのはずだった。しかしアルフォンスは、自らも携わった魔法に絶対的な自信を持っていた。魔法陣が、聖女と定めた女性——アルフォンスにとって、翠は真実神のような存在であった。

「滅びなさいよ……そんな世界」

そして、彼にとって神のような存在は、怒りのままに呪いを投げつける。アルフォンスはその言葉に、世界が崩れゆく様を鮮明に思い描かされた。

見知らぬ地に放り出されたアルフォンスは、聖女の怒りは恐れども、さほど慌てることはなかった。時間をかけて説得するしかない。そのためにも今は一旦退こう——そう考えた彼は、聖女の怒りに触れぬよう距離を取ろうと、足を闇に向けて進めた。

自らの心を落ち着かせるために、アルフォンスは星を見ながら住宅街を歩き続ける。そんな時、身を貫くような強く真っ直ぐな音が彼を襲った。道の真ん中を歩いていたアルフォンスに車がクラクションを鳴らしたのだ。

敵襲かと、とっさに魔法で反撃しようとしたアルフォンスは、息をのんだ。拍子によろめき、道の片隅に座り込む。アルフォンスが譲った道を、車はそしらぬ顔で通り抜けていった。星よりも月よりも明るく頭上できらめく街灯が、アルフォンスの弱々しい姿をはっきりと映し出す。

アルフォンスは魔法が使えなくなっていた。数多の魔法を片っ端から試してみたが、何一つ発動しない。物心ついたころから息をするかのように扱えていた魔法を、神童とまで謳《うた》われた自分が。

その心細さと言ったら、無い。まるで自身の一部を失ってしまったような衝撃だった。

アルフォンスは初めて、常世を恐れた。もう一歩だって、この闇の中を歩ける気がしなかった。夜なのに明るく騒音さえする世界に、魔法も使えない非力な少年がぽつんと立っていた。

「――名前。姫じゃなくて、翠。虎の名前は？　さっき聞いたけど、ごめん忘れちゃった」

夜道を一人で出歩くアルフォンスは見事に職務質問を受けていた。問答の末、警察官に取り押さえられそうになっていた彼を、駆けつけた翠は慈愛の心をもって助けた。

姉の仇だと罵った相手を、寒さを振り切り捜し回ったのだろう。細い体を震わせるほどの恐怖に耐えながら警察官に嘘を通したのだと察したとき、アルフォンスの胸は信じられないほどに疼いた。

その気高さに、これが聖女かと、戦慄《せんりつ》した。

アルフォンスは慄きながらも、その気高さに目を付ける。彼女の怒りを鎮《しず》めるため、アルフォンスは生まれて初めて表情筋を動かすための努力をした。任務のためなら、笑顔の一つや二つなど、造作もない。いや、この崇高なる聖女に許されるためならば――

脳内に雛形を思い描く。同じ騎士団に所属している、コンラート・オズワルト。彼はその花のような笑顔で人の警戒心を解き、鳥のような話術で人の心に入り込む才能を持つ。

瞳を潤ませ、眉を下げ、できるだけ悲痛な表情を浮かべた。声は怯えからと思わせるようにか細く震わせ、他に寄《よ》る辺《べ》が無いことを一心に訴える。

彼女が、弱い立場にある者は、姉の仇ですら放っておけないという高潔さを利用したのだ。

そして彼女は、まさしく聖女であった。

素性も知れぬ見知らぬ男の滞在を許したのだ。アルフォンスは、深く聖女の御心に感謝した。聖女の妹であるはずの彼女は、アルフォンスの中で聖女として君臨していた。

見えない恐怖に蹲《うずくま》っていた自分に差し込んできた光は、まるで〝聖女伝説〟の聖女そのもののように感じられたからだ。

か弱い身体と慈愛に満ちた柔《やわ》い心を、乱暴な言葉の鎧で守る人。

そんな聖女に、アルフォンスは心を捧げた。


アルフォンスは翠と接する度に緊張した。しかし、自分が表情を変化させる度に翠が安心することにも気付いていた。子どものような喜怒哀楽のはっきりしたさまがこちらの魂胆を隠し、相手の警戒心を薄めるのだろう。そういう時、彼女は大雑把な物言いになる。それは気を許して言ってくれている証拠なのだと、コンラートの話術を傍で見ていたアルフォンスは知っていた。

常世はアルフォンスにとって初めてのことだらけだった。必死に生きていたら、それだけで目まぐるしく日々が過ぎていく。

翠は時に教師のように、時に上司のように、時に彼女が言うところの母のように、たくさんのことをアルフォンスに教えた。

蝋燭への火の灯し方、花の水切りの仕方、箒《ほうき》の掃き方、パソコンの使い方、文字の読み方、バターの溶かし方、箸の持ち方、茶碗の洗い方、靴下の履き方、湯船の浸かり方、彼女の好みのコーヒーの淹れ方。

見たことも聞いたこともない物ばかり。世界中のどんな知恵者を集めても、発想すら思い浮かばないに違いない。だからこそ、アルフォンスは〝魔王を倒す手段〟を探し求めた。これほど知恵に溢れた常世でなら、あるいは――そう思って。

――そして翠が、預言書を持って帰ってきた。

預言書などという胡散臭い物を頼ることになるとは、全く思ってもいなかった。しかし、彼女が持ち帰った預言書は、彼が知るどんなものよりも精巧に作られていた。アルフォンスは、自分そっくりの人物が、自分の知り合いと立ち回る姿を固唾《かたず》を呑んで見守った。

翠の繰り広げる惨劇は、どれほどアルフォンスの寿命を縮めただろうか。

画面の中、幾度も倒れる自分に、血の気が引く心地を味わった。しかし、戦であればアルフォンスの得手である。アルフォンスが采配をとると、これまでの苦戦が嘘のようにすんなりと勝利した。

アルフォンスは、預言書の巧みさに打ち震える。この預言書はページを読み解く人間によって物語が変化するのだ――

これから迎えるどんな結末も、決して見逃すことなく心に刻み、甘んじて受け入れようと誓った。

預言書も生活も、順調に進んでいく。しかし、慣れがアルフォンスを油断させる。熱を出してしまった。

知らない世界での不調はアルフォンスを酷く心細くさせた。それはじわじわとアルフォンスを侵食する。こたつに潜り込み、息を潜めた。

こんな、誰も自分を知らない場所で、まるで最初からいなかったかのように溶けて消えるのか――泡沫《うたかた》のような惨《みじ》めな自分の生を笑う。

「アルフォンス？」

自らの名を呼ぶ声に、心が震えた。人の思惑に乗り自らの失脚を望んだ愚かさ、不調ゆえの心細さのせいで、凍えそうなほど冷たくなっていたアルフォンスの心と体に火が灯る。

常日頃から、軍の者に無表情や鉄仮面と言われていた顔が、本当の意味で解《ほぐ》れていくのをアルフォンスは感じた。

アルフォンスを眠りの淵から呼び覚ましたその声は、ひどくか細かった。しかし、こたつの中までしっかりと届いた。あぁ、自分のことを知ってくれている人がちゃんといた。不器用で意地っ張りで、決して本心を口にしてはくれないけれど、自分をきっと大事に思ってくれている人がいたのだ。アルフォンスはたったそれだけと思えるようなことが、涙がにじみそうなほど嬉しかった。

彼女に疎まれることを想像するとひどく恐ろしかった。熱に苛《さいな》まれている体がなんだと起き上がると、聞いたことが無いほど優しい声で彼女が囁きをくれた。本当に、聖女のようだと感じた。

あぁ彼女は、こんな役立たずな自分でさえ、認めてくれるのだ。

支えたい、守りたい、そして心を捧げたい——湧きあがる感情の名を、アルフォンスはまだ知らない。ただただ、幸せな気持ちのまま、彼女の香りに包まれて眠った。

毎朝線香をあげる日課に順応してきたころ、預言書の時間軸がついに現時点に到達した。

これから先は未知のことばかりである。現世に帰還する手立てが判明するかもしれないと、翠とアルフォンスは気を引き締めことにあたった。しかし、その期待を裏切るようにあっさりと終えた聖女降臨。アルフォンスは内心の動揺をうまく隠せている自信がなかった。

預言書の中のアルフォンスは、十六歳のままだ。ということは、常世での滞在はそれほど長くはないのだろう。安心する気持ちの隅で、アルフォンスはほんの少しの落胆を覚える。

感じたこともないほどの緩やかで温かいこの時間は永久には続かないのだと、分かっていたのに辛さを感じる。王族の責務を果たすものとして、そんな考えは一瞬でもチラつかせてはいけないと、必死に理由を唱えて邪念を心から追い出す。王族の責務なんて、自分が一番逃れたいと思っていたくせに。

気が付けば、彼女の前で表情を表すことに対して、なんの抵抗も持ち合わせないようになっていた。


預言書は順調に開かれていく。

増えてゆく戦力、絆を深めていく仲間、与えられることはないと思っていた信頼、寄せることはないと思っていた期待。現世が大事だと、仲間を救いたいと強く思うのに——迷いが生まれる。帰りたい、と思っていたはずの心のありようが変わっていた。日に日に募る感情を、アルフォンスはしっかりと自覚するようになっていた。

アルフォンスは、恋をしていた。

翠に。王子でも神童でもない——何もできない一人の男として。

心細さから、刷り込みのように慕っているのかもしれない。対等に話ができるからかもしれない。帰ってきた時、嬉しそうに笑ってくれるからかもしれない。そのすべてはありふれたものだろう。しかし、そのすべてが揃っている翠を、アルフォンスは好きになった。同じ部屋の中で過ごすことを、意識しないように意識してしまうほど。

翠に許されるために浮かべていた笑みを、今では自らの心を隠すために浮かべるようになっていた。アルフォンスは彼女の望む笑みの中に、感情と欲情を隠す。オーディンへの嫉妬に燃えるなか、それは容易なことではなかった。

確かにオーディンは非常に頼りがいのある男だ。長年王太子の近衛隊長を務める実績は伊達ではない。実戦においては言うまでもないにしろ、雑務処理や部下への対応、書類仕事まで不自由なくこなしてみせる彼を、アルフォンスは強く信頼していた。

更に右に出るものがいないほどの愛妻家で、気が強い女房の尻に敷かれながらも、妻をそれはそれは大事にしている。誰もが認める男であった。そんなオーディンが好みの彼女に、五つも年下のアルフォンスは、逆立ちしても恋愛対象には見てもらえないのかもしれないと落ち込む。

とりあえず、胃袋を掴むことには成功しているはずだ。アルフォンスは気持ちを取り直す。日々の家事も満足してもらっている。自分が現世に帰った時、ほんの少しでも淋しいと、不便だと感じてもらえるように——彼は毎日必死に働いた。

自分の気持ちに折り合いがつかず、悶々と過ごしている最中、アルフォンスはテレビで興味深い特集を見た。バレンタインデーだった。

慕う相手に思いを伝える日。現世にも、プロポーズの際にポレアの花を捧げる慣わしがあるため、アルフォンスはすぐにその構造を理解する。

ポレアを献じることは難しくとも、〝ちょこれーと〟を巻き上げる事ならば可能ではないだろうか——

そんなアルフォンスの思惑通り、翠はあまりにも簡単に彼にチョコレートを用意した。それも、手作りのものを。喜びと同時に、アルフォンスの胸に不安も生まれる。

翠は、本当に弱者に甘い。その性格は好ましいはずなのに、自らがいなくなったあとの彼女をアルフォンスはただひたすらに案じた。

翠はアルフォンスに対し、常に鷹揚に接した。苛烈な言葉とは裏腹に、彼女はアルフォンスの失敗を責めることもなかった。そんな翠がアルフォンスに禁止したこと——それは自らの名を調べること。

アルフォンスも気にならないわけではなかった。しかし、ただでさえ、常世では何もできないお荷物の王子様。その荷物を、翠は恨み言ひとつ言わず養っている。アルフォンスは、その好意を無下にするような真似だけはしたくなかった。更に、好奇心は王子をも簡単に殺してしまうと分かっていた。

そして、アルフォンスにとって一生忘れられない日がやってくる。

❖

その日は朝から、翠の様子がおかしかった。

驚くほど鮮明に映し出すよく磨かれた姿見に、色取り取りの服でめかし込んだ翠が、次々映っては消えていく。その姿を見て、何も察しないほどアルフォンスは愚鈍なわけではない。彼女が意気揚々と玄関を出て行くのを、心を笑顔で隠しながら見送る。

帰宅した翠はまるで別人のように気落ちしていた。これまで無意識に施していたアルフォンスへの配慮も感じられない、手負いの獣のような彼女の心情を計りかね、アルフォンスは戸惑った。

戸惑いは簡単にアルフォンスを及び腰にさせた。踏み込むことに躊躇《ためら》った彼を、翠はすぐに見抜く。意気地無しは用無しとばかりに、彼女は強い言葉を投げ付けた。だが時間を与えようと距離を取ろうとしたアルフォンスに、彼女の瞳は本心を語った。

――おいていかないで。

ずるい人だ、と何度思っただろう。

翠が意図しないその表情が、その視線が、アルフォンスにとってすべて甘い毒に変わる。

アルフォンスの肌に触れ、艶やかな口に笑みを浮かべる――強気な言葉を紡ぐ聖女は、ずっと、震えていた。

アルフォンスがその震えをどれほど愛しいと思ったか。浅ましくも、喜びのままにその肌を貪《むさぼ》ろうとする己を、鉄の意志で自戒する。

それを、売春婦のような手付きと、聖女の無垢さで、震えながら誘っていた翠は知らない。

疼くように響く胸の痛みと、暴れ出しそうになる猛烈な衝動を、彼は必死に押し殺す。

こんな時。コンラートならなんと言っただろうか。付け焼刃のように言葉と笑顔を飾る自分ではなく、本当に話術に長け、女の機微を知り尽くす彼であれば――

心に穏やかさが戻るように、見せた心の弱さをあとで悔やまぬように――アルフォンスは願いを込めてコーヒーを淹れた。その何が彼女の不興を買ったのか、彼には判断もつかない。気付けばアルフォンスは翠に組み敷かれ、彼女らしくない言葉の数々を茫然と聞いていた。

翠の微かに震える手が明確な目的を持ってアルフォンスに触れていた。こんな暴挙に出てしまうほど、彼女を追い込んでしまったことを後悔しているのに、アルフォンスの心は歓喜に震えていた。

王族の務めだと、初床を得たのは精通した十三のころ。相手に思い入れもなく、義務とやるせなさだけで、宛《あ》てがわれた女に情を与えていく——翠にとってのそんな相手に、今アルフォンスがなっているだけ。

たまたま彼女の手が届く範囲におり、遠くない将来離れ離れになる後腐れの無い都合のいい男。

夜の相手を務める許容範囲に入っていたのだろう——アルフォンスは冷静に彼女の心を推し量っていた。

そんな理由だとは分かっていた。自分が求められているのではないと。彼女と自分が触れる理由は、天と地ほども違うのだと。それでも、彼女に触れられるのなら、彼女に己を刻めるのなら、求められるのなら。それもいいかもしれないと——流されそうになった時に聞こえた。

「ならいいじゃん。一回ぐらい」

たかだか一度心を癒せたところで、今後も未来もない、ただ一度きりの、後悔に染められる行為。その傷を完治させるまで傍に居続ける権利はアルフォンスには与えないのだと、強く突き付けられた気がした。

彼女が冷静になった時にどう思うかが、手に取るようにアルフォンスには分かった。翠は彼に、誠実な姉のような、心優しい家主のような、気まぐれな飼い主のような責任感を感じている。そのアルフォンスを、勢いで手籠《てご》めにしたと分かった時、その先を見据えられないと分かった時、彼女の心は深く傷つくだろう。

きつい口調は、弱い心を隠すため。

意地っ張りな言葉は、気遣いの証。

翠を知っているからこそ、抱けば傷つくのは彼女だとアルフォンスにははっきりと分かった。

「私は翠に生涯の忠誠と愛を誓いました」

大丈夫なのだと。こんな真似をしなくても常世にいる限り傍にいて、貴女の味方で居続けると
——貴女の心が傷つくような真似はしたくないのだと。言葉を尽くしたいが、アルフォンスにはできなかった。彼はいずれ、これほどまでに傷ついた翠を置いて帰る。捧げた忠誠と愛は生涯変わらずとも、ずっと傍にいて慰め続けることは出来ない。そんな身だからこそ、せめて彼女の健やかな心を守りたかった。

翠はアルフォンスの拒絶をきっと想像すらしていなかった。狼狽え、怯え始めた翠をどうにか慰めたいと、アルフォンスは一度だって自ら触れたことのなかった彼女に触れた。温かく、儚く、信じられないほど愛しかった。

これが恋なのだと、貴女に捧げた愛なのだと……アルフォンスは涙が零れそうになった。

翠は、その夜。恋しい男を想いながら、彼の背でずっと涸《か》れぬ涙を流し続けていた。

❖

それからアルフォンスと翠の関係は変化した。一度触れた温もりを忘れられず、アルフォンスが

翠に触れるようになったのだ。翠はそれに注意することも、不審がることもなく、まるで初めからそうであったかのように自然と受け止めていた。

アルフォンスは翠に触れられるのが好きだった。あたたかくて、柔らかくて、幸せで、そしてくすぐったいのに、もっと触れていいてほしいと思った。それは自らが彼女のことを恋しいと思っているからだと深く理解していた。理由は違えども、翠にほんの少しでも安らぎを与えられればいいと思いながら、彼女に触れた。

翠に触れられる際、一等好きな時がある。

――ピィちゃん。

そう言ってアルフォンスを撫でる翠は、いつになく笑顔だった。照れくささを感じなくさせるのだろう。鳥でもペットでも、アルフォンスはなんでもよかった。その笑顔が見られるのなら。

ある日の穏やかな昼下がり。翠が突然、一人の男を家に連れてきた。

客人とは思えぬ応酬に、アルフォンスはその男を追い出そうとする――が、逆に追い出されたのはアルフォンスのほうであった。翠により握らされた金と、与えられた不自然な笑み。それを見たアルフォンスは、たとえ共に生活していようとも、自分の方が圧倒的な〝部外者〟なのだと知った。常世の人間でない限り、この立ち位置はきっと揺らがない。それを思い知らされた。

いつかあの人の下を去ると――人の背中で声を殺しながらしか泣けない人を置いていくと知っていながら、図々しくも一番でいたかったのだ。まだなんの覚悟も持てず、決心もついていないアルフォンスには、不相応な望みだったことだろう。それでも、追い出してほしくなかったとアルフォンスは思う。あの家は、彼にとって砦《とりで》のようなものだった。あそこから追い出されるぐらいなら、あの男ですら快く招き入れたのに。

その後悔が筋違いなものだったと気付いたのは、アルフォンスが帰宅後、線香の匂いを嗅いだ時だった。まだ背の高い線香は、灰色の帽子を被っている。ほのかに漂う煙が、つい今しがた火をつけられたことを物語っていた。

翠が当たり前のように、まるで夫の不徳を謝る妻のような貞淑さでアルフォンスに頭を下げる。そんなもの、何一つ欲しくはなかったというのに。あの男の所業を謝罪する言葉も、他の男を慕っているという事実も、自分が恋愛対象外だという実状も、アルフォンスはすべて受け入れたくなかった。それでもそれが、そこに歴然と横たわっている現実だった。

「しっかし、あんな無理やりに線香上げに来るか？　一言、手を合わせたいって言えばいいじゃん。そしたら断ったりしないのに」

「男には、言えないことに対する理由があるのです」

「アルフォンスにも、何かあるってこと？」

「はい。私にもございます。とても大事なことを、言えぬ理由が」

決意を込めた彼の言葉に、翠は平然と「言えるようになるといいね」と他人事のように告げた。

それが、貴女に告げる愛なのだと。救世を前に告げることが敵わないのだと。王族としての責務を放棄できないのだと。いつか告げられるのか――アルフォンスにさえ分からない。

その欲が滅ぼすのは魔王だろうか、それとも現世だろうか、もしくはアルフォンスの心だろうか。

常世にもしアルフォンスが留まった場合、様々な問題が浮上するだろう。その問題に見当もつかなかった上、解決策はあまりにも聞き馴染まないせいか、理解が難しい。アルフォンスが常世で生きるには、常世の原理を深く知らねば無理だろうとため息をつく。

アルフォンスはまだ、何一つ覚悟を決められていなかった。

❖

オーディンが逝った。

次いでフリッツが。更に、ロイ、そしてコンラート――信頼できる仲間たちが、次々と敵の毒牙にかかって伏してゆく姿をアルフォンスは胸に焼き付ける。

コントローラーを握る翠の顔は真っ青で、手の震えが止まらなかった。アルフォンスが安心させるように撫でるが、その体は極度の緊張のために不自然なほど力が入っていた。

今にも気を飛ばしそうなほどの精神状態の中、翠は献身的にアルフォンスを心配した。アルフォンスの目を両手で覆い、ぴったりと体を寄せ、苦しみを吸い取ろうとする彼女こそが聖女でなければ、この世にきっと聖女など存在しないに違いない。

あぁ、私は、彼女の下に飛んできたのだ――アルフォンスは唐突にそう思った。

魔法陣は姉、聖の遺骨を聖女と認めたのではない。翠のこの気高い心を、聖女だと認めたのだ。アルフォンスは強く信じた。今まさに聖女の祝福を、彼はしっかりと受けていた。そしていつの日か、現世に戻る――散っていった彼らを、決して散らさぬため。

苦境は続く。乗り越えたと思った試練の先に、さらなる試練が待っていた。アルフォンスはつい勢いのまま、本気で匙を投げようとした。それほどに、十二回の魔王との死闘はアルフォンスの神経をすり減らした。半ばやけっぱちで、アルフォンスは幼い子どものような我儘を投げつける。

「倒したら、ご褒美ください。キスがいいです」

返されたのは拳骨でもため息でもなく、まさかの了承。

アルフォンスは毒水のようなコーヒーを一口で飲み干すと、真摯な態度でテレビに向きなおる。

しかし、活路が見いだせない。頭を抱えそうになったアルフォンスの腕を引いたのは、翠だった。

「――はい、正座！　火をつけます。お線香に火を移します。ブッ刺します。はい、手と手の皺と皺を合わせてー！　がっしょー！」

翠と共に、アルフォンスも聖に手を合わせる。

「お姉ちゃん、お姉ちゃんが聖女様だというのなら、どうぞどうぞ、みんなをお救い下さい。アルフォンスを、助けてください」

聖女と思えぬ豪快さで、聖女の慈しみをアルフォンスに与える。

「お姉ちゃんが本当に、遥か遠いどうだっていい世界のために、祈りを捧げてみんなを救ったっていう聖女様なら。生意気ばかりで可愛くない妹の、お願いをどうか……どうか」

それはアルフォンスのすべてを支配した。気高い聖女に、剣すら捧げたいと心が震えた。

ごく一般的な神頼み。妹らしい、姉へのおねだり。そのどちらも、ありふれた場面。しかしそのどちらも、アルフォンスが常世に来て、一度だって……そう、一度だって、見たことはなかった。

翠がいつも姉に話しかける内容は、日常の愚痴や、姉の興味をそそりそうな話題ばかり。なのに翠は自ら定めた禁を破ってまで、アルフォンスのために――「遥か遠いどうだっていい世界のため」に祈ったのだ。アルフォンスは、自らの聖女に微笑みかける。

「貴女は本当に愛らしい」

翠はたった一言で、アルフォンスを生かすことも、殺すこともできるだろう。

自分の気持ちをこれほど正直に、貴女に伝えたことがあっただろうか。打算から始まった常世での性格は、いつしか初めから誂《あつら》えたかのように、アルフォンスと翠を繋いでいた。アルフォンスは今、胸を張って言えるだろう。これが、私なのだと。

「コンラート！　ロイ！　フリクリ――‼」

翠が歓喜の雄叫びを上げる。直後に降ってきた重みを受け止めながら、アルフォンスはため息ともつかぬ震える息を吐き出した。

「……皆、無事であったか……」

震えるアルフォンスと翠を温かく包み込むように、聖女が光の中から降臨する。

『世界のためにその身を捧げた、誇り高き英雄たちよ――その祈りに報い、今一度、祝福を授けましょう……貴方たちが、無事に愛しい者たちの下へと、帰れますように――……』

より一層の感動に、二人は言葉も出ずに画面を見つめた。しかし、ここで立ち止まってはいられない。アルフォンスと翠は、終焉《しゅうえん》に向けて駒を進めた。

アルフォンスが、自分の体が光っていることに気付いたのは、見開かれた翠の目にきらめく光を見たからだった。

——ついに来たのだ、夢のような時間の終わりが。

望み続けたはずの吉報に、アルフォンスは眉根を寄せる。あまりにも私欲に塗《まみ》れた願望を、使命や義務という形式ばった言葉で押し込めていた。なのにアルフォンスは今、こんなにも明確に、彼女の口から紡がれるであろう「さようなら」を恐れている。

「ピィちゃん、あっちでも頑張るんだよ。ご飯美味しかった。暖かい部屋も実は嬉しかった」

土壇場や混乱に弱く、自分の気持ちを制御できない翠の落ち着いた声。別れを惜しんですらもらえないのだろうかと酷く傷ついたアルフォンスは、涙にぼやけた光を見て自らを叱責した。

知っていたはずだろう。言葉とは裏腹な彼女の心の優しさを。翠の瞳に見える飛びかう光は、まるで水面に映るかのごとく揺らいでいた。

「みんなによろしくね。オーディンに私から愛してるって伝えておいて……奥様と仲良くねって。コンラートにも優しくね。ロイはこれからも手助けしてあげて。リュカ君ともたくさん話をしてね。——あと、カチュアちゃんによろしく」

瞬きを何度も繰り返し、涙を堰《せ》き止めながら翠が必死に言葉を届ける。翠が紡げる、アルフォンスに向けた最後の言葉を。

「いっぱい意地の悪いこととか、生意気なこと言ってごめん。あんた王子様だって言ってたけど、威張ったりしなくて、そういうところ好きだったよ。ううん、全部けっこう好きだったかな。だから、絶対死んじゃだめだからね。頑張って、世界を救うんだよ。あのちんくしゃを踏み潰せること、こっちで祈ってるからね」

次々に語られる翠の心情。普段なら絶対に言わないありのままの言葉。それは、翠が最後を悟っているからだと容易に知れた。

聞きたくないと耳を塞ぎたいけれど、何一つ聞き漏らしたくない気持ちがそれを遮る。

——翠、翠、翠。

何度名前を呼んでも、貴女はもう答えてくれない。触れようとしてもすでにもう触れることさえできない貴女は、まるで本当に泡沫の夢のようで。

「アルフォンス、翠ってね。あんたの目の色のことだよ」

目元を赤く染めた翠の告白。アルフォンスはようやく決心した。

一人で泣けないほど意地っ張りで強がりで——誰よりも優しい人を。決して一人にしたくない。

自分の名前の意味を調べてほしくなかった理由を、その震える唇で教えてほしい。

なんとしても帰ってこようとアルフォンスは心に決める。翠に言えなかった〝理由〟を無くすために——また、なんとしても彼女の下へ。

「翠様！　待っていてください、必ず、必ず倒して……！」

貴女まで聞こえたかどうかは分からなかった。貴女はずっと微笑んでいて。見たこともないほど淋しそうに微笑んでいて。

「貴女を奪いに、また必ず帰ってきますから！」

魔王を討ち果たし、世界に安寧を捧げた先には、貴女を必ず奪いに来よう。

心ごと、奪いに来よう。

その時こそ、捧げるだけで終わった生涯の愛と忠誠を、貴女に受け取ってもらうのだ。

❖

「――ス……んか、アルフォンス殿下！」

呼びかけられる声に、アルフォンスは我に返る。緩慢《かんまん》な仕草で前髪を掻き上げ顔を上げる。

豪奢な広場には、厳めしい顔つきの魔法使いたちがズラリと並んでいる。その誰もが、国の誇りと言われるほどの腕を持つ、宮廷魔法使いたちだった。

アルフォンスは一拍の間状況が飲み込めずにいた。ひどく長い、夢を見ていた気がする。穏やかに水面をたゆたう光と、翠色の宝石。とても幸福で、とても欲張りで――こんな自分では想像すらできないような、優しい夢を。

「おかえりなさいませ、アルフォンス殿下」

アルフォンスはゆったりと振り向くと、いつも通りの淡々とした声で応える。

「――今の私の状況を忌憚《きたん》なく委細申せ」

「ハッ。殿下はご自身の意思の下、我々の行使する送還術の魔法陣にお乗りになりました。拍子に、溢れんばかりのまばゆい光が御身を包み、我々が瞬きをする間に消えておられました。そして……再び瞬きする間に、殿下がお戻りになられておいででした――その後、大変恐れながら私がお声かけをさせていただくまで、まるで放心されたかのように佇んでおられたのです」

あぁ本当だ。なんとまだるっこしい話し方。

浮かんだ自らの考えにアルフォンスは驚いた。自分の身の上を鑑《かんが》みても、彼の対応はおよそ理に適っている。こんなまだるっこしさが普通の中で育ってきたのに、なぜ突然。アルフォンスは気を取り直すように小さな息を吐いた。

これまでの出来事はよく覚えている。アルフォンスは今日、魔法陣で聖女を迎えに行くという荒唐無稽な儀式を執り行なったのだ。誰も予想どころか、期待さえしていない馬鹿げた式事は、当たり前のように失敗で終わるはずだった。

なのにアルフォンスは消えた。そして、一同をあざ笑うかのように、身に付けていた衣装さえ変わった姿で舞い戻って来たのだ。

「聖女様に、聖女様にお会いになられたのですね！」

「そのお召し物は一体……？　あまりにも見慣れぬ衣装でありますな」

「祝福を受けて参られたのですか？」

「お手持ちの物は、もしや聖物でしょうか⁉」

世界的にも類を見ない大偉業に、興奮の坩堝《るつぼ》と化す。常識知らずの魔法使いたちがかろうじて身に付けていた礼節が、彼方に吹き飛ばされていた。

アルフォンスに詰め寄ろうとする魔法使いたちを、式事に警備として赴いていたコンラートとオーディンが押し留める。彼らの存在に我に返った魔法使いたちは、大慌てで礼の姿勢を取る。

「これは……大変失礼致しました」

「よい。皆の者、大儀であった。私はしばし休む。報告は明日《みょうにち》に改めて席を設けよう」

「寛大な御配慮に感謝致します」

動きやすさに気づいたアルフォンスが自身を見下ろす。見たこともない素材と色使いの服を纏っていた。覚えのない服に、覚えのない荷物。手に持った薄い冊子を丁寧に胸に抱え、アルフォンスは踵を返す。

「殿下、共に参ります」

「ついて参れ」

オーディンを振り向きもせずにアルフォンスは告げた。カツン、と鳴るはずの音がしないことにギョッとする。なぜかアルフォンスは、靴を履いていなかった。持ち前の冷静さで無表情を貫き、混乱を顔に出さないように努めた。常であれば、表情を出す方が難しかったというのに——この差異はなんなのだろうと、アルフォンスは疑問が尽きなかった。

「オーディン、コンラート、フリッツ。そなたたちに無礼講を申し付ける。これよりは仲間内で使うような砕けた調子で話せ」

自室に戻ったアルフォンスの言葉に、彼に追従してきた三人の同志が驚きに目を見張る。しかし、これも聖女の啓示と思ったのか、慇懃に命令に従った。彼らはアルフォンスに従っただけ。そこに気安さや、友に感じる信頼関係のようなものはまだ成り立っていない。

「アルフォンス殿下、聖女様にお会いできたのですか」

興奮冷めやらぬ様子で聞いてくるのは、フリッツだった。アルフォンスは見覚えのない鉄製の棒を抜き取り、冊子を開く。

「よげんしょより……」

書かれている見覚えのない文字を、アルフォンスはなぜか読むことが出来た。

「預言書⁉　その書物は、預言書なのですか⁉　それにこの珍妙な文字は一体……」

「あろうことか、聖女様よりかように重要なものを託されようとは……」

「アルフォンス殿下、まさか本当に聖女様の下へ……？」

三者三様の言葉に、アルフォンスは苦笑を返した。その表情に、三人が固まる。長い者では四年の付き合いになるが、その間アルフォンスの表情の変化など見たことすらなかった。

「分からない。覚えて、ないんだ。だがすごく幸せな夢を見ていた気がする……あの夢が、聖女との邂逅《かいこう》という奇跡なのだろうか」

「……僭越ながら、私には想像もつかないほど豪壮な事態で、判断をしかねます。ですがアルフォンス殿下。貴方様は、確実に今朝までのご自身とは違いましょう。それは殿下が、誰よりもお分かりになられているかと」

尤もだ。その通りだ。甚《はなは》だ同感である。だが、なぜか——苛立った。それをオーディンが言ったということが、アルフォンスは酷く不愉快であった。しかし、オーディンはこれからより一層信頼を築いていく輩。更に、アルフォンスが砕けて話せと言ったのだ。苛立つなど、もっての外《ほか》。

なのに浮かぶのは、なぜいつもオーディンばかりが——などという、意味の分からない胸焼け。

それらすべてを押し殺し、アルフォンスは神妙な顔を作る。

「そのようだ。まるで別人に生まれ変わったかのような、居心地の悪さを感じる」

「聖女様の祝福により、なんらかの異常を来《きた》しているのかもしれませんね。今は来たる時まで、ごゆるりと身辺の準備をなされるのがよいかと——」

フリッツの言葉にアルフォンスは自らの体を見た。祝福を受けた実感は薄い。

「――これから、私は魔王討伐軍の指揮官に抜擢《ばってき》されることになるだろう」

三人は神妙に頷く。

「私一人では成し得ぬ大義のため、そなたたちに力添えを願いたい。私は、どうしても、何がなんでも、世界を救いたい。そのために、そなたたちの力を借りたい。どうか私を仲間として、そして友として、支えてはもらえないか」

ともすれば、懇願ともとれるアルフォンスの願いに三人は言葉を失う。

今までのアルフォンスは、魔王にも、世界の行く末にさえどこか興味を持てないでいた。それは三人とも認知していた事実である。そのアルフォンスの突然の意気込みに、誰もが驚愕した。

「度重なる困難があるだろう。苦戦し、時に決断を迫られることもまた然り。その時、私は王族として命令をしたくないのだ。共に戦う討伐軍の仲間として、友として頼みたいと、そう思う」

「我々と――平民である自分のような者とでも、貴賤《きせん》の区別なく信頼関係を築きたいとおっしゃっている――そう受けとってもよろしいのでしょうか?」

コンラートの常ならぬ神妙な声に、アルフォンスはしっかりと頷いた。

「身分など、目的を掲げた大義の前には些末であろう」

アルフォンスには、なぜかそれがはっきりと分かっていた。きっぱりと断言した彼の言葉の強さに、静寂が場を包む。

キチリ、と鞘《さや》から剣を抜く音が響いた。

すっと膝をついたのはコンラートだ。さらりと揺れる赤毛が、窓から入り込む日の光に輝く。抜身の剣を右手に持ち、左手で高く掲げ上げた。

「身に余るほどの勿体なきお言葉に報えるよう、我が身命を賭してお護り致すことを誓います」

騎士として名誉を賭けた誓いの言葉にアルフォンスは深く頷いてその剣を受け取った。

「確かに受け取った。その忠義を忘れず、勇ましくあれ」

コンラートに倣い、二人が同じように膝をつこうとしたのをアルフォンスが制する。

「よいのだ。そなたらにも、それぞれの思いがあろう。オーディン・バスチェ、フリッツ・クリック・リッツ。そなたらの思う、そなたらの仲間の形で、私を迎え入れてほしい」

アルフォンスの言葉で、上役よりも先に膝を折り、誓いの言葉を口にしたコンラートの気まずそうな表情が消えた。しかし、他の二人は更に困惑したような表情を浮かべる。今までと別人のような王子についていけないのだ。

「アルフォンス殿下、男前になりましたね」

早速気の置けない友人のように接するコンラートに、アルフォンスは真顔のまま答える。

「そうだろうか。もっと言ってくれ。私はなぜか早く、格好よくなりたい」

「いいですね。恐れながら殿下、私は中々その道に長けておりまして」

「ふむ。なぜかその誘いには一瞬も魅かれないな」

「こう見えてもですね、一度《ひとたび》町に降り立てば数多の女性が私に抱かれたいとこぞって押し寄せるのですよ」

「そのような戯言は本命に振り向いてもらってから言うことだ」

「えっ、ちょ……殿下！　一体それをどこで！」

二人の漫才のような掛け合いに、やはりついていけてない真面目組の二人が口をあんぐりとあけて見入っている。

アルフォンスは適当にコンラートをあしらいながら、手に持っていた〝よげんしょ〟を捲る。見慣れぬ文字でびっしりと書き連ねられたそれは、未来を描いた兵法書のようだ。

「とりあえず、旅に出るか。魔王を倒すために」

そのなんとも気の抜けたアルフォンスの言葉に、コンラートは笑い、オーディンは背を正し、フリッツは持っていた杖を落としながら答えた。

「御意に」

第十三章　物語の、その後

春休みが早く終わればいいなんて、人生で初めて翠は思った。

アルフォンスと別れてからも、翠の生活はいつも通り続く。違うことと言えば、二ヶ月ほどだらけていた家事のリズムを思い出すのに手間取る程度。しかしそれも、授業もなく、時間を持て余している翠には都合がよかった。

春休みを謳歌《おうか》したいバイト仲間たちのシフトを、下心満載の翠が肩代わりする。日々忙しく過ごしていれば、風に散る桜を見る度に、自分の名の色の瞳を持つ、誰かさんを思い出さずに済む。

大学の春休みも今年で三度目。過ごし慣れた日々であるはずなのに、どんな風にこれまで時間を潰していたのか——翠はもう思い出せなくなっていた。


「しっかしみどちゃんセンパイ馬鹿正直っていうか、本気でゲーム初心者っていうかぁ。素直に初期メンバーそのまま使ってたんですかぁ?」

「だって一番長くいたから愛着あったたし、レベル高かったし……」

「それで最後、全員抜けられちゃったら本末転倒ですよねぇ!」

「……面目ねぇ」

春うららかなバイト終わり。翠と莉香は香ばしい匂いが食欲をそそるお好み焼きをつついていた。

一人でぼんやりと過ごすことを厭った翠は、莉香の誘いにホイホイと乗ったのだ。

「でもほら、最終的には戻って来たし、聖女も出てきて回復もしてくれたし……」

「聖女？　あぁ、アルフォンスの〝祈り〟使ったんですか？　あれ、〝毒沼の小太刀〟と相性いいスキルですよねえ」

「〝毒沼の小太刀〟？」

「攻撃力は増すけど行動毎《ごと》に自分にダメージを喰らうっていう装備。あったじゃないですかぁ〜」

「……分かんない。　双剣《シア・グローディス》以外、アルフォンスには持たせてやってなかったし……買うつもりもなかったから、あんま見てなかった……」

「えっ！　まさか魔王戦まで双剣で⁉　しかも、毒太刀無しで八パーセント以下に？　ちょっとお！　みどちゃんセンパイこそ勇者じゃん！」

ゲラゲラと笑う莉香に翠は頭を抱える。やはり相談していればと、今更の後悔が絶えない。

「……っていうか、そうじゃなくて。スキル使わなくても、聖女が助けに来てくれたでしょ？」

「聖女？　魔王戦でですかぁ？　そんなシーンなかったと思いますけどぉ」

ソースがたっぷりついたエビを箸で掴みながら、莉香は首を捻る。

「え、嘘っ？」

「色々立て続けに起きてたし、頭の中がごちゃごちゃになったんじゃないですかぁ？」

「え、えー……否定できない我が脳みその弱さよ……」

一転も二転もする状況に、そして圧倒的な劣勢に、翠は当時半ば恐慌状態にあった。そのため、聖女に助けを求めてしまったのだろうか？　翠はおかしくてふふっと笑う。

「アルフォンスみたい」

「アルフォンスはみどちゃんセンパイの百億倍頭いいと思いますよお？」

「ちょっと！　聞き捨てならないんですけど⁉」

あ、マヨネーズとってくださぁい。と話を逸らした莉香に、翠は渋々黄色い筒を手渡す。

「ねえみどちゃんセンパイ、プレイ日記書きましょうよお！　ゲーム製作者たち涙流して手ぇ叩いて喜びますよ。こんな狙い通りに遊んでくれる初心者、中々いませんもん昨今！」

「随所に馬鹿にされてるのが滲んでるけど⁉　書きません！」

「あーセンパイがしてるの見たかったなぁ。めっちゃ楽しそう。初期装備で魔王戦まで行くとか、なんで勝手に縛りプレイ始めてんすかあ」

お腹痛い、と笑い転げる莉香のために、翠は鉄板のスイッチを切る。

「どうにかなってたし。なんか変態になるまでは」

「へんっぶっふぉ、げふぉっ……ふひゃひゃひゃひゃ、へん、変態になる！　まさか、姿を変えるの変態とかけてるんですか？　あれ、進化とか、第二形態って言うんですよぉ！」

「名前がついてるの⁉」

「ラスボスの第二形態なんてもうお決まり過ぎて誰も話題にすら触れないのに、まさかの変態！」

ゲーム玄人に、ゲーム初心者の知識は斬新に映るらしい。翠はお好み焼きを頬張る。

「はいはい。けど、もう二度とゲームはいいわ。大切にしてた仲間も死んだと思った時は、本当に肝が冷えた」

「初期メンバーは大抵、痴情の縺《もつ》れで裏切るか、仲間を庇って死んじゃうのが定説なんですよぅ」

「定説ねえ」

それで済ませられなかったのは、莉香にとっての当たり前が、翠にとってそうでなかったから。

彼らは、単なるゲームの登場人物なのだ。これからの翠にとっても。

毎日傍にいたアルフォンスも、アルフォンスの可愛い人なカチュアも、翠が憧れたオーディンも、いなせでへたれなコンラートも、麗人騎士ロイも、純朴少年フリクリも、くそ生意気なリュカも。

翠のへんてこな同居人でも、同居人の友でも、恋人でもない。

あの部屋で共に暮らしていた日々のほうがおかしかったのだ。目を閉じればすぐに思い出せる楽しかった日々。忘れなければいけない感情も、そっと胸にしまう。

――多野には、四年かかった。アルフォンスは、どれほどかかるのだろう。

「アルリュカは正義なんですよぉ。分かります？」

「うんまぁ、魔王を倒した二人は確かに正義かな……？」

翠が考え事をしている間に、随分と話題が飛んでいたようだ。莉香は翠が相槌を打たなくても勝手に話してくれるので、会話が楽だ。

「もぉカマトトぶってぇ！　早く二人に貢ぎたい。キャラソンとか出ないかなぁ。とりあえずは、この間出た完全攻略本は買いました？」

莉香はうっとりしてそう言った。お好み焼きを口に運んでいた翠の手が止まる。

「……こうりゃくぼん？」

「そうですよぉ……って、え？　まさかセンパイ、攻略本も知らないんですか？」

「……説明書、じゃなくて？」

「……あちゃー……それで苦戦しまくってたんですねぇ」

翠は再び頭を抱えた。なんだそれ、だってじゃあ、そんなの。

「それこそ〝預言書〟じゃん……」

翠は鉄板付きのテーブルをひっくり返したくなった。ぶつけたい相手はもちろん、常世にはいない。そしてもちろん、八つ当たりだった。

❖

講義もなく、レポートもなく、実習もなく、就活もなく、バイトもなく、預言書もない日々は、とにかく翠を暇にさせた。

持て余してばかりの暇を潰すため、翠は外出することが多かった。友人と朝早くまでカラオケやファミレスで馬鹿騒ぎをしたり、車持ちとドライブに出かけたり。バイトが入っていない日中はもっぱら、大学の講堂へ赴いた。行けば誰かしらが顔を出していたからだ。とりとめのない話に混ざりながら時間が過ぎるのを待つ。

家にいれば、そこかしこにアルフォンスの気配を感じるから。

毎朝の姉への挨拶は、少し時間がかかるようになってしまった。おしゃべりの他に、アルフォンスたちの無事を、彼の世界の女神様と聖女様に祈っているからだ。

翠のようなパチモン聖女でない、本物の聖女なら、きっとアルフォンスを守ってくれると信じて――いや、きっと助けてくれると、信じ祈ることしか翠にはできなかったのだ。

二月の終わりごろに温もりが消え、一ヶ月。気がつけばもう四月に入ろうとしていた。

あと数日で授業が開始する。そうなってしまえば、一時間毎《ごと》に時計を見て、時が過ぎるのを心待ちにするこの生活も終わる。毎日を忙しく過ごしていれば——どれだけ時間が過ぎても、明日になっても、朝になっても。もう訪れることの無い日々を渇望しなくて済む。

起きたら味噌汁の香りのする生活は、もう二度と来ないというのに。頭では理解していても、心が全く追いついていない。

気付けば、コーヒーを美味しくないと感じるようになっていた。

コーヒーの粉をすべて捨てた。

気付けば、こたつに座ると右斜めを見るようになってしまった。

こたつを仕舞った。

気付けば、外出から帰る時に誰もいない部屋の明かりを確かめるようになっていた。

下を向いて歩くようになった。

気付けば、気付けば、気付けば——アルフォンスの面影ばかりを捜していた。


「でね、次の合コン。奥村君《おくむら》が高校の時のサッカー部の人集めてくれるんだって」

「へーそうなんだぁ。奥村君イケメンだし、友達もイケメンかなぁ」

「ねぇねぇミドもおいでよ」

「そうだよ！　彼氏作ってダブルデート行こうよぉ。あとお泊まり会とかさー」

「こらー無理強いしないのっ！　ミドはこういうの興味ないって」

自分の名前が出ていたことに気付いた翠はハッとする。深い考え事に沈んでしまっていた。そんな翠の様子を見ていた友人が、大丈夫？　と首を傾げる。

いいな、可愛いな。女の子だな——翠は自然にそんなことを思った。

こんな意地っ張りとは、違う。素直に思ったことをきっと口に出せる。愛しい人の力になろうと、命をかけて旅に同行するぐらい——真っ直ぐな愛を持っているに違いない。

強がってばかりで何も口にできないような——可愛くない私とは、全然違う。

「……行こうかな」

気付けば、そう口をついていた。

「えっ⁉　本当？」

「うん。行きたいな。行ってもいい？」

「もちー！　じゃあミドも参加で！　予定開けといてね！」

そうだ、合コンに行こう。

異世界への切符はないけど、合コンの会費ぐらいはある。翠は友人に大きく頷いた。

「そうだ、奥村君たちとの花見、これからなんだけどミドも行かない？」

合コンにはお邪魔させてもらう癖に、断るのは大層忍びなかった。しかし翠は「バイト代わってあげちゃったんだ」と嘘をついて断る。

アルフォンスと約束をした花見はまだ——誰かと行く気になれなかった。

「やぁ犯罪者」

友人と別れ、バイト先に一応向かっていた翠は後ろから肩を叩かれた。振り向けば、頬にぷにっと人差し指が刺さっている。

「……久世ぇ、なんの用よ」

「すごい、どっかの少年漫画の悪役のような台詞と気迫」

ゴクリ、と生唾を飲み込む真似をする久世の脛を蹴れば、彼は面白そうに笑った。

「はいＣＤ。あんがと」

「あぁ、嘘と建前に汚れたＣＤちゃんが帰って来たわ……」

「やめてよ。僕が悪の化身のような。こんな純白の人間他にいないよ。まさしく聖者のよう」

悪の化身は倒したんだよ。そんなこと、言えるはずもない翠は気のない返事をしながら、自称聖者からＣＤを受け取った。

そのだらんとした翠の様子を見た久世が、にんまりと目を三日月の形に細める。

「あの外国人君と別れたんだ？」

「はぁ？」

なんの話だろうと顔を顰める翠に、久世は涼しい顔で言った。

「合コン行くってさっき話してなかった？」

「げ、聞いてたの。変態。行くよ。ってか、何度も言うけどあの子はそういう関係じゃないし。そもそも五つも年下ナンデスケド」

アルフォンスの話を振られて不機嫌になりつつも、翠は少しばかり嬉しかった。こんな失礼なやつにでも、アルフォンスを会わせていてよかったと思ってしまう。

あの子がゲームの中のキャラクターではなく、現実に存在した人間なのだと実感できたからだ。

この男の発言こそが、彼がここにいた証左になる。

「何、喧嘩したの？」

「喧嘩とかしないし」

「させてあげないと、年下なんだから。いつもの癖で可愛くない事言ってんでしょ」

「うっ……」

ぐぅの音もでない久世の正論に翠は押し黙る。

「さっさと仲直りしちゃいなよ。素直になってさ」

「うっさい。もう会わないからいいの」

会わないいんじゃなくて、会えないのだ。もう、二度と。

「へぇ～……まるでぞっこんって感じだったのにね」

「な、五つも年下だってば！　ぞっこんとか、そんなわけないじゃん子ども相手に！」

翠の墓穴に久世は面食らう。アルフォンスの事を語った久世に対し、自分の感情を暴露するようではは認めているようなものである。

「あっはっはっはっは！」

久世は笑い出した。大笑いだ。通りの歩道で迷惑極まりない。

「ちょっ黙って！　久世！」

「それ、本気で言ってる？」

「何言ってんのよ！　ほら！　行くよ‼」

「あー本当やばい待って笑いが止まらん」

眦《まなじり》に涙を溜めながら笑う男の腰を、翠は思いっきり蹴る。

「女の子がそんなお下品なことしちゃいけない。ほら、桜だって悲しんでるよ」

突然舞台俳優のような口調で寒いことを言い始めた久世に、翠は笑うだけの余裕がなかった。

バイト先へ行くには、桜並木が連なっているこの道を通らなければならない。当然、見上げれば桜が満開に咲き誇っている。今まで見ないようにしていた桜を、翠は意を決して見上げた。

アルフォンスとともに、我が家のベランダから見たあの桜並木だった。

「……今年、初めて一緒に見る相手があんただなんて、最悪」

満開の桜を見上げながら、翠が呟く。

そういえば、オーディンがアルフォンスのことを光って言ってたっけ――桜色の隙間から見える光が眩しくて目を細めた。

「何贅沢言ってんの。イケメン大学主席卒業予定の僕に」

「イケメン大学⁉　何それ、あんた図々しすぎでしょ、そんな普通の顔して！」

翠の声があまりにも沈んでしまっていたせいか、久世が下手な慰めをかける。旧友の思いやりに恥ずかしさを感じて、翠は顔を赤く染めた。慣れないことはされるもんじゃない。

恥ずかしさから視線を逸らした翠は、動きを止める。かちりと、翠色の瞳と視線が合う。

――そこには、一人の美しい男がいた。

一面の桜の中にポツンと立つその姿は、絵画のよう。美しさに圧倒されるかのように、男の周りには不自然なほどに人がいない。少しうねった黒髪は烏の濡れ羽色。誰もが目を向けてしまうような美しさを男は持っていた。翠が以前、美貌と評したその姿に、とてもよく似た――

翠は、ただ呆然と立ち尽くしていた。そんなわけない、他人の空似だ。そんなこと、あるはずない。

あらん限りに目を見開いて、その男を見つめた。翠の視線に気付いた久世が、同じように男を見つける。隣で、素《す》っ頓狂《とんきょう》な声が上がる。

「あれ？　あれって――」

「翠様」

真っ直ぐに歩み寄ってきた男は、翠を鋭く視線で貫いた。騒音の中でもハッキリと聞こえる凛《りん》とした声に、翠は間抜け顔のまま動くことすら出来ない。

なんで、うそ、そんなわけ。

言いたいことが言葉にならずに、ぱくぱくと口を開いては閉じる。そんな翠に気付いたのか、目の前までやってきた男はふんわりと微笑んだ。

「私よりも先にその無礼者と花見をされるとは、少々妬《や》けますね」

もう、そんなわけないと自分に言うこともできなかった。

「あれ？　髪、黒く染めたの？　……しかし成長期ってこんな身長伸びたっけ？　……んー。んー……？　なーんか、顔もちょっと、変わった？」

思考どころか体の動きまで停止している翠の代わりに、久世が男に笑いかける。

一度しか会ったことの無い久世は、ぼんやりとしか覚えていないのだろう。これほど別人に見える彼に対して、久世はのんきに構えている。

「魔法使いですので」

「へぇ」

「信じられませんか？」

「いいや。そういう摩訶《まか》不思議なこと、わりと信じる性質《たち》なんだ」

「大変けっこうですね」

では、これで——そう久世に言った目の前の男は、恭しく翠に手を差し出した。

翠は目の前の手の平と男の顔を何度も見比べる。

翠の知っている彼の手は、こんなに大きくなかった。顔はもっと幼く、身長も久世より低かったはずだ。それがなぜ、別人となって目の前に現れているのか——桜が映り、まるで本物の翡翠のように輝いている——翠色の瞳だけを、そのままにして。

「翠様」

優しい声に促されて、翠は呆けたままその手を取った。にっこりと微笑んだ男は、手を引いて家路を辿る。翠は口を半開きにしたまま、迷いの無い男の歩みに、つんのめるようについていく。

「みーどりー！　秘訣は、素直だよ、すーなーおー！」

後ろから久世がそんなことを叫んでいたが、翠に返事をする余裕なんて、全くなかった。

❖

放心状態の翠を連れて歩いていた男が足を止める。いつの間にかアパートの玄関の前に辿り着いていたことに気付いた翠が、慌てて鍵を取り出し、震える手で鍵穴に突き刺す。カチャリと鳴った音が死刑宣告のようだった。背筋が冷える翠の心情などお構いなしに、男はドアを開けてエスコートする。

「おかえりなさいませ」

まるであの日の続きのように――この一ヶ月なんて無かったかのように。男はいつものトーンでそう言った。

なんで、どうして、どうやって……何があったの。その言葉すべてが言葉にならない。翠は後ろで玄関のドアが閉まるのも気付かず、困惑した顔のまま男を見上げた。

「翠様、褒美を受け取りに参りました」

翠はついにしゃがみこんだ。足の力が抜けてしまった。

しゃがみこみ、膝に顔を埋める翠の頭に、声の主――アルフォンスがそっと触れてきた。

「いただけませんか？」

「なんの、話よ」

ようやく出せた声はひどく皺枯《しわが》れていて、翠の緊張をそのまま表していた。そんな翠を慈しむように、記憶よりもずいぶんと大きい手のひらが優しく優しく翠の頭を撫でる。

「お忘れになられたのですか？　それだけを胸に太平の世を築いてきたというのに」

「あんた、魔王倒せたの？」

「はい。翠様と姉君のご助力の下、無事にあのちんくしゃを踏みつけて参りました。つきましては、ご褒美を」

「だから、なんの話」

出会い頭に、ご褒美ご褒美とうるさい男に、しゃがみこんだままぶっきらぼうに返答した。彼の顔を見る勇気も、本音を話す勇気もない。素直だなんて、とうてい無理。

まるで、顔を上げて彼を見てしまえば――その瞬間にこの夢が覚めてしまうのではないかと、怯えているような自分が不快だった。そんなわけがない。そんなに弱くはないし、こんな白昼夢を見るほど彼を求めてもいない。前に進むため、彼がいなくなっても翠はずっと歩いていた。

だからこれは、何かの間違いなのだ。そう思い込んでも、結局翠は顔を上げられない。翠は今にも飛び出しそうな心臓をしっかりと抱えたまま蹲っていた。

しゃがみこんだままの翠をアルフォンスが抱き寄せる。触れる温もりが直に伝わる。触れ合う熱が、これが夢じゃないと教える。じゃあ――現実？　受け入れられずに、狼狽する。

「キスをくださるという約束です」

アルフォンスのひどく切ない声に、翠の呼吸が止まる。

耳にかかる吐息が含んだ色気に驚き、翠はとっさに顔を上げた。素肌が触れ合いそうな距離で見つめ合う。

そこには、よく見慣れたアルフォンスはいない。けれど、もう間違えるはずもない。当たり前のように、翠に「おかえり」と言う人間は――翠の意地を受け入れる人間は、彼しかいないからだ。

あまりの近さと気恥ずかしさに耐え切れずに、翠は再び俯いた。そんな彼女に、アルフォンスは何も言わずに髪を撫でる。密着しているこの姿勢では、真っ赤になっているだろう耳を隠すために、腕さえ動かせない。

「……あんた、本物？」

「もちろんです。偽物が出没したのですか？」

「……ま、また、こっちに追いやられてきたの？」

「その節はご心配をおかけしました。国政も滞りなく行ってまいりましたので、ご安心を……全員無事、生きて帰ってまいりました」

生きて、その言葉に翠は涙腺がぐっと緩んだ。生きて、生きて――そうか。みんなは、彼は、生きているのか。嬉しくて、喜びが爆発しそうになる。翠はなんとか冷静を取り戻そうと、疑問を口にする。

「なんで、トコヨにいるの。身長も、髪も、なんで、何が」

何がなんだかさっぱりだ。しどろもどろな翠の声は決して拒否の色を含んではいない。

「聞いてくださいますか？」

翠は小刻みに頷く。アルフォンスはその微笑ましさに笑みを深めた。

「ティガールに戻った私は仲間を集《つど》い戦力を強化し、魔王を討ち滅ぼしました。その後は寝る間も惜しみ治世のため尽力し、一段落ついたころを見計らって王位継承権を放棄。すべてが元に戻ったわけではありませんが、あとは時間薬です。国もよい方に向かうでしょう。そこで私の役目に一区切りを打ち、貴女の下へ無作法にも推参致しました」

どうぞ温情をもってご寛恕いただきたく、伏してお願い申し上げます――などと、懐かしい言葉で締めくくろうとするアルフォンスに翠は慌てて声をかける。

「待って、終わらせようとしない！　オーイケーショーケンを放棄って……なんで⁉　王様に、なったんでしょ⁉」

「王位には当然、長兄がついておりますよ」

「……なんで、だって。カチュアと結婚して、偉大な英雄王になったんじゃ……？」

ゲームにはそうやって書いてあったのに。言葉にできずに飲み込んだ翠に、アルフォンスは懐かしむように目を伏せる。

「カチュアはフリッツと結婚しましたよ」

「フ、フリクリ⁉」

「ええ。身分違いの二人の恋の背を押したのはリュカです」

「え……え？　まじで？　あんな性悪が？」

「はい。実は一事が万事、ゲームの通りではありませんでした――私は、自らの意志でこの道を選びとったのです」

「……なんで？　王様、なりたかったでしょう？」

「いいえ、さっぱり」

「な、なんで⁉」

「なぜとは――理由は様々ございますが、翠様、王妃は嫌でしょう？」

「……――は？」

再び顔を上げようとした翠は、必死に体を押さえつけた。

「さすがに王位に就いてしまっては、責任を放棄などできません。そして貴女は絶対に、日本を捨てることは無い――貴女が王妃になってくれないのなら、王の冠など無用の長物」

「は、ちょ、王妃⁉　待って。なんの話？」

全然ついていけないんだけど……と翠が呟くと、アルフォンスはにこりと微笑んだ。

「言ったではありませんか。貴女を奪いに来ると」

ドン引きだ。翠は穏やかでない言葉に冷や汗を流す。

「治世に励む傍《かたわ》ら、掻き集めた資料を基に変態の魔法を完成させました。幸い翠様より賜ったシャーペンを媒体に送還魔法の目標地点を定めることができましたので……説明はこの辺りで止めておきましょうか」

「続けて！」

翠は反射的に叫んだ。アルフォンスの懸念通り、ほとんど理解できていないが、今はこの混乱を収めるために少しでも時間を稼がねばならない。

その事をまるで知っているかのように、アルフォンスは鷹揚に頷く。

「――では、続けましょうか。時を遡る条件も追加していたため若干の不安点もありましたが、およそ予想通り十八年前のこの位置に、幼児の姿に扮した私は辿り着きました。アパートはまだ建っておらず、当時ここは老夫婦が営む畑でした。二人は変態の魔法で日本人の子どもらしく変化した私を迷子だと勘違いし、国に保護を求めました。当然保護者の申し出などない私は、孤児として戸籍を取得――この年までこの地で過ごし、今年二十二になりました」

圧倒的すぎる内容に翠は頭を抱えた。信じられない。こんな映画みたいなこと一体誰が信じると思っているのか――目の前にいるゲームの主人公に問いかけたかった。

しかしこれで、撫でる手の大きさや身長、更には黒い髪にすべて納得がいった。

「……なんで、そんなこと……」

アルフォンスは怯む事なく晴れやかに微笑む。

「異界のアルフォンスが突然日本にやってきた時、貴女は困りましたね。私が常識も、金も、戸籍も持たぬ者であったために」

翠はドキリとした。アルフォンスに気付かれているとは思っていなかったのだ。

「アルフォンスとしてこの地にいたころ――覚えたてのパソコンで私は出来る限りの情報を集めました。図書館へ連れて行ってくれたこともありましたね。そこで深く理解しました。日本で生きるために必要なことは――ここで育った証と知識。そして育つために必要なものは、戸籍でした」

「……つまり？」

お得意の翠の「つまり」攻撃に、アルフォンスが笑う。

「つまり、日本人でなければ、日本人の貴女の隣に立つ権利さえ持てないのです。たとえ、魔王を滅ぼそうとも」

アルフォンスはもう、常世と呼ばない。彼が日本で過ごした日々を物語っていた。

「時間関与については実のところ、あまり自信がありませんでした。どうやら貴女よりも年上になってしまったようですね。貴女は年上がお好きでしたから嬉しいです」

アルフォンスの軽口に、翠は笑うことすらできない。翠は黙って話を聞くことしかできなかった。

アルフォンスはずっと、ある前提を元に話をしている。気付かないほど、馬鹿じゃない。なんということだ、なんということだ――つまり、アルフォンスは――

「日本人として、ずっと？」

「ええ」

「こっちで魔法は、使えないんでしょ」

「ええ」

「ウツシヨのすべてを、捨ててきたの」

「――ええ」

その通りです、翠様。穏やかな声に、翠はぐっと奥歯を噛んだ。

翠はできなかった。できるはずがなかった――両親に、兄に、これ以上家族を亡くすことなんて、絶対に強要できるわけがなかった。だから、アルフォンスが選んだ。アルフォンスが捨てた。翠が捨てられなかったものを、翠の代わりに。

息が止まる、喜びと、衝動に胸が支配される。この気持ちを表現してしまうと、翠は最低な人間になってしまうと思った。他のどれだけ大切なものよりも、彼が翠を選んだという事実を――申し訳なさよりもずっと、嬉しいと思っているだなんて。

何も話さない、話せない翠を知っているのか、アルフォンスは沈黙を生まぬように、次々と愛を紡いでいく。

「――笑わないでくださいね。毎年、桜が咲く度に見に行ったんですよ。年号を覚えきれなかった私は、桜の木とこのアパートしか、貴女に繋がる手がかりを持っていませんでしたから……」

和暦と西暦が混在する年号を、当時のアルフォンスには習得できなかったのだろう。アルフォンスが恥ずかしそうに笑う。

「何度か貴女と、あの道ですれ違ったこともありました。去年など、声をかけられたと馬鹿みたいに期待して……貴女が私に気付かず通り過ぎた時、もしかしたら私が日本に来てしまったことで、未来が変わってしまったのではないかと――そんな不安まで生まれました。けれど、必ず近いうちに会えるはずと信じ、毎年、毎年……貴女は、あの別れのあとでなければ、私など門前払いだったでしょうから」

　知らなかった事実を注がれ、翠はぎゅうと自分の体を抱きしめる。

「ですが先日、アパートの下であの者と言い争っている貴女がいて――これが、最後の正直だと感じました。今年からは就職し、そう自由に時間も取れなくなります。あの桜を気ままに見に行くのもきっと難しくなるでしょう。最後だと、望みをかけて足を運び続けました――そして、貴女は私を見つけてくださった」

　どうしようもなく息が苦しい。胸がどうしようもなくいっぱいで、体中の熱さを誤魔化すことができずに、翠は顔を上げた。

　先ほどと寸分変わらぬ位置にあるアルフォンスの顔は慈愛に満ちていて、信じられないほど甘さを漂わせている。目尻に寄せている皺さえも、翠に想いを伝えているようで、見つめる瞳は熱く煌めいていた。

「姿を変え、名を変えた私ですが、瞳の色だけは、絶対に変えられなかった」

　俯こうとする頬に手を添えられ、目を合わせられる。翠色の、アルフォンスの瞳。

「あの時の貴女の言葉の、答え合わせをしたい。教えてくださいますね」

　翠は顔を真っ赤にして俯こうと力を入れる。アルフォンスの手は、ピクリとも動かない。翠は、強く睨みつけた。

　名であれ、自分の一部を彼が持っていることが、翠はずっと恥ずかしかった。そんなことを恥ずかしがる理由なんて、ひとつしかない。

　あぁそうさ。あんたがそれだけの確信を持って、この世界にやってきたその訳に他ならない！

瞼の縁に涙をためて、威勢を張って呟く。

「大馬鹿軍師、嘘つき魔法使い」

常世で魔法は使えないって言ったくせに。アルフォンスはきっと翠に魔法をかけた。こんなにも弱く、こんなにもずるくさせる、恋の魔法を。

翠の言葉にむしろ機嫌をよくした彼は、真っ直ぐな視線で翠を貫いた。

「翠様、〝理由〟を無くして参りました」

真剣なアルフォンスに、翠はとっさに逃げようとした。しかし、アルフォンスに阻《はば》まれ、視線を外すことすらできない。混乱と、彼に与えられる熱で、すでに瞳は潤み切っている。余裕綽々《よゆうしゃくしゃく》な男に、翠は腹が立って仕方がない。

鳥籠から旅立った鳥は、よほど躾《しつけ》の悪い飼い主と一緒だったに違いない。

「翠様。魔王を倒し、国を平らにしてまいりました。十八年この世界について学んだので、貴女に不足を与えないはずです」

だって私の可愛いピィちゃんは、こんな熱い瞳で、愛を強請ったりしなかった。

目の前にいる目も眩《くら》みそうなほど美しい男が、翠色の瞳で懇願してくる。手の平は熱く、熱を持っていた。彼のほんの少し掠れた声が、真剣さを窺わせている。

「剣と魔法を筆に変え、今度は翠様を養える職に就けるよう励んでまいりました。一人で泣くことすらできない、愛しい貴女の心を奪うためなら、私はなんだって致します――お傍においていただけませんか？」

あぁ、そうだ――ラスボスは、進化するのが定番だと、聞いたばかりじゃないか。私の可愛いピィちゃんだとばかり思っていたのに、いつの間にこんなラスボスになったのか。

「……あんたに、何ができんのよ」

アルフォンスよりよほど掠れて震えている翠の声に、彼はくすりと笑って額をくっつける。涙を堪え、必死に睨み上げる翠に、とろけそうなほど甘い笑みを向ける。

翠はその笑顔で零れた涙に、ついに彼に勝てなくなったことを悟った。

「炊事、洗濯、掃除――それと、貴女を笑顔にすることが」

番外編　貴女へと続く道

幾多もの夜を越え、幾人もの同志と出会い、幾重もの傷を負いながら、進んできた。

涙を流し乞う人々に、何度大丈夫だと頷いただろうか。仲違いをした仲間と、何度再び手を握り合っただろうか。

すべては、この世に混乱を招く存在を葬る為。人の世の、平和の為。

——その元凶が今、目の前にいる。

❖

魔王討伐の旅は預言書に導かれ、順調に進んだ。

アルフォンスにしか読み解くことができない、常世《とこよ》言葉で書かれた不思議な預言書。それは、常に真実のみを示してはいなかった。

一筋縄ではいかない預言書の情報を元にした、悪手を回避しての旅路。被害を最小限に押し留めた結果、帳尻が合わなくなるのはやむを得ないことと言えた。

最善の道を選びながら進むことは、アルフォンスにとってそう難しいことではなかった。彼は視野を広く持ち、選択を誤らなかったからだ。まるで、今目の前で起きている出来事を、すでに一度経験したことがあるかのように。

だからこそ、アルフォンスは信じていた。自らの采配を。そして、仲間の力を。

アルフォンスは強く言って聞かせた。オーディンには、橋と共に運命を共にすること。フリッツには、カチュアを庇って倒れること。ロイには、敵の刃に貫かれること。コンラートには、名誉の死を選ぼうとすること――

いつどこで、どういう風に習得したかさえ判然としない文字を読み解き、アルフォンスは彼らに預言書の内容を伝えていた。来る日のために。

彼らならば、預言に心を磨《す》り切らせないと。

我らならば、預言に打ち勝てると――

なのに。

今、アルフォンスの隣にはいつも肩を並べていた彼らの姿はない。オーディンもフリッツもロイもコンラートも、凶刃《きょうじん》に散ったのだ。

決して変えられない未来もあるのだと突きつけるように。そして、最悪の未来は預言書程度に納まったりしないのだと――あざ笑うかのように、アルフォンスの目の前から消えていってしまった。

抜けた戦力は甚大《じんだい》だった。先鋭たちがいない中、皆必死に戦った。明るい未来のため、待っている者たちのため――魔王は現世《うつしよ》最恐の敵に相応しく強大だった。しかし、アルフォンスたちは、預言書を手に死に物狂いで魔王の刃を薙ぎ払った。

そしてついにやってきた。悪の潰《つい》える時が。暗雲の晴れる時が――魔王が絶命の雄たけびを上げ、地に伏したのだ。

にも関らず、アルフォンス達は唖然としていた。瓦礫《がれき》が積み上げられた砂埃の舞う王座の間で、誰一人、二の句を継ぐことすらできない。

魔王が再び、牙を剥いたのだ。先ほどよりもよほど――凶悪な姿へと変態して。

魔王を倒したところで、預言書は終わっている。この先を知る者はいない。この先の危機など、予想だにしていなかった。

魔王を倒せば世界を救える――そう信じたからこそ、きっと彼らはその命を懸けて仲間を守ったのに。

予言書の通りならば、自らの死が安寧への道しるべとなるのだと……信じながら。

「アルフォンスッ！　よそ見すんな！」

リュカの怒号が響いた。

不思議なほど意気投合し、急速に仲が縮まった友。乱暴な口ぶりも無愛想な表情も、馴染みなどないはずなのに、なぜか心地よかった。今では背をお互いに預けられる、心から信頼できる相手となっている。

その友が、全身から血を流しつつ、アルフォンスに向かって大声で怒鳴っていた。

けれどアルフォンスは、呆然としたまま指一本動かすことが出来なかった。希望が見えなかった。活路を見いだせなかった。どうすればいいのか――ただ、ただ、分からなかった。

「っ全軍下がれ‼　範囲攻撃が来るぞっ‼」

指令を出さないアルフォンスに代わって、リュカが全軍の指揮を執る。全員がリュカの号令に従い退く。

リュカの予測通り、魔王が衝撃波を放つ構えを取った
――ピン、と。アルフォンスの頭の中で糸が張ったような感覚がした。

その糸は一瞬のうちに解けた。バラバラバラ、と、糸によってまとめられていた壁が崩れ落ちる。

その壁の一つ一つに、アルフォンスは見覚えのない、だが心底懐かしい景色を見た。

小さな部屋。覚えたての料理。脱ぎ散らかした靴下。黒いゲームのコントローラー。怒った顔、笑った顔、呆れた顔、拗ねた顔――そして、泣いた顔。

走馬灯のようにいろいろな場面が頭の中を駆け巡る。あまりの情報量にとっさに頭がついていけない。頭の中に流れてくる膨大な情報の中で、聞き覚えのある声が聞こえた。

「アルフォンス！　あんたもだ！　下がれっ‼」

リュカの声がアルフォンスに届く。アルフォンスは、その場から動けなかった。いいや、動かなかった。

――アルフォンス
呼ぶ者の希少さに特別な意味を感じていた名を、今では多くの者が呼ぶ。

――アルフォンス
かつて、優しさを込めそう呼んでくれた貴女が、友を、仲間をくれた。

――アルフォンス
「こんのっ馬鹿っ――馬鹿野郎っっ‼」

そうだ。私は、この先を知っている――

リュカの悲鳴にも似た叫び声が聞こえる。全身を熱い炎で焼き尽くすような攻撃をアルフォンスはその身に受けた。

ああ、けれど大丈夫。心配する必要なんて、何一つない。この先は、聖女が助けてくれる。悲しい笑みを浮かべながら、必死に涙を堪えていた、たった一人のアルフォンスの聖女が——

「アルフォンス殿下！」

「何やってんだお前！」

「カチュア！　すぐに手当てを！」

「防壁を張ります！　皆さんそのまま待機していてください！」

オーディンの叫び声、コンラートの焦った声、ロイの悲痛な声、フリッツの必死な声。

聞こえてきた声たちに、アルフォンスは霞《かす》む視界で笑みを浮かべた。

「……全員……ようやく揃ったか……」

かすれがすれの彼の呟きに、全員が目を見張った。

その言葉は、あまりにもこの場にそぐわなかった。誰もが——アルフォンスさえもが、四人の尊い死を、苦悩の末に乗り越えようとしたはずだった。悲しみを振り切り前に進まなければ、彼らの死すら無駄になる。皆は悲痛な思いで茨の道を一歩ずつ歩いてきた。その悲嘆は本物で、欺瞞《ぎまん》に満ちたものではなかった。

それはアルフォンスの深い懺悔《ざんげ》の念を感じ取っていた、全員の知る事実。それなのに、これではまるで……アルフォンスは四人が生きていることを確信していたかのような口ぶりではないか。

「フリッツ‼　皆っ……！　生きてたなんてっ！」

カチュアがもつれる足で地を蹴りながら、フリッツに駆け寄った。フリッツが慌てて彼女を抱きとめる。目を合わせた途端、堪え切れぬ涙がカチュアの眦から溢れた。

「……ご心配をおかけ致しました、カチュア殿……アルフォンス殿下に癒しを」

女心の読めないフリッツが、カチュアの背を撫でることもなく指示を出す。しかしカチュアは力強い顔つきで頷くと、アルフォンスに癒しの魔法を施し始めた。

「……これほどの奇跡、俄《にわか》には信じられぬ」

「命の灯が消える寸前に、聖女様が奇跡の力でお救い下さったのでしょうか……」

フリッツの魔法防壁では防ぎきれなかった魔王の攻撃を、オーディンとロイが弾き返す。

「いえ、あれは魔法でした」

思わずといった風に二人が呟いた言葉を、魔法陣を展開しつつフリッツが否定した。神官ほどではないにしろ、聖女の存在に肯定的だったフリッツの発言に、全員が固唾をのむ。

「魔法の名残がありました。奇跡の力なんかじゃない。あれは、人の技によるものに違いありません」

フリッツの魔法に、他の魔法使い達が魔法を相乗する。強固になっていく防護壁の中、態勢を立て直すために治癒魔法が繰り広げられていた。

「じゃあ、あれはなんだって言うのかしらぁん？」

治癒魔法を施す癒し手をちらりと見たフリッツは、緊張に冷や汗を流す。

「――蘇生魔法」

ぽつりと彼が呟いた言葉に、大半の者が首を傾げた。しかし、魔の法を極めたものたちは、目を見開いて動きを止める。

「……あまりの難易度の高さに、誰も陣を発明することができずに、構想としてだけ練られていた蘇生魔法。通常の癒しの魔法では、回復すら見込めない状態からでも完治させる禁術。そんな人並み外れた技を行使できる人物など――」

「稀代の魔法使いハルベルト・アドゥルエルムぐらいしか、いないじゃないのよっ！」

顔を真っ青にした流浪の魔法使いは、それがどれだけ途方もないことなのか知っているのだろう。珍しく取り乱すマジェリーンを見て、コンラートが口早に聞く。

「しかし、そのハルベルトなんちゃらは百年前の偉人なんだろ？」

百年も前に生きた稀代の魔法使いハルベルト。普通の人間ならば、まず間違いなく生きていない。だが、シャルルとエッラの父であり、魔法の祖である彼ならば――

「シャルルやエッラの事例もあります。それに、彼ほどの大魔法使いであればあるいは――時を越える術を編み出していても、不思議ではありません……」

耳を疑うような内容だった。時を越える魔法を人が操るだなんて。そんなこと、誰一人として、母の膝枕で聞くお伽噺ですら、聞いたことがなかったからだ。

「だが、一体なんのために我々を」

「不甲斐ない後輩の尻でも叩きに来たとか？」

「以前はその身に祝福を受けたお方。再び聖女様に宣託されたのかもしれませんね……」

魔王と対峙中だということも忘れたように、仲間たちは言葉を交わす。アルフォンスは皆が議論するその答えを知っている気がした。

きっと、遠い常世からの〝祈り〟が届いたのだと――

「なんにせよ、皆が生きていてくれて、本当によかった」

喜びと混乱の中で言葉を紡ぎ、無事を喜び合う仲間たちを、アルフォンスは穏やかな笑みで見つめる。

「弱気になってすまなかった。打って出るぞ」

応急手当ては受けたが虫の息であるアルフォンスの言葉に、誰もが耳を疑った。今にも死にそうな人間の台詞ではない。それに、討伐軍全員が満身創痍のままだ。主戦力の四人が帰還したからとはいえ、勝てる見込みなどどこにも見えなかった。だというのに、アルフォンスは笑みさえ浮かべていた。その声にはどこまでも強い力が潜んでいた。先ほど折れたように見えたアルフォンスの心は、その信念のように真っ直ぐ持ち直していたのだ。

仲間たちが固唾をのんで見守る中、アルフォンスは両手を合わせる。誰も想像すら出来なかった遠い常世。そこで、彼は「祈り」とは何かを知った。

誰も見たことがないような常世の所作で――両手を合わせて静かに祈りを捧げる。

「誇り高き英雄たちよ……皆が、愛しい者の下へ帰れるように、無事を祈ろう――」

〝よげんしょ〟に書かれていた〝祈り〟という奥の手。

何度読み返しても意味が分からず、何度アルフォンスなりに祈ってみても効果は表れなかった。次第に見切りをつけ、戦力から外していた切り札。

――だが、違ったのだ。

〝祈り〟とは、敵の討伐を願うものではない。愛を語るものだったのだ。

それを確かに教えてくれたのは、意地っ張りで強がりで不器用な、一人では泣くことすらできなかった女性。

何がきっかけだったのかは分からない。けれど、常世から戻って以来ずっと記憶を失っていたアルフォンスは、ようやくその事を思い出せていた。

常世にいた二ヶ月間で体に染み込んだ、聖女直伝の〝祈り〟は格別の効果をもたらした。魔法を操るアルフォンスが捧げた〝祈り〟は、広範囲の治癒魔法となり、全員の体力をみるみる間に回復する。広範囲にばら撒く治癒魔法など、今まで概念すら存在しなかった。

傷ついた肌は塞がり、失っていた血が蘇ってくるかのようであった。誰もが息をのみ、自分の体を見やる。光が舞い、体中から溢れるように輝いている。その奇跡を目の当たりにした春鳥が、声高らかに歌った。

「翠様──貴女のために。世界を救いましょう」

かつての勇者も、こうして一人の女のために、世界を救ったのだろう。

小さな呟きは、誰にも届かなかったようだ。目を瞑り、この奇跡に只々感動するしかない者たちが雄叫びを上げる。きっと、誰もがその脳裏に、愛しい者を思い浮かべて──

「さぁ──反撃だ」

全員が武器を強く握りしめた。強大な魔王を、強く睨みつけながら。

❖

勝利の余韻は長く続いた。

誰もが歓喜に沸き、涙を流した。長く続いた旅が今、終わったのだ。思い描いた人の下へ、皆は全力で帰路を辿るだろう。帰りたい場所は、そこにあるのだ。

オーディンは、斧を握り締めながら静かに勝利の味を噛み締めていた。アルフォンスに名を呼ばれた彼は、穏やかな笑みを湛えたたまま振り返る。

「オーディン」

「アルフォンスでんっ――」

駆け寄って来たオーディンに向け、アルフォンスは一思いに拳を放った。

分厚い鎧が彼を守っているため、情けなくも女子《おなご》の様に頬を張ることになった。しかしアルフォンスは、オーディンを殴ったことに対して、全く後悔していない。

オーディンはその巨体をよろめかせ、尻餅をついた。その山賊のような風貌から、味方にすら恐れられたオーディンが、唖然としたまま小柄なアルフォンスを見上げる。

「アルフォンス⁉」

「ど、どうしちゃったんですか殿下！」

「そりゃちょっと駆け付けるのが遅くなったが、殴るほどでは……」

「オーディン様が殴られたのも、コンラート様のせいですよ！」

「ええ⁉　俺⁉」

それぞれ喜びに踊っていた仲間たちが、わらわらと集ってきた。各々好き勝手なことを言う。アルフォンスは慣れ親しんだ冷淡さでオーディンを見下ろし続ける。

オーディンもまた、驚愕の表情を取り払い、真剣な顔つきでアルフォンスを見ている。

「オーディン」

「何なりと」

オーディンは姿勢を直すと膝をついた。何を言われても、受け入れる覚悟が見えるその姿にアルフォンスが嘲笑を向ける。心を捧げられた時と同じ姿勢のオーディンに対して、アルフォンスは冷たく言い放った。

「翠様からの伝言だ。愛している、奥さんにどうぞよろしく――だそうだ。私の愛しき人の純情を弄《もてあそ》んだ罪。いかようにして償う」

予期すらしていなかったその言葉に、オーディンは大きな体を固まらせる。気づけば、固唾を飲んで成り行きを見守っていた多くの者が、あんぐりと口を開けていた。

「み、みどりさま……とは……？」

茫然自失なオーディンが、掠れた声で問いかけた。久しぶりに耳にしたその音に、アルフォンスは頬を緩めた。久しぶりなのも、仕方がない事。アルフォンス自身、思い出したのはつい先ほどだったのだから。

アルフォンスはマントを翻し、笑った。転がった魔王の玉座の後ろには明るい空が広がっている。

「アルフォンス殿下！　申し開きさせて下され！　私には、全く、全く身に覚えが！　妻に、妻に誓ってそのようなことは!!」

平和を象徴するような空を背景に、オーディンが大慌てでアルフォンスに追いすがる。その様を見て、討伐軍の面々は顔をにやつかせた。

「なんだーオーディン様。奥さん一筋みたいな顔してやることやってんじゃないですかー」

「てか、アルフォンス。全くそんな気配が無いから心配してたのに……いつの間に女が」

「なんの心配？」

「リュカとアルフォンスって仲良すぎでしょ？　だから、衆道の気でもあるんじゃないかって……女性陣の中でもっぱら噂に」

「はぁ!?　おいアルフォンス！　全身全霊で否定しろ‼　俺の名誉に関わる‼」

「そんな……よりによってオーディン様が……」

「フリックです」

「フリック、しっかり！」

「えーリュカ様、違ったんですかー？」

「当たり前だろうが！」

「そんなことよりオーディン様ですよ。まさかの不倫……しかも弄んでたなんて……」

「違うっ！　お前たち、何を言うか！」

「では、アルフォンス殿下が嘘をついてるとでも？」

「乙女の純情弄ぶなんて、いかつい山賊男も中々やるわねぇん」

「違う！　違うッ！　アルフォンス殿下、申し開きを！　申し開きをさせてくだされッ‼」

背後から聞こえるオーディンの声に、胸のすく思いだった。

いつもいつも、翠に贔屓されるのを当然のように受け入れていた、オーディンが悪いのだ。アルフォンスはようやく溜飲《りゅういん》を下げる。

「……はは、ははははっ！」

世界の平和に、愛しい人を覚えている幸せに、アルフォンスは声を上げて笑った。胸に浮かぶ、柔らかくて、明るくて、そして飛び跳ねたいような高揚が抑えられなかった。

突然笑い始めたアルフォンスを、全員が目を丸くして見つめていた。あぁそうだ。こんな風に声を上げて笑うことなど、もうしばらく、ずっとなかった。

「ア、アルフォンス殿下……？」

恐る恐る、追いかけてきたオーディンが背後から声をかけた。アルフォンスは浮かべた表情を隠すため、背を向けたまま声を落とした。

「これよりは、太平に導く道なき旅路。道は長く地道で、魔王討伐のように明確な終わりはない。同じほど——いやそれ以上に困難な道であろう。それでも、私の側で骨身を惜しまず働いてくれるな」

オーディンが息を飲む。片手を胸に、片手を背に、腰を曲げる気配がした。

「もちろんです、アルフォンス殿下。貴方の、御心のままに——」

オーディンの後ろから、同じような声が上がる。喝采となったその声を背に受け、アルフォンスはやはり、小さく笑った。

「さぁ、帰るぞ。愛しい者の下へ——凱旋だ！」

——翠様、待っていてください。

貴女へ続く道が、今ようやく見つかりました。

番外編　聖女の、帰郷

「私のお願いを、どうぞ聞いてくださいね」

幸せな脱力感が私を襲う。血管が浮き出た、もう決して美しくない皺だらけの手。寝台の上に横たわるそんな手を、世界一の宝物に触れるかのように、そっと握りしめる彼に微笑んだ。

彼の遠慮がちな私への触れ方は、一緒になって三十五年間、ずっと変わらなかった。


聖《ひじり》という音はそのままに、彼の家の名を貰ってから随分と経つ。かつて聖女と呼ばれ人々に傅かれたとはいえ、今は脛に傷を持つ身。

時の王に逆らい処刑台に担ぎ上げられた時点で、私は道端に捨てられた塵屑《ごみくず》よりも価値を失った。

そんなハズレくじのような十も年上の嫁を貰った彼は、私のせいで様々な制限をかけられてきた。

本来ならば、世界を救ったその両の手を掲げ、威風堂々と世界中を闊歩できたはずの彼。誰よりも光り輝きながら、華々しい道を歩む未来が約束されていた彼は、魔王を屠《ほふ》った勇者本人。

どんなに美しいお姫様も、どんな金銀財宝も、どんな領地も、どんな自由も——世界中のどんなものでも望むがままだった彼は、そのすべてを私のために捨てた。

共に過ごして——三十五年。

その間に、「愛してる」だの「好き」だのという言葉をもらったことは、一度もなかった。

しかし、それがなんだって言うのだ——そう笑って吹き飛ばせるほど、彼は誠実で真っ直ぐな愛を注いでくれた。

私を導く手に、私を支える足に、私を見る目に、そのすべてをこの三十五年間感じ続けてきた。

彼に愛されていることを、忘れる暇もないほど愛されてきた私は、この世界一の果報者だろう。

私は、その彼の愛に少しでも返せただろうか。大きな海のような心で包み込み、守ってきてくれた彼に、私は何を返せただろうか。それだけが、去りゆく我が身の心残りだった。


秘密裏に処刑台から救い出した聖女が生きていると知られてはならない。私はひっそりと身を隠しながらも、辺境の地でのびのびと過ごした。ここには、聖女時代に私が受け取れなかったすべてのものがあった。

彼は私を守るため、ごく一般的な貴族のように王都に居を構えることなく、この辺境の地に留まり続けた。一日たりとも私の傍を離れなかった。どうしても遠出しなければならない場合は、魔法使い特製の魔法陣で往復し、夜には必ず私の隣で眠った。それがどれほど大変なことだったのか、魔法とも、階級社会とも縁遠い世界で育った私は知らない。

だけど、子が育ち、孫が生まれ、ひ孫を抱き、風の噂であの国が滅んだと聞いたころには——その幸福がどれだけ贅沢なことだったのかを知った。

世界を越えようとしたこともあった。

けれど、叶わなかった。魔法を家族に繋げるために必要なものを、私は何一つ持っていなかった。

私が持っていたものは、すべて私のもの——私はすでに、ここの住人として世界に認識されてしまっていたのだから。

あぁ、もう戻れないのか——魔法使いの説明にストンと理解した私を待っていたのは、大爆発音。話題にしていた帰還の術式で、私が元の世界に帰るのだと勘違いした彼が、部屋ごと魔法使いを滅ぼそうとしたのだ。

稀代の魔法使いは、難なくその場から姿を消している。今ごろは魔法で、彼の許可も得ずに住みついている離れにでも移動していることだろう。私は安全な彼の腕の中で、一瞬の出来事でしかなかったそれを見守っていた。

私の腰に追いすがった彼は、私を引き止める言葉を、私が首を縦に振るまで延々と紡いでいた。

あの時の私は、破壊された部屋の掃除が大変そうだとは思っていても、帰れなかったことを残念だとは思わなかった。それがすべてだと、なぜか思った。

燃え上がるような情愛ではなかった。ときめくような恋情でもなかった。それでも、静かに胸の中にあり続けるこの恋慕を、私はしっかりと自覚した。

私はそこで、初めて決意した。この世界で生きていこうと。彼の傍で、生きていこうと。

その選択を何度も後悔し、その度に、彼が砕いてくれた。

私が必要だと、私はここで幸せになれるのだと——魔王を討ち滅ぼした勇者が、私の絶望を葬った。それは、途方もない幸せだった。

この世界に呼び出されて七年後——結婚していなかったとは言え、元恋人への道理は通したかった。失踪宣告の期間を待ち、彼からの求婚を受け入れた。

「――貴女を、燃やすなど」

どうしてできましょうか。私の「お願い」に対して、そう呟く彼の声はひどく掠れて震えていた。誰に対しても威風堂々としている彼は、最後まで私にだけは強く出られなかった。誰よりも何よりも私に甘かった。そんな特別扱いを、どれほど嬉しく思っていたか。

私は嬉しさをそのまま表情で伝えた。そんな私の笑顔を見て、彼の瞳から涙がこぼれる。

彼の整った顔立ちは三十五年の時を経ても衰えることはなかった。息子の嫁と連れ立っているとまるで夫婦のように見えていた彼だったが、最近では目尻の皺が濃くなり、ようやく相応の年齢に見えるようになってきていた。

その彼にそっくりの子供たちが、彼の周りで寝台に横になっている私を見守っていた。各々、目に涙を浮かべている。私も釣られて目が潤んだ。私は、正真正銘幸せだった。何よりも大切な家族に見守られて、穏やかに最期を迎えられるのだ。これ以上の幸せが、どこにあるだろうか。

「どうぞ私に、あの世界で生まれ育った、証をくださいな」

彼は私の手を握り締めたまま強く頭《かぶり》を振る。けれどきっと、彼は叶えてくれるだろう。私の願いを叶えてくれなかったことなど、一度もなかったのだから。

彼に残酷なことを告げているとは分かっていても、どうしても、火葬してほしかった。

煙と共に天に昇れば、天国できっと父と母に会えるはずだから。

こちらに渡ってきた時に持っていたものと火葬してくれ――初めてそう頼んだ時に、貴方の顔に浮かんだ絶望の色は忘れられない。

違うの。私は、この世界にいたことを、貴方の傍にいたことを後悔したわけじゃないの。心も体も、この世界に置いていくから。どうか、魂だけは——子を見守る幸せを知ったからこそ、父と母の下へと送ってもらいたかった。この世界で幸せだったのだと、曾孫まで抱いたのだと、自慢したかったのだ。

「大丈夫だから、母さん」

「俺たちがしっかり見届けるから、安心して」

「心配しないで。父さんのことなら任せてね」

「でも母さんがここにいないんじゃ、きっとすぐにそっちに行くと思うけど」

「父さんのこと、呆れないで待っててやって」

口々に聞こえる子供たちの言葉に、私は何度も何度も小刻みに頷いた。その動作でさえ、少しずつ辛くなってきた。緩やかな死が、確実に私に向かって手を振っていた。

三十五年一緒にいたのに、決して抜けなかった敬語。二人きりの時でさえ、どれほど近くにいる時でさえ、貴方は決して私に敬語を崩さなかった。

それが、貴方の愛の形だと受け止めてはいたけれど……淋しくなかったと言えば嘘になる。けれどそれは、きっと彼も同じだったのだろう。

私たちは、愛の言葉を紡がなかった。紡げなかった。どれほどお互いの愛を信じていても、紡げない愛の言葉が、私たちの間に隙間を作っていた。

「——リリームはまだなのか」

「お庭までは来ているようなのですが……曾おばあちゃまが私を待っているのなら、行かない。私が行けば、曾おばあちゃまの心残りが無くなってしまうから、絶対に行かないと言って聞かなくて……」

「何を馬鹿なことを言っている！　引きずってでも連れてこい！」

「伯父さん、僕が行きます」

「私も行くわ。待ってて、おばあちゃま」

「母さん、待ってて、待っててあげてね。リムは、ちょっと意地っ張りだけど。母さんが大好きだったの」

分かっている、と言葉にしたかったが、もう出なかった。かわりに、濡れた瞳でしっかりと瞬いた。

私は、なんて幸せなのだろう。幸せで、幸せで。それだけは、絶対に誰にも違《たが》えさせることのできない真実だ。

――みんな、みんな覚えている。

産むときの痛みも、その苦痛から解放された時の、安堵に勝る幸福も。初めて抱き上げた血濡れたままの子供たちの重さも、乳を飲むのが下手だった子も、逆に吸い付いて離れなかった子も。首が据わった時も、初めて立ち上がった時も、マンマと呼んでくれた時も、追いかけっこで負けた時も、夫に剣術の練習で打ちのめされた時も、針を教えてと膝に駆け寄ってきたときも、好き嫌いを克服できた時も、たくさん困らせてくれた時も、お嫁に行く時も、一生を支えたい女性を見つけたのだと相談してきた時も、人の親になったと改めて感謝を伝えてくれた時も。

何もかも、何もかもを覚えている。そのすべてを、与えてくれた人の手を、最後の力を振り絞って握り返した。

この三十五年間の幸せをくれた人に、どうしても伝えたい言葉が、次から次に溢れて、溢れて。

「いや！　おばあちゃま！」

「待って！　今すぐに連れてくるから！」

「最期は家族全員でお見送りするんだっ！　馬鹿リムをさっさと呼んで来い！」

瞼が重くて重くて仕方がない。私はゆっくりと瞼を閉じていく。

「――曾おばあちゃま‼」

「この馬鹿娘！　早くおばあ様にご挨拶するんだ！」

「お母さん！　リムが、リリームが来ましたよ！」

「曾おばあちゃま！　いやよ、まだ、まだ行かないで！　まだ物語の最後、教えてくれてないじゃない！　リムに教えてくれるまで、行っちゃいやよ！　曾おばあちゃま！　曾おばあちゃま‼」

あぁリム。

意地っ張りで強がりで、泣けない貴女はいつも不貞腐れてばかりで心配が絶えなかった。貴女はとっても、私の妹に似ていた。大事な大事な、可愛い妹に似た――とってもとっても大切な曾孫だった。

これからは、曾おばあちゃまはいないのだから、しっかりと他の人にも甘えるんですよ。

貴女を見ているのは、私だけではないのだから。

「……曾おばあ様、あのお約束、決して違えないと誓います。曾おばあ様の名に恥じぬよう、しっかりと受け継いでゆきます……リリームはこの通り泣き虫ですが、僕が支えてゆくので、どうぞご安心してお眠り下さい」

私の心の声が聞こえたかのように、別の曾孫から芯の通った声が届けられた。リムが半狂乱になりながら「あんた何言ってんのよ！」と涙をひっこめて騒いでいる。あぁ、頼んだよ。その子の涙の面倒を見てくれると、約束したからね。

家族全員に見守られながら、愛されながら旅立つ私は、なんと幸せだろうか。貴方が、あの時誓ってくれたように、私が置いてこざるを得なかったすべてになってくれた。すべてを与えてくれた。

先に逝って、両親に挨拶をすませておきます。結婚の許しをもらっていないことを、貴方はずっと気にかけていましたから。父に一杯飲ませていい気分にさせておきますね。だからどうか、貴方はゆっくり来てください。その時にはどうか、もう一度ポレアの花を。

「……愛して、いるわ」

その言葉が誰に向けたものであったのか、分かってくれるのは貴方一人でいい。

皆に向けた言葉の中に、初めての愛の言葉を忍ばせた、最後まで臆病な私をどうか笑わないでください。どうしてもどうしても、伝えられなくて、どうしてもどうしても、伝えたかった言葉なの。

ヒジリ、――

貴方が呟いた言葉の先を、天国でもう一度伝えてくれると、信じていますよ。

❖

この世に暗雲が立ち込める時　一筋の光が天より差し込んだ

その希望が視界を真っ白に染め上げた時　光の波の中より聖女が降臨する
「我は天より遣わされし者　勇気ある者たちよ　立ち上がりなさい　祝福を授けましょう」
聖女の言葉に誘われ　六人の若者が立ち上がる
武の者・智の者・信の者・魔の者・義の者　そして　勇の者
聖女の導きのもと　彼らは凶悪な魔王を打ち払い　この世に永の平和と安寧をもたらした

――聖女伝説より

❖

果たして、聖の帰郷は無事に叶った。

彼女の最後の願いを聞き届けた勇者が、魔法使いの助言を受け、神官に遣いを出したのだ。

初代、魔王討伐の英雄の一人――信の者である彼はその功績を認められ、神殿の最高位である教皇になっていた。彼は、勇者の住む辺境の地にひっそりと足を運んだ。決してもう若くはない体に鞭を打ち、それでも彼がやってきた理由は一つだった。

この世界を救った聖女の、たった一つの願いを叶えるため。

教皇自ら厳重に秘し隠しながら持ち出してきたもの――それは、神殿の最奥部に大事に保管されている、〝原初の炎〟であった。その炎は、教皇をもってすら自由にできるものではなかった。

禁忌を犯した教皇は、共犯者の目をする魔法使いに炎が揺れるランプを手渡した。魔法使いにしては、珍しく慎重な手つきでそれを恭しく受け取る。

ポレアの花に囲まれた遺体に魔法をかけ、棺の上で炎を膨張させる。どんどん膨れ上がる炎は、どれほど大きくなっても熱を持たなかった。聖の姿が炎にくべられ見えなくなっていく。その炎を瞳に映して、かつて勇者と呼ばれた男はただ立ち尽くした。

燃え上がった炎が鎮火した時、そこに聖の姿はなかった。骨さえも残らぬほどの業火に、男はその場を動くことすら出来ない。

「あるべき場所に、還っただけだ」

「原初の炎はすべてを元に戻すのです。かつての姿で、御父母様の元へ旅立ったでしょう」

魔法使いと教皇が慰めるように、愛妻を失ったばかりの男に声をかけた。

「そうだったのか。目印になるようにと、遺体に若返りの呪文をかけておいたが無駄骨だったな」

「またそのようにでたらめのような魔法を……よく次から次に思い浮かぶものだ――炎の在り方は神殿の極秘事項故、さしもの貴方ですら知らずとも問題はなかろう」

「ふむ。いいことを知った」

「協力は今回きりだ。彼女のためと思ったからこその力添え。貴方の研究のためには〝ビタイチモン〟だって渡さぬよ」

旧友同士の軽忽《けいこつ》な応酬の隙間に、ぽつりと囁きが聞こえた。

「――言えなかったのだ」

唐突な男の言葉に、魔法使いと教皇は耳を傾けた。

俯いたままの男の背中は、この数日で何倍にも老け込んでしまったかのように、溢れ出んばかりだった覇気をそぎ落とされていた。

　この秘密の会合を誰にも漏らされぬようにと、薄紅色の木々に囲まれた庭の周りには、力自慢の男衆が見張りに立っている。その見張りを掻い潜り刺客が現れてしまえば、一瞬で命を散らすだろうと思うほどの消沈ぶりだった。

「言葉にしてしまえば、この夢が終わりそうで――どうしても、言えなかったのだ」

　魔法使いと教皇は、顔を見合わせた。お互いあのころから随分と年を取った。魔法使いは悪趣味にもいまだ青年のような姿のままだが、重ねた年月は変わりない。皆等しく年を取った。皆等しく彼女を尊んだ。だが彼の彼女に向けた愛情だけは、等しくなかった。世界と彼女を天秤にかければ、なんの迷いもなく世界を壊すだろうほどに――

　そんな彼の心を支えられる相手は、もうこの世のどこにもいないだろう。

「介錯《かいしゃく》なら早く言え。私は旅に出るぞ」

「生を受けた世界が違えども、魂の行き着く場所は常世のみ。案ずることはありますまい」

　薄情な友人たちの言葉に、男は僅かに口角を上げた。

「そうだな――さっさと天寿を全うして、逝くとしよう」

「おや、魔王を廃した勇者なれど、やはり女房は怖いですか」

「あれは怒ると口を利いてくれなくなる」

　そう続けた男に、教皇は笑顔で頷いた。魔法使いは、男の言葉でこの場に留まる興味を失くしたとばかりに、勝手に住み着いていた離れに向かい、旅立ちの準備をし始めた。そんな友人たちの傍で男は目を細める。

――その目線の先には、彼女が好んだ薄紅色の花が咲き誇っていた。

❖

魔法使いが聖にかけた若返りの魔法は、早乙女家の面々が聖のことを分かるようにという友情から、その一回のためだけに生み出された、特別な魔法だった。

若返りの魔法をかけられ、原初の炎で常世へと戻った聖は――発見されるまで、再びの眠りについた。

まさか、大事な娘が白骨遺体となって帰ってきたことで、あちらの家族たちが更なる悲嘆に暮れることになろうとは夢にも思っていなかったのだろう。魔法使いは聖の最後を見届けると、自分の役目は終えたとばかりに、召還魔法を殲滅する旅に出た。

常識外れの魔法使いを心配した他の英雄も合流し、二人は世界中の召喚魔法を忘却の彼方に追いやっていった。もう二度と、聖のような人を生ませないため――

旅立ちの際に、世間では禁術扱いをされるだろう知識を、魔法使いは大量に勇者邸に押し付けていった。ここがどんな堅牢な金庫よりも安全だと判断したためである。

魔法使いにとって知識とは何物にも替えられない財産。決して公表できない禁じられた魔法も、葬ることなど出来なかった。

――そして勇者邸は、代々この魔法を守り続けてゆくことになる。

当主を継いだリリームの孫、リュカにより金庫の鍵が明けられるまで百年の間、禁じられた魔法は長い長い眠りについた。

魔法使いはその類稀《たぐいまれ》なる魔力から、人よりも長い寿命を持っていた。友人が逝き、一人になっても、止まり木を無くした魔法使いは長い旅を続けた。

世界を渡り、時を渡り……様々な時代が彼を平等に迎えた。彼はそこで、ある時は世界を救い、ある時は世界を混乱に陥れたりもした。魔法使いは気まぐれだった。世界にも、時間にも、ひとにも縛られずにただただ己の思うがままに生きた。

だがその中で、魔法使いと聖の友情は、かけがえのないものであった。二人の力も。

だからこそ、聖女の妹・翠から聖への祈りは、魔法使いハルベルトの許にまで届いた。

永い時を超え、夢枕にたった聖の願いを受け取って、ハルベルトは時を渡った。アルフォンスの仲間たちを――聖女の妹が祝福を与えた、新たなる勇者たちを救うために。

ゲームでは描けるはずもない、物語の真実。

奇跡のようなその流れは、やはり聖女の祝福として、後世に残ってもよかったかもしれない。

だがその事実は歴史書に記されることも、吟遊詩人が歌うこともなかった。

その軌跡を知る者は、孤独な魔法使いただ一人である。

番外編　サクラ散る現世《うつしよ》

丸く切り抜かれた廻廊の向こうは、平和をかたどっていた。

澄み切った空に、白い雲。眼下には紅葉した木々が広がり、王城の庭園を美しく染め上げていた。色とりどりの秋の花が、ようやく迎えた平穏を祝うかのように咲き、白亜の城に守られ揺れる。

城下では引っ切り無しに人が行き来している。建材を、衣服を、食材を手に駆け回る人々は、魔王討伐後初めて迎える冬への支度にてんてこ舞いだ。しかし人々の表情に陰りは無い。重く苦しい冬の先に待つのは魔王ではなく、春なのだから――


「――第二、三部隊は通常通り王族の警護。第四部隊は王宮警備。第五以降は青騎士団と連携し城下町の治安維持に務めるように」

赤毛をさらりと揺らして告げた若い上司に、部下は機敏に敬礼をして立ち去った。その後ろ姿が見えなくなったのを確認すると、彼は大きなため息をつきながら、廻廊の縁《ふち》に寄りかかる。

「職務には慣れたか。白騎士団副隊長殿」

明らかに気の抜けていた姿を見られた男は、その声に慌てて姿勢を正した。しかし、相手の顔に相好を崩す。

「――これはこれは、アルフォンス殿下直属の近衛隊長オーディン様ではないっすか」

共に魔王を討伐した英雄、コンラートとオーディンはにやりと笑う。互いに魔王討伐後、その報酬を受け取った身。一人は主を変え、一人は出世。どちらも異例であった。そんな二人は、王城の高い場所にある廻廊から城下町を見下ろす。

「やっぱ副団長なんて俺には荷が重いっすねえ。肩は凝るのに、綺麗なお姉ちゃんの店にマッサージに行く暇もないですよ」

「減らぬ口を縫っておかねば、結婚後の苦労は目に見えておるぞ」

意中の令嬢にやっとの思いで振り向いてもらったコンラートは、お試しの婚約期間に入っている。世間では英雄としてたたえられているものの、いなせでふかせたコンラートを、花嫁の父親としては歓迎できないらしく、およそ平均よりも長い試験期間だった。

それを知っているオーディンがコンラートに軽口を飛ばす。

「おぉ。〝ミドリサマ〟の件ですな。篤実《とくじつ》たるオーディン閣下の忠言、心に深く刻みつけておきます」

「だからっ、あれは身に覚えがないと——！」

途中で我に返ったオーディンは、大きな声を出したことを恥じ、おほんと咳払いをして話を中断させた。

なんでもこの大男、あの話を耳に入れた、自身の半分ほどの身長の年上女房に、そりゃあもうどえらい非難を受けたらしい。アルフォンスが仲裁に入り事なきを得たが、〝ミドリサマ〟の真相はいまだ闇の中である。

「よい、私は行く。お主も息抜きはほどほどにな」

頭を抱えて立ち去ったオーディンを、コンラートが見送った。

自分もそろそろ職務に戻ろうと踵を返そうとしたコンラートの耳に、今度は軽快な足音が聞こえてきた。

「アルフォンス、アルフォーンス！」

「どうしたんだ、お嬢ちゃん」

両手に大量の資料を抱え、辺りを見渡しながら廻廊に駆け込んできたのはカチュア。彼女はコンラートを見つけると、その瞳を輝かせた。

「コンラート、ちょうどいいところにいたわ！　アルフォンス見なかった？」

「殿下？　見てないな」

アルフォンスを捜して奔走していたのだろう。カチュアは髪が乱れるのも構わずに地団太を踏んだ。

「もぉー！　私が登城する度に逃げ回るんだから！」

何かあったのかと、視線だけでコンラートが問う。するとカチュアは口をへの字に曲げ、抱えていた資料の一枚を彼に渡した。

「今度の式典用の礼服を誂えなきゃいけないの！　それなのに、前と同じものでいいなんて、子どもみたいに面倒くさがって……今回の衣装、せっかく私がデザインしたのに！」

へぇ、とコンラートはカチュアから受け取った資料を見た。描かれている衣装を見て、コンラートは硬直する。そこには、ピエロもかくやというような奇天烈であり珍妙な衣装が描かれていた。

アルフォンスが「前と同じでいい」と言って逃げる気持ちが十二分に分かった。いやそれどころか、カチュアの善意に苦慮して自ら新調しないことを、褒めたたえてやりたいレベルだった。

「ほ、ほー……」

「素敵でしょう、その袖のフリルはフリッツとお揃いなの。彼も魔法塔の寵児として恥じない格好をしてもらわなくっちゃ」

「フリッツにも君が衣装を用意したんだ？」

「あら、当然でしょう」

先ほどと違い、ほんのりと目尻を赤く染め、カチュアはツンとそっぽを向いた。

魔王討伐の旅において、愛を芽生えさせた二人は順調に交際が続いている。最近では、魔法塔と王侯貴族間にある確執をものともせず、弁当を抱え塔に日参するカチュアの姿も目撃されているようだ。

その純な乙女心に泣けばいいのか、ピエロ確定のフリッツに泣けばいいのか分からずに、コンラートは頬を引きつらせた。

「この先に行くのは、さすがによくないわね。ちょっとコンラート、騎士団の方も捜すから手伝ってよ」

この先は、城の中枢が集う場。カチュアは踵を返しがてらコンラートの袖を掴んだ。

「お嬢さん、俺も勤務中なんですけど」

「あら、そうなの。それじゃあしょうがないわね——今度、貴方の婚約者さんに会う予定があるの。その時、旅での貴方の勇姿を、しっかりとお伝えしておくわね」

「もちろん、お嬢さんを案内する時間をケチるような無作法ものは騎士団にはいないさ」

旅の間のアレやコレやを婚約者の耳に入れられることを恐れたコンラートは、ピシリと背筋を伸ばすと、自ら残業を選んだ。


階段を下り、騎士団に近づいていくと徐々に賑やかになってくる。

意匠の説明を得意げに話すカチュアに適当に相槌を打っていたコンラートが、廊下の隅で押し問答している男女を見つけた。

コンラートはカチュアの口をむんずと押さえ、柱に身を隠す。「何よっ」と文句の一つでも言ってやろうと睨みつけるカチュアに、目線だけでコンラートが伝えた。さすが歴戦の戦友である。

件《くだん》の二人を見つけたカチュアは瞳を輝かせた。二人とも、気配を殺し近づいていく。しかし近づかずとも、大声で言い争っている二人の会話は容易に聞き取れた。

「三日三晩寝ずに作った秘薬よぉん！　これを飲めば、ああら不思議！　理想の男の肉体へ、一瞬のうちに早変わり！　さぁらぁにぃ、今ならお得な三十日の継続コースで、なあんと永久的に男性の体を手に入れることも――」

「私はっ、男になりたくてっ、男装していたわけではないっ！」

件の二人は、廊下の隅で文字通り押し問答を繰り広げている。ぐぎぎと音が鳴りそうなほど強く、両手を掴み合わせて対峙していた。底知れぬ二人のオーラに、誰も傍に近づけない。

遠目では男に見えた人物は、まだ髪が短いままのロイだった。上からの圧力に負けているのか、それとも尋常でない気迫にたじろいでいるのか――おしているのはなんと、女魔法使いであるマジェリーンである。

「大丈夫よぉん、心なんてぇ、すぐにどぉにでもなるわぁん。体の快楽の前には……！」

「マジェリーン、君は自分も女性であることをもっと強く認識しろ！」

この国で最も権威を誇る城の片隅で、真昼間から女性が口にすべき台詞ではない。ロイは冷や汗を流しながら、叱責を飛ばした。

魔王討伐の凱旋後、自らの性を申告したロイは、身分詐称《さしょう》の罪に問われることなく騎士団の門戸を叩く許可を与えられた。騎士に扮したのは兄の弔い合戦のための手段でしかないはずだったロイであったが、旅の間にその心も強く変化したらしい。現在は、女性初の騎士として青騎士団に在籍している。

「貴方の目が覚めることに比べれば、他の事なんてちっぽけなことよぉん」

完全に目が逝ってしまっているマジェリーンは、鼻先が触れ合いそうなほど近くまで顔を近づけて微笑んでいる。

ロイも必死に腕で体重を支えているが、このままでは数分と持たずに、口移しで毒を――いや薬を盛られてしまうことだろう。コンラートとカチュアは一部始終をしっかりと笑い終えたあと、柱の陰から姿を現した。

「モテる女は辛いねぇ」

「おや、自称女泣かせのコンラート殿ではないか！　その手腕、是非とも拝見したいものだな！」

柱の陰に二人がしのんでいたことなど、当然知っていたロイがコンラートを睨みつけた。元々、水と油のような二人。旅が終わってもお互いへの態度はさして変わることはない。

「残念だったなぁ。生憎と、俺のここは愛しの婚約者ちゃんで埋まっちまった」

「まだ、〝お試し〟だけどね」

隣から茶々を入れたカチュアをじとりと見下ろしたコンラートに、ぺろりとカチュアは赤い舌を覗かせた。

「あらーん？　カチュアちゃんじゃな～い。お城になんて、何か用事？」

ロイへの求愛はこれまでと踏んだのか、マジェリーンが自らの身は棚に上げて首を傾げた。その隣で、ようやっと解放されたロイがげっそりとした表情で襟を正している。

魔王討伐に、その圧倒的な魔力で貢献した流浪の魔法使いマジェリーン。彼女はとにかく、ロイの顔が好みだった。マジェリーンは、ロイのために魔王討伐という正義の道を突き進んだが、その本性はまさに魔女。正義も悪も関係なく、自らの興味を満たすことのみが彼女の道理だった。そして――この有様である。

「アルフォンスを捜してたの。採寸しなきゃいけないのに逃げ回ってて」

「採寸？」

かくかくしかじか……カチュアはマジェリーンとロイに、デザイン画の描かれた資料を手渡した。二人は紙を覗き込み、息を止める。アルフォンスがなぜ逃げたのか、分からないのはカチュアだけらしい。

「フリッツとお揃いで仕立てるつもりなの――そういえば、フリッツもいないわ。どこにいるのかしら」

「二人ともいないのなら、二人でいないと考えるのが普通よーん」

話がそれてこれ幸いと、マジェリーンが話題に乗っかった。

「目星が付くの？」

「うふふ。二人とも、魔の法に通じる者。同じ穴の狢《むじな》ですわぁん」

カチュアが目を見開く。マジェリーンは今にも零れ落ちそうなほど豊かな胸を手繰り寄せ、頬に手をやり笑う。

「どこにいるの？　教えて！」

「カチュアちゃんがロイを説得してくだされば、教えてあげないこともないかしらぁん？」

「マジェリーン！　カチュアも、本気にとるんじゃない！」

一瞬にして標的を変えたカチュアの眼力に、ロイがたじろぐ。今度はマジェリーンではなく、カチュアから逃げる羽目となったロイを横目に、コンラートはマジェリーンの豊満な胸を凝視しながら、彼女に尋ねた。

「どこにいるんだ？」

「そうねぇ……」

厚い唇を三日月の形に歪めて、マジェリーンは笑い声を漏らした。

❖

「だから、お前が妹の婿《むこ》に来るってんなら、考えてやってもいいって言ってんだろ」

「妹君の名誉を傷つけるようなことはできない」

ところ変わって――国の最も東に位置する、辺境の地。その地を収める領主の住まう屋敷で、同年代の男が二人顔を突き合わせていた。

「傷つけなきゃいいじゃねーか」

「それはできない」

「あれもできないこれもできない。なのに情報だけ寄越せたぁ、やっぱ王子様だなぁ、あんたは」

呆れた様子で椅子に凭《もた》れかかったのは、この辺境の地を若くして治めることとなった新領主――リュカ。傭兵から成りあがったレーンクヴィスト家は、強さを重んじ、魔王討伐から見事帰還した彼に当主の座を譲った。二度目の魔王討伐を果たしたレーンクヴィスト家は、その名声から他国に牽制と、興味を与えている。その証拠のように、質実剛健だったこの屋敷には、寄せられた多くのプレゼントが溢れ返らんばかりに飾られていた。

そしてまた、プレゼントを抱えてやってきた目の前の男の顔を覗き込んで、リュカはにやりと笑った。

「聖女のことは、我が家でも秘中の秘。当主の俺ですらまだすべては知りえていない。余所者さんには、教えられねーなぁ」

客用のソファに座しているのは、第三王子アルフォンス。彼は余裕に染まるリュカの表情へ、翠色の瞳を緩く細めて微笑みを返した。

「――ならば、リュカ。貴殿と添い遂げよう」

「……は？」

立ち上がり、目にも見えぬ速さでアルフォンスは距離を詰めた。向かいのソファに座っていたリュカの手を取り、彼が目を白黒させているうちに、女にするかのように強引に肩を寄せた。

「私が余所者でなくなればよいのだろう。案ずるな。貴殿と私は、〝オウドウカップリング〟というものらしい。常世も認めた、夫婦一対」

目はしっかりと彼を捉えたまま、リュカの手に唇を寄せるアルフォンス。リュカは猫のように毛を逆立てて震えると、全身に鳥肌を浮かばせた。

「なななななななな何をとち狂って……待て、待て待て待て待て待て！」

「大丈夫、そう子猫のように震えずとも。私がいるのだから」

「き、きっ、気持ち悪いわ！　フリッツ、フリッツ！　見てないで、このボンクラを止めろ！」

アルフォンスの手を振り払おうと必死に手を振りながら、リュカが一点を睨みつけた。そこには、後ろを向き、両耳を塞いでいるフリッツがいた。

「僕は壁、僕は空気、僕は家具……」

ぶつぶつと呟くその姿は鬼気迫っている。決してこちらを振り返らない。そんな強い意志が窺えるようだった。

レーンクヴィスト家の客室にいるのはこの三人きり。

そもそも、なぜ王都から遠く離れた辺境の地にアルフォンスとフリッツがいるのかというと、転移魔法の道が遠い昔にこっそりと築かれていたからだ。誰が、なんの目的で――アルフォンスには邪推すれば邪推するほど、この地に聖女の手掛かりがあるような気がしてならなかった。

その道を開いたのがフリッツだった。相性の問題か、他に要因があるのか――なぜかアルフォンスには発動できなかったそれを、フリッツはやってのけた。アルフォンスを心の師と掲げるフリッツは、彼の役に立てたことを手放しで喜んだ。

アルフォンスは彼に秘密遵守を厳命し――こうして辺境の地と王都を行き来できるようになったのだ。

「僕はそよ風、僕は大地、僕は太陽の暖かい光……」

「フリッツ！」

そんなこんなで月に二、三度、聖女の情報提供を切実に求めてやってきていたアルフォンスだったが、リュカの横柄な態度にとうとう痺れを切らしていた。

「妹君と違い、気心知れた貴殿にバツがひとつ付こうが、傷がひとつ付こうが、私は一向に気にしな――」

「しろよ！　してくれよ！　俺とお前の仲だろう⁉」

「そのよしみだ。固い口の紐を解くがいい」

「それとこれとは別だ！」

放心状態から立ち直ってきたのだろう。リュカは頑なに口を閉ざした。

リュカから離れ、アルフォンスが立ち上がると、襟元のスカーフを緩ませる。

「――フリッツ、戸の鍵を」

見下ろす翠色の瞳は、冷たいほどに鋭かった。冷静沈着な、かつてのアルフォンスを思わせる。

心の師の命に従い、フリッツは静かに戸の方へ向かった。

リュカは、本気で貞操の危機を感じた。

「わ――‼　待て、待て待て待て待て‼　分かった、分かった！　分かりました！　詳しい人間を、紹介してやる！　譲歩だ！　これ以上はできん！」

　ソファから飛び降りたリュカは、尻を両手で包んで壁際に逃走した。壁に背をピタリと当てて泣き言を叫んだ彼に、アルフォンスがスカーフを締めながら、にこりと笑う。

「さすがリュカ。分かってくれると信じていた。友よ」

「何が友だよ、最低な脅し方しやがって……」

　魔王と対峙したときさえ震えることなどなかったというのに。ブルブルと震えながらリュカはよろめいた。尻に手を当てたまま、アルフォンスと目を合わすことができないでいる。

「――何事ですか、リュカ。騒々しい」

　扉を叩く音と同時に、厳格な声が室内に響く。

「ばあさん、丁度いいところに」

「その言葉遣いも正しなさい。全くお前は誰に似たのやら――おや、お客様がいらしてたの。当主の無作法を、かわってお詫び致します」

　少しばかりわざとらしくそう言った年配の女性は、言外に、もう少し静かに遊びなさいと年端のいかぬ若者を諌めた。

「それより婆さん、そっちはフリッツ。こいつはアルフォンス。王様の、えーと、何番目かの息子」

　リュカの言葉遣いに眉をひそめていた女性であったが、アルフォンスが王子だと知ると喜色を浮かべた。どうやら王家に対し、好感を持っているらしい。フリッツは静かに頭を下げ、アルフォンスは彼女に品のよい笑みを向ける。

「ご紹介にあずかりました、アルフォンスと申します」

「リュカの祖母、リリームです。本日は遠いところをわざわざ、よくお越しくださいました。お父様はご健勝で？」

「ええ。早く孫を見せろとせっつかれております」

老人の好みそうな話題を放ったアルフォンスに、リリームはころころと笑った。

「孫といえば、リュカは御夫君によく似ていますね。黒々とした髪が一際美しい――ヒジリ様より、受け継がれたのですか？」

「おやまぁ、世辞のうまいこと。孫に似ていると言われ、嫌がる年寄りはいないでしょうから――けどねぇ、お坊ちゃん。老骨を出し抜こうなんて失礼なこと、考えてはいけませんよ」

リュカが呆れた顔でアルフォンスを見る。先ほどと違い、随分と直接的なリリームの警告に、アルフォンスは深々と頭を下げた。

「気が急くあまり、大変な失礼を致しました」

リリームは鷹揚に若者の謝罪を受け入れた。

「実は、よんどころない事情によりヒジリの名の起源を求めております」

「婆さん、相談に乗ってやってくれよ」

せっかちな親友のためにリュカも口を添えた。

「代々嫡子にのみ受け継がれるという、由緒正しい名――ひとかたならぬ思いがございましょう」

「人の家の事情に土足で踏み入るだけの、ご事情が？」

再三の警告に対して姿勢を改めないアルフォンスに、リリームは冷ややかな目線を送った。

「お怒りはごもっともで、申し開きのしようもありません。ですが私は、どうしても知らなければならない――常世で、ヒジリという名の姉を待つ、聖女様のためにも」

リリームは息を飲んだ。彼女が予想しうる、どんな事情とも異なったためだ。

「――常世に？」

アルフォンスはしっかりと頷いた。

「妹君は、ずっと、姉君のご不在を……無残な死として受け入れていらっしゃいます。真実がどうであれ――私はできる限り、真実に近いこたえを彼女に渡したい」

リリームはリュカを見つめた。常世に赴いたとは、あまりにも信じがたい話である。自らの孫を見ると、彼はアルフォンス同様、しっかりとリリームに向かって頷いた。

わずかな期待が胸を過《よぎ》る。リリームはもう一度、アルフォンスを見つめた。

「……妹君の名は？」

「――翠、と」

リリームはそっと目を閉じた。その名に、彼女は聞き覚えがあった。

「リュカ」

リリームの厳格な声で呼ばれたリュカは、背筋を伸ばした。リリームは一本の鍵を彼に手渡すと、執事に会いに行くように当主に向かって命じる。

「……真実が、いつも優しいとは限りませんよ」

アルフォンスは彼女の優しさに深く頭を下げた。

「――リュカ、ついでに、お茶と椅子も用意するように」

「へーい」

「返事！」

「はい」

❖

――私は五年前、この世界に〝召喚〟された。


どこから話しましょうかとリリームが渡した手記には、そう書かれていた。

常世言葉で描かれたヒジリの日記を、アルフォンスは無言で捲った。ところどころに読み解けぬ漢字もあったが、前後の文でなんとなく理解する。望まぬ召喚、見知らぬ土地――彼女の苦労と憔悴が見て取れた。

現世の人間の勝手な願いのために、彼女は常世から引き剥がされたのだ。否も、応もなく。

日々心を殺しながら、この世界のために生きる彼女に、人々が求めたもの――それは、聖なる象徴。希望の道筋。あまねく空を照らす、聖女の光であった。

初代勇者、後《のち》のレーンクヴィスト辺境伯に祈りを捧げた彼女は、ただ待ち続けた。家族の下へ――常世へ帰るその日を、一心に。

けれど、その日はついぞ訪れなかった。彼女は、彼女たるゆえんを譲らなかったために、その尊き身を処刑にまで追い込まれたのだ。

——親不孝な娘でごめんね、お父さん、お母さん、お兄ちゃん——翠。

アルフォンスは、手記を手に、胸を震わせた。

「——我が領地でも、限られた者しか読めぬ常世言葉を解するとは。おみそれ致しましたわ、殿下」

込み上げてきた熱い熱を飲み込んで、アルフォンスは顔を上げた。リリームは穏やかな顔で、アルフォンスを見守っている。

「……かの、じょは」

「もし、処刑されていたら——私はこうして、可愛い孫の頭を撫でることもできなかったでしょう」

リリームの隣に座っていたリュカは、彼女の手から逃げるように身を捩《よじ》る。しかし、いくらでも逃げられそうな皺だらけの手になぜか掴まり、その顔を不服に染めていた。

「ヒジリの名の源流となった、ヒジリ・レーンクヴィストは私の曽祖母——そこからは、私が語りましょう」

アルフォンスは膝の上で開いていた手記をそっと閉じた。背筋を伸ばし、彼女の凛とした声に耳を傾ける。

「彼女は、自らが祝福を施した初代英雄たちにより、処刑台から内密に救い出されはしたものの、その存在は秘されるべき者——聖女が生きていると知られれば、国を謀《たばか》った逆賊と、英雄もろともその身を追われることは必定」

そんなことを、あの曾おじいさまが気になさるとも思えませんけど。くすりと笑うリリームの瞼の裏には、懐かしい思い出の光景が広がっていることだろう。

「曾おばあさまの安寧のため、そして勇者の名のため。この地はずっと、秘密を守り続けておりました」

のちに、英雄の一人が作った組織が、勇者の血を引く力自慢たちを支える私兵隊となったという。勇者に似た、屈強な戦士を数多く有する私兵たち。百年にわたりこの地が守り続けられてきた背景には、彼らの存在もまた不可欠だったに違いない。

「曾おばあさまは、子を産み、孫を抱き、曾孫にたくさんの物語を話してくれたわ。遠い常世の物語や、若き日の自分のことを――曾おばあさまが大好きだった私は、聖女と勇者の恋物語を、何度も、何度もねだったものです」

悲劇の聖女を救いだす、勇敢な勇者の物語。リリームは曽祖母の手記をじっと見つめた。

先が楽しみで、だけどすべてを聞いてしまうと勿体ないような気もして。結末を語ろうとする曽祖母に、最後まで語らせてあげなかった、恋物語。

「いつも聞いていた物語の結末を、私もずっと探しておりました――ですが、きっと物語の終わりは、いつもそこにあったのです。こうして、孫を撫でる私のように。膝によじ登る私を撫でる彼女の笑顔。それこそが、物語のおわりを締めくくる言葉だったのでしょう」

リリームの穏やかな表情からは、一切の陰りが見つけられなかった。アルフォンスは言葉を切り出した。

「彼女は、幸せだったのですね」

「私の知る限りでは――夫に愛され、子に、孫に、曾孫に慕われ。ごく普通の、おばあちゃんの最期でしたわ」

リリームの言葉にアルフォンスは体の力を抜いた。あまりにも安堵しすぎたため、客人の身であるというのに、だらしのない格好まで見せてしまう。背もたれに寄せた体を起こして、背筋をのばした。

「申し訳ない」

「あら、今更いいのよ」

失礼に失礼を重ね、この場を設けさせたアルフォンスに、リリームはころころと笑った。

「――失礼致します」

それが合図のように、退席していたフリッツが戻って来た。手にはいい香りのする焼きたてのパウンドケーキがある。

「すみません、屋敷の方に持たされてしまって……」

「ちょうど話が終わったところよ。持ってきてくださってありがとう。お茶にしましょう」

フリッツの後ろから足音もなくやってきた侍女たちが、テキパキと準備を始める。邪魔にならないようにと立ち上がったアルフォンスを、窓際で庭を見つめていたリリームが呼んだ。

「春にも是非いらして。まだ蕾《つぼみ》ですけど、あのサクラの木は曾おばあさまのために、曾おじいさまが手ずから植えたのよ。毎年一本ずつ、二人が寄り添った年数分だけ」

「……桜?」

アルフォンスは窓に寄り添った。庭を見下ろすと、丸く庭を囲むように、樹木が聳え立っていた。

その木が、翠と約束したあの桜の幹と同じかまではアルフォンスには確認できない。

「ただのコナの木だよ。うちの地方ではなぜかそう呼ぶんだ」

パウンドケーキを切る端からつまみ食いしていたリュカが、指を舐めながらそう言った。

「曾おばあさまがそう呼んでいたのよ」

行儀が悪い！　と幾度目かの注意を向けるリリームの隣で、アルフォンスは庭を見下ろしながらぽつりとこぼした。

「……彼女の、好きな花だ」

姉が好きな花――そう言いながら、誰よりも桜が咲くのを待ち望んでいた、愛しい人をアルフォンスは思い出す。

「ええ、そう。曾おばあさまはサクラがとても好きだったわ」

ヒジリの愛した木を、その秘密と共に大事に守ってきていたのだろうと、その立派な幹からは伝わってきた。アルフォンスは、拳を握りしめる。きっと、いや、絶対に。彼女に伝えよう。無残な死だったなんて、とんでもないのだと。

「――さて、ここまで聞いたのですもの。もちろん、レーンクヴィストの名に連なる覚悟がおありですわよね」

席に座り、優雅にカップを持った貴婦人にアルフォンスは頬をひきつらせた。

「いえ、私は……」

「あら、おほほ。我がレーンクヴィストは蛮勇の血を引く粗野な傭兵上がり。簡単に逃がしは致しませんわ」

「リュ、リュカ！」

「強いのは俺だけだと思うなよー」

けけけ、と笑う親友の援助は見込めないらしい。アルフォンスは、青い顔をして紅茶を啜った。

この話を聞いたら、彼女は笑ってくれるだろうか。

貴女の姉は――百年もの間、ずっと、ずっと……家族に愛され続けているのだと。

番外編　名無しの雪だるま

受信ボックスから溢れるほどの迷惑メールを、次々に削除しながら帰路につく翠を待っていたのは、一人の雪だるまだった。

「……何してんの」

季節はすっかり冬に染まり、夕闇もすでに遥か彼方。ポツンポツンと辺りを照らす街灯は、冷たいまでの藍色の空をほんのりと照らす。この地域には珍しく、今日は朝から雪が降っていた。

そんな寒々しいアパートの下に、雪を積もらせて座り込んでいる男が一人。見知った顔に、見慣れない配色。この寒空の中、薄いコートにお飾りのようなマフラーを一応巻き付けているだけの男の耳や鼻は、真っ赤だった。

翠に気付くと、男はやおら顔を上げ、立ち上がった。

「おかえりなさい。まだこちらを引き払っていないようで、よかったです」

おかえりなさいませ。

一年前までそう言い腰を曲げていた男は、あの時よりも随分と高くなった目線で翠を見下ろす。

冷気が翠の指先を凍らせる。何をいじっていたのか、何をしていたのか知られたくなくて、翠はとっさに携帯電話をポケットにしまった。

「……どちら様でしたっけ」

「酷いですね。貴女のアルフォンスを、お忘れですか？」

「半年とか言わんぶりなんですけど」

忘れるはずがないだろう。忘れられるはずがないだろう。翠は胸の奥を掻《か》き毟《むし》る衝動にできるだけ知らぬ顔をしながら、平静を取り繕う。

「県外での研修が思ったよりも長引いてしまいました」

県外の研修なんて、聞いていない。何か一言ぐらい、言ってから、行けたんじゃないの。

面の皮は、アルフォンスの方が一枚も二枚も厚い。知っていたはずなのに、翠はぐっと押し黙った。

あの桜の下でアルフォンスと会ってから——季節がみっつ過ぎ去った。

大学の四年生になったばかりだった翠は、もうすぐ卒業だ。卒論の発表も無事に済み、就職を控えている。自らの条件と照らし合わせた結果、就職後はアパートを引き払い、この地を去る予定でいた。

アルフォンスはあの日、翠の下を訪れ姉のことを話してから、いつも通りの顔をしてアパートを去った。それから、ぱったりと。翠があれこそが夢だったのではないかと思うほど——ぱったりと姿を消してしまった。

始めのころは、社会人一年目のころの姉を思い出し、余裕のない日々を過ごしているのだろうと思っていた。それが、ひと月たち、ふた月たち——翠は意図的にアルフォンスが自分とコンタクトを取らないようにしているのだと気付いた。

アルフォンスが日本人として生活して、二十年近く——その間、成長こそすれども、衰えることはないだろう。アルフォンスなら、できたはずだ。どれだけ忙しく余裕のない日々を過ごしていても、翠に連絡の一つくらい入れることが。手紙でも、メールでも、どうにかできたはずだ。

それをしなかったということが、どういうことか。

いくら恋愛ごとに疎い翠でも、気付かないわけがなかった。

「今更来て、なんの用なの」

可愛げのない口調を、今もなおアルフォンスが許してくれるのか、翠には自信がなかった。目の前の男は、翠のよく知った上品な笑みを張り付けている、全く知らない男。

アルフォンスにとって、二十数年前――彼は翠しか頼る人間を知らなかった。この世界で、翠しか必要がなかった。それが、今は違う。彼は一人の日本人としてこの地で育ってきた。彼にとって大切なものも、譲れないものも、かけがえのない価値観も育まれたことだろう。

――その彼にとって、翠がまだ必要な存在なのかは、この微笑みという分厚い皮を剥がない事には分からない。

アルフォンスだけれど、アルフォンスではない男を前に、翠はどう接すればいいのか分からなかった。

「……それ、何？」

彼の頭に積もった雪を振り払っていいのかさえ分からない翠は、目線を合わすことさえできずに、彼の手に握られているスーパーの袋に視線を落とした。この間まで、年下の男の子と思っていた相手が、立派な格好をして上から自分を見下ろしている。

「あぁ。鍋でもどうかと思いまして……水炊き、お好きですか？」

「もつ鍋の方が好き」

優しさにも、温かさにも、すべてつっけんどんに返してしまう自分に翠は困惑した。焦っているのか、混乱しているのか、それとも――こんな可愛げのない口調でも許してくれるかどうかを試しているのか。

翠の返答に苦笑を返すだけのアルフォンスは、翠の甘えを許さなかった。きっと十六歳のアルフォンスなら「では、次はもつ鍋にしましょう」と言ってくれたはずなのに。黒髪のアルフォンスは翠の望む言葉一つ恵んでくれずに、苦笑いを浮かべてこちらを見つめている。

これ以上翠が突っぱねれば、きっと彼は帰ってしまうだろう。翠に何も与えず、翠に何も望まず。

ぞっとした。寒気が翠を襲った。冬の冷気ではない。

――それは、アルフォンスから与えられた初めての絶望だった。

あの時のように、仕方のない別れではない。彼の未来を祈ることもできない別れを、彼によって与えられようとしていることに、気付いたのだ。

翠は俯いた。翠の甘えも許さない、彼の笑顔を見続けていられずに。

――放っておいてくれればよかったのだ。

これまで、十ヶ月も放っていたのなら、簡単だったことだろう。こんな狭いアパートで過ごしたたった二ヶ月のことなど忘れ、輝かしい未来を棒に振らせた女の事など恨み、とっとと誰かと幸せになっていたらよかったのだ。翠の、知らないところで。

実際に会った私は、あんたの思い出よりずっと、ただの女だったでしょ。

生活の基盤を与えていた大家。常世の理《ことわり》を教えたもうた飼い主。魔王を滅ぼす手立てを導いた聖女――そのどれもが、十六歳の少年が見る光としては、眩しかった事だろう。

けれど現実は、親の脛を齧《かじ》って一人暮らしさせてもらっていただけの、ただの女子大生。

久しぶりに会った女に、幻滅したのだろうか。こんなはずではなかったと、捨てた王座を悔やんだ夜はあるだろうか――翠はアルフォンスに会えない間、ずっと、ずっと――布団の中で彼に問い続けていた。

「あのころより少しは腕を振るえるつもりではおりますが……」

しんしんと雪が降り続ける中、アルフォンスが静寂を切り裂く。

「あのころと同じ気持ちで、私を迎え入れないでいただきたい」

アルフォンスの言葉は、真剣そのものだった。翠はポケットの中で携帯電話を握りしめた。こないメールを待ち続ける日々ももう終わりなのだろう。胸にこみ上げるものの熱さに、翠は口さえ開けない。雪が薄く積もったブーツのつま先を、潤んだ視界で睨みつけるだけ。

「なぜ今更、と、おっしゃいましたね」

翠は、こくんと小さく頷くことで精一杯だった。アルフォンスの下す決断を、まだ受け止める準備はできていない。

「――本当は、一年待つつもりでした」

翠はとっさに顔を上げた。見上げた先のアルフォンスは、先ほどまでの張り付けた笑みとは違い、少しばかり照れくさそうな、気恥ずかしそうな表情を浮かべている。

「去年の春――貴女が私を見て、反応をくれた時。心底……心底嬉しかった。その気持ちのまま、貴女に言い寄り、家まで押しかけ、情に弱い貴女の優しさを盾に貴女に言葉を強請った……でも、それでは何も意味がないことを、私は知っていた」

　翠色のアルフォンスの瞳は、まるで燃えるような熱を宿して翠を見つめている。

「一年。せめて貴女が卒業なさるまでは——そう思い、仕事に明け暮れました……けれど、無理だった。貴女を想わぬ日など、一日もなかった。冬の寒さに、貴女との思い出が次々と浮かび……耐えられなかった。貴女と共にいた、この季節を……」

　先ほどまで絶望に打ちひしがれていた胸に、唐突に喜びを詰め込まれ、翠は胸がいっぱいだった。せり上がってくる感情を、うまく言葉にできない。

　——策士。軍師。大魔王。

　かつてそう評した男を前に、翠はようやく口を開いた。

「うそつき」

「臆病な私を、許してください。貴女より二十も年を重ねてしまった。更には、勝手に世界を越え追いかけてきた。重い自覚はあるんです。縋ればきっと、この手を取ってくださるだろう自信も」

　翠のために、友も、世界も、未来も捨ててやってきたアルフォンス。確かに、あのままアルフォンスが傍にいれば、なんの疑問も持たずに翠は彼の隣にいただろう——誰のために、彼がひとりになったのかを知っているから。

「貴女のよく知る、アルフォンスではないでしょう……それでも、あの時の誓いを、今度こそ受け取っていただきたい。受け取っていただけぬ、その時は——」

　アルフォンスは最後まで言葉を続けなかった。こんなことは初めてだった。だからこそ、その先を翠にすんなりと予想させた。

選んでください、そう差し出された手は爪先まで紫に染まっていた。十六歳の時のアルフォンスの華奢《きゃしゃ》な手とは違う、骨ばった大きな手。強がるくせに流されやすい翠のために、彼が与えた最後の時間を終える証。

「……とりあえず、上がって」

翠はポケットの中で、握りしめていた携帯電話を手放した。冷え切ったアルフォンスの手に、自らのマフラーを巻き付ける。そんな翠を、アルフォンスが呆れたような目で見つめている。

「翠様……」

会話通じてんのか。そんな目で見下ろす男を、翠は取り戻したいつもの強気で睨みつけた。

「そういうことは、せめて名前ぐらい名乗ってから、言いなさいよね！」

アルフォンスはびくりと背筋を伸ばし、ほんのわずか目を見開いた。

その翠色の瞳を、翠は怒りや悔しさや、そして緊張のため潤んだ瞳できつく睨み続ける。

——どんなメールでも、すべて読んだ。来るはずのないメールだと知っていたけれど、連絡先どころか名前さえ告げていかなかった薄情な男が、万が一どうにか連絡を取ってきてもいいように。

「あとっ年上なんでしょ！　しかもいい年の、おっさん！　いい加減〝様〟とか、敬語とか、止めてって、ずっと言ってるのに！」

「……それらは、また、追々……」

マフラーでぐるぐるになったアルフォンスの手を翠が掴んだ。乱暴に階段を上る彼女の後ろ姿を、アルフォンスは我慢できない笑みをこぼして見つめている。

「モツ、買ってきますか？」

「白菜勿体ないじゃん。却下」

「では、次に」

ようやく言ったその言葉に、嬉しくて翠は胸いっぱいになった喜びを、白い息にして吐き出した。

二人分の足音が、信じられないほど嬉しかった。内定をもらった時よりも、卒業が確定した時よりも、ずっと。

見慣れた自分の部屋の前に立ち止まり、翠は鍵を開けて扉を開いた。

「……おかえり」

恥ずかしげに視線を逸らしたまま、隙間を作ってそう言えば、アルフォンスはパチパチと瞬きをする。出迎えるのはいつも、彼の役目だったからだ。

「……ただいま、翠」

驚いた翠が、振り返って彼を見上げる。拍子にこぼれた翠の白い吐息を、アルフォンスは余すことなく飲み込んだ。

かさついた冷たい唇の感触。

翠は勢いよく、不届き者の頬に張り手を飛ばす。

「まままままだそんなことしていいとか言ってない‼」

「……それは、大変申し訳なく」

スーパーのビニール袋を抱えたまま、アルフォンスは自らの頬に、ぐるぐるにマフラーを巻かれた手を添える。やはり意味は通じていなかったか――その姿からはそんな哀愁が漂っていた。

しかし、彼の気持ちになどさっぱり気付かない翠は、顔を真っ赤に染め上げ、同じほど赤い目で

アルフォンスを睨んだ。

「好きな人とするのは初めてなのに！　こんな！　急に！　馬鹿なの！　馬鹿なの‼　さ、さっさと入って早くお鍋作って！　調理器具とかは、全部前の場所のままだから！」

作る気なし。遠慮もなし。余裕もなし。加えて、未練はたらたら。

わなわなと震える翠を、先ほどの哀愁から一変、にこにこと笑みを浮かべてアルフォンスは眺める。そそくさと靴を脱ぎ、コートを脱ぐ翠に手を貸しながら、アルフォンスは声をかけた。

「翠様」

「何よっ！」

ひんやりと冷えるフローリングの上で、翠が意地を張る。そのいじらしい姿に、アルフォンスは更に目じりを下げた。

「私もです」

はぁ？　そう顔に張り付けた翠が振り返り――コートを持ったアルフォンスを見て、赤い顔を更に赤らめた。

「馬鹿っ‼」

思っていたよりもずっと純情で手強い砦。まさに聖女を守るに相応しいそれを、天才軍師は何日で攻め落とせるのか――

ようやくご褒美を貰えたばかりの彼と彼女の物語は、まだ始まったばかり。

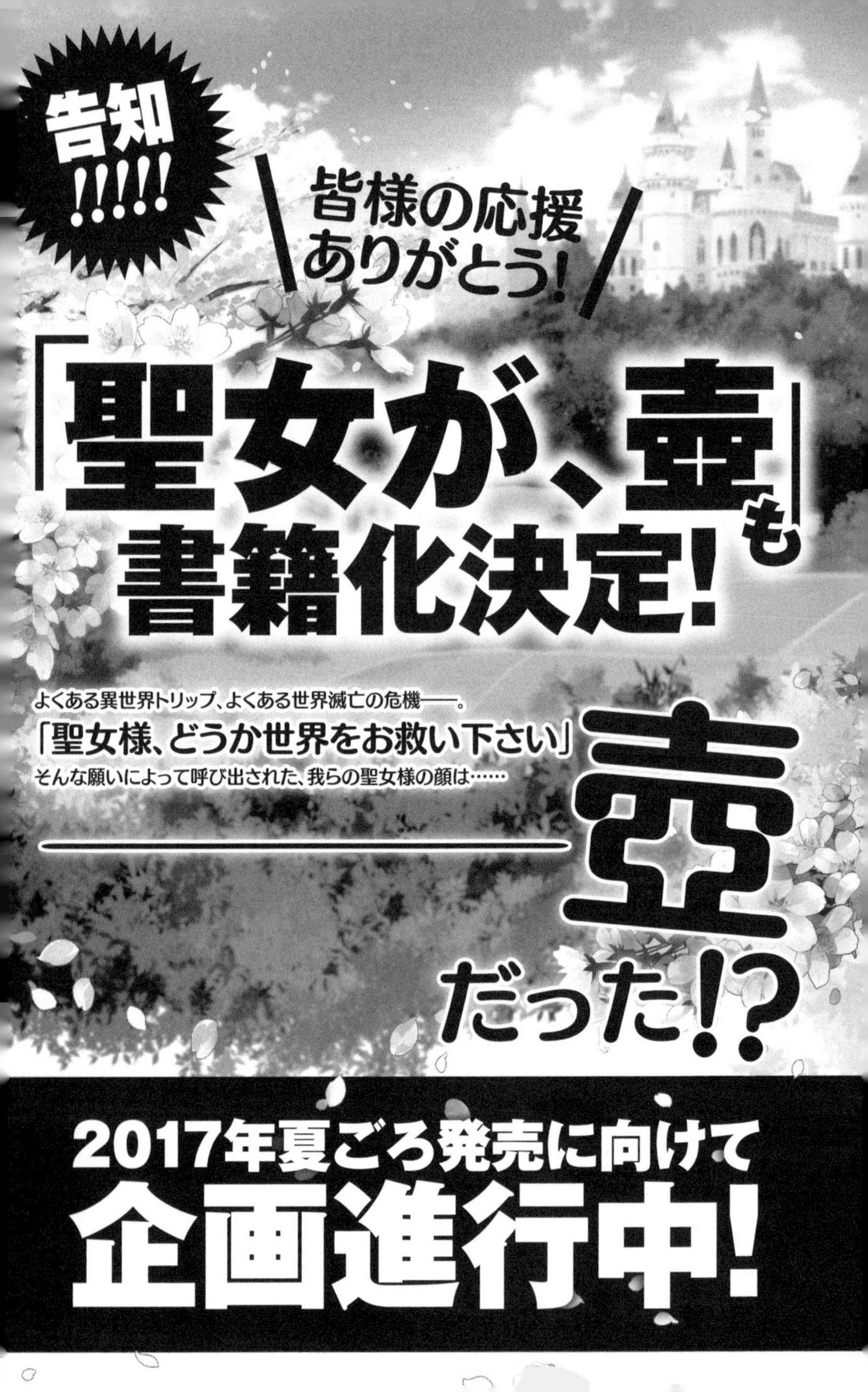
告知!!!!!
皆様の応援ありがとう!
「聖女が、壺」も
書籍化決定!
よくある異世界トリップ、よくある世界滅亡の危機——。
「聖女様、どうか世界をお救い下さい」
そんな願いによって呼び出された、我らの聖女様の顔は……
——壺だった!?
2017年夏ごろ発売に向けて
企画進行中!

アリアンローズ既刊好評発売中!!

毎月12日発売

目指す地位は縁の下。①
著：ビス／イラスト：あおいあり

義妹《いもうと》が勇者になりました。①～④
著：縞白／イラスト：風深

悪役令嬢後宮物語 ①～④
著：涼風／イラスト：鈴ノ助

誰かこの状況を説明してください！ ①～⑥
～契約から始まるウェディング～
著：徒然花／イラスト：萩原 凛

魔導師は平凡を望む ①～⑯
著：広瀬 煉／イラスト：⑪

私の玉の輿計画！ 全3巻
著：菊花／イラスト：かる

観賞対象から告白されました。全3巻
著：沙川 蜃／イラスト：芦澤キョウカ

勘違いなさらないでっ！ ①～③
著：上田リサ／イラスト：日暮 央

異世界出戻り奮闘記 全3巻
著：秋月アスカ／イラスト：はたけみち

**ヤンデレ系乙女ゲーの世界に
転生してしまったようです 全4巻**
著：花木もみじ／イラスト：シキユリ

無職独身アラフォー女子の異世界奮闘記 全4巻
著：杜間とまと／イラスト：由貴海里

竜の卵を拾いまして 全5巻
著：おきょう／イラスト：池上紗京

シャルパンティエの雑貨屋さん 全5巻
著：大橋和代／イラスト：ユウノ

**勇者から王妃にクラスチェンジしましたが、
なんか思ってたのと違うので魔王に転職
しようと思います。全4巻**
著：玖洞／イラスト：mori

**張り合わずにおとなしく人形を
作ることにしました。①～③**
著：遠野九重／イラスト：みくに紘真

転生王女は今日も旗《フラグ》を叩き折る ①～②
著：ビス／イラスト：雪子

転生不幸 ①～③
～異世界孤児は成り上がる～
著：日生／イラスト：封宝

お前みたいなヒロインがいてたまるか！ ①～③
著：白猫／イラスト：gamu

取り憑かれた公爵令嬢 ①～②
著：龍翠／イラスト：文月路亜

侯爵令嬢は手駒を演じる ①～②
著：橘 千秋／イラスト：蒼崎 律

ドロップ!!～香りの令嬢物語～ ①
著：紫水ゆきこ／イラスト：泉渼てーぬ

悪役転生だけどどうしてこうなった。①
著：関村イムヤ／イラスト：山下ナナオ

非凡・平凡・シャボン！ ①
著：若桜なお／イラスト：ICA

目覚めたら悪役令嬢でした!? ①
～平凡だけど見せてやります大人力～
著：じゅり／イラスト：hi8mugi

**復讐を誓った白猫は
竜王の膝の上で惰眠をむさぼる ①**
著：クレハ／イラスト：ヤミーゴ

隅でいいです。構わないでくださいよ。①
著：まこ／イラスト：蔦森えん

**婚約破棄の次は偽装婚約。
さて、その次は……。①**
著：瑞本千紗／イラスト：阿久田ミチ

聖女の、妹
～尽くし系王子様と私のへんてこライフ～
著：六つ花えいこ／イラスト：わか

Arian Rose
アリアンローズ

**女性のための
“読むサプリ！”**

聖女の、妹

～尽くし系王子様と私のへんてこライフ～

＊本作は「小説家になろう」（http://syosetu.com/）に掲載されていた作品を、大幅に加筆修正したものとなります。
＊この作品はフィクションです。実在の人物・団体・事件・地名・名称等とは一切関係ありません。

2016年12月20日　第一刷発行

著者 ……………………………………… 六つ花えいこ

イラスト ………………………………………………… わか
発行者 …………………………………………………… 辻 政英
発行所 ……………………………… 株式会社フロンティアワークス
〒170-0013　東京都豊島区東池袋3-22-17
東池袋セントラルプレイス5F
営業　TEL 03-5957-10 [illegible]　FAX 03-5957-1533
アリアンローズ編集部公式サイ [illegible] p://www.arianrose.jp
編集 ……………………………… 平川智香・原 宏美
装丁デザイン ……………………… ウエダデザイン室
印刷所 …………………………… [illegible]ノ書籍印刷株式会社

01

The Brave "Yoshihiko" and The Seven Driven People

勇者ヨシヒコと導かれし七人

01

THE BRAVE "YOSHIHIKO" AND THE SEVEN DRIVEN PEOPLE

一 魔王の館

魔王・バルザスが巨大化している。

バルザス「ここまで来たことは褒めてやるっ！　しかし、私に刃向かおうなどと100年早いのだっ！　ただ、100年後っていうと君たち、何歳になっちゃう？　さすがにそんなに生きられない？　そんなことをも心配してやらんぞっっ!! 今すぐにこの魔王バルザスの前からその忌々しい姿を消し去ってやろうぞ！」

立ち向かっている4人はヨシヒコ一行である。

メレブ「ヨシヒコ。あいつの言ってること正しいぞ。ここ来るの、100パー、早かったと思うぞ」

ヨシヒコ「なにを弱気なことを言ってるんですか、メレブさん。私たちにはこんなにも強い味方があるじゃないですか」

見れば、ヨシヒコ一行は全員大きな木のカゴを背負っている。

メレブ「うん。薬草な。でも、これ、かなり初期の段階で手に入るヤツじゃん？」

ダンジョー「ははは。バカめ！　俺のカゴには毒消し草も入っておるわっ！」

メレブ「うん。いらないと思うんだ。彼との戦いにおいて毒消し草とかいらないと思うんだ」

【シーズン2から4年経ってシーズン3がスタートした経緯】
福田雄一「『シーズン3をやらないと終われねえな』って気持ちは前から持っていたんですけど、山田（孝之）君に『ヨシヒコっていうソフトは何年経っても覚えてもらえてるから大丈夫ですよ』って名言を言ってもらえて、焦らなくていいんだなとも思えたんですよ。それにいろいろと他の作品をやっていたこともあって『やんなきゃ』みたいなのもなかったんですけど、ホントたまたまなんですよね。山田君やムロ（ツヨシ）君と会う機会はたくさんあったんですけど、僕の中でも『そろそろかなあ』みたいなタイミングはたぶんあったんだと思います。」

【魔王】
冒頭から魔王との戦いという展

ムラサキ　「いちいちうっせえよ！　ハゲっ！」

メレブ　「おいっ！　ハゲだけは許さねえって、いつも言ってんだろっ！　それ言われると周りの人から『ああ、こいつの金髪、ヅラなのかなあ』って思われんだよ！　特にヅラっぽいからそう思われるんだよ！」

ヨシヒコ　「ヨシヒコ、行きま――――すっ！」と、剣をふりかざして突進しようとするのをメレブが止めて。

メレブ　「おい！　ヨシヒコ！　『アムロ、行きます！』みたいなテイストで気軽に攻撃するな」

ヨシヒコ　「先手必勝ですよ！」

メレブ　「いや、違う。これ、システム的にこっちが攻撃しない限り、あっちはなにもしてこない」

ムラサキ　「システムってなんだよ」

メレブ　「もうわかれっ！　シーズン3なんだから、もうわかれ！　システムといえば、ドラゴン（ピ――）のシステムだろ！」

ヨシヒコ　「途中、ピーの音でなんのことかわかりませんでした」

メレブ　「聞こえたはず！　ピーは後づけだから。絶対お前には聞こえたはず。見てみ？　さっき、今すぐ消し去るって言ったわりにはなんかガッガッって動いてるだけだろ？　魔王バルザス」

ダンジョー　「確かに………」

メレブ　「な？　ガッガッって動いてる間に逃げよう」

ダンジョー　「馬鹿者っ！　ヨシヒコは勇者だぞ！　魔王を前に戦いもせずに逃げるわけがなかろう！」

開について。

福田　「『ヨシヒコ』シリーズは第1話をどう始めるかって問題が大きいんです。今回は、『悪霊の鍵』の1話でヨシヒコがぜんぜん出てこなかったことへの反省もあって。それから、続編を望むファンの声がとにかく大きくて。僕がツイッターで『アオイホノオ』の続編やりたいな」ってつぶやくと、「それよりも『ヨシヒコ』を！」と言われるんですよ（笑）。その待たれてることに対して、ひねくれることもなく、答えを出すってことしか考えてなかったんです。お客さんの見たいものをすべて1話で並べようと思って、そこには当然、魔王との戦いもあると考えたんです。戦いから始まると一番ワクワクするな、と。」

【魔王・バルザス】
声は『ONE PIECE』のロロノア・ゾロなどでおなじみの中井和哉が演じている。

【ヨシヒコ】
本作の主人公。勇者。山田孝之が演じている。
山田孝之　「役割としてはボケですよね。ダンジョー、ヨシヒコがボケで、メレブ、ムラサキがツッコミ。とにかく、すべてヨシヒコ「逃げますか」

メレブ「ナイス判断」

ムラサキ「ただ逃げたら逆に攻撃されるってことないの？」

メレブ「それもシステム的にはある！　しかし、逃げられる場合もある。ということは逃げられる可能性にかけるしかない」

ヨシヒコ「逃げられますか」

メレブ「私が占ってしんぜよう。…………………………逃げられる」

ヨシヒコ「よし！　逃げましょう！」

と、逃げ出そうとした一行。

ド●クエの逃げる風のＳＥ。

すると魔王が目からビームを繰り出した！

４人一斉に倒される。

４人「うわあああ！」

バルザス「えええええ！　俺、魔王だよ！　ボスキャラだよ！　なんで逃げられると思ったの？　そもそもボスキャラとの戦いで逃げるとか、ほんと、ありえないよ」

ヨシヒコ「大丈夫ですか？　皆さん！　薬草を！　薬草を使って下さい！」

メレブ「うん。使おうと思うのだが、シーズン３にして初めて具現化して出てきた、この薬草をどのように使うものなのかわからない」

ムラサキ「そのお前が言ってるシステムの中でどう使ってんだよ」

メレブ「…………知らん」

ヨシヒコ「なんだと！」

にまっすぐ全力で取り組むのがヨシヒコです。ヨシヒコは愛されるキャラクターでないといけないと考えていて、そこはずっと心がけています。」

【メレブ】
魔法使い。ムロツヨシが演じている。
ムロツヨシ「シーズン1の時、私はそんなに世間に認知されてる役者ではなかったので、ムロツヨシというよりメレブとして覚えて頂いたことが多くて。街中でも『メレブですよね？』って声をかけられ、サインを求められて〝ムロツヨシ〟と書いても『……メレブって書いて下さい』みたいなのが多かったですね。」

【ダンジョー】
戦士。宅麻伸が演じている。
宅麻伸「自分で言うのは変ですけど、可愛げのあるオッさんという捉え方でやっています。ヨシヒコほどの固さはないけど、真面目で一生懸命やるオジさんですね。」

【ムラサキ】
紅一点のメンバー。木南晴夏が演じている。
木南晴夏「ムラサキがどういう人物かというと、えー、た

4人 「…………………」

バルザス 「は――――――――――――――っっ!!」

（薬草の準備を！）

先ほどよりもはるかに激しいビームを出してきたバルザス。

4人 「!?!?!?!?!?」

暗転。

二

タイトル「予算の少ない冒険活劇
勇者ヨシヒコと導かれし七人」

三

教会

ヨシヒコが目を醒ますと目の前に神父。

神父 「勇者ヨシヒコよ。全滅してしまうとは情けない」

ヨシヒコ 「全滅………」

振り返ると棺桶が3つ並んでいる。

神父 「つか、おめえよ。今、レベル18なんだよね」

ヨシヒコ 「レベル?」

神父 「レベル18でボスキャラと戦うとか、ありえねえからさ」

ヨシヒコ 「どういうわけか、いろんなことがうまく行ってしまって、スムーズにたどり着いてしまったんです」

神父 「バグかな」

【神父】シーズン1、2と同様に鎌倉太郎が演じている。

［山田孝之の台本メモ］

ヨシヒコ　「そうですね」
神父　「バグ知ってんの？」
ヨシヒコ　「いえ」
神父　「なんで知ってるフリしたの？　そういうとこだよ」
ヨシヒコ　「どういうとこですか」　右
神父　「まあ、とりあえず………なんのご用ですか？」
ヨシヒコ　「どういうところですか」　左
神父　「お祈りをする？　お告げを聞く？　毒の治療？」
ヨシヒコ　「どういうところですか？」
神父　「もういいよ！　しつけえから」　正面
ヨシヒコ　「悪いところがあれば直します！」
神父　「悪いところがあるから全員死んだんでしょうよ！」
ヨシヒコ　「そうなのか………」　俯く
神父　「生き返らせる？」
ヨシヒコ　「生き返らせますっ！」　一瞬考える？
神父　「それではダンジョーを生き返らせるには100ゴールド、ムラサキは80ゴールド、メレブは3ゴールド、必要ですが、どうするよ」
ヨシヒコ　「………お金がない」
神父　「金もないの？　金も力もないのに魔王んとこ行ってきたの？　バカなの？マジでバカなの？」
ヨシヒコ　「倒してきますっ！　魔物達を倒しまくってきます！」
と、出ていく。

神父　「おい！　お前まだドラキーとかキメラとかが精一杯だからな！」

四 戦いの点描

ヨシヒコが初期の弱いモンスター達と戦っている。
弱いながらも少しずつレベルの高いモンスターと戦っていく。

五 道

歩いている一行。

メレブ　「そもそもさ、俺達、結構、冒険してるわけじゃん？　いわゆる魔王的なボスをさ、何度か倒してきたわけでしょ？　ここまで」
ムラサキ　「はいはい」
メレブ　「ちゃんとさ、冒険のプロセスを踏んだでしょ？　魔物倒して、装備揃えて……」
ムラサキ　「ま、お前がろくな呪文とかしか覚えないのはいつものことだけどな」
メレブ　「そんな我々がさ、どーしてレベル18で魔王に立ち向かったかな？」
ダンジョー　「今回の冒険、楽に進んでよかったねって、お前も言っていたではないか」
メレブ　「ああ、言った。罠だったんだな。魔王の」
ヨシヒコ　「やはり楽な冒険などないのです。戦いを積まなければ」
メレブ　「この前、教会行った時、俺たちレベルいくつって言ってた？」
ヨシヒコ　「27と言われました」

メレブ見る

人む

【山田孝之の台本メモ】

メレブ　「ボスキャラ倒すのって最低50とか必要だよね？」

ヨシヒコ　「そのようです。まだまだ先は長いですね」

　そこに盗賊が現れる。

盗賊　「ちょっと止まってもらおうか」

ヨシヒコ　「なんの用だ」

盗賊　「キサマらの持ってる食料と金をもらいてえんだけど」

ダンジョー　「1人で挑んでくるとはいい度胸だな」

盗賊　「だってつええから、俺。例え10人でも1人で十分だから」

ヨシヒコ　「金も食料もこれからの冒険に必要なのだ。諦めてくれ」

盗賊　「はい。わかりましたって言うとでも思ったか！」

　と、見れば、盗賊の後ろに忍者風の男。

メレブ　「ん？　ん？　なんかいるよね？」

ムラサキ　「ああ、いるね」

盗賊　「さあ！　かかってこい！　まずはどいつだ！」

メレブ　「まずはどいつだもいいんだけど、まずはあいつなんじゃないかな？」

盗賊　「なに!?」

メレブ　「いや、後ろに……。多分、あなたのことを狙っているのではないかと……」

盗賊　「え？　後ろ？」

　と、すっと隠れる忍者。

盗賊　「ははは。誰もいねえじゃねえか！　俺の目を逸らそうって魂胆か。ふ、子どもじみたマネを………」

　すぐに現れる忍者。

【盗賊】演じたのは映画『溺れるナイフ』、ドラマ『仮面ライダーW』などに出演する菅田将暉。

山田「盗賊はヨシヒコで一番美味しいというか、やりがいがあるところではありますよね。そして本当に盗賊役の人が試される場ですね。現場に来て、段取りやって、もう本番ですから。基本的にカットをかけずに最初から最後まで通しで芝居するんです。最初に引きの絵と盗賊側を撮って、次にリアクション、寄りを撮ってという感じで、いつも3回ぐらいしかやらないんで、そこでどれだけ面白いことが出来るか。現場に来て一瞬で終わっちゃうんで、『これでよかったのかな？　大丈夫だったのかなあ？』みたいな感じで帰っていく人は結構いますね。」

福田「ここではとにかく菅田

盗賊　「さあ！　来いや！」

メレブ　「いや、後ろ！」

盗賊　「その手にはもうひっかからんわ！」

後ろから忍者が次々と手裏剣を投げているが、全然当たらない。

メレブ　「お、あいつはあいつでダメ忍者なのか」

盗賊　「ははは。恐れをなしたか！」

メレブ　「恐れるとか恐れないの前に後ろの人が気になって戦う感じになれないんだよね」

ダンジョー　「まず後ろの敵を倒してから俺たちと戦った方がいいんじゃないのか」

盗賊　「え？　なんなの？」

と、振り向くと慌てて隠れる忍者。

メレブ　「今、見えたでしょ？　忍者風の人」

盗賊　「いや」

ムラサキ　「絶対見えたよ」

メレブ　「じゃ、とりあえずこっち向いててみ」

盗賊　「ああ………」

後ろから忍者が出てきて毒針を吹いているが、これも当たらない。

ムラサキ　「あいつ、ダメだなあ」

メレブ　「修行してきて欲しいなあ。はい！　後ろ！」

盗賊が後ろを向くと慌てて隠れる忍者。

ムラサキ　「完璧に見えただろ」

盗賊　「いや」

メレブ　「なんなの？　100パー見えてるのに。どんな関係性なの？　後ろの人と」

を笑わせたかったんですよ。後ろ向いて笑ってる時の肩の揺れ具合が非常に面白かったので、そこは長く使いました。」

【忍者風の男】演じたのは映画『ライチ☆光クラブ』、CM『ゼクシィ』などに出演する戸塚純貴。

福田「現場で僕から離れたところにいたカメラマンさんが大きな声で『戸塚君にピント（ピント）合わせますか？』って聞かれて、僕は『絶対に合わせないで下さい』って大きな声で答えたから、本人もそれを聞いて『俺、今回、ボヤっとしか映らないんだ』って落ち込んでたらしいんですよ（笑）。でも、1話のオンエアをムロ君の部屋で、ムロ、山田、木南、菅田、戸塚って面子で見て、戸塚君から『ピン合わせて頂かなくてありがと

ヨシヒコ　「誰かに狙われているところ、申し訳ないが、こんなところで時間を食っている場合ではない。私のいざないの剣で眠ってもらう」ぞ」

盗賊　「いざないの剣？」

ダンジョー　「人を殺さずに眠らせる伝説の剣よ」

盗賊　「殺さずに眠らせる？　そんな甘っちょろいことじゃこの魔物たちの世界は生き抜けないぜ！」

抜刀

と、ヨシヒコと盗賊の殺陣。

忍者が出てきて、しきりに盗賊の命を狙うが全然盗賊を捕らえることが出来ない。

メレブ　「なにしてんだよ、あいつぅぅ」

ダンジョー　「ついつい応援したくなるな」

そして忍者がぐだぐだしている間に……。

右左右間合い右左右…

ヨシヒコ　「眠ってもらうぞ！」

と、忍者を斬った。

跳ね除けて

メレブ　「あ、そっち行くんだ」

倒れる忍者。

盗賊　「え、なんなの？　こいつ」

ヨシヒコ　「あなたをつけ狙っていたようだ」

盗賊見て

盗賊　「え？　え？　誰だろう、この人」

メレブ　「誰なんだよ。思い出せよ。気になるから」

盗賊　「あ……まさか、こいつ…………。どうしてこんなところに」

ムラサキ　「え？　誰なの？　劇的な再会なの？」

うございます』って連絡が来ましたね（笑）。」

【山田孝之の台本メモ】

盗賊　「ああ。奇跡的な再会だ。実はこいつは………」

と、言った瞬間、盗賊を斬るヨシヒコ。

盗賊　「ぬはっっっ!!」

と、倒れる。

メレブ　「ちょ、今のタイミング、なんで?」

ヨシヒコ　「先を急ぎましょう」

鞘を拾い納刀しながら

と、歩き出す。

ムラサキ　「聞きたかったなあ、奇跡的な内容」

ダンジョー　「20年前に生き別れた弟だ」

メレブ　「知らないよね?」

ダンジョー　「顔がうりふたつだった」

ムラサキ　「似てねえよ。なに1つ似てねえよ」

六　4人の戦いの点描

相手のモンスターが確実に強くなっている。

途中でレベルアップの音がする。

4人　「⁇⁇」

七　とある広場（夜）

たき火を囲んでいる4人。

ムラサキ「しかし、悪いヤツは何度倒してもなんで次々と出てくるのかねえ」

ダンジョー「それが世の常というものだ。善人だけの世界など、絶対に存在せん」

ヨシヒコ「いや………」

3人「？？？」

ヨシヒコ「悪は倒し続ければいつかは滅びる。そして善だけが残る。それを信じて戦い続けるのです」

3人「………」

メレブ「………そんなヨシヒコの言葉に一瞬、しんみりムードになったそんな折りも折り、新しい呪文を覚えた私だよ」

ヨシヒコ「すごいっ！　今度の呪文はなんなんですか！　メレブさんっ！」

ムラサキ「なんでそんな毎回期待出来んの？　毎回ガッカリさせられるだけじゃんか」

メレブ「ガッカリしているのはお前だけだ。ムラサキ」

ムラサキ「この前の呪文だってなんだよ！　あれ」

メレブ「スモーデのことか」

ムラサキ「なにか気に入らないことがあると『よし！　相撲で決着つけようぜ！』って言いたくなる呪文って意味わかります？　ねえ？　ねえ？」

メレブ「スモーデ！」

呪文のSE。

ムラサキ「ほんと、お前のほくろ、ムカつく場所にあるな。よーし！　相撲で決着つけようぜ！　♪トントンツトンツトントントン」

と、言いながら土俵入りのポーズをして、しこを踏むムラサキ。

ヨシヒコ「すごい！　相撲で決着をつけようとしている！」

呪

メレブが覚えた新呪文①

スモーデ

【呪文】

メレブを演じるムロツヨシのお気に入りの呪文は？

ムロ「いろいろありますけど、メラチン（『魔王の城』第11、12話に登場）はやってて楽しかったですね。チョヒャド（『魔王の城』第9、12話に登場）もそうですけど、ゲームで呪文を使ってたので、自分でも出来るっていうのが嬉しかったです。それからヒャダコリ（『悪霊の鍵』第4話に登場）は氷を1つずつ増やしていくんですけど、そこでの山田君のリアクションの演技が素晴らしかったのを強く覚えています。」

ダンジョー「メレブ！　ここまでやらせたら相撲取ってやらんか！」

メレブ「デースモっ！」

呪文を解くSE。

ムラサキ「なにしてんの？　私」

ダンジョー「相撲を取る気満々だった」

ヨシヒコ「凄いっ！　新しい呪文はなんですか!?」

メレブ「よく聞け。この呪文はこのレベルが上がった中、手に入れた最強の呪文」

ヨシヒコ「これで魔王が倒せますね！」

メレブ「かもな」

ダンジョー「早く言え！」

メレブ「この呪文をかけられた者は脇の下の匂いが恐ろしく臭くなる。それはそれは臭くなる。そうしてモンスターがその匂いに耐えられなくなったところで攻撃！　そんな攻撃呪文だよ」

ヨシヒコ「凄いっ！」

メレブ「ワキガンテ………。そう名付けたよ」

ムラサキ「ってことは味方の誰かにかけて戦うってことでしょ？　私、絶対イヤだよ、そんな役割。女の子だからね」

ヨシヒコ「かけて下さい！　メレブさん！　私にワキガンテをかけて下さい！」

メレブ「ワキガンテ！」

呪文のSE。

ヨシヒコがおそるおそる脇を上げる……。

「ゆっくりいきますか？
一気にいきますか。」

脇を見て・
皆をチラ見して

ムラサキ「…………くっさ――――っっ!!」

［デースモ］
呪文を逆さに唱えることで呪文を解除する。
ムロ「今回、解除の呪文シーンも増えてるので、ヨシヒコにかけて解除、もう1回かけて解除、もう1回かけて解除っていうのもやってます。呪文を誰にかけるか、どれだけかけるかは自分次第なので、その呪文と解除を何回も何回も何回もやって孝之に『殺す気ですか！』ってちょっと怒られたこともありました（笑）。」

呪
メレブが覚えた新呪文②
ワキガンテ

［ヨシヒコがおそるおそる脇を上げる］
山田「撮影の段取りをしてる時に、最初から脇を開けた状態じゃなくて、閉じた状態でワキガンテをかけられた方が面白いなってなったんですよ。ヨシヒコが脇を開ける時に『ゆっくり行きますか？　一気に行きますか？』というセリフも挟ませて下さいって提案しました。」

［山田孝之の台本メモ］

メレブ「くっせ――っ！　やべっ！　くっせ――っ！」
ダンジョー「なんだ！　この匂いは！　鼻が！　鼻が曲がるっ！」
ヨシヒコ「凄い！　凄いですよ！　メレブさんっ！」
と、言いつつ嘔吐するヨシヒコ。
ヨシヒコ「おおおええええええええええええ!!」
やがて4人で吐きまくる。
ダンジョー「メレブ！　早く呪文を解けっ！」
メレブ「ガンテワキっ！」
と、4人が戻る。
ヨシヒコ「凄いですよ。メレブさん。これなら敵は一網打尽です」
メレブ「うむ。こちらに戦う余裕があればの話だな」
ムラサキ「ゲロ吐いてるうちにやられるわ！」
メレブ「ちなみにこの呪文、ワキガンテからワキガインに進化を遂げるよ」
ダンジョー「遂げなくていいっ！」

八　魔王の館・前

見上げている4人。
だいぶ強そうな装備に変わっている。
メレブ「ああ……。長かったな。レベル18で戦いを挑んだ時が懐かしく感じるな」
ヨシヒコ「今回ばかりは本当に永遠に命を落とすかもしれない」
ダンジョー「覚悟は必要だが、希望は持てる」

目シパシパ

【山田孝之の台本メモ】

ムラサキ　「こんなに仲間も集めたしさ」
と、見れば一行の後ろにはたくさんの魔物たちが集まっている。
ヨシヒコ　「そうですね。ただ、レベル18の時とはいえ、バルザスの力はとんでもなく強かった」
メレブ　「もう薬草を頼りに戦うわけではない」
ムラサキ　「私だって生き返りの呪文も回復の呪文も覚えたし」
ヨシヒコ　「ムラサキ」
ムラサキの思い出をフラッシュバック。『魔王の城』『悪霊の鍵』すべての。
ヨシヒコ　「ダンジョーさん」
ダンジョーの思い出をフラッシュバック。たっぷりと。
ヨシヒコ　「メレブさん」
メレブの思い出。くだらないところだけ。
メレブ　「俺のフラッシュバックにだけ悪意を感じたのは気のせいか」
ヨシヒコ　「皆さんと戦ってきたこと……決して忘れません」
メレブ　「俺もだ」
ダンジョー　「俺もだ」
ムラサキ　「私も」
ダンジョー　「ヨシヒコ。死ぬ時は……一緒だぞ」
ヨシヒコ　「…………はいっ！」
扉を開けて中に入っていく一行。
［山田孝之の台本メモ］
セリフ途中で正面

九

同・広間

魔王バルザスが王座に鎮座している。

バルザス 「ほほう！　また来たのか。懲りないヤツらめ」

ヨシヒコ 「前回はうっかりたどり着いてしまったこの場所。今回は前のようにはいかんぞっ！」

ヨシヒコが剣を振り下ろすと雷のごとく電流が走る！

バルザスの体を電流が覆う！

ダンジョー 「やったな！」

バルザス 「なるほど。少しはやるようになったようだ。しかし、私には蚊に刺された程度だよ」

ヨシヒコ 「なにっ⁉」

バルザス 「食らえっ！」

目からビームが出てくる！

一同に直撃！

4人 「うわあああああああああ！」

ムラサキ 「ベホマラーっっ‼」

呪文のＳＥ。

一同が回復する。

ダンジョー 「今度は俺の番だぜっっ‼」

ダンジョーが剣を振り下ろすと炎が巻き上がりバルザスを包み込む！

メレブ 「ここでチョヒャドっっ！」

呪文のSE。

「チョヒャドはきかない」のテロップ。

メレブ　「なぜだっ！」

ムラサキ　「そんなクソ呪文、効くわけねえだろ！　そしてなんで炎で包まれてる時にちょっとだけ涼しくしてやろうとしてんだよ！」

メレブ　「ふふ。安心しろ。カーディガンをはおりたくなる程度の寒さだ」

ヨシヒコ　「くらえ――――っっ!!」

ヨシヒコが剣を振り下ろすと再び電流がバルザスを包み込み、炎と電流にバルザスが包まれる。

ダンジョー　「これに持ちこたえたらまさに化け物だな」

やがて炎と電流が消えると、完全にノーダメージのバルザスが現れる。

4人　「!?!?!?」

ヨシヒコ　「な、なんだとっっっ!!!」

バルザス　「ふふふ。いいぞいいぞ。今のは少しだけ効いたぞ」

メレブ　「どれくらい効いたんだ」

バルザス　「キングコブラに噛まれた程度だ」

メレブ　「それ、すげえダメージよ。人間なら即死だよ」

バルザス　「俺、人間じゃねえし。お前らの力もこれが限界か」

ヨシヒコ　「もう一撃いくぞっっ!!」

と、体が動かない。

ヨシヒコ　「か、体が動かない！　なぜだ！」

メレブ　「だから〜〜システム〜〜〜〜」

剣上げ

振ろうとする

【山田孝之の台本メモ】

バルザス　「そのシステムでいくと、次は私の番だなっ！」
　と、さきほどよりも激しいビームが飛んでくる！
4人　「ぬあああああああああああああ!!」
メレブ　「ムラサキっ！　べホマラーをくれっ！」
ムラサキ　「わかった！　全員回復っっ！」
　と、横を見るとヨシヒコが棺桶になっている。
メレ・ムラ　「うそ―――――――――んっ！」
メレブ　「勇者、真っ先に死ぬ？　ねえ」
ダンジョー　「生き返らせろ！　ムラサキ！」
ムラサキ　「わかった！　ザオリクっっ！」
　呪文のSE。
　生き返ったヨシヒコ。
ヨシヒコ　「私は………」
メレブ　「死んだよ」
ヨシヒコ　「そんなバカな」
ムラサキ　「かなりマジックポイント使ったんですけど！」
ヨシヒコ　「ちょっとぼーっとしている間にビームをまともに食ってしまったんだ」
メレブ　「なんでぼーっと出来る？　この状況で」
ヨシヒコ　「今日の夜、なにを食べようかと一瞬だけ……」
メレブ　「ウソでしょ。なしてこの状況で食欲？」
ダンジョー　「今度は一緒に行くぞ！　ヨシヒコ！」
ヨシヒコ　「はいっ！」

ヨシ・ダン「うおりゃぁぁぁぁぁぁぁぁぁぁぁぁぁぁぁぁ!!」
と、2人同時に剣を振り下ろすと「会心の一撃」の音!

メレブ「出た!　これ、会心だよ!　会心っぽい音したよ!」

ムラサキ「やったっ!」

メレブ「そこでスイーツっ!」
呪文のSE。
炎と電流に包まれるバルザスの声が聞こえてくる。

バルザス「甘いものが………甘いものが食べたい………」

メレブ「ふふ。炎と電流に包まれながら、甘いものを欲しておるわ」

ムラサキ「必要ないよね?　普通に苦しめるだけでいいよね?」

ヨシヒコ「バカな、ムラサキ!　炎と電流に包まれ苦しい中でさらに甘い物が欲しい状態を想像してみろ!」

ムラサキ「………ぜっんぜん想像出来ねえ!　やっぱ甘いもの余計な気がする」

ヨシヒコ「やりましたね、メレブさん」

メレブ「むしろ、スイーツがトドメになったようだな」
と、再び炎と電流が消えると、少しダメージを受けたバルザスが現れて………。

ダンジョー「なにっ!」

ヨシヒコ「魔王は不死身だと言うのか!」

バルザス「ああああああああ!　甘いものが食べたくてむしゃくしゃする――――――っっ!!　全力ビームっっっ!!!」
ものすごいビームが飛んでくる!

ヨシヒコ「く――――――――っっっっ!!」

持ちこたえたヨシヒコ。
ヨシヒコ「大丈夫ですか？　皆さん！」
と、３人とも棺桶になっている。
ヨシヒコ「なんだとっ!!」
すると代わりにモンスターたちが次々と入ってくる。
モンスターたちが次々と攻撃をする。
ダメージを受けるバルザス！
ヨシヒコ「みんな………。うりゃあああああああああああああ！」
と、ヨシヒコも剣を振り下ろす！
バルザスもダメージを負う中、ビームを繰り出す！
ヨシヒコ「ぬあああああああああああ！」
と、ヨシヒコが棺桶に。
代わりに仲間のモンスターが入ってくる。
モンスターとバルザスの戦い。
バルザスの攻撃でモンスターが死んでは次々と入れ替わる。
そしていよいよスライムのスラリンが攻撃をしかけると、とうとうバルザスが倒れた。
スラリンを様々な角度から捕らえるカメラワーク。
そこに勇壮な音楽が流れる。
最後はスラリンのアップ………。
テロップ「こうして魔王バルザスは倒れ、世界に平和が戻った」

[スライムのスラリンが攻撃をしかけると、とうとうバルザスが倒れた]
山田「昔ゲームをプレイしてラスボスと戦った時に、パーティの人間キャラが全部死んで、馬車から出てきた仲間のモンスターのゴーレムが一撃でラスボスを倒したことがあったんです。ボスを倒した画面なのに、映ってるのはゴーレムと棺桶。『ク

十

エンドロール

「魔王の城」のエンドロール。
最後の方まで流れる。

十一

空

雲の間から雷が落ちてきて……。
声　「待て――――い！　待て待て待て――――――い！」

十二

魔王の館・外

天から光が差して、甦る４人。
ヨシヒコ　「こ、これは……。私は死んだはず………」
声　「はい。こっち注目～～～」
メレブ　「あ、仏っっ!!」
仏　「はい、どーもー、仏でございますよ」
ヨシヒコ　「………どこですか」
仏　「ええ、シーズン３でも見えない？　私のこと。ヨシヒコくんは。ねえ」
メレブ　「これしてみ」
と、差し出したのはウルトラセブンのウルトラアイ。

リアしたのか、これは？』と凄く思って（笑）。『これは面白いからやりましょう』って監督に言いました。」
福田「第１話の展開は山田君とだいぶ打ち合わせして決めました。とにかく、シーズンの始まり方さえ決まってしまえば、あとはシーズン１と２を経ての蓄積と４年間に起きたことに対するパロディだったりとかでネタに困ることは基本的になかったですね。」

【エンドロール】
この時のエンドロールはよく見ると、山田考之、宅間伸、佐藤二郎……などよく見ると随所が誤字だらけになっている。

【仏】
ヨシヒコたちの旅を導く存在。佐藤二朗が演じている。
佐藤二朗「僕は『演技がアドリブか、台本通りか』って質問を受けることが多い方の俳優だと思うんですけど、仏に関しては特によく聞かれますね。そういう時は『一字一句、福田のセリフの通りにやってます、反論は受けつけません』と答えるようにしています。」

ヨシヒコ　「ありがとうございます」
かけてみて……。
ウルトラマン変身風のＳＥ。
ヨシヒコ　「見えた！　仏！」
仏　「びっくりした。絶対変身すると思ったぁ。やだあ。え？　それで俺が見えるの？」
ヨシヒコ　「はい」
ムラサキ　「なんの用なんだよ」
仏　「なんの用だじゃないでしょうよ。ね？　薄々わかってるでしょうよ」
ムラサキ　「わかりません」
仏　「ダンジョーは？」
ダンジョー　「わからんな。俺たちは今、戦いを終えて死んだんだ」
仏　「あ、そう。金髪ほくろは」
メレブ　「なんですかね？　とんとわかりませんな」
仏　「ヨシくんは絶対にわからないよね？　おバカさんだもんね。じゃあ、正解を言おうか。結構、大きな声で言うよ。気をつけてね。鼓膜弱い人は耳塞いだ方がいいくらい大きな声を出すよ。はい、行きます。初回――――――――っっ！」
４人　「…………」
仏　「本日、初回で――――――――すっ！」
ヨシヒコ　「初回⁇」
仏　「いや、仏さあ。空から見ててドキドキしてたの、ずっと。開始早々、最終回みたいに始まったじゃない？　そして冒険のくだりをだいぶ端折って〜〜、最後は魔王の館に乗り込む前にシーズン1からのフラッシュバックなどぶち込み〜〜、ね？　そして『死ぬ時は一緒だ』的な？　『もちろんです』的な？　感動の音楽も流れまして〜の〜、おかしいでしょうよ。これ。初回としてはかなりおかしいでしょうよ」

ムラサキ　「いや、初回もなにもあいつ倒せば今回の冒険は終わりでしょ？」

仏　「ま、倒したのは君たちじゃなくて、スライムのスラリンだけどね。最後、スライムのどアップで終わる冒険活劇ってどうでしょう〜〜。いわゆる1つの、どうでしょう〜〜」

ダンジョー　「とはいえ！　倒したには変わりない！　世の中はこれで平和になった！」

仏　「そんなわけないぜ。そんな簡単に世界に平和は訪れないぜ」

ヨシヒコ　「どういうことですか？」

仏　「ん？　簡単に言えば、今倒したヤツはボスじゃないってことよ」

4人　「えっ!?」

仏　「その証拠に少し歩いてみ？　まだまだ魔物達がうじゃうじゃいるよ」

ヨシヒコ　「では………バルザスは………」

仏　「影武者みたいなものかねえ」

メレブ　「本物のバルザスは他にいるというのか」

仏　「その通りだ。よく聞け！　現在、この世界を闇に葬ろうとしている魔王バルザスには弱点がある。しかし！　その弱点は1つではない。7つだ！　この7つの弱点をすべて攻撃しなければ絶対に倒すことが出来ない。1つの弱点をついても1つでも残せばたちまちつかれた弱点を修復してしまう能力を持っている。そして！　この7つの弱点はそれぞれ運命に定められた人間にしか攻撃することが出来ない。その定められし戦士たちはみな、光り輝くオーブを持っている。オーブって玉ね。玉を持ってるってことね。あ、これ、別にいやらしい意味じゃないよ」

メレブ「わかってるよ！」

仏「ということで、ヨシヒコよ！　お前はこの運命に定められし7人を捜し出し、魔王バルザスを倒さねばならんのだっっ!!」

というセリフをいい感じに噛みながら言い切る仏。

ヨシヒコ「魔王の弱点をつく運命の7人………」

仏「うむ。これだけグダグダだった長ゼリフ、なんとか理解してくれたようで感謝」

ムラサキ「また長い旅が始まるんだな。いい感じのダイジェストっぽい感じで終われると思ったのに」

仏「ということで冒険の始まりはやっぱりカボイの村へ！　はい、ルーラ――――っ！」

十二 カボイの村

4人はカボイの村の入口に飛ばされた。

すると外から帰ってきた女たちの中にヒサがいて……。

ヒサ「兄様！」

ヨシヒコ「ヒサ！」

【運命に定められし7人】
タイトルにも入っている「導かれし七人」について。
福田「アイテム集めはもうネタとしてないなと思って、他になにがあるかなって考えたら仲間集めかなと。ただ、基本的に物語はメインの4人で展開したかったので、助け人の7人は旅に同行する形じゃなくて、玉で召還する形にして、玉さえもらえばいいなと考えたんです。」

【長ゼリフ】
佐藤「1話の長ゼリフは、ちょっと勝負かなと思って。シーズン3になっても肩の力は入れないつもりでやりましたけど、やっぱり期待値が高いのはわかってて、そういう作品の1話目は特に、作品の今後の世界観を表す上でも大事かなと思っていたので、〝力が入らないように見せること〟に力を入れました。」

ヒサ「いつ戻られたのですか!?」
ヨシヒコ「戻ったのではない。今、再び出発するところだ」
ヒサ「そんな……」
仏「最後に言っておく！　初回から魔王のＣＧに予算を使い過ぎている！　本物の魔王のもとにたどり着くまで！　せいぜい節約に努めよ！　よいなっ！」
メレブ・「確かに……」
ダンジョー「これで終わる気満々だったからな」
ムラサキ「しかし相変わらずムカつくな、あの仏」
ヨシヒコ「まだまだ世界は闇の中だ。…………行きましょう」
３人「……ああ」
ヨシヒコ「ヒサ。私は必ず生きて帰る！　村を頼むぞ！」
ヒサ「兄様――――っ！」
歩いていくヨシヒコたち。
青空の向こうには黒々とした雲が広がっている。

【ヒサ】
演じたのは女優でモデルの岡本あずさ。福田監督・脚本作品では、他に12年のＴＢＳ系深夜ドラマ『コドモ警察』に出演している。

02

The Brave "Yoshihiko" and The Seven Driven People

勇者ヨシヒコと導かれし七人

02

THE BRAVE "YOSHIHIKO" AND THE SEVEN DRIVEN PEOPLE

一　とある山道

ヨシヒコ一行が歩いている。

ムラサキ「しかし、あのクソ仏、なんで毎回リセットすんだよ」

メレブ「それは俺も強く訴えたいものだ。せっかく覚えた呪文がすべて水の泡だ」

ムラサキ「お前はいいだろ！　忘れて！　最後に覚えた最強呪文がワキガだぞ！　私はね、生き返りの呪文までマスターしてたんだから！」

ダンジョー「そう怒るな。旅をしていくうちにまた身につく」

ヨシヒコ「しかし、どこに運命の玉を持つ人がいるのやら。全く見当がつきませんね」

メレブ「運命っていうのはなにかの糸にたぐり寄せられるようにつながるというがな」

ヨシヒコ「…………なんにもたぐり寄せられている感じがしませんね」

そこに雷鳴。

声「ヨシヒコ！　ヨシヒコ――――――っ！」

メレブ「仏だ。ほれ、メガネ」

ヨシヒコ、ウルトラアイをつけると変身風のＳＥ。

仏「ねえねえ、やっぱりそのメガネはよくないよ。『あ！　変身する！』ってドッキリしちゃうもん」

メレブ　「仕方ないだろ。これがないと見えないんだから」

ヨシヒコ　「すみません、仏。いつも見えずに……」

仏　「いや、いいんだけどさ、仏、それされると怪獣みたいな気分になるわけさ。私が出てきたらそれをするわけじゃん？　ってことはイコール私が怪獣ってことだからさ」

ムラサキ　「いいじゃん。似たようなもんじゃん」

仏　「あら、ムラサキちゃん。言ってくれるじゃないの。じゃあ、玉持ってる人の居場所教えてあげない！」

メレブ　「可愛くないから」

仏　「（横向いて）え？　なに？　宅配便？　お母さんは？　いないの？　ちょっと、じゃあ、お父さん出るから。お前、ちょっとヨシヒコたちの相手してなさい」

と言うと『まれ』で似てると評判だった子役が仏と同じ格好で出てきて。

仏の子　「こんにちは」

ムラサキ　「なに？　これ、なに？」

メレブ　「ん？　君は？　仏の子どもなのかな？」

仏の子　「はい」

ダンジョー　「まさか仏に子があろうとはな」

ヨシヒコ　「すみませんが、玉を持つ人の居場所を教えてくれませんか？」

仏の子　「知らないです」

メレブ　「うーんと、なにを話せばいいんだろうか」

仏の子　「わかんないです。相手してなさいって言われました」

【『まれ』で似てると評判だった子役】
NHKの朝の連続テレビ小説『まれ』に出演した小山春朋。

福田「小山君は『まれ』の時に二朗さんに似てるって噂になって、二朗さんもツイートしてたんです。僕も冗談で『もし『ヨシヒコ』の続編があったら仏の子どもを』ってツイートしたんですけど、実はその時点でもう続編が決まってて（笑）。シーズン3で一番最初にブッキングしたゲスト出演者が小山君でした（笑）。」

ヨシヒコ　「そうですか。似てますね」
仏の子　「そうですね。僕が『まれ』をやってる時に、二朗さんと山﨑賢人くんが『デスノート』ってドラマで……」
メレブ　「ん、ん、ん、ん！　そういう話はいいかな」
ヨシヒコ　「『まれ』ってなんですか？」
メレブ　「ヨシヒコ、そこは掘らなくていいぞ」
ムラサキ　「正直迷惑でしょ？　似てるって言われると」
仏の子　「そうですね。あんまり嬉しいことではないです」
メレブ　「あと、ダメだぞ。ドラマの中で二朗さんとか言ったらな」
仏の子　「台本にそう書いてあったんで……」
メレブ　「そゆことも！　うん。そゆことも言わなくていいかな」
と、仏が戻ってきて……。
仏　「どうだった？　さとし！　初めて下界を見た気分は」
ダンジョー　「さとしっていうのか」
さとし　「2時間サスペンスによく出てるもみあげのおっさんがちょっと怖かった」
ダンジョー　「誰のことだ！　それは！」
さとし、去って……。
仏　「ごめんごめん。宅配便がさ、テレビショッピングで買ったカニの脚だったから。すぐに冷凍庫に入れなきゃいけなくて。知ってる？　ワケありのカニの脚がさ、5キロも入って……安いのよ、これが。ワケありのカニってなによ！って話じゃん？　どんなワケか聞く？」
メレブ　「そんなこと聞いてる余裕ねえんだよ！　こっちは」

佐藤　「山﨑賢人から『僕、今、朝ドラやってるんですけど、僕の息子役が二朗さんそっくりなんですよ』って写真を見せられて、『なんだ、ぜんぜん似てないよ』って言ったんです。だけど、オンエアでその子が登場したらネットが軽く『佐藤二朗？』ってザワついて。ツイッターで『君のお父さん役の賢人に（春朋君と僕は）似てないって言ったんだけど、君のお父さんのほうが正しかったみたい』ってその子に向けて書いたら、それが広まって福田も乗ってきて。そのあたりから『シーズン3で出すんじゃないかな』と思ったら案の定でしたね。」

仏「はい、わかってます。ええと……なんだっけ?」
ヨシヒコ「玉を持つ人はどこに」
仏「はい。それはその道を南に向かったところにあるカルバドの村です」
ヨシヒコ「どんな人ですか?」
仏「そこまでは知らねえよ」
ムラサキ「お前って、ほんと出来損ないだな」
仏「知らなくたっていいじゃない。仏だもの」
メレブ「仏は知らなきゃダメだろ」
仏「ナイスつっこみんぐっ!」

二

タイトル「予算の少ない冒険活劇 **勇者ヨシヒコと導かれし七人**」

三

カルバドの村

入ってくる一行。
ダンジョー「う――――む」
3人「…………」
ダンジョー「静かだな」
メレブ「人がいないな。ていうか、人の気配を感じない」
ムラサキ「あれじゃない? お昼寝タイムなんじゃない?」

ダンジョー「村人全員でか？」
メレブ「うーむ。確かにそんな習慣がある村があっても不思議ではないな」
ムラサキ「とにかく腹減ったよ。なにか食べようぜ」
ヨシヒコ「ああ」
ムラサキ「なんか凄くいい匂いがするじゃん！」

四

同・食堂

中に入ってくる一行。
ヨシヒコ「お邪魔します！」
ムラサキ「誰もいないのかな？」
ヨシヒコ「すみませ――ん！」
ダンジョー「いないようだな」
メレブ「しかし、ものの見事に美味そうな料理が並んでいるぞ」
見ればカウンター的なところに美味しそうな料理が並んでいる。
ヨシヒコが奥に入って覗いてみるが……。
ヨシヒコ「誰もいませんね」
ムラサキ「後でお金払えばいいし、食べちゃおうよ！」
と、むしゃむしゃ食べ始めるムラサキ。
ダンジョー「そうだな」
と、食べ始めるダンジョー。
メレブ「ちょっと待て。この風景どこかで………。ダメだ！」

ムラサキ　「なによ」

メレブ　「それを食べたら豚にされるぞ！　絶対に豚になる！」

ムラサキ　「バカじゃね？　なんでこんな美味いもん食べて豚になんだよ」

ダンジョー　「その通りだ。美味いぞ！　お前も食え！」

ヨシヒコ　「メレブさん。それを言うなら食べてすぐに寝ると豚になる、ですよ」

メレブ　「それは牛な。違うんだ！」

ヨシヒコも食べ始めた。

メレブ　「あああああ！　みんな食べてしまった〜〜〜〜〜。俺が1人で旅館で働かされるのか〜〜〜〜〜。メって名前にされる〜〜。メって呼ばれて黒いおかしなヤツと旅したりさせられる〜〜〜〜。顔があるのにない感じの名前にさせられてる黒いヤツと〜〜〜」

ムラサキ　「早く食えよ！」

メレブ　「ああああああああ。でかい顔のたまねぎのばばあ、こええよぉぉ」

五　月

六　どこかの空間

手と鼻が豚になったヨシヒコとムラサキとダンジョーがこちらに向かってきて。

ヨシヒコ　「メレブさん！　助けて下さいブヒっっ！」

メレブの声　「だから言ったじゃんよ〜〜」

ダンジョー　「どうしてダンディな俺がこんなことになるんだブヒ！　黒豚ってか！　はは

はは」

メレブの声「笑えねえよ、ぜんぜん」

ムラサキ「これじゃお嫁に行けないブヒっ！　室井佑月みたいになっちゃったブヒ〜〜」

メレブの声「誰だよ、それは」

3人「ブヒブヒブヒブヒ〜〜〜〜〜〜〜〜〜〜」

七　宿屋・部屋（夜）

寝ている一行。

メレブが目を醒まして………。

メレブ「はっ！　夢か!!」

見れば3人は普通の状態で寝ている。

ヨシヒコだけがわけのわからない寝言を言っている。

メレブ「みな、異常なしか。寝言もヨシヒコの通常運転だ。しかし、誰もいないメシ屋でメシを食い、誰もいない宿屋で勝手に泊まっているこの状況は確実に異常だ。なにかイヤな予感がする」

すると障子の向こうを人影が通り過ぎた。

メレブ「人か………。人がいるのか」

おそるおそる障子を開けて人影を追うメレブ。

八　同・廊下

【山田孝之の台本メモ・わけのわからない寝言】

①太った人をブタ

②肥満体型

③背筋

遠い異国

赤いブタ

空を飛ぶ

廊下を歩く人影。後ろからそれを追いかけて。

メレブ　「おい、そこのおやじ。この宿屋の者か」

振り返ると、そのおやじはゾンビである。

メレブ　「オーマイデッド」

九　同・部屋

慌てて戻ってきたメレブ。

メレブ　「起きろ！　みんな、起きろ！」

目を覚ました一行。

ヨシヒコ　「どうしました？　メレブさん」

メレブ　「ゾンビだ」

ダンジョー　「なに？」

メレブ　「ゾンビがいた」

ヨシヒコ　「なんだとっ！」

ムラサキ　「ウソだよ。なんかの見間違えだって」

と、外に出て。

戻ってきて。

メレブ　「いたか？」

ヨシヒコ　「いや……。メレブさん。その前にゾンビとはなんですか？」

メレブ　「知らないか、そうか。簡単に言うと生きる屍だ」

ヨシヒコ　「なんだとっ！」

【ゾンビ】

福田　「『ウォーキング・デッド』からきてるんでしょうけど、日本で『ゾンビ流行りもいい加減にしろ！』って状況があったじゃないですか。僕の中で『おい、ゾンビものだったらなんでもいいのか？』っていうのがあって、ゾンビが出ればオッケーみたいな風潮に対してなにかやりたかったんでしょうね。ゾンビものは早めにやっておきたかったっていうのもあって第2話に持ってきました。ゾンビの特殊メイクに関しては、こだわらなければ案外安く出来るってことを別の仕事で勉強してました。」

ダンジョー「何人いた？」
メレブ「1人しか見てないが……」
ダンジョー「ちょっと外に出てみるか」
ムラサキ「ちょっと！　ウソでしょ！　待ってよ」

十　外の道

一行が出てくると村の道をたくさんのゾンビが歩いている。
メレブ「なんだ、これは」
ヨシヒコ「ゾンビの村だったということですね」
ムラサキ「え？　ってことは運命の玉持ってんのも、ゾンビ？」
ダンジョー「そんなバカな」
メレブ「とりあえず脱出しよう、ヨシヒコ」
ヨシヒコ「しかし！　玉を持つ人がここにいるんですよ！」
メレブ「俺の記憶が正しければ、ゾンビは感染する。こいつらに噛まれたら俺たちまでゾンビになる」
1人のゾンビがダンジョーにもたれかかった。
ダンジョー「なにをする!?」
と、斬り倒した。
ヨシヒコ「噛まれてはいませんか、ダンジョーさん」
ダンジョー「ああ、大丈夫だ」
と、斬り倒したゾンビが起き上がる。

ダンジョー「なに!? 死なんのか!?」
メレブ「ああ、そいつらは不死身だ」
ムラサキ「不死身じゃゃねえだろ。死んでるんだから!」

気づけばゾンビに囲まれている一行。

ムラサキ「ちょちょちょ勘弁してよ〜〜」
ヨシヒコ「逃げましょう!!」

と、ヨシヒコとダンジョーが剣で何人かを斬ってその間に逃げ出した。

十一 村の門

逃げ出してきた一行。
しかし門の周りはゾンビでいっぱいだ。

ムラサキ「ウソでしょ」
ヨシヒコ「ダメだ。どこかに隠れるしかない」

十二 小屋

小さな小屋に入ってきた一行。

ヨシヒコ「昼は誰もいなかったということは、このゾンビたちは夜になると現れるのでしょう」
メレブ「その通りだな」
ヨシヒコ「ここで朝までいればヤツらはどこかに消え失せる。それまで待つしかない」

ダンジョー「玉を持ってるヤツを探している場合でもないな」
ヨシヒコ「とにかく作戦を練りましょう」

十三 **山々**

太陽が昇っていく。

十四 **村の雑感**

誰もいない。

十五 **小屋**

座って寝ているヨシヒコ。
外で物音がする。
驚いて起きるヨシヒコ。
ヨシヒコ「起きて下さい。朝です！　早く抜け出しましょう」
と、同じく寝ていたダンジョーとメレブが起きて……。
ダンジョー「もう誰もいないのか」
ヨシヒコが戸を開けて外を見て……。
ヨシヒコ「はい。誰もいません」
ダンジョー「よし、行こう」

メレブ　「ああ。行くぞ、ムラサキ」

と、座って寝ていたムラサキが顔を上げるとゾンビになっている。

ムラサキ　「うぃす」

ヨシヒコ　「なんだとっ!!」

ムラサキ　「ん？　どした？」

ダンジョー　「ムラサキ……。いつの間に」

ムラサキ　「ん？　なにが？」

メレブ　「いいか。ムラサキ。落ち着いて聞け。お前、今、ゾンビ」

ムラサキ　「ウソでしょ！」

慌てて壁にかけてあった鏡を見るムラサキ。

ムラサキ　「やっばいっ！　ゾンビじゃんっ！」

ヨシヒコ　「いつ噛まれたんだ！」

ムラサキ　「いつだろう？　でも、すっごい元気だよ！　ほら！」

と、動き回るムラサキ。

ヨシヒコ　「なんて元気なんだっ！」

メレブ　「ゆっくり蝕まれるんだよ！　いつしか意識もなくなり、ただの屍になる」

ムラサキ　「えっ!?　私、死ぬの？」

メレブ　「ああ」

ムラサキ　「えええええ！　めっちゃ元気だから実感ない」

メレブ　「どうする、ヨシヒコ」

ヨシヒコ　「…………」

ムラサキ　「そっか。私、すぐに意識がなくなって、屍になって、放っておくとみんなに

【ムラサキが顔を上げるとゾンビになっている】

福田「ムラサキがゾンビになるとどんどん元気になっていくっていう展開をやりたかったんです。ムラサキがゾンビになった後の笑い顔が半端なく面白いんですよ。」

木南「3時間ぐらいかけて、がっつり特殊メイクしてもらいました。私が一番ゾンビ化が激しくて、ちゃんと前もって顔の型とかもとったんです。」

噛みつくようになるかもしれないね………」
ムラサキ「ムラサキ………」
ヨシヒコ「そうなったら、みんなに迷惑をかけるし、そもそも魔王を倒すことも出来なくなっちゃう。…………みんな、私をここに置いて冒険を続けて」
ムラサキ「(食い気味に)わかった」
ヨシヒコ「えええええ」
ムラサキ「食い気味に見捨てた。びっくり」
メレブ「『そんなこと出来るわけないだろう!』的なヤツ、なかったね? さすがヨシヒコ」
ムラサキ「ムラサキ。見捨てるわけではない。なにか方法があるはずだ」
ヨシヒコ「そういうことだ」
ダンジョー「適当なこと言ってるよね? なんの見当もついてないのに、とりあえず私をここに見捨てるために適当こいてるよね?」
ムラサキ「そんなわけがないだろう!」
ヨシヒコ と、言いつつ目が泳ぎまくるヨシヒコ。
ムラサキ「すげえ目ぇ泳いでるもん。すいすい泳いでるもんな」
ダンジョー「ヨシヒコがお前を見捨てるわけがないだろう!」
ヨシヒコ「その通りだ!」
ムラサキ「そうなんだね。私を見捨てたわけじゃないんだね。ありがとう」
と、抱きつこうとするムラサキをはねのけたヨシヒコ。
ヨシヒコ「やめなさい! 今は……やめなさい」
ダンジョー「俺にも近寄らなくていいぞ」

ムラサキ　「ははん。そうですか？　ゾンビになりたくないですか？」
メレブ　「なりたいヤツがどこにいる」
そこに戸を開ける音。
4人　「!?!?」
振り返るとそこにゾンビ処理係の男。
ロビン。
ロビン　「おっと、生きてる人間でしたか、申し訳ない」
ヨシヒコ　「あなたは？」
ロビン　「あ、ここらへんのゾンビ処理係をしているロビンってもんです。あら？　お嬢さん、噛まれちゃった？」
ムラサキ　「はあ。そうみたいです」
ロビン　「まだ意識あります？」
ムラサキ　「ありますよ。超元気だし。ばははははははは」
ロビン　「そんならね、東の山の祠にね、噛みの神っていう、ちょっとややこしい名前だけど、神様いるから。その神様に噛んでもらうと治るから。ゾンビ」
ムラサキ　「ほんとにっ！　行こう行こう！　それ、行こう！」
ロビン　「あんた、ほんと、元気だね。でも3日で屍になるからね」
メレブ　「ブラックなこと、さらりと言うね」
ダンジョー　「ということはその噛みの神に3日以内に噛んでもらわないとダメということだな」
ロビン　「そゆこと。急いだ方がいいよ」
ヨシヒコ　「言っただろう。なにか方法があると」

【ロビン】
演じたのはドラマ『半沢直樹』『俺のダンディズム』などに出演する滝藤賢一。

ムラサキ「たまたまだよね？　適当に言ったのがたまたまだよね」
ヨシヒコ「うるさいっっ！」

十六 とある道

一行が歩いている。
ムラサキ「私、ほんとに3日で屍になるのかな？　めっちゃ元気なままなんですけど」
メレブ「その顔で元気とか違和感だから、少しはテンションを落としなさい」
ムラサキ「なんか元気が有り余り過ぎて誰かに噛みつきたくなっちゃう！」
一斉にムラサキから離れる3人。
ヨシヒコ「やめなさいっ！　冗談でもやめなさい！」
そこに腐った死体が登場。
ムラサキ「うわ！　出たっっ！」
メレブ「あ、そーいえば、こいつ、似たようなもんだよね」
ダンジョー「そうだな。ただ、こいつの方がまだキモくない」
ヨシヒコ「ダンジョーさん！　とはいえ、モンスターですよ！　油断しないで下さい！」
ムラサキ「なんか嬉しい！　仲間だ仲間〜〜〜。いえ――い」
と、ムラサキが抱きつこうとすると、めっちゃ嫌がる腐った死体。
ムラサキ「いえ――い」
あからさまに逃げる腐った死体。
ムラサキ「おい。逃げんなよ。なんなんだよ」
メレブ「すげえ。モンスターに嫌がられてる………」

十七

とある寺（外観・夜）

森の中にポツンとある寺だ。

十八

同・中

座っている一行。

ムラサキ「はあぁ。腹減ったなあ」

ヨシヒコ「まだ元気なのか？　ムラサキ」

ムラサキ「そうだねえ。食欲もりもりだね。つか、むしろ、どんどん体調がよくなっていく」

ダンジョー「このままずっと元気だったら、それはそれでキモいな。この顔で」

メレブ「心配だな。しかし、そんな心配の中でも、新しい呪文を手に入れた私だよ」

ヨシヒコ「本当ですか？　もしかするとその呪文でムラサキのゾンビが治るかもしれませんね！」

ムラサキ「こいつの呪文に期待しちゃいけません」

メレブ「果たしてそうかな？」

ダンジョー「おっ！　どんな呪文だ」

メレブ「私はこの呪文を………ブラズーレ、そう名付けたよ」

ヨシヒコ「ブラズーレ」

メレブ「ブラをしているしていないに関わらず、この呪文にかかった者はブラがズレ

呪

メレブが覚えた新呪文③

ブラズーレ

【ブラズーレ】

ムロ　今までの呪文ではメラチンやスイーツとかが有名になりましたけど、今回はブラズーレが凄いことになると思います。

ている気がしてたまらなくなる。もしも戦闘中の敵にかけようものなら、敵全体がブラがズレている気がして戦うどころではないぞ」

ヨシヒコ「あっという間に全滅ですね！」

メレブ「その通り」

ムラサキ「どうしてその呪文で私のゾンビが治るんだよ！」

メレブ「（ムラサキに）ブラズーレ！」

ムラサキ「………くっそぉ！　ブラがズレてる気がする！」

メレブ「はは。恥ずかしくて意識を失うどころではないだろう」

ヨシヒコ「凄い！　私にもブラズーレを！」

メレブ「ブラズーレ！」

ヨシヒコ「ああああああああああああああ！　ブラがっっ！　ブラがズレているような気がする――っ！　したことなどないのにっ！　なんだこれは――――っ！」

と、必死にブラを直す仕草。

メレブ「はは。男にかけるとなかなかのキモさだな」

ダンジョー「俺、寝るわ」

メレブ「ブラズーレ！」

ダンジョー「くっそぉ！」

と、3人でブラ位置を直し続ける。

十九　同・外観（朝）

【3人でブラ位置を直し続ける】
ムロ「たぶんシーズン2までは呪文自体の面白さを見せてたと思うんですけど、シーズン3からは呪文の面白さより、呪文をかけられたヨシヒコ達のリア

二十

同・中

ヨシヒコが目覚めた。

ヨシヒコ「皆さん。時間がない。南の山を登りましょう」

と、メレブとダンジョーが起きると2人ともゾンビになっている。

メレブ「なにっ!!」

ヨシヒコ「どうした？」

そしてムラサキは完全に悪化している。

ムラサキ「なになに」

ヨシヒコ「いかんっっ！　みんな……みんな、ゾンビになってしまった！」

ダン・メレ「なにっ!?」

みんな顔を見合わせて。

ダンジョー「マジでかっ!?」

メレブ「え？　なんで？　この周りにもゾンビいるってこと？」

ムラサキ「私が寝てる間に無意識に噛んだのかな？」

ダンジョー「歯形ついてるわ」

メレブ「俺も」

と、腕を見た。

ムラサキ「あたし、血ぃついてるわ。はははははははは」

メレブ「笑うな、笑うな、その顔で。怖いから〜〜」

ムラサキ「いいじゃん！　治るんだから！」

メレブ「お前、なんで無意識に噛む〜〜〜」

クションの面白さを見せている。だから、本当にもう呪文は僕の手から離れたと思います。みんなの団体行動になってるので、そこも面白く進化してますね。」

【メレブとダンジョーが起きると2人ともゾンビになっている】

宅麻「今回はとにかく特殊メイクが印象に残ってますね。いろんな扮装をさせてもらって、今まで出来なかったことを一気にやったような感じで自分でも凄く楽しかった。でも、予算がないにしちゃあ特殊メイクだなんだって……。お金使うなよって話だよ（笑）。」

ムラサキ　「腹減ってたからだろうなあ。確かに夢の中でむしゃむしゃ食べてた気がする」

ヨシヒコ　「私にも歯形がついてるんですが……」

メレブ　「でも、ヨシヒコ、全然ゾンビじゃ…………なにっ!?」

見れば、ヨシヒコの腕が伸びて先に寄生獣がついている。

ヨシヒコ　「これは…………」

メレブ　「だいぶ違った形で感染したな。これは感染というよりなんというか、寄生だよね？」

寄生獣　「ふふ。私としたことが体に向かわずに逆に左手に向かってしまったよ」

声はヨシヒコの腹話術。

ダンジョー　「なに!?　ゾンビウイルスは自らしゃべることも出来るのか」

メレブ　「いや。うーんと。ヨシヒコがしゃべってるよね？」

ヨシヒコ　「いえ、勝手に私の左手が………」

寄生獣　「私に名前をつけてくれないか」

メレブ　「ん？　ヨシヒコの声だよね？」

ヨシヒコ　「そんなわけないでしょう！　……では、左手ということでヒダリーというのはいかがでしょう」

ヒダリー　「ヒダリー。うん。単純だがいい名前だ」

メレブ　「だってヨシヒコの口もパクパクしてるもん〜〜」

ヨシヒコ　「さあ。急ぎましょう。このまま全員ゾンビに成り下がるわけにはいきません！」

走っている一行。

ヒダリーは浮遊しているが、完全に後ろからついてきている黒子が操っている。

ヨシヒコ「大丈夫か。ムラサキ」

ムラサキ「うん。めっちゃ元気！　今なら9秒台出るかもしんない。なんてな！　がはははははははは」

メレブ「だから笑うな。キモいから〜〜」

ヨシヒコ「元気になっているのは嵐の前の静けさに違いない。急ぎましょう！」

メレブ「ねえ。この黒い人、誰かな」

二十二 祠

たどり着いた一行。

ヨシヒコ「この祠だ」

ムラサキ「よかったあ。これで可愛いムラサキちゃんに戻れる〜〜」

ダンジョー「ダンディなダンジョーさんに戻れる〜〜」

ヒダリー「ヨシヒコよ。出会ったばかりなのに、さよならとは、寂しいな」

メレブ「ねえ。ちなみに君はなんかこう変形してナイフみたいになったりはしないの？」

ヒダリー「しないです。変形する意味がわかんないです」

メレブ「あ、そうなのね」

ヨシヒコ「噛みの神――っ！　噛みの神―――っ！　どうか、姿を現し、我々のゾンビを治して下さい！　お願いします！」

するとの祠の扉が開き、中から神々しい光が……。

その光に映し出された噛みの神。

4人　「おおおおおおおおおお」

ヨシヒコ　「おお！　ありがたい！　噛みの神！　私たちを噛んで下さいま…………………

…………なんだとっっ!!」

見れば噛みの神がゾンビ化している。

3人　「えええええええええ」

ヨシヒコ　「神様も………ゾンビに………」

神　「すまぬ。まことにすまぬ。治療する身でありながら自らもゾンビに感染してしもうた」

メレブ　「え？　ということは治療は………」

神　「出来ぬ。かたじけない。そもそもごく少量のゾンビ菌であれば体内で殺せる私の身体。さすれば噛んでも感染しない。そしてこの口からワクチンを出せるということでゾンビたちを救ってまいったが、先日、少し治療に手間取り、多量のゾンビ菌に侵入を許した」

ムラサキ　「え？　なんで？　どういうこと？　手間取るってどういう」

神　「………それは、ちょっとした事情で……」

ダンジョー　「なんなんだ。どんな事情でゾンビ菌をたくさんもらったんだ！」

神　「深く詮索なされるな」

と、神をどかして奥を覗いたヨシヒコ。後ろには美人でスタイル抜群のゾンビ。

ヨシヒコ　「あなたは………」

おなご　「どうも………」

【噛みの神】
演じたのはドラマや映画などでも活躍する歌舞伎俳優の片岡愛之助。

宅麻　「愛之助君が出てきた時は笑いをこらえるのに必死でしたよ。彼が歌舞伎調のセリフできたから、ダンジョーをすぐ影響を受ける役にしたくなって、ダンジョーでも『(歌舞伎調で)ヨシヒコ〜！』ってやってみたね。」

福田　「愛之助さんと食事した時に『『ヨシヒコ』出たいなぁ』っておっしゃってくれて。『じゃあ出て下さい』ってお約束の印にシーズン1とシーズン2のブルーレイを差し上げたら、見てる写真を送ってきてくれて(笑)。そういう固い約束があったので、僕が直接出演のお願いをしました。『噛みの神っていうどうしようもない役がありま

神　「いや、このおなごの治療をね、しようとした時にね、ちょっとした事故っていうかな」

3人　「ああ…………」

間……。

ヨシヒコ　「…………エッチなことをしたんですね」

メレブ　「あ、ヨシヒコ。そんなハッキリ……」

神　「いやいやいやいやいや！　神様だから、そんな」

ヨシヒコ　「美人だったからエッチなことをしたんですね！」

神　「いやいやいやいやいやいやいやいや。ないないないない」

ヨシヒコ　「答えて下さいっっ！」

メレブ　「いや、答えなくていいですよ。すみませんね。この青年、ピュアなもんでね」

ヨシヒコ　「そこのおなご！　エッチなこと、したんですね！」

おなご　「しました」

神　「いやいや！　やめて！　そゆこと言わすの、やめて！　マジでしてないから！」

メレブ　「すみません！　ヨシヒコ、あやまんなさい！」

神　「してないよね？　みおりん」

おなご　「しました」

神　「おいいいいい」

メレブ　「神様もみおりんとか呼ばないの。もろバレだから」

ヨシヒコ　「どうして神様がエッチなことをするのですか!?」

神　「するわ！　神様だってムラムラするわ！」

して』とご相談したら『絶対出るよ』と言って下さって。ロケで山形の遠いところまで来て下さり、そして、せっかく出て下さったのに、ゾンビのメイクで片岡愛之助ってわからない（笑）。選曲の小西（善行）さんと音響効果の荒川（望）さんにも音のチェックの時に『ひょっとして噛みの神って片岡愛之助さん？』って聞かれて。荒川さんには『そうかなとは思ったけど、片岡愛之助さんを出すなら最後に治って素顔になった状態も出すだろうとも思った』って言われました（笑）。」

【美人でスタイル抜群のゾンビ】
演じたのはグラビアなどで活躍するタレントの手島優。

メレブ「逆ギレとか、やだ。もう」

ムラサキ「そんなことどーだっていいよ！　私たち、このまま完全にゾンビになっちゃうんだよ！」

神「あのね！　さらに登ったところにね、ゾンビウイルスを消してくれるカラクリがありますから」

ヨシヒコ「本当ですか!?」

神「ただ、その宝箱、めっちゃ強い魔物が守ってるから、取れるかどうかわかんねえけど」

ヨシヒコ「行きましょうっっ！」

二十三

山頂

宝箱を守っているモンスターをヒダリーがナイフに変形して攻撃している。

黒子が操作している。

メレブ「出来んじゃゃん。まあ、いろいろ気になることはあるにせよ……」

二十四

カルバドの村

ヨシヒコがセッティングしたのは空気清浄機に酷似したカラクリだ。

メレブ「この言葉を唱えればカラクリが作動すると……」

と、紙を渡して……。

ヨシヒコ「わかりました…………。プラズマクラスター――――っっ!!」

空気清浄機から青々とした空気が出て、村全体を覆う。

ヒダリー「さようなら。ヨシヒコ」

ヨシヒコ「ヒダリー。ありがとう、ヒダリー」

一行は瞬く間に普通の状態に戻っていく。
村のあちこちからゾンビ状態から治った村人が出てくる。
そして喜び合っている。
そこにロビンがやってくる。

ロビン「いやあ、こんなカラクリがあるとはな。驚きました」

ヨシヒコ「教えて頂いた噛みの神が美人のおなごとエッチなことをして自らゾンビになっていたもので……」

メレブ「言わなくていいから」

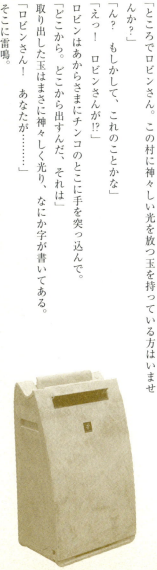

ヨシヒコ「ところでロビンさん。この村に神々しい光を放つ玉を持っている方はいませんか?」

ロビン「ん？　もしかして、これのことかな」

ヨシヒコ「えっ！　ロビンさんが!?」

ロビンはあからさまにチンコのとこに手を突っ込んで。

メレブ「どこから。どこから出すんだ、それは」

取り出した玉はまさに神々しく光り、なにか字が書いてある。

ヨシヒコ「ロビンさん！　あなたが………」

そこに雷鳴。

仏「ヨシヒコ！　その玉を受けとれ。それを持っている限り、お前はいつでもその仲間を召喚することが出来るのだ」

【山田孝之の台本メモ】

どうしたらいいか聞いてみたところ、このカラクリのことを教えてくれたのです

ロビン「仏っ！　仏が姿を現した！」
ヨシヒコ「わかりました！」
ダンジョー「ロビン殿。ともに魔王を倒しましょうぞ」
ロビン「はあ。よくわかりませんが……。仏のお告げでございますから。なんなりと！」

玉を手にしたヨシヒコ。

ヨシヒコ「…………………」

二十五 とある道

歩いている一行。

ムラサキ「噛みの神、超喜んでたね」
ダンジョー「それは嬉しいだろうて。この先、健やかに美人のおなごと暮らせるわけだからな」
ムラサキ「ヨシヒコ！　私も元通りの可愛いムラサキちゃんに戻って嬉しい？」
ヨシヒコ「バカなことを言うな」
メレブ「しかし、この玉、あと6つも集めなければならんのか。なかなか険しい道のりだな」
ヨシヒコ「魔王…………待っていろよ」

と、そんな姿を見ていたヒサ。

ヒサ「兄様……。ヒサは心配です。またついていきたい。だけど、兄様は許してはくれない……」

と、そこに魔法使いが現れて………。

魔法使い「ねえねえ、変化の杖、あげるから、ちょっと呑みにいかない？」

ヒサ「え？　変化の杖とは、姿形を自在に変えることの出来る杖でございますか？」

魔法使い「そうだよ。なんにでもなれるよ」

魔法使い「これがあれば、わたくしだとバレずに兄様についていける。この杖、下さい！」

ヒサ「だからあげるって言ってんじゃん。その代わり、呑みにいくんだよ」

魔法使い「はい！」

ヒサ「変なことしないからね。大丈夫だからね」

魔法使い「はい！」

ヒサ

と、ついていくヒサ。

歩いて行くヨシヒコ一行。

【魔法使い】
シーズン1、シーズン2でも様々な役で登場した金子伸哉が演じた。

【変化の杖】
福田「今回ヒサがどんな形でヨシヒコたちについてくるのか、最後の最後まで思いつかなかったんですよ。変化の杖を思いついたのは撮影に入るわりと直前でしたね。ただ、キャスティングに苦しむだろうなと思ってキャスティングプロデューサーに相談したら、『今、『ヨシヒコ』に出たいと言って下さる方が多いので、なんとかいけるんじゃないですかね』ってことだったので、ヒサが変身しながらついてくることにしました。いわゆる役者さんってくくりを越えた人をキャスティングしないといけないって話もしましたね。」

03
The Brave "Yoshihiko" and The Seven Driven People

勇者ヨシヒコと導かれし七人

一　とある山道

ヨシヒコ一行が歩いている。
そこに盗賊が現れた！

盗賊「うらああああああ！　おらああああああ！」
メレブ「おお！　だいぶ威勢のいい盗賊だな」
盗賊「なんだぁ！　お前ら！　チャラチャラした格好しやがって！　殺されたくなかったらさっさと金と食料出せや！」
ヨシヒコ「それは出来んっ！」
盗賊「バカな野郎だぜ！　金と食料惜しさに命を落とすことになるとはな！」
ダンジョー「命を落とすのはキサマかもしれんぞ」
メレブ「ごめん。俺たち、金も食料も持っていないんだ」
盗賊「ウソつくんじゃねえ！　ただ、持っていても持ってなくても俺はお前たちを殺すがな」
ヨシヒコ「なに！」
盗賊「要するに俺は金も食料も関係ねえ。血だよ。俺は人間の血に飢えてるのよ」
ヨシヒコ「血に…………飢えているだと………」

03
THE BRAVE "YOSHIHIKO" AND THE SEVEN DRIVEN PEOPLE

【盗賊】
演じたのは映画『母 小林多喜二の母の物語』、ドラマ『水晶の鼓動』などに出演する渡辺いっけい。

福田「いっけいさんだったら、やり切ってくれると思ってましたけど、本当に見事でしたね。もう立ち方やしゃべり方が舞台な感じで非常に面白くて。」

盗賊　「俺はただ戦いに飢えてるだけだ。戦いがすべて。金とメシなんてのは、ほんのおまけだよ」
ムラサキ　「やばいよ。ヨシヒコ。こいつ、本物の人斬りだ」
ダンジョー　「確かに。世捨て人は命知らずだ」
メレブ　「確かに危険だな。心してかかれよ」
ヨシヒコ　「はい!」
盗賊　「来いやっっ!!」

抜刀

と、襲いかかる盗賊。
ヨシヒコとダンジョーが対抗する!
盗賊　「ほほう!　なかなかやるな!　それでこそ殺し甲斐があるってもんだ」
すると弟風の男が現れて……。
弟　「兄貴!　兄貴――っ!」
盗賊　「なんだ、シゲ!　今、こいつらを血祭りに上げてるとこなんだよ!」
シゲ　「レンタルビデオ、もう9日も延滞してるよ!」

ハッとする

盗賊　「え」
シゲ　「最近、毎日人斬りしてたから忘れてたでしょ」
盗賊　「忘れてたな……」
ヨシヒコ　「……返しにいった方がいいんじゃないですか」
盗賊　「……バカめ!　延滞なんて関係ねえ!　俺は血に飢えた人斬りだからな!　死んでもらうぜっ!」
シゲ　「でも10本も借りてんだよ!」

更にハッとして「なっ!」

盗賊　「ウソ」

【山田孝之の台本メモ】

【弟風の男(シゲ)】
演じたのは映画『アズミ・ハルコは行方不明』、ドラマ『ゆとりですがなにか』などに出演する太賀。

福田　「太賀君とはなにかしら仕事をしたいと思ってたんですよ。だから役が弟風の男っていうのは、ちょっともったいないなとも思いましたけど、いい仕事をしてくれました。でも、めちゃくちゃ緊張してたらしくて。1話の菅田君と戸塚君と同じ日に撮ったんですけど、菅田君や戸塚君(同年代)がリハを見てるのもプレッシャーだったみたいですね(笑)。」

シゲ「そうじゃん！　兄貴、あん時、『よーし。今日から3日間、映画観まくるぞー──っ！』って」
盗賊「…………………」
メレブ見る
メレブ「10本、9日延滞ってかなりの金額になってるぞ」
盗賊見る
盗賊「…………うるせ──い！　来いや────っ！金なんか惜しくねえんだ……………………」
ムラサキ「明らかに声小さくなってんじゃねえか」
ダンジョー「帰れ。なんだったらビデオ返してから出直せ」
盗賊「へへ。そんなこと言って逃げるつもりだろ。そうはさせるか！」
シゲ「ここ、レンタル料金より延滞料金の方が高いんだよ」
盗賊「そんなとこあんの!?」
シゲ「倍するんだよ」
超心配する
メレブ「大体レンタルが300ゴールドとすると延滞料金が600ゴールド。かけることの10本。6000ゴールド。かけることの9日。54000ゴールド！
やだ！　超大金」
盗賊「………………」
ヨシヒコ「なんだったら私が返しにいきましょうか」
メレブ「その必要はない」
ヨシヒコ「だいぶ気にされてるようなので……」
盗賊「………俺は戦いに飢えてんだ…………」
メレブ「気になってんなら帰れって！」
盗賊はすでに刀を構えることも出来ない。

ムラサキ「ああ、もう完全に最初の勢い失ったな」
メレブ「金とかいらねえって言ってたのにな」
盗賊「………いらねえよ。金なんて」
シゲ「返しにいこうよ」
盗賊「お前いけばいいじゃん」
シゲ「会員証の人、本人じゃないとダメでしょうが」
ムラサキ「あいつ、会員証持ってんだ」
ダンジョー「キサマの顔つき！　その血に飢えた目！　本物の人斬りであると認めよう！　しかし！　54000ゴールドは痛いっ！　しかも延滞金というのは全くの無駄金だ！　今、行かねば明日には60000ゴールドになるんだぞ！　早く行けっ！　もののふよっ！」
盗賊「ふふふ。は――――ははは！　俺は血に飢えた人斬りだがなっ！　今日のところは延滞料金を払いに行かせてもらおうかっっっ!!!」
シゲ「そういうのもいいから！　急がないと閉店だよ！」
盗賊「あばよっっ!!」
ヨシヒコ「間に合うか心配だ。援護してきます！」
と、走っていくヨシヒコ。
ダンジョー「行かなくていいっっっ!!!!」

二

タイトル「予算の少ない冒険活劇

勇者ヨシヒコと導かれし七人」

三

とある山道

遠くに村が見える。

ムラサキ「ねえねえ！　あれ、村だよね」

ヨシヒコ「ああ」

メレブ「助かった………。自覚するにＨＰがあと４くらいしか残ってない気がする」

ヨシヒコ「ＨＰ？」

メレブ「気にするな。余力がないと言うことだ。早く村に行こう。村で宿屋に泊まって♪てれてれてってってーんっとメロディがなれば完全に回復する」

ヨシヒコ「わかりました！　急ぎましょう！」

と、目の前にスライム！

メレブ「くそ！　こういう時に限って村の寸前で出会うパターン！」

ヨシヒコ「逃げましょう！」

と、スライムが立ちはだかり逃げられない。

ダンジョー「ぬぬぬ。戦うしかなさそうだな」

メレブ「なんとかなる！　こいつ一番弱いヤツだから！　なんとかなる！」

するとスライムがメレブに飛びついてきて。

メレブ「うわあああああああああ」

と、叫んだ瞬間に妙なＣＧの渦に巻き込まれる一行。

ヨシヒコ「な、なんだ！　これは！」

四

エフエフの村・入口

ちょいとおしゃれな看板である。
一行がふわりと現れる。

ヨシヒコ「なんだここは……」

メレブ「なにやら、ルーラ的な感じで飛ばされた感触だな」

ムラサキ「ルーラってなんだよ」

村に入っていく一行。

ヨシヒコ「どうやら、この村には玉があるようです」

ダンジョー「なぜわかる」

ヨシヒコ「2つの玉が……引き合うように光っている」

ヨシヒコが手にした玉が光っている。

メレブ「ほほう。仲間の玉が近くにあると光るのか」

ムラサキ「まあ、探すのもいいけどメシ食ってからにしようぜ」

ヨシヒコ「……ああ」

メレブ「メシもいいが、この村になんらかの違和感を感じるのは俺だけか」

ヨシヒコ「違和感?」

メレブ「なにかこう……居心地が悪いというか……。この村の名はなんと書いてあった?」

ヨシヒコ「エフエフの村です」

メレブ「エフエフの村?」

ヨシヒコ「はい。エフエフの村です」

メレブ　「なにか聞き覚えが………」

すると声。

声　「旅の者！　我々に加わる気はないか？」

と、見れば、金髪で洋装の鎧など身につけたスラリとした長身の超イケメン戦士。

ヨシヒコ　「何者だ」

男　「俺の名はヴァリーだ」

ヨシヒコ　「バリー」

ヴァリー　「いや、唇を噛んでヴァリーだ」

ヨシヒコ　「(唇噛んで)バリー」

ヴァリー　「いや、違う違う違う」

メレブ　「ごめんなさい。このコ、不器用なんで」

ムラサキ　「かっこいいなあ、おい」

ヴァリー　「我々はこの村を支配する暴君と化した国王を倒さんとする反乱軍だ。見れば歴戦の戦士と見た」

メレブ　「よくぞ見抜いた」

ムラサキ　「お前は違うぞ」

ヴァリー　「我々の仲間のアジトに来て話を聞いてくれないか」

ダンジョー　「ふんっ！　バカバカしい！　俺たちに他人の戦いを手伝っているヒマはねえんだ」

ヨシヒコ　「ダンジョーさん。こいつらの仲間に玉を持つ者がいるやもしれません。行ってみましょう」

【エフエフ】
福田「基本的に奇数回は割とスレッスレの際を攻めていくものにして、偶数回はド●クエあるある的なド●クエっぽい話を入れるという構成にしています。この3話もいろんなゲームをネタにして攻めています。今回、シーズン3を作るにあたって、『魔王の城』の時に書いたプロットを見たら、そこに『エフエフの村』って書いてあって、もともとやりたかったネタだったんですね。で、満を持してやることになったんです。」
山田「エフエフの村は絶対にやりたかったですね。福田さんから『こういうアイディアがあったけど出来てなかった』って言われて、『絶対にやりましょう』という話をしました。」

【ヴァリー】
演じたのはドラマ『天地人』『純と愛』などに出演する城田優。

ダンジョー「…………なるほど」
ヨシヒコ「そのアジト…………うかがいましょう」
ヴァリー「それはそれは。ようこそ反乱軍へ」
ムラサキ「オシャレだねえ、なんとも」

五　アジトへの道

道行く人もいつもの村と違ってオシャレな人が多い。
メレブ「明らかにいつもの村と違うよねえ」
ヨシヒコ「確かに。まるで違う世界に連れてこられたような感覚がします」

六　同・アジト

入っていくと仲間が3人。
ヴァリー「みんな！　反乱軍に加わってくれる旅の戦士たちだ」
見れば、3人とも超オシャレ。
メレブ「なんだろ、このスタイリッシュ感……」
バッシア「よっ！　俺はモンクのバッシアだ」
ヨシヒコ「モンク？」
ヴァリー「武闘家さ」
メレブ「ん？　武闘家をモンクって言うのかな？」
バッシア「そうだ」

福田「エフエフのメンバーが秀逸でしたよね。みんな、背が高くてハーフ系の顔だちで。ヴァリーは僕の中で城田優の他にいないと思ってたので、ミュージカルの『エリザベート』をやってる時期でスケジュールがかなりきつかったんですけど、絶対に譲れなかったんでお願いしました。」

【ごめんなさい。このコ、不器用なんで】
ムロ「シーズン3になって顕著になってるんですけど、メレブがヨシヒコのお母さん化してるんですよ。ツッコミというより、ヨシヒコに『止めなさい』とか『静かにしなさい』って言ったりして。僕はそこが好きですね。愛情が増えていった分、お母さん化してて。そういう関係性が出来てるところも、シーズンが進んで出てきた変化だと思います。」

【アジト】
福田「ロケ場所のスタジオセディック庄内オープンセットのはずれに、あの村にはありえない洋館が1軒だけ建ってて。なにかの映画のために作られたらしいんですけど、結局、使われなかったそうなんで、使えるなムラサキ「武闘家は武闘家でよくね？」
アーシュ「白魔道師のアーシュよ。よろしくね」
ダンジョー「可愛い。いや、美しい」
ムラサキ「マジおっさん、ベースケだな。ジロジロ見んな！　恥ずかしい」
バルフロア「黒魔道師のバルフロアだ」
ヴァリー「君たちそれぞれのジョブはなんだい？」
ヨシヒコ「ジョブ⁇」
ヴァリー「ああ……。役割というか、職業というか……」
ヨシヒコ「私は勇者です」
ダンジョー「俺は戦士だ」
メレブ「私は魔法使い」
ムラサキ「私は村の女」
ヴァリー「村の女って！」

4人で高らかに笑う。

メレブ「笑われているぞ。とてもスタイリッシュな4人に高らかに笑われているぞ」
ムラサキ「なんかムカつくけどスタイリッシュだけに言い返せない。悔しい」
ヴァリー「我々は反乱軍だ。この国を悪政で支配する国王グラミス・ガンナ・バリドールは今、西の山の山頂で暢気に休養中だ」
メレブ「名前もいちいちシャレてんだよなあ」
バッシア「警備が手薄な休養中を狙って暴君の王を暗殺するんだ」
バルフロア「手伝ってくれるね？」
ダンジョー「あのな。俺たちには別の使命があってだな……」

と思ってエフエフのメンバーのアジトにしました。台本には書いてないんですけど、山田君に「ここでタルとツボを割っておきましょう」って話して（笑）。エフエフにはタルとツボを割る習慣がないから、ヴァリーが「え？　なんで割ったの？」ってなって、ヨシヒコ『ツボは割るものなので』、ヴァリー『割るものじゃないよね、ツボは』。その都度、『なんで割ったの？』『調べなきゃいけない』『調べるならフタを開ければいいじゃん』みたいに城田君が突っ込んで、最終的に引き出しを開けて女の子の下着を手に入れて、『手に入れないで！』ってなる（笑）。元ネタの両作品の違いがすごく面白く出せたと思いますね。」

山田「タルやツボを割ったり、ド●クエの世界では当り前のことを他のところに持ってくるとどうなるかというのも『ヨシヒコ』の面白さの1つだと思います。」

【バッシア】
演じたのはドラマ『S -最後の警官-』『MOZU』などに出演する平山祐介。

ヨシヒコ「（ダンジョーを制止して）行きましょう」
ヴァリー「オッケーだ。時間がない。今すぐ発つぞ」
3人「オッケイ」
なんかかっこいい腕組みなどして……。
ヨシヒコ「……なんなんだ、このかっこよさは………」

七 同・村の道

旅立とうとする一行を応援する村人たち。
途中、商店に立ち寄るヨシヒコ一行。
ムラサキ「ねえねえ！　腹ぺこなの！　そこのパン、いっぱいちょうだい！」
店の女「よっしゃ！　これ全部持ってきな！」
メレブ「いくらだ」
店の女「50ギルでいいよ」
ヨシヒコ「ギル？」
メレブ「え？　ゴールドじゃなくて？」
店の女「え？　なに？　ゴールドって」
ムラサキ「ギル……。持ってる？」
メレブ「持ってない」
ダンジョー「通貨も違うというのか………」
ヨシヒコ「なんなんだ。明らかに違う世界に巻き込まれている」

【アーシュ】
演じたのはモデルの石田ニコル。

【バルフロア】
演じたのは映画『カノジョは嘘を愛しすぎてる』などに出演する水田航生。

八 とある山道

歩いている8人。すると……。

ヴァリー「出たぞっ！」

見れば見たこともないモンスターが何体も立っている。

ヨシヒコ「なんだ、あれは！」

メレブ「見たことないよ。あんなの見たことない」

ヴァリー「さあ、隊列を組め！」

2列になってモンスターと対峙する一行。

先にモンスターが攻撃してきた！

グループ全体がダメージ。

全員の頭の上に数字が飛び出る。

ヨシヒコ「なんだ!?　今の数字は!?」

メレブ「うん。出たよね？　今。ぴょーんって数字出たよね？」

ダンジョー「戦いの方法も違うというのか！」

ヴァリー「お前たちのアビリティはなんだ？」

ヨシヒコ「はい？」

ヴァリー「お前たちのアビリティだと聞いている」

ヨシヒコ「アビ……あ、ちょっとわかりません」

ヴァリー「君たちはなぜなにも知らないんだ!?　どこの国から来た!?」

ヨシヒコ「どこの国というのは……」

再び攻撃を受ける一行。

［店の女］
演じたのはドラマ『八重の桜』などの山野海。

［2列になってモンスターと対峙する一行］
福田「戦闘シーンも凄く面白く撮れましたね。戦闘シーンを忠実に再現しようと思って、山の急な傾斜のところの草を全部刈って、上から順に立って正面から撮るとエフエフの戦闘中の画面の構図になるんですよ。ヨシヒコは『こんな斜めのところでは戦えない』、ヴァリーは『斜めじゃない』ってずっと言ってるんですけど（笑）。」
ムロ「ダメージを受けて元気がなくなるとヒザをつくっていうのもやってます。」

ムラサキ　再び数字が飛び出た。
アーシュ　「なんなんだよ、この数字！　超うぜえ！」
ヨシヒコ　「ここは勝てないわ！　召喚っ！　エスケプっ！」
と、言うとチョコバが4匹現れて……。
ヴァリー　「なんなんだっ！　これはっ！」
ヨシヒコ　「チョコバだ」
ヴァリー　「チョコバだと」
「知らないのか？　不思議な連中だ。さあ、逃げるぞ」
と、チョコバに乗り込む4人。
明らかにチョコバは人が中に2人入っているだけなので乗ってからの走りが超遅い。
走って逃げるヨシヒコ、一行。
ムラサキ　「おせっ！　あのチョコバっての、おそっ！」
ヨシヒコ　「早く！　早くしないと！」
ムラサキ　「でも、初めてかっこ悪いとこ見て安心している私がいるっ！」

九　とある小屋（夜）

食事をしている8人。
メレブ　「ちょ、ねえねえ、この食事、なに？　初めて見る」
ムラサキ　「そして美味いすなあ〜〜。これはこれでよかですなあ」
メレブ　「女というヤツはどうしてこう、シャレオツに弱いのか」

ヴァリー　「もうすぐだ。あと少しでヤツの別荘にたどり着く。もう少しだ。頑張ってくれ」
ヨシヒコ　「………はい」
バルフロア　「さっき言っていたモンスターが違うというのは、なんのことだ」
メレブ　「うん。こっちはね、こんなんが出るんですね」
と、スライムを書いて見せる。
アーシュ　「なにそれ。超可愛いじゃん！」
バッシア　「それが攻撃してくるのか？」
メレブ　「うんまあ………1くらいしかダメージないんだけど」
ヨシヒコ　「こんな音を聞いたことはありませんか？（レベルアップ）パパパパッパパッパー」
4人　「…………」
ヨシヒコ　「（宿泊）パラパラパッパッパー」
ヴァリー　「ないねえ。なんの音？」
ヨシヒコ　「私たちもよくわかっていませんが時々聞こえるのです」
メレブ　「そんな話題がかみ合わない中でも新たな呪文を手に入れる私だった」
ムラサキ　「なんかこのスタイリッシュな人たちの前で恥ずかしいから発表するな」
ヨシヒコ　「こんなおかしな世界に来てさえも！　どんな呪文なんですか」
ムラサキ　「乗せるな、ヨシヒコ」
メレブ　「とうとう電気系の呪文を手に入れた」
ヨシヒコ　「電撃波ですね！　ライデインですね！」
アーシュ　「私、魔道師だけど、なに言ってるかさっぱりわかんない」

メレブ　「そうだ。電撃波だ。この電撃波……ピップエレキバン程度の磁気を発することで敵の肩こり、腰痛などを癒し、『ああ、体が楽になった』と油断したところを攻撃！」

ヨシヒコ　「一網打尽ですね」

ムラサキ　「余計に強くなる可能性の方がはるかに高いよね？」

メレブ　「この呪文を、すべからく……チョイデイン……。そう名づけた」

ヨシヒコ　「チョイデインっ！　凄い！」

メレブ　「1万回ほど唱えればライデインに匹敵する力を発揮するかもしれない！」

ヨシヒコ　「かけて下さい！　私にチョイデインを！」

ダンジョー　「俺もちょっと肩凝ってるから、よろしく」

メレブ　「よし。全員にかけてやる。チョイデイン！」

呪文のＳＥ。

一同　「ああ……」

バッシア　「ちょっとだけ楽になった」

ヨシヒコ　「メレブさん……私はちょっと効いてない気が……」

メレブ　「凝ってなかったんだね。お前、凝りとかなさそうだもんね」

ヨシヒコ　「勝てますね！　とにかく勝てますね！」

ヴァリー　「ぜんぜん会話が理解出来ない」

ムラサキ　「あ、理解しなくていいです」

呪

メレブが覚えた新呪文④

チョイデイン

十 とある山の上の豪邸（日替わり・朝）

エフエフの4人にヨシヒコ一行がついてくる。

ヴァリー「ここが国王の別荘だ。気をつけろ。国王には強力な守り神バハムートがいる」

アーシュ「バハムート。知ってるでしょ？」

ヨシヒコ「知りません」

アーシュ「ドラゴンよ」

メレブ「ドラゴンはドラゴンでよくない？」

バッシア「しかし驚いたな。この世界でバハムートを知らない戦士がいるとはな」

ヨシヒコ「すみません。こういう玉をお持ちの方はいますか？」

と、運命の玉を差し出した。

メレブ「なんでこのタイミング？　今までたくさんあったよ。そういうタイミング」

ヴァリー「あ、これ。見たことあるよ！」

ヨシヒコ「どこでですか？　誰が持っているのですか？」

ヴァリー「それはね…………」

と、言いかけたところでまたCGの渦がヨシヒコ一行を巻き込んでいく。

ヨシヒコ「なんだ！」

ダンジョー「まただ！　この世界に巻き込まれた時のヤツだ！」

ムラサキ「ぎゃああああああああああ」

メレブ「これなに？　あの例のうずうずとは違うよね？」

十一 とても広いところ

ヨシヒコ一行が現れる。

ヨシヒコ　「どこでしょう、ここは」

ムラサキ　「見渡す限り、なんもないな」

ダンジョー　「今度はどんな世界に飛ばされたんだ」

メレブ　「おい！」

ヨシヒコ　「どうしました？　メレブさん」

メレブ　「あれ、見ろっ！」

と、見れば**モンハン風の超巨大モンスター**がこちらに走ってくる。

ムラサキ　「なんじゃ、こりゃ————っ！」

メレブ　「でかい————っ！　初めて見るデカさっ！」

1人の**男**が巨大な武器を持ってモンスターと戦っている。

男　「おい！　こいつを倒すのを手伝ってくれ——っ！」

メレブ　「無理に決まってんだろ———っ！」

ダンジョー　「俺は逃げるっ！　逃げるぞ———っ！」

3人、逃げるが……。

ヨシヒコ　「助太刀しますっっ!!」

と、モンスターに向かっていくヨシヒコ。

3人　「ヨシヒコ————っ！」

男から巨大な武器を受け取ったヨシヒコ。

ヨシヒコ　「うりゃあああああああああ！」

3人　「ヨシヒコ——————っっ!!」

【モンハン風の超巨大モンスター】
福田「元ネタを全然知らないんで、山田君に全部アドバイスをもらってます。『まず肉を焼いてないとダメです。あと猫が必要です』って言われました（笑）。」

【男】
演じたのは映画『テルマエ・ロマエ』などに出演する勝矢。

3人　と、言った3人を再びCGの渦が巻き込む。
「うわあああああああああああああ」

十二

とある山道

3人が現れた。目の前にド●クエのモンスターがいる。
わりと強めのモンスターだ。
ムラサキ　「あ、よく見るヤツだ」
メレブ　「すごく危機的状況なのに、どこかホッとしている私がいるよ」
ムラサキ　「おっさん！　やっつけてよ！」
ダンジョー　「任せろ！」
ダンジョーが剣を振り下ろすとダメージを受けるモンスター。
メレブ　「チョイデイン！」
呪文のSE。
気持ちよさげになったモンスターたち。
猛烈に攻撃をしかけてくる！
ムラサキ　「うわあああ！　やっぱり強くなったじゃねえかよ！」
と、逃げた。

十三

エフエフの村

入ってくる3人。

ムラサキ　「結局、エフエフの村に逆戻りじゃんか」

メレブ　「どうやら、我々の世界とエフエフの世界は地続きらしいな」

ダンジョー　「地続き？　それはどういうことだ」

メレブ　「例えば…………作ってる会社が一緒………的な」

ムラサキ　「お前、なに言ってんの？　意味わかんねえし。そのほくろ、ひきちぎるぞ」

メレブ　「しかし、ヨシヒコはどこに行ったのか………」

ダンジョー　「あの巨大な化け物のいる世界にいるとしたら……」

メレブ　「生き延びていてくれるだろうか……」

ムラサキ　「そもそもこの世界に戻ってこれるかどうかもわかんないじゃんかよ」

メレブ　「うーむ。なかなか手強い展開になったぞ」

するとあちらから声が聞こえてくる。

ヨシヒコ　「みなさ――――ん！」

メレブ　「ん？　ヨシヒコの声だ」

目の前に現れたヨシヒコはあからさまにマ●オの格好をしている。

強めのモザイク。

メレブ　「ん？　ヨシヒコ、これは………」

ヨシヒコ　「あれから、何度も例の渦に飲み込まれてまして。なにやら様々な世界に飛ばされたんです」

メレブ　「んん。わかるんだけど、その格好は……」

ダンジョー　「なかなか似合うじゃないか。その赤い帽子」

メレブ　「言うな！　ダンジョー。この格好について触れるな」

ダンジョー　「なぜだ」

ムラサキ「なんなの？　その格好」

ヨシヒコ「わからん。とにかくその世界に行ったら、いつの間にかこの格好になっていたんだ」

メレブ「うん。別にいいんだけど。ヨシヒコ、今、お前、100パー、モザイクなんだ」

ヨシヒコ「え？　どういうことですか？」

メレブ「主人公なのに、ヨシヒコは主人公なのに、今現在、モザイク処理されていることは間違いない。それもかなり強力なモザイクだ」

ヨシヒコ「はははは。なにを言ってるんですか。メレブさん。ところで皆さん。こっちの世界にみんなで行きませんか？」

ムラサキ「ん？　なにを言い出した？」

ヨシヒコ「こっちの世界は素晴らしいぞ！　ムラサキっ！　なにしろ、ちょいとジャンプしただけでお金がどんどん手に入る。お金が宙に浮いてるんだ！　それにジャンプして触れるだけでどんどんお金が入ってくる！」

メレブ「ヨシヒコ！　その説明をやめろっ！」

ヨシヒコ「苦労してモンスターと戦う必要もないんだ！　キノコやら亀やらを飛び超えているだけでいい！」

ダンジョー「飛び超えるだけなら楽チンだな！」

メレブ「ダンジョー、乗るなっ！」

ムラサキ「それもキノコや亀て！　ちょろ過ぎじゃん」

メレブ「2人とも！　この話には乗るなと言っただろ！」

ダンジョー「……そ、そうだな！　そうだぞ！　ヨシヒコ！　そんな世界に行ってしまったら魔王を倒すことは出来んぞ！」

【ちょいとジャンプしただけでお金がどんどん手に入る】
福田「このヨシヒコのセリフが秀逸で、大好きですね。『悪霊の鍵』が始まる前に『モンスターと戦ってる時にマ●オのカメみたいなのが出てきて、みたいなことは出来るもんですか？』ってプロデューサー陣に聞いたら『絶対に無理です』って言われたんですけど（笑）。」

ムラサキ　「もう魔王なんかどうでもいいとか言うんじゃねえだろうな」
ヨシヒコ　「違うんです！　その世界でたくさんお金を稼げば強い武器が買える！　強い防具が買える！　そのためにあっちの世界でジャンプしたり泳いだりしてお金を稼いで！　そしてこっちの世界に戻ればいい！」
ダンジョー　「なるほどっ！」
メレブ　「だから乗るなって！　俺たちは行けないの！　そっちの世界には！」
ヨシヒコ　「なぜですか」
メレブ　「全員モザイクになっちゃうから〜〜」
ヨシヒコ　「カートでレースとかも出来てめちゃくちゃ楽しいんですよっ！」
メレブ　「それ以上言うな———っ！」
ダンジョー　「メレブがここまで言うにはなんらかの理由があるんだろう。ヨシヒコ。そっちの世界は諦めて、大人しく戻ってこい」
ヨシヒコ　「いえ……。私はあちらの世界で冒険を続けます」
ダンジョー　「馬鹿者っ！　冒険というものは1人では出来ないものだろう。それはお前が一番わかっているはずだ」
ヨシヒコ　「それはわかっています。どういうわけか、あちらに行った途端、頼りになる弟が出来たんです」
と、緑の帽子をかぶった男が登場。
強いモザイク。
メレブ　「いやいやいやいや、放送出来ない」
緑の男　「どーもーっ！」
ヨシヒコ　「頑張ろうな！」

緑の男　「うぃす」
ヨシヒコ　「待ってて下さい！　皆さん！　たくさんお金を稼いで戻ってきます！　私が大金持ちになって戻ってくるまで、皆さんで玉を集めておいて下さいっっ！」
メレブ　「そんなキラキラした顔も全部モザイクだから。全く伝わってないからね」
と、走り去る。
メレブ　「あの、通貨が違うと思うんだよね〜〜〜〜」
構わず走っていくヨシヒコたち。
メレブ　「ヨシヒコのバカはいつになったら治るのだろうか」
そこにヴァリーがやってきて……。
ヴァリー　「おお、みんな——っ！」
ムラサキ　「ヴァリー！　あの後、どした？」
ヴァリー　「もちろん我々反乱軍の勝利さ。そしてこれ」
と、玉を差し出した。
ダンジョー　「お前の持ち物か」
ヴァリー　「そうだ。我が家に代々伝わる宝だ。子どもの頃に倉庫で見たことがあってな。持った瞬間にまばゆい光を放ったので覚えていた」
メレブ　「ヴァリーよ。そなたは我々とともに魔王と戦うために導かれし戦士だ」
ヴァリー　「なんだって」
メレブ　「ただ、大変なことに今さっき、主役の勇者が違う世界に消えた。先行きが不安だが、いざその時になったら、この玉で召喚させてもらうぞ」
ヴァリー　「噂には聞いていたが、やはり魔王は存在するのか」
ダンジョー　「頼んだぞ」

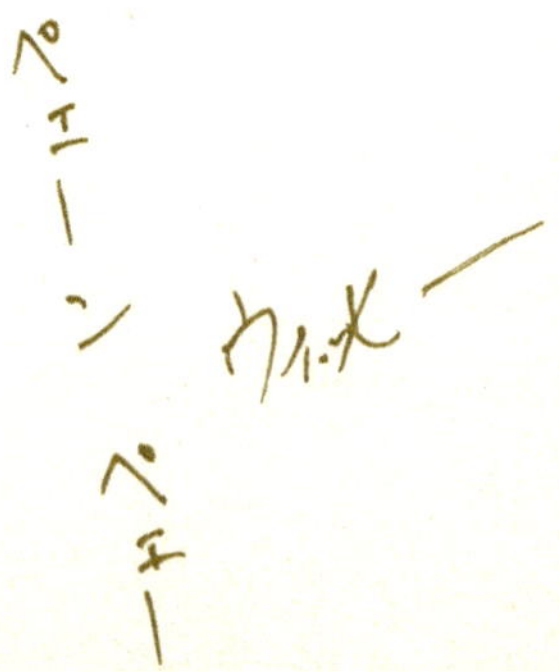

【山田孝之の台本メモ・走り去る】

ヴァリー　「もちろんだ」

十四　とある道

歩いている3人。

ムラサキ　「おい、ほくろ。お前、あっちの世界行って連れ戻してこいよ。ヨシヒコ」

メレブ　「まあ、ヤツのことだ。あっちも悪いヤツはいるし、嫌気がさして戻ってくるだろう」

雷鳴。

するとと目の前に雷が落ちて、ヨシヒコが現れた。

3人　「ヨシヒコっっ！」

仏　「ヨシヒコっっ!!　てめ、マジでいい加減にしろよ！」

メレブ　「ああ、ほいほい。これ！」

ヨシヒコ　「あ、すみません」

と、ウルトラアイを受け取って。

仏　「おい、キサマ、ヨシヒコ。頼むぜ。な??　少しは主役の自覚を持てよ～～～～～」

ヨシヒコ　「ですから！　強くなるようにお金を………」

仏　「それは通常通りこっちで魔物を倒してゲットしていきゃいいじゃん！（ぴー――）とかさ（ぴ――――）とかさ（ぴ――――）とかの世界とか行ってもよ！　あっちはあっちで別の主役がいるし！　そういうチャレンジはプロデューサーが苦しむだけだから」

ダンジョー「なんなんだ。そのプロ……なんとかってのは」
ムラサキ「ただ、エフエフの村は普通に行けたぜ」
仏「それはもうゲーム好きの人なら理由はわかってるだろうからいちいち説明しません！」
ヨシヒコ「あと、仏っ！　剣をふりかざさずともなにやら楽しげなパズルをするだけでドラゴンを倒せる世界が……」
仏「それも言わなくてよ―――しっ!!」
ダンジョー「それはいいな」
ヨシヒコ「そうなんですよ！」
と、バズドラの説明をし続けるヨシヒコ。
仏「わ――――！　わ――――っ！　いろいろあるぞ――――っ！　いろいろあるから！」
ヨシヒコ「…………」
仏「きょとーん……、みたいな顔すんな！　はい。ね？　楽な道を歩むことはとにかく諦めて下さい。順調に運命の玉は集まってますから。ということで次はざっくり北に向かうがよろし！」
メレブ「北のどこよ」
ムラサキ「毎回ざっくり過ぎんだよ！」
仏「うるさいっっ!!」
メレブ「お、珍しくマジ怒りモードじゃん。仏」
仏「当たり前だよ！」
メレブ「ヨシヒコ。この怒りを見て自らの罪を悔い改めよ」

ヨシヒコ　「……はい」

仏　「くそ―――っ!!」

と、なにか投げてきた仏。

拾ってみると宝くじ。

メレブ　「てめ、宝くじはずれてイライラしてただけかよ！」

仏　「あのババア、ウチで買えば当たるとか言いやがってよっっ!!」

メレブ　「ふざけんな、仏！」

消える仏。

だいぶ散らかった宝くじ。

メレブ　「何枚買ってんだよ、あいつ」

ダンジョー　「かなり勝負に出たらしいな」

ムラサキ　「おい！　行くぞ。ヨシヒコ」

ヨシヒコ　「皆さん、やはりあちらの世界に………」

メレブ　「もうやめろ！」

と、歩いていく3人を説得し続けるヨシヒコ。

それを見ていたヒサ。

ヒサ　「兄様………。もう、許可的に難しいことはおやめになって………。やはり心配だわ……。この頂いた謎の杖で姿を変えながらついていくより手はない……」

と、一度隠れて出てくると別人に変わっている。

ヒサ　「これなら私だとバレることはない。兄様。此度もヒサは兄様とお供致します……」

と、ついていくヒサ。

【別人】
ヒサは漫画やゲームをこよなく愛するタレント、女優の中川翔子に変身。アリーナ姫風の衣装を着て「1つ前の姫だから兄様は絶対知らないはず。これなら絶対にバレない」と言って去っていく。

福田「しょこたんは『魔王の城』の頃から『ヨシヒコ』にだいぶコメントしてくれて、ずっと出たいって言ってくれてたんですけど、スケジュールが合わなくて。だから、現場でのしょこたんのテンションの上がり方も半端なかったですね。段ボールのモンスターを見て、相当喜んでました（笑）。」

04

The Brave "Yoshihiko" and The Seven Driven People

勇者ヨシヒコと導かれし七人

04

THE BRAVE “YOSHIHIKO” AND THE SEVEN DRIVEN PEOPLE

一　とある山道

ヨシヒコ一行が歩いている。

そこに盗賊が現れた！

盗賊　「はい、どーもーっ！　旅の方、お疲れ様でーす！」

ヨシヒコ　「……お疲れ様です」

ダンジョー　「盗賊か。先を急いでいる。道を開けろ」

盗賊　「あ、私自身は盗賊ではございません。今から、盗賊さんが登場しますので、皆さんにやって欲しい段取り等ですね、ご説明させて頂きます。よろしいですか？　元気ですか!?　元気ですよ！　俺が元気でどうすんだということでね」

ムラサキ　「斬っちゃえば？」

ヨシヒコ　「とりあえず聞いてみよう」

ムラサキ　「なんでだよ」

盗賊　「わりと有名な盗賊さんなんですけど、そこまで迫力がないんですね。ただ、皆さんにはかなり驚いた感じのリアクションをとってもらっちゃおうかなあと思ってます。皆さんのリアクション次第では本人もノリノリになっちゃい

【盗賊】演じたのはお笑いコンビ、サンドウィッチマンの富澤たけし。

福田「単純に僕が昔からファンなんですよ。4話が芸人の前説の盗賊ってことで、『芸人さんにやってもらうのが一番いい』って話になって、こんな機会じゃないと富澤君に声をかけられないと思ってお願いしました。撮り終わった時に『僕ら事

ますからね。はい！　それでは練習させて下さい！　私を盗賊だと思って頂いてね。…………はい、出てきた！」

4人「うわ」

盗賊「惜しいっ！　もうちょっと驚いちゃいましょう！　ぬぬぬぬ！　なにやつ!?　くらいまでいっちゃいましょうか。恥ずかしくない！　ね？」

ヨシヒコ「はい」

メレブ「いや、あの、斬っていいと思うよ」

ダンジョー「聞く必要あるのか？」

盗賊「はい、やってみましょう…………。はい！　出た！」

ヨシヒコ「ぬぬぬぬぬ！　なにやつ！」

盗賊「素晴らしい！　他の3人も頑張れ〜〜〜。で、そのリアクション頂いたら、わりと長めの自己紹介します。今まで斬り捨てた人の名前とか、手に入れた金品の自慢、自分の必殺技とか織り交ぜてね、自己紹介ありますんで、その都度、「なに!?」的なリアクション下さい。で、それが済んだところでかなりの金品食料をね、要求してきまーす。そしたらなんて言いましょう」

ヨシヒコ「そうはさせるか！」

盗賊「わかってますね〜〜〜。お兄さん、最高」

ヨシヒコ「ありがとうございます」

メレブ「なんでちょっと嬉しそうなの？　ねえ」

盗賊「で、ここから戦って頂きますねえ。よきところで『負けました』って言ってもらいますが、誰が言いましょうか、じゃ、金髪のお兄さん、お願いしまーす。そして最後はお決まりの土下座行きますよ〜〜。ここ、頑張って下さいね〜

務所が小さいんで前説やったことないんですよ』って言われました（笑）。大きい事務所だと先輩芸人の番組の前説を後輩がやるんですけど、そういうことがなかったらしくて。だから『大丈夫でしたか？』って聞かれましたけど、まったく問題なかったですね。」

【ありがとうございます】
福田「ほめられて、ちょっと嬉しそうなヨシヒコが面白いんですよ。ほめられた山田君が残りの3人をチラッと見る瞬間は最高ですね。あれは僕の指示じゃなくて山田君が自分の考えでやってます。」

〜〜〜〜。まずは僕がお手本やりまーす」
と、ここでダンジョーがヨシヒコの剣で盗賊を斬る。

盗賊「ぬあああああああああああああ。まだ本人さん、登場してないのに………
………」

メレブ「もう逃げてると思うよ」
盗賊「拍手の練習を…………」
ムラサキ「ほら、行くよ！　ヨシヒコ！」
ヨシヒコ「…………」
メレブ「なんでもうちょい聞きたそうなんだよ」

二

タイトル「予算の少ない冒険活劇
勇者ヨシヒコと導かれし七人」

三

とある道

歩いている一行。
雷鳴。

声「ヨシヒコ――っ！　ヨシヒコ――っ！」
メレブ「あ、仏だ！」
と、ウルトラアイを渡す。
変身風のＳＥ。

仏　「どう？　運命の玉、集まってる？」
メレブ　「なんで状況把握してねえんだよ、お前」
仏　「あのさ、1つ提案なんだけどさ、玉を持つ人って言い方が少し変な感じがすんじゃん？」
ムラサキ　「別に」
仏　「ウソん。じゃ、ムラサキ、言ってみそ」
ムラサキ　「玉を持つ人」
仏　「あ。うん。堂々としている。まあ、恥じらいなく言える年齢になったんだな、お前も」
ムラサキ　「うっせえよ！　そのペヤングフェイス、ぼっこぼこにして大盛りのヤツにしてやんぞ」
仏　「へえん！　すでに大盛りの大きさなんですぅ」
と、ペヤング大盛りのフタを縦に出して。
ヨシヒコ　「ああ！　どっちが仏かわからない！」
仏　「え？　ヨシくん。こっちも仏に見えるの？」
ヨシヒコ　「区別がつきません」
ダンジョー　「早く用件を話せ！」
仏　「じゃあ、今日はこっちで話しますよ」
と、ペヤングのフタのアップの状態で。
仏　「これから玉を持つ人をぎょくじんと呼ぶことにして、その玉人はここからざっくり東に向かったサラゴナの村におる」
ムラサキ　「てめえ、この前、北って言ってたじゃねえかよ」

メレブ　「なんかむしろこっちの方がイライラしないな」
仏　「いつものごとく、それは誰だか………」
仏が出てきて……。
仏　「知らない～～～～～～～～」
ムラサキ　「もう、ずっとペヤングでやって！」
仏　「そんな！　そんなこと言うなら、俺もうロケ来なくていいじゃんよ」
メレブ　「ロケとか言うな」
仏　「ペヤングのフタにアフレコすればいいってことになるじゃん」
メレブ　「アフレコとか言うなって」
ダンジョー　「話が長い！」
仏　「なに、ダンくん。独り身でイライラしてるなら再婚もありだよ」
ダンジョー　「なんだとっっ!!」
仏　「はい。すみません！　行ってらっしゃーい」
ヨシヒコ　「サラゴナの村に……玉人が………」
ダンジョー　「…………」

四　サラゴナの村

村人たちが働いているが、なんだか元気がない。
メレブ　「なにやら村人に覇気がないな」
商店に買い物に来たヨシヒコたち。
ヨシヒコ　「すみませんが、この村に神々しく光る玉を持つ方はいませんか？」

【独り身でイライラしてるなら再婚もありだよ】

キャラクターではなく演者本人をイジるセリフについて、イジられる側はどう思っているのか？

宅麻「中途半端なんだよ。なにかノドに引っかかったようなイジり方で（笑）。だいたい、もう年数も経ってるでしょ。果たして視聴者はわかるのかって部分はありますね。」

福田「宅麻さんも『中途半端にイジり過ぎ』って自分でアドリブで入れてましたね（笑）。ただ、ご本人は中途半端だと思ってるかもしれませんが、こっちは結構思い切ってますんおやじ「光る玉?? ああ、それならこの村の王様が持ってるはずだよ。姫様が生まれた時に空から降ってきた玉ってんで、この村じゃ有名だ」
ヨシヒコ「ということは玉人はその姫君か……」
ダンジョー「なるほど！ それなら王様のところに行けば玉を拝めるわけだな」
おやじ「そりゃあ、どうかな」
メレブ「旅の人間が入れるような屋敷ではないのかな」
おやじ「いや、気さくな王様だが……姫様が病気なんだよ」
ヨシヒコ「姫が？」
ムラサキ「病気??」
メレブ「それで村の民は元気がないのか………」

五 王様の屋敷・中

手下と話している王様。
王様「なにっ!? それは本当か。北の山に住む魔物の涙を飲ませればフロリア姫は治るのか」
手下1「はい！」
王様「それはいいいっ！ いやあ、よかった！ 本当によい知らせじゃ！ 早速、それを手に入れようではないか！」
そこにもう1人手下がやってきて……。
手下2「ルドラン様！ 旅の者がお会いしたいと申しておりますが………」
ルドラン「いいだろう。通せ！」

で、そこはご理解頂きたいです(笑)。」

佐藤「『ヨシヒコ』に限らず福田は台本でイジってくる。一度、僕の地元の焼き鳥屋に一緒に行って、その時は『うまい、うまい』って食ってたんだけど、後でセリフで『なんの肉かわからない肉を出す焼き鳥屋』って書くんです。もう、恐ろしいです。まあ、僕も楽しんでやってるんで1ミクロンも腹は立ちませんけど(笑)。」

【王様】
演じたのはドラマ『水戸黄門』『踊る大捜査線』などに出演する大和田伸也。

六 同・フロリアの部屋

姫が寝ている。一行が見ている。

ルドラン「姫はこうして1年以上も眠り続けている。この眠りを覚ますのは………その魔物の涙しかないというのだ」

ヨシヒコ「可哀相に」

姫はとても美しい寝顔をしている。

ルドラン「ワシは決めた！ その魔物の涙を持ち帰った者とこのフロリア姫を結婚させる！」

ヨシヒコ「結婚!?」

ムラサキ「結婚って………」

ダンジョー「時にルドラン王、姫君が生まれた時に光る玉が……」

ルドラン「さあ！ 村の男たちに発表しよう！ 村の逞しき男たちが必ずや魔物の涙を持ち帰ってくれる！」

メレブ「ちょいと待たれよ」

と、追いかけていこうとすると手下に止められて……。

手下「王は職務に戻られます」

メレブ「これはどうも魔物の涙とやらを持ち帰らないと玉は見せてもらえないな」

ムラサキ「えっ!? じゃあ、ヨシヒコとこの姫様、結婚すんの!?」

ダンジョー「そんなものは拒否して玉だけもらえばよいのだ」

メレブ「それもそうだな。我々は魔王を倒すために旅をしているのだ。こんなところで結婚など………」

［フロリア姫］
演じたのは映画『女子ーズ』、ドラマ『アオイホノオ』などに出演する山本美月。

福田「山田孝之が山本美月を大好きなんですよ。美月ちゃんがヒロインを演じた『アオイホノオ』の最終回で山田君がゲスト出演してるんですけど、僕がオファーをした時点で『これは福田さんが〝山本美月がいるから出るだろ、お前〟って言ってるな。この凄く簡単な釣りのエサに食いついてみるのも有りだと思います』って意味のわからない返答をもらいました（笑）。美月ちゃんはお父さんが『ヨシヒコ』大好きな面白い人で、美月ちゃんからお父さんがヨシヒコのコスプレをして構えてる写真を見せてもらったこともあって（笑）。だから、美月ちゃんにとって『ヨシヒコ』に出ることは念願中の念願で、現場でヨシヒコとのツーショット写真も

と、ヨシヒコを見れば完全に惚れた顔でフロリアを見ている。

メレブ「惚れたな、これ」

ダンジョー「ヨシヒコ！　目的は姫君ではないぞ！　導かれし者のオーブぞ！」

ヨシヒコ「…………は」

メレブ「は、ではない。完全に惚れましたフェイスの真っ最中だったぞ」

ヨシヒコ「………そんなわけがないでしょう！　我々の目的は魔王を倒すことだ！　しかし、この姫君を救わなければ玉は手に入らん！」

ダンジョー「その通りだ！」

ヨシヒコ「………行きましょう」

フロリアは寝ている。

七

同・入口

たくさんの男たちがクラウチングスタートのポーズで構えている。

ルドラン「皆の者！　もう一度言う！　魔物の涙を持ち帰れば、フロリア姫と結婚出来るぞ！」

沸き立つ男たち。

ダンジョー「村の男たちが相手だ。到底、我々の相手ではない。のんびり行こうではないか」

ヨシヒコ「ええ」

メレブ「しかし、村の男たち、姫君と結婚したくて目が血走っているな」

ルドラン「覚悟はよいな！　皆の者！　それではよ―――いっ！」

メレブ「ふふ。まるで運動会だな。バカバカしい」

撮ってお父さんに送ってましたね。山田君は最後まで『僕はひとことも呼んでほしいなんて言ってません』って言ってたし、これからも言い続けると思うんですけど、美月ちゃんがいる時の山田君はずっと幸せそうにニヤニヤしてて顔が違うんですよ(笑)。4話の編集が終わって山田君に『4話の編集終わりました。山本美月のフロリアは非常に可愛かったです』って連絡したら、山田君の返しが『でしょうね』で(笑)。なに目線なんだって(笑)。」

[えっ!?　じゃあ、ヨシヒコとこの姫様、結婚すんの!?]

木南「ムラサキはヨシヒコにラブな感情を持ってるんですけど、普段の演技では込めてないんですよ、基本は仲間という感じなので。でも、シーズンごとに毎回、ムラサキの恋心話みたいなのがあって、その時はすごいヨシヒコラブみたいな感じです。やっぱり、ムラサキはヨシヒコのバカで単純でまっすぐなとこが好きなんじゃないですかねえ。そこは視聴者の方々も惹かれるところだと思います。」

と、ピストルを鳴らす。

メレブ 「ところでヨシヒコ……」
ヨシヒコ 「うおおおおおおおおおおおお!!」

フライング気味

と、全力疾走で走っていくヨシヒコ。

ダンジョー 「惚れたな………」
メレブ 「ちょ、玉のこと、二の次になってるよね、あれ」
ダンジョー 「まあ、よくあることだ。いざとなれば目が覚める。さあ、行こう」

と、歩き出したがムラサキは動かない。

ダンジョー 「ん？　どうした？　ムラサキ」
ムラサキ 「私、行かない」
メレブ 「ん、それは……」
ムラサキ 「なんか体調悪いから。村で待ってるわ」
メレブ 「………ああ、うん、まあ、そうか」
ダンジョー 「なぜだ。ムラサキ！　魔物に怖じ気づいたか!?」
メレブ 「違うでしょう。察しなさいよ、おじさん」
ダンジョー 「察しなさい？　………なにをだ」
メレブ 「だから………姫君と………ほら。ヨシヒコが……」
ダンジョー 「ムラサキ、キサマ！　魔王と戦わんとする者がこの程度の魔物に………」
メレブ 「お前、ほんと、バカ………。じゃ、休んでいろ。行ってくる」
ムラサキ 「…………」

【山田孝之の台本メモ】

【モンスター】
『ヨシヒコ』シリーズの象徴とも言えるのが、段ボール製のモンスター。
宅麻 「モンスターが段ボールの張りぼてって最初に聞いた時にどう思ったかって？　まあ、深夜ドラマってそういうものなのかなって（笑）。初めて見た時は『よくこんな形にしたなド●クエのモンスターとの戦いの点描。
ヨシヒコがもの凄い勢いで魔物たちを倒している。

メレブ　「凄い！　ヨシヒコの勢いが凄い！　魔物が可哀相になるほどの勢いだよ、これ」

ヨシヒコ　「うぎゃああああああああああああ！」

と、切りまくっている。

九　サラゴナの村・入口（夜）

ムラサキがぼーっとした感じで歩いてくる。
星空を見上げる………。
そこに声。

声　「ラブストーリーのヒロインっぽい感じで星空を見上げるお嬢さん」

見れば老婆が立っている。ベタな魔女の格好だ。

魔女　「星空を見上げてため息1つってことは恋の悩みだね」

ムラサキ　「いえ、そんな………」

魔女　「なんだったら私が相談に乗ってやってもいいんだよ」

ムラサキ　「平気です。あなたみたいな魔女に話すほど簡単な女じゃないんで」

魔女　「魔女？　私のどこが魔女なんだい」

ムラサキ　「魔女ですよね？　最もベタな感じの魔女ですよね。どこからどー見てもスナックのママではないですよね」

魔女　「果たしてそうかな」

あ』って感じだったけど、ブラボー（福田監督が立ち上げた劇団ブラボーカンパニーのこと）の人たちが毎日作ってて、彼らの腕が日に日に上がっていくんですよ。監督が『これな』っていう感じで頼んだものを必死になって作ってて、出来上がったものを見たら『凄い！』って思いました。みんなにも見てもらいたいですよ。」

山田　「『ヨシヒコ』は〝やり切ってる〟のがいいんだと思います。僕も段ボールと芝居するってないですからね。でも、役者は全員、本気で段ボールと芝居する。相当くだらないことをみんな本気でやっている。そこだと思いますね。」

【魔女】
演じたのは映画『俺はまだ本気出してないだけ』、ドラマ『踊る大捜査線』などに出演する水野美紀。

十 スナック「メグ」・看板

十一 同・中

スナック風のカウンターでムラサキが暴れている。

ムラサキ 「なんなんだよ！　あれ、ぜって――――結婚するって言うに決まってんだよっ！」

魔女 「いやいやいや、大丈夫よ。ず――っと一緒に冒険してきた仲間なんだろ？　あっちもあんたに惚れてるに決まってんだ」

ムラサキ 「うっせんだよ！　ばばあ！　わしっ鼻ばばあっ！　そしてしゃくれっ！　わし猪木っ！　お前になにがわかるんだよ！　あいつは天下一のバカなんだよ！　ちょっと可愛い女見るとすぐ惚れて私のことなんか忘れんだよ！」

魔女 「仕方ないねえ。なら……そんな姫君とやらを永遠に眠らせればいいじゃないか」

ムラサキ 「そうだよ。いつまでも寝てりゃいいんだよ！」

魔女がとある果実を差し出した。

ムラサキ 「なにこれ」

魔女 「ねむねむの実だよ」

ムラサキ 「ねむねむの実？」

魔女 「これを食べた人間は10年間、眠りから覚めることはない。例え、その魔物の涙を飲んだとて………」

ムラサキ 「これを………」

魔女 「食べさせるんだ……。フロリアに………」

【ねむねむの実】
某国民的人気漫画『ONE PIECE』に出てくる〝悪魔の実〟にそっくりの形だが効果はまったく別物。

ムラサキ「……………」

その実に触れた途端、ムラサキの顔が悪魔に変わる。

十二 とある小屋

いろりを囲んでいる3人。紙になにか書いているヨシヒコ。

ヨシヒコ「……………そういえばムラサキは……」

メレブ「今？」

ヨシヒコ「どうしたんですか、ムラサキは」

メレブ「うーん。なにやら体調が優れぬらしく……。村に」

ヨシヒコ「……………そうでしたか」

ダンジョー「……………ヨシヒコ。正直に言え。姫君に惚れたか」

ヨシヒコ「そんなバカな。私は勇者です。女にうつつを抜かすなど……」

メレブ「さっきからなにを書いている？」

ヨシヒコ「子どもの名前を考えています」

メレブ「ガチ惚れだな」

ヨシヒコ「違いますっっ!!　万が一のためですよ！　姫君と結婚をせねば玉がもらえぬというなら、致し方なく受け入れるしかないっ！　私は魔王を倒すために結婚などしている場合ではないが、結婚するならばそれなりのこともしなければならないでしょう。そして懐妊となれば親の手を離れるまでここで子育てもせねばならんでしょう」

メレブ「え？　子どもが手を離れるまで冒険中断？」

ヨシヒコ　「そうでなければ玉は手に入らないのですよ！　しかしっ！　私は魔物の涙を飲ませて眠りの病を解いた後に結婚を断り、再び、冒険に旅立つでしょう」
メレブ　「言ってることが支離滅裂なんだよな」
次々と名前を考えているヨシヒコ。
ヨシヒコ　「そうだ！　その前に式場を決めないと！」
と、ゼクシィを取り出して読み始める。
メレブ　「ほんとに断る？」
ヨシヒコ　「断りますっっっ!!」
ダンジョー　「確かに……。ヨシヒコはあれだ。巨乳好きではないか。あの姫君、見るに、まな板だ。惚れる要素がない」
メレブ　「ちゃんと胸までチェックしていたとはな。さすがベースケおっさんだな」
ダンジョー　「おっさんって言うな」

十三　ルドランの屋敷・フロリアの部屋（夜）

忍び込んできたムラサキ。
寝ているフロリアにねむねむの実を食べさせようとする。
口にぐいぐいと押しつけるが大き過ぎるため、もちろん食べさせられない。
ムラサキ　「そうだろ。寝てんだから食えるわけねえだろ！」

×　×　×

「あー考えなくてはならないことが多すぎる」
（はっきり言わない）

ヨシヒコ　フロリア
ヨシリア－リアヨシ
フロヒコ－ヒコフロ
ヨロヒア
フシリコ
ヨシヒア
フロリコ
ヨロリア
フシヒコ
ヨフシロヒリコア
ヒロシ

【山田孝之の台本メモ】

ムラサキ　台所。

包丁でねむねむの実を切っているムラサキ。

「ひひひひひ。これならねじ込むことが出来るだろう」

×　　×　　×

フロリアの部屋に戻ったムラサキ。

切り身をフロリアの口にねじ込もうとするが入らない。

×　　×　　×

台所。

ねむねむの実をミキサーにかけている。

手下の声　「なにやつっっ!!」

ムラサキ　「ヤバっっ!!」

と、逃げ出すムラサキ。

十四　とある山道（日替わり・昼）

歩いている3人。
ヨシヒコ　「そろそろ魔物の洞窟に着きますよ。魔物の気配がとてつもない」
ダンジョー　「他の参加者はもれなく魔物たちにやられたか。王も酷なことをしたものよ

ヨシヒコ「……」

メレブ「即座に倒してその涙を姫君のもとに持ち帰りましょうぞ」

ヨシヒコ「しかし、ヨシヒコよ。その魔物の洞窟を守りし化け物がいると言っていたぞ」

ダンジョー「ええ」

メレブ「ただし、その姿からは想像が出来ないほどの凶暴な守り神と言っていた」

「まさか………あれか」

見れば、○○○が立っていて……。

ここで許可が出たキャラクターとの戦いがあり……。

十五 スナック「メグ」・中

スナックは奥に入るとそこが牢屋になっていて……。

そこに入れられているムラサキ。

ムラサキは寝ている。

魔女「なんてこったい。フロリアはあと少しで命を失うというのに……。あの魔物の涙を持って来られたら目を覚ましちまう………」

ムラサキ、目を覚まして……。

ムラサキ「………なにこれ」

魔女「あたしはね！　フロリアが死んだら、その血液を飲み干す算段だったんだよ！　そうすれば私は20歳に若返るはずだった……」

ムラサキ「そんなこと……。やっぱりあなた魔女だったのね！」

魔女「どっからど———見ても魔女でしょうよ！　魔女オブザ魔女でしょうよ！

【見れば、○○○が立っていて】そこにいたのは、〝キラーどんちゃん〟だった。

福田「動物系じゃないキャラクターでやった方が面白いなと思って、『太鼓の達人』のどんちゃん（ゲーム『太鼓の達人』のキャラクター。太鼓の胴体に顔があり、手足がついた姿をしている）が、〝キラーどんちゃん〟になって出てきます。美術部がどんちゃんに牙をつけたんですけど、キラーどんちゃん、めっちゃ面白いですよ。」

逆になんだと思ってたんだよ！　あああぁ、あたしは若返れば広瀬すずの顔になれたんだよ！」

魔女　「誰だよ」

ムラサキ　「まあいい。フロリアに比べれば数段落ちるが、お前の血を吸いとることにするよ。今、ねむねむの実を作ってるから、もう少々お待ちを………」

ムラサキ　「えっ！　ふざけんなよっ！　出せよっ！　数段落ちるって、ぜってえ殺すかんな！　ばばあっ！」

十六

洞窟・前

立っている４人。

ヨシヒコ　「いかにも恐ろしい化け物が住まう洞窟だ」

ダンジョー　「大丈夫なのか」

ヨシヒコ　「はい。今の私は無敵です。やはり男たるもの家庭を持つと強くなるものですね」

メレブ　「あ、もう結婚したことになってる」

ヨシヒコ　「ですから！　もしものことを考えていただけですよ！　あんな女はむしろ大嫌いですよっ！　行くぞ――――っ！　魔物め――――っ！」

十七

同・中（アニメ）

ヨシヒコ、飛びかかるが大きな魔物に簡単にはね返される。

ヨシヒコ　「うおおおおおおおお」

魔物　「やめてよ」
ヨシヒコ　「あああああああああああああああ」
メレブ　「この魔物、強いぞ！」
ヨシヒコ　「倒す必要はないのです！　スネのところを叩ければ涙は出る！」
ダンジョー　「なるほど！　そこは弁慶も泣くらしいからなっ！」
ヨシヒコ　「スネ――――っ！」
　と、飛びかかるが……。
魔物　「やめてって」
　と、はね返され……。
ヨシヒコ　「あああああああああああ」

十八　同・外

　時間経過。
　すでに夕方になっている。
ダンジョー　「予想以上に強いな……」
メレブ　「たぶんね、あいつね、スネ叩かれたくらいじゃ泣かないよ」
ダンジョー　「かもしれん」
ヨシヒコ　「どうしたら泣くんだ……。もう……中でたまねぎを切り続けるしか……」
ダンジョー　「ヤツの目の前で何日もたまねぎを切り続けられるものだろうか」
メレブ　「そんな絶望感の中、そんな中でもなお、新しい呪文をゲットしてしまう私であった」

ヨシヒコ「凄い！　それはこの状況を打開出来る呪文ですか」
メレブ「さあ、どうかな」
ダンジョー「どんな呪文なんだ」
メレブ「なんと、グループ全体の守備力を一気に上げる呪文だ」
ヨシヒコ「なんとっ！」
ダンジョー「守備力が上がればヤツの攻撃に耐えながらたまねぎを切り続けることが出来るぞっ！」
メレブ「早速かけてやろう。その名も……チアーズだ。チアーズっっ!!」
するとかのチアリーダーが出てきて応援してくれる。
メレブ「どうだ。守備力が上がったぞ」
ダンジョー「俺はむしろ下がった気がする」
メレブ「どうだ、ヨシヒコ！」
ヨシヒコ「なにやら応援をもらって元気になった気がしますっっ!!」
メレブ「だろ！　ならばゆけっ！」
ヨシヒコ「はいっ！」

十九　同・中（アニメ）

ヨシヒコ「魔物めーっ！　涙が出るほどやっつけてやるーっ！」
と、魔物に手で簡単に払われるヨシヒコ。
ヨシヒコ「ぬあああああああああああ！」
メレブ「やはりダメかっ！　応援だけではっ！」

呪　メレブが覚えた新呪文⑤
チアーズ
【チアーズ】
福田　「チアーズは山形県の庄内の地元の学生さんに出てもらってます。ホントは3人来てくれるはずだったんですけど、当日1人が『来たくない』って言ったそうで、2人になっちゃって（笑）。」

ダンジョー「俺に任せろ。2人とも。こういうもんはな、年の功がものを言うもんさ」

× × ×

実写に戻って……。

ダンジョー、洞窟に座り込む。

両脇に座ったヨシヒコとメレブ。

ダンジョー「いいか、魔物！　よく聞け」

ダンジョー「一杯のかけそばって話があってな……」

メレブ「お。なるほど。そっちでいくのか。考えたな」

ダンジョー「ある親子が夜遅くに蕎麦屋に来てな。『天ぷらそば2つ！』と頼んだんだ」

メレブ「ん？　ん？」

ダンジョー「そしたら、店の主人が、もう遅くてそばが一人前しか残ってねえと言いやがる。親子は怒った。蕎麦屋なのにそばがねえってどういうことだ、このやろう！ってな」

メレブ「ん？　ダンジョー。その展開からどのようにお涙ちょうだいするつもりだ」

ダンジョー「主人は言ったよ。天ぷらだけじゃダメですかって。ダメに決まってんだろう！と。もういいから、そば買って来いよ！　外で！　つって親子は1歩も引かねえ。『こんな時間にそば買える店なんかねえよ！』って。もう喧嘩よ。大喧嘩」

メレブ「泣けないよね？　絶対に泣けない展開だよね」

ダンジョー「親子がとうとう言ったよ。金ならいくらでも出すから！　今からそばの実を

【一杯のかけそば】
1989年に日本で大ブームを巻き起こした感動ストーリー。大晦日の夜、そば屋を訪れた貧しい母親と子ども2人の3人で1杯のかけそばを頼み、心優しい主人はこっそり多めのそばを出してあげる、というような話。

【山田孝之の台本メモ】
頷く

収穫して、そば粉にして、そばを打てよと。確かに夜遅いけど出来ないことねえだろうと」

頷く

メレブ「どこに着地するの？　この話は」

ダンジョー「仕方ないから蕎麦屋はそばの畑に行ってそばの実を収穫したとさ」

泣く

　間。

メレブ「え？　終わり？　終わりじゃないよね」

　泣いているヨシヒコ。

メレブ「泣いてるぅ。ヨシヒコ、なんらかのツボにハマって泣いているぅ」

ダンジョー「そしたらそばの畑に女の死体がっっ!!　きゃ――――――っっ!!」

ギャー!!

メレブ「どっち行く？　ねえ、その話、どっち目指してる？」

二十　サラゴナの村（夜）

　一行が帰ってくる。

メレブ「言うなよ。話が長過ぎて眠くなってあくびした時に出た涙だって。絶対言うなよ」

ダンジョー「そうだな。倒された悔しさで流した涙としておこう」

村人「勇者様がお帰りになったぞ――――っ！」

　盛り上がる村人達。

二十一　ルドランの屋敷・中

姫の部屋に通されるヨシヒコたち。

ルドラン「いやあ、勇者よ！　ご苦労じゃった！　それが魔物の涙か」

ヨシヒコ「はい。そうです」

ルドラン「さあ！　夫となる君から飲ませてやってくれ！」

姫のもとにゆっくりと近づくヨシヒコ。

ヨシヒコ「姫よ……。目を覚ましたまえ」

と、ゆっくりと姫の口に涙を注ぎ込んだ。

4人「…………」

ヨシヒコ「…………」

ゆっくりと目をあける姫。

ルドラン「お、おおおおおおお！　起きた！　姫が目を覚ましたぞ———っ！」

フロリア「……あなた様がわたくしを起こして下さったのですか？」

ヨシヒコ「はい」

ルドラン「フロリア。よいか。私はお前を起こすことが出来た男とお前を結婚させると誓った。お前もそれでよいな」

ヨシヒコ「お待ち下さい、ルドラン殿。実は……」

ルドラン「わかっておる。最初にここに来た時に1人おなごを伴っておったな。選ぶがよい。フロリアか、冒険をともにしているあのおなごか……」

メレブ「出た！　これ、5のヤツだ」

ダンジョー「なんだそれは」

【選ぶがよい。フロリアか、冒険をともにしているあのおなごか】
福田「ド●クエⅤでフローラを選ぶか、ビアンカを選ぶかは定番のあるあるネタで、ド●ク

メレブ　「どっちか選ぶの！　大富豪の姫君と幼なじみと！　花嫁を！」
ルドラン　「どちらでもよいぞ。そなたの人生じゃ……」
メレブ　「で！　まあ、悩むんだけどぉ、ほぼ全員が幼なじみを選ぶわけ！　姫君の方を選んだとか言うと、おい〜〜〜〜マジか、お前〜〜みたいに言われるんだよぉ」
フロリア　「結婚して下さるのですか？　勇者さま」
メレブ　「すみません。申し訳ないですけど……」
ヨシヒコ　「結婚しますっっ!!」
メレブ　「おいいいいいいいいいいいいいいいい」
ダンジョー　「いいんじゃない？　5人で旅すれば」
フロリア　「わたくしは冒険など怖いのですぅぅ」
ルドラン　「よ――――し！　早速、式の用意じゃ――――っ！　式を挙げるぞ――――――っ！」

二十二　村の道

ダンジョーとメレブが走り回っている。
メレブ　「やばいよ。すぐに式とか、ちょっぱやだよ。ムラサキ、どこだよ、あいつ」
ダンジョー　「夜中に姫にいたずらしようとしていた女とはやはりムラサキなんじゃないか」
メレブ　「そんなことする？　………するな。あいつならするな」
ダンジョー　「ルドランの家の者がこっちに逃げたと言っていたぞ」

エを知ってるなら盛り上がる話だけど、まだ『ヨシヒコ』で触れてないところだったのでどうしてもやりたかったんです。フローラを選ぶと『マジか!?　金目当てか!?』って人間性を疑われたりしますけど、ヨシヒコがあっさりフロリアを選んじゃう話は面白いなと思って。で、そのあるあるネタを入れた話を作るとするのならば、演者として山本美月が必要だなと考えたんです。」

二十三　同・式場

たくさんの参列者の中、ヨシヒコとドレスを着たフロリアが手を組んで歩いてくる。
拍手しているルドラン。

二十四　スナック「メグ」・中

牢屋に寝ているムラサキ。
そこにメレブとダンジョーがやってきて……。

ダンジョー「起きろ！　ムラサキ！」
ムラサキ、起きて……。
ムラサキ「あれ？　魔女は」
ダンジョー「あんなもん一撃だ」
メレブ「ただのばばあだしな。そんなことじゃない！　早くしないとヨシヒコが結婚してしまうぞ！」
ムラサキ「………いいじゃん。したきゃすれば……」
メレブ「本当にいいのか？　ムラサキ。結婚してしまったら、ヨシヒコは二度と戻ってこないぞ」
ムラサキ「いいよ。別に。好きでもなんでもねえし」
ダンジョー「やせ我慢はよせ。とられてもいいのかよ。お前の勇者を………」
ムラサキ「………」

メレブ「お前が行かなきゃ、お前の恋の冒険まで終わっちまうぜ」
ムラサキ「………魔王を倒す」
ダン・メレ「………」
ムラサキ「魔王を倒すためだからな！」
と、走っていくムラサキ。
笑う2人……。

二十五 村の道

走っているムラサキ。
様々なアングルでスローモーション。

二十六 同・式場

神父が2人に誓いの言葉を述べている。
神父「それではお2人。誓いのキスを………」
と、2人、向かい合った時、扉を叩く音。
振り返ると扉が開いた！
すると、とんでもなくダメそうな男が立っていて……。
男「フロリアっっ！ やっぱり僕は君じゃなきゃダメなんだっっ!! 結婚してくれっ！」
ルドラン「お前、誰？」
フロリア「………あなたは………ラクトルっっ!! ずっと眠っていて忘れてしまっていた！」

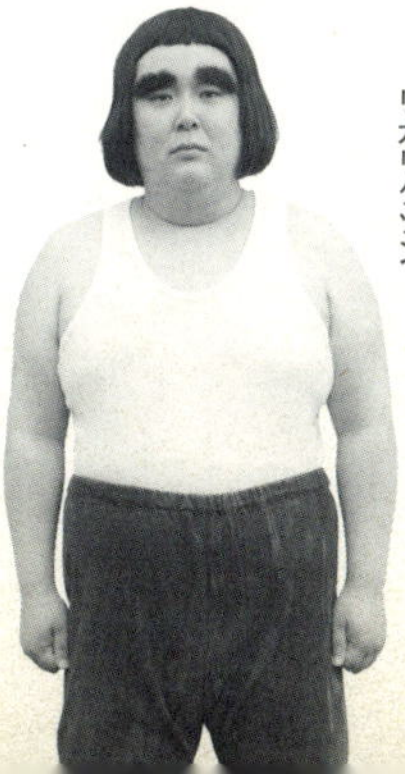

【ダメそうな男】演じたのはお笑い芸人のガリガリガリクソン。

福田「これまで『ヨシヒコ』でブスネタをやってきましたけど、僕の中でブスを演じてほしいタイムリーな人がいなかったので、逆に不細工な男を出そうと。これまで不細工な女の子に『ブスだ、ブスだ』って言ってたヨシヒコが不細工な男に女をさらわれるのが、ちょと痛快なんじゃないかと思ったんです。ガリ君はベストキャスティングでしたね。でも、ガリ君は台詞、特に固有名詞が覚えられないんですよ（笑）。この時もフロリアを覚えられなくて。台詞も短いのに5テイクぐらいやったかな（笑）。」

迎えにきてくれたのね！　ラクトル！」

ラクトル「さあ！　行こう！　そして2人で幸せな家庭を築くんだ！」

フロリア「ラクトル―――っ!!」

と、出ていったフロリアはラクトルと2人走り去っていく。

腕を掴んでイヤイヤ首振る

ヨシヒコ「…………………」

ルドラン「……なんかごめんね」

ヨシヒコ「あ、いえ」

ルドラン「なんかジンと来たよね」

ヨシヒコ「はい」

ルドラン「しかし、あれはないわあ～～。ね？」

軽く笑う？

ヨシヒコ「はい」

二十七　とある山道

玉を持って歩いているヨシヒコは呆然としている。

逆にムラサキは元気いっぱいだ。

ムラサキ「いやあ、お詫びとはいえ玉もらえてよかったねえ」

メレブ「しかし、彼女が玉人ということは、魔王と戦う際に彼女を召喚するはめになるぞ」

ムラサキ「いいよ、あの女は呼ばなくて。『怖いぃぃ』って言ってたんだろ。使えねえ使えねえ。来ても私がぶっ飛ばす」

メレブ「召喚しといてぶっ飛ばすのはないだろう」

【山田孝之の台本メモ】

【別人】
ヒサは林家パー子に変身して、「まって～兄様ぁ～」と笑いつつカメラで写真を撮りながら去っていく。

ムラサキ　「だって、ヨシヒコだって、結婚するフリだけして、玉もらったら逃げだそうと思ってたんだろ」
ヨシヒコ　「その通りだ。当たり前だろっ！」
メレブ　「まあ、そーゆーことにしておこう。しかし、たまらんな。魔王を前に女2人で喧嘩された日には……」
それを見守っていたヒサ。
ヒサ　「兄様……。絶対フロリア様がお好きだったはず……」
と、一度隠れて、変化の杖を使った。
すると全く別人になって出てくるヒサ……。
ヒサ　「待って。兄様………」
歩いて行く一行………。

福田「（岡本）あずさちゃんが『変化の杖のシーンは、ドラマの仕事だとなかなか会えない人に会える！』って喜んでましたね。パー子さんが来た時も、みんなテンションが上がってました。パー子さんは昔から大好きでお願いしたんですけど、（林家）ペーさんが『ヨシヒコ』を好きでいて下さって、頼んでないのにペーさんも一緒にいらっしゃって（笑）。実はペーさんも本名が〝嘉彦（ヨシヒコ）〟っていうんですよ。で、パー子さんは『兄様』って言って、笑って写真を撮りながら去っていくだけなんですけど、それを覚えてくれないんですよ（笑）。だから実は木の後ろにペーさんが隠れてパー子さんに台詞を教えてるんです。音量上げたらペーさんの声も聞こえるかもしれないですね（笑）。」

05

The Brave "Yoshihiko" and The Seven Driven People

勇者ヨシヒコと導かれし七人

05

THE BRAVE "YOSHIHIKO" AND THE SEVEN DRIVEN PEOPLE

一

とある山道

ヨシヒコ一行が歩いている。
そこに盗賊が現れた！

盗賊　「うらあ！　盗賊だ！　金と食料出せ」
メレブ　「おっ！　出たな」
ヨシヒコ　「それは出来ん！」
盗賊　「なら斬るまでだ」
襲いかかる盗賊。
ダンジョーとヨシヒコが剣を交える！
盗賊　「なかなかやるじゃねえか」
4人　「…………」
盗賊　「これでも食らえ！」
襲いかかる盗賊。
再び2人と剣を交える。
4人　「…………」
盗賊　「なかなかやるじゃねえか。いくぜ！」

【盗賊】演じたのはドラマ『LIAR GAME』などに出演する鈴木浩介。

福田「去年（2015年）の暮れには5話の台本を書き上げてたんで、去年のうちに『普通の盗賊っていうのを浩介君にやってほしいんだ』ってお願いしてました。（鈴木）浩介君は怒った芝居が面白いんで、メレ

メレブ　「ちょちょちょちょ、待って」
盗賊　「なんだ」
メレブ　「あの、変な話なんですけど、俺たちに襲いかかってくる盗賊って、なんかしらおかしな人多いのよ。チンポジが気になって戦えないとか、毒を塗り込んだナイフを自分で舐めちゃって死ぬとか、急に鬼嫁が来るとか」
盗賊　「はあ」
メレブ　「そちらはなにか………おかしなポイントは？」
盗賊　「あ、いや。俺は普通の盗賊だけど………。ま、普通っていうのもなんだけど………」
ムラサキ　「いや、別にそれが悪いって言ってるわけじゃないんだけどさ」
ヨシヒコ　「戦いますか？」
盗賊　「おうよ！」
ヨシヒコと盗賊、剣を交えて……。
メレブ　「あ、やっぱりなにも起きないね。戦うだけになっちゃってるね」
盗賊　「え？　え？　ちょっと待って。盗賊って戦うだけじゃダメなの？」
ダンジョー　「いや。盗賊は戦ってなにかを奪うものだ」
盗賊　「だよね？」
メレブ　「まあ、そうなんだけど。普通だから」
盗賊　「なに、普通って」
ムラサキ　「いやいやいや、いいんだよ。普通で」
盗賊　「な、なんなの？　すげえ戦いにくいんだけど」
ヨシヒコ　「戦いますか」

ブとムラサキにバカにされてめっちゃ怒る、普通の盗賊に向いてると思ったんですよ。」

【チンポジが気になって戦えない】
『魔王の城』第3話に登場。安田顕が演じた。

【毒を塗り込んだナイフを自分で舐めちゃって死ぬ】
『魔王の城』第5話に登場。沢村一樹が演じた。

【急に鬼嫁が来る】
『魔王の城』第6話に登場。古田新太が演じた。鬼嫁は上地春奈が演じた。

盗賊　「うん。お前、凄く好感持てるね。その戦う姿勢。だけど、こっちの2人がさ……」

ダンジョー　「気にするな！」

盗賊　「俺だって気にしたくねえよ！　でも、なんか、普通がダメみたいなさ！」

ヨシヒコ　「戦いましょう！」

2人、剣を交える。

盗賊がしていたメガネを落として。

盗賊　「メガネ、メガネ」

と、やすさん風にメガネを探す。

メレブ　「いやいやいやいや、見えてる！　見えてる！」

ムラサキ　「そこまで視力悪くないでしょ」

盗賊　「はいはい！　見えてますよ！　はい、普通に拾ってかけますよ！」

メレブ　「え？　目が悪い盗賊っていうおもしろな感じでいこうと？」

盗賊　「………そんなわけねえし！　そんな安易なネタとか絶対しねえし」

メレブ　「じゃ、視力も普通なのね？」

盗賊　「なに？　なんなの？　普通普通言うなって！」

ヨシヒコ　「こんな時になんですが、戦いの強さも普通ですね」

ムラ・メレ　「あららららららら」

ダンジョー　「こら！　盗賊をいじめるんじゃない！」

ムラ・メレ　「さーせーん」

ダンジョー　「ちゃんと叱ってやったぞ！　頑張れ！」

盗賊　「切なくなるわ！」

ヨシヒコ　「さあ！　来い！　普通の盗賊っ！」
メレブ　「ダメ。ヨシヒコ。この人、気にしてるから」
盗賊　「（急に東北弁）おめえら、カネどメシさよごさねえど、ぶちごろしてやるがんな！」
メレブ　「なになになに。急に訛って」
ムラサキ　「いやいや、標準語で話せるんですから、標準語で話して下さいよ」
盗賊　「じづはおら、とうほぐのうまれでぜっんぜんなにいっでっか、わがんねえって言われ……」
メレブ　「大丈夫大丈夫大丈夫。無理して訛らないで！」
ダンジョー　「頑張って訛ってんだ！」
盗賊　「頑張ってとか言うな！」
4人　「…………」
メレブ　「出直す？」
盗賊　「え？　それは、なにか面白いポイントが出来ないと襲っちゃダメなんですかね？」
メレブ　「いや、何回も言うけど、普通でも全然いいから」
盗賊　「そう言ってるお前の顔が完全に俺をバカにしてんだよ！」
ヨシヒコ　「ただ強さだけは普通だと私には勝てんぞ。あとは普通で全然大丈夫です」
盗賊　「…………はい。わかりました」
と、去りかけて……。
盗賊　「あ！　母ちゃんと一緒に来る盗賊とかは？」
メレブ　「ごめんなさい。それ、もう出た。それもかなり初期に」
盗賊　「…………おかしいよなあ。戦って物奪うのが盗賊だと思ってたんだけどなあ」

【母ちゃんと一緒に来る盗賊】
『魔王の城』第2話に登場。中村倫也が演じた。母親は池谷のぶえが演じた。

メレブ　「うん。そうなんだよ。全然そうなんだけど、ほんと、ごめんなさいね」

トボトボと帰っていく盗賊。

ムラサキ　「どんな盗賊になって帰ってくるか楽しみだね」

ヨシヒコ　「剣の修行をどれだけするかですね」

メレブ　「真面目な？　ヨシヒコ」

二

タイトル　「予算の少ない冒険活劇　勇者ヨシヒコと導かれし七人」

三

とある道

一行が歩いてくる。

ダンジョー　「仏の言葉通り、だいぶ南まで来たのはいいが、村なんぞどこにもないではないか」

ムラサキ　「とうとうあいつ。ざっくりを越えてウソまでつくようになったんか」

ヨシヒコ　「いや。仏はウソはつきません」

メレブ　「まあな。あんな仏でも仏は仏だ。とりあえず信じて………ん⁇　あれか」

と、遠くに村が見えた。

四

ダシュウ村・入口

立っている一行。
看板が立っている。「ダシュウ村」と書いてある。

メレブ「ダシュウ?の村か」
ムラサキ「ちょ、髪切りたいんだけど、美容院あるかな?」
メレブ「誰に見せるわけでもないのに髪など切る必要はないだろう」
ダンジョー「そういえば俺もそろそろ日焼けサロンにいかなきゃいかんと思ってたんだ」
メレブ「え? それ日サロで焼いてんの? いつの間に?」
ヨシヒコ「なにか……」
メレブ「ん?」
ヨシヒコ「なにか怪しい空気を感じる………」
メレブ「んんん」
ムラサキ「ふっつうの村だぜ」
と、歩いていくムラサキ。ついていく一行。

五 同・道

1人歩いているヨシヒコ。
するとそこに3人が集まってきて……。

ムラサキ「ダメだ。この村、なにもないわ」
ダンジョー「すべての家が自給自足の農家のようだ」
メレブ「ああ。探してみたがメシを食わせる店すらない」
ヨシヒコ「宿屋もないのでしょうか?」

メレブ　「それはどうかね？　ないとなると……」

宿泊のＳＥ。

メレブ　「的なヒットポイントの回復もままならないよ」

ヨシヒコ　「ヒットポイントとは……」

メレブ　「お、３になっても知らない体か、ヨシヒコ」

ムラサキ　「無理だよぉ。さすがにゆっくり寝たいわ！」

ダンジョー　「どこかで一宿一飯の世話になるしかないな」

メレブ　「それはあれかね。一般の家でも」

宿泊のＳＥ。

メレブ　「的な効果はあるのかね？」

ヨシヒコ　「仕方ありません。一軒一軒お願いして回りましょう」

六　とある家の前

一行がやってきて……。

メレブ　「こんなにも平穏に見える村だが案外村人は冷たいな」

ムラサキ　「なんで全然泊まらせてくんないの？」

ダンジョー　「どうやらその家が最後だな」

ヨシヒコ　「なぜこんなにも冷たいんでしょうか。ずっと感じる妖気と関係がある気が

……」

メレブ　「ムラサキ。お前が頼め。いくら胸が平らでも男より女の方が効果がある」

ムラサキ　「仕方ねえな……」

と、玄関の前に立ち……。

メレブ「もはや胸が平らなことは普通に受け入れるんだな」

ムラサキ「あのぉ……すみませーん」

と、中から大きな声が聞こえて……。

声「馬鹿者っ！　さっさと出ていけっ！」

と、戸が開いて、中から若い男が飛び出てきた。

ヨシヒコ「どうしたんですか⁉」

男「ちっ！　ほっといて下さい」

と、走っていく男。

ヨシヒコ「待って下さい！」

と、追いかけていくヨシヒコ。

ムラサキ「あら？　一宿一飯、頼まないの？」

メレブ「明らかに機嫌悪いだろうが」

ダンジョー「まあ、100パー無理だな」

と、ヨシヒコを追っていく。

七

村の道

男が走っていくのを追ってきた一行。

男はある小屋に入っていく。

メレブ「ヨシヒコ！　ヒットポイント少ない中で他人の心配してる場合じゃないぞ」

ヨシヒコ、そのまま男が入っていった小屋に入っていく。

八 とある小屋

ヨシヒコが小屋の戸を開けると、そこにはドラムやギターなどの楽器が揃っていて、若い男が4人いて……。
それはマッツー、グッチ、ナガサ、ターチである。

ターチ「お前………なについてきてんだよ！」
ヨシヒコ「あ、いや、なにか心配で……」
メレブ「え？　なに？　ここ」
マッツー「ちょ、勝手に入ってくるとかやめてもらっていいすか」
ナガサ「マジふざけんなよ。てめえら、村長の回しもんかよ」
グッチ「やめろ。2人。どこから見ても旅のお方だ。すみません、皆さん。ここは僕たちの秘密の小屋なんです。バレるとまずいので………」
ヨシヒコ「どうしてバレるとマズいんですか。ただ、みんなで集まっているだけで……」
メレブ「バンド？　ねえ、バンド？」
ヨシヒコ「よければワケを聞かせてくれませんか」
ターチ「なんでなにも関係ないお前らに話さなきゃいけないんだよ！」
ムラサキ「あれでしょ？　バンドやるのを親から反対されてる的なヤツでしょ？　そんなんよくあんじゃん」
マッツー「ちょ、おねえちゃん。もしかしてからかっちゃってんの？」
メレブ「いや、もともとこんなしゃべり方なのよ」
ナガサ「ざけんなよ！　さっさと出てけっつってんだろ！」

そこに声。

【マッツー】
演じたのは野村啓介。野村はさまざまな役で『ヨシヒコ』シリーズに登場している。

【グッチ】
演じたのは金子伸哉。金子はさまざまな役で『ヨシヒコ』シリーズに登場。『魔王の城』ではオイッス村のナカーモも演じた。

【ナガサ】
演じたのは映画『バベル』などに出演する末松暢茂。

声「ナガサ。やめなさい」

入ってきた男はジョウ。

ヨシヒコ「リーダー………」

メレブ「おっと。この5人、おっと……」

ヨシヒコ「どうしました?　ご存じなんですか?」

メレブ「うん、あのぉ、ご存じというか、どうしよう」

ジョウ「すみませんねえ。皆さん。こいつら、ちょっと血の気が多いんですわ。みんな、挨拶せえ」

4人「………」

ジョウ「挨拶せえ」

マッツー「マッツっす」

ターチ「ターチです」

グッチ「グッチです」

メレブ「おおお、やっぱりかあ」

ナガサ「………」

ジョウ「ナガサ!　自己紹介せんと皆さんお前のことなんて呼んでええかわからへんぞ」

メレブ「ナガサさんって呼びます。大丈夫です」

ジョウ「旅のお方。宿がなくてお困りでしょう。ここでよければ使って下さい」

マッツー「リーダー。なんでそこまで……」

ジョウ「みんな、家戻って食事も持ち寄るんや」

ヨシヒコ「ありがとうございます!」

【ターチ】演じたのはドラマ『はみだし刑事情熱系』などに出演する安藤亮司。

【ジョウ】演じたのはモノマネで人気のタレントのホリ。

ダンジョー　「さすがリーダーだけのことはあるな」
メレブ　「ヨシヒコ。あの……この人たち、あまり触れない方がいいというか………取り扱い注意というか……」
ヨシヒコ　「なにを言ってるんですか。みんな気のよい若者じゃないですか」
メレブ　「うん。みんないいヤツばっかりなのは確かなんだけど」
一同、不服そうに出ていく。
ジョウ　「久しぶりの旅の方ですわ。外の話、聞かせて下さい」
ヨシヒコ　「もちろんです！」

九　村の実景

宿泊のSE。

十　村のどこか

歩いている一行。
メレブ　「はあ。よく食ってよく寝た。これでヒットポイントは完全にフルだ」
ダンジョー　「よし。さっさと玉人を探しちまおうぜ」
ムラサキ　「こんな農家ばっかりの村にいるのかね？　本当に」
ヨシヒコ　「そう仏は申された」
農作業をしているメンバーが見える。
ヨシヒコ　「あれは……」

メレブ「昨日の人たちだな」
ヨシヒコ「ちょっとお礼に行きましょう」
メレブ「行かなくていいんじゃないかな？」
ダンジョー「なぜだ、メレブ。一宿一飯の義って言葉を知らんのか」
メレブ「いいのかなあ。許可もらえてるのかなあ」
ムラサキ「許可？　なにが？」
ヨシヒコ「皆さん！　昨夜はありがとうございました」
ジョウ「いえいえ。よく眠れましたか」
ヨシヒコ「おかげさまで」
ダンジョー「人捜しをするゆえ、今夜も世話になるかもしれんが、遠慮無くバンドの練習をしてもらって構わんぞ」

すると一斉にメンバーが集まって「シー」のポーズ。

ダンジョー「ん？」
ジョウ「すみません。ダンジョーさん。その話は二度とせんでもらえますか」
ヨシヒコ「どうしてですか」

するとメンバーはなにかに操られるように農作業に戻される。

ムラサキ「ん？　なに、今の」
ヨシヒコ「なにかに操られているような………」

十一　メンバーの小屋（夜）

メンバーとヨシヒコ一行が集まっている。

ジョウ　「昔は宿屋もメシ屋もある普通の村やったんです。でも、ある日を境になにもかも変わってもうて……」
ヨシヒコ　「それはどういう……」
ターチ　「朝になると勝手に目が覚めて身体が勝手に農作業を始めるんです。それも村人全員……」
ヨシヒコ　「やはり……。何者かに操られているんだ」
グッチ　「そうしていつの間にかバンドも続けられなくなって」
ヨシヒコ　「どうしてですか！　夜は農作業が出来ないはず！　バンドをやりたいなら、家族がなんと言おうとやるべきだ！」
ジョウ　「ちゃうんですよ、それが……」
と、メンバーが楽器を持って位置につき、演奏を始めようとして……。
メレブ　「いや、別に演奏とかはいいですよ。著作権とかいろいろ……」
ヨシヒコ　「聞かせて頂きましょうよ！」
メレブ　「ヨシヒコ。君は大人の事情とかそういう……」
ジョウ　「ワンツースリーフォー！」
と、突然、苦しみ始めて楽器を手放してしまう。
ヨシヒコ　「なんだこれはっっ！」
メレブ　「うん。いいと思う。大変だけど、結果的にはこれでいいと思う」
ジョウ　「もう……演奏が出来ないようにされてるんですわ」
ムラサキ　「魔物の呪いだね、これは。そうとしか考えられない動きしてたからね」
ヨシヒコ　「どんな魔物がこんな呪いを……」
ナガサ　「助けてくれよ、旅の人」

ジョウ　「ナガサ。あかん。旅の方にそんな無茶言うたらあかん」

ダンジョー　「知っているのか。呪いをかけている魔物を」

マッツー　「リーダー。言っちゃいなよ。助けてくれっかもしんねっすよ」

ヨシヒコ　「言って下さい！　必ずや、倒します！」

メレブ　「言わなくていいんじゃないかなあ。イヤな予感するなあ」

ヨシヒコ　「バンドをやりたい皆さんに無理矢理農作業をさせる魔物は何者なんだ!?」

ジョウ　「ニッテレン……」

メレブ　「そら、来た〜〜」

ヨシヒコ　「ニッテレン………」

ジョウ　「元々はこの村の守り神やったんです。南の山の祠に住んでいます。ニッテレン様がなにか強大な魔物に操られてるんです。きっと」

グッチ　「今まで何人もの男がニッテレンのもとに向かったが、帰らず……」

ダンジョー　「なるほど。村の守り神ニッテレンを操る魔物を倒せばいいのだな」

ターチ　「やってくれるのですか」

ヨシヒコ　「必ずや!!」

喜ぶメンバーたち。

十二　とある山道

歩いている一行。

ダンジョー　「よーし。ニッテレンを倒せばおのずと玉人も現れるだろう」

メレブ　「『ニッテレンを操る魔物を倒す』だろ。ニッテレンを倒すとか、マジで二度と言わないで。仕事減るよ」

ムラサキ 「お前、なんなの？　今回。ナーバス過ぎない？」

メレブ 「ナーバスになってないお前らが不思議だわ。逆に」

ダンジョー 「ヨシヒコ！　ところでリーダーがくれた手紙にはなんと書いてあるのだ」

ヨシヒコ 「この辺りは神々が住まう山……。ニッテレンを倒すために力を貸してくれる神々がいるそうです」

ムラサキ 「へえ。見せて見せて！」

と、手紙をとって……。

メレブ 「その手紙も危険な香りがプンプンするなあ……」

ムラサキ 「最強の神、シエクスン」

メレブ 「来たわ〜〜」

ヨシヒコ 「そろそろシエクスンの祠に着きます。そのお力を借りればきっとニッテレンを倒せるでしょう」

十二　シエクスンの祠・中

一行の声がして……。

ヨシヒコ 「山の神、シエクスン！　どうかニッテレンを倒すため、お力をお貸し下さい!!」

と、中に入ってくる一行。

ヨシヒコ 「なにっっ!!」

赤いカーディガンを着て、王冠を被り、死んでいるシエクスン。

ヨシヒコ 「死んでるっっ!!」

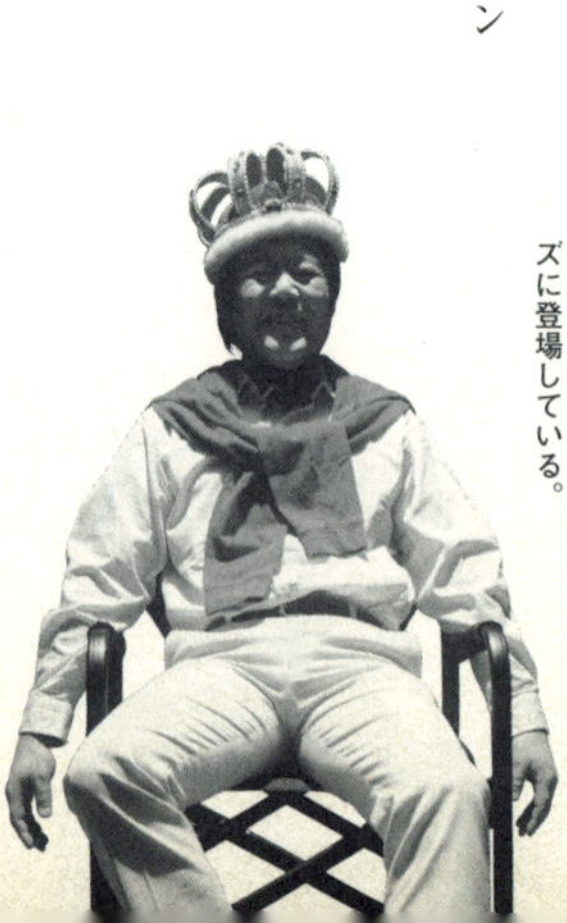

【シエクスン】演じたのは佐藤正和。佐藤はさまざまな役で『ヨシヒコ』シリーズに登場している。

メレブ「うん。ヨシヒコ。今回、いろいろとヤバいよ」

ダンジョー「かつては最強だったのだろう」

ムラサキ「王冠かぶってるもんね」

ヨシヒコ、シエクスンを揺り動かして……。

ヨシヒコ「甦りそうもありませんね」

メレブ「いや、甦ると思うよ。時間はかかるかもしんないけど、絶対に甦ると思う。この神は。うん」

ヨシヒコ「仕方ない。次の助けの神のところに向かいましょう」

メレブ「あの、ヨシヒコ。今回の冒険、そろそろ切り上げた方が身のためだと思うよ」

ダンジョー「何度言わせるんだ！　一宿一飯の義！」

メレブ「えええ」

十四　とある祠・中

外からヨシヒコの声が聞こえる。

ヨシヒコ「助けの神、テレアーサ！　ニッテレンを倒すため、力をお貸し頂きたい！」

と、扉を開ける。

一行が入ってくる。

ヨシヒコ「これはテレアーサ。私は勇者ヨシヒコと申します」

見ればテレアーサはメガネをして紅茶を飲んでいる。

その横にはスカジャン姿の角刈りの男。

メレブ「いやいやいやいや。ダメダメ」

【テレアーサ】
演じたのは元ジョビジョバで、ドラマ映画などで活躍するマギー。マギーは福田雄一とコントのためのユニット「U−1グランプリ」も組んでいる。

テレアーサ「ニッテレンを倒すとはどういうことですか?」
ヨシヒコ「守り神ニッテレンは魔物に操られ、悪しき神となって村人を苦しめています！　ともに魔物を倒して頂きたい！」
テレアーサ「そうでしたか。どう思います？　亀島くん」
亀島「やってやりましょうよ！」
テレアーサ「わかりました」
ヨシヒコ「ありがたいっっ！」
と、そこにパトランプが回り、サイレン。
亀島「くそーっ！　こんな時に事件か」
ヨシヒコ「なに!?」
テレアーサ「申し訳ありません。勇者ヨシヒコ殿。わたしは殺人事件の謎を解かなければなりません。他の助けの神に頼んでみて下さい」
と、2人で出掛けていく。
ヨシヒコ「テ、テレアーサ様っっ！」
メレブ「ダンジョー、お前、なんで無口なんだ」
ダンジョー「あ、いや、ここはちょっとな………。土曜の件があるから………」
ムラサキ「なんだよ。土曜の件って」

十五　とある山道（夜）

たき火をしながら座っている一行。
ムラサキ「次の神様、なんてーの?」

ヨシヒコ、手紙を見て……。

ヨシヒコ　「テブエスだ。しかし、この神様ではおそらくニッテレンには勝てないと書いてある」

ムラサキ　「じゃあ、行く必要なくね?」

ヨシヒコ　「いや、日曜の夜になると、まれにとんでもない力を発揮すると書いてある。テブエスの力を借りて日曜の夜に戦いを挑めば勝てるかもしれん」

ムラサキ　「ただ、ニッテレンも日曜の夜はめっちゃ強いって書いてあるよ」

ヨシヒコ　「それをも上回る力をまれに発揮するらしい」

ダンジョー　「まれにというのが心許ないなあ」

メレブ　「さて、そんな危険なセリフのオンパレードのさなか、またも呪文を1つ手に入れてしまった私だ」

ムラサキ　「ちょ、寝るわ」

メレブ　「聞け、ムラサキ。胸はなくとも耳はあるだろう」

ムラサキ　「そのほくろ、バーナーで焼くよ、マジで」

ダンジョー　「どんな呪文だ。そろそろ役立つ呪文をくれないか」

メレブ　「これは今までで最強の攻撃呪文となる。これでニッテレンに取り憑く魔物も倒せるやもしれん」

ヨシヒコ　「凄いっっ!」

ダンジョー　「それはなんだ」

メレブ　「その名は………イマサーラ」

ダン・ムラ　「イマサーラ⁉」

メレブ　「まずはお前たちにかけてやろう。イマサーラ!」

呪

メレブが覚えた新呪文⑥

イマサーラ

【イマサーラ】

木南「今回のメレブの呪文ではイマサーラが好きですね。まずムラサキとダンジョーが呪文をかけられるんですけど、宅麻さんはラッスンゴレライと武勇伝をご存じなかったので映像を見てもらって、『宅麻さんはこっちの人をやって下さい』って2人で練習したのがすっごい楽しかったです。」

呪文のＳＥ。

ダン・ムラ「♪ラッスンゴーレライ！　ラッスンゴーレライ！

メレブ「ラッスンゴレライってなんですの？」

と、ひとしきり、ラッスンゴレライをやる。

ムラサキ「ラーサマイっ！」

メレブ「恥ずかしいっっ！　なんか恥ずかしかった！」

「そうだろう。謎の恥ずかしさが襲ってくるだろう！　そんな恥じらいを敵が感じてもぞもぞしている時にっっ！　攻撃！」

ヨシヒコ「勝てますね！」

ダンジョー「待て。俺はなんともないぞ」

メレブ「知らなかったんだな。ネタ」

ヨシヒコ「凄いっ！　メレブさん！　私にもイマサーラをかけて下さいっっ！」

メレブ「よかろう。イマサーラっ！」

ヨシヒコ「安心して下さい。……履いてますよ」

メレブ「ラーサマイっ！」

ヨシヒコ「な、なんという恥ずかしさだっっ！　これでニッテレンを倒せますね！」

ダンジョー「いや、俺は効かなかったからなあ」

ムラサキ「ぜってー魔物には効かないね」

メレブ「イマサーラ！」

ダン・ムラ「♪でんでんでんででんでででん！　レッツゴー！　武勇伝武勇伝！　でんでんでででんでん！」

メレブ「ラーサマイ！」

【ラッスンゴレライ】
8・6秒バズーカーのネタ。2014〜2015年に流行した。

【安心して下さい。……履いてますよ】
とにかく明るい安村のネタ。このフレーズは2015年に新語・流行語大賞のトップ10に選ばれた。

【でんでんでんででんでででん！　レッツゴー！　武勇伝武勇伝！】
2005年のデビューと同時にブレイクしたオリエンタルラジオのネタ。

ムラサキ「はずいっ！」
ダンジョー「なんなんだ。これは」
メレブ「ウソでしょ、ダンジョー。これならどうだ！　イマサーラ！」
ダンジョー「がちょ――――――ん」
メレブ「ラーサマイ！」
ダンジョー「恥ずかしいっっ!!」
ムラサキ「なにそれ」
メレブ「ふふふ」
ムラサキ「あのさ、魔物の世代を問う呪文ってどうなの？　ねえ」
メレブ「ふふふ」
ムラサキ「いや、ふふふじゃなくてさ」
ヨシヒコ「ニッテレンを倒せるぞ――――っ！」
メレブ「うん、それ、あんまりデカい声で言うなよ」
そこに雷。
メレブ「うわっ！　夜中に仏っ！　珍しいっ！」
ヨシヒコにウルトラアイをつけさせて……。
仏「ヨシヒコっっ！　ヨシヒコ――――――っっ!!」
ムラサキ「夜中に出てきたってことはかなり急用なんじゃね？」
仏「ヨシヒコよ。今回の旅、あまり深く関わりたくないので手短に話す」
メレブ「なんでだよ！　お前が行けっつった村だろう！　そこ行ったらこんなことになってんだよ！」
仏「黙れ。顔のバランスが悪い男。いいか、ヨシヒコ、よく聞け。いろんな神に

【がちょ――――ん】
コメディアンの谷啓のギャグ。1960年代に流行した。

助けを求めているようだが、お前が助けを求めていい神はただ1人。西の山の祠に住まうテレートという神だけだ」

ヨシヒコ「テレート??」

仏「そうだ。ワケは聞くな。お前はいろいろな事情でこのテレートの力しか借りることが出来ない」

ムラサキ「なんか名前からして弱そうなんだけど」

仏「うるさい、黙れ。それでは私はこれで失礼する」

メレブ「はええよ！　いつもは無駄なボケ、うるせえくらい繰り出してくんだろ」

仏「じゃあね。もう呼んでも出てこないから。意地でも」

と、消える。

ダンジョー「今まで見たことがないほどに慌てていたな……」

ヨシヒコ「テレートか」

ムラサキ「ぜってー弱いよ」

メレブ「言うな！　それ以上、言うな！」

十六　とある祠

外からヨシヒコの声。

ヨシヒコ「テレート様！　テレート様！　ニッテレンを倒すため、お力をお貸し下さいませ！」

と、扉を開いて一行が入ってくる。

ヨシヒコ「なにっ！」

【テレートはバナナの着ぐるみを着たいかにも弱そうな男】演じたのはドラマ『初恋芸人』などに出演する柄本時生。

テレートはバナナの着ぐるみを着たいかにも弱そうな男。

ヨシヒコ「なんだ、この弱そうなオーラはっ！」

メレブ「いや！　こう見えて絶対に強いっ！」

テレート「全然いいですよ」

ムラサキ「ノリ、かるっ！　弱い上にバカだよ、こいつ」

メレブ「いや！　そんなことないっ！」

テレート「ニッテレンなんか怖くないっ！」

ダンジョー「絶対にこいつじゃダメだ。俺たちだけでやろう。ヨシヒコ」

ヨシヒコ「いや！　いないよりはいた方がマシでしょう」

メレブ「そんな言い方よくないぞ。ふふ」

ヨシヒコ「ともに戦いましょう！　テレート様！」

テレート「おっけーいっ！　とりあえず終電乗り遅れた人と空港にいる外国人捜しながら行こうぜぇ」

ダンジョー「なにを言ってるんだ、キサマ」

十七　アニメ

ここからはアニメで展開する。

ヨシヒコ「出たなっ！　ニッテレン！」

テレート「テレートっ！　いきますっ！」

と、向かっていくとニッテレンの一撃で粉々に砕け散る。

ヨシヒコ「テレート様――っ！　なんと一撃で粉々に……」

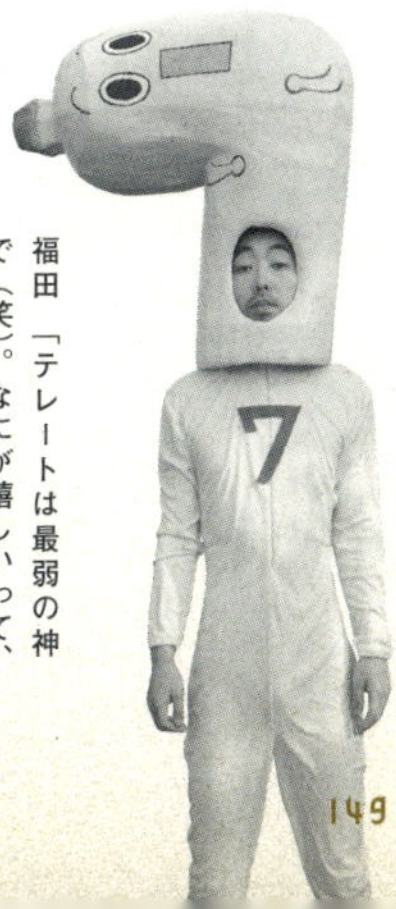

福田「テレートは最弱の神で（笑）。なにが嬉しいって、『テレート役は誰がいいですか？』って聞かれた時に、まさか本人が出てくれると思わないから『柄本時生君みたいな人がいいな』って言ったら、本当に時生君が出てくれて。ヤバいですよ。最弱であることが一目でわかる（笑）。」

【ニッテレンの一撃で粉々に砕け散る】

福田「台本にテレートが『一撃で砕け散る』って書いたんですけど、チーフプロデューサーから電話がかかってきたと思ったら『この粉々はどれぐらい木っ端みじんですか？』って聞いてきて、『本当に木っ端みじんにした方が面白いですよ！』って言うんですよ。お前の局だろって。テレ東さんはやっぱり頭がおかしいなと思いましたね（笑）。」

ダンジョー「ニッテレンは想像以上に強いぞ！　ヨシヒコ！」
ヨシヒコ「くそーっ！　メレブさん！　イマサーラをっ！」
ムラサキ「そんな呪文、効くわけねえだろ！」
メレブ「もういいや！　とりあえずイマサーラっ！」
するとニッテレンが、ちょい古のネタをやり始める。
ニッテレン「ううう、うわあああああああああああ」
ムラサキ「えっ!?!?　なんか効いてる！」
ヨシヒコ「ニッテレンはイマサーラの呪文で感じる恥ずかしさがなによりも苦手なんだっ！」
ダンジョー「意味がわからん」
メレブ「ふふ。わかっていたよ」
魔物のようなニッテレンがしぼんで人間になっていく。

十八　ニッテレンの祠

目の前にニッテレンが横たわり……。
ヨシヒコ「あなたがニッテレンですか」
ニッテレン「私は……なにを……」
ヨシヒコ「優しき守り神に戻ったのですね、ニッテレン様」
ニッテレン「ありがとう。私は悪しき魔物に取り憑かれていたようです」
メレブ「昔、甥っこさん、出てくれたんですよ」
ニッテレン「は？」

【魔物のようなニッテレンがしぼんで人間になっていく】演じたのは元日本テレビアナウンサーで、現在はフリーで活躍する徳光和夫。

十九 ダシュウ村

ジャイアンツの帽子などを身につけて歩いてきた一行。

メレブ　「だいぶお土産くれたね、ニッテレン」

ヨシヒコ　「これでダシュウ村にも平和が戻りますね」

そこにメンバーがやってきて……。

ジョウ　「ありがとうございます。ヨシヒコ殿」

ターチ　「朝から身体が自由になって、バンド演奏が出来るようになったんですよ！」

ジョウ　「もしよかったら僕たちの曲、聴いてもらえますか」

ヨシヒコ　「是非!!」

メレブ　「あ、それ、遠慮します。聴きたいのは山々なんですけど、いろいろと、はい」

ヨシヒコ　「どうしてですか！　メレブさん」

メレブ　「ヨシヒコ。わかれ。な」

ムラサキ　「じゃあさ、この村にさ、こういう玉持ってる人、いない？」

ジョウ　「それは！　ニッテレン様が占いのために使う玉ですよ」

ダンジョー　「なに？　ヤツが持っていたのか」

メレブ　「なんだよ。もっかい行かなきゃじゃんかよ」

ヨシヒコ　「いいじゃありませんか。ということで皆さんの曲を聴かせて下さい」

メレブ　「ダメっっ!!　ぜ――――ったいダメ――っ！」

福田　「幸運だったのはニッテレンを徳光和夫さんが演じて下さったことですね。『ニッテレンは誰がいいですか？』って聞かれて、『徳光さんがやったら最高に面白いですね』って答えたら、本当に徳光さんが来てくれて。アドリブ、半端なかったですよ。全然台本にないのに『これから旅に出るんだね。そんなあなたにズームイン！』とか急にやり出して（笑）。宅麻さんにだけは聞いていたらしいです、『やっちゃっていいかな？』って。そしたら宅麻さんが『このドラマ、なにやってもいいんだよ』って答えたらしい（笑）。素晴らしかった。やっぱり徳光さんはエンターテイナーですね。」

二十 とある道

歩いている一行。

ヨシヒコが玉を握りしめて………。

メレブ「さあて、次はどこに向かえばいいんだ、仏！」

なにも起こらない。

メレブ「あいつ、ほんとに意地でも出てこねえつもりだな。今回」

ムラサキ「このまま優秀な仏に変わってくんねえかなあ。マジで」

ヨシヒコ「しかし、彼らの曲は素晴らしかったですね。思わず今も口ずさんでしまう」

メレブ「口ずさむな、ヨシヒコ」

歌い始めるヨシヒコ。ずっとピー音が鳴り響く。

と、歩いて行く一行。

それを見ているヒサ。

ヒサ「兄様……。やはり兄様の発言は危険極まりないわ。このヒサがついていかねば……」

と、一度、木の陰に隠れると、呪文の音。

すると全く別人になって出てくる。

ヒサ「兄様……。ヒサはいつでもおそばにおります！」

歩いていく一行………。

【別人】ヒサはとにかく明るい安村に変身。「安心して下さい。履いてますし、ついていきますよ」と言って去っていく。

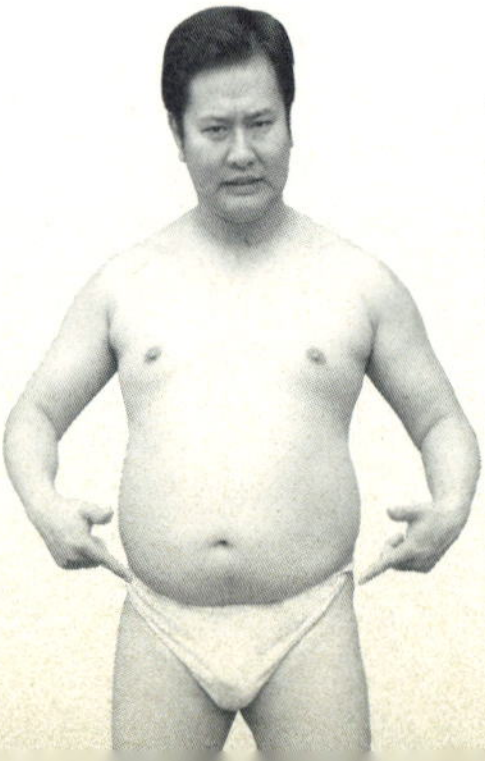

福田「メレブの呪文イマサーラで、ヨシヒコがとにかく明るい安村さんのネタをやってるんで、本物が出てきたら面白いだろうなと考えました。ちなみに、変化の杖と盗賊は基本的に（『ヨシヒコ』のメインのロケ地である）山形では撮ってないんですよ。山形までゲストの方に来て頂くと飛行機代がかかっちゃうんで、関東で撮ってます。特にヒサの変化の杖は、木さえあればどこでも撮れるんで、いろんなところで撮ってます。」

06
The Brave
"Yoshihiko"
and
The Seven
Driven People

勇者ヨシヒコと導かれし七人

06

THE BRAVE "YOSHIHIKO" AND THE SEVEN DRIVEN PEOPLE

一　タイトル「予算の少ない冒険活劇

勇者ヨシヒコと導かれし七人」

二　とある山道

ヨシヒコ一行が歩いている。
そこに盗賊が現れた！
だいぶ傷を負っている。

盗賊　「おい！　こらーっ！　旅の者！　金とメシよこせーっ！」

メレブ　「お。だいぶ傷を負っているけども……」

盗賊　「ふん！　この程度の傷はこそばい程度じゃ！　さあ、大人しくメシと金を置いていけ！」

ムラサキ　「さてはダメージでか過ぎて戦いたくねえんだな」

盗賊　「バカ言え。キサマらも命が惜しいだろうから、戦わない方がいいと言ってやっているだけだ」

ヨシヒコ　「戦わずして逃げる勇者はいない。どうしてもと言うなら、受けて立つ」

【盗賊】
演じたのはドラマ『ニーチェ先生』などに出演する間宮祥太朗。

福田　「ヒットポイントが残り1の〝残り1男君〟は死ぬまではとにかくカッコよくなきゃい

盗賊「バカな……」

ダンジョー「逆に忠告しておく。負ける戦は挑まん方がいい」

盗賊「ふん。その減らず口、二度ときけねえようにしてやるよっ！」

と、剣を構えた。

メレブ「ちょっと待って。ゲーム画面に切り替えてみるね」

と、メレブがファミコンのコントローラーを持つ。

と、画面がド●クエ調になり、盗賊のHPが表示され「1」となっている。

メレブ「あら！　この人、ヒットポイントが1です！　1しか残ってない」

ムラサキ「えええ、やめなよ！　じゃあ！」

盗賊「はいはい、そうですよ。1ですよ！　ただ〜お前らも知ってるように村が近くにあるんだよ！　俺はその村にいる仲間に少しでも多くお土産を持ち帰りたいだけだ！　つーか！　つーか！　俺にとってはお前らごとき、残り1で十分なんだよ！」

ムラサキ「えええ、やめた方がいいよぉぉ」

ダンジョー「ああ、悪いことは言わん。この先、村までに魔物に会う可能性だってある。この辺は魔物も強いしな。帰れ」

盗賊「やかましいっっ!!」

ヨシヒコに飛びかかる盗賊！ヨシヒコとの殺陣！途中からダンジョーも加わって2対1になるが、盗賊は対等に戦う。

ヨシヒコ「ぬぬぬぬ。確かに強いっっ!!」

ダンジョー「デカい口を叩くだけのことはあるな」

けないっていう前提があるんで、「ニーチェ先生」をやってる時に間宮君に『来年、「ヨシヒコ」があるから来てね』ってお願いしました。」

[第6話について]
福田「ひょっとしたら、僕は第6話が一番好きなんじゃないかな。盗賊に盗まれた物を取り返すって普通の感じで始まるのに、あれよあれよと訳のわかんない状況になっていくって話が結構好きで。こういうメチャクチャな感じは思い切りがないと書けないですね。仕上げの時にスタッフと映像を見て爆笑しました。」

メレブ　「そうか。戦わないわけにはいかぬか」

盗賊　「ようやくわかったようだな。俺の実力を！　ならば覚悟っっ!!　メシと金は頂くぜっっ！」

と、走ってくる途中で石につまずいてコケる。

盗賊　「あっっ！」

と、コケた瞬間、棺桶に変わった。

メレブ　「あああ、1、なくなった〜〜〜」

ムラサキ　「ざんね――んっ！」

ダンジョー　「よし、行くか……」

と、3人、歩き出すが……。

ヨシヒコ　「教会に連れていきましょう」

メレブ　「ええ、言うと思ったけど」

ムラサキ　「こいつ、強そうだったから生き返らせるにもだいぶ金かかるぜ」

ヨシヒコ　「かまわん」

と、棺桶を引っ張っていくヨシヒコ。

メレブ　「もう〜〜残り1とかで挑まないで欲しい〜〜」

三　とある道

一行が歩いてくる。

雷鳴。

メレブ　「おっと！　仏だ！」

ウルトラアイをかけるヨシヒコ。
すると現れた仏の前には煙がもくもくと立っていて。

メレブ「なに？　この煙」

仏「いやいや、最近はやってない。最近は月に1回行くか行かないかかなあ。スコアも全然よ。100切ったことない、最近」

と、焼いた肉を食べた。

メレブ「おい〜〜。焼肉食ってんじゃねえよ」

ムラサキ「仏っ！　誰としゃべってんだ！　おい！」

仏「でもね、最近、パター変えたらこれがね……」

ダンジョー「ゴルフの話やめろっっ!!」

仏「？？？」

メレブ「気づいたな」

仏「あれ。これ映ってんの？」

メレブ「相変わらず自分発信じゃねえんだ」

仏「映ってる？　今」

ヨシヒコ「映っています！　仏！　次なる玉人のいる場所を教えて下さい！」

仏「あ、そう。映ってるか。そうか………。あ、これ、焼けてるね」

と、肉を食べて……。

メレブ「だから！　肉食ってんじゃねえよ！」

煙が多過ぎて仏が見えなくなる。

メレブ「もう煙が凄すぎて見えねえよ」

ダンジョー「この煙の多さはカルビだな」

【仏】
佐藤「『ヨシヒコ』の仏に関しては段取りもテストもないんですよ。普通は段取り（撮影前に撮影現場で行うリハーサル）をやって、割り打ち（カット割りなどを決める作業）をやって、テスト（撮影テスト段階のリハーサル）を何回かやって、ランスルー（本番と同じように通しで芝居を行うもの）があって、本番なんですけど、最初の段取りもない。『おはようございます』って現場に入ったら、『はい、本番！』ですからね。仏がそうなんで、メインの4人も仏のシーンでは段取りがないんですよ。シーズン3にもなると、御四方が佐藤二朗の取り説をよくわかってて、たとえば急に僕のセリフが詰まっても『これは芝居じゃないか？』って理解してくれてることに感謝しております。」

ムラサキ「むかつくわあ……」
一緒にごはんも食べる仏。
ムラサキ「白飯食ってんじゃねえしっっ!!」
仏「ええとですね、次はですね、南の山を越えたところに……」
メレブ「ダメだ。口の中いっぱいでなに言ってるか全然わかんねえ」
しばらく噛んで……。
メレブ「なんだよ。この噛み待ちの時間は……」
最後にビールで流し込む……。
メレブ「呑んでんじゃねえよぉぉ」
仏「(急に酔っ払って) ええとですね、チミたちは次にどこに行けばいいかと申しますと……」
メレブ「おい、急に酔いが回ったな。そんな急にってあるか?」
仏「ちょっとね、弱いのよ、仏。ね? なんだ? なんの用だ。君たちは」
ヨシヒコ「次なる玉人の居場所を!」
仏「はいはい、そうでした。次はね、南の山を越えたね……」
寝る仏。
ダンジョー「起きろっっ!!」
仏「(起きて) 南の山を越えた……ウガスの村を訪ねてちょうだい。おっと焼けたね」
と、肉を食べてまたも口いっぱいの白飯を食べる。
仏「ヨシヒコよ! 健闘を祈る!」
と、言うがなにを言っているかわからない。

メレブ　「わかんねえよ。あんなに白飯ほおばる中年、初めて見たよ」

四　ウガスの村

誰もいない。

ダンジョー　「ほほう。真っ昼間からひとっこ1人歩いておらんとは妙な村だな」

メレブ　「うむ。普通にイヤな予感がするのだが……」

そこに1人の盗賊が通りかかる。

ヨシヒコ　「すみません！」

盗賊　「ん？　なに？」

ヨシヒコ　「この村にこんなものはありませんか？」

と、玉を見せる。

盗賊　「ほほう。これまた不思議な感じの玉だねえ……」

と、手にとり、走って逃げた！

ムラサキ　「おい！　泥棒だよっ！」

ヨシヒコ　「なにっ！」

と、必死に追いかける一行。

しかしあっという間に見失ってしまう。

ヨシヒコ　「なんということだ……」

すると別の盗賊が出てきて……。

盗賊　「え？　なんかやられたの？」

ヨシヒコ　「ええ……。大切なものを……」

盗賊　「旅のもんだね」
ヨシヒコ　「ええ」
盗賊　「よくもまあ、こんな村に来たねえ。ここは盗賊の村。住んでるヤツあ、全員盗賊だぜ」
ヨシヒコ　「なんだとっっ！」
盗賊　「普通、旅のもんは絶対に避ける村だぜ。身ぐるみ剥がされるからね」
ヨシヒコ　「しかし、私たちもこの村に探し物がありまして……」
盗賊　「なんだい、そりゃ」
ヨシヒコ　「これなんですが………」
と、玉を差し出す。
メレブ　「だからヨシヒコ、出すと……」
すると盗賊はその玉を持って走り出す。
ヨシ「なっ!!」
盗賊　「ほらあ………。わかってたぜ。みんなこうなること、わかってたぜ」
メレブ　「ここには天下に名だたる大盗賊！　カンダタ様が住んでるからな！　気をつけろよ！」
ムラサキ　「おいおい、どうすんだよ。玉2つも盗まれて」
ダンジョー　「それはまあ、おいおい取り返せばいい。顔もわかっているし、ここに住んでるのもわかってる」
メレブ　「カンダタ………聞いたことがあるな。金ではなくこの世の珍品を盗んではコレクションしている男だ」
ムラサキ　「ほほう。どう見てもそいつじゃね？　玉持ってんの」
ヨシヒコ　「行ってみますか………」

［山田孝之の台本メモ］

五

カンダタの家・中

手下が入ってきて……。

手下「親分っっ！　旅の者が親分にどーしても会いてえと言いやがるんですが」

するとカンダタが出てきて……。

カンダタ「なに？　旅のもんだとぉ？　この村に？　おもしれえじゃねえか。通せ！」

手下「へい！」

と、出ていくと代わりに一行が入ってくる。

ヨシヒコ「お邪魔します」

カンダタ「ほほう。盗賊の村によくぞ入ってきたもんだな」

ヨシヒコ「はい。大切なものをすでに2つも盗まれました」

カンダタ「それはすまんことをした！　そいつらには、ちゃんと返すように俺から言っておくよ。安心しろ」

ダンジョー「ほほう。さすがに盗賊の親分ともなると逆に立派なもんだ」

カンダタ「俺はクソみてえな金持ちからしか盗みはやらねえ。こんな魔物だらけの世界で人間同士がやりあってたらヤツらをつけあがらせるだけだ」

ムラサキ「えええ。めっちゃいいおっさんじゃん、この人ぉ」

カンダタ「そうなんだよ！　盗みは働くがいい人なんだよ」

メレブ「まあ、盗んでる時点でいい人ではないがな」

カンダタ「で？　ワシになんの用じゃ」

ヨシヒコ「実は………これを探しているのです」

【カンダタ】
演じたのは映画『信長協奏曲』、ドラマ『刑事7人』などに出演する髙嶋政宏。

カンダタ　と、玉を差し出し……。
ヨシヒコ「おおお、それは」
カンダタ「知っていますか？」
ヨシヒコ「もちよ！　先月、北の村から盗んできたヤツだ」
カンダタ「本当ですか!?　どうかそれを私にお譲り頂けませんか!?　この世界を魔物から救うために必要なのです！」
ヨシヒコ「え？　お前…………もしかして、勇者？」
カンダタ「そうですっ！」
ヨシヒコ「勇者ヨシヒコ!?」
カンダタ「はい！」
カンダタ「聞いてる聞いてる〜〜〜〜」
メレブ「さすが大泥棒とあって見聞は広いようだな」
カンダタ「そうか！　この玉だったたか！　魔王を倒すための玉とは」
ヨシヒコ「その通りです！　これがあれば必ずや魔王を倒せるのです！」
カンダタ「気に入ったたっっ！　渡すよ！　その玉！」
　と、歩いていく。
ムラサキ「ってことは……玉人は、あのおっさん？」
ダンジョー「頼りになりそうではないか……」
　と、ついていく。

六

同・倉庫

カンダタと一行が入ってくる。
様々な珍品が並んでいる。

カンダタ「どうだ！　これが俺のコレクションだ」

ヨシヒコ「…………凄い……」

カンダタ「そうだ。玉だ、玉だ。あまりに美しかったのでな、ちょっとした宝箱に入れておいたのだ」

と、宝箱を持ってきて……。

カンダタ「盗まれた2つはもうじきここに戻る。これも持っていけ。そして必ずや魔王を倒してくれよ」

ヨシヒコ「ありがとうございます！」

メレブ「いいね。たまにはこんな感じで手に入っちゃうパターンもあっていいよね」

ムラサキ「うん、いいよいいよ。楽なのは」

と、宝箱を開けるとなにも入っていない。

ヨシヒコ「…………あの、すみません」

カンダタ「なんだ」

ヨシヒコ「…………なにも入っておりません」

カンダタ「ウソ」

ヨシヒコ「はい」

カンダタ「マジで?」

ヨシヒコ「はい」

カンダタ「あれ………。他の宝箱かな………つってもここに宝箱、1つしかねえしな」

ムラサキ「ん？　ん？　ん？　どした?」

カンダタ　「こ〜れ〜は〜」
メレブ　「え？　え？　え？　万が一にもないと思うんですけど……盗まれました？」
カンダタ　「だはっ！　バカっ！　そんなバカな！」
メレブ　「ですよね？　天下に轟く大泥棒が逆に？　的な？　逆に盗まれました的な？
そういうのはありえないですよね？」
カンダタ　「ないでしょ――。それはないでしょ――」
ヨシヒコ　「では、どうしてないのでしょうか」
間。
メレブ　「なんでだろう」
間。
カンダタ　「…………盗まれたな！　はははははは」
ヨシヒコ　「はははははははははは」
一同、笑って……。
メレブ　「いや、面白くない！　シリアス！　これ、シリアスなとこ！」

七　同・寝室

ヨシヒコたちが布団が敷かれた部屋で話している。
メレブ　「泥棒って盗む方はあれだけど、ガードは甘いのかな？」
ダンジョー　「医者の不養生ということだ」
メレブ　「泥棒の甘ガード」
ムラサキ　「しかしカンダタが言ってた心当たりのヤツってのは、今夜も来るのかね？」

ヨシヒコ「それはわからんが、居場所がわからん以上、現れるのを待つしかないだろう」

ムラサキ「じゃ、とりあえず睡眠不足はお肌に悪いし、私、ちょっと寝るわ。誰か来たら起こして」

と、外で物音がした。

ヨシヒコ「ん？　誰かいるぞ！」

と、飛び出していく！

ムラサキ「なんなんだよ、タイミングわりいなあ」

八　同・外

ヨシヒコがスイッチを入れるとサーチライトがついて、塀の上に立っている女を照らした。

ヨシヒコ「何者だっ！」

メレブ「カンダタさ――ん！　女泥棒きたっっ!!　カンダタさ――――ん！　すげえ誰も起きねえ！　ガード、甘過ぎ！」

女「私は女盗賊ローゼン。今、あんたたちが出てきたところであんたたちからも大切なものを1つずつ頂いたよ」

メレブ「……うわっ！　杖がっ！　杖がないっ！」

ローゼン「ははははは。ざまあないね！」

ダンジョー「俺は………剣はあるし………なにっっ！」

ヨシヒコ「ダンジョーさん、なにをっ!?」

ダンジョー「もみあげが片方だけっっ!!」

【女盗賊ローゼン】
演じたのは『敏感探偵ジャスミン』などの中村静香。中村は『魔王の城』第6話にもリエン役で出演した。

福田「なんでも盗める女盗賊っていうのがファンタジーで非常にド●クエっぽいなと。いわゆるパロディネタだけじゃなくて、ほんわかした話も必要だなと思って、それが4話とか、この6話や8話とかの偶数回に出たのかなと。」

見ればダンジョーのもみあげは片方だけない。

ローゼン「ざまあないね！　かっこ悪いよぉ」

ダンジョー「やだっっ!!」

と、隠す。

メレブ「くだらないものを盗んだね」

ムラサキ「私からはなにを奪ったのよ！」

ローゼン「胸だよっっ!!!」

ムラサキ「えっっ!!」

触って……。

ムラサキ「な、ないっっっ!!」

メレブ「ん？　いや、もともと、そんな感じじゃないかな」

ムラサキ「ないわ！　私の大切なボイン、盗まないでよ！」

メレブ「いやいやいやいやいや、全く見栄え変わってないし。全然大丈夫」

ヨシヒコ「キサマ！　この蔵からこのような玉を盗んだな！」

ローゼン「ああ、盗んだよ。綺麗だったんでね」

ヨシヒコ「返せ！　その玉は世界を救うために必要なんだ！」

ローゼン「世界を救う？　寝ぼけたこと言ってんじゃないよ！　そんなもんで世界救えたらこちとら苦労してねえよ」

と、去っていく。

メレブ「やばいよ、ヨシヒコ。あれがないと呪文使えなくなっちゃう」

ヨシヒコ「まずいですね」

ムラサキ「お前の呪文なんて使えなくても全然影響ねえんだよ！　それより私の胸だ

【な、ないっっっ!!】
福田「ムラサキがずっと『おっぱい盗まれた』って言うけど、メレブが『なにも変わってない』ってずっと言うんです（笑）。」
木南「私はシーズン1の時に早速シナリオに〝胸たいら〟って書かれてましたけど、なんにも抵抗はなかったですね。それ以外はさほどイジられてないかな。あっ、今回は『年とったな』とかもありましたけど、それも全然平気です（笑）。」

よ！」

メレブ　「だから！　寸分違わず変わらないから！」

ダンジョー　「あやつ、なぜ俺のもみあげを……」

メレブ　「ヨシヒコはなにも盗まれてない？　大丈夫？」

ヨシヒコ　「はい。私はなにも盗まれてないようです」

と、横に銭形警部風の男。

銭形　「いや、彼女は盗んでいきました」

メレブ　「え？　誰？」

ヨシヒコ　「なにを」

銭形　「あなたの心ですっ！」

と、走り去る。

メレブ　「ねえ、誰〜〜〜？　ねえ〜〜〜」

ヨシヒコ　「心を…………盗まれただと…………」

九　とある道

歩いている一行。

メレブ　「本当に北の山の祠にいるのか？　あの女盗賊」

ダンジョー　「カンダタがそう言う以上は信じるしかなかろう」

ムラサキ　「おそらく多分いるかもしれないって言ってたぞ。相当フワフワした情報だよ」

ダンジョー　「ヤツは盗人だ。勘はいいはずだ」

ムラサキ　「なるほどね。たまにいいこと言うよね、おっさん」

【銭形警部風の男】演じたのは『ヨシヒコ』シリーズに様々な役で登場している佐藤正和。

ダンジョー「おっさんって言うな」

メレブ「どうだ、ヨシヒコ。心を奪われた感触はあるのか？」

ヨシヒコ「いいえ、全く。なんのことか全くわかりません。一刻も早く、すべてを取り返しましょう！」

十 戦いの点描

モンスターと戦う一行。

ダンジョー「いかんっ！　片方のもみあげがないだけでこんなにもバランスがとれんとはっっ!!」

ムラサキ「私、ボインがないだけで戦うことすら恥ずかしい！」

メレブ「いや、ほんと、何度も言うけどさ………」

×　×　×

別のモンスターと戦う一行。

メレブ「ダメだ！　杖がないと！　呪文が唱えられない！」

ムラサキ「いや、お前の呪文が戦闘中に役立ったこととか、マジねえからな」

1人奮闘するヨシヒコ。

十一 とある小屋（夜）

休んでいる一行。

メレブ「1ついいかな。皆の衆」

ヨシヒコ「なんでしょう」

メレブ「あのローゼンとかいう女盗賊、なんとなく見覚えがあるのだが、気のせいか」

一同、考えて……。

ダンジョー「俺は覚えてねえな」

ムラサキ「うーん。私も……」

ヨシヒコ「私もです」

メレブ「そっかあ……。なーんか見覚えあるんだよなあ」

ダンジョー「気のせいだろ」

メレブ「うーむ」

間……。

ムラサキ「ああ、でも、ボインなくなって肩凝らなくなったかもな」

メレブ「キサマ、前の状態で肩こりがあったなら原因は100パー胸じゃない。医者に行け」

ムラサキ「てめ、マジ殺すよ」

メレブ「そんな殺害予告を受けたタイミングでもなお、新たな呪文を覚えてしまった私だよ」

ヨシヒコ「それは凄い！　あの女盗賊を懲らしめるために役立つかもしれない！」

メレブ「そのようだ」

ヨシヒコ「それはどんな呪文ですか」

ダンジョー「今回ばかりは期待してるぞ！」

メレブ　「フタメガンテ………そんな呪文だ」
ヨシヒコ　「フタメガンテ………」
メレブ　「てこでも空かない瓶詰めのフタがあるだろう……。どうしても食べたいものが中に入っているのに開かない！　これはなにより辛い！　そこでフタメガンテをかける！　すると………自らの命と引き換えにフタを開けることが………可能となる」
ヨシヒコ　「なんと恐ろしい呪文なんだっっ!!」
と、腰を抜かすヨシヒコ。
ムラサキ　「ん？　ん？　冷静に考えてみようか」
メレブ　「冷静に考えてみる必要なし」
ムラサキ　「いや、考えさせて。皆さん。命と引き換えに開けたいフタってある？」
ヨシヒコ　「あの女盗賊は今頃フタが開かなくて困っているはずだ」
ムラサキ　「どんな瓶詰めなんだろう」
ヨシヒコ　「フタメガンテをかければ、あの女はフタが開けたいがために…………死ぬ………」
メレブ　「その通りだ」
ヨシヒコ　「勝利以外、なにも見えませんねっ！」
ムラサキ　「私にはその瓶詰めが見えないんだけど」
ダンジョー　「ああ。死んでも食いたい瓶詰めが冷蔵庫に入っていることを願おうじゃないか」
メレブ　「ヨシヒコがヤツに心を奪われていない限り、勝機はあるっっ！」
ヨシヒコ　「世界を救う勇者があんな女に心を奪われるわけがない。私は少し休みます」

と、仰向けになるとヨシヒコは激しく●起している。

ムラサキ「ウソだろ」

メレブ「心奪われてるな、これ」

ムラサキ「むしろ、あの女のことしか考えてねえな。こいつ」

ダンジョー「いや！　ヨシヒコは勇者だ。たとえ、ハートを奪われていたとて！　そこは非情になって戦ってくれるはずだ」

メレブ「…………ああ、そう信じよう」

十二　北の山の祠（日替わり・昼）

たどり着いた一行。

ヨシヒコ「いいですか。ヤツは瞬時に様々なものを盗む能力があります。気をつけて下さい！」

3人「おお」

ヨシヒコ「この不意をついてヤツを倒し、すべてを取り戻すのです」

3人「おお」

と、戸を開けて飛び込む！

十三　同・中

飛び込んできた一行。

ヨシヒコ「さあ！　盗んだものを返してもらおうか！　ローゼン！」

と、見ればふ風呂上がりらしく少しセクシーな格好をしている。

ヨシヒコ「さあ！　返せっっ!!　んんんんんんんんんん（鼻息）私たちから奪った……んんんんんんんんんんんん」

ムラサキ「ダメだ。こいつ。見てみ」

ヨシヒコ「返して……んんんんんんんんんんんんんん」

メレブ「鼻息！　ヨシヒコ！　鼻息！」

ムラサキと、豪快に●起しているヨシヒコ。

メレブ「あららららららら」

ローゼン「ふん！　よくもこのローゼン様から取り戻そうなんて思えたもんだね」

ムラサキ「私のボイン返しなさいよ！」

メレブ「ねえ、ほんとに胸、盗んだ？　この人だけ盗まれた感が一切ないのよ」

ローゼン「私はね！　女の胸を盗んで自分の胸に組み込んでいくのよ。でも確かにお前の胸を盗んでもボリュームアップはしていない」

ムラサキ「はい、殺す〜〜〜。今の発言で殺し確定」

ローゼン「は────はははは！　微妙な盗みがイヤならもっと派手に盗んでやるよ！」

と、呪文をかけると、ムラサキとダンジョーがつるつる頭にっ!!

ダンジョー「なにっっ!!」

ムラサキ「やだ────っっ！」

メレブ「え？　ちょっと待って待って！」

見ればメレブだけ温水さん風のハゲ散らかした頭。

メレブ「なんで俺だけハゲ散らかした感じ？　なぜ温水テイスト？　やだぁ」

ヨシヒコ「やめろ！　これ以上はやめろ────っ！」

【●起】
福田「6話は山田孝之って役者をもっとも満喫できる回って僕は言ってるんですよ。ここで完全に●起したあたりからの山田孝之の顔はさすがだなとしか言いようがない。完パケを見た山田君からも『涙が出るほど笑いました』って連絡来たぐらいで、山田君も相当自分が面白く見えたと思うんですよ。役者の力量で楽しめるってことに関して、6話には相当自信があります。」

【ムラサキとダンジョーがつるつる頭にっ!!】
福田「このムラサキ、ダンジョー、メレブが髪の毛を盗まれるところは特殊メイクでです。なかなか面白い髪型になってます。ムラサキ、ダンジョーから温水さんテイストのメレブって流れは三段落ちとしてとても優秀だなって気がしてます。」

と、ヨシヒコが急に………。

ヨシヒコ「うわあああ。引き込まれるぅぅぅぅ」

と、回りながらローゼンの横まで行って………。

メレブ「え？ 今なにか光線発した？ 自ら行ったようにしか見えなかったんだけど！」

ヨシヒコ「皆さん！ なぜかここに引き込まれてしまいました！ 私はやはり彼女に心を奪われてしまっていたのかもしれません！」

と、完全に顔は笑っている。

ヨシヒコ「くそ――っ！ 引き込まれてなるものか！ 私はお前のことなど絶対に好きにならんぞっ！」

と、ニヤニヤしている。

メレブ「ヨシヒコ！ 完全に顔、笑ってるから！」

ムラサキ「キャバクラで呑んでるおっさんの顔になってっから！」

ヨシヒコ「そんなことはありません！ 私は………こんな女は……決して好きになんかならんっっっ!!」

ダンジョー「ダメだ。完全にあの女の虜だ」

ローゼン「さあ、いつまで突っ立てるつもりだい。なんだったら身ぐるみ剥がしてやろうか――――っ！」

ムラサキ「やだ――――――っ！」

と、逃げていくムラサキ。

ダンジョー「いや――――――っ！」

と、逃げていくダンジョー。

メレブ「くそぉぉ！ 杖さえあれば、フタメガンテで殺せたものを………」

ここの3人の頭の特殊メイクは、ジャストサイズにこだわるとお金がかかるんですけど、だいたいのサイズのものをかぶせて、シワが出来たらCGで消すようにしました。そうすると安く済むんで。こういうことを前回からの4年間で覚えたんです（笑）。」

と、逃げていくメレブ。

十四 カンダタの家・中（夜）

一行とカンダタがいて……。

カンダタ「しかし、こいつはひでえ目に合わされたもんだなあ」
ダンジョー「ヤツは何者なんだ！　宝のみならず髪の毛や胸まで奪えるとは……」
ムラサキ「あたし、このままじゃ生きていけない！」
メレブ「いや、髪生えたら元通りだよ、君は」
カンダタ「用心なされよ。今夜もヤツの一味がここを襲いにくるかもしれん」
と、去ろうとして……。
メレブ「お前がな。お前が用心な」
去っていくカンダタ。
ダンジョー「くそぉ。明日、今一度、旅立とう。今度こそ、ヤツを叩き斬る！」
ムラサキ「やだあ。こんな姿で外歩きたくない〜〜」
メレブ「帽子被ればいいでしょ」
ムラサキ「胸が〜〜」
メレブ「だからね…………」
と、外が騒がしくなる！
ダンジョー「来たっ！　またヤツだっ！」
メレブ「カンダタ――っ！　起きて――――っ！　ええええええ、寝つきよすぎ〜〜〜〜」

ダンジョー　「飛んで火にいる夏の虫とはこのことーっ！　この俺が引っ捕らえてくれるわ――っ！」

と、外に出るとそこにスポットライトに照らされたヨシヒコ。

ルパンに酷似した格好をしている。

３人　「ヨシヒコっっ!!」

ヨシヒコ　「（ルパンのものまね）（ポーズ）あーららら。どうしちゃったの？　３人とも〜〜」

メレブ　「やだ。どうしよう。似てない」

ヨシヒコ　「そんなぴっかぴかの頭しちゃったりなんかしてぇ」

メレブ　「やるならやるでもっと似せて欲しい。どうしよう」

ダンジョー　「ヨシヒコーっ！　キサマ、勇者にも関わらず盗賊に身を落としたかーっ！」

ヨシヒコ　「なーに、怒っちゃってんの？　とっつぁん」

メレブ　「この人、違う人………。あ、さっきいたな！　そういえば！」

ヨシヒコ　「ここにある翡翠の仏像、持って帰らないとローゼンちゃんがチューしてくれないって言うもんでさぁ」

ムラサキ　「チューとかこいてんじゃねえよ！　お前がするべきことは魔王を倒すことだろ！」

ヨシヒコ　「（戻って）もう魔王なんかどうでもいいっっっ!!」

メレブ　「来た。デジャブ。何度か聞き覚えのある響き、来た」

ヨシヒコ　「私は思ったんだ……。この世界を救うのは魔王を倒すことなんかじゃない…………。巨乳なんだと……」

メレブ　「巨乳が？」

ヨシヒコ　「世界を救う」

［山田孝之の台本メモ］

［ルパンのものまね］
福田　「山田君には『似せてくれ』って言いました。『中途半端だとあざとくなっちゃうから、山田君の精一杯のものまねをやってくれ』って。頑張ってるのに似てないのが一番面白い。そしたら、あれなんです（笑）。山田君のものまねがよかったんで、ムロ君には『完全に素で笑いながらセリフを言ってくれ』って頼みました。」

メレブ「ほほう」

ヨシヒコ「昨日、パフパフしながら思ったんです。ローゼンにたくさんの巨乳を盗んでもらって、今度は世界の女性に分配する。するとみんなが均等に巨乳になるんだ！　そうなれば世界中の男たちがパフパフ出来るんです！　確かに魔物ははびこり続ける。しかし！　パフパフさえ出来れば！　世界にパフパフさえ残れば！　それが世界を救うんです。私もこれからの人生、パフパフだけを糧に生きていきます！」

メレブ「そんな糧ってある？」

ムラサキ「じゃあ、早速、私の胸を返してよ！」

ヨシヒコ「お前からは間違ってへそを盗んだそうだ。胸は1ミリも盗んでいないいっ！　勘違いするな！　ムラサキっ！」

愕然と**白目**になるムラサキ。

メレブ「ね？　言ったでしょ？　ね？」

ヨシヒコ「ということで、私はこの仲間たちと盗みを生業としていくと決めました」

横から**次元風**、**五右衛門風**、**映画泥棒風**が出てきて……。

ヨシヒコ「とても優秀な仲間なんです」

メレブ「1人だけ特定のものしか盗めない人が……」

ヨシヒコ「さようなら、皆さん。魔王よりもパフパフ……。そう決めたんです」

と、去っていく一味。

ダンジョー「………ダメだ。絶望だ。もう魔王は倒せん」

メレブ「え。いや、大丈夫大丈夫」

ムラサキ「は？　どゆこと？」

【白目】
木南「白目は『20世紀少年』で私がやってたんですよ。『20世紀少年』の原作者の浦沢（直樹）さんと福田監督がお友達で、それで『20世紀少年』を福田さんが見て私をムラサキにしてくれたんです。福田さんは私が白目が出来るってわかってたから、台本に普通に『白目』って書いてあって。ムラサキは変顔が多いので、『あ、今、可愛くなったから、もっと不細工にやって』みたいに細かく指示が出ますね。ガーンってショックを受けてアゴが外れるような顔がアニメでよくあるじゃないですか。『あれ、やって』みたいにも言われます。『もっとアゴ外して』とか、そういう感じですね（笑）。」

【次元風】
演じたのは『ヨシヒコ』シリーズに様々な役で登場している野村啓介。

メレブ　「多分、明日には帰ってくるよ。ヨシヒコ」
ダンジョー　「なぜだ」
ムラサキ　「なんで?」
メレブ　「ん?　ようやく思い出したんだぁ。やっぱりヨシヒコってバカだなあ。同じ女に騙されるとは………」

十五　北の山の祠（夜）

しましまのパンツとランニング1枚のヨシヒコ。
要はルパンの下着姿。
布団に寝ているローゼン。
ヨシヒコ　「ローゼンちゃ〜〜ん。お約束の翡翠の仏像、持ってきましたよ〜〜〜ん」
ローゼン　「まあ、さすがね、ヨシヒコ」
ヨシヒコ　「ということで約束のチュー、いっただきま――す」
と、ジャンプして布団にダイブして唇を近づけていくと……。
ローゼン　「………やっぱりダメ！　私は魔法使いと約束したのよ！　なんでも盗める能力の代わりに、男とキス出来ない身体になると………」
ヨシヒコ　「そんなもの平気さぁ。私が明日、倒してきてやる。その魔法使いを……」
ローゼン　「ヨシヒコ………」
と、キスしようとすると、ローゼンはおっさんに変わる。
ヨシヒコ　「なんだとっっっ!!!」
おっさん　「ほらぁぁぁ。せっかく美人盗賊に変えてもらったのに、もとに戻されちゃっ

【映画泥棒風】演じたのは『ヨシヒコ』シリーズに様々な役で登場している保坂聡。

【五右衛門風】演じたのは神父なども演じている鎌倉太郎。

たじゃねえか！」

ヨシヒコ　「もともとその姿だったのか」

おっさん　「そうだよぉ！　んだよぉ！　さっさと帰ってくれよ！」

ヨシヒコ　「はっ！　なにか思い出したぞ…………。リエン…………。リエンか――――っっ！」

十六

とある道

もと通りになった一行が歩いている。

玉を手にしているヨシヒコ。

ダンジョー　「玉人がカンダタとは心強い仲間を手に入れたな」

ムラサキ　「盗賊は戦いに役立ちそうだもんな」

メレブ　「しかし、魔法使いという魔物は変化させる女人のフォルムのバリエーションをさほど持っていないと見えるな」

ムラサキ　「つかさ、おんなじフォルムの女に騙されるって、さすがだな、ヨシヒコ」

ヨシヒコ　「皆さんも思い出せていなかったはずだ！　そして私はヤツの魔術で心を奪われていた」

ムラサキ　「いやいやいや。絶対普通に好きになっちゃっただけでしょ。要はあの女が好きなんでしょ」

ヨシヒコ　「ふしだらなことを言うなっ！」

ムラサキ　「パフパフしたいんでしょ」

ヨシヒコ　「勇者がパフパフなど！　馬鹿げたことを言うな！　私はヤツの魔術に操られ

【リエン】
福田　「シーズン3をやるにあたって、シーズン1のキャラクターをもう1回出すっていうのが面白いんだろうなという思いがあったんです。1から見て下さってるお客さんは『わあ、あいつが出てきた！』っていう驚きがあるだろうな、と。シーズン2の時に1のキャラを出すっていうのは無いと思ってたんですけど、2の時からシーズン3で1のネタをやることは考えてました。山田君にはシーズン2の時に『シーズン3はなんでもありだからさ』って話をしていて。2はなんでもありではないと思っていたんですが、3にはいろいろな楽しみがあると思っていて、その1つが1のキャラをもう1回出すってことなんです。じゃあ1のキャラで誰を出そうかなって考えた時に、リエンとポンジを出したいなってシナリオを書き始める前から思ってました。」

ていただけだっ！」

ダンジョー「しかし二度あることは三度ある。またあの女が出てきたら絶対に騙されるなよ、ヨシヒコ！」

ヨシヒコ「はい。気をつけます」

ムラサキ「ヨシヒコ。お前は本当は貧乳が好きなんだからな」

メレブ「わけのわからない洗脳を試みるんじゃないよ」

通り過ぎる一行を木の陰から覗いているヒサ。

ヒサ「兄様………。やはり私のせいで巨乳を………」

と、一度引っ込んで変化の杖で変身して登場する。

ヒサ「兄様………」

と、追っていくヒサ。

歩いていく一行。

【変化の杖で変身して】
ヒサは和服姿の山村紅葉に変身。「また盗みを働かないように私がしっかり見張らないと」と言って去っていく。

福田「単純に僕が紅葉さんが好きだからお願いしたんですけど、紅葉さんは自分がなにをすべきか、どうしたら面白く見えるかってことを全部知ってましたね。撮影も、あっという間にオッケーになりました。」

07

The Brave "Yoshihiko" and The Seven Driven People

勇者ヨシヒコと導かれし七人

07

THE BRAVE "YOSHIHIKO" AND THE SEVEN DRIVEN PEOPLE

一　とある山道

ヨシヒコ一行が歩いている。

そこに盗賊が現れた！

盗賊「はいはい！　金と食料出せ」

見れば盗賊はアロハを着て大きなスーツケースを引いている。

ヨシヒコ「なんなんだ、キサマ！」

盗賊「盗賊だよ！　盗賊！」

ダンジョー「あまり盗賊っぽくないな」

盗賊「うるせえよ！　ちょっと事情があんだよ！　いいから、さっさと金と食料出せよ」

メレブ「ん？　ん？　どんな事情だろう」

盗賊「質問に答えてる時間はねえんだ！」

メレブ「ん？　もしかして今から旅行？」

ムラサキ「南国だろ？　どう見ても今から南国の島だよね？」

盗賊「そんなの答える必要はないねえ！　さっさとしねえと殺すぞっっ!!」

と、腕時計を見る盗賊。

【盗賊】
演じたのは映画『クローズZERO』、ドラマ『闇金ウシジマくん』などに出演するやべきょうすけ。

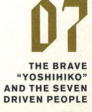

メレブ「あれれ。もしかして出発の時間、ギリなのかな？　すっごい時間気にしてるけど」

盗賊「ふふふ、ははははははは！　その通りだ！　そろそろ出ないとチェックインが間に合わねえ！　さっさと戦え！」

ムラサキ「なんでそんなタイトなスケジュールで戦い挑んできたんだよ」

ダンジョー「その意気やよしっ！」

メレブ「意気やよしじゃないぜ」

ダンジョー「そんな厳しいスケジュールの中でさえも戦いを挑むとは盗賊の鏡ではないか！」

ヨシヒコ「その通りですね、ダンジョーさん。相手になろう」

ムラサキ「いやいやいやいや！」

メレブ「ねえ、そもそもさ、南国に行く経済的余裕を持つ盗賊さんになぜに金と食料出す？　ねえ」

ヨシヒコ「なるほど。それもそうですね」

盗賊「早くしろっ！　間に合わねえだろっ！」

メレブ「だから行けよ！　戦わずして行けって！」

そこに後ろの方にアロハを着た嫁と子ども。

メレブ「ほらあ！　嫁と子どもも来たから〜〜」

ムラサキ「行けって〜〜」

メレブ「奥さん、時間ないんですよね？」

嫁「そうですね。そろそろ出ないと、ちょっと………」

ヨシヒコ「わかりました。ささっと戦ってしまいましょう」

メレブ「ささっと戦うってどゆこと？」

【嫁と子ども】
嫁は映画『リアル鬼ごっこ』などの澤真希、子どもは子役の水野哲志が演じた。

ヨシヒコと盗賊は戦うが盗賊はスーツケースを引いたまま。

ヨシヒコ「キサマ！　荷物を置け！」

盗賊「ダメだ！」

ヨシヒコ「置き引きを恐れているのかっ！」

盗賊「その通りだっ！」

子ども「ロコモコ食べた――い」

ダンジョー「ロコモコを食べたがってるぞ！　早く行けっ！」

子ども「アサイーも食べた―――い」

ダンジョー「アサイーも食べたがってるんだ！　早く行けっ！」

盗賊「…………ふふふ。マハロっっ!!」

と、嫁と子どもを連れて去っていく盗賊。

メレブ「マハロじゃないよ。完全に浮かれてんじゃねえかよ」

ヨシヒコ「マカデミアナッツを―――――っっ！」

メレブ「ヨシヒコ。盗賊にお土産、要求しないで〜〜」

二

タイトル「予算の少ない冒険活劇

勇者ヨシヒコと導かれし七人」

三

とある道

一行が歩いてくる。

【スーツケース】
福田「盗賊がスーツケースを持ちながら戦うっていうのが面白いと思ったんですけど、リハやってるうちに、スーツケースがヨシヒコに当たったんですよ。そしたら、それを山田君がスーツケースが当たるとダメージを受けるって遊びにして、やべさんもスーツケースを当てる遊びを始めて（笑）。ムロ君が『むしろコロコロにやられちゃってるんだよ』って言い始めたのも面白くて、じゃあ本番もそっちでやろうってなりました。今回の盗賊では僕はこれが一番好きかもしれないですね。やべさんと山田君は仲良しで、僕もやべさんと何度かご一緒してるんで、そういう関係性でうまくいったのかなという気がします。」

すると雷鳴。

メレブ「お、仏だ」

と、ウルトラアイをかけるヨシヒコ。

変身風のSE。

仏の声「ヨシヒコ〜〜っ！　ヨシヒコ〜〜っ！」

ムラサキ「お、どした？　なんか声が弱々しいじゃん」

仏「はい。ヨシヒコさん。次の玉人がいるところはですね、西に向かったところにあるミュジコの村になります。そこでね、探してみて下さい」

メレブ「なによ。すごい事務的じゃん。珍しく」

すると仏を何人もの取材陣が取り囲んだ。

取材陣「仏4号！　今回の不倫疑惑に関してしっかりとした弁明をお願いします！」

仏「ええ……、一部報道されております女性とは、そういった関係を持ちましたことは事実です」

メレブ「ええ、仏、不倫したの？」

「フラッシュの点滅にご注意下さい」のテロップ。

ムラサキ「よくこんなおっさんと不倫する女がいるな、おい」

ヨシヒコ「何人と！　何人の女性と不倫したんですかっ！」

メレブ「ん？　ヨシヒコは取材陣じゃないから聞かなくていいんじゃないかな？」

仏「ただ、そーゆー関係というのはですね、一緒にカラオケなど行ったりとか、お正月に実家の近くまで行ったりですとか、そういうことでございまして、不純な行為は一切ございません」

取材陣「この期に及んでウソをつくんですか？」

【ミュジコ】
村の名前からもわかる通り、第7話はミュージカル回。

福田「『魔王の城』の時は第6話、『悪霊の鍵』の時は第8話がミュージカルの回になってるんですけど、『魔王の城』の6話が終わった段階で山田君と、『ヨシヒコ』を続けていく中でミュージカル回の歌をどんどん増やしていくのは面白いって話をしてたんですよ。最終的に30分まるまる歌うってやつをやりたいねって、シーズン1の時から話してたんです。僕もシーズン3に至るまでの間にミュージカルの仕事が増えて、ミュージカルの造詣みたいなものも深まってきたので、満を持してやるしかないな、と。」

山田「今までは1〜2曲歌うぐらいだったのが、シーズン3の7話は、まるごとミュージカルの回。ここも含めてシーズン3はいろんなところが加速してます。」

取材陣　「仏がウソをついてもいいんですか？」
ムラサキ　「最低だな！　もはや仏の資格がねえよ！」
メレブ　「それもそうだな！　ダンジョー、お前も言ってやれよ！」
ダンジョー　「いや、俺は別に……」
仏　「いや、本当なんです。ただですね、誤解を生むような行動をしたことは事実でございますし、今回の責任を重く見て、仏を辞職する覚悟でございます」
一斉に焚かれるフラッシュ。
メレブ　「勝手に辞職すんなよ！　こっちの冒険どうすんだよ！」
ヨシヒコ　「奥さんとは離婚されるおつもりですか！」
メレブ　「だからヨシヒコは聞かなくていいから。そゆことはレポーターさんとかが聞くから」
ムラサキ　「離婚はダメだろ！　仏が！　なあ、ダンジョー」
ダンジョー　「ああ、うん」
仏　「やはり辞職はやめて育児休暇を取りたいと思います」
取材陣　「ふざけんなーっ！」
仏　「そしてニューアルバムを出そうと思います」
取材陣　「ニューアルバムってなんなんだ！」
メレブ　「うん。これ、どうでもいいな。ゆこう、ミュジコの村に」
歩いていく一行。
ムラサキ　「これで離婚だったら最低だな？　おっさん」
ダンジョー　「……」

木南「7話には私の実の姉（木南清香）が出てるんです。もともと舞台のアンサンブル（メイン以外で舞台を支えるキャスト。集団で歌い踊って芝居に厚みを加える）をやっていて、福田さんも知ってたので、7話の台本を読ませて頂いた時に『アンサンブルが出るんだったら、お姉ちゃんも出たら面白いんじゃないかな』と思って福田さんに言ってみたんです。フタを開けてみたら姉以外もほとんど知り合いで、個人的に非常に嬉しかったです。姉は基本的に舞台の人で私は映像ばかりやってるので、一緒に仕事をすることはないと思ってたので、まさかの『ヨシヒコ』での共演で感無量でした！」

五

ミュジコの村

入ってきたヨシヒコたち。

村人たちはそれぞれの仕事に勤しんでいるが必ず踊っている。

ヨシヒコ「すみません！　こちらの村にこのような玉をお持ちの方はいませんか？」

村人「知りませんわ」

ムラサキ「ねえねえ！　こんな玉持ってる人知らない？」

村人「知らないね」

ダンジョー「なんなんだ、この村は。なにかいいことでもあったのか」

メレブ「あれ？　なんか祭り的なことがあるのかな？」

四

とある部屋

ある女の足下だけ見える。

女の声「なに？　宝のオーブを探す旅の者？」

女性の部下オスケルが……

オスケル「はっ！　村人にそのありかを嗅ぎ回っております」

女の声「くそぉ。どこで嗅ぎつけたのだ。わかった。早急にミュジコのトラップにハメてしまえ」

オスケル「御意！」

女の声「一時も早く村から追い出すのだ」

オスケル「はっ!!」

六

とあるパン屋の前

歩いてきた一行。

ムラサキ「誰も知らないじゃんかよ。ほんとにあんのかよ〜〜。くそ仏、自分の不倫バレていっぱいいっぱいで適当なウソこいたんじゃねえの?」

メレブ「まあ、もう少し探してみよう。それより腹が減った。たまにはパンでもどうだ」

ダンジョー「いいじゃないか。俺はどちらかというトースト派なんだ」

ムラサキ「その顔でトースト派とか言われても……」

ヨシヒコ「入ってみましょう」

七

同・中

それぞれがトレイを持ってパンを選び始める。

ヨシヒコがパンを選んでいると急にフランスパンに引き込まれる。

ムラサキ「ん?　どした?　ヨシヒコ」

まるで呪文がかかったかのようにヨシヒコは突如フランスパンを1本手にとって店の外に逃走した。

ムラサキ「えっ!?　ヨシヒコ―――っ!」

八

同・外

【ヨシヒコは突如フランスパンを1本手にとって店の外に逃走した】

福田「知る人ぞ知るっていうミュージカルのパロディをやると面白くないと思ったので、ヨシヒコがフランスパンを盗むところから始めました。元ネタの『レ・●ゼラブル』はみんな知ってるだろうから、そこから

店主　店主が出てきて……。
メレブ　「万引きだ――――っ！　誰か捕まえてくれ――――っ！」
ダンジョー　「え？　ヨシヒコが？　万引き」
　「どういうことだ」

九　村の道

走っていたヨシヒコが警察官に捕まる。
ヨシヒコ　「どうしてだ！　なぜ私はこんなことを……」
警察官　「万引きの現行犯で逮捕する！」
ヨシヒコ　「待って下さい！　私はそんな……」
警察官　「その手に持ったフランスパンがなによりの証拠！　言い訳無用っっ!!」
　と、殴られるヨシヒコ。
　画面が真っ暗に……。

十　牢屋

ヨシヒコが目を醒ますと牢屋に入っている。
ヨシヒコ　「どういうことだ……。なぜかあの時、フランスパンに引き込まれて……」
　そこに警察官がやってきて……。
　歌い出す。
警察官　「♪おい　万引きの罪人よ　目が覚めたか」

スタートすれば、なんとなくミュージカルの話が始まるんだなとご理解頂けると思ったので。」

【警察官】
演じたのは舞台、ドラマで活躍する浦井健治。浦井は福田雄一が手がけたミュージカルコメディ『トライベッカ』にも出演している。

♪『万引きの罪人』
作詞・福田雄一　作曲・割田康彦

ヨシヒコ「なにっ！　なぜ歌っている」
警察官「♪マロエル司教がお呼びだ　さあ　出るがいい」
ヨシヒコ「なんなんだ！　なぜメロディに乗せてしゃべる!?」
警察官「♪ありがたいと思え　司教がお前に手を差し伸べたのだ」

十一　司教の部屋

マロエル司教が待つ部屋に入ってくるヨシヒコ。

マロエル「♪おお　勇者ヨシヒコよ　よくぞ参った」
ヨシヒコ「この人まで歌うのか!?」
マロエル「♪フランスパンを盗んだのは　魔が差したことだろう　神の名の下にお前の罪を許しましょう」
ヨシヒコ「♪ああ　司教　ありがとうございます
（我に返って）なぜ、私まで歌をっっ!!
♪私は世界を滅ぼそうとする魔王を倒すため冒険を続けているのです。
（我に返って）いかんっ！　なぜ言葉がメロディに乗ってしまうのだ！」
マロエル「♪なんて素晴らしいお人だ　どうか世界を救いたまえ　私はあなたにささやかな食事をふるまおう　きっと空腹という悪魔が君の心を支配したのだろう」

と、出ていく。
目の前に銀の燭台がある……。

ヨシヒコ「どういうことだ、これは………」

【マロエル司教】
演じたのはミュージカル俳優の今拓哉。『レ・ミゼラブル』にはジャベール役で出演し、福田雄一演出『エドウィン・ドルードの謎』にも出演した。

♪『どうか世界を救いたまえ』
作詞・福田雄一　作曲・割田康彦
編曲・割田康彦、高野裕也

また呪文にかけられるように銀の燭台に引き込まれるヨシヒコ。
そして銀の燭台を持って逃走するヨシヒコ。

十二

村の道

逃げていたヨシヒコを捕らえる警察官。

警察官「♪なぜ銀の燭台　盗んだ　お前を助けた司教を　お前は裏切ったのだぞ」
ヨシヒコ「♪裏切ってなんかない　盗むつもりなかった　なにか呪文にかけられたのだ」
警察官「♪罪人の戯言　聞いてられない　せっかく助けられたのに　また牢屋に戻るのだ」

♪『罪人の戯言』
作詞・福田雄一　作曲・割田康彦

十三

宿屋

話している3人。

ダンジョー「なにかある。ヨシヒコが万引きなど、考えられん！」
メレブ「そうだな。ヨシヒコはバカだが、万引きをするようなヤツではない」
ムラサキ「なにかこの村の罠にハマってるとしか思えねえな」
メレブ「そんな罠にハマった真っ只中にあって、またも新しい呪文を手に入れた私でありんす」
ダンジョー「それはヨシヒコを探すのに役立つんだろうな」
メレブ「残念だが、これは強力な攻撃呪文だ」
ムラサキ「どうせまたクソみたいな呪文なんだから、さっさと言えよ」
メレブ「まずはお前にかけてやろう」

と、ムラサキにかける。

ムラサキ「…………ほら、なにも起こらねえじゃん」

メレブ「ムラサキ。お前の歳は何歳だ」

ダンジョー「レディーに年齢を聞くな！」

ムラサキ「なんだよ。18歳だよ」

ダンジョー「ウソつけ――――っ！」

メレブ「ふふ。この呪文にかかったものはなんでも少しさば読むようになる。私はこの呪文を……サバーハ。そう名付けたよ」

ダンジョー「サバーハだと」

メレブ「サバーハ！」

と、ダンジョーにかける。

メレブ「ダンジョー。結婚歴は」

ダンジョー「未婚です」

メレブ「そら来た」

ダンジョー「おい。今回、いじり過ぎだぞ！」

メレブ「サバーハ！」

と、ムラサキにかけて

メレブ「ムラサキ。なにカップだ」

ムラサキ「Fだよ」

ダンジョー「さば読み過ぎだっっ!!」

ムラサキ「うっせえっっ!!」

メレブ「そう！　敵にこの呪文をかけ、さば読ませたところで、さば読んだことを責

呪

メレブが覚えた新呪文⑧

サバーハ

める！　さばを読んだ罪悪感にさいなまれる敵を倒すなど簡単！　いとも簡単っ！」

ダンジョー「こんなくだらん呪文の話をしてる場合ではない！」

ムラサキ「とにかく手分けしてヨシヒコを探そう」

十四　村の道

メレブとダンジョーが歩いている。

ダンジョー「ヨシヒコはおそらく牢屋に入れられているだろう。地下にあるかもしれん。ちょっとした井戸も調べた方がいい」

メレブ「ああ、そうだな……。ん?」

ダンジョー「どうした?」

と、目の前にハイエナが3匹。

メレブ「ハイエナ?　こんな村に?」

するとなにやら地面が揺れて……。

メレブ「なに?　これ。なんの音?　なんの揺れ??」

すると道の向こうからヌーの群れが襲いかかってくる。

先頭には逃げる子ども。

メレブ「なに!?　ヌーだよ！　ここ、サバンナじゃないのに！ヌーの大群だよっっ！逃げようぜ！」

ダンジョー「ヌーがなにものぞ――っ！　叩き斬ってくれるわーっ！」

と、ヌーの大群に突っ込むダンジョー。

慌てて横に隠れるメレブ。
大群が通り過ぎてふと道を見るとダンジョーが倒れている。

メレブ　「ダンジョ――――――――っっ!!」

そこに悪そうなライオンがやってきて……。

ライオン　「この男はお前のせいで死んだ」
メレブ　「ええ、どうしたらいいの？」
ライオン　「ここを立ち去れ！　逃げるんだ！　そして二度と帰ってくるな！」
メレブ　「わかった」

と、走り去るメレブ。

十五　とある部屋

暗闇に声が聞こえる。

声　「起きろ。起きろ、アンドラ」

ふと目を醒ましたムラサキは完全に宝塚のメイクでアンドレの衣装に身を包んでいる。

ムラサキ　「ん？　なんだ、こりゃ」

見ればオスケルが立っていて……。

オスケル　「私の名はオスケル。今こそ民衆とともに王国軍と戦おう」
ムラサキ　「え……。なんのことすか？　私はヨシヒコを探してるんですけど………」
オスケル　「母国フランスのために戦うのだ」
ムラサキ　「フランス⁇　ここ、ミュジコの村ですよね」

【オスケル】
演じたのは元宝塚の壮一帆。

福田「本格的にミュージカルをやっている役者さんたちに出て頂きました。オスケルは2014年まで宝塚の雪組のトップスターだった壮一帆さんです。他にも警察官は浦井健治君、マロエル司教は今拓哉さん、美女役は新妻聖子ちゃんと、ミュージカルの一線にいる人たちに歌ってもらってます。」

オスケル「♪この戦いにお前の力が必要だ」
ムラサキ「ん？　なんで歌い始めたんすか？　急に」
オスケル「♪戦いだけではない　私にはお前が必要なのだ」
ムラサキ「いやいやいやいや、わかんないわかんない。どした」
オスケル「♪これからもずっと側にいてほしい　そして私を愛し続けてほしいのだ
さあ　これから2人離れないと約束しよう」
ムラサキ「♪命をかけて誓います　一生あなたのそばを離れないと
(我に返って)なんで————っ!!」

2人の歌詞

愛　2人の愛はいつも甘く
愛　変わらぬ愛は互い求め
愛　気高く愛は悪を貫く
愛　愛　愛　あああ永遠の愛
愛ゆえに人は苦しみ嘆くけれど
愛ゆえに世界は甘く結ばれる
さあ　目指そう　2人の力で　あのバスティーユ
さあ　戦おう　力の限り　愛の限り　この身尽きるまで
さあ　目指そう　永遠の世界を　そうパラダイス
いざ　行進だ　愛のため　世界のため　ああベルサイユ

♪『ふたりの愛』
作詞・福田雄一　作曲・割田康彦
編曲・割田康彦

十六

とある道

逃げてきたメレブ。

メレブ「なんであんなところにヌーの大群が……。おかしいだろ」

するとウエストサイドストーリーに酷似した音楽に乗って2つの集団が争い始める。

メレブ「なになに。喧嘩やめよう！　危ない危ない！」

リーダー「ここは俺たちの縄張りだ。二度と入ってくるんじゃねえ！」

リーダー2「へん！　もうお前らの時代じゃねえんだよ！　さっさと出てってもらおうか」

メレブ「いやいやいや、ダメダメ！　喧嘩はダメよ！」

と、言いつつ一緒に踊り始めるメレブ。

最後に両方のリーダーに両方から刺されて……。

メレブ「ウソでしょ————っっ!!」

十七

村の道

歩いているダンジョー。

ダンジョー「くそぉ。ヌーに踏まれるとそここいてえなぁ。この村はなんかある……。早いとこ玉人を見つけて抜け出さないと……」

と、とある小屋に引き込まれるように入っていく。

ダンジョー「な、なんだ……これは……」

【ウエストサイドストーリー】
福田「他の回もそうなんですけど、この回も尺をだいぶオーバーしました。一番最初に『ここは仕方がない、切ろう』と思ったのが、ムロ君のウエストサイドです。ムロ君の踊りも歌も中途半端で非常に面白くてもったいなかったんですけど。」

十八

同・中

ダンジョーが引き込まれて入っていくとそこに美女が待っていた。

ダンジョー「あなたは…………」

美女「私は村では変わり者だって言われるけれど、あなたはそんな私を受け入れてくれました」

ダンジョー「は?」

美女「あなたは姿形はそんなだけれどきっと心は美しいのですね?」

ダンジョー「姿形はそんなって………」

みるみるうちにダンジョーの姿が野獣風に変わっていく。

ダンジョー「なにぃぃぃぃぃぃぃぃぃぃぃ」

美女「♪心奪われてしまったの　突然に」

ダンジョー「♪そう　奪ってしまったよ　無意識に」

美女「♪ああ　堕ちてゆく　あなたの腕に」

ダンジョー「♪おいで　私は　たくましいんだ」

2人「♪いつまでも　変わらぬ恋心　嬉しさのあまり　寂しさ忘れてく
日が昇りそして沈むように　いつまでも変わらない　この恋心」

2人は手と手を取り合い踊り歌う。

美女「ああ、なんて素敵。さあ、一緒に飲みましょう。幸せのワインよ」

と、勧められたワインを飲むダンジョー。

すると目の前がフラフラと回り始めた。

ダンジョー「♪なんて強いワインなんだ~~~~」

【美女】
演じたのはミュージカルでも活躍する女優で歌手の新妻聖子。

宅麻「不勉強で福田監督がミュージカルの演出とかをやってるって知らなかったから、最初は『こんなに歌わせんなよ』とか言っちゃってさ(笑)。また一緒に歌う新妻聖子ちゃんが上手過ぎて、冗談じゃねえよって(笑)。1つ1つに『おい!おい!』って思うけど、彼(福田)が強引に進める。きっと監督も楽しいんだろうね。」

♪
『心奪われて』
作詞・福田雄一　作曲・割田康彦
編曲・割田康彦、林そよか

美女　「ふふふふ。ほ――――ほほほほほほほほ」

十九　牢屋

そこにはヨシヒコ一行が4人とも入れられている。
それぞれ目を覚まして……。

ムラサキ　「ヨシヒコ！」
ヨシヒコ　「皆さん！　無事でしたか」
ダンジョー　「お前こそ！　フランスパンを万引きしてからずっとここか」
ヨシヒコ　「いや、そのあと、なにかの呪文でまた銀の燭台を盗むはめになり、さっき急に市長になるように言われました」
メレブ　「市長になる？　どうして万引きした後に市長になるんだ。意味がわからん」
ムラサキ　「私、気づいたら男みたいなメイクしてて、なんか凄い戦いの末に死んだ」
メレブ　「なにかの魔法で妄想を見させられたな。俺もおかしな集団の喧嘩に巻き込まれて死んだ」
ダンジョー　「俺はちょいとヒゲが濃くなって、角が生えた」
メレブ　「どうしてお前だけ軽いんだ。妄想が」

そこにマイクの声。

声　「皆さん。牢屋の居心地は気に入ってくれたかな？　我が村で悪事を働いた君たちはしばしそこで反省してもらうぞ」
ヨシヒコ　「そんなヒマはないんだ！　私たちが魔王を倒さないとこの世界は滅んでしまう！」
声　「そういうのいいから」

ヨシヒコ　「わかっているぞ！　さっき、ここに運ばれる途中で役人が話しているのを耳にした！　この村に古より伝わるオーブは芸術の女神ミューズにより授かったものと信じられている。そしてそのオーブがこの村を守っていると。しかしそれは間違いだ！　そのオーブは世界を救う7人の助け人が持つという玉なのだ！」

声　「どれだけ世界が魔物に支配されようと、この村はミューズのオーブによって守られ、歌と踊りで満たされる」

ヨシヒコ　「そんなことはない！　今に魔物達が襲ってくるんだ！」

声　「黙れ！　世界など救えるはずもない！　さすれば、この村だけでも楽園として守られるべきなのだ！　そのためにお前たちにオーブを渡すわけにはいかんっっ!!」

ヨシヒコ　「目を醒ませっっ!!」

4人に呪縛が……。

4人　「ぬああああああああああああああ」

一斉に4人ともキャッツに酷似したメイクに……。

声　「ははははは。これで君たちは猫になった。せいぜい冬になったらこたつで丸くなるんだな」

ヨシヒコ　「♪くそぉ！　動きが完全に猫になってしまうっ！　なに！　また言葉が歌になってしまうっ！」

と、猫の動きをしているヨシヒコ。

メレブ　「♪2回目だよね？　ヨシヒコ　猫になるの」

ヨシヒコ　「メレブさん……。下手だ」

『牢屋の四人』
作詞・福田雄一　作曲・割田康彦
編曲・割田康彦

ムラサキ　「♪ウソでしょう〜〜。猫にされたまま、こんなとこで死ぬの、やだよ〜〜〜」
ダンジョー　「♪俺も子猫ちゃんとにゃんにゃんするのは好きだが、自分がにゃんにゃんになるのは勘弁だぜ」
ムラサキ　「♪なに言ってんの？　おっさん　バカみたい」
メレブ　「♪そうだ。動物にされた身体を人間に戻す呪文……」
ムラサキ　「♪しかし　ほくろ、歌が下手過ぎる」
ヨシヒコ　「♪ありましたねっ！」
メレブ　「♪ない。そんな役に立たない呪文を私が持っているはずもない」
ムラサキ　「♪もっとくだらない呪文ばっかりのくせに　つか　お前もう　歌わなくていいよ」

と、そこにオペラ座の怪人に酷似した男が女を連れ込んでくる。

怪人　「ちょ、入って入って！　なにもしないから！　歌教えるだけだから！　マジで！」
ムラサキ　「♪なんだなんだ」
怪人　「あら」
ヨシヒコ　「♪あなたは………」
怪人　「なに、君たち」
メレブ　「♪牢屋に入れられてるんですけど」
怪人　「なんだその掃除機みたいな声で歌うな！　キモい！」

と、魔法をかける。

メレブ　「いや、牢屋に入れられてんだって」
怪人　「いやいやいやいや。ここ、俺の音楽室だから」
ヨシヒコ　「あ、いや、そう言われましても………。入りたくて入ったわけではないので」

怪人　「出てって。俺、今からこの子に歌教えるから」
ダンジョー　「そんな理由つけてチョメチョメするんだろ！」
メレブ　「こら、もう、チョメチョメとか言わない」
怪人　「なは！　バカ。しねえし！　チョメチョメとかしねえし！」
ムラサキ　「じゃあ、出してくんない」
怪人　「はいはい。むしろ出てって。今すぐ」
ヨシヒコ　「よもや、動物を人間に変える魔法とか持ってたりは………」
怪人　「持ってる持ってる」
メレブ　「マジで!?」
怪人　「人の声をさ、ガマガエルみたいな声に変えるとか出来んのよ、俺」
4人　「おおおおおおおおおお」

二十　村の道

ヨシヒコたちが走ってくる。
その手には玉が握られている。
メレブ　「おい！　おかしな怪人に玉のありかを聞いたはいいが、俺たちが探しているのは玉じゃない。玉を持っている玉人だぞ」
ヨシヒコ　「わかっています。忘れたんですか。この玉を空高く解き放てば玉人が召喚出来るんですよ」
ダンジョー　「そうか！　今、ここで投げればいいのか」
止まって……。

ヨシヒコ　「投げます」

と、玉を空高く投げると玉がキラリと光って………。

すると声が聞こえる。

声　「そのオーブは渡せないぞ」

と、オスケルと司教と警察官と美女が出てくる。

その後ろにもたくさんのアンサンブル。

ヨシヒコ　「キサマたちがこのオーブの守り人か………」

声　「そして私がそのオーブをミューズから賜った男……」

レオパルドが出てきて………。

レオパルド　「レオパルドだ」

ヨシヒコ　「レオパルド……。あなたが玉人か………」

レオパルド　「世界を救うなど戯言にすぎない！　私はこの村を守るため、そのオーブを渡すわけにはいかないのだ！」

ヨシヒコ　「信じて下さい！　私はこのオーブを携え！　あなたの力を借りて必ずや魔王を倒すっ！」

レオパルド　「私にも村を守る義務がある！　どうしてもそれを持ち帰ると言うならば戦いあるのみっ！」

ダンジョー　「ヨシヒコ。こうなったら仕方なかろう」

ヨシヒコ　「なんと……。玉人と争うことになろうとは……」

ヨシヒコたちの後ろに何人もの仲間の魔物が現れた。

レオパルド　「魔物か！　やはりお前たちこそ世界を滅ぼさんとする悪者っ！」

ヨシヒコ　「彼らは魔物だが改心した私の仲間だ！」

【レオパルド】演じたのは元宝塚でミュージカルなどで活躍している大地真央。

福田「大地さんは、まさか受けて下さるとは思わなかったですね（笑）。最初に大地さんが出てきた瞬間からワクワクしたし、『うわ、大地真央だ！』って純粋な驚きがありました。フジテレビの『ボクらの時代』に大地さんが黒木瞳さんと演出家の小池修一郎さんと出てたんですけど、小池さんから『もう1回男役をやってみたらどうですか』って言われた大地さんが『男役なんて二度とやらないわよ』って答えてたんです。でも、『ヨシヒコ』でやってんですよ（笑）。やべえなあと思ったんですけど、大地さんはそういう遊び心がわかるんですよね。『こんなところで男役をやっちゃった私』っていう面白みをわかってやってる方でしたね。」

レオパルド「魔物に仲間などいるか！」
レオパルド……「♪さあ　渡せ　そのオーブを　そのまばゆく気高い光は　永遠に私のものだ」
オスケル「♪わが村を守りし　宝物だ」
司教「♪魔物をはねのけ　歌と踊りで包み込む」
美女「♪レオパルド様が手にすれば」
警察官「♪夢の扉が開かれる」
ミュジコ全員「♪もう誰にも　邪魔出来ない　だから今　ダンシング」
ヨシヒコ「♪よく　見ろよ　この世界を　魔王が作りし深い闇は　人々を苦しめているんだ」
ムラサキ「♪その命奪う　悪しき呪い」
メレブ「♪魔物がはびこり　毒と痛みで葬られ」
ダンジョー「♪勇者の救いが消え去れば」
ヨシヒコ「♪夢の扉は開かれぬ」
ヨシヒコ軍全員「♪この冒険　邪魔させない　だから今　ファイティング」
ミュジコ全員「♪怖いことには　上手く目をそむけて　他人事には　気持ちいれずに
無意味な慈悲を持たぬ者だけが得をする世の中　招待しよう
楽しいパーティ　歌い踊れば忘れられるさ」
ヨシヒコ軍全員「♪終わる世界に　挑むこの力で　魔王の野望　打ち砕くのだ
7つの玉を持つ勇者だけが助けうる世界だ　戦う時だ　気持ち合わせて
悪が滅せぬ時はないのさ」

ヨシヒコたちの歌に気持ちを奪われたレオパルド以外の人間たちがヨシヒコたちに加勢する。

明らかにうろたえるレオパルド。

【ヨシヒコたちの後ろに何人もの仲間の魔物が現れた】
福田「最後のミュジコ村の一同、ヨシヒコ一行、魔物たちのダンスシーンは圧巻ですよ。ドラマでこのクオリティのものは見れないものに仕上がってると思います。撮り終わった後に『やったね』という空気になったのは確かかもしれないですね。」

♪『戦え！我らの勇者』
作詞・福田雄一　作曲・割田康彦　編曲・割田康彦、石川陽泉、高野裕也

全員　「♪戦え　我らの勇者　世界の気持ち　1つに集めて　魔王倒して取り戻せ
その手で愛と平和を　その時に　いざ歌い踊るんだ　輝ける未来の大地で」

ヨシヒコ　「♪さあ　目を醒ませ　今こそ　自分と世界を変えるのだ」

ヨシヒコがレオパルドをいざないの剣で斬る。

倒れるレオパルド。

レオパルド　「ミュジコの村…………万歳…………」

と、寝た。

ダンジョーがレオパルドに近づいて……。

ダンジョー　「歌と踊りで村の民を癒したいという気持ち……、痛いほど理解出来るぞ」

ヨシヒコ　「確かにあなたは素晴らしい指導者だ。………きっと魔王との戦いで力になってもらえる………」

と、目を醒ましたレオパルドがぬっと立ち上がって……。

ヨシヒコ　「なっ⁉」

4人　「⁉⁉」

すると、格好が大阪のおばちゃん風に変わって……。

同時にオスケルたちが魔物に変わる。

レオパルド　「なんやこれ⁉　どないなってんの？」

慌てて逃げ出す魔物たち。

メレブ　「なになに？　歌と踊りが大好きな魔物たちに操られてたってこと？」

ムラサキ　「魔物にもおかしなヤツがいるんだな」

アンサンブルたち　「ひとみさ――――――ん」

メレブ　「え？　ひとみさんっていうの？」

【この玉】
福田　「7話はかなり尺をオーバーして編集で10分近く切ってますけど、その切り方がえげつないんです。玉を手に入れるっていう一番大事なところを、どムラサキ「レオパルドって、だいぶ格好いい風に変えられてたねえ」
ひとみ「なんや、あんたら、旅の人？」
ヨシヒコ「はい……。この玉……頂いてもよろしいでしょうか？」
ひとみ「なんや、それ。かまへんかまへん。知らんもん、そんなおかしな玉」
ヨシヒコ「ただ、これを渡すとあなたが私とともに魔王と戦うことになりますが……」
ひとみ「魔王と？　私が？　んなアホな〜〜〜。私、魔王と戦うんやて〜〜〜」
笑う一同。
ひとみ「お兄ちゃん。魔王と喧嘩すんねやったら、ええもんあげるわ」
ヨシヒコ「はあ」
ひとみ「はい。アメちゃん、どうぞ。お兄ちゃん、可愛いからお兄ちゃんだけやで。他の人らに言うたらあかんで」
メレブ「いや、完全に見えてますし、聞こえてますけどね」
ひとみ「ほな！　さいなら、おならプ〜〜〜〜」
と、アンサンブルが一斉にコケる。
メレブ「いやいやいやいや、そんなに面白くない！」

二十一　とある道

歩いている一同。
ヨシヒコ「確かにこの玉には不思議な力がある。なにか気持ちが軽くなるような………」
メレブ「確かに歌いたくなるね」
と、なにか歌って………。

うしても切らないといけなくなって、テロップ処理にしました（苦笑）。『ヨシヒコはなんやかんやで玉を手に入れた』って、なんやかんやってなんやねんって話ですけど（笑）。玉を手に入れるって今回の話の中核ですからね。それを端折ったっていう。オンエア見た人はビックリしたと思います。だから、お金が出せる方は、ぜひともDVDかBlu-rayのディレクターズカット版を見て頂きたいです。」

[別人]
モンスターの格好をして頭部分のかぶりものを手に持った状態の木根尚登と宇都宮隆に変身。木根「これで兄様の仲間になれる」、宇都宮「お前、テレビ出過ぎじゃね」という会話を交わして、モンスターの頭をかぶって去っていく。

ムラサキ　「いやいやいやいや！　やめてやめてやめてやめて！」
ダンジョー　「ジャイアン並みに吐き気がする」
ムラサキ　「お前、金輪際、人前で歌うなよ」
メレブ　「ええ……わりと歌ってるぜ、俺。人前で……」
ヨシヒコ　「さあ。あと1つですよ」
と、玉を6つ取り出したヨシヒコ。
それを影から見ていたヒサ。
ヒサ　「兄様……。お歌、お上手でございました……」
一度、木の後ろに隠れると、呪文の音。
すると別人になって出てくるヒサ。
ヒサ　「もう1つ玉が揃ったら兄様は魔王のところに……」
と追っていくヒサ。
歩いていくヨシヒコ一行……。

福田「木根さんは僕の『HK変態仮面』の2に出て下さってるんですけど、その時に『『ヨシヒコ』が好きだ』って話をずっとしてて。宇都宮さんも『ヨシヒコ』のことが大好きで。『お前、テレビ出過ぎ』ってセリフは宇都宮さんご自身がこう言いたいってことだったんで、『どうぞ！』と。」

08

The Brave "Yoshihiko" and The Seven Driven People

勇者ヨシヒコと導かれし七人

08

THE BRAVE "YOSHIHIKO" AND THE SEVEN DRIVEN PEOPLE

一

とある山道

ヨシヒコ一行が歩いている。

そこに盗賊が現れた！

ドレスを着た女で付き人らしき男が傘をさしている。

女盗賊「はーい。皆さん、女盗賊のクレアでーす。皆さん、大人しくそこにお金と食料を置いていって下さる？」

ムラサキ「ん？ なんで渡さないといけないの？」

クレア「え？ なんで？ なんでって聞いた？」

ムラサキ「聞いた」

クレア「ええ、やだぁぁ。それは……ねえ……」

ヨシヒコ「なんなんだ！」

クレア「それはだって……お綺麗だからでしょう？」

ムラサキ「は⁉」

メレブ「まあ、待て。ムラサキ。冷静に」

ダンジョー「盗賊ってのはな、戦ってなにかを奪うものだぞ」

クレア「それは普通の盗賊でしょ？ 私は、ほら、美人だから。大抵の旅の者は『ど

【クレア】
演じたのはドラマ『オンナミチ』などに出演する片瀬那奈。片瀬は福田雄一監督作の映画『HK変態仮面』にも出演している。

ムラサキ　うぞ！』って置いていくわよ」
クレア　「ウソつけよぉぉ！」
ムラサキ　「ウソじゃないわよぉぉ。まあ、あなたとかは、そゆこと体験したことないからわかんないかもしれないけど」
メレブ　「なんだと、このやろ……」
ヨシヒコ　「だから、ムラサキ〜〜。落ち着いて〜〜。どうする？　ヨシヒコ。お渡しする？」
ムラサキ　「少しなら」
「おいっっ!!　ダメ――っ！　ぜっ―――て―――米粒1つ渡さね―――っ！」
クレア　「こんなに美人でも？」
ムラサキ　「関係ねえし」
ダンジョー　「食料は渡さんが、今夜一緒に食事ならいいぞ」
ムラサキ　「お前ら、ほんと、ぶったーすよ、マジで」
メレブ　「まあ、確かに。盗賊ならやっぱ戦わないと渡せないかな？」
クレア　「ウソでしょう〜〜。聞いてない〜〜」
メレブ　「聞いてないとは？　誰から？」
付き人が台本めいたものを見せている。
クレア　「う――ん。戦うっていうモチベーションまでの気持ちが作れないっていうか………」
メレブ　「ん？　あ、え？　女優さんなのかな？　女優盗賊なのかな？」
クレア　「………目には目を！　剣には剣を…………どうかなあ……。このセリフを

福田「3話の城田（優）君もそうなんですけど、片瀬（那奈）さんも『魔王の城』の時から山田君に『『ヨシヒコ』に出たい』って言ってくれてたんですよ。それが僕の中にすごくインプットされてて。まさに女優盗賊みたいなのを考えたんで、片瀬さんに向いてると思ってお願いしました。」

言えるところまでに気持ちがつながってないっていうか………」
ヨシヒコ「メレブさん。この人の言ってることがさっぱりわかりません」
ダンジョー「俺もだ」
メレブ「ええとね、女優さんがね、監督によく言うヤツね。このセリフ、気持ちがつながらないから言えません的な」
ムラサキ「気持ちがねえなら、とっとと去れ！」
クレア「はいはい。わかりました。はい。戦います」
と、付き人が薙刀を持ってきて……。
クレア「はい」
ヨシヒコ「やるのか！　出来れば女は斬りたくないが……」
クレア「私をタダの女だと思ったら大間違いよ」
ダンジョー「ヨシヒコ。俺がやってやる………」
クレア「あれ。薙刀の先生は？」
メレブ「ん？　先生？」
クレア「ごめんなさいね。薙刀の指導してくれる先生がいて。ちょっと忘れてて」
すぐに薙刀の技術指導の先生が来る。
薙刀の所作を習っているクレア。
メレブ「もう、完全な女優さんなんだね」
ヨシヒコ「もうちょっと腰を落とした方が………」
と、教えにいくヨシヒコ。
メレブ「教えなくていいから、ヨシヒコ」
クレア「やだ。なんか難しい、やっぱりやりたくないなあ。私、基本的にラブストーリー

ムラサキ　が中心だから。あんまりこういう野蛮なのは……」
クレア　「だったら帰れよ！」
メレブ　「そうします。ちょっと今日は早めに帰ってオイルマッサージします」
クレア　「ですね。それがいいかもですね」
メレブ　「ごめんなさいね。もうちょっと台本読み込んできますので」
　　　　「いや、別に読まなくていいですよ」
　　　　と、去っていくクレア。
ダンジョー　「なんなんだ、あれは」
声　「クレアさんから、みたらし団子の差し入れ頂きました――――っ！」
メレブ　「お、取るどころか、モノ置いて帰ったね」
ムラサキ　「ほっんとムカつくわあ、女優」
ダンジョー　「そうなんだよ。結婚するとマジで大変だよ」
ムラサキ　「知らねえよ」

二

タイトル「予算の少ない冒険活劇

勇者ヨシヒコと導かれし七人」

三

とある道

　　　　一行が歩いてくる。
メレブ　「おい、ヨシヒコ。おそらく気づいていると思うが、もうすでに玉は6つある」

ヨシヒコ　「そうですね。残るは1つ………」
ムラサキ　「そろそろ仏が出てきてありかを教えてくれる頃じゃね？」
ダンジョー　「ただ、この前は不倫がバレて大わらわだったからな。あの問題は簡単に片つくもんじゃねえから」
　雷鳴。
メレブ　「おっと噂をすれば………。あれ、メガネはどこだ………」
　と、探しているうちに別の仏が出てきて……。
仏　「はい、どうもお疲れ様です。ヨシヒコ一行様ですかね」
ヨシヒコ　「はい」
ムラサキ　「あら。見えてんの？　ヨシヒコ」
ヨシヒコ　「見える。この方は見える」
メレブ　「あら。いいねえ」
ダンジョー　「今回の仏はなかなか出来そうな男だな」
仏　「申し訳ございません。ちょっとね、4号の方が、とある事情で現在謹慎中になっておりまして、今回はわたくしが担当させて頂きます」
4人　「よろしくお願いしまーす」
仏　「ええと………ヨシヒコさんは玉人をね、お探しということで」
ヨシヒコ　「はい」
仏　「少々お待ち下さいね、ええと………あ？　なに？　え？　あの人、今日で謹慎解けんの？　あ、すみません。少々お待ち下さい」
　と、消える。
ムラサキ　「なんか仕事出来そうな仏もいるんだね」

【別の仏】
演じたのは映画『マザーレイク』、ドラマ『水族館ガール』などに出演する内田朝陽。

メレブ「ずっとあの人がいい〜〜」
と、真っ青な顔をした仏が現れて……。
ヨシヒコ「ヨシヒコ〜〜」
仏「ん？　声はするが見えない」
メレブ「やっぱこっちは見えねえんだ」
と、ウルトラアイを渡して。
変身風のＳＥ。
仏「はっ！　は――――っ！　その音がすると、変身してやっつけられそうな感じがする」
ムラサキ「もう慣れろや」
ダンジョー「だいぶ弱っているな」
仏「寝てないのね。もうね、ネットで叩かれるわ、嫁にも叩かれるわ、仏って不倫するとダメな仕事だね」
メレブ「不倫してもいい仕事はねえんだけどな」
仏「でもね、ようやく復帰出来ました。これからはね、心入れ替えて頑張る。うん。ということで次の村なんだけども………」
と、言うと再び取材陣が集まって……。
取材陣「仏4号っ！　サンズリバー仏大学を卒業していないというのは本当ですか!?」
仏「あ、いや、それは……」
取材陣「大学の卒業名簿にあなたの名前がないんですよ」
仏「私はね、通信教育の方でね……」
メレブ「おい、学歴詐称までしてたぞ、こいつ」

【仏】
佐藤「刑事を演じる時は本物の刑事に、医者を演じる時は本物の医者に見えるように努力しますが、仏はいるかどうかはわかりませんが、まあ、街のその辺を歩いてませんからね。本物に近づける努力とかは必要ないです。仏を演じてて大変だったところとかはないんですが、カツラが熱いんですよ。汗かきなものですから、熱さで汗をかいておでこのポッチがよく取れて、それは大変でしたね。」

取材陣「下界コンサルタントの資格も持ってないんじゃないですか？」
仏「それはね、持ってると思います」
ダンジョー「おい！　とりあえず次の村だけ教えろ！」
仏「次はね、バボルの村に行って！　南東の方向！」
取材陣「資格は持ってますか？　持っていないという証言があるんですが………」
仏「待って！　ちょっと待って！」
消える……。
ヨシヒコ「仏……下界コンサルタントの資格、持ってないんでしょうか」
ムラサキ「あいつなら十分ありえるな……」
メレブ「ゆこう」

四　とある鳥居の前

歩いてくる一行。
メレブ「おっと、ここは！」
ムラサキ「ダーマ神社じゃん!!」
ダンジョー「なるほど！　これはいいタイミングだな」
ムラサキ「私、リセットされて、またただの村の女になったから、魔法使いになる！」
メレブ「そうだな。お前はただの魔法使いになるがいい」
ムラサキ「ただの？　って？」
ダンジョー「俺たちはこのタイミングだと上級職が望める」
ムラサキ「上級職⁉」

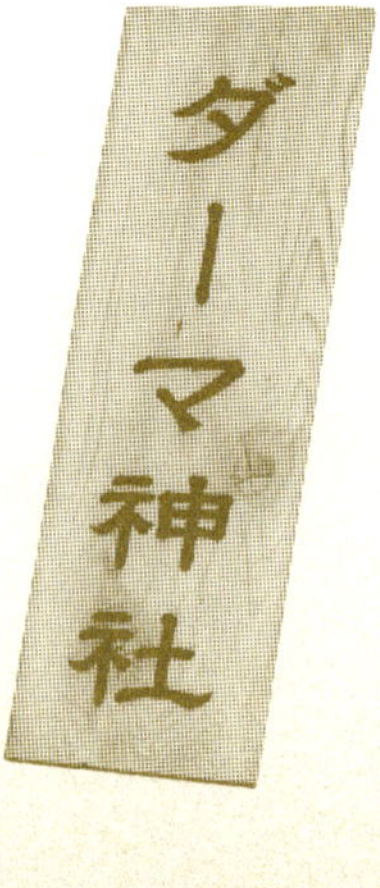

【ダーマ神社】
職業を変えることが出来る神社。『魔王の城』の第8話、『悪霊の鍵』の第8話にも登場した。

五 ダーマ神社・中

多くの人達が天職しに来ている。
職業の一覧が貼り出されていて……。

メレブ「ある職業をある程度極めると別の職業も兼ねた上級職になれる」
ムラサキ「え？　お前みたいなクソ魔法使いでも？」
メレブ「クソではない。次々と呪文を覚えている」
ムラサキ「使えないヤツな」
メレブ「私は……賢者になる」
ムラサキ「賢者て!!　けけけけ、賢者て！　賢い者と書いて賢者ですよ。なんでお前がよ」
ダンジョー「まあよいではないか。早く魔法使いになってこい。ムラサキ」
ムラサキ「あ、うん……」

ヨシヒコが受付にいて……。

受付「はい。上級者はですね、ご自分で希望の上級職を書いて頂いて、ハンコ頂きます」
ヨシヒコ「はい」
受付「ええと、筆、筆、筆と……。ちょっと筆取ってきますので、先に拇印押しといて下さい」
ヨシヒコ「はい」

と、白い紙に拇印を押した。

別の受付で……。

ダンジョー「俺は……バトルマスターになろう」

と、バトルマスターと書いている。

一方、メレブは「賢者」と書いた。

ヨシヒコのところに受付が戻ってきて……。

受付「はい。筆でーす」

ヨシヒコ「ありがとうございます」

受付「なにになるんですか？」

ヨシヒコ「私は……パラディンに……」

受付「じゃ書いておいて下さい。お待ちの方、こちらどうぞ」

と、少し離れて……。

慎重に「パ」と書いたヨシヒコ。

すると横にいた男がいざないの剣を盗んだ！

ヨシヒコ「こら！　なにをする！」

と、追おうとしてパの上の方に横線が引かれて……。

追っていったヨシヒコ。

受付「……こちら終わりました？　ん？　こりゃなんて読むんだ？」

六　同・外

剣を盗んだ男を捕まえるヨシヒコ。

ヨシヒコ「キサマ！　命よりも大事なこの剣を……」

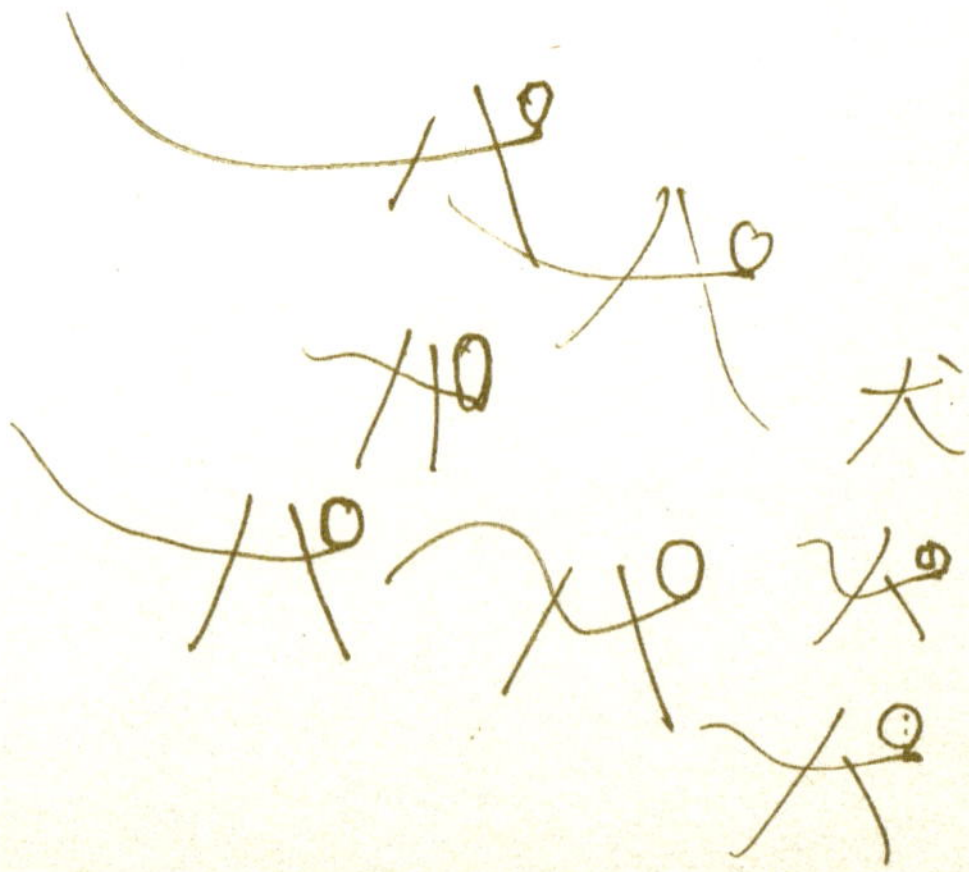

【山田孝之の台本メモ・パの上の方に横線が引かれて】

男　「すまん！　許してくれ！　金に換えようと……」

ヨシヒコ　「二度と同じ罪を犯さぬよう……」

男　「ありがとう」

外に出てきたムラサキ。

ムラサキ　「ヨシヒコーっ！　魔法使いになりました〜〜〜」

ヨシヒコ　「よかったな。ちょっとまだ私は書いている途中………」

と、ボン！とヨシヒコが消えた。

ムラサキ　「ん？　どこ？　ヨシヒコ、どこ行った⁇」

メレブとダンジョーが出てきて……。

メレブ　「手続き完了〜〜。バボルの村とやらに向かうか」

ムラサキ　「いや……。ヨシヒコ消えた………」

ダンジョー　「ん？　なんか以前にもこの神殿で消えた気が……」

メレブ　「ああ。確かに………。え、どこ⁇」

七　原っぱ

ヨシヒコの目線………。

ヨシヒコ　「ここはどこだ………」

立ってみた。

ヨシヒコ　「なんだとっ！　目線が低いっっ‼」

目線を下げてみると、自分の足が見えて……。

ヨシヒコ　「なっっ‼　私は………私は犬になっているっっ‼」

【私は犬になっているっっ‼】
福田「ヨシヒコが犬になるって話はずっとやりたくて、シーズン1の時から考えてたんです。ヨシヒコが別のものになって、それにアフレコするっていうのをやりたかったんですよね。なにに声を当てたら面白いんだろうと考えた時、ソフトバンク的にいうと白い犬にアフレコしてるのが面白いんじゃないか、と。」

原っぱの中にポツンと犬が1匹。

ヨシヒコ「なぜだ――――――――――――――っっ!!」

八 ババルの村

3人が歩いてくる。

ところどころに祭りのデコレーションがしてある。

メレブ「どうやら祭りらしいな」

見れば「漢祭り」と書いてあって……。

ムラサキ「かん？　祭り？」

ダンジョー「おとこ、祭りだな」

ムラサキ「へえ。おとこって読むんだ」

メレブ「これだけ派手に賑わっていればヨシヒコも嗅ぎつけてやってくるだろう。宿屋を探して待つとしようじゃないか」

ムラサキ「なんか心配だなあ……」

ダンジョー「ヤツのことだ。心配いらん」

ムラサキ「ヤツのことだから心配なんだろ！」

九 とある道

歩いている犬ヨシヒコ。

ヨシ犬「犬は嗅覚が凄いと聞くが、みんなの持ち物がなにもないと手がかりがなさ過

ぎる。みんなはどこにいるんだ」
と、目の前に男が現れて……。

ヨシ犬　「人だ！　道を尋ねよう」
と、顔を上げるとヨシヒコにうり二つの男だ。

ヨシ犬　「なにっ！　私とうり二つじゃないか！」

男　「あ、仲間になりたいの？」

ヨシ犬　「いや、そういうわけじゃないんです。まずは私とあなたはうり二つなんです」

男　「いやいやいや、犬に似てるって言われてもなあ……」

ヨシ犬　「すみませんが、近くに村はありませんか？」

男　「ねえねえ、それより仲間になりたいんだよね？」

ヨシ犬　「いえ、別にそういうわけじゃ……」

男　「はい。これ。これあげたら仲間になるんでしょ」
と、団子を出した。

男　「きびだんごだよ」

ヨシ犬　「いりません！　どうしてこんなさほど美味しそうじゃない団子をもらって仲間にならないといけないんですか」

男　「あれ。おかしいなあ。きびだんご欲しがる犬と鬼退治行けって言われてて……」
犬ヨシヒコ、食べる。

男　「食べてんじゃん」

ヨシ犬　「ああああ。人間の私は拒否しているのに、犬の私はとてつもなくこの団子が食べたいらしい……。くそぉ」

【ヨシヒコにうり二つの男】桃太郎。山田孝之が演じた。

男　「食べたからには仲間になってね。僕の名前は桃太郎っていうんだ」
ヨシ犬　「ヨシヒコです」
桃太郎　「ヨシヒコか。人間みたいな名前だね。今日からポチでいい？」
ヨシ犬　「イヤです」
桃太郎　「よし！　じゃあ、鬼ヶ島に鬼退治にいこうか」
ヨシ犬　「この男も魔物退治にいくのか……。一緒にいればなにか手がかりが掴めるかもしれん……。とりあえずついていってみよう………」

十　ババルの村・宿屋

話している3人。
メレブ　「俺はイヤだぞぉ。こんな祭りに参加するのは……」
ダンジョー　「仕方ないだろう。祭りに参加せねば宿屋も泊めてくれぬと言うのだから」
ムラサキ　「あたし、関係ないからヨシヒコ探すわ」
ダンジョー　「1人出ればいいと言っていたからな。漢祭りならば、もちろん俺が出場しよう」
メレブ　「ただ、あれだぞ。神社の上まで走っていって最初にお札取ったヤツがどうこうってヤツだぞ。きっと」
ムラサキ　「おっさん、全力疾走とか無理っしょ」
ダンジョー　「祭りってのはな、参加することに意味があるんだ」
そこにボンっと現れた男。
それはポンジ。

【ポンジ】
『魔王の城』第8話に登場した元遊び人のスーパースター。ドラマ『ウルトラマンネクサス』などに出演する川久保拓司が演じている。

３人「ななっっ!!」

ポンジ「あららららら」

メレブ「ん？　お前、なんか見覚えあるな」

ポンジ「わお！　ムラちゃんと耕作ちゃんじゃないすか。あと……」

メレブ「メレブだ」

ポンジ「ああああああ、そのホクロ、超覚えてるっす」

ムラサキ「え？　え？　ヨシヒコの代わりってこと？」

ポンジ「いやいやいや。俺、昔、遊び人99レベだったじゃねすか？　それで上級職になって……スーパースターになったっす。フゥ！」

ムラサキ「あああ！　お前か！　思い出した！　泥の中、歩けねえヤツだろ」

ポンジ「あ、そっすねえ。まだまだ泥関係はＮＧ出させてもらってまーす。最近じゃスーパースターなんで歩きも１００メートル以上はＮＧにさせてもらってます」

メレブ「歩きＮＧってなんだ」

ダンジョー「で、そのポンジがなんの用だ」

ポンジ「あ、すみません。耕作ちゃん。ポンジじゃなくＰＪって呼んでもらっていいすか？　おなしゃす」

メレブ「納得いかねえんだよなあ。なんでポンジなんてかっこ悪い名前をそこに変換しなきゃいけないのか……」

ポンジ「いや、招待されたんすよ。この祭り？　なにしろスーパースターなんで客寄せパンダ的な？　しかし、また皆さんと会えるとは思わなかった〜〜。めっちゃ神ってるわ〜〜」

メレブ「チャラさが増しているな」

福田「6話のリエンと同じく、シーズン1のキャラクターをもう1回出したいと考えた時に思い浮かんだのがポンジだったんです。前回をはるかに上回るポンジのチャラさに驚くっていうのをやりたかったんです。川久保君も期待に応えてくれましたね。ポンジは人気キャラですけど、もともと遊び人レベル99だったのが、今回は上級職のスーパースターになってます。」

【耕作ちゃん】
宅麻伸はかつてドラマで島耕作という名の主人公を演じている。

ムラサキ　「マジキモいわ」
ポンジ　「じゃ、明日早いんで。早速おふとぅん頂きまーす」
メレブ　「ここに寝んの？」
ポンジ　「って寝るわけね〜〜。遊び人がこんな時間に寝るわけね〜〜。メレちゃん、耕作ちゃん、今から繰り出しんぐしちゃう？」
ダンジョー　「こっちは遊びにきたのではないっっ!!」
ポンジ　「出た出た出ました〜〜。耕作ちゃんのアングリーボイス！　超なつかし。フゥーワ！」
3人　「は〜〜」
と、ため息。

十一　とある小屋（夜）

桃太郎と犬ヨシヒコがいて……。
ヨシ犬　「こんなことをしている場合ではない……。早くバボルの村に行かないと……」
桃太郎　「はーあ……。なんで僕が鬼退治なんかしないといけないんだろ」
ヨシ犬　「え？　行きたくないのですか？」
桃太郎　「そりゃそうでしょ。わりとここまでぬるぬる育てられてんだよ。なんていっても桃から生まれたからさ」
ヨシ犬　「桃からだとっ！　そんなわけがないでしょう！」
桃太郎　「いや、ほんとらしいよ。僕自身は覚えてないいんですけど。まあ、当然だけど。桃から生まれたみたい」

ヨシ犬「いや、ウソだと思いますよ」
桃太郎「そうなのかな？　じいさんとばあさんに騙されてんのかな？」
ヨシ犬「当たり前です。桃から人間が生まれるなどありえない」
桃太郎「まあ、とにかく、僕はゆとり育ちなわけよ。毎日ゆとりゆとりで生きてきてさ。そしたら急によ。『鬼退治行かない？』って。えええええって思ったもん」
ヨシ犬「それはなりますね。なんの予兆もなく言われたわけですよね」
桃太郎「前の日だって大根の種植えてぇ、美味しく育つといいねえ、なんて話してたんだよ。そしたら次の日起きたら『鬼退治、お願い』って」
ヨシ犬「急ですね」
桃太郎「まあ……。言われたら仕方なくやる人間なんで」
ヨシ犬「ゆとりの特徴ですね」
すると突然、猿が戸を開けて入ってきた。
猿「お腰につけたきびだんご、下さい」
ヨシ犬「なんなんだ、キサマ！」
桃太郎「ごめん、今、こんな感じでお腰につけてないけど」
猿「別にそういうのいいんで。とりあえずきびだんご下さい」
桃太郎「はい、どうぞ」
と、渡すと、むしゃむしゃ食べる猿。
猿「はあああ。さほど美味くないけど、仲間になります！」
桃太郎「はーい」
ヨシ犬「待って下さい！　私とこいつはだいぶ仲悪いですよ！」
桃太郎「ええ、初対面でなんでわかんの？」

【猿】演じたのは映画『誰も知らない』、ドラマ『アオイホノオ』などに出演する柳楽優弥。

福田「柳楽君は僕の現場にくると汲々とした芝居をさせられるんです。『アオイホノオ』の焔モユルもそうだったんですけど、自由をあげられなかったんです。柳楽君には『アオイホノオ』では『原作に沿った焔モユルを演じてくれれば、結果的に柳楽君が一番面白く映るのは間違いないから』って言ってやってもらってました。だから、この猿の時、縛りがなかったのでここぞとばかりに楽しんでやってましたね。この役になんの責任もないですからね（笑）。」

ヨシ犬　「どういうわけか、本能が、こいつとは仲が悪いと言ってます！」

猿　「平気平気！　俺、猿だけど、どっちかっつーと、猿っぽくないねって言われるから」

ヨシ犬　「意味がわからん！　完全に猿だっ！」

桃太郎　「なんだったら、猿くんリーダーで、2人で鬼退治行ってくれない？」

猿　「無理〜〜〜〜〜」

桃太郎　「僕、ここで待ってるんで」

猿　「無理〜〜〜〜〜」

十二　バボルの村（日替わり・朝）

多くの男たちが集まっている。

その中に一行とポンジがいて……。

村長が演台に立って……。

村長　「ここに集まりし男たちよ――――っ！　今日は男の中の男を決める祭りじゃ――っ！　見事、この祭りを制した者には、この光り輝くオーブが与えられるっっ!!」

3人　「なんとっっっ!!」

村長が手にしているのはまさに玉人の玉だ。

メレブ　「これ、優勝マストじゃんかよ」

ムラサキ　「無理だろ――――っ！」

村長　「まずは第一の儀っっ!!　関白ウォーク」

【村長】
演じたのはドラマ『スクール☆ウォーズ』などに出演する山下真司。

関白ウォークの幕が掲げられる。

村長　「男たるもの、亭主関白が当たり前！　さて！　男ども！　亭主関白を披露しながら練り歩くがいいーっ！」

ダンジョー　「よし。では行ってくる」

メレブ　「頼んだぞ！　ダンジョー！」

ポンジ　「耕作ちゃん、がんば〜〜」

ムラサキ　「お前、なんで出ないの？」

ポンジ　「あ、俺、シードなんで。最終競技まで出なくていいんす」

並んだ男たちの先を囲むように村の女たちが並ぶ。

メレブ　「なんなんだ、この競技は………」

村長　「さあ、関白よ！　嫁にいばれっ！」

男たち　「メシっ！　フロっ！　寝るっ！　メシっ！　フロっ！　寝るっ！」

と、叫びながら歩く男たち。その中にダンジョーがいる。

メレブ　「おうおう、亭主関白だね〜〜」

ムラサキ　「こんなんちょろいじゃん」

すると女たちが全力で石を投げ始める。

メレブ　「なんだとっ！」

次々と石に当たって倒れる男たち。

村長　「石に当たり、倒れた者は負けとなーる！」

ポンジ　「やっべえ！　やっべえす！　壮絶っす！　俺、2億%、無理っっ!!　ふ〜〜〜〜」

そんな中、ダンジョーに巨大な石が直撃し倒れた。

ムラサキ「あ、おっさん、倒れた」
　ダンジョーのもとに駆けつけた3人。
ポンジ「耕作ちゃん、だいじょび？　もうワンチャン行く？」
ダンジョー「くそぉ……。歳には勝てんか……」
メレブ「いやいやいや、ものすごいデカい石当たってたから。あんなん来たら誰でも倒れる」
ムラサキ「ヨシヒコ、なにしてんだよぉぉ。ヨシヒコなら勝てるのにぃぃぃ」

十二　とある山道

　歩いている桃太郎と犬ヨシヒコと猿。
猿「なんか平和っすねえ〜〜。鬼が出る空気、一切ないっすね」
桃太郎「もう、帰る？　退治やめて」
ヨシ犬「あなた、ことある事に帰ろうとしますね。使命を受けた以上、鬼は退治するべきです！」
桃太郎「熱いわあ。ポチ、超正義感強いよねえ」
　そこにキジがやってきて……。
キジ「お腰につけたみたらしだんご、下さいな」
桃太郎「あ、これ、みたらしじゃないんですよね」
キジ「あ、なんでもいいんで。団子なら」
ヨシ犬「キサマ、鳥のくせにどうして団子を欲する」
キジ「鳥だって団子食いますよ！　カラスだってゴミ袋こじ開けてなんでも食うで

【キジ】
演じたのは映画『葛城事件』『明烏』などに出演する若葉竜也。

桃太郎　しょ」
キジ　「はい。きびだんご、どうぞぉ」
桃太郎　食べるキジ。
キジ　「あああ。噂通りの中途半端な味だなあ」
ヨシ犬　「仲間になってくれますね？」
キジ　「しゃーなし」
桃太郎　「待って下さい！　桃太郎さんっ！　キジなんて味方にしても使えませんよっっ！」
ヨシ犬　「お！　本人を前にしてそれ言っちゃう？」
桃太郎　「でも仲間になりたいって言うから」
ヨシ犬　「せめて鳥なら鷹とか！　コンドルとかにしないと！」
キジ　「ええ、怖いじゃゃん」
桃太郎　「しかし、それくらい強くないと！　鬼と戦うんですよ！　キジなんて1発で殺されますから！」
ヨシ犬　「ううむ。ズバズバ傷つくこと言われてるけど、確かに否定はしない」
桃太郎　「でも、飛べるしさ」
キジ　「飛べても弱いっっ！」
桃太郎　「弱いの？」
ヨシ犬　「ま、強くはないですよね。でも、スズメとかよりはさすがに強いと思います」
桃太郎　「じゃあ、いいんじゃないかな」
　「桃太郎さん！　ゆとり過ぎますっっ!!　鬼を倒すならもっと強い仲間を集めないとダメですよっ！」
　「じゃあ、それ、集めよう〜〜」

福田「柳楽君と若葉君は同い年なんですよね。2人で酒飲みながら『俺らが共演するとしたら、単館系のストイックな作品だろうな』って話してたんですって。そしたら初共演が『ヨシヒコ』(笑)。若葉君は段ボールのキジで、柳楽君は猿の着ぐるみで。本人たちとしては感無量だって言ってましたね。」

ヨシ犬「やる気あるのか!!」
桃太郎「どんどんきびだんごで買収していきましょう〜〜」
ヨシ犬「次からは私が選ばせてもらいます!!」

十四 ババルの村

第二の儀が行われている。
キツネの面をした女たちが体毛を毛抜きでゆっくり抜こうとして抜かないという儀式。
村長「キツネにつままれてもなお、全く動じない。それこそが男っっ!! 少しでも苦痛の表情を浮かべたら負けとなるっ!」
メレブ「どうする。もはやダンジョーは負けてしまったし」
ポンジ「俺が最終競技で勝てばいいんすよね。それでみんなが欲しいあの玉、もらえるんでしょ?」
メレブ「お前にその可能性を全く感じないから悩んでいるのだ! しかし、そんな大ピンチにおいてでも新たな呪文をゲットしてしまった私だ」
ポンジ「く〜〜〜〜。メレちゃん、く〜〜〜〜〜〜」
メレブの呪文のくだり、あって……。

十五 同・道

ヨシヒコを探しているムラサキ。

【メレブの呪文のくだり、あって】台本の段階では8話のこの場面でどういう呪文が使われるかが決まっていない。
ムロ「呪文の発表の仕方とかはかなり任されていて現場で膨らませていくことが多いです。シーズン3では福田さんが現場ムラサキ「ヨシヒコ。早くしないとオーブ、取られちゃうよぉ」

十六 同・入口

村長が演台に立つ。
男は3人残っている。
いずれもバテバテである。

村長「最終の儀！　東の山に住まうという鬼の持つ金棒を奪い持ち帰ること!!」

メレブ「そんなキツい試練が待っていたか」

ダンジョー「しかし、俺たちが協力すれば、敵はこの状態だ。鬼さえ倒せば玉は俺たちのものになる」

メレブ「それはそうだが……ヨシヒコなしで勝てるものか……」

村長「ここで招待選手を紹介しよう！　スーパースター、ＰＪっっ!!」

女たちがキャーキャー騒ぐ。

ポンジ「鬼の金棒、みんなにプレゼントしちゃう。くーっ！」

と、ＤＡＩＧＯの腰振りダンス。

女たち「きゃ――――っ！」

メレブ「あんなヤツの援護をするのはイラつくが、あいつにすがるしかない……」

十七 とある山道

歩く一行。

で急に『ここのセリフはこれ言って』っていう、舞台でいう口立て演出（口頭でセリフや演出を役者に指示するもの）というのがあるんですけど、そんな感じの演出をしたりして。いつの間にかこうへいさんみたいになったんだろう（笑）。僕らがそれに対応出来る芝居力を身につけたというより、対応出来る関係性になったんだと思いますね。あと、口立てだと当日にセリフを言われるから前日にセリフを入れる（記憶する）時間がいらないし、ちょっと間違えても許されるから孝之と『台本じゃなくて、もうこっちでいいんじゃない』『これ、いいねえ』って話をしました（笑）。」

ポンジ「メレちゃん、こんだけ冒険しててルーラとか呪文持ってないんすか?」
メレブ「ない」
ポンジ「いや、俺、本来は歩きNGなんで。ちょ、もう無理っす。3歩進んで2歩下がる感じっす」
メレブ「それ、合計5歩歩いてるから」
ポンジ「相変わらずのナイスツッコミ、サンキューでーす」
ムラサキ「黙って歩けや」
そこにドロヌーバが現れた。
ポンジ「うわ! 出た! 一番NGのヤツ、出た! 耕作ちゃん、やっちゃって! やっちゃって!」
ダンジョー「ぬあああ!」
と、斬って。
ポンジ「うわ。泥はね、ハンパねっす。耕作ちゃん、優しく斬ってもらっていいすか。はねるんで」
ダンジョー「優しくなんか斬れるか!!」

十八 鬼の祠

やってきた一行。
祠の中から鬼の叫び声が聞こえる。
ポンジ「うわあ。鬼、叫んでる〜〜。鬼っぺ〜〜」
メレブ「なんでここまで来て軽いんだ、お前は」

[浦島太郎]
演じたのは『ヨシヒコ』シリーズに様々な役で出演している鎌倉太郎。

ポンジ　「いやあ〜〜〜一生分歩いたわ。帰りはルーラっちゃいましょうよ」
メレブ　「だからそんな呪文はないと言っただろ」
ポンジ　「じゃ、俺、ここで待ってるんで。皆さんで鬼ちゃん、パパってやっつけちゃって下さい！　おなしゃす」
ムラサキ　「パパってなんだよ、てめえ」
ダンジョー　「玉を手に入れるためだ。行くしかあるまい」
と、行こうとすると……。
声　「みなさ――――ん!!」
と、ヨシヒコ犬が走ってくる。
ヨシ犬　「みんな！　どうしてここに？」
メレブ　「え？　え？　ヨシヒコ、犬に??」
ヨシ犬　「はい！　パラディンになろうとして手続きしていたのですが……」
メレブ　「パラディンで？　犬に？　どういうことだ」
ヨシ犬　「やはり鬼を倒しにきたのですか？」
ダンジョー　「そうだ。この鬼を倒せば玉が手に入る！」
ヨシ犬　「それはちょうどいい！　私も強い味方を揃えてきたのですよ！　ほら」
と、見れば、桃太郎と浦島太郎と金太郎と猿とキジ。
ムラサキ　「うわ！　1人、ヨシヒコそっくり！」
メレブ　「なんかこの状態、危機感を感じる」
ヨシ犬　「世の中には2人そっくりな人がいるというからな」
そして黒人が1人。
黒人　「お父さん、どなたですか？」

【金太郎】
演じたのは『ヨシヒコ』シリーズに様々な役で出演している金子伸哉。

【黒人】
演じたのはタレント、俳優の副島淳。副島はアメリカ人と日本人のハーフ。

メレブ　「あ、これ、まずいな。これは絶対にまずい」
ムラサキ　「なにがまずいんだよ。ヨシヒコはまたダーマ神社に連れていけばもとの勇者に戻るだろ」
メレブ　「違うんだ。ええとね、２つの会社のヤツが混じってる。うん」
ダンジョー　「２つの会社のヤツが混じってる？　なんのことだ」
黒人　「お父さん、ここに鬼がいるんですか」
メレブ　「あなた、この犬をお父さんって呼ばないで。それならギリギリ逃げられるから」
ヨシ犬　「どうして慌てているんですか、メレブさん」
メレブ　「うん。これは慌てるよ。もはや鬼なんかどうだっていい」
ポンジ　「いいっすねえ。これだけ集まったら、鬼なんかちょちょいじゃねえすか」
桃太郎　「そうですね。さっさとやっつけて帰りましょう。俺ここで待っててていいかな」
ムラサキ　「顔は似てるけど、やる気ないねえ、この人」
ヨシ犬　「皆さん。聞いて下さい。私は………このまま犬でもいいかなと思い始めたんです」
ダンジョー　「なにっっ!!」
メレブ　「いやいやいや、ここでそういうバカなの、やめて」
ヨシ犬　「犬として自由に暮らす。最高なんですよ！　どこでうんこをしてもいいんですよ！　いつでもどこでもうんこが出来るんですっっ！」
メレブ　「うんこ関連の理由しかないなら魔王のことは忘れないで。ね？」
ヨシ犬　「しかし、この、うんこし放題の生活は捨てがたく。それなら魔王などどうでもいいかなと……」
メレブ　「うん。うんこ関連だけだね。じゃあ、魔王は倒そう。はいはい。みんなでやっつけちゃいましょう」

十九　山々

鬼の断末魔の声が響く。

二十　とある道

歩いているヨシヒコ一行。
玉を持っているヨシヒコ。

ムラサキ　「いやあ、揃った揃った。助け人の玉！」
ヨシヒコ　「我々はこの先、どうすればいいのか……」
メレブ　「ちなみに玉は手に入れたが、その玉人はわからず終いだったな」
ヨシヒコ　「少しご足労になるかもしれませんが、一度、召喚させてもらいましょうか」
ムラサキ　「そうだね。それならすぐじゃん」
ヨシヒコ　「それでは……。助け人っっ！　召喚っっ!!」

と、天高く玉を投げると、そのまま地面に落ちて割れた。

ムラサキ　「おいおい…………」
ダンジョー　「偽物ではないか――――っっ!!」
ヨシヒコ　「そんなバカな……」
メレブ　「おい！　出てこい！　仏――――っ！」
ダンジョー　「あれだけ取材陣に追われていては出てこれんだろうな」

それを見ていたヒサ。

ヒサ「兄様……。犬のままでいて下されば、カボイに連れて帰れたものを………」

と、一度、木の陰に隠れて変化の杖で変身。

別人になり出てきて………。

ヒサ「兄様……」

ついていくヒサ。

歩いていく一行………。

【別人】
コージー冨田に変身。「裏かぶり大丈夫!?」と言って去っていく。ちなみに「裏かぶり」とは、異なるテレビ局の同じ時間帯の番組のどちらにも出てしまうこと。

福田「『ヨシヒコ』は放送時間的に『タ●リ倶楽部』とかぶってるんで、絶対出ちゃいけない人が出るっていう遊びです。」

09

The Brave "Yoshihiko" and The Seven Driven People

09

勇者ヨシヒコと導かれし七人

THE BRAVE "YOSHIHIKO" AND THE SEVEN DRIVEN PEOPLE

一　タイトル「予算の少ない冒険活劇　勇者ヨシヒコと導かれし七人」

二　とある道

一行が歩いてくる。
すると雷鳴。

メレブ「お、仏だ」
と、ウルトラアイをかけるヨシヒコ。
変身風のSE。

仏の声「ヨシヒコ様〜〜〜。ヨシヒコ様〜〜〜〜」
ムラサキ「てめえ！　顔でかくそ仏っっ!!」
仏「はいはい。お怒りはごもっとも。この前のガセ情報、本当にね、申し訳ございませんでした」
メレブ「本当はこの前で7つの玉が揃うはずだったんだぞ」
仏「うん。それもそうだけど、これ12話だからさ。この前揃っちゃったら余っちゃ

メレブ　うじゃん」
仏　「話数の話とかすんな、だから」
ムラサキ　「12話で総集編とかやらなきゃいけなくなっちゃうよ。仏、おもしろダイジェストとかやらざるを得ない状況になるよ」
仏　「そういうの、いいから！　今度こそ7つ！　コンプリートさせてくれや！」
ヨシヒコ　「うむ。それはそうだな」
「仏。昨日、西の空に暗黒の雲が広がるのを見ました。なにかよからぬことが起こっているではないかと……」
仏　「その通り。もはや魔王の大神殿は目の前だ。しかし、そこまでにはいくつかの障害がある。まず、魔王が住む大神殿は天高くそびえ立つ山々に囲まれ、外からの侵入はまず不可能。しかし、ここに来て、魔王はさらに強大な力を手に入れ、どんどん外の世界に魔物を送り込んでいる。こちらもいち早く7人の助け人を揃えて魔王を倒さなければならない。さもなくば、この世界は本当に滅んでしまうだろう」
というセリフをうろ覚えな感じで言う仏。
メレブ　「あのさ。今のセリフ、すっげえ大事な長台詞じゃん。なんでちゃんと覚えてこないの？」
仏　「あ、あの、すみません。覚えてきたんですけど、緊張でぇ、上手く言えなくて〜〜」
ムラサキ　「ウソつけよ！　他のドラマと縫ってんだろ？」
メレブ　「縫い二朗してんだろ」
仏　「あのさ、お前らさ、そういうぶっちゃけはよくないよ」

【縫い二朗】
佐藤二朗のスケジュールがなかなかとれない多忙な状態を表した言葉。
木南「『縫い二朗』には、『あっ！福田さんがついにグチを台本で言い出した』って思いました(笑)。」
福田「今回、ひどかった、ホントに！　冗談じゃなかったですよ。初めて『勘弁してくれ』って怒りました（笑）。怒るのも相手に意思を伝えるための1つのポーズじゃないですか。二朗さんがビビってるのも面白いから『ふざけんなよ、ホント！』って言ってたら、二朗さんからの留守電が入って。ビビッた感じで『あのあの、スケジュールもいろいろあると思いますけど、とりあえずボク的にはセリフは入ってます』って、セリフが入ってる（セリフを覚えてる）ことをすっげえ主張するんですよ（笑）。でも、おかげで完璧に作ってきましたからね、二朗さん。これで面白くなかったらさすがに目も当てられなかったですけど、あそこで怒っといてよかったっていうのはありました（笑）。」

ヨシヒコ「向井理くんのドラマと縫っているのですか？　仏」

仏「あら！　ヨシくんまで？　そゆこと言う？　違います！　昨日、ちょっと飲み過ぎただけです～～」

ダンジョー「飲み過ぎるんじゃないっっ!!」

仏「仏、飲み過ぎると意味不明のツイートとかもしちゃうおちゃめな一面もね、あるわけなんだけど………。それ言ったら、うろ覚えの状態でＯＫ出しちゃう監督も監督なわけでしょう！　監督がバカなわけでしょう！」

メレブ「いいから！　早く次の玉人を教えなさいよ！」

仏「ということで最後の玉人のいる村は東に向かったところにあるキャパスの村である！　そして村の長を訪ねよ！　その長がすべてを教えてくれようぞ！　そして私は今から迎え酒に挑もうぞ！」

ムラサキ「また呑むのかよ！」

三　キャパスの村・入口

やってきた一行……。

ダンジョー「なんだと……。これが村か……」

メレブ「だいぶ今までの村と趣が違うな」

四　同・校庭

歩いていく一行。

佐藤「今回は、ぶっちゃけると1話から12話を2日で撮ったんですよ。その撮影の日は仏デーですよね。（『以前、別のインタビューで福田監督が〝撮影では佐藤さんを追い込むようにしている〟みたいなことをおっしゃってたんですが？』という質問に対して）それ福田が単に監督っぽいこと言いたかっただけじゃないかな（笑）。むしろ僕が追い込んでいます（笑）。いや、追い込んでるっていうのは冗談です。演出家はSで、俳優はMで、その中でも僕は生粋のMなんで追い込まれることが多いんです。」

木南「仏のシーンは1日になん話も撮ったので、こっちがトチッたらヤバいっていうプレシャーもあって、みんな必死に練習しました。」

宅麻「彼（佐藤）は超クソマジメなんだけど、それを出さないでああいう感じでやってるからすごいと思いますよ。一度、別の作品で彼と一緒になって横に並んで芝居したんだけど、あまりにマジメだったからまじまじと顔を見て「真顔でやんなよ」って言ったこともある（笑）。」

ムラサキ「これ村っていうより、学校だよね?」
ヨシヒコ「いや、この建物だけで村を形成しているのだろう」
メレブ「さて、ここの長というと??」
ムラサキ「………校長ってこと」
ヨシヒコ「そういうことになるな」
メレブ「ま、村長であり、校長であると………」
ダンジョー「面倒な話だな」

五 同・校長室・中

ソファーに座っている一行。
そこに校長が来て……。
校長「はいはい。仏から聞いております」
ヨシヒコ「なんと！　仏が直接！」
校長「私、昔、仏だったんですけど、天下りでこの村の村長やってましてね。あの4号とは昔から呑み友達なんですよ」
メレブ「どうなっているのだ。仏界」
ムラサキ「あの、ここに玉人がいると聞いたんですけど」
校長「はい、おりますおります。香西そのかという生徒です」
ダンジョー「よし。頂きに参ろうか」
校長「あ、それが一筋縄でいかない話でして……」
ヨシヒコ「それはどういう……」

【校長】演じたのは漫画家、タレント、俳優の蛭子能収。

【香西そのか】演じたのは元AKB48の川栄李奈。

キャパスの村

校長　「彼女のオーブは………彼女の体内にあるのです」
4人　「は？」
校長　「そう。彼女のハートの……中に……」
ダンジョー　「ということは身体を切り裂いて……」
校長　「違うのです。彼女の心を開かせることが必要です。それは……愛です。そう。彼女のハートを射止めた男性だけが彼女の玉、オーブを手に入れることが出来るのです」
メレブ　「ほほう。最後の玉だけにハードルが高いな」
ヨシヒコ　「今まで彼女は男性を好きになったことはないのですか」
校長　「なかなかの奥手でしてな。それゆえ、彼女のハートのオーブは外に一度も出たことがないのです」
4人　「…………」

六　どこか

集まっている4人……。

ダンジョー　「メレブ！　なにか女に惚れさせる呪文はないのか」
メレブ　「そんなものがあれば毎日イヤというほど使っておるわ」
ダンジョー　「ムラサキは！　お前も魔法使いになったんだろう」
ムラサキ　「ないねえ。つか、まだ1つも呪文を覚えてないねえ」
メレブ　「これは普通に考えればだ。この中の誰かがその、そのかちゃんを虜にすればよいのだろう」

［彼女のハートを射止めた男性だけが彼女の玉、オーブを手に入れることが出来るのです］
福田「9話は少女マンガをネタにしています。2話は『ゾンビだったらなんでもいいのか』という精神でしたけど、こちらは『少女マンガだったらなんでもいいんですか』っていう。トゲがあって生意気なんですけど、『少女マンガ原作だったらなんでもヒットすんの？　ちょっとやり過ぎなんじゃないの？』って思いが僕の中にあって。ここはパロディにしたいなというのがあったんです。」

ダンジョー「わかった。俺が行こう」
メレブ「え？　え？　なんでそうなる？　相手、ＪＫだぜ？」
ダンジョー「年上の男に弱いもんだろう！　女は」
メレブ「ううんううん。この時期は同じ学校の生徒が一番ときめくでしょうよ。絶対に」
ムラサキ「まあ、バツイチのおっさんはないわな」
ダンジョー「殺すぞ」
メレブ「ということで……俺が行く」
ダン・ムラ「ないないないないないない」
メレブ「恋愛臭を一切感じさせないこのフォルムで、一緒にメシに行っても、『あの人、好き』って言っても無害なこのポジション。しかれども、よく見れば、１つ１つのパーツはよく出来ているこのフェイス。そして愛らしいホクロ。いわゆる『いい人』『おもしろい人』を装い、いざとなればガッと噛みつくっ！　そんな魅力の俺が行きます」
ムラサキ「ヨシヒコ、行け」
メレブ「お、わりと長いセリフを鬼スルー？」
ヨシヒコ「私には無理だっ！」
ダンジョー「確かに。ヨシヒコは女に騙されることは得意だが、騙すことは出来ん！」
ムラサキ「だって可能性があるの、ヨシヒコしかいないよ」
ヨシヒコ「無理だっ！　私に女子を口説くなどっっ!!」
ムラサキ「そんな感じの不器用さを好きになってもらえる可能性あるから！」
ヨシヒコ「そんな……」
ムラサキ「ただ、お前がその女、好きになったら殺すからな」

ヨシヒコ　「バカを言うなっっ！　魔王はもうそこまで来ているんだぞ！　女を好きになっている時間などないっ！」

メレブ　「うむ。全く説得力はないが、確かにヨシヒコに女子を口説く能力は皆無だろう。ということで、我々、全員で巧妙な作戦を組んで、そのかちゃんを落とすのだ」

ヨシヒコ　「そんな作戦があるのですか！　メレブさん！」

メレブ　「いいか、よく聞け」

と、聞き入る一同。

七　同・教室

ヨシヒコが制服で入ってくる。

メレブＮＡ　「まずはヨシヒコが転校生としてやってくる。そして担任は……ダンジョーだ」

ジャージ姿のダンジョーが立っていて……。

ダンジョー　「ええ、今日からクラウス先生に代わって、このクラスの担任になったダンジョーだ。よろしくな。そして転校生を紹介する」

ヨシヒコ　「カボイの村から来ましたヨシヒコと申します」

拍手する生徒たち。

ダンジョー　「じゃあ、ヨシヒコくんは、あの席に座って……」

ヨシヒコ　「はい」

と、席に向かう。

メレブＮＡ　「と、その席が、お待ちかね、香西そのかちゃんの隣だ」

ヨシヒコ「よろしくお願いします」
そのか「よろしくね。ヨシヒコくん」
と、笑う。

八　同・廊下

休み時間になり、そのかが教室から出てくる。
メレブNA「そして、必ず出てくるヒロインの添え物である中途半端なルックスの友達にムラサキ」
ムラサキが制服を着て出てきて……。
ムラサキ「ねえねえ、そのか。転校生のヨシヒコくん。かっこいいよね」
メレブNA「校長の呪文により、我々は元々ここにいたことになっている。遠慮無く近づけ」
ムラサキ「あたし、アタックしちゃおうかなあ」
そのか「いいなあ、ムラサキは。積極的で」
ムラサキ「ていうか、そのかって、そんなに明るいのに、なんで恋愛には臆病なの？」
そのか「そんな……。そんなの……わかんないよぉ」
メレブNA「そこに現れる俺！」
制服を着て、メレブ登場。
メレブ「そーのかちゃん。今夜、みんなでカラオケ行かない？」
そのか「行きません！」
メレブ「恋にはライバルが必要だ。そのかちゃんの心を揺さぶるのが俺だ」
ムラサキNA「いや、ないないないない。お前には絶対に揺らがないから！　お前はせいぜい掃

【ムラサキが制服を着て】福田「木南がセーラー服を着て同級生の役をやるのもツボでしたね。やっぱり、まあ、木南も30かぁって（笑）。女子高生に囲まれてすんげえ踊ってるんですけど、面白かったですね（笑）。」

除のおじさん」

と、格好が制服から掃除のおじさんの作業服に。

メレブＮＡ　「では、恋の鍵を握る掃除のおじさん」

ムラサキＮＡ　「掃除のおじさん、恋の鍵、握れるもんなん？」

九　同・階段

そこでそのかが足を滑らせる。

そのか　「きゃっ!!」

転がり落ちるそのか。

ムラサキ　「大丈夫!?　そのか！」

そこに現れるイケメン、アルフレッド。

アルフレッド　「大丈夫？　そのかちゃん」

ムラサキ　「ほほう。上手いこといるもんだねえ。ライバルキャラ」

アルフレッド　「なにか？」

ムラサキ　「いやいや、なんでもないです」

そのか　「ありがとうございます。アルフレッド先輩……」

アルフレッド　「ダメだぞ。そのかはおっちょこちょいなんだから」

向かい合う２人に美しいＣＧ……。

と、去っていく。

ムラサキ　「あかんやつや。これはアイツに持ってかれる！　あかんやつやっ！」

【アルフレッド】
演じたのはドラマ『ホテルコンシェルジュ』などに出演する小関裕太。

十

どこか

集まっている一行。

メレブ「セッティングはいいぞ。ここからどうする？　メレブ」

ヨシヒコ「早くしないとあのアルフレッドってヤツに惚れられちゃうよ」

ムラサキ「それでいいんじゃないですか？　そこで出てきた玉を我々が横取りすれば！」

ダンジョー「それはダメだ。校長に聞いたところ、そのかの玉は惚れた男の体内にそのまま移動してしまうそうだ」

メレブ「なんだとっっ！」

ヨシヒコ「お前が惚れられるしかないな。ヨシヒコ」

ダンジョー「ヨシヒコ。今日、彼女となんか話したか」

メレブ「なんとか……消しゴムを借りるところまでは発展しました」

ヨシヒコ「それは発展とは言わないな。…………よし！　そのか自身をなんらかのトラブルで揺さぶるしかない！」

十一

同・教室（日替わり・朝）

ダンジョーのアップ！

ダンジョー「廃校だ――――っっ!!」

驚く生徒たちっっ!!

ダンジョー「この音ノ木沢高校の生徒は減る一方だ！　このまま生徒が増えなければ！　2年後に廃校にするっっ！」

生徒たち　「えええええええ」
ムラサキ　「私たち1年生になったばかりなのに！　3年生になれないってことですか」
ダンジョー　「そうだな。転校してもらうしかないな」
ムラサキ　「イヤです！　そんなのイヤです！　私たち、この学校が好きだから！」
ダンジョー　「そんなチャンドンゴンみたいな言い方されても決まったことだ。仕方ない」
そのか　「私っ！　アイドルグループを作りますっ！」
ダンジョー　「なにっっ!!」
そのか　「アイドルグループで人気が出たら、入学してくる生徒も増えるはず！」
沸き立つ生徒たち。
ヨシヒコ　「私も入らせて下さい！」
そのか　「あ、ごめん。女の子だけのグループだから……」
ヨシヒコ　「私は、そこそこ歌も上手いんですよ！」
そのか　「あ、だから、ヨシヒコくん、あの……」
ヨシヒコ、許可の出る歌を歌って……。
ムラサキ　「しつけえんだよ！　ヨシヒコくん！」
ヨシヒコ　「……」
ムラサキ　「女子だけだって言ってんだろ」
ダンジョー　「ふん！　そんなものが上手くいくわけがないだろう」
そのか　「いえ！　絶対に頑張って人気になりますから！」
ダンジョー　「バカバカしい」
そのか　「誰か！　アイドルやりたい人—っ!?」
ムラサキ　「はいっっ!!」

【生徒たち】
女子高生役として、HKT48の秋吉優花、松岡菜摘、松岡はな、宮脇咲良、村重杏奈、本村碧唯、森保まどかが出演している。

と、ムラサキだけ手を上げた。

そのか「どうしたのよ！　みんな！　学校のために頑張ろうよ！」

ヨシヒコ「もしよかったら私も……」

そのか「…………」

十二　同・廊下

外から見ていたメレブ。

メレブ「ふふふ。いいぞいいぞ。この弱みにつけ込めば、あっという間に落ちる……。ふふふ」

十三　同・屋上？？（夕方）

遠くを見ているそのかとムラサキ。

ムラサキ「1日走り回って応募者ゼロとはね」

そのか「2人じゃアイドルグループにならないね」

ムラサキ「『待つわ』って曲知ってる？」

そのか「知らない」

ムラサキ「だよねえ」

そこにオタクファッションに身を包んだヨシヒコと数名の男子がやってきて……。

ヨシヒコ「そのかさん！　どうあっても私はグループに参加することが出来ないような

そのか　ので、応援団を作りました！」
ヨシヒコ「ヨシヒコくん!!」
そのか「グループのライブの際には、力尽きるまで応援しますよ！」
と、オタクダンス。
と、涙目……。
ムラサキ「ヨシヒコくん……」
ダンジョー「おおお、いいよいいよ。もう一押しだよ、これは」
遠くで見ていたダンジョーとメレブ。
メレブ「案外簡単だったな。ふふ」
ダンジョー「落ちたな」
と、そこにアルフレッドがやってきて……。
アルフレッド「聞いたよ、そのかちゃん。アイドルグループ作るんだって？」
そのか「先輩！」
執事が走り寄って、なにかを渡す。
アルフレッド「とりあえずアイドルの衣装、10着揃えた」
ヨシヒコ「なんだとっ！」
3人「!?!?」
そのか「すごい!!　可愛い――っ！」
アルフレッド「あ、ウチ、金持ちだから気にしないで。とりあえず10着あるけど足りなかったら何着でも作るから。この衣装を着たくて、メンバーも集まるんじゃないかな？　それとも歌とダンスの練習に場所が必要だったらウチのスタジオ使ってよ」

そのか「本当ですか!?　凄い！」
アルフレッド「いいんだよ。すべてはそのかちゃんのためさ」
そのか「でも先輩！　どうしてそこまで私に………」
アルフレッド「………そんな照れくさいこと………こんなに人の居るところじゃ………言えないよ。じゃ、頑張って。影ながら応援してるから」
メレブ「全然影ながらじゃないがな」
去っていくアルフレッド。
ヨシヒコ「………」
ムラサキ「………」
そのか「なんだろう………。なんかわからないけど、胸がドキドキする………。これ、なに？」
ムラサキ「動悸だね。救心買ってこようか？」
そのか「お願い」
去っていくムラサキ。
ヨシヒコたちに……。
ムラサキ「はい。撤収撤収」
ムラサキに引っ張られて去っていくヨシヒコ。
そのか「………………」

十四　同・どこか（夜）

集まっている一行。

ムラサキ「おいいいいいい！　これであのアルフレッドとかいうヤツに一発『好きだよ』とかこかれたら完璧に落ちるよ、そのか」

メレブ「うむ。間違いなく落ちるな。あの財力を使って次々とアイドルに必要なものを提供していくだろうしな」

ダンジョー「そうなったらヤツの胸を切り裂いて……」

ムラサキ「だから！　それ無理って言われただろ」

メレブ「アルフレッドに渡ったのちにムラサキがヤツに惚れられるというのもなくはない」

ムラサキ「あ、それ、あるかな？」

メレブ「ない。ごめん。100パーないと思いつつ言った」

ヨシヒコ「申し訳ありません！　私が女性慣れしていないばかりに」

メレブ「さて、そんな絶望の折りでさえも、新しい呪文を覚えてしまう私だよ」

ヨシヒコ「来ましたね！　その呪文でそのかさんが私を好きになりますか!?」

メレブ「うむ。確実だ」

ヨシヒコ「なんですか!?　それは！　教えて下さい！」

メレブ「例えば、この呪文をヨシヒコにかけたとしよう。するとヨシヒコはたちまち飲食店を外から見ただけでそこがどれほど美味しいか識別出来るようになり、そこに入れば、クーポン券1枚分の割引をさせることが出来る！　私はこの呪文を……カオパス……そう名付けることにしたよ」

ヨシヒコ「凄いっっ!!　そのかちゃんをデートに誘って、カオパスを使えばっっ！」

メレブ「落ちる」

ムラサキ「待って待って待って。クーポン券1枚分って言わなかった？」

呪

メレブが覚えた新呪文⑨

カオパス

メレブ「言ったよ。なにか？」
ムラサキ「カオパスって言うと、タダになるイメージなんだけど」
メレブ「いや、クーポン券1枚分だ。そしてこの呪文には……クーポン券が必要だ」
ムラサキ「呪文いらないね」
ヨシヒコ「馬鹿者！　その店の味が外から識別出来るんだぞ！」
ムラサキ「食べログでよくね？」
ダンジョー「そもそも今の状態ではそのかをデートに誘うなど夢のまた夢だっ！」
ムラサキ「ねえねえ！　そんな呪文はどうでもいいからさ！　私、また特技を覚えたよ！」
メレブ「お前の特技こそ役に立った試しがないだろう」
ヨシヒコ「なんだ。ムラサキ。その特技は……」
ムラサキ、特技を発表して……。
ダンジョー「なんにしろ、そのかを惚れさせる方法を考えないとダメだな、これは……」
ムラサキ「さーせん。ちょ、トイレ行ってきやす」

十五　同・廊下

歩いてくるムラサキ……。
すると遠くにアルフレッドが見える。
ムラサキ「えっ!?　アルフレッド、こんな時間になにしてんの」
と、アルフレッドが入っていった部屋に走っていく。
そして中を覗く。
すると中で魔物が携帯で話している。

魔物　「はい。そろそろ女は落ちます。そう上様にお伝え下さい。ええ。3日以内にはあの女のハートのオーブは我々の手に……。これで勇者も上様の前に現れることはないでしょう」
ムラサキ　「!?!?!?」
魔物　「(気づいて)誰だっっ!?」
慌てて廊下に出てみたが、ムラサキは角に隠れていて。
魔物　「すみません。猫かなにかだと思います」
ムラサキ　「にゃーん」
魔物　「猫でした」

十六　同・どこか

慌てて戻ってきたムラサキ。
ムラサキ　「やばいよやばいよやばいよやばいよ」
メレブ　「出川さん、どうした」
ムラサキ　「アルアルアルアルアルアルアルアル」
メレブ　「クイズ100人に聞きました?」
ヨシヒコ　「どうした!?　ムラサキ」
ムラサキ　「アルフレッド、魔物だった」
3人　「なにっ!?」
ムラサキ　「魔王の使いで来てた。ウチらから玉を横取りするために!」
ヨシヒコ　「なんだとっっっ!!」

ダンジョー「そのかがヤツに惚れたら玉は魔王に渡るということか!?」
ムラサキ「そうなっちゃうね」
ヨシヒコ「まずいっっ!!　それはまずいぞっっ!!」
メレブ　と、ヨシヒコが赤い汗を流す。
「あ、ヨシヒコが久しぶりにカバ状態！　汗赤い！」
そこに校長がふらりと現れて……。
校長「お困りですか？」
ムラサキ「はいはい！　かーなーりー困ってます」
校長「イケメン先輩、魔物でしたね」
ダンジョー「知っていたのか!?」
校長「いえ、気配を感じていた程度です。元仏ですから。まさかアルフレッドくんがねえ」
ヨシヒコ「校長！　どうか私に力をお貸し下さいませんか！」
校長「……わかりました。成功するかどうかはわかりませんが………」

十七　同・とある部屋

校長と一行が入ってくると、そこに両脇に「S」「M」と書かれたレバーがあり………。
ヨシヒコ「ここは………」
校長「皆さんはご存じかどうかわかりませんが、今のモテの鉄則は『ツンデレ』です」
4人「ツンデレ？」

校長　「はい。アメとムチと壁ドン。この３つですべてのＪＫは落ちると言っても過言ではありません」
ヨシヒコ　「アメとムチと……壁ドン……」
校長　「そうです。ここはキャラ変の祠……。ヨシヒコ殿がこのレバーをＳに振り切れば、そのアメとムチを使いこなし、ここぞとばかりに壁ドン出来るＳ男に変身出来るのです」
ヨシヒコ　「それはありがたいっっ!!」
校長　「手に入れたキャラを上手に使いこなすことを願います」
ヨシヒコ　「もう我々には後がない……。このキャラ変でそのかちゃんのハートをこじ開けて見せますっ！」
３人　「頼むぞ……。ヨシヒコ」
ゆっくりとレバーに近づいたヨシヒコ。
大きくレバーをＳに振り切った。
ヨシヒコ　「うう。ううう。うあああああああああああ」
３人　「ヨシヒコ――――――っ！」
校長　「…………」
ヨシヒコ　「あああああああああああああ」

十八　同・屋上（日替わり・昼）

ダンスの練習をしている女子たち。
そこに芹沢風になったヨシヒコが現れて……。

【芹沢風】
映画『クローズＺＥＲＯ』『クローズＺＥＲＯⅡ』で山田孝之が演じていた不良高校生。

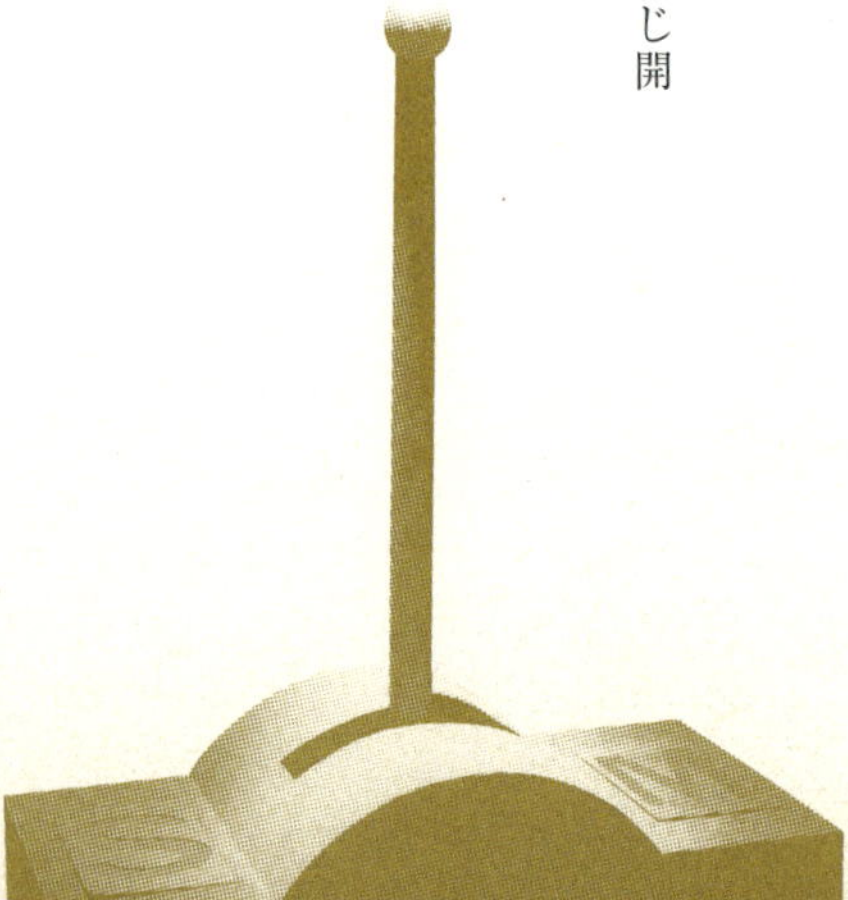

そのか　「あ、ヨシヒコくん！　こんなにメンバーが集まったんだよ！　応援よろしくね」
ヨシヒコ　「うるせえよ。なんで俺がお前らなんか応援しなきゃいけねえんだよ」
そのか　「え…………」
ヨシヒコ　「お前らさ、練習すんのはいいけど、曲どうすんの？」
そのか　「それは、その…………」
ヨシヒコ　「俺、作詞も作曲も出来るんだけど」
そのか　「ほんとっっ!?」
ヨシヒコ　「実はバイトでアーティストに提供してんだよね」
そのか　「凄いじゃん！　作って欲しい！　私たち、名前つけてね、ルージュってグループにしたんだ！　ヨシヒコくんが曲作ってくれたら最高だよ」
ヨシヒコ　「いいよ。作ってやるよ」
そのか　「みんな！　ヨシヒコくんが曲を作ってくれるって！」
喜ぶメンバーたち。
ヨシヒコ　「じゃあさ……」
そのか　「ん？」
ヨシヒコ　「3回回って、お手してフリスビーキャッチだな」
そのか　「へ？」
ヨシヒコ　「俺の犬になれってこと」
そのか　「どういうこと？」
ヨシヒコ　「やらねえなら曲の話はナシだ」
ムラサキ　「なんなんだよ、ヨシヒコ！　ふざけんなよ。そのか、やる必要ないからね」
そのか　「…………」

3回回ってヨシヒコにお手をする。
フリスビーを投げるヨシヒコ。

ムラサキ「そのか……」
ヨシヒコ「拾ってこいよ」
そのか「……はい」
と、フリスビーを拾ってくる。
ヨシヒコ「出来んじゃん。じゃ、昼休みになったらコロッケパンとコーヒー牛乳買ってきて。ここに集合」
そのか「……はい」
と、去っていくヨシヒコ。
入れ替わりでアルフレッドが来て……。
アルフレッド「どうしたの？　そのかちゃん」
そのか「先輩……」
アルフレッド「みんな！　今度のアイドルフェスティバル、本当は締め切り過ぎてたんだけど、金で買収して出場出来ることになったよ！」
喜ぶメンバーたち。
そのか「……」
アルフレッド「……」

十九　同・廊下

待っていたメレブとダンジョー。

メレブ「いいぞ。ヨシヒコ！　完全にこっちのペースだ」
ヨシヒコ「うるせえよ、キノコヘッド。口出すんじゃねえよ」
ダンジョー「なに………」
ヨシヒコ「お前ら、ただ見てりゃいいんだよ」
去っていくヨシヒコ。
メレブ「………大丈夫かな？　あれ」
ダンジョー「このままだと鈴蘭のてっぺんを取るな」

二十　同・教室

席に座っているそのか。
やってきたヨシヒコ。
ヨシヒコ、顔をつねって……。
ヨシヒコ「しかし、こんなツラでよくもまあアイドルやるなんて言ったもんだな」
そのか「ヨシヒコくん！　私、ヨシヒコくんの言いなりになんかならないから！」
ヨシヒコ「なんだとっ!!」
そのか「!?」
ヨシヒコ「じゃあ………首輪つけとかないとな」
と、ネックレスを首にかけてあげる。
そして後ろの壁に壁ドン！
ヨシヒコ「これでご主人様から離れられねえな」
ダンジョー「こら！　なにしてんだ！　授業始めるぞ！」

【鈴蘭】
人気漫画で不良高校生が通う男子高校のこと。鈴蘭に通う不良たちはケンカで学校のてっぺんを目指している。

【壁ドン！】
福田「すげえんですよ、ヨシヒコの壁ドン。威力が『ドーン!!!!』っていう。現場でものの凄い音がして、そのか役の川栄（李奈）ちゃんもビクッてなってました（笑）。」

ヨシヒコ　「あーあ。授業なんか受けてられねえよ。屋上でトランジスタラジオ聞いてまーす」

と、出ていくヨシヒコ。

ダンジョー　「こら！　ヨシヒコっ！」

二十一　同・廊下

授業が終わって出てきたそのかを追ってくるムラサキ。

そこについてくるメレブ。

ムラサキ　「ねえ、そのか。まさか黒勇者のこと好きになったんじゃないでしょうね」

そのか　「ま、まさか」

メレブ　「その黒勇者だが、屋上で先輩達から袋叩きにあってるぞ」

そのか　「えっ!?」

と、走っていくそのか。

ムラ・メレ　「チェックメイト」

二十二　同・屋上

怪我をしているヨシヒコ。

やってきたそのか。

そのか　「どうしたの？　ヨシヒコくん！」

ヨシヒコ　「余計なことすんなってよ。アルフレッドが」

アルフレッドが来て……。

アルフレッド「ウソだ！　そのかちゃん！　そんなのウソだ！」

そのか「ひどいです！　先輩！　ヨシヒコくん、どうしてこんなこと……」

ヨシヒコ「あん？　…………好きだから。お前が」

そのか「え…………」

その瞬間、そのかの胸から玉が出てきて、ヨシヒコに移った。

見ていた一行。

3人「やった——っ！」

アルフレッド「くそ———っ！」

と、魔物に変化して姿を消した。

そのか「どういうこと……」

二十二　同・校門

待っている3人。

ムラサキ「まさか、あいつ、普通にそのかのこと好きになったから魔王なんかどうでもいいとか言わねえだろうな」

ダンジョー「校長が責任を持ってもとのヨシヒコに戻すと言ってた。信じて待とう」

メレブ「いやあ、辛いなあ。俺なら好きになっちゃうなあ。そのかちゃん」

ムラサキ「確かに。完全そのパターン」

すると地響き……。

3人「ん？　どした？　これ、どした⁇」

すると巨大化したヨシヒコが胸に大きく「S」と書かれたモンスターになっている。

メレブ　「どSの化け物になったよ――――っ！」

校長がやってきて……。

校長　「すみません！　制御出来ませんでした！」

メレブ　「ごめんなさい！　あの子、バカなんです！　予想を超える方向に行っちゃう子なんです！」

ヨシヒコの化け物はムチを繰り出してくる。

メレブ　「うわ！　ムチ！」

そしてアメを出してくる。

メレブ　「今度はアメ！」

そして壁をドーンと壊す。

メレブ　「はい。壁ド――ン！　見事なツンデレっっ！」

それを繰り返すヨシヒコモンスター。

ムラサキ　「ツンデレって、そういう具体的なことじゃねえんだよなあ……」

ダンジョー　「なにか暴走を止める方法はないのか！」

校長　「S心がしぼむような言葉があれば………」

メレブ　「よし」

メレブ、ムラサキに耳打ちして……。

ムラサキ　「なんだよ、それ」

メレブ　「早く言え」

ムラサキ　「………ヨシヒコ――――っ！　私のこと、好きにしていいのよ――――」

ムラサキ　「――――っっ!!」
と、聞いた途端、瞬く間にしぼんでもともとのヨシヒコに戻った。
ダンジョー　「どういうこと？」
歩いてきたヨシヒコ。
ヨシヒコ　「さあ、皆さん。行きましょう」
メレブ　「記憶なしか」
ムラサキ　「ねえ。どゆこと？」
ダンジョー　「Sの心ってのは複雑なんだよ」

二十四　とある山道

歩いていく一行。
メレブ　「さてさて、とうとう7つの玉が揃ったぞ」
ダンジョー　「これで魔王の大神殿に乗り込むのか」
ヨシヒコ　「仏の導きを待ちましょう」
ムラサキ　「しかし仏って信じていいのかね？」
それを見ていたヒサ。
ヒサ　「兄様。とうとう……。私……決めました」
と、木の陰に隠れて呪文の音。
そのまま出てこない。
歩いていく一行。

10

The Brave "Yoshihiko" and The Seven Driven People

勇者ヨシヒコと導かれし七人

10

THE BRAVE “YOSHIHIKO” AND THE SEVEN DRIVEN PEOPLE

一 魔王の大神殿

モンスターがやってきて……。

モンスター「ゲルゾーマ様」

ゲルゾーマ「どうした」

モンスター「大した問題ではないのですが……」

ゲルゾーマ「大した問題でないのなら聞く必要がなかろう。ちょうど今、新たなモンスターを生み出さんとしているところなのだぞ」

モンスター「申し訳ございません。ただ勇者が……」

ゲルゾーマ「勇者??」

モンスター「ゲルゾーマ様を倒さんとする勇者が、とうとうオーブを7つ、揃えました」

ゲルゾーマ「なに……。人間か」

モンスター「人間です」

ゲルゾーマ「たかだか人間にあのオーブを揃えることが出来るのか」

モンスター「どうやら仏が……仏がヤツを導いている様子」

ゲルゾーマ「仏め……。余計なことをしよって……」

モンスター「いかがしましょう」

【ゲルゾーマ】
ゲルゾーマの声は映画『クライマーズ・ハイ』『容疑者Xの献身』などの堤真一が演じた。堤は福田雄一監督作の映画『俺はまだ本気出してないだけ』にも出演している。

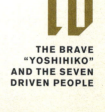

ゲルゾーマ「………放っておけ。そもそも例の城が死んでいる限り、この大神殿にたどり着くことすら出来ん」

モンスター「確かに。その通りです。では」

と、去っていくモンスター。

ゲルゾーマ「………勇者か………」

二

タイトル「予算の少ない冒険活劇

勇者ヨシヒコと導かれし七人」

三

とある道

歩いているヨシヒコ一行。

ヨシヒコ「不思議だ。玉が7つ揃ってからというもの、玉に導かれるように足が歩みを止めない」

メレブ「ああ、それは嬉しいことだな。ただ、その向かっている先があんな感じでなければな……」

と、見れば向かう先に暗黒の雲が広がる………。

ダンジョー「あの雲は尋常なものではないな」

ムラサキ「あそこにいるのか……。魔王が………。と、緊張感が漂う中、特技を手に入れた私だよ」

ヨシヒコ「なんだと！　どんな特技だ！　見せてみろ！」

福田「堤（真一）さんは相変わらず、なんでこんな仕事を受けるんだってことですよね（笑）。バカな大人は素敵だなって思います。ラスボスの声を誰にしようかってずっと考えてて、声に特徴がある人がいいなと思って、堤さんの名前が挙がって。山田君もムロ君も堤さんだと面白いって言ってたんですけど、まあ絶対受けないだろうと思ったんです。でも、堤さんの事務所とは仲良くさせてもらってるし、聞くだけだったらいいんじゃないかって聞いてみたらOKが出ちゃって（笑）。本当に感謝しかないですね。」

メレブ　「ほほう。私の呪文に匹敵する力があるかな？」
ムラサキ　「呪文ならお前よりもはるかにええ呪文持っとるわ」
メレブ　「いつの間に」
ムラサキ　「この特技、こちらの攻撃の後の敵の攻撃を封じて、連続でこちらが攻撃出来る特技だよ」
ヨシヒコ　「それは凄いぞ」
ムラサキ　「行くぞ。その特技とは…………てへぺろっ！」
ヨシヒコ　「てへぺろだと」
ムラサキ、ヨシヒコにデコピン。
ヨシヒコ　「なにをする!!」
と、攻撃しようとして……。
ムラサキ　「てへぺろっ！」
と、てへぺろポーズ。
ヨシヒコ　「なんだ、うっかりだったのか。許す」
ムラサキ　「と、そこに攻撃！」
と、再びデコピン。
ヨシヒコ　「ああっ！　………凄いっっ!!」
ダンジョー　「こ、これは！　おじさんもやって欲しい！」
メレブ　「10代の女子がやれば効果はありそうだが熟女のてへぺろは、どうも………」
ムラサキ　「誰が熟女だ、てめえ！」
そこに雷鳴。
仏　「ヨシヒコ───っ！　ヨシヒコ───っ！」

【てへぺろっ！】
木南「てへぺろは可愛いてへぺろじゃなくて、気持ち悪いてへぺろです。福田さんには『もっと気持ち悪くベロ出して』とか言われました。可愛いことはさせてくれないので（笑）。」

メレブ 「お、仏。そろそろ頼りになるかなあ」
と、ウルトラアイをヨシヒコに渡す。
仏 「ねえねえ、ヨシヒコ。それさ、最後にさ、本当に変身するとかいうオチが待ってるんじゃない？」
メレブ 「いいから。このメガネのことはいいから」
仏 「いや、絶対そうだよ。魔王がさ、巨大化した時にさ、ヨシヒコがそれかけて変身してさ、巨大化するんだよ」
メレブ 「そうだとしてもなんで今お前がそれを言う必要があるんだよ！」
仏 「ダメよ。遊び半分でそういうことやったら。円谷さんの許可もらってからやらないとダメよ」
ムラサキ 「誰なんだよ、円谷さんって」
ダンジョー 「いいから、さっさとお告げを言えっ！」
仏 「お告げを言えって、ひどい言い方するねえ。普通お告げってのは賜るものだからね」
ムラサキ 「もっとちゃんとした仏ならこっちだって言葉使い考えるわ」
仏 「なにそれ。まるで俺がちゃんとしてないみたいじゃないかよ！」
ムラサキ 「ちゃんとしてねえじゃねえかよ！」
ひどい顔で泣きそうになる仏。
メレブ 「ほら。泣いちゃうから。あんまりきつく言わない」
ヨシヒコ 「大丈夫です。仏！　仏はちゃんとしている時もあります」
仏 「やったぁ」
と、ガッツポーズ。

メレブ　「なんで今の言葉で復活出来る？　ちゃんとしている時もあるってことは大抵ちゃんとしてないってことだぜ」
仏　「だって仏はミスターポジティブ！」
メレブ　「待て待て待て。仏がポジティブはダメだろう。ちゃんと最悪の場合を見込んでさ、リスクヘッジしていくのが仏の役割だろ」
仏　「今、最も勢いのある仏といえば、この俺、仏8号」
ムラサキ　「4号でもなくなったの？」
メレブ　「おい～～。降格？　ねえ、降格？」
仏　「違います～～。もともと8号でした～～～」
ダンジョー　「ウソをつくんじゃない！」
ムラサキ　「ずっと4号だったじゃねえかよ！」
仏　「いろいろあったのっっ!!」
メレブ　「来た。逆ギレ」
仏　「君たちは知らないかもしれないけども、いろいろあったんですよ」
メレブ　「全部知ってるよ。全部見させられたわ。不倫とか学歴詐称とか……」
仏　「あのさ、それに関して弁明させてもらってもよろしいですか」
メレブ　「いいよ。そういうの聞きたくねえから。尺がもったいねえよ。お前のくだらない言い訳を聞いてる尺が」
仏　「尺が尺がって言うんじゃないよーっ！　お前は釈由美子か——っ！　…………………ね？　降格するとギャグもつまらなくなりますよ」
ムラサキ　「面白いことを言う必要がねえの！」
ヨシヒコ　「仏！　お告げを！」

仏　「はい。止めてくれてありがとう。このままだと仏のトークショーになるところだった。うん。えっとね、まずは玉が揃っておめでとう。それね、7つ揃いますとね、しぇんろんという大きな竜が出てきます。その際にですね、願いを3つ叶えてくれるわけですが、その後にベジータ、フリーザといったような強敵が現れまして………って、うっそ――――――んっっ‼」

4人　「…………」

仏　「……ややウケ」

メレブ　「誰もウケてねえよ」

仏　「はい。この先にね、魔王が住んでる大神殿ってのがあるのよ。ただ、その神殿ってのが、すっごい山に囲まれてるわけ」

ダンジョー　「越えればいいのか」

仏　「それがさ、もう、越えられるっつーか、登れるしろもんじゃないのよ。直角？もうね、直角に近い。それがさ、5000メートルくらいの高さよ」

ヨシヒコ　「そんな……。どうやって入ればよいのですか？　魔王の大神殿は」

仏　「さすがヨシヒコ。いい質問だ」

メレブ　「誰でもそう聞くよ」

仏　「………これはね、もう、飛ぶしかないわけよ」

ヨシヒコ　「空飛ぶ絨毯！」

仏　「ううん。ううん。絨毯で越えれるレベルじゃないから。高さが」

ムラサキ　「じゃあ、入れねえじゃねえかよ」

仏　「ところがね、空を飛ぶ城ってのがあるのよ」

ヨシヒコ　「空を飛ぶ………城？」

仏　「そうなの。ただ、そいつがとある問題で飛ぶことが出来なくなっちゃったの」
ヨシヒコ　「どうすればその城は再び飛ぶのですか？」
仏　「それは…………（可愛く）わかんなーい」
ムラサキ　「殺すぞっっ!!」
仏　「行って聞いてみて。場所だけ教える」
メレブ　「やっぱ使えねえわあ。さすが8号だわあ」
ダンジョー　「わかった！　早くその城まで案内しろ！」
仏　「よかろう！　案内しよう！　ついて参れ！」
メレブ　「お、今のかっこよかった。頼りになるねえ」
と、ナビタイム風の外人出てきて。
外人　「ナビゲート！」
ムラ・メレ　「お前じゃねえのかよ！」

四　とある山

歩いてくる一行。
遠くに城が見えて……。その上空で外人。
外人　「こちらでーす」
と、消える。
メレブ　「最初からずっとアイツにナビして欲しかったな」
ヨシヒコ　「あれが……空飛ぶ城……」
ダンジョー　「なぜに飛べなくなったのか……。それを探らねばならんな」

ヨシヒコ「はい」

五 天空城

中に入っていく一行。

メレブ「なかなかに立派な城だ」

ムラサキ「しかし、こんなデカいもんが空を飛ぶもんかね」

ダンジョー「しかし妙だな。立派な城なのにひとっこ1人出てこん」

ヨシヒコ「なにか……なにか悪の手によって沈められたのではないでしょうか……」

メレブ「なるほど……」

六 同・中

入ってくる一行。

ダンジョー「おおい！　誰かおらぬか――っ！」

沈黙………。

メレブ「いないようだな……」

と、進もうとすると1人の男がひょいと姿を現した。

ムラサキ「あ、いた」

やってきた男。

プサールだ。

プサール「いやいやいやいやいや、どうもどうもどうもどうも」

【プサール】
演じたのは多彩なモノマネでも知られる小堺一機。

福田「小堺さんが『ヨシヒコ』に出たいって言って下さっているという話がキャスティングプロデューサーからあって、じゃあ小堺さんをメインゲストに迎えた回をってことで作ったのが10話なんです。ヒサがヨシヒコを止めようとする、シーズン1の10話と同じ展開なんですけど、ヒサが変化の杖で変身するっていうのをずっとやってきたので、その終決点が必要だなと思って。ヒサが変身してヨシヒコを止めるための工作をするっていうのはもともと考えてたんですけど、小堺さんのポテンシャルを考えた時に〝なにかに変身する〟っていうのは非常にいいネタになるなと思ったんですよ。」

メレブ「あの……このお城の方ですか?」
プサール「はい。管理人のプサールと申します」
ヨシヒコ「プサールさん。私はこの世界を悪の力で支配する魔王を倒すために旅をしています。そこで……」
プサール「ああ、あなたでしたか。勇者ヨシヒコ様」
ダンジョー「知っているのか」
プサール「もちろんです。我々天空人からすれば、あなた様は唯一の希望です」
ヨシヒコ「天空人?」
プサール「そう。我々はもともと天空に住まいし民族。しかし魔王の力により、この地に……」
ダンジョー「引きずり落とされたというわけか」
ムラサキ「なんで?　なんかしたの?」
プサール「いえいえ。我々は平和を愛する民族ですから」
メレブ「この地を支配し、何者も寄せつけたくない魔王からすれば天に住む人間が邪魔なのは自然の理だ」
ムラサキ「他の人は?」
プサール「修理中です。地下で」
ムラサキ「城を?」
プサール「はい。再び飛べるように」
ヨシヒコ「お手伝いさせて下さい!　その修理を!」
プサール「いえいえ!　勇者様にそんなことをさせるわけにはまいりません。実はあなた様とお話ししたいという者がいるのです」

【実はあなた様とお話ししたいという者がいるのです】
福田「勇者に『○○して下さい』って無茶ぶりだけしてパパ

ヨシヒコ「はあ………」
プサール「会って頂けますか？」
ヨシヒコ「もちろんです！」
メレブ「ほほう。これはこの城の秘密を聞き出すチャンスかもしれんぞ………」
プサール「どうぞ、こちらへ」
歩いていくプサール。ついていく一行。

七 第一の間

ドアの前にやってきたプサールと一行。
プサール「こちらです。どうぞお入り下さい。私は外でお待ちしておりますので」
と、去っていくプサール。
ダンジョー「第一の間？」
メレブ「どういうことだ」
ムラサキ「普通こんな呼び方しないよね？」
ヨシヒコ「入ってみよう」
と、ドアを開けて入っていく。

八 同・中

入ってきた一行。
するとそこはL字型の応接セットになっており、そこに1人の男が現れて……。

パパっといなくなる執事風のキャラがド●クエVに出てくるんですけど、プサールもそういうキャラなんです。」

男　「どーもーっ！　よくいらっしゃいましたぁ！　司会のカズーキでーす」
ヨシヒコ　「司会？」
メレブ　「カズーキ？」
　一緒にライオンに酷似した謎の生物の着ぐるみが登場して……。
カズーキ　「さあさあ、お座り下さい」
ヨシヒコ　「は、はあ……」
　座る一行。
カズーキ　「さてさて、いかがでしたか？　長い旅の途中でいらっしゃって」
ヨシヒコ　「はい。ようやく魔王を倒すための仲間を集めてきたところです」
カズーキ　「それはそれは大変でしたねえ」
ヨシヒコ　「すみません。カズーキさん。私にお話とはなんでしょう」
カズーキ　「あ、早速行きますか？」
ヨシヒコ　「はい。私は一刻も早く魔王を倒さなければいけないのです」
カズーキ　「はい！　わかりました！　それでは早速まいりましょう」
　と、大きなサイコロを出してきて……。
カズーキ　「はい。それではこちらを投げて頂いて」
ヨシヒコ　「これを？」
カズーキ　「はい」
ヨシヒコ　「投げる？」
カズーキ　「はい」
ヨシヒコ　「………どうしてですか？」
カズーキ　「どうしてですかって………」

【司会のカズーキ】

演じたのは小堺一機。

福田「出演者一同、お客さんになって大喜びでしたね。小堺さんもすげえ楽しんでくれて、現場でずっとスタッフを笑わせてました。いろんなスタッフのところに行っちゃ面白話をして。現場中に笑い声が響いてました。小堺さんがご家族に『『ヨシヒコ』にメインゲストで出る』って言ったら、どんな仕事でもテンションが上がらないお子さんたちが『おおっ！　マジで！『ヨシヒコ』に出んの!?』ってなったそうで、小堺さんは『あんなにテンションが上がった子どもたちは最近見たことがなかった』っておっしゃってましたね。」

メレブ「事情は掴めぬがとりあえず投げろ。ヨシヒコ」
ヨシヒコ「しかし、これが例の岩の魔物のように爆発でもしようものなら私たちは……」
メレブ「考え過ぎだ。とりあえず投げておけ」
ムラサキ「とりあえずとっかかりを作って城の秘密を聞くんだよ」
ダンジョー「行け。ヨシヒコ」
ヨシヒコ「……わかりました」
意を決して投げたヨシヒコ。
ヨシヒコ「伏せて下さい！」
と、一斉に身を伏せるがサイコロは普通に転がって……。
カズーキ「♪なにが出るかな　なにが出るかな……」
ヨシヒコ「な、なんだ……」
すると「史上最強に笑える話」というところで止まる。
ヨシヒコ「なんだとっ!!」
カズーキ「史上最強に笑える話！　略して！」
4人「し、しじょ……」
カズーキ「はい。それではヨシヒコさん。史上最強に笑える話、よろしくお願いします！」
ヨシヒコ「そんな……」
メレブ「ヨシヒコ、話せ」
ヨシヒコ「そんな……私には笑える話など……」
カズーキ「さあ！　どんな笑える話をしてくれるんでしょうか」
ムラサキ「なんでもいいから！　話せ！」
ヨシヒコ「あ、あの……」

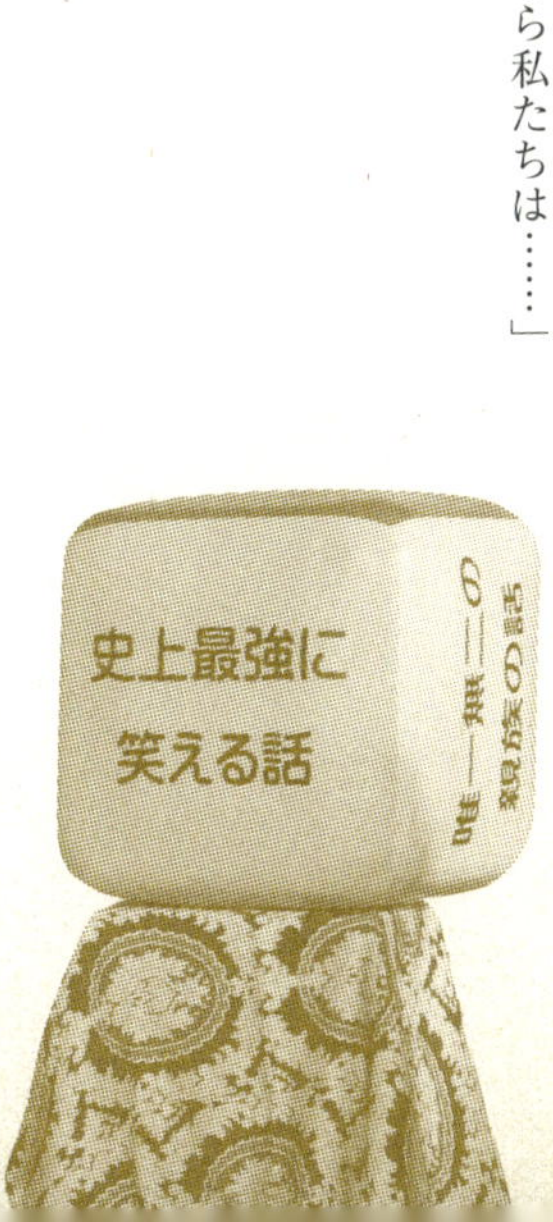

【史上最強に笑える話】
福田「ヨシヒコが全く面白い話が出来ないってのは前々からあったので、その前振りが利いてると思います。」

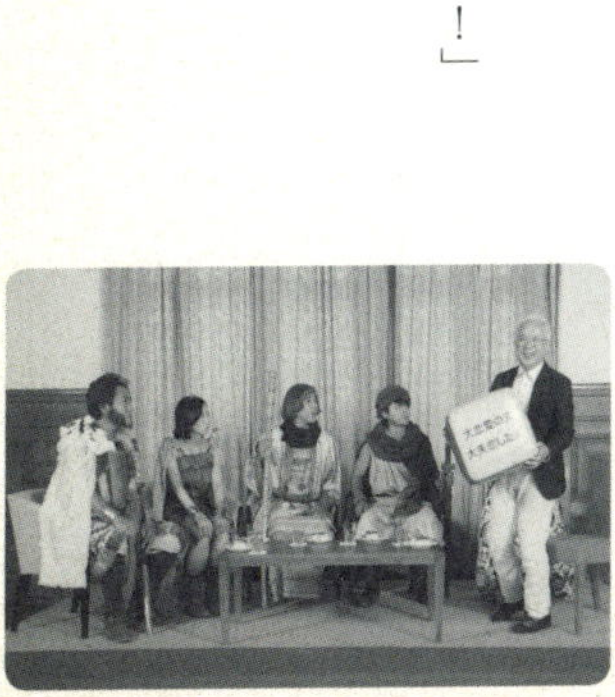

カズーキ　「…………」
ダンジョー　「ダメだ。ヨシヒコに笑える話など……」
ムラサキ　「お前の呪文でめっちゃ笑うヤツあったろ」
メレブ　「ゲラか」
ムラサキ　「ヨシヒコがなにか話したらカズーキにあれかけろ」
メレブ　「リセットされているゆえ、昔覚えた呪文が使えるかどうかもわからんが………。いちかばちかだな。ヨシヒコ。お前がなにか言ったらヤツにゲラを唱える。なんでもいい。話せ」
ヨシヒコ　「…………はい。…………ええ……」
カズーキ　「はいはい。なんでしょうか」
ヨシヒコ　「ダンジョーさんが……魔物を斬った勢いで……おならをしたことがあります」
メレブ　「ゲラっっ！」
呪文の音。
カズーキ　「………」
メレブ　「効かないようだ」
ヨシヒコ　「あ――――はははははははは！」
メレブ　「いかん。ヨシヒコにかかってしまった」
ヨシヒコ　「あ――――はははははははは」
カズーキ　「（欽ちゃん）自分の話を自分で笑ったらダメでしょ。どうしてそゆことするのかな！」
と、カズーキが跳んだ瞬間にもの凄い光が走った。
４人　「ぬあああああああああああ!!」

【ゲラ】
『魔王の城』8話に登場した呪文。

九　教会

目を醒ますヨシヒコ。

ヨシヒコ「なんなんだ、今のは………」

神父「おお、ヨシヒコよ。全滅してしまうとは情けない」

ヨシヒコ「情けない話なら出来たのかっ！」

神父「なにを言ってんの？　ところでなんのご用ですか？　セーブ？」

ヨシヒコ「生き返らせますっっ！」

神父「だいぶレベル上がってるから結構金かかるよ。大丈夫？」

ヨシヒコ「はい！」

神父「ダンジョーさんは3万ゴールド。ムラサキさんは1万8千ゴールド。メレブは8ゴールドだけど」

ヨシヒコ「そんな大金はないっっ!!」

神父「じゃ、稼ぐしかねえな」

ヨシヒコ「…………」

十　戦いの点描

はぐれメタルがいて……。走り抜けていくヨシヒコ。

はぐれメタル「おいっ！　経験値いらねえのかよ〜〜〜」

ヨシヒコ「そんなもんはいらんっ！」

じゃまだ!!

[山田孝之の台本メモ]

× × ×

ゴールドマンを20人倒しているヨシヒコ。

ヨシヒコ「金がいるのだ――――っ!!」

十一 とある山

登ってくる一行。

メレブ「おそらくあの光は………ザラキだろう」

ムラサキ「ザラキ?」

メレブ「一瞬にして敵の命を奪う呪文だ」

ダンジョー「カズーキ。とても人がよさそうな男だったが、なぜにそんな………」

メレブ「わからん………」

ヨシヒコ「笑える話が出来ないと永遠に話が聞けないということでしょうか」

メレブ「わからんが再度チャレンジするしかないだろう。今度は腕はないけど口は立つこの私がサイコロを振ろうぞ」

ムラサキ「あ、わかってんだ。自分の能力」

ダンジョー「頼むぞ、メレブ」

一行の向こうに天空城が見える。

十二 天空城・中

再びドアを開けて入ってくるとプサールが現れて……。

プサール「あれれれれれ。どちらに行かれてたんですか？　外でお待ちしてましたのに」

ヨシヒコ「ご案内頂いた第一の間で史上最強に笑える話が出来なかったのです」

プサール「ああ」

メレブ「そういう人なんですか？　カズーキは。おもしろい話が出来ないとザラキをかけるというような……」

プサール「いや。普段はとても優しい人ですよぉ。ちょっとあれかなあ。虫の居所が悪かったのかなあ」

ムラサキ「虫の居所的な問題で殺されてたらたまったもんじゃないんですけど」

メレブ「やめなさい、ムラサキ。ということで、今度は私がお話しさせて頂きます。私、実はたまねぎみたいな頭をしたおば様とも楽しく話が出来る人間でして……」

プサール「あ、いやいや！　もうお話は結構です」

4人「え？」

プサール「実は夕食の準備が間に合わないのですよ」

ヨシヒコ「はあ……」

プサール「ちょっとそのお料理を手伝っては頂けませんか」

ヨシヒコ「料理………」

十二　第二の間・前

そのプレート。

十四　同・中

入っていくとキッチンセットがあり、そこに男と女が待っている。

男「ようこそ、いらっしゃいました〜。わたくし、料理番のマチャンキと申します。こちらへどうぞ」

と、ムラサキを連れていくマチャンキ。

ムラサキ「ちょ！　ちょっと私だけ？」

マチャンキ「さあ！　今夜、ムラサキさんは鮭のムニエルを作って下さるそうで」

客席に座る3人。

ムラサキ「ムニ??　ムニエルって……」

メレブ「いかんな。あの女がムニエルなど知っているわけがない」

ヨシヒコ「まさかっ！　この料理を上手く作れなかったら、また」

メレブ「ザラキが来る」

ヨシヒコ「なんなんだ！　この城はっっ!?」

ダンジョー「奇跡的にムラサキが鮭のムニエルを作れることを願うしかないな」

メレブ「ダンジョー。冷静に考えろ。名前も知らない料理を作れるはずがなかろう」

マチャンキ「さあ！　鮭をどうしましょ」

何種類か魚が置いてあり……。

ムラサキ「鮭……、鮭……」

ヨシヒコ「そもそも鮭がどれかわからないようです」

メレブ「見事だ。日曜の昼の番組でよく見かける光景だ」

マチャンキ「ムラサキさんは普段料理はなさるんですか？」

【鮭のムニエル】
福田「ムラサキが料理出来ないってのも前々から振ってある話なんです。この料理のくだりはかなり好きなシーンですね。ムラサキはフライパンの上に鮭を切らずに1匹まるごと載せるんですよ。だから鮭の身がフライパンの底に接してなくて、メレブが『身が接地してないんだよ』って言うのが、僕は相当ツボでした（笑）。」

ムラサキ「はい。やりますよ」

マチャンキ「ただお名前通り、味にはムラがあったりして。ははははは」

ムラサキ「………ちょっとわかんないですけど」

ムラサキが１つ１つ指さしてこっちを見てくる。

鮭を指さした瞬間、メレブは意味不明の言葉を発して。

ムラサキ「………さあ！　鮭を…………ムニエルにします〜〜」

マチャンキ「お願いします〜。楽しみですね〜〜」

ムラサキ、鮭をまるごとまな板に置いて、見ている。

ヨシヒコ「作れ。ムラサキ！　ムニエルを作るんだ」

メレブ「ヨシヒコ、知らないよね？　ムニエル」

ヨシヒコ「はい。なんのことか、さっぱり」

ムラサキ「…………さあ！　早速焼いていきましょう！」

ヨシヒコ「動いた！」

マチャンキ「焼きますっ！　フライパンでいいですか？」

ムラサキ「はい」

フライパンをセッティングするマチャンキ。

メレブ「神よ。我らに奇跡を………」

ムラサキ「いっちゃいまーす」

と、鮭を1匹まるまるフライパンに乗せたムラサキ。

ヨシヒコ「なんだとっっ!!」

ダンジョー「豪快だ！　これぞ男の料理っ！」

メレブ「日曜の昼の番組ならば１００点の展開だ。が、しかし、やはり奇跡は起こらなかったようだ」

マチャンキ　「これはこれは豪快ですねえ。これぞムラサキ流ムニエル！　はははははは」

ヨシヒコ　「ダメだ！　全く料理がわからない私でも、まともな料理が出来る予感が一切しないっ！」

ムラサキ　「なかなか焼けないっすねえ。ちょっと覚え立ての呪文をかけてみましょう」

マチャンキ　「おっ！　呪文で料理！　新しいですねえ」

メレブ　「はて。鮭をムニエルに出来る呪文など持っていたか……」

ムラサキ　「ベギラマっっ!!」

と、鮭が炎に包まれて丸コゲになり………。

3人　「………」

ムラサキ　「………出来上がり～～～」

マチャンキ　「本日の夕食………星！　ゼロ個です!!」

と、ムラサキと3人にもの凄い閃光が走って……。

十五　教会

週刊誌の袋とじを切っている神父。

目の前にヨシヒコと棺桶が現れて………。

ヨシヒコ　「すみません！」

慌てて週刊誌を隠す神父。

神父　「おおおお、全滅してしまうとは情けない」

ヨシヒコ　「生き返らせますっっ!!」

十六

天空城・中

再びやってきた一行。プサールがやってきて……。

ヨシヒコ「すみません！　料理も出来ずに……」

プサール「いいんです！　いいんです！　みんな食事時ですから、一緒にお食事を！」

ヨシヒコ「ああ、ありがとうございます」

メレブ「ああ、これでようやくまともに人と話せるチャンスが得られそうだな」

プサール「どうぞ！　こちらへ！」

十七

第三の間

第三の間と書かれた部屋に入っていく一行。

十八

同・中

中は寂れた食堂風になっていて、北の国から風の一家がラーメンを食べている。

例のシーンの会話がなされていて。

無愛想な店主に隣の席に座らされるヨシヒコたち。

ヨシヒコ「どうしますか？　隣の家族に城の秘密を聞いてみますか？」

メレブ「待て。なぜだか叱られる予感がする」

ムラサキ「なんでだよ。すげえ優しそうな人じゃんか。子どもも可愛いし」

【北の国から風】
福田「店員のおばさんも似た人を選んで、子役の2人も似た感じの子を選んで。子役は2人とも『ヨシヒコ』が好きで、メレブに『シャクレナかけて』ってずっとねだってました。子どもはシャクレナが好きなんですよ。大人はチョヒャドが好きなんですけど（笑）。」

ダンジョー「そうだ。親切に答えてくれそうだ」
ヨシヒコ「ああああ」
ムラサキ「どした？　ヨシヒコ」
ヨシヒコ「なぜだ……。子どものどんぶりを片づけたくて仕方がない」
メレブ「そんなことをする必要はない。俺たちは客だぞ」
ヨシヒコ「わかりません！　なぜだか片づけたいのです」
ダンジョー「なんだ。おかしな呪文でもかかっているのか」
メレブ「こらえろ。ヨシヒコ！　これはまたトラップだ」
ヨシヒコ「ダメだっっ!!」
と、片づけようとするヨシヒコ。
すると父親が………。

十九 教会

父親「まだ子どもが食ってる途中でしょうが――――――っ！」
と、閃光が走った。
メレブ「やっぱり～～～～～～～～～～～～～～」

二十 とある宿屋

ワンダーコアで腹筋を鍛えている神父。
するとそこに突然ヨシヒコが現れて………。
神父「てめ、何回来んだよ！　おい～～～」

話している一行。

ムラサキ「もう諦めようぜ。あの城は来る者を拒む城なんだよ」

ダンジョー「そうなのかもしれんなあ」

ヨシヒコ「しかし、あの城が飛ばない限り、大神殿にはたどり着かない」

ムラサキ「延々ザラキ食らって生き返っての繰り返しだよ」

ヨシヒコ「………」

メレブ「さて、そんな絶望、ああ絶望、もはや絶望の真っ只中、そんな絶望を打開すべく新しい呪文を手中に収めた私なのだった」

ヨシヒコ「やりましたね！　メレブさん！　これで城を飛ばし、魔王をも倒すことが出来る」

ムラサキ「そんな大した呪文、こいつが持てる可能性って、ゼロを通り越してマイナスですよ」

メレブ「ふふ。そんな胸たいらさんに1000点」

ダンジョー「どんな呪文なんだ」

メレブ「私はこの呪文を………モスキテ………。そう名付けるに至った」

ヨシヒコ「モスキテ………。勝ちましたね！」

メレブ「名前だけでは勝てないぞ。ヨシヒコ。いいか、この呪文にかけられた者はどうにもこうにも耳元に蚊が飛んでいる感じがしてしまう。あるでしょ？　夜寝ていると耳元でぷ〜〜〜〜んと蚊が飛ぶ時が」

ヨシヒコ「ありますっ！」

メレブ「あれが………来る。するとどうだろう。もう敵は戦うどころではないし、呪

呪
メレブが覚えた新呪文⑩
モステキ

ヨシヒコ　文を唱える余裕もない！　とにかく蚊に刺されたくない一心だ」
ムラサキ　「どんな敵にも勝てる!!」
メレブ　「戦ってる時ってうるさいし動いてるし、その程度の音、気にならないんじゃないかな」
ムラサキ　「そんなキサマにモスキテ！」
メレブ　「………全然聞こえないよ………。（耳元を手で払って）んだよ！　蚊だよ」
メレブ　「そら、来た」
ずっと耳元を払っているムラサキ。
メレブ　「気になるねえ、ムラサキ。刺されたくないねえ」
ヨシヒコ　「かけて下さい！　私にもモスキテを！」
メレブ　「たくさんの蚊の襲撃を味わうがいい。モスキテ！」
ヨシヒコ　「…………ああ！」
と、耳元の蚊を手で叩く仕草。
メレブ　「殺せないぞ、その蚊は。音だけだからな」
ヨシヒコ、蚊を殺すための手ばたきがやがてタンゴみたいになって……。
メレブ　「おおお。ヨシヒコ。蚊を殺し過ぎてもはやタンゴだ」
ダンジョー　「♪好きなんだけど〜〜〜」
ムラサキ　「歌ってんじゃねえよ！」

二十一　天空城・中

入ってくる一行……。

そこにプサールがやってきて……。

プサール「いやいやいやいやいや、何度も出直して頂いて申し訳ございません」

ヨシヒコ「プサールさん」

プサール「はい?」

ヨシヒコ「あなた、何者なのですか?」

プサール「何者って。この城の管理人ですよ」

ヨシヒコ「私にはあなたがこの城を訪れる人間を拒んでいるように思える」

プサール「なにをおっしゃいます。勇者様」

ヨシヒコ「あなた……この城が飛ばないように見張りをしている魔王の差し金なんじゃないですか」

メレブ「失礼だぞ、ヨシヒコ。急になにを言い出した」

プサール「ふふふふ。よくぞ何回全滅しても懲りずに来るもんだよ! そんなに倒したいか、魔王が」

ダンジョー「キサマ……」

ムラサキ「なにヤツ!」

プサール「いいんですよ。魔王など倒さなくても。恐怖に怯えながらでも、村では生きていけるのですから」

ヨシヒコ「そうではない! ヤツらはいつか村の結界を破って、すべてを根絶やしにする! その前に魔王を! 魔王を倒さねばならんのだ!」

プサール「それなら他の人がやればいい! どうしていつでも兄様だけがその使命を負わなければいけないのですか!」

ムラサキ「ん? 兄……様?」

ヨシヒコ「やはりそうだったか……」

プサール、傍らから変化の杖を取り出して振るとヒサに。

メレブ「変化の杖……」

ヨシヒコ「ヒサ………」

ヒサ「今は全滅しても教会に行けば生き返る。しかし魔王はその命を永遠に葬る力を持つといいます！」

ヨシヒコ「それでも行かねばならんのだ。わかってくれ。ヒサ」

ヒサ「今まで兄様はこの世界を救ってきました。けれど！　今度こそ……今度こそは魔王に命をとられてしまう」

ヨシヒコ「私がお前のもとに帰らなかったことがあるか？」

ヒサ「………」

ヨシヒコ「帰るさ。必ずや、魔王を倒し、平和を取り戻したカボイの村に……私は帰る」

ヒサ「兄様……。信じてよいのですか？　兄様」

ヨシヒコ「ああ。私を諦めさせようと何度も全滅に追い込んだのだろうが、諦めなかっただろう」

ヒサ「はい……。絶対に諦めると思って………」

ヨシヒコ「私はもうカボイの村に住んでいた頃のヨシヒコではない。紛れもない勇者なのだ。安心して待っていろ」

ヒサ「兄様!!」

と、ヨシヒコの胸に飛び込むヒサ。

抱きしめるヨシヒコ。

二十二

同・操縦室

一行とヒサが入ってくる。
暗い部屋。
真ん中に7つのオーブを収めるケースがあり……。
そこからプサールが出てきて……。

ヨシヒコ「プサールさん！」

ムラサキ「本当にいたんだ」

プサール「やめておけと言ったのですが、どうしても、あなたに魔王討伐を諦めさせたいとおっしゃるもので……。何度もザラキを食らわせてすみません」

ヒサ「すみません。プサールさん」

メレブ「あ、部屋に入ってからはプサールさんのものまね的な?」

プサール「そうなんですよ。お恥ずかしい。最近は怖い話をする人というレパートリーもありまして……」

と、稲川淳二のものまねをするが……。

メレブ「あ、大丈夫です。もう、はい」

プサール「そうですか。ここにあなたが集めた7つの玉を収めれば、この城は再び飛び立ちます。我々天空人はあなたをずっとお待ちしていたのです」

ヨシヒコ「妹のわがままをお許し下さり、ありがとうございます」

プサール「勇者様。なんとしても魔王を………」

ヨシヒコ「はい」

と、7つの玉を収めた。

メレブ　するとと地響きがして……。
「おっ!!　飛ぶぞっ!」

二十三

同・外

城が火を吹いて天空に飛び立っていく。

二十四

ド●クエ画面

飛んでいる城が高くそびえ立つ大神殿の山々を乗り越えて大神殿の前に降り立つ。

二十五

魔王の大神殿・前

ヨシヒコ一行が魔王の大神殿を見上げる。
それは巨大な石で作り上げられた洞窟のようだ。
ヨシヒコ　「ヒサ……。天から我々を見守ってくれ」
見上げれば天空の城が天高く登っていく。
メレブ　「ここに魔王が………」
ムラサキ　「魔王は………永遠に命を葬るって……言ってたね」
ダンジョー　「はは!　逆に魔王を葬り去ればいいさ!」
ヨシヒコ　「倒す……。必ずやこの手で魔王を………」
大神殿に向けて歩いていくヨシヒコ達。

11

The Brave "Yoshihiko" and The Seven Driven People

勇者ヨシヒコと導かれし七人 11

THE BRAVE
"YOSHIHIKO"
AND THE SEVEN
DRIVEN PEOPLE

一　魔王の大神殿・前

立っている一行。

ヨシヒコ「ここが……魔王の城……」

メレブ「なんつーか、その、初めてじゃない？　こういうの」

ムラサキ「なにがよ」

メレブ「わりと、っぽくなかったじゃん？　いつも。『あれ？　こんなとこに魔王いるの？』的な場所だったじゃん。なんか今回、ちゃんといそう……。魔王が」

ダンジョー「怖いのか」

メレブ「怖いわけがなかろう。ただ、ちょっとおばけが出そうだな」

ムラサキ「魔王よりおばけが怖いっておかしいだろ」

そこに雷鳴。

メレブ「おっと、確かに。ここで仏のお告げだわな」

と、ヨシヒコにウルトラアイを渡す。

仏「パシフィコ――っ！　パシフィコ―――っ！」

ヨシヒコ「仏！　お告げを！」

仏「はい、パシフィコって言ったのに返事した〜〜。ニュアンスは似てるけど

〜〜。横浜の建物なのに〜〜返事した〜〜〜」

メレブ「なあ、おい。仏、おい」

仏「ん？　どした？」

メレブ「俺たち、今、魔王の大神殿なうなわけ」

仏「今となうがだぶりました〜〜」

メレブ「いやいや、そんなこともどうでもいい。なんでこの状況でパシフィコを繰り出してこれた？」

仏「え……。なんでって。呼ぶ前にふと似てるって思ったから」

メレブ「反射でもの言うの、やめて。ちゃんと脳を通してから発言してくれる？　お前の発言、この膝の下、叩くとぽーんってなるのと一緒だからな」

仏「脊髄でものを言う男、仏11号と申します」

ムラサキ「また降格してんじゃんよ」

仏「いや、でもさ、アポロみたいで格好よくない？　ねえ。仏11号。応答せよ。みたいな」

メレブ「もう！　ど――――でもいいんだよ！」

ヨシヒコ「仏！　私たちはここまでたどり着きました。このまま大神殿に入り、魔王と対峙した時、7つの玉で玉人を召喚すれば勝てるのですか？」

仏「では、お告げを言わせてもらおう」

ヨシヒコ「お願いします！」

仏「もちろん7人の助け人は魔王の弱点を突く能力を持っている。しかし！　魔王の最後の弱点はお前が突かねばならないのだ。ヨシヒコ」

ヨシヒコ「最後の弱点………」

仏　「そうだ。文字通り……トドメはお前が刺さなければならない」

ヨシヒコ　「わかりました」

仏　「そのためには！　この魔王の神殿から3つの宝を奪わなければならない。1つは賢者の石」

メレブ　「おう。（発音よく）ハリーポッター」

仏　「これは魔法使いが持てば、すべての呪文を一気に手に入れることが出来る宝だ」

ムラサキ　「それじゃ……私が」

メレブ　「なんで？」

仏　「そうだな。ムラサキが持つとよいだろう」

メレブ　「なんで」

仏　「もう1つは炎の刃」

ヨシヒコ　「炎の刃」

仏　「これを身につければ誰よりも強く剣を操ることが出来る」

ダンジョー　「それならば俺が持とう！」

仏　「それがいいだろう。最後は文字通り、トドメの剣」

メレブ　「わかりやすい名だ」

仏　「これをヨシヒコが持ち、魔王にトドメを刺すのだ」

ヨシヒコ　「トドメの剣………。必ずや手に入れます！」

仏　「それでは！　ゆくのだ！　大神殿は今だかつてない厳しいダンジョンになっている。それをすべてクリアして……」

メレブ　「待って待って待って」

仏　「ん？　どした？」

メレブ　「俺は？」
仏　「ん？」
メレブ　「俺のアイテムは？」
仏　「…………ないな」
メレブ　「おい〜〜〜。どした？　仏。どした？」
仏　「え？　なんで？　お前はさ……そのままのお前がいいよ」
メレブ　「あ、それ、結婚したい女に言われたら超嬉しいけどボッボツ頭のペヤングフェイスに言われたくない」
仏　「あ、はいはい！　あったあった」
メレブ　「なんだそれは」
仏　「最後の宝は…………鼻と口の間に装備するブラックダイヤモンドという宝……」
メレブ　「あるわ！　もうすでにあるわ！　ブラックダイヤモンド」
仏　「え？　どこに………。なんと！　すでに持っていたのか！　ならばお前はすでに無敵」
メレブ　「適当なこと言ってんじゃねえよ！　このホクロで得したことなんか1回もねえんだよ！」
仏　「3つの宝を手に入れ、魔王を倒すのだ！　パシフィコ――っ！　横浜――――っ！」
メレブ　「なんで、あいつまた最後に……」
ヨシヒコ　「行きましょう。まずは3つの宝を手に入れなければ」
メレブ　「なんだろうなあ。俺だけないのは……」

二

魔王の間

モンスターが魔王ゲルゾーマのもとに報告にやってくる。

モンスター「とうとう勇者ヨシヒコが神殿に入りました」

ゲルゾーマ「褒めてやろうじゃないか。天空人達をも巻き込み、ここまでやってきたことを………」

モンスター「ヤツは7つのオーブも揃えています。あまり油断しない方がよいのでは?」

ゲルゾーマ「ご忠告ありがとう。ただ、私は私で日々進化を遂げているものでね。概念は常に覆されるためにあるのだよ」

と、モンスターに呪文をかけるゲルゾーマ。

モンスター「うわあああああああああ!」

と、消えた。

ゲルゾーマ「さあ、来い、勇者よ。私を楽しませてくれ」

三

タイトル「予算の少ない冒険活劇

勇者ヨシヒコと導かれし七人」

四

同・中

いかにも不気味な洞窟風の場所をくだってくる一行。

メレブ「なんだ、ここは。この先の険しさに速攻気づかされる神殿だな」

ダンジョー　「現れる魔物も強そうだ。気が抜けんな、これは」
ムラサキ　「宝箱3つって案外ちょろいと思ったけど、こんな感じだと厳しいな」
ヨシヒコ　「なにしろ魔王を倒すための武器だ。簡単に手に入るわけがない」
と、目の前に宝箱。
メレブ　「っと、言った途端に？　来た？」
ムラサキ　「どうする？」
ダンジョー　「なにを躊躇している。さっさと開けよう」
メレブ　「待て！　宝箱は時に命を奪う呪文を持つ魔物だったりする。私の記憶が正しければその名はミミック！　ヤツは見かけは普通の宝箱だが………」
ヨシヒコ、普通に開けて……。
メレブ　「あ、開けた」
ヨシヒコ　「石ですっ！　石が入ってました！」
メレブ　「えええ。入ってすぐ？　ゲット？　そんなダンジョンってある？」
ムラサキ　「それって賢者の石だよ！　私にちょうだい！」
ヨシヒコ、ムラサキにそれを渡して。
するとムラサキが持った途端、その石は神々しく光り、
ムラサキ　「むおおおおお。呪文入ってきた〜〜〜〜」
ヨシヒコ　「す、すごいっっ!!」
メレブ　「俺にも！　俺にも貸せ！　俺も魔法使いなのだから！」
ムラサキ　「だよな！　はいはい」
と、渡すと渡した途端、粉々に割れた。
3人　「あ」

メレブ「…………割れた？」
ヨシヒコ「割れました」
ダンジョー「なにか……呪文は入ってきましたか？」
メレブ「いいえ。１つも」
ムラサキ「うんうん。まあ、元気出せや。呪文は私に任せて。くだらないおかっぱくんとして頑張ってくれや」
メレブ「ブラズーレ」
ムラサキ「くっそお！　なにすんだよ！」
と、ブラを直すムラサキ。
メレブ「ふふふ。ブラズーレを解く呪文はないようだな。使えない魔法使いよ」
ヨシヒコ「なにしろムラサキがすべての呪文を手に入れたのは心強い」
ダンジョー「案外、残りの２つも簡単に手に入るかもしれんな」

五　とある間

一行が入ってくる。
タルとツボがずらりと並んでいる。
メレブ「おっと、だいぶあるな。確かめてみよう」
ダンジョー「なぜだ。宝は宝箱に入っているのであろう」
メレブ「いや。ツボやタルに入っていることもあるのだ」
次々とツボを割っていく一行。
すると何個か割ったところで……。

【タルとツボがずらりと並んでいる】
福田「11話はシーズン1からずっとやりたいって言ってた〝ド●クエあるある〟満載です。ダンジョンの中で移動の呪文のルーラを使ってキャラクターが天井に頭をぶつけて戻ってくるとか、ド●クエをやった人だっ

ヨシヒコ　「………メダルです」

メレブ　「え、なんで？　最後のダンジョンに来て、初？」

ムラサキ　「どうゆうこと？」

メレブ　「いや、これって、旅の中で1つ1つ集めて、これが大好きな王様がいるのね？その王様に集めたメダルあげると、なんか強い武器とかと交換してくれんだけど」

ムラサキ　「ここにきて1個目って！」

メレブ　「ないわあ。メダル王のメダル、最後のダンジョンで1個目、ないわあ」

ダンジョー　「なにを言っているのか、さっぱりわからん」

ヨシヒコ　「捨てますか？」

メレブ　「ううん。捨てなくてよし。一応、持っておけ」

ヨシヒコ　「はい」

と、ツボとタルを割り続ける。

すると種が……。

ヨシヒコ　「なにやら、種です」

メレブ　「なんなんだよぉぉ。すばやさの種だよねえ。これも最後にもらってもなあ。食べてみ」

ヨシヒコ、食べて……。

メレブ　「どう？」

ヨシヒコ　「すばやさが………1上がった気が……」

メレブ　「ここにきて1ですよ。もうすぐ魔王と戦おうって時に1ですよ」

ムラサキ　「意味ね〜〜〜」

たらわかるシチュエーション満載なんですけど、そういうのを今まで『ヨシヒコ』でやれてなかったんです。なんで出来なかったかっていうと、撮れる場所がなかったんです。ゲーム画面と同じ目線のアングルで撮るには、かなり高いところにカメラを置く必要があったんですけど、そういう場所がなかったんですよ。シーズン2の後に『女子ーズ』を撮ったんですけど、そのロケハンで栃木県の大谷石採掘場跡に行ったんです。僕は栃木出身だけどその存在を知らなくて『うわっ、こんな場所あるんだ！』と思って、『女子ーズ』のロケハンなのに『なんで『ヨシヒコ』でここを使わなかったんだろう』ってずーっと『ヨシヒコ』の話をして（笑）。これまでずっとみなさんに楽しんで頂いていたタル割り、ツボ割りも初めてゲームの目線で描けましたね。ヨシヒコは23個ぐらいツボを割ってるんですけど、撮ってて非常に楽しかったですね。」

ヨシヒコ「吐き出しましょうか」
メレブ「その必要なし。1でも上げておけ」
と、最後までタルとツボを割って……。
すると最後のツボがあくまのツボで……。
ダンジョー「なにっ!? つぼの魔物がいるのか!」
メレブ「気をつけてこいつ、ツボだけど強いよ!」
ヨシヒコとダンジョーとムラサキの呪文で倒した。
その間、くだらない呪文を唱え続けるメレブ。
メレブ「ふふ。だいぶ手を焼かせてくれたな」
ヨシヒコ「しかし、ありませんでしたね。宝は……」
ダンジョー「いいのか? こんなに散らかして……」
メレブ「よいのだ。そういうものなのだから」
出ていくヨシヒコたち。

六 とある間

見れば矢印らしき模様の床の真ん中にド●クエ特有の階段が設置されている。
メレブ「ヨシヒコ。階段がある。どうやらここは上の伸びるダンジョンのようだ」
ヨシヒコ「そのようですね。上りましょう」
と、床に乗ると矢印通りに一行が滑って階段とは全く別のところにたどり着く。
ムラサキ「え? え? え? なにが起こった?」
メレブ「なんか、連れてかれたね? 我々の意思とは裏腹にわけのわからない感じで

【最後のツボがあくまのツボで】
福田「台本ではこのあくまのツボをどう倒すか書いてないんですよ。『面白い倒し方をしたい』ってみんなの前で話したら、山田君から『1話に出てくるワキガンテがワキガインに進化して脇がものすごく臭くなってて、その臭いをかいだヨシヒコが吐く勢いで敵を斬ったら会心の一撃が出るっていうのが面白いんじゃないですか』って言われて。それは面白いねってことで、そのアイディアで撮りました。」
山田「メレブの呪文が本当に初めて進化したんです。今まで『進化を遂げるよ』って言ってたけど、1回も進化したことがなかったので。」
ムロ「ワキガンテがどんどん進化して脇が臭くなる芝居を全力でやってるので、呪文としても思い入れがありますね。」

【矢印らしき模様の床】
福田「これもド●クエをやってる人なら誰もが知ってる矢印廊下。1回乗っちゃうと強制的

持ってかれたね」

ヨシヒコ　「なにか気のせいでしょう。さあ、階段を上りましょう」

と、床に乗ると、またも矢印通りに滑って全然違うところにたどり着く。

ダンジョー　「なんなんだっ！　これはっ！」

ヨシヒコ　「おかしい！　どうして階段に上れないんだ！」

と、もう一度床に乗るとまたも全員で持っていかれた。

ヨシヒコ　「ありえんっ！　こんなことはありえんっ！」

と、何度も繰り返し床に乗るが同じところを行ったり来たりするだけだ。

かなりバテバテの一行。

ダンジョー　「ヨシヒコ！　目が回った。限界だ」

ヨシヒコ　「くそぉ！　なんなんだ！　階段を上らないと魔王までたどり着かない！」

メレブ　「うん。それよくない。『階段上れなくて魔王倒すの、断念しました。』とか、絶対に言えない！」

ムラサキ　「なんなんだよ。この滑る床」

メレブ　「待て。この床…………模様がまるで矢印のようだ」

ダンジョー　「なんだと？」

ムラサキ　「ん？　ってことは？」

ヨシヒコ　「矢印の方向に勝手に進まされるということか……」

メレブ　「うむ。そのようだ」

ヨシヒコ　「なんてことだっ！　それでは永遠にあの階段にたどり着けない！　冒険もここまでかっ！」

メレブ　「違うぞ、ヨシヒコ。これぞダンジョンの醍醐味ぞ」

にバーッと移動させられちゃう。これもずっとやりたかったんですけど、撮れる場所がなくて。ゲームと同じ目線の俯瞰で撮らないと面白くないんですよ。」

ヨシヒコ　「ゴダイゴ？」
メレブ　「醍醐味。モンキーマジックではない。いいか、ヨシヒコ。どこから乗って、どこで降りるかで、この床は階段にたどり着ける仕組みになっている。その証拠に階段の横の床は階段を向いている！」
ヨシヒコ　見れば階段に向かっている床があって……。
メレブ　「本当だ！」
ヨシヒコ　「よく見て、よく考えるんだ」
　「はい」
メレブ　と、前に進むと間違って床に乗ってしまい……。
　「いやいやいや、用心して。ヨシヒコ。ヨシヒコ1人が乗るとみんな持ってかれるシステムだから、これ」
ヨシヒコ　「私1人が乗っても、みんなが？」
メレブ　「うん。そういうものなの」
ムラサキ　「ちょ、待って。で？　こっちの入口に乗るんじゃね？」
ヨシヒコ　「そうなのか」
　と、乗ってみて………。
ムラサキ　「で！　ここに乗るんじゃね？」
　と、乗ると階段に行きついた。
4人　「うおおおおおおおおお!!」
　と、ハイタッチしていると、またもヨシヒコが間違って床を踏んでもとに戻らされる。
メレブ　「ケアレスっっ!!　ヨシヒコ、ケアレス！　ノーっ！」

ヨシヒコ　「すみません」
また乗り直して階段に行きつき、階段を上る。
階段を上るＳＥ。

七　とある廊下

階段を上ってきた一行。
するとその廊下には竜の置物が５つほど並んでいる。
メレブ　「なるほど。そうか。さすが魔王の大神殿。ああしたトリックというか、罠というか、そういうのがたくさん仕掛けられているに違いない」
ヨシヒコ　「なるほど。用心して進まなければいけませんね」
ダンジョー　「この廊下はなんの模様もついてないから大丈夫そうだ」
ヨシヒコ　「ん？　見て下さい！　宝箱が！」
メレブ　「うむ。そうだが、さっき言ったように罠が……」
ヨシヒコ　「ちょっと開けてきます！」
と、ヨシヒコ、走っていくと竜の置物から火が出て、直撃。
あっという間に棺桶に。
３人　「ヨシヒコ〜〜〜〜〜」
メレブ　「ムラサキ！　生き返らせろ！」
ムラサキ　「ザオリクっ！」
と、ヨシヒコが生き返った。
ヨシヒコ　「私は………」

メレブ　「死んだよ」
ヨシヒコ　「なんだとっっ!!」
メレブ　「あれほど用心して進もうと言ったばかりではないか」
ヨシヒコ　「なにがどうなったのやら……」
ムラサキ　「ん？　あの竜の置物から火が出て、直撃した」
ヨシヒコ　「一発で？」
ムラサキ　「うん。かなり強い力なんだと思う」
メレブ　「メラゾーマの何倍もの威力なのだろう」
ダンジョー　「俺はそこそこ暑いのには強い。行ってみる」
と、行こうとして……。
メレブ　「やめろ！『あ、俺、暑いの平気なんで夏でもスーツっす』的な感じの暑さではないぞ」
ダンジョー　「馬鹿者！　出来たての小籠包を丸ごと食えるんだぞ！　わはははは」
と、歩いていくと竜の一撃で死ぬ。
ヨシヒコ　「ダンジョーさんっっっ!!」
ムラサキ　「なんなんだよ、おっさん〜〜」
メレブ　「なんで猫舌じゃないレベルで超絶メラゾーマに勝てると思ったんだよぉぉ」
ヨシヒコ　「出来たての小籠包を食べれてもダメなのか」
メレブ　「うん。ダメだよ」
ヨシヒコ　「しかし、私は頑張れば激辛のカレーでも大丈夫なので」
と、行こうとするので……。
メレブ　「行かないで。そんな軽い気持ちで行かないで」

ムラサキ　「ザオリク！」

生き返ったダンジョー。

ダンジョー　「くそーっ！　死んだのか、俺は」

ムラサキ　「あのさ、マジックポイントも無限にあるわけじゃないんで、軽率に死なないでくれます？」

メレブ　「なにかあるはずだ。あの火炎放射をくぐり抜けて、あの宝箱にたどり着く方法が」

ヨシヒコ　「わかったっ！　簡単なことだ！　下をくぐればいいんだ！」

メレブ　「あ、いや、そんな簡単じゃ………」

と、走ってくぐろうとすると一撃。

棺桶に……。

ムラ・メレ　「おい〜〜〜〜〜」

ムラサキ　「ザオリク！」

ヨシヒコ　「私は………」

メレブ　「死んだよ」

ヨシヒコ　「なぜだっっ！」

メレブ　「ダメだって！　慎重に！　今度は飛び超えようとか考えてないよね？」

ヨシヒコ　「なぜわかったんですか」

メレブ　「無理だから。ね？」

ヨシヒコ　「しかし………ここには………大きな石が転がっているだけで………」

ムラサキ　「…………あれだ」

メレブ　「ん？」

ムラサキ　「5個あんじゃん！　石！」
ダンジョー　「だからなんだ」
ムラサキ　「竜も5個ってことは………」
間。
ムラサキ　「え？　なんでわかんないの？　あの石を動かして！　竜の口を塞げばいいんでしょうよ！」
ヨシヒコ　「そうかっっ！」
メレブ　「うん、それはそうだが、あの………ディスプレイというか、画面上では、確かにこう石をゴーゴーっと動かして？　落としたり、塞いだりしていた。気がする！」
ダンジョー　「なんなんだ。ディスプレイとか。画面上とか」
メレブ　「ただ、あれ、見てみ？　リアルだとあれだぜ」
ヨシヒコ　「……はい」
メレブ　「はいでなくて……。ゲームじゃ動かせたかもしんないけど、リアルはあれだぜ？」
ムラサキ　「なんなんだよ、ゲームって」
メレブ　「動かせる？　ねえ。余裕でトンあるよ。何トンかあるよ」
ヨシヒコ　「動かします！　動かしてあの竜の口を塞ぎますっ！」
メレブ　「いや、ヨシヒコよ。さすがのお前でもあの重さは無理だ。そして4人がかりでも無理だ」
ヨシヒコ　「ぬおおおおおおおおおおおおおおおおおおお！」
と、走っていき、石を押してくるヨシヒコ。
ムラサキ　「すげえ！　ヨシヒコ！」

メレブ　「マジか!?」
ダンジョー　「ぬあああああああああ！」
ヨシヒコ　「さすが勇者よ！」
ムラサキ　「これで竜の口、塞げるやん！」
と、勢いよく石を押していくが勢いをつけすぎて竜の口を通り過ぎる。
火炎はヨシヒコに直撃。
ムラ・メレ　「おいいいいいいいいいいいいい」
時間経過。
最後の石を動かして竜の口を塞いだヨシヒコ。
ムラサキ　「やったぞ！　ヨシヒコ！」
メレブ　「うむ。ここには仏が言っていた炎の刃が入っているに違いない。炎つながりでな」
ヨシヒコ　「なるほど！　そうですね」
と、バテバテのヨシヒコが宝箱を開けると、ミミックに変身。
4人　「うそ――――――ん」
ミミックはザラキを唱えて、ヨシヒコが棺桶に……。
ムラサキ　「ここまで苦労させてミミックはないわあ」
メレブ　「よくあることだ。なにげに………」

八　とある廊下

歩いてきた一行。

ムラサキ　「あのさ、みんなバカ過ぎてザオリクし過ぎてさ、ほぼマジックポイント残ってないんだよね」
メレブ　「確かに。魔王の城は一度の攻略では落とせん。何度か外に出てまた戻るのが常套手段だ」
ダンジョー　「しかし、外に出るのにもまた魔物と会って体力を消耗するぞ」
メレブ　「ムラサキはもはやリレミトの呪文を持っているはず」
ヨシヒコ　「リレミト？」
メレブ　「ダンジョンから脱出する呪文だ。それとも俺の呪文で戦い抜くか」
ムラサキ　「は？　魔王のダンジョンで使える呪文なんか持ってないでしょ」
ダンジョー　「しかし、この神殿の外に宿屋などあったか？」
メレブ　「そこだ。問題はそこだ。確かに……。なかった気がする」
ムラサキ　「えええええ。じゃあ、どこでマジックポイント回復させせんだよ」
ヨシヒコ　「ムラサキ。あれを見ろ」
見れば『宿屋』と書かれたプレートと矢印が描いてあり……。
ムラサキ　「は？　魔王のダンジョンに宿屋あんの？」
ヨシヒコ　「行ってみよう」

九　同・宿屋

洞窟にベッドとテーブルだけ置かれた簡素な宿屋。
そこに一行が入ってくる。
すると湯ばあばに酷似したばばあが出てきて。

【湯ばあばに酷似したばばあ（徹子）】演じたのは池谷のぶえ。池谷は『魔王の城』の第2話にも盗賊サウダの母役で出演している。

湯ばあば　「はい。いらっしゃい」

メレブ　「はっっ!!」

湯ばあば　「お1人1万ゴールドですがね泊まるかい？」

メレブ　「ああああ、とうとうメって名前にされるぅ。レブがふぁふぁふぁ〜〜って飛んでいってメって名前にされるぅ。でかい赤ちゃんの世話させられるぅ」

ムラサキ　「お前、なに言ってんの？」

ヨシヒコ　「おばあさん、メレブさんをメって名前にしますか？」

湯ばあば　「なにを言ってるのか、さっぱり。私はただの徹子って名前のおばさんだからね」

ダンジョー　「徹子殿。ここは本物の宿屋か？　どうして魔王の大神殿の中にある」

徹子　「ん？　すげえ儲かるんだよ。ここに来る勇者たちがどんどん使ってくれるからさ。泊まっちゃ出ていって、またボッロボロになって帰ってきて、また高い金出して泊まるからさ」

メレブ　「まさに隙間産業。よく目をつけたな」

ヨシヒコ　「徹子さん。魔王は………魔王はそれほどに強いのですか？」

徹子　「強いんでしょうね。今まで生きて帰ってきた勇者はいないからね。ヤツにやられたら生き返れない。今までのように教会で生き返れないからね」

ヨシヒコ　「本当にそうなのか………」

徹子　「どうするんだい？　泊まるのかい？　泊まらないのかい？」

メレブ　「泊まるよ」

徹子　「はい。毎度。それじゃ休む前に私の部屋で今までの苦労話をたっぷり聞くからね。用意しておきな」

4人　「はあ………」

【ああああ、とうとうメって名前にされるぅ】
2話でもメレブが同じような発言をしている（51ページ参照）。
福田「2話でもネタにしてますけど、別に伏線とかじゃないです。そんな先のことは全然考えて書いてないです。『ヨシヒコ』はホントに行き当たりばったりなんで（笑）。台本は勢いで書いてますからね。『ヨシヒコ』の台本って、1話を2時間ぐらいで書くんですよ。もう勢いでしかないんで、構成とネタを決めたらバサーっと一気にいくんです。」
木南「福田さんの台本は本当に面白くて。撮影に入る前には5話分ぐらい出来てて、撮影中に6話、7話って上がってくるんですけど、漫画の新刊が出て『うわあ、新しいのが来た。早く読みたーい！』みたいになる感じで、みんなで一斉に読んで、クスッてみんなで笑って、『え？今、どこで笑ったの？』みたいに話すんです。こんな風に『早く次を読みたい。次はどんな面白いことが待ってるんだろう』って思う台本ってなかなかないです。」

徹子　「病気して入院経験がある人いる？　そいつからは重点的に病気の話を聞くからね。用意しておきな」
4人　「はあ……」
徹子　「あと私は芸人には厳しいよ。（メレブに）お前は…」
メレブ　「あ、すごく芸人っぽいんですけど芸人ではないです」
徹子　「あん」
去っていく徹子。
ヨシヒコ　「魔王……。永遠に命を奪う……魔王………」

十　洞窟のどこか

SE「宿泊」。

十一　とある広間

歩いてきた一行。
すると青と黒のしましまの床があり、その真ん中に宝箱。
メレブ　「おおおお、きた〜〜。宝箱やっときた〜〜〜」
ムラサキ　「1つ目見つかってから長かったわあ」
ヨシヒコ　「これは宝に間違いない。とってきます」
メレブ　「ちょっと待て」
ヨシヒコ　「どうしました？」

メレブ　「床の色が違うのが気になる」
ムラサキ　「いやいや、行けるでしょ。毒沼って確か紫色だったじゃん」
ダンジョー　「ああ、そうだ。入るとどんどん元気がなくなるヤツだった」
メレブ　「うーむー」
ヨシヒコ　「そうですよ。メレブさん。これは爽やかな青色です。おそらく水分を含んでいるのでしょう」
ダンジョー　「そうだな。おそらくそうだ」
ヨシヒコ　「やっと2つ目の宝が手に入りますね」
と、入っていくとものすごいＳＥ。
ヨシヒコは2歩進んだだけで顔面蒼白となる。
ダンジョー　「どうした!?　ヨシヒコ――っ!」
ムラサキ　「やっべえ!　死にそう!　顔が今にも死にそう!」
メレブ　「なんなんだ!　この床は!?」
ヨシヒコ　「今、2歩進みましたが、あと1歩進むだけで死ぬ予感がします」
ダンジョー　「いかんっ!　どうすればいい?」
メレブ　「そうだ。ムラサキ!　リレミトを唱えろ!　そしたらここから脱出出来る!」
ムラサキ　「わかった!　リレミト!」
「呪文は不思議な力によってかき消された」とコマンド。
メレブ　「くーっ!　リレミトは使えないのか」
ムラサキ　「ルーラだ!　ルーラでどこかの村に飛ぼう!」
メレブ　「それだ!」
ムラサキ　「ルーラっ!」

4人、高く飛び上がる。
「ルーラ」のSE。

メレブ　「よし！　かかった！」

天井に当たって下に戻ってくる4人。
下に落ちた途端にヨシヒコが棺桶に。

3人　「あーあ」

時間経過。
棺桶から生き返ったヨシヒコ。

ヨシヒコ　「私は………」
メレブ　「死んだよ」
ヨシヒコ　「やはり………」
ムラサキ　「おかげさまでまたもマジックポイントをたくさん使わせて頂きました」
ダンジョー　「しかし見てみろ！　炎の刃を手に入れたぞ！」

炎の形をしたネックレスだ。

ヨシヒコ　「凄い！　しかし、どうやって……。あそこまで……」
ムラサキ　「ううん、まあ………」
ヨシヒコ　「どうやって………」
メレブ　「あ、うん、君がね、棺桶になってくれたもんだから、棺桶に乗って……的な……ちょっと道義的になんつーか、まあ、行こう」
ヨシヒコ　「ん？　どうやって………」
ムラサキ　「いいから。気にするな」

【天井に当たって下に戻ってくる4人】
福田「山田君ともやりたいねって話してて、ずっと溜めてたネタが念願叶って出来たところですね。11話はいろいろなことをやってますけど、お金はそんなにかかってないんですよ。矢印の模様の床とかダメージを受けるしましまの床はベニヤ板に描いてるだけだし、矢印の床で滑るのもCGですから、そんなにお金はかからない。あと、割るためのツボも酒屋さんでもらってくるから、お金がかかってないんです。」

十二 とある廊下

強い魔物たちと戦う一行。
ダンジョーとムラサキの攻撃がとても強くなっている。
ともになんらかの呪文を唱えているメレブ。

ヨシヒコ「凄いっ！　ダンジョーさんが格段に強くなっているっ！」

十三 とある広間

休んでいる一行。

メレブ「さてさて、あとはヨシヒコのトドメの剣だけだな……」
後ろには棺桶が立った状態で5つ並んでいる。

メレブ「そんな大詰めを思わせるそんな展開の中、大詰めを思わせる呪文を獲得した私だよ」

ムラサキ「あのさ、いらない。私がすべて持ってるから。ね？」

メレブ「ふふ。お前にイマサーラを手に入れられるのか!?　フタメガンテを手に入れられるのか！」

ムラサキ「だから！　それが必要ないって言ってんの！」

ヨシヒコ「しかし！　魔王がどうしても開けたい瓶詰めを持っていれば……」

ダンジョー「持っていない可能性が高いな」

メレブ「そう！　ですから！　今回の呪文は……確実に……魔王に効く！」

ムラサキ「ほんとかよ」

ヨシヒコ　「凄いっ！」

メレブ　「私はこの呪文を……アサダ……。そう名付けた。この呪文にかかったものは、とにかくジャンプして回転する！　3回転！　4回転！　そしてアサダは………マオだけに………魔王に効く！　効き過ぎるほど効く！」

ムラサキ　「ダジャレ？　ウソだろ？　ここに来てダジャレ？」

メレブ　「魔王はもう……回転、回転、ステップ、そしてフィニッシュと、それはそれは戦う余裕などあるはずもないよ」

ヨシヒコ　「勝てるっっ!!」

ダンジョー　「本当に魔王に効くのか？」

メレブ　「アサダが魔王に効かぬわけがない」

ヨシヒコ　「かけて下さい！　私にもアサダを！」

メレブ　「よかろう」

ヨシヒコ　「ぬぬぬ。ぬあああああああああ」

と、回転し始めるヨシヒコ。

メレブ　「シングルサルコー。はい、ここからシングルトォーループ。シングルアクセル！」

ムラサキ　「なんなんだよ、これ」

ダンジョー　「魔王ならば3回回るのだろう」

ムラサキ　「くだらねえ……」

メレブ　「と、お前にヒロセスズ！」

ムラサキ　「はい！」

と、カルタをとる。

ムラサキ　「さすなっ！　私、宝箱探しにいく」

呪　メレブが覚えた新呪文⑪
アサダ

呪　メレブが覚えた新呪文⑫
ヒロセスズ

ダンジョー「うむ。手分けしよう」
メレブ「そうだな」
ヨシヒコ「ちょっと待って下さい！　目が回って………」
メレブ「お前はここで休んでいろ」
と、ヨシヒコ、目が回って座り込む。
すると後ろの棺桶からミイラが出てきてヨシヒコを叩く。
そして速攻隠れる。
ヨシヒコ「なにやつっっ!?」
回りを見渡すが誰もいない。
ヨシヒコ「皆さん！　皆さん！」
戻ってくる３人。
ダンジョー「どうした？　ヨシヒコ」
ヨシヒコ「何者かに頭を叩かれたんです」
ムラサキ「魔物？」
メレブ「いないよ」
ダンジョー「目が回って、ちょっと痛みが走っただけだろう。もう少し休め」
ヨシヒコ「………はい」
と、散っていく3人。
すると再びミイラが出てきて頭を叩く。
そして速攻戻る。
ヨシヒコ「なにやつっ!?」
ミイラ、戻り損ねて完全に見られる。

ヨシヒコ、棺桶に近づいて開けてみると中にミイラ。

ヨシヒコ「ミイラか」

と、閉めて離れようとすると棺桶が開いてミイラが出てくるが振り返るヨシヒコ。

戻るミイラ。

再び離れると出てきて叩こうとする。

そこでヨシヒコが振り返るとミイラ、ストップモーション。

それの繰り返し。

ヨシヒコ「キサマ！　魔物か！」

5つの棺桶から一斉にミイラが出てきてヨシヒコに襲いかかる！

そこにダンジョーが戻ってきて……。

ダンジョー「ヨシヒコ――っ！」

ミイラを2人で倒す。

ヨシヒコ「ありがとうございます。ダンジョーさん」

ダンジョー「ちょろいもんだ。はは。それよりヨシヒコ。宝箱を見つけたぞ」

ヨシヒコ「なんですって!!」

十四　とある廊下

一行がやってくる。

ダンジョー「この先に宝箱がある」

メレブ「しかし、なにやら、宝箱の前に守り神がついている」

ヨシヒコ　「守り神………」

見ればジバニャンが宝箱の前に……。

ダンジョー　「あんなにも可愛い猫が守り神なのか？」

メレブ　「我々は何度となくこのパターンで痛い目にあっている。あんなにも可愛く見える猫でも魔王にトドメを刺す剣を守っているヤツだ。なにかあるに違いない」

ムラサキ　「そうかなあ」

ダンジョー　「大丈夫だ。一緒に遊んでやればご機嫌になるさ」

メレブ　「やめろ！　そいつ、絶対に必殺技を持ってるぞ」

ダンジョー　「はーい。にゃんにゃんにゃんにゃん」

と、近づくとジバニャンが飛びかかってきて……。

ジバニャン　「ひゃくれつ肉球――――っっ!!」

と、ダンジョーに必殺技を浴びせた。

ヨシヒコ　「やはり！　キラーキャットだったのか！」

3人に次々とひゃくれつ肉球を浴びせるジバニャン。

全く歯が立たず倒れる4人。

ヨシヒコ　「ダメだ……。敵わない……」

ジバニャン　「ううん。もうダルいにゃん。チョコ棒食べたいにゃん」

と、横になるジバニャン。

ムラサキ　「もしや……あいつ……怠け者なのでは……」

ダンジョー　「今だ。斬るなら今だ！」

メレブ　「しかしヤツは強いぞ！　気をつけろ！」

ヨシヒコ　「はい！」

【ジバニャン】
ゲーム『妖怪ウォッチ』の人気キャラ。アニメ版はテレビ東京で好評放送中。
福田「ジバニャンはずっとやりたいと思ってて。声は本物の声優の小桜エツコさんに当ててもらってます。映像では毎度毎度のことなんですけど、ぬいぐるみを使ってます。CGでやることも出来るんですけど、ぬいぐるみでやるのが『ヨシヒコ』かなと思って。普通にバンプレストのタグがついたまま攻撃してきます。完全にぬいぐるみです（笑）。」

と、剣を構えて向かっていくと……。

ジバニャン　「ああ、そうにゃん！　ニャーKBのライブが始まるにゃん」

と、出ていくジバニャン。

ヨシヒコ　「なにっ!?」

ムラサキ　「自ら去ったね」

ダンジョー　「なにか用事があったようだな」

メレブ　「用事があってどいてくれる守り神っている？」

ムラサキ　「まあ、いいじゃん。これでもらえるんだし」

ヨシヒコ、宝箱に近づいて箱を開ける。

すると中から黄金に輝く剣が出てくる。

3人　「おおおおお」

ヨシヒコ　「これが………これがトドメの剣………」

トドメの剣を手にしたヨシヒコ。

ダンジョー　「よし……。これで装備は揃った」

メレブ　「うむ。俺のブラックダイヤモンドもな」

ムラサキ　「ヨシヒコ………」

ヨシヒコ　「行こう………。魔王のもとへ………」

十五　歩みの点描

十六　とある広間・前

中から魔物のうめき声が聞こえてくる。

ヨシヒコ「ここだ……。ここに魔王がいる……」

3人、ヨシヒコに向かって頷いて……。

先に進む一行。

するとそこに魔王の背中が見えた。

ヨシヒコ「…………魔王」

12
The Brave "Yoshihiko" and The Seven Driven People

勇者ヨシヒコと導かれし七人

12

THE BRAVE “YOSHIHIKO” AND THE SEVEN DRIVEN PEOPLE

一 ド●クエのゲーム画面

ヨシヒコ一行が魔王の間に入っていく映像。

ムラサキがベホマズンをかけて全員のＨＰを回復させた。

さらにスクルトをかけた。

全員の守備力がアップした。

いよいよ魔王に近づいていくヨシヒコたち。

二 魔王の大神殿・魔王の間

入ってくる一行。

魔王ゲルゾーマが大きな釜に向かって呪文を唱えている。

ヨシヒコ「キサマが………魔王か………」

ゲルゾーマが振り返って……。

ゲルゾーマ「ようこそ、この魔王ゲルゾーマの大神殿へ……」

メレブ「ほほう。魔王はゲルゾーマという名のようだ」

ゲルゾーマ「仏が集めろと告げた装備は揃えてきたのかな？」

【いよいよ魔王に近づいていくヨシヒコたち】

ムロ「ムロ個人としては、シーズン3は福田さんと山田君の覚悟がとても大きく、完全にやりたいことは全部やる、やり切るというのを感じました。」

福田「最終話のコンセプトは最初から決めてたんですよ。僕だけかもしれないけど、僕はド●クエを最後まで終わらせたことがないんですよ、ラスボスが強くて（苦笑）。第1話じゃないですけど、わりと早めにまだレベルが上がってないうちに行っちゃうタイプなんです。そ

ムラサキ　「な、なんでそんなこと………」
ゲルゾーマ　「知っているさ。私と戦い来る者たちへの私からのプレゼントだ」
ムラサキ　「あのクソ仏。単に魔王の罠にハメてくれたってわけかよ」
ゲルゾーマ　「罠ではない。私は確かにそれらの装備が恐怖だ」
ダンジョー　「なぜわざわざ俺達にそれを渡す」
ゲルゾーマ　「欲しいのさ。恐怖が。私は恐怖を感じることでもっと強くなる。そしてもっともっと多くの魔物達を生み出すことが出来る。私を守ってくれる魔物達を」
ヨシヒコ　「その恐怖との戯れも今日で最後だっ！」
ゲルゾーマ　「そうかもしれん。なぜならお前が初めて7つのオーブを揃えし勇者………」
メレブ　「なるほど。キサマの弱点を突く助け人を携えずにきたわけだな、他の勇者たちは」
ゲルゾーマ　「そうだ」
ダンジョー　「では今日がお前の最後だ」
ムラサキ　「こっちは7人の助け人と3つの宝持ってんだよ」
ゲルゾーマ　「ああああ、怖い……。そこまで揃えられたらいかな私でも負けるかもしれん」
メレブ　「ふふ。臆したか、魔王。しかし逃がさんぞ。ブラズーレ！」
ゲルゾーマ　「ぬ！　ぬぬぬぬ！　ブラがズレている感じがする！　魔王なのに！　俺、魔王なのにっっ!!」
ムラサキ　「おいおいおい。魔王がこいつのヘボ呪文にかかっちゃうわけ？　ちょろ過ぎ」
ヨシヒコ　「油断するな！　目の前にいるのは魔王だぞ！」
ゲルゾーマ　「ええええええええええい！」
と、火炎の呪文をかけてきたゲルゾーマ。

れで何度も全滅させられて、そのうちに飽きてきて『もういいかな』って気持ちになるんですよ。それでボスキャラを倒さなくてもなんとか終わる方法はないかなと考えるのが、この最終話のヨシヒコが終わり方を模索することにつながってます。ボスキャラを倒すのがしんどいってことに賛同してくれる人がいなかったら、ちょっと厳しいですね（笑）。でも、しんどいと思うと主人公が言っちゃいけないセリフがどんどん出てきて面白いっていうのもあるんですよね。」

防御する一行。

メレブ　「全く効かないわ」

ムラサキ　「スクルトかけてあるからな」

ヨシヒコ　「よしっ！　ブラがズレている感じがしたまま、葬ってやるっ！　7人の助け人っっ!!　召喚っっっ!!」

天高く玉を投げたヨシヒコ。

7つの玉が空中で光る。

ゲルゾーマ　「な、なんだと――――っ！」

メレブ　「これでお前も終わりだな」

と、光が7つに分かれてヨシヒコの後ろに着地する。

ヨシヒコ　「7人の助け人よ！　今こそ！　魔王の弱点を突いてくれ！」

と、振り返ると誰もいない。

ヨシヒコ　「なにっ！」

メレブ　「ほら！　早く！　みんな……………。あら」

ムラサキ　「なんで?」

ダンジョー　「どういうことだ」

ゲルゾーマ　「どした?」

ヨシヒコ　「くそぉ」

ゲルゾーマ　「どしたの?」

メレブ　「う――んと、どういうことだろう」

ゲルゾーマ　「来ないの？　助け人」

メレブ　「…………そ――――ですね。来ないですね。なんかあれかな…………なんだろ」

【7人の助け人】
福田「尺をオーバーした回ばっかりなんですけど、最終回に関しては14分も編集で切ってます。台本の時点で尺を計れよって話なんですけど（苦笑）。これは問題でもあり、いい点でもあるんですけど、『ヨシヒコ』って本打ち（台本の打ち合わせ）がないんですよ。普通は本（台本）が書き上がったら、プロデューサーと打ち合わせをして『ここを直しましょう』ってのを3～4回やって決定稿が上がるんですけど、『ヨシヒコ』の場合、僕が書き上げたら、それが台本として製本されるんですよ。そんな感じなんで台本通りに撮ると、かなり尺をオーバーするんです。スタッフも僕もみんなわかってるんだけど、怖いから見て見ぬ振りをして（笑）。それで編集の時、凄く苦しむんですけど。だから編集所に行くまでゲロ吐きそうですもん。編集所に入ったら、まずはスタッフと30分ぐらい無駄話してから、ようやく何分オーバーか聞かされるんですけど、『14分オーバーです』って言われる

ムラサキ　「ヨシヒコ。召喚！　って言った？」
ヨシヒコ　「言った」
メレブ　「ごめんなさいね。ちょっとした不具合で。え？　なにこれ」
ゲルゾーマ　「来ないんだったら勝てないよ。私に」
メレブ　「わかってますわかってます。これもね、あくまでトドメの剣であって、それまでに7人の手であなたを弱らせないとダメなんですもんね？」
ゲルゾーマ　「うん。だと思うけど」
ムラサキ　「なになに？　ここで不具合とかさ、これまでの冒険がなんの意味もないんですけど」
ダンジョー　「もう1回投げてみろ。ヨシヒコ」
ヨシヒコ　「わかりました」
ヨシヒコ、玉を高く投げ上げて……。
ヨシヒコ　「いでよっ！　7人の助け人！　召喚っっ!!」
と、玉は光るが誰も来ない。
メレブ　「うん。若干変えてみたな？　セリフな？　それでも出てこないとなると………」
ゲルゾーマ　「それならば私から攻撃させてもらおうか！」
メレブ　「ちょちょちょちょ待って。一瞬一瞬。この問題はなんだろう。仏しかわかんないよね」
ダンジョー　「ただ、さすがの仏も魔王の神殿には出てこれんだろう」
ムラサキ　「さすがの仏っていうほどの仏でもねえしな」
ゲルゾーマ　「ねえ、なに待ち？」
メレブ　「あ、ほんと、ごめんなさい。お楽に、はい、お楽にお待ち下さい」

と、『おおっ……！』ってなりますね（苦笑）。そういう時は映像見ると切りたくなくなっちゃう可能性もあるので、まずは台本を読んで、どこをカットするか決めて。最終回はクライマックスの7人の玉人が集まって戦うシーンを半分以上カットしました。やっぱり戦いってシリアスなところがあるんで、シリアスじゃなくて笑いを残さないと『ヨシヒコ』っぽくないので。」

ゲルゾーマ「じゃあ、魔物を生み出してるよ」
メレブ「はい。生み出しといて頂いて、はい、大丈夫です」
するとの玉の1つに仏の顔が……。
ムラサキ「うわっ！　仏だ！」
仏「おす！　おら、仏っ！」
メレブ「てめ！　なんで出てこねえんだよ！　助け人」
ヨシヒコ「召喚しても出てきてくれません！　どうしてですか」
仏「ごめんなさい。ほっんとに申し上げにくいことなんですが…………スケジュール」
ヨシヒコ「なんだとっっっ!!!!」
仏「みんな忙しいみたい。なんつか、ちょっと忙しい人ばっかりブッキングしちゃったからさ」
メレブ「ブッキングとか言ってんじゃねえよ」
仏「ま、こういうこともありますわ」
ダンジョー「こういうこともありますわではないっ！」
ムラサキ「お前が全員のスケジュールを調整するんちゃうんか?」
仏「なんでよぉ。仏、マネージャーじゃないもーん」
メレブ「しかし7人いたら1人くらいは合うもんだぜ。なんぼ忙しい人たちでもさあ」
仏「ちょいちょい縫い仕事入れていると思われる」
メレブ「お前が言うな」
ヨシヒコ「仏！　私たちはこの状態で魔王に勝つためにどうすれば……」
仏「わかった。1つだけ方法を教えよう」

メレブ　「あるのかよ。あるんなら早く言えや」
仏　「…………逃げろ」
４人　「は？」
仏　「逃げるのだっっ!!　そして再び７人がスケジュールが合うところで戦いを挑むのだっ!!」
ムラサキ　「魔王から逃げられるわけねえだろ！」
仏　「逃げられるって！　今、魔物を生み出すのに夢中だから！　今なら逃げられるって！　それでは私は今から向井理くんのドラマの撮影があるゆえ！」
ダンジョー　「お前もか――――っ！」
仏、消えて………。
ヨシヒコ　「………どうしますか」
３人　「…………」
ヨシヒコ　「…………………逃げますか」
メレブ　「だな」
ムラサキ　「仕方ないよね」
ダンジョー　「永遠に命を奪う相手だ。下手に戦ったら二度と生き返れない」
ヨシヒコ　「………………逃げましょうっっ！」
魔物を生み出す呪文を唱えているゲルゾーマ。
メレブ　「確かに夢中だな、あいつ」
少しずつ逃げていく一行。
ムラサキ　「魔物生み出すの大好きっ子だな、あれ」
ヨシヒコ　「また来るぞっっっ!!!」

メレブ「言わなくていいから、そゆこと。気づいちゃうから～」
ダンジョー「なかなかの集中力だ。全く気づかない」
ゲルゾーマ「待て」
4人「!?!?」
メレブ「だよな。魔王から逃げられるわけないよな」
ゲルゾーマ「逃げてもいいんだけどね………」
ムラサキ「あ、いいんすか?」
ゲルゾーマ「その前に1つ………」
と、ゲルゾーマが強力なビームを放つとトドメの剣に当たる。
みるみるうちに解けてしまうトドメの剣。
ヨシヒコ「なんだとっっ!!」
ゲルゾーマ「はい。逃げていいよ」
ヨシヒコ「トドメを刺すはずの剣がっっ!!」
ゲルゾーマ「早く逃げなさいよ。そしていつでもどうぞ」
ヨシヒコ「ゲルゾーマ…………」
メレブ「お言葉に甘えよう。ヨシヒコ」
ダンジョー「なんてヤツだ………」
メレブ「はい。逃げよう、ヨシヒコ。ね」
と、逃げていく一行。

三 ド●クエの画面

魔王の間から逃げ出したヨシヒコ一行。
「ヨシヒコたちはにげだした」のコマンド。
SEが鳴って普通に魔王の間から出られた一行。

四 とある森

座っている一行。

メレブ「そうだ！　俺はなぜあの時、アサダを唱えなかったのか。無駄にブラズーレなど！　悔やまれる！」
ムラサキ「関係ねえから」
ヨシヒコ「助け人も来ない。トドメの剣もいとも簡単に溶かされた………」
ダンジョー「しかし、どうしてトドメを刺すはずの剣があんなにも簡単に………」
ムラサキ「おい！　どーゆーことなんだよ！　仏！　説明しろよ！」
メレブ「無駄だ。ヤツは他の現場だ」
ムラサキ「ざけんなよ！」
ヨシヒコ「………勝てない。どうやっても勝てない」
ダンジョー「諦めるな！　次に7人のスケジュールが合う時に戦いを挑めば！　勝機はある！」
ヨシヒコ「しかし！　トドメの剣が………」
ムラサキ「そんなもんなくても根性でなんとかなるだろ！　今までそうやって勝ってきただろ！」
ヨシヒコ「ゲルゾーマ……。簡単に私達を逃がした。あんなにも余裕がある魔王はいな

メレブ　かった。それだけ強いということだ！　私たちに全く恐怖していなかった！」
ヨシヒコ　「うん。ヨシヒコ。考えよう。そして仏のお告げを待とうじゃないか」
メレブ　間。
ヨシヒコ　「1つ……私に考えが……」
メレブ　「ん？　なんだ？」
ヨシヒコ　「魔王を倒すのを……辞めましょう」
メレブ　間。
ヨシヒコ　「ん？　ん？　ん？　ちょっと聞こえなかった。もう1回、お願いしていい？」
メレブ　「何度でも言います！　魔王はもう倒さなくていいっ！」
ムラサキ　「うわあああああ」
ダンジョー　「最終回で来たか〜〜〜」
ヨシヒコ　「臆したか！　ヨシヒコっっ!!」
　「臆しましたっっ!!　永遠に命を奪われるんですよ！　そんなことはありえんっ！　絶対に死にたくないっ！」
メレブ　「おっと、ヒーローものでヒーローが100パー言わないセリフ、オンパレード」
ヨシヒコ　「私は世界の平和より自分の命が大事なんだっ!!」
ダンジョー　「それ以上言うな！」
ヨシヒコ　「今までどれだけ死んでもとりあえず私だけ生き返り、皆さんを稼いだお金で生き返らせることが出来た！　しかし！　次はそれが出来ないんですよ！」
メレブ　「なんで負ける前提でモノを言うかなあ」
ムラサキ　「ヨシヒコ大好きなちびっ子がガッカリしてると思うぜ」
メレブ　「まあ、ガッカリさせ続けるのがヨシヒコなのだが」

ヨシヒコ　「とにかく！　私達はもう魔王を倒さなくていい！」
間……。
去っていこうとするヨシヒコ。
ムラサキ　「待てよ！　ヨシヒコ！」
ヨシヒコ　「………」
ムラサキ　「魔王倒さないと…………魔王を倒さないと、私たちの冒険は終わらないよ！」
ヨシヒコ　「…………」
ダンジョー　「その通りだ。俺たちの長かった冒険はなんのためだ。魔王を倒すためだろう」
メレブ　「その通りだ。このままでは終われないぞ。ヨシヒコ」
そこに雷鳴。
メレブ　「そら見ろ。仏のお告げだ」
と、空を見るとブラック仏が登場。
ブラック仏　「ヨシヒコ!!」
ヨシヒコ　「なっっ!!　黒い仏っっ!!」
メレブ　「なんなんだ、お前！　仏が黒いってありえないだろ！」
ブラック仏　「ヨシヒコよ。魔王を倒さずともこの冒険を終わらせる方法はあるぞ」
ヨシヒコ　「なに!?」
ダンジョー　「キサマ！　余計な入れ知恵をするな！」
ヨシヒコ　「教えてくれ！　その方法を教えてくれ！」
ムラサキ　「ヨシヒコ、やめろ！　ブラック仏に関わるな！」
ブラック仏　「よーし。お前の望みを叶えてやろう！」

五 とある空間

ヨシヒコが現れる。
見れば鳥居に見立てたドアが3つ置いてある。

声　「ヨシヒコよ。ここは終わりの祠だ」
ヨシヒコ　「終わりの……祠？」
声　「お前はこの中のいずれかの祠でこの冒険を終わらせることが出来る」
ヨシヒコ　「凄い！」
声　「それはそれは魔王を倒すよりもはるかに素晴らしい冒険の終わりだ」
ヨシヒコ　「行かせてくれ！　私を素晴らしい冒険の終わりに」
声　「選ぶがいい。どの終わりの祠がいいのか」
ヨシヒコ　「…………」

ヨシヒコが1つの祠に入っていく。
祠の向こうからまばゆい光が………。

六 雪がふる大地

ちゃちいアニメがバック画になっている合成。
ダンジョーとムラサキがヨシヒコを探している。

ダンジョー　「ヨシヒコ――っ！　私の前に現れて私を許すと言ってくれ――っ!!」
ムラサキ　「ヨシヒコ――っ！　どこに行っちゃったの ーっ！　ヨシヒコ――っ！」

七 教会

倒れているヨシヒコ。
そこにメレブがやってきて……。

ヨシヒコ「メレブさん。僕、魔王に負けちゃいました」

メレブ「よいのだ。負けてもよいのだ」

ヨシヒコ「メレブさん。負けても僕のそばにいてくれるんですね。いつまでも僕と一緒にいてくれるんですね」

メレブ「もちろんだ」

ヨシヒコ「メレブさん、僕は見たんですよ。平和になったこの世界を………。だから僕は今、すごく幸せなんです」

メレブ「幻だがな」

ヨシヒコ「メレブさん。疲れたでしょう。僕も疲れたんです。なんだかとても眠いんです」

と、寝てしまうヨシヒコ。

ヨシヒコ「メレブさん」

と、メレブも寝る。

八 雪降る大地

ムラサキが立ち止まって……。

ムラサキ「いや！　いやーっ！　ヨシヒコ――――っっ!!」

九 教会

風が吹いてきてろうそくの火が消える。
すると天井が明るくなり、天使が降りてくる。
そしてヨシヒコとメレブを天につれていく。
笑うヨシヒコとメレブ。

NA 「ヨシヒコとメレブは、今まで退治してきた魔物たちがたくさんいる遠いお国へ行きました。もうこれからは魔物を倒すことも、女に惑わされることも、どSになることもなく、みんな一緒にいつまでも楽しく暮らすことでしょう」

十 とある空間

入った祠から出てくるヨシヒコ。

ヨシヒコ 「違うっっ！　なんだ、これはっっ！」
声 「どうした？」
ヨシヒコ 「死んでるじゃないか!!」
声 「しかし美しかったろう」
ヨシヒコ 「美しさなんてどうでもいいっっ！　私は死なずにこの冒険を終わらせたいのだ！」
声 「わかった」
ヨシヒコ 「魔王を倒さずとも！　死なずに！　なんとなく収まった感じで冒険を終わらせたいのだ！」
声 「わかったから。次の祠に入ってみろ。きっとお前の望み通りの冒険の終わり

ヨシヒコ　があるはずだ」

「………わかった」

と、もう1つの祠に入っていく。

十一　様々な点描

モンスターや村にある様々なものをコラージュ。
ヨシヒコ　「逃げちゃダメだ」
ムラサキ　「どうして逃げてはいけないの？」
ヨシヒコ　「逃げたら辛いんだ」
ムラサキ　「辛いことから逃げ出したの？」
ヨシヒコ　「辛かったんだよ」
メレブ　「辛いことがわかってるなら、それでよかろう」
ヒサ　「そう。辛かったら逃げてもいいのよ」
ダンジョー　「本当にイヤだったら逃げ出してもいいんだぞ」
ヨシヒコ　「でもイヤなんだ！　逃げるのはもうやなんだ！」
ムラサキ　「逃げることの辛さを知ったから、だから逃げるのがイヤなのね」

十二　真っ白な世

飛んでいるヨシヒコのイラスト。
ヨシヒコ　「これは？　なにもない世界………。誰もいない世界」

［飛んでいるヨシヒコのイラスト］
福田「ここは編集してて本当に面白かった。無茶な終わり方ナンバー1で、これを『ヨシヒコ』でやることに意義がある感じですね。『アオイホノオ』で庵野（秀明）さんという人を知った上でこのシーンが出来たというのは非常に楽しかったです。」

ムラサキ　「自由の世界」
ヨシヒコ　「自由?」
ムラサキ　「魔王なんか倒さなくてもいい。自由の世界だよ」
ヨシヒコ　「そんな……どうしたらいいか、わからん!」
メレブ　「自分のイメージがないのだな」
ダンジョー　「漠然としているんだ!」
ムラサキ　「なにも掴めない世界」
　テロップ「それが自由」
ヨシヒコ　「私は、私は魔王に負けたっっ!!」
　シナリオの1ページ。
　砂浜に座っているヨシヒコ。
ムラサキ　「お前、バカなの?　お前が1人でそう思ってるだけだぜ」
ダンジョー　「負けてもいいんだぜ」
ヨシヒコ　「私は卑怯で臆病でずるくて弱虫で……」
メレブ　「自分がわかれば優しく出来るであろう?」
ヨシヒコ　「私は魔王に負けたっっ!!　しかし!　冒険は終われるかもしれないっ!　私はここにいていいのかもしれない!　私はここにいたい!!」
　世界が開けて一行とヒサと魔物たちと玉人が現れる。
　全員がヨシヒコに拍手する。
　そして全員が「おめでとう」と声をかける。
ヨシヒコ　「ありがとう」
　テロップ。「仲間にありがとう」「魔王にさようなら」

「そしてすべての視聴者に」「おやすみなさい」

十三 とある空間

祠から出てくるヨシヒコ。

ヨシヒコ 「意味がわからんっっっ!!!」

声 「どうしてだ。すべてがうやむやになって素晴らしい終わり方だろう」

ヨシヒコ 「うやむや過ぎるっっ!!　なんなんだ!　魔王にさようならとは!」

声 「そのままの意味だ」

ヨシヒコ 「ダメだ……。やはり魔王に勝たねば冒険は終わることが出来ないのか」

声 「終わりの祠はもう1つ残っているぞ」

ヨシヒコ 「もういいっっ!!」

十四 とあるアパート

ヨシヒコに酷似した青年がゲームの電源を切る。

青年 「はああ。ダメだ。ボスキャラ強過ぎるわ」

携帯で電話する青年。

青年 「あ、もしもし。今から遊びに行かない?　うん。いや、ゲームやってたんだけど、今回のボスキャラ強過ぎるわ。もう今回はエンドロール見なくていいかなあ。もう、ボスキャラ見れただけで十分って感じ。うん、じゃあ、7時に駅で!　あ、いいよ。笑笑で。じゃあねえ」

と、電話を切る。

青年　「さあてシャワーでも浴びるかな」

と、立ち上がるとピンポン。

青年　「はい」

声　「宅配便でーす」

青年　「はいはい」

と、**ドアを開けると仏が登場**。

仏　「はい。アマゾンからお荷物ですね〜〜。ハンコ頂けますか？」

青年　「あ、あの……拇印でいいですか？」

仏　「そんな君はボインちゃんが好きなのかい？」

青年　「あ、そっすね。はははははは」

2人　「はははははははははははは」

仏　「笑ってダメとも――――っ！」

と、青年をパンチ。

青年　「なにをするんですか!!」

仏　「はい。仏、お邪魔します。仏、お邪魔します」

青年　「勝手に上がらないで下さいよ」

仏　「はい。わたくし、見ての通り、隣の晩ご飯を食べに来たわけでも、除菌の出来る洗剤を試してもらいに来たわけでもない。私は仏だ」

青年　「仏？　なんか怪しい宗教じゃないでしょうね？」

仏　「仏教でしょ？　仏の教えと書いて仏教だからね！」

青年　「なんなんすか、その仏が」

【ドアを開けると仏が登場】
福田　「このシーンで二朗さんは素で笑わされてましたね。『銀魂』の現場で話したんですけど、本番中に素であんなに笑わされたのは初めてで、山田孝之って役者の底力を味わわされたなと言ってました。二朗さんがずっと笑ってるからほぼ使えないぐらい（笑）。でも、それぐらい山田君のキャラに破壊力があったんです。」
佐藤　「シーズン1でもシーズン2でも最終回には雲から仏が降りてきて（山田）孝之と2人で芝居をするところがあって、やっぱり孝之が素晴らしいので僕はそれを凄い楽しみにしてるんですけど、今回はさらにすごいことになって。絶妙ですね。押されっぱなしでした。孝之にも『やっぱ、お前すげえな』って言ったら、『いや、僕は二朗さん、ムロさんと芝居をする時仏「あのさあ、今さあ、ボスキャラ強いからってゲーム終了したでしょ？」
青年「はい。ちょっと無理っすね。今回」
仏「たった1回負けただけで諦めイングしちゃったの？」
青年「なんかわかるんすよ。1回やれば。今回勝てねえなって」
仏「それじゃやった甲斐がないでしょうよ。ボスを倒してエンドロール見てぇ、最後に堀井雄二さんの名前見ないと終われないでしょうよ」
青年「いや、今回は見なくていいっす」
仏「うん。それでね？　某、感動の、某大型犬との愛の物語をもじり、天使に迎えに来てもらったり、某大人気ロボットアニメなどをもじり、主人公の気持ちを概念的にね、非常に概念的に訴えて、みんなにおめでとうおめでとう言って頂き、すべての視聴者におやすみなさいと、魔王にさようならと、そんなテロップを何枚か重ねて、かーなーりーの一本背負いで物語りを終わらせようとした、そんなのダメとも〜〜〜〜」
と、パンチ。
青年「そういうコマンド出たから」
仏「そしてお前はこれからなにを？」
青年「笑笑に飲みにいきます」
仏「♪行かないで行かないで」
青年「今夜はめちゃくちゃ飲みます！」
仏「♪飲まないで飲まないで」
青年「笑笑が大好きなんだっ！」
仏「なんで？　なんでそこまで笑笑？」

は、いつも、この人達すげえなって思ってますよ』って言って下さったんですけど、僕としては山田孝之の凄さを改めて感じました。」

青年「その名の通り、笑いが絶えない居酒屋です！　そして安い！　そして美味いっ！　なにげにっ！　それと……」

仏「あの、笑笑に関してそんなに熱く語らないで〜〜。笑笑の営業マンじゃない限り、語らないで〜〜」

青年「ボスキャラが強過ぎるのがいけないんすよ！」

仏「そんなお前に仏ビ――――ム」

と、仏からビームが出て………。

青年「ああああああああああああ」

仏「ヨシヒコよ。これはゲームではない。現実だ」

青年「なんで俺の名前知ってんすか？」

仏「ということでもう一発、仏ビ――――ム！」

青年「あああああああああああ」

と、青年がヨシヒコに変わる。

ヨシヒコ「私は………私はなにを………」

仏「うむ。魔王との戦いから逃避するがあまり、お前の頭の中でこの戦いをゲームとして処理しようとしていたぞよ」

ヨシヒコ「なんということだっっ!!」

仏「何度も言うが、魔王にキサマの故郷、カボイの村を滅ぼされてもよいのか？」

ヨシヒコ「ダメだ。そんなことはダメだっっ！」

仏「あちらではお前の仲間が魔王を倒すために待っておーる。今すぐあちらの世界に戻るがよい」

ヨシヒコ「わかりました！　………しかし、どうすれば……」

仏　「これに乗れ」
と、仏の隣にファルコン。
ファルコン　「よ。乗ってく?」
仏　「ふふ、しゃべれるんだよ」

十五　空

ファルコンに乗って帰っていくヨシヒコ。
片手にはでんでん太鼓を持っている。
上空に仏。
仏　「魔王を倒す答えは終わりの祠、第三の祠にあるぞ」
ヨシヒコ　「わかりました!!」

十六　とある空間

ふと現れたヨシヒコ。
一目散に第三の祠に入る。

十七　とある神社前

ふと現れたヨシヒコ。
すると次々とメレブ、ムラサキ、ダンジョーが現れた。

【第三の祠】
福田「ここは一番のこだわりでした。ド●クエのロト3部作が完結する時に、みんなが一番ドキドキワクワクしたのは最後にアレフガルドに戻るところだから、そこは踏襲したいって話を山田君とずっとしてたんです。」

画面がセピア色に染まっている。

ムラサキ　「あ、ヨシヒコ！　お前、どこに行ってたんだよ！」

ヨシヒコ　「詳しい話はあとだ。仏が魔王を倒す鍵がここにあると申された」

ムラサキ　「なんか……景色が……霞んでるね」

ダンジョー　「俺もそんな気がするが……気のせいだろ」

メレブ　「ん？　中から声が聞こえるが……」

ダンジョー　「本当だ。なにを話している……」

と、4人で耳を当ててみると声が聞こえる。

声　「オザル様はこの剣を岩から引き抜いた者を勇者として薬草を探す旅に出すと言ってたよな」

声　「ただ、この剣、めっちゃ簡単に引き抜けんだよね。ほら」

声　「わかった！　じゃあさ、あいつ、バカだからさ、みんなで岩から抜けないフリして、あいつが抜く番になったら誰かヒモで引っ張ればよくない？」

声　「それがいい！」

声　「そしたらあいつが旅に出ることになるな。バカだからその気になってすぐ旅に出るぜ」

声　「くくくくく」

と、村の男たちが出てくる。

身を隠したヨシヒコたち。

神社に入っていくと岩に剣が刺さっている。

ムラサキ　「どういうこと？」

壁に仏が現れて……。

仏　「ヨシヒコよ。それが………本物のトドメの剣だ」
ヨシヒコ　「なんですって！」
仏　「お前ら魔王にコロリと騙されたんだねえ。なんでもない剣を掴まされて、それを溶かされて、ビビらされて」
ダンジョー　「そういうことだったのか」
メレブ　「ヨシヒコよ。よくわからんが、この剣を頂いておけ」
ダンジョー　「しかし、なにやら明日、この剣が必要だと話していた」
メレブ　「うーむ。代わりにいざないの剣でも刺していけ。魔王を倒せばもう俺達が戦うこともあるまい」
ヨシヒコ　「………はい」

と、岩からトドメの剣を抜いて、代わりにいざないの剣を収めた。

×　×　×

時間経過。
朝日が昇っていく。
ヨシヒコたちが境内の裏から覗き込むと、1話のファーストシーン。
荒ぶるヨシヒコをヒサがなだめている。
それを見ていた一行。影に隠れて………。
中の声が聞こえてきて、ヨシヒコが剣を引き抜いたと大騒ぎである。

メレブ　「なんと………我々は時空を越えていたのか」
ムラサキ　「今回の旅の終わりが、ヨシヒコの旅の始まりのきっかけとはね……」

【岩からトドメの剣を抜いて、代わりにいざないの剣を収めた】
福田　「ヨシヒコの旅の始まりがヨシヒコたちの旅の終わりっていうのは、非常にいいまとまり方をしたなと思っています。みんなも納得してくれて『いい終わり方ですね』と言ってもらえました。」

ダンジョー「ううむ。俺にはまだ難しくてわからん」

そこに仏が現れて………。

仏「それでは早速、魔王ゲルゾーマの神殿に連れていこうぞ」

ヨシヒコ「ちょっと待って下さい、仏」

仏「ん??」

十八　魔王の大神殿・魔王の間

現れたヨシヒコたち……。

ゲルゾーマ「ほほう。思っていたより早く戻ったな」

ヨシヒコ「私はお前を倒す。本当のトドメの剣を手に入れたのだ！」

ゲルゾーマが振り返り……。

ゲルゾーマ「また仏か……。困ったものだ。また勇者の屍が増えるだけだというのに」

ダンジョー「それはどうかな。地獄を見るのはお前の番かもしれんぞ」

ゲルゾーマ「大した自信だな。ほざく根拠はあるのかな？」

ヨシヒコ「いでよ！　7人の助け人!!」

と、玉を投げると7つの玉が輝き、7人の助け人が現れた。

ヨシヒコ「皆さん！　ありがとうございます！」

メレブ「ん？　これは……っと……。ここに実在してない人が何人か……ま、いいや」

ムラサキ「ゲルゾーマ！　逃げ出すなら今のうちだよ！」

ゲルゾーマ「どうしようかなあ。困りましたねえ」

ヨシヒコ「その玉を！　玉をヤツに向かって投げるんだっ！」

【7人の助け人が現れた】助け人は2話のロビン（演・滝藤賢一）、3話のヴァリー（演・城田優）、4話のフロリア（演・山本美月）、5話のニッテレン（演・徳光和夫）、6話のカンダタ（演・髙嶋政宏）、7話のレオパルド（演・大地真央）、9話の香西そのか（演・川栄李奈）。

玉人7人「おお！」

と、投げると光り輝く玉がゲルゾーマの足、膝、両腕、頭を捕らえる！

ゲルゾーマ「うわあああああああああああああああああ」

爆発するゲルゾーマ。

ムラサキ「えええええ、ヨシヒコの剣、必要なかったじゃんよ！」

ヨシヒコ「いや、違う！　みんな構えろ！」

と、煙の中から第二形態が現れた。

メレブ「これがゲルゾーマの真の姿か！」

ゲルゾーマ「あああ、久しぶりだ。勇者よ、私を目覚めさせてしまったな」

ヨシヒコ「もう一度だ」

玉人「なに？」

ヨシヒコ「あなたたちは自ら弱点をつく玉を生み出せる！　それがあなたたちが玉人たる理由なのだ！」

玉人「そうなのか」

ヨシヒコ「もう一度！　もう一度、玉を生み出し、投げるんです！」

玉人「おお！」

玉人たちはカメハメ波風に手で大きな玉を作り………。

メレブ「玉人にこんな力があったとは……」

ムラサキ「まさに運命の助け人だな………」

玉人7人「おおおおおおおおおお」

と、一斉に玉を投げると同じく足、膝、腕、頭を捕らえて……。

ムラサキ「やったっっ！」

福田「最初に助け人を呼ぼうとした時はスケジュールが合わないってことで出てこないんですけど、ここでもスケジュールが合わなかったのか顔が合成されたみたいになってる。これは仕方ないんです。大地真央さんにこのために『もう一度、撮影に来て下さい』とは言えないから（笑）。『魔王と戦うために来て下さい』って言う勇気がなかった。何人か本物がいてもいいって気がしてたんだけど、忙しい人ばっかり選んだんで誰1人OKが出なかったんですよね（笑）。城田君は意地でも行くって言ってくれたんですけど、なにせ舞台があったので。結局、全員、合成です（笑）。」

すると胴体だけ残り、その心臓部分から新たな頭が生まれ出ようとする。
ダンジョー「今だ！　ヨシヒコ！　胸を突け――――っ！」
ヨシヒコ「はいっっ!!」
と、トドメの剣で胸を突く！
ゲルゾーマ「キキキ、キサマ……このゲルゾーマを……」
と、胴体が粉々に砕け散る！
メレブ「やったぞ！」
ダンジョー「これぞトドメの剣だ」
ヨシヒコ「これで……これで世界に平穏が戻る……」
と、魔王の座に背を向けた時……。
ゲルゾーマ「今までの私ならばここで終わりだった」
ヨシヒコ「なんだとっ!!」
ゲルゾーマ「私は恐怖をエサに進化すると言ったはずだっ！」
と、第三形態が現れた！
メレブ「ウソだろっっ！」
ムラサキ「なんじゃこりゃ!!」
ダンジョー「ひるむなっ！」
ゲルゾーマは7人の助け人の魂を抜き取るように玉を抜き取り、すべてを破壊する。
砕け散るすべての玉。
ヨシヒコ「なにっっ!?」
ムラサキ「ざけんな!!　メラゾーマっっ！」

と、メラゾーマを唱えるとゲルゾーマが炎に包まれるが、化け物のように叫ぶゲルゾーマは強力なビームを連続して発してくる。
それがムラサキ、メレブを捕らえた。

ヨシヒコ「メレブさん！　ムラサキ!!」

ダンジョー「俺様の炎の剣を受けてみよ――――っ！」

と、切り裂くとゲルゾーマは真っ二つに裂かれる。

ダンジョー「どうだっっ！」

しかし、すぐに1つに接合してビームを放つ。
倒れるダンジョー。

ヨシヒコ「ダンジョーさんっっ!!」

ゲルゾーマ「知っているな？　私に殺された者は二度と甦らない。キサマの仲間は永遠に死んだのだ」

ヨシヒコ「許さん！　私はお前を許さんっっ!!」

と、ゲルゾーマに飛びかかり、胸にトドメの剣を突き刺す！

ゲルゾーマ「何度言わせる。私は常に進化しているのだ」

と、ヨシヒコを振り払い、落ちたところにビームを放つ！
ビームはヨシヒコを直撃して4人は倒れる。

ゲルゾーマ「ふふふ。ここまで私を追い込んだ勇者はお前だけだ。褒めてやろう」

と、倒れたヨシヒコがふっと消えて新たなヨシヒコが現れた。

ゲルゾーマ「なに!?　どういうことだ!?」

すると次々とヨシヒコが現れ、その数、１００人ほどになる。

ゲルゾーマ「な、なんということだっっ!!」

［すると次々とヨシヒコが現れ、その数、１００人ほどになる］
福田「これを言い出したのは山田君です。」
山田「僕が声をやった『ドラゴンクエストヒーローズⅡ』が当時出たんですけど、ぶわっとたくさんいるモンスターとどんどん戦って斬っていくとレベルが上がっていくんです。そういう感じで、逆にボスの方がたくさんいるヨシヒコを倒していくうちに、ボスのレベルがどんどん上がって、ヨシヒコがどんどん勝てなくなっていくのはどうですか、と提案しました。『時空を超える』という案を聞いてたので、『じゃあ、過去のいろんなところからいろんなヨシヒコを連れてくるのはどうですか？』とも考えたんです。『悪霊の鍵』の第1話で老人のヨシヒコが出てきましたけど、あの人たちとか、めっちゃ太ったヨシヒコとか、子どものヨシヒコがいるとか面白いんじゃないかと思って、そういう提案もしました。」

ヨシヒコ　「これはすべて私だ。過去から招きし、私だ！　私はお前を絶対に許さんっっ!!」

と、100人のヨシヒコがゲルゾーマに襲いかかる！

ヨシヒコ　「おおおおおおおおおおおおおおおおお」

ゲルゾーマの体を覆い尽くすヨシヒコたち。

一斉にゲルゾーマを剣で刺した！

ゲルゾーマの体から体液が噴き出す！

ゲルゾーマ　「な、なんということだ……。私が……人間にやられるとは………」

爆発するゲルゾーマ。

ヨシヒコ　「…………………………」

倒れているダンジョーとメレブとムラサキを見る。

ヨシヒコ　「ダンジョーさん………メレブさん………ムラサキ────────っっ!!

あああああああああああああああああ!!!」

そこに仏が現れて……。

仏　「勇者ヨシヒコよ、よくぞ魔王を倒してくれた。では、もといた時代に戻ってもらうぞ」

ヨシヒコ　「は………」

すべてのヨシヒコが消えていく。

十九　とある道

ふと現れたヨシヒコ。
ヨシヒコ　「ここは…………」

【ふと現れたヨシヒコ】
福田　「ヨシヒコはシーズン1の1話の時代に戻されてダンジョーに出会う。この時に、この先の旅のことをヨシヒコは全部知っているところで終わるのが美しいと思ったんです。」

すると向かいからダンジョーが歩いてくる。

ヨシヒコ「………ダンジョーさんっっ!!」

ダンジョー「ん？　なぜ俺の名を知っている？　イヤな時代になったもんだ。皆、人間は疫病に苦しみ、救いを求める……」

ヨシヒコ「この先の山に向かいましょう！」

ダンジョー「話を聞け！」

ヨシヒコ「そこに行くと私を狙うおなごに会えるのです！」

ダンジョー「なにを言ってる？」

ヨシヒコ「そのおなごを仲間にしてウッサンの村に向かうと金髪の教祖がいるのです！　その人を仲間にしましょう！」

と、ダンジョーを引っ張っていくヨシヒコ。

ダンジョー「おい！　若人！　さっきからなにを言ってるんだ」

二十　別の道

歩いているヨシヒコ一行。

ヨシヒコNA「私は旅を始めたすぐ後の私だった。そう。私たちは魔王ガリアスを倒す旅に出るのだ。しかし、私が時空を歪めてしまったことで魔界も歪み、とてつもなく恐ろしい敵が生まれ出ていることに、この時の私は全く気付かなかったのだ………。という感じのことを言っておくと今度こそ映画になるかもしれないので、とりあえず言ってみた私だ」

歩いていく一行の向こうには青空が広がっている。

【そこに行くと私を狙うおなごに会えるのです！】
木南「ラストでもう1回最初に戻って旅に出るってなった時に、メレブとムラサキはヘナチョコなのに、また集めようとしてくれるヨシヒコのピュアさみたいなものには、ちょっと感動しました。」

あとがきにかえて

対談

福田雄一
山田孝之

YUICHI FUKUDA
×
TAKAYUKI YAMADA

——そもそも『ヨシヒコ』シリーズはどのようにして思いついたんでしょうか？

福田　あの当時、リーマン・ショック的なことでテレビ業界が非常にお金に貧している時だったと思うんですよ。ちょうど、その頃、僕は妻にやたらとテレビを見る時間が増えた育児休暇をとってと言われていて、んですけど、深夜ドラマとかを見ると「お金がないからしょうがないじゃん」みたいな、諦めた空気のものが多くて「もったいねえなあ」と思っていたんです。育児休暇をとっている間、次の7月クールをやらせてもらうことだけが決まっていて、なにをやろうかと思った時に、「枠に予算がない」という情報だけやたらと伝わってきて(笑)。すっごい悩んだんですけど、お金がないことを逆手にとって、お金がない時には絶対やっちゃいけないことをやったら面白いんじゃないかと考えたんです。

——そうやって〝予算の少ない冒険活劇〟が始まったわけですね。

福田　「冒険活劇だけど、日本のドラマだから中世の騎士も違うし、時代劇の格好での冒険もどうなんだろう」と考えた時に「ド●クエのパロディにすればいいんだ！」って思いついたんです。そのことを思いついた時はあまりに嬉しくて、今でもすっげえ覚えていますね。

——山田さんは福田監督直々にオファーなさったとか。

福田　キャスティングの話し合いが紛糾して主人公のヨシヒコ役がなかなか決まらず、キャスティング会議中に「じゃあ、もう俺がメールします」って。ホントはやっちゃいけないこととわかっていながら、山田君に「ド●クエのパロディドラマをやるんだけど」と事務所を通さず直接メールしたら5分後に「面白そうですね」って返事があって。「深夜だしテレ東なんだけど」と伝えたんですが、山田君の答えは「面白いことに関して局と時間は関係ありません」っていう非常にカッコいいものでした！

——その時、山田さんはどういう魅力を感じたんでしょうか？

山田　このゲームのパロディっていうところですね。

福田　幸いなことに僕も山田君もこのゲームが大好きだったんで、共通の言葉や概念が非常に多くて、それはラッキーだったんじゃないですかねえ。

——『ヨシヒコ』に関して、山田さ

山田君の功績はオープニングテーマに関してもある（福田）

んは役者として出演するだけでなく、企画段階から深く関わっていらっしゃると聞きました。

山田　『導かれし七人』に関しては結構いろんな面で関わっています。前回の『悪霊の鍵』が終わった時に心残りが凄く多かったんで、ちょっとこのままでは終われないなと思ったから、3作目は絶対にやるって決めていたんです。次は過去の『魔王の城』と『悪霊の鍵』で引っかかったことを全部クリアにしたいと思いました。

――いろいろとアイディアを出したそうですね。

山田　福田さんからストーリーの大枠を聞いて「こういうのはどうですか？」ってアイディアを出すみたいな感じですね。

福田　山田君の功績はオープニングテーマに関してもあるんですよ。『悪霊の鍵』からなんですけど、僕は音楽がよくわかんないなりに「『ヨシヒコ』はやっぱり『ヨシヒコ』に合った音楽で始めたい」っていうのがあって、山田君にミュージシャン選びをお願いしているんです（笑）。

山田　前回のストレイテナー（オープニングテーマ『From Noon Till Dawn』を担当）は僕の中でパッと思い浮かんだんですけど、今回なかなか答えが出なくて、ずっと何ヶ月も考えていたんです。

福田　アメリカにいた時思いついたんだよね？

山田　別の仕事でアメリカに行ってた時に、ふと「影山（ヒロノブ）さんだ……！　ヤバい、俺、スゴいこと思いついた！」ってなったんです。

――それでJAM Project（影山ヒロノブ率いるグループ。数々のアニメソングを歌っている）が起用されたんですね。もともと影山さんはお好きだったんですか？

山田　もちろん。だって、『ドラゴンボール』の世代ですから。影山さんにも一度お会いしたことがあったので、影山さんに結構な長文をお送りし、やりとりをさせて頂き、お会いして下さることになって。福田さんとプロデューサーと一緒に会って、その場でお返事を頂きました。

福田　『魔王の城』がファンク系（mihimaru GTの『エボ★レボリューション』）、『悪霊の鍵』がロック系ときてるから、僕的には他人事のように「どうするんだろうな、今回」と、全く考えてなかったんです。山田君におまかせしているから、お気楽に構えていて（笑）。そしたら山田君から「影山さんで」と言われて、さすがだなと思いましたね。第3弾にして一番芯を食った感じのところを狙いにいくという。

――オープニングテーマにおいてもボールをバットの芯でとらえた、と。

山田　ド●クエのキャラクターを描いているのが鳥山明さんで、影山さんは『ドラゴンボールZ』の曲を歌っていますから。

――そういう点でもリンクするわけですね。

福田　『ヨシヒコ』では思いついたら直接連絡してみるっていうことがわりとあったんですよ。

山田　『魔王の城』でいうと、（小栗）旬君（第10話にゲスト出演）は僕がメールしました。

福田　片瀬那奈ちゃん（『導かれし七人』第8話にゲスト出演）も山田君から「『ヨシヒコ』に出たいってずっと言ってくれている」って話を聞いたんですよ。あとは城田優君（『導かれし七人』第3話にゲスト出演）も出たいと言ってくれているって話を山田君から聞いていて。

山田　勝地涼（『悪霊の鍵』第9話にゲスト出演）もそうですね。以前から「出たい」って声は凄かったんですけど、シリーズがここまで大きく成長したので、今回はスケジュールを調整してまで出たいと言って下さる人が多かったんです。だから、『導かれし七人』に関しては直接お願いするっていうのはやっていません。僕としては今回、子どものファンがすごく増えてきていたので、グッズ展開をどうしてもやりたいと思っていて、Tシャツやタオルは当然ですけど、オモチャもかなり提案しました。

福田　LINEのスタンプも僕が山田君に頼んだんですよ。

山田　僕は絶対やるべきだって言っていたんです。どの表情にするか、どのセリフにするのかも僕が選ばせて頂きました。

福田　山田君がだいぶ吟味して作ってくれたんですよ。

山田　仏がいてメレブの呪文があるので、声が出るオモチャは絶対作ったほうがいいって提案もしましたね。

――それで声が出るグッズも販売されたんですね。

山田　あとはタオルも最初は書いてあるセリフが違ったんです。それがいまいちピンとこなくて、思い切って「魔王より巨乳」の方がいいんじゃないですかって提案して。

福田　山田君が『ヨシヒコ』のことをわかっているから安心出来るんですよ。それから、今回一番ありがたかったのは、山田君が、僕のやりたいことを後押ししてくれたことですね。

――いろいろなネタが盛り込まれていますもんね。

福田　製作側としてはあまりに危険なパロディが多過ぎるので尻込みしていた部分もあったんですよ。

山田　でも、『ヨシヒコ』だからこそいけるんじゃないですかね。「『ヨシヒコ』にそんなに腹を立ててもしょうがないじゃん」って強味があるし、そういうところで挑戦していかないと面白いことは出来ないと思うんですよ。チームなので、一丸となって挑まないと。

――スタッフも腹をくくってほしいと。

山田　そっちが思い切ってやってくれれば、こっちだって思い切ってやる。死ぬ時は一緒だ（笑）。「いや～、それはダメでしょう」って言っていたら面白いものは作れないと思っています。

福田　結果的にネタにさせて頂いた皆さんも面白がってくれたと思います。エンタメはそういうものが面白いと思っている人が集まった世界なわけですから。実際に動いてみる前から「これは出来ないだろう……」と思って動かないのは非常にもったいないなって。

山田　リスクばっかり言っていてもキリがないですよ。

福田　僕は放送作家でもあるのでテレビのバラエティ番組の会議にも出るんですけど、そーたにさん（放送作家）、高須（光聖）さん（放送作家）とか、僕の先輩にあたる世代の方がよっぽどバカなことを言うんですよ。20代の若手の作家さんが「それ、許されますかね」「それ、成立しますかね」みたいなことを言う（苦笑）。それだとテレビは面白くなっていかないと思うんですよね。

山田　「実際に動き出してもこういうことがあってダメになるかもしれない」っていうことはあるけれど、

〝きわきわ〟な方が面白いと思うんですよね（山田）

そうなったらどうするかを考えることが大切なんだと思います。その中でも『ヨシヒコ』はパロディなので、「そこまでいくの？　やり過ぎじゃない？　大丈夫？」っていう〝きわきわ〟な方が面白いと思うんですよね。

福田　チーフプロデューサーが第5話で「テレートは粉々に」って言ってくれたのは凄く嬉しかったんですよ。『魔王の城』からのプロデューサーで『ヨシヒコ』に理解があるんで。

山田　みんなも今回で度胸がついたと思います（笑）。

福田　テレビは本来、そういったことをずっとしてきたはずなんですよ。作り手にはポテンシャルのある人たちが絶対にいっぱいいるはずなので。

――シナリオを読むと、放映されたドラマと内容がかなり違うことに気づきます。どのようにして現場で膨らませていったんでしょうか？

福田　その場のノリで変えることもあるし、山田君から「こうしませんか」って言われることもあるし、ムロ君に関しては報告もなしに勝手に変えてくることもあるし。僕が変えたくなって現場で「セリフ変えまーす！」ってところから撮影を始めることもあるんで。

山田　それありきで台本を作っていますよね、福田さんも。全部ガッチガチに作らないで、台本を書いてから撮影するまで時間があるから、トレンドのもの、時事ネタなんかを入れるために、あえて余白を入れてある。

福田　今回の第8話の台本でも、具体的にどういう呪文かは書かないで「メレブの呪文のくだり、あって……」って書いているだけのところもあるし（笑）。撮影しているうちに、なんか面白いものが出てくるだろうっていうのがあるんですよ。第2話のヒダリーのセリフも台本にはおおまかにしか書いてなくて。

山田　そうですね。あれは僕が出しましたね。

福田　ヒダリーの足しセリフは山田

君が勝手に言っています（笑）。

山田　「ヒダリーがメレブにだけ厳しく当たるのはどうですか？」って提案したんですよ。

福田　そういうのが多々あるってことです。

――『魔王の城』の時から、そういう作り方をしてらっしゃるんですか？

福田　そうです。今回は僕が書きましたけど、ムラサキの特技とかも山田君の案でしたね。

山田　現場でムロさんと（木南）晴夏とずーっとふざけた雑談をしているんです。ムラサキの特技の〝酔っ払いの目〟（『魔王の城』第7話で登場）は、撮影の前の日に飲んでいた時の晴夏を見て思いついて。〝あひる口〟（『悪霊の鍵』第10話で登場）もそんな感じで生まれたんです。

福田　山田君が撮影の合間に嬉しそうな顔しながらこっちに来るんですよ（笑）。「晴夏のアヒル口が超ヤバいっす！」って（笑）。そうやって台本から膨らませていく瞬間がやっぱり面白くて。『ヨシヒコ』の醍醐味ですね。だから、台本にドラマと違うことが書かれていたら、役者さんの発信で変えたり、僕が急に変えたくなったりしたってことなんです。『魔王の城』『悪霊の鍵』と比べても、今回は一番変更が多いと思うんですよね。

――つまり、山田さんのアイディアも作品の随所に入っているということですね。

福田　第1話の魔王との戦いで、ヨシヒコたちは死んでて、最終的にスライムが魔王を倒すっていうのは最初に山田君からもらったアイディアですね。大の大人たちが段ボールのスライムをいろんな角度からめっちゃいっぱい撮ったんですけど、尺の関係でカットになって。今、DVDのディレクターズカットに入れるべくCGの作業中です。

山田　ラスボスを倒した時に味方のモンスターしかいないっていうのは、僕が実際にあのゲームをプレイした時にあったことなんですよ。キャラが全員死んで、馬車から出てきたゴーレムがボスを倒してクリア。なんか、凄くモヤモヤして（笑）。

――達成感があるのかないのか、わからないですね。

福田　その〝ド●クエあるある〟を聞いて、思いついたのが最終回の構成だったんですよ。僕はド●クエのボスキャラを倒したことが1回もないんです。「まあ、ラスボスを見られたからいいか」ってゲームを止めるんです。だから、ボスを倒さずに、いい感じで終われないかってヨシヒコが言い出すのは〝俺あるある〞なんです。

山田　最終回はカオスですよね。いろいろやったもんな。『フラ●ダースの犬』のパロディを撮影してる時は超楽しかったです。

福田　メレブとヨシヒコがずっと笑い合ってて、訳がわからない（笑）。

山田　本家の映像を見て、パ●ラッシュとネ●の腕の位置とか振り返る時の首の角度とかタイミングを研究して。全部一緒になるようにしたんですけど、アニメだから真似しようとすると「これ、どうなってんだ?」って無理な体勢もあって（笑）。

――おふたりで飲んでる時は、アイディアの出し合いになるんですか？

山田　最終回でヨシヒコがぶわーっと出てくるのは、焼き鳥屋で飲んでいる時に提案したんですよね。

福田　ただ、アイディアの出し合いという意識はしていません。会議みたいな空気にはしたくないので、適当にしゃべっているだけです。そうすると、すごく面白いアイディアが出てくるんで。

山田　自分が出したアイディアが台本に反映されてた時は嬉しいんですよ。「あ、採用された！」って感じで。でも、現場で福田さんに言っても「う〜ん」って響かないこともあって。「ダメか、面白いと思ってもらえないか……」ってこともあります（笑）。

福田　最終回は山田君と話していたまんまの形になっていますよ。

山田　でも、台本を読んでビックリしましたよ。ラストはああいう風に持っていくんだと思って。

福田　僕的には満足いったんで、「満足いきました」ってみんなに言いました（笑）。

――『導かれし七人』を作るにあたって、「今回の『ヨシヒコ』でやれることをやりきってしまおう」というような思いはあったんですか？

福田　『悪霊の鍵』では消化不良なところもあったから、「やっぱシーズン3をやらないと」って気持ちはあったんですよ。今回やって思ったのは、前回から4年空かなかったら今回の全話のシナリオを書けなかったたなってことなんです。ヨシヒコは自分の脳に生えている〝面白の稲〞を全部刈りとらないと書けないんですよ。ネタが満載じゃないといけない。僕の脳の田んぼに面白の稲がたくさん実ってないと全12話を書き切れない。４年間っていう稲が生える時間が必要だったって考えると、「まだやれます」とは簡単には言えないですね。

山田　思い浮かんだことをネタ帳みたいにメモったりするんですか？

福田　メモらないね。

山田　忘れちゃうようなものは……。

福田　その程度のものっていうこと。「あ、これ、『ヨシヒコ』でやったら面白いな」というものは絶対覚えてるもん。いわゆるプロットみたいなものは書きます。やりたいことのプロットはばーっと書いてて。今回、『魔王の城』の時に書いたプロットも見たら、エフエフの村（『導かれし七人』第3話）ってヤツがあって。「あ、最初からやりたかったんだ」って思い出して（笑）。それはそこから引っ張り出してきたんですよ。だから、今回は本当に全部ぶち込んでやろうと思っていました。

山田　やり過ぎて、『導かれし七人』の撮影はホントに全然覚えてないんです、僕。

福田　昨日、一緒にご飯食べて話したんですけど、山田君に「『導かれし七人』のあれ、面白かったね」って言っても、「そんなの、ありましたっけ？」って感じで（笑）。

山田　きれいに覚えてない（笑）。

――完全燃焼だったんですね。

福田　僕にとっては、今回、『ヨシヒコ』をやってることが初めて楽しかったんですよね。

――えっ、今までは楽しくなかったんですか!?

福田　『魔王の城』は頑張らなきゃって必死でした。『悪霊の鍵』は単純にプレッシャーもあったし、『魔王の城』でやったようなことはやれないって自分を縛ってたところがあって、純粋に楽しめてなかったと思います。でも、『導かれし七人』になったら、いろんなことがいい意味でどうでもよくなったんです。視聴者の方に楽しんで頂ければ最高なんですけど、ぶっちゃけて言ったら自分とメインキャストのみんなが楽しんで終われたらそれでいいやというのが自分の中にあって。だから撮影してる間はずっと楽しかったですね。撮影は体力的にきつかったはずなんですけど楽しい思い出しかないんです。下手すると、編集してる時に涙が出てくるんですよ。

――どういう感情の涙なんですか？

福田　楽しかったなあって（笑）。

編集してて、「あ、このシーン撮った後にこんなことあったなあ」って1個1個思い出すから、たまに涙が出ることがあるんです（笑）。今までで一番楽しかったと思います。

——山田さんにとって、これだけ長い付き合いとなった役もなかなかないのでは？

山田　ウシジマ（『闇金ウシジマくん』の主人公）とヨシヒコがずーっと一緒に育ってきたっていう感じですね。

——ずいぶん両極端ですね。

山田　両極端だから続けられるんですよ。

——なるほど！

山田　両方深夜ですけどね。深夜ドラマの帝王を目指してます（笑）。

福田　山田君が素晴らしいのは深夜ドラマをやってるのに、深夜ドラマの人っていうレッテルを貼られないことだよね。そこがいいと思うんだよな。

山田　ああ、映画があるからですかね。ゴールデンのドラマは、この前出たのが8年ぶりでした。

福田　『信長協奏曲』だね。本人はバランスをとってるつもりはないんでしょうけど、結果的にいいバランスだなと思うし、遊び心がいつまでも絶えないのが素晴らしいなと思って。

山田　やりたいはずですよ、俳優は。

——『ヨシヒコ』のような遊び心を活かせる作品をやりたい、ということですか？

福田　遊び心って持とうと思って持てるものではないじゃないですか。もともと持っているものだから。最終回のボスキャラの声は堤真一さんなんですけど、あの堤さんが『ヨシヒコ』に出る必要とかないですよね。それなのに堤さんは「おもろいやん、それ！」ってなる。それが遊び心だと思うんですよ。

山田　堤さんは結婚して子どもが出来たじゃないですか。僕も『ヨシヒコ』が始まってから結婚して子どもが出来て、変化がありましたね。

福田　肩の力が抜けた遊びが出来るようになったというか。

山田　すごく冷静になっていますね。冷静に本気でやる、みたいな感じで。最初の頃は手探りで必死だったから、以前のものを見返すと「間が長いな。ちょっと詰めてもいいな」とか感じますね。今日見た第1話（取材日に、コアなファンを招いての『導かれし七人』第1話先行試写会が行われた）でも1ヶ所、「長っ」ってところが

全然集大成ではないんです。逆に後退してます（福田）

ありました。

福田　全然、集大成ではないんですよね。逆に後退しています（笑）。『悪霊の鍵』の方がよっぽど質は高いと思います。『悪霊の鍵』は話もよく出来てるんですけど、ただ『ヨシヒコ』に出来のよさは求められてないなと『悪霊の鍵』の時に感じて（笑）。だから、今回シナリオを書く時に『魔王の城』より後退してやろうと思ったんです。

山田　『悪霊の鍵』はシナリオに凄くこだわりがありますもんね。

福田　でも、それは要らねえやと思って。『魔王の城』より幼いことやろうと思って。

山田　『導かれし七人』の第1話は、魔王と対峙、教会、仏、あとモンスターって感じで。

福田　簡単な構成なのよ（笑）。教会でのヨシヒコと鎌倉（太郎。『魔王の城』から神父役を演じている）とのやりとりには年輪を感じたなあ。あの、上手くいっている感じ。今までやってきてよかったなあと思った。

山田　安心しますよね。

――今日のインタビューは、コアな『ヨシヒコ』ファン30人を招待しての第1話先行試写会の後に行わせて頂いていますが、試写会の時に福田監督は席を外していたそうですね？

福田　はい。あれは公開処刑ですから（笑）。ホントにはりつけの刑で。笑って下さるとは思うんですけど、絶対1ヶ所や2ヶ所は自分がおもしれえと思っていたけど、さほどウケないところがあるんですよ。そこだけが記憶に残っちゃうから。

――他に大ウケしたところがあっても、そこの印象ばかり強く残ってしまうんですね。

福田　それで追い込まれるんで。僕に関しては編集とか仕上げの作業がまだ全然残っているんで、そこに影響を受けたくないんで。現在編集しているものがめっちゃ面白いと思っている状況のまま突っ走りたいんで、棄権させて頂きました（笑）。

――山田さんはファンと一緒に作品を見る経験というのは？

山田　ないんじゃないですか。凄くいい企画だと思いました。

福田　今日も30人のどマニアの人達が来ていたので、もっと話をしたかったんです。それから今、大変ありがたいことに『ヨシヒコ』のオフィシャルツイッターのフォロワーが31万人いるんですよ（2016年11月現在ではさらに約47万人に増加）。尋常じゃないことだと思うんで、たくさんのフォロワーに応援してもらっているということを1回なにかの形にしたいなあというのはあって。やっぱ、やりたいなあ。

山田　今までも池袋のサンシャインでモンスターと衣装の展示イベントなどはあったんです。でも今回はもっとファンの方とコミュニケーションをとれるようなイベントを実現出来たらなと思いますね。展示なんかもあって、僕らもいてトークイベントをやって。僕の理想で言うとオープニング、エンディングを担当してくれているアーティスト達にもライブをしてもらいたいですし。

福田　ファンはきっと集まってくれると信じています（笑）。集まってもらって一緒になにかしたいね。4年間待ってくれたことに対してファンに感謝したいんですよね。

山田　必ず集まってくれるでしょうし、みんなと一緒にやりたいですもん。そこでファンの人たちと一緒に、大人も子どももいて、みんなでわーっとなるようなことをした方がいいと思うんですよ。ちゃんとファンのみんなの顔を見たいですよね。

福田　年末にスペシャルドラマで『ヨシヒコ』をやるとかでもいいですよね。だって、リアルに盛り上がると思うよ、年末に6時間『ヨシヒコ』って（笑）。

山田　6時間は長いですね（笑）。

福田　過去作のダイジェストを作って、最後の2時間をヨシヒコの新作とかの構成にすればいける。めっちゃ盛り上がるよ！

山田　年末は他に強い番組がいっぱいありますよね。

福田　『ヨシヒコ』だったら惨敗しても笑えるんじゃない？

山田　「あいつら、調子乗ったなあ」って。確実に『ヨシヒコ』は録画して、リアルタイムでは他の番組とかを見ると思いますね（笑）。

福田　そら、そうだな（笑）。ただ、こちらは子どものファンがいるからね、なにげに。年末年始は子ども向けのチャンネルが強いですから。

――では、『ヨシヒコ』のイベント実現と、『ヨシヒコ』がテレ東の年末を飾ることを期待しております！

福田　第11話で仏が「パシフィコー！」って言っているわけですから、パシフィコ横浜で〝ヨシヒコ横浜〟っていうイベントをやったらいいじゃないですか。やってくれたら、僕の生きる糧になるなあ。テレ東さん、ぜひともよろしくお願いします（笑）。

山田　福田さんの監督生命がかかってきましたね（笑）。

福田　テレ東さんが〝ヨシヒコ横浜〟の実現をしてくれたならば、続編も……。

山田　可能性はあります！（笑）

福田雄一（ふくだ・ゆういち）
1968年、栃木県小山市生まれ。成城大学経済学部卒業。劇作家、放送作家、映画監督。劇団ブラボーカンパニー座長。

勇者ヨシヒコと導かれし七人

[CAST]

山田孝之
木南晴夏
ムロツヨシ
岡本あずさ
佐藤二朗
・
宅麻 伸

[チーフプロデューサー] 浅野 太
[プロデューサー] 小松幸敏/和賀裕則/手塚公一
[企画協力] 武藤大司
[アソシエイトプロデューサー] 波多野健
[キャスティングプロデューサー] 田端利江
[ラインプロデューサー] 鈴木大造
[アシスタントプロデューサー] 河瀬 知/片岡大樹
[撮影] 工藤哲也/鈴木靖之
[照明] 藤田貴路
[録音] 高島良太
[美術] 尾関龍生
[装飾] 遠藤善人
[ゲルゾーマ(最終形態)デザイン] 山崎 貴
[衣裳デザイン] 澤田石和寛
[衣裳] 加藤友美
[チーフヘアメイク] 及川奈緒美
[特殊メイク] 飯田文江
[特殊造型(仏カツラ)] 梅沢壮一
[段ボール造型] ブラボーカンパニー　佐藤正和/山本泰弘/
太田恭輔/金子伸哉/鎌倉太郎/野村啓介/保坂 聡
[段ボール造型応援] 高橋ひろみ/一瀬江身/黒部弘康/
清水美矢子/清水穂菜美/MIWAKATOH/関谷亮子
[編集] 栗谷川純/阿部誠人
[スプリクター] 湯澤ゆき
[音楽] 瀬川英史
[選曲] 小西善行
[音響効果] 荒川 望
[MA] スズキマサヒロ
[助監督] 井手上拓哉
[制作担当] 桜井恵夢
[監督助手] 松尾大輔/吉﨑祥太/石塚 礼
[撮影助手] 倉田慎也/国枝淳志/岡村 亮
[撮影部応援] 岡山佳弘
[I/O Operator] 三宅邦明/内海 航/中島俊彦
[照明助手] shiina☆/湯浅翔太
[照明部応援] 東 憲和/村上俊一郎/関真由美
[録音助手] 日高成幸/小黒浩聡/山本 睦
[録音部応援] 廣瀬景虎
[装飾・小道具] 鈴木聖菜/堤 琴絵
[トドメの剣デザイン] 玉谷 純
[美術部応援] 板谷春奈/前田正晴/鴻野貴志
[衣裳助手] 渋谷真理/星 翔子
[ヘアメイク] 山本有輝
[ヘアメイク応援] 内城千栄子
[特殊メイク助手] 岡田 槙/松田紗也佳/石毛 愛/新井衣莉果
[特殊メイク応援] 橋本隆公/須賀寛子
[キャスティング助手] 山下葉子
[制作主任] 古賀美沙紀
[制作進行] 瀬島 翔
[制作デスク] 福本真子
[車輛] 飛鳥田義晴/福田 誠/松村 力/知久哲也
[車輛部応援] 中野秋宏/相馬 亨/田中 昇
[スチール] 中武宏太
[メイキング] 内田準也
[メイキング応援] 北村信一郎/安達亨介
[オープニングタイトル] 及川勝仁/石澤智郁
[エンディングタイトル] 長谷川奈波
[オンライン編集] 高山春彦
[VIDEOマスタリング] 林 信尊
[編集助手] 臼杵恵理
[CG] 中口岳樹/高久湧也
[CG応援] 白組
3DCGアーティスト　植木孝行
デジタルコンポジター　大久保榮真
オプティカルフォース　須藤定夢/秋山一憲/
桑原 翼/榊原 亮/玉野 希/本間潤樹/千葉徹也
スパイス　松本健一郎/林 丈二/山田 翔/
大田智久/阿閉進之介/豊嶋夏代/本橋大史
ヒューマックスシネマ HACスタジオ　澄川 淳
[アニメーション] 加藤和博
[ポスプロマネージャー] 中村滋利
[ブレーン] 酒井健作/向田邦彦/平松政俊
<劇伴チーム>
[音楽エンジニア] 岡部 潔
[音楽ディレクター] 岩﨑充穂
[マネジメント] 小森基史
[ミュージカル振付] 楢木和也
[ミュージカル振付アシスタント] 松GORI
[「第7話」劇中曲(ミュージカル曲)]
作曲/編曲:割田康彦
編曲:石川陽泉/高野裕也/林そよか
ギター　尾登大祐　ミキシングエンジニア　岡田 勉
[MA助手] 小笠原千紘
[選曲助手] 村上昌志
[宣伝] 魚田英孝
[番組デスク] 村山こと子
[ホームページ] 落合邦子
[モバイルコンテンツ] テレビ東京コミュニケーションズ
[コンテンツプロデューサー] 藤野慎也/武田由紀/小林昌平
[協力] スクウェア・エニックス/円谷プロダクション/
キアロスクーロ撮影事務所/オフィス・ドゥーイング/
小輝日文/グリフィス/日本照明/日映装飾美術/
BIGWOOD/Lapin/エム・イー・ユー/ソイチウム/
レスパスビジョン/白組/オプティカルフォース/
スパイス/ヒューマックスシネマ HACスタジオ/
ミラクル・バス/ミラクル・スパーク/フライングペンギンズ/
クレッセント/ドラゴンフライエンタテインメント/
PlusD/妖怪ウォッチ製作委員会
[制作] テレビ東京/電通
[制作協力] イースト・エンタテインメント
[製作・著作] 「勇者ヨシヒコと導かれし七人」製作委員会
[脚本・監督] 福田雄一

伝説の書III　勇者ヨシヒコと導かれし七人

発行　2016年12月29日　初版 第1刷発行

著者　福田雄一

発行人　細野義朗

発行所　株式会社 SDP

〒150-0021　東京都渋谷区恵比寿西2-3-3
TEL. 03-3464-5882（第一編集部）
TEL. 03-5459-8610（営業部）
ホームページ　http://www.stardustpictures.co.jp

印刷製本　株式会社エーゼット

編集　赤木太陽（mashroom.jp）
取材・構成　武富元太郎
装丁・本文デザイン　鵜飼悠太

企画・進行　海保有香　田中寿典　加藤伸崇　岩倉達哉（SDP）
営業　川崎 篤　武知秀典（SDP）

インタビュー協力　山田孝之　木南晴夏　ムロツヨシ　佐藤二朗　宅麻 伸

協力　小松幸敏　藤野慎也　武田由紀
和賀裕則

JASRAC 出 1614758-601

ISBN 978-4-906953-41-7